Ullst

Dorothy Dunnett

Dolly und der Todesvogel

Mit einem Nachwort
von Frieder Middelhauve

Dolly und der Lockvogel

Zwei Johnson-Johnson-Romane

Übersetzt von Reinhard Wagner

Ullstein

ein Ullstein Buch
Nr. 23267
im Verlag Ullstein GmbH,
Frankfurt/M – Berlin

Sonderausgabe nach
UB 10426 (Deutsche Erstausgabe)
UB 10414 (Erstmals ungekürzt
in deutscher Sprache)
Titel der englischen
Originalausgaben:
Dolly And The Doctor Bird
Dolly And The Cookie Bird

Umschlaggestaltung:
Theodor Bayer-Eynck
Illustration:
Silvia Christoph

Printed in Germany 1993
Gesamtherstellung:
Ebner Ulm
ISBN 3 548 23267 1

Oktober 1993
Gedruckt auf alterungs-
beständigem Papier mit
chlorfrei gebleichtem
Zellstoff

Die Deutsche Bibliothek –
CIP-Einheitsaufnahme

Dunnett, Dorothy:
Dolly und der Todesvogel: zwei
Johnson-Johnson-Romane / Dorothy
Dunnett. Übers. von Reinhard Wagner. –
Sonderausg. nach UB 10426 (Dt.
Erstausg.), UB 10414 (erstmals ungekürzt
in dt. Sprache). – Frankfurt/M; Berlin:
Ullstein, 1993
(Ullstein-Buch; Nr. 23267)
ISBN 3-548-23267-1
NE: GT

Vom selben Autor
in der Reihe
der Ullstein Bücher:

Dolly und der Singvogel (10404)
Dolly und der Nachtvogel (10452)
Dolly und der Eisvogel (10468)
Dolly und der Paradiesvogel (10477)
Dolly und der Nachtvogel/
Dolly und der Paradiesvogel (23249)

Dorothy Dunnett

Dolly und der Todesvogel

1

Ich werde es, etwas leichtfertig, das Zweistärkenbrillensyndrom nennen. Doch ich bin gründlich verstört. Weshalb sollte mein Berufsleben ins Chaos führen, provoziert durch einen simplen Fall angemessen kontrollierter Weitsichtigkeit? Ich könnte jetzt meine Abhandlung über Fredericksons Hyperbetalipoproteinaemia beendet haben; ich könnte in Leeds über Rheumatismus forschen; ich könnte zumindest eine Teilzeitstelle im Gefängnis Holloway bekleiden.

Weshalb liege ich statt dessen unter einer Palme und betrachte einen Vogel, der Bananenfresser heißt?

Wegen einer Mordgeschichte, könnte man korrekt erwidern. Wegen einer Mordgeschichte und eines zeitweiligen Wasserbewohners mit der seltsamen Bezeichnung Johnson Johnson.

Das war eine scherzhafte Formulierung. Damals, als Medizinstudent an der Universität Edinburgh, betrachtete ich solche Witzeleien als unter meiner Würde. Ich besuchte keine studentischen Tanzvergnügen, keine Weihnachtsbälle. Die dies taten, so bemerkte ich, waren dieselben, die während einer Sektion auf einen Kaffee verschwanden und mir die Arbeit von dreien hinterließen. Dieselben, die sich im Schlaf umdrehten, wenn es zu einer Entbindung klingelte; während ich mich barfuß aufmachte und dann in meinem Nachtgewand herumstand, zitternd und verloren, und einem Vortrag über die gemache Ankunft von Drillingen lauschte.

Nichts davon, das muß ich wahrheitsgemäß einräumen, entsprang einem irgendwie gearteten Gefühl, der leidenden Menschheit einen Dienst leisten zu wollen. B. Douglas MacRannoch, *Medicinae Baccalaureus*, wurde ich keineswegs aus Liebe zu meinen Mitmenschen; für sie alle hege ich nur eine wohlbegründete Verachtung. Ich wurde das allein, um ein Forschungsstipendium zu bekommen, das mich von meinem Vater unabhängig machte.

Meine Mutter, eine kaum bemerkenswerte Frau, starb bei meiner Geburt und hinterließ mich als einzige Tochter und Erbin eines Irren.

Daß dieser Mann auf andere einen geistig gesunden Eindruck machte, bildete nicht die geringste meiner unverdienten Bürden. James Ulric MacRannoch getauft, ist er einfach als *der* MacRannoch bekannt; die Annalen führen ihn als fünfundvierzigstes Oberhaupt des Clan Rannoch, Besitzer von Rannoch Castle, Argyll, Schottland.

In seiner Jugend klein und dunkel wie ich, ist der MacRannoch heute weißhaarig und springlebendig und leidet unter Polypen und

Asthma – im Winter, während des Viehmarkts von Perth und bei Schwankungen an der Börse. Bis vor kurzem trug er sein Martyrium gelassen, er versüßte es, indem er jeden Herbst ins Ausland ging und das Schloß an Fremde vermietete.

Es kam jedoch der Tag, an dem ich ein Telegramm erhielt – im British Research Council, Cambridge, wo ich friedlich und sachkundig die Gewohnheiten eines Coxsackie-Virus der B-Gruppe erforschte. Die Verfassung meines Vaters hatte sich besorgniserregend verschlimmert. Ein schottischer Sommer kam nicht in Frage. Er mußte das Land verlassen. Er mußte, vielleicht für immer, in ein wärmeres, ausgeglicheneres Klima, wie es etwa auf den Westindischen Inseln herrscht.

Weder er noch seine superschlauen Spezialisten waren erschüttert. Ich gab meine Stelle beim BRC auf, packte meine Sachen und die Sachen meines Vaters und fand mich nach kurzer Zeit, unerachtet meiner persönlichen Gefühle, als Amtsärztin des United Commonwealth Hospitals, Nassau, auf der autonomen britischen Inselgruppe vor der Küste Floridas, den Bahamas.

Als respektables Mitglied der Gesellschaft frönen Sie wohl kaum, vermute ich, unablässig dem Schwimmtauchen und dem Rumpunsch, den Calypso-Night-Club-Freunden, Tanzereien, Glücksspielen und Sonnenbädern unter Sonnenöl. Daß manche sich Derartigem mit Leidenschaft hingeben, viele davon gescheiterte Medizinstudenten, ist begrüßenswert für die Bewohner der Bahamas, die keine Steuern zahlen, ein warmes Klima genießen und wenig Sinn für intensive Landwirtschaft und Industrie erkennen lassen. Sonne, Palmen und Hibiskusblüten geben jedem Hospital eine freundliche Fassade; sie stimmen mich milder auf der Fahrt zur Arbeit in dem Ford Anglia, Baujahr 1961, den ich mir für zwanzig Pfund von einem ausscheidenden Assistenzarzt gekauft hatte. Doch ein Hospital, wenn man sich auskennt, ist schließlich nichts als ein Hospital, wo es auch immer stehen mag: Die Arbeit besteht aus Routine; meine Vorgesetzten und Kollegen waren nicht eben geschwätzig. Immerhin gelang es mir fast täglich, eine exzellente Partie Golf zu spielen. Die Gesundheit meines Vaters besserte sich, und er begann über Brücken zu reden.

Meines Vaters bereits knapp angedeutete Paranoia äußert sich in einer umfassenden, vernunftwidrigen Obsession, deren Gegenstand der Bau von Brücken bildet. Im Blickpunkt steht dabei unser Familiensitz, ein kleines, jedoch glänzend erhaltenes Schloß aus dem 12. Jahrhundert, auf einem Felsen vor der Westküste von Schottland.

Meines Vaters Lebensziel, neben dem gastlichen Verkehr mit der Weltbevölkerung exilierter MacRannochs, bestand seit jeher darin, eine stabile Brücke zwischen dem Felsen und dem Festland zu errichten.

Nicht nur leidet er erbärmlich unter unheilbarer Seekrankheit. Es existiert eine Familienlegende, derzufolge es dem dreizehnten Mac Rannoch, der das Schloß erbaute, tatsächlich gelang, eine solche Brücke zustande zu bringen – mit Hilfe der Elfen. Und was der dreizehnte MacRannoch konnte, das konnte der fünfundvierzigste – so glaubte er – schon lange.

Dieser Glaube brachte ihm nur Scherereien. Das Meer ist tief, die Strömung stark und unberechenbar. Jede Brücke, die mein Vater bisher baute, erwies sich als Fehlschlag; und seine Versessenheit führte in die Tragödie, an dem Tag, an dem die fünfte Brücke einstürzte. Zwei Tage später wurde mein Vater im Hospital mit der medizinischen Tatsache konfrontiert, daß ich, damals ein Schulkind, der einzige Erbe der MacRannochs bleiben mußte.

Sein Asthma datiert von diesem Tag.

Auf einer Rolltreppe des Kennedy Airport dachte ich an die Verfassung meines Vaters nach einigen Monaten auf Nassau. New-York-Besuche vom United Commonwealth Hospital aus sind selten, doch zu einem interessanten Nierenfall, der spezielle Beachtung erforderte, war der eines Tauchers gekommen, der mit einer Caissonkrankheit eingeflogen worden war. Einer meiner hart arbeitenden Kollegen konnte es einrichten, mit dem Taucher nach Miami zu fliegen, während man mich bat, den Nierenleidenden auf dem Luftweg nach New York zu bringen. Es war Winter.

Die soziale Struktur der USA findet nicht meine Billigung. Gewiß, zu ihrer Zeit künden die Weihnachtsmänner der Fifth Avenue, Kaminbehaglichkeit verströmend, mit Glockenklang und warmen Worten Liebe und Barmherzigkeit, und voll Inbrunst singt und spielt die Heilsarmee an jeder Straßenecke, deren Ampeln lakonisch befehlen: *Gehen. Halt.*

Doch sonst herrscht nicht eben Nächstenliebe in den Straßen. Nach einem zureichenden Mahl aus geschnetzeltem Fleisch und Maisbrot ging ich durch die Stadt, angerempelt von Chinesen, Deutschen, Südamerikanern, Schweden, Damen ohne Hüfthalter und mit blauen Perücken. In sämtlichen der unzähligen Stockwerke des Tishman Buildings blinkten rote Sterne, und Korvette's hatte einen vierstöckigen Weihnachtsbaum mit grünen Lichtern. Weißer Plaza-Sternenglanz, teure Tannenbäume die Park Avenue hinunter. Das Steuben-Spektakel zog sich über drei Stockwerke, kreisende Schneekristalle, Durchmesser jeweils ein Meter. Im Fenster ein Käsekristall mit einer goldenen Maus, achtzehn Karat, sechshundert Dollars. Bei Lord and Taylor's räkelte sich ein Schneeleopard in einem vergoldeten Käfig, ein Diamentenband um seinen weißen Hals. Von Tiffany's soll nicht die Rede sein.

Auf dem ganzen Weg zum Kennedy Airport dachte ich an meinen Vater, der seit jeher seinen Lebensinhalt darin sieht, das MacRannoch-Vermögen für St.-Jean-Cap-Ferrat und Brücken zu verschwenden. Ich dachte immer noch an ihn, zweifellos mit ernstem Ausdruck, als die Tür der BOAC Monarch Lounge am Ende der Rolltreppe krachend aufgeschleudert wurde. Eine bestürzte, blau gekleidete Frau hastete heraus, erstarrte beim Anblick meiner kleinen Arzttasche und sagte: »O Schwester. Können Sie schnell kommen? Es ist etwas Schreckliches passiert.«

Ich bin ein Mensch von ausgeglichenem Gemüt; meine Psyche habe ich in hartem Griff. Dies ist bitter nötig, wenn man mich »Schwester« nennt. Ich sagte: »Ich bin Dr. MacRannoch. Hilfe kann ich leisten. Sie verfügen jedoch selbst über hervorragende ärztliche Kräfte. Ich schlage vor, Sie wenden sich an sie.«

Mein Ton brachte sie etwas zur Besinnung. »Das habe ich getan«, sagte sie. »Sie kommen. Doch er ist da drin zusammengebrochen. Er könnte sterben.«

»Führen Sie mich zu ihm«, sagte ich.

Der Patient befand sich in der Herrentoilette; ein wohlgenährter Fünfziger mit breiten Zügen und wogendem grauem Haar, einem gutgeschnittenen Anzug und einer English-Guards-Krawatte. Sein Gesicht schien mir vage vertraut, obwohl ich es nicht sofort einordnen konnte, und er war nicht in der Lage, mit mir zu kommunizieren; im Augenblick beschäftigte ihn lediglich die völlige Entleerung seines Magens.

Der starke Brandygeruch, der hier wehte, schien irgendwie die Lage zu entschärfen. Neben den Unglückseligen gekniet, wandte ich mich der Hostess zu, die Augenbrauen hochgezogen.

Ein jüngerer Mann, der den Kopf des Patienten gehalten hatte, sagte: »Er ist nicht betrunken. Er hat versucht, es mir zu sagen. Er glaubt, es sind Krabbensandwiches.«

»Oh«, sagte ich. Ein anderer Fall. Eine Magen-Darm-Infektion hat ihre Tücken, kein guter Arzt geht damit leichtfertig um. Ich fragte:

»Wann ist das passiert?« Sein Puls schlug schnell und ungleichmäßig, seine Finger waren kalt: Er widerstand jeder Bemühung, an seinen Bauch heranzukommen, was mich leicht irritierte.

»Er hatte draußen einen Brandy«, sagte eine Cockney-Stimme überraschend hinter mir. »Und eine Tasse Tee. Dann sagte er, er fühle sich nicht wohl, und ich brachte ihn hierher. Er klagte über gräßliche Bauchschmerzen.«

»Und die Krabbensandwiches«, sagte ich ziemlich scharf: »Hatte er die auch in der Monarch Lounge?«

Mein Patient hob seinen Kopf aus dem Waschbecken und sah mich unsicher an: »Denise hat sie gemacht. Meine Frau«, sagte er. »Eins hab' ich gegessen, der Rest kam ins Klo.« Er starrte mich an. »Mein Bauch tut weh. Hier.«

Ich tat, was ich konnte, bis der Arzt und die Ambulanz kamen; die Senior Hostess half, sachkundiger, als ich dachte. Natürlich war sie beunruhigt. »Er hatte nur einen Brandy«, sagte sie immer wieder. »Und eine Tasse Tee mit einem Keks. Das kann ihm auf keinen Fall geschadet haben. Andere Passagiere haben schließlich andauernd gegessen und getrunken.«

Ich sagte: »Er glaubt, es ist eines seiner eigenen Sandwiches. Vielleicht war sogar mit seinem Frühstück etwas nicht in Ordnung. Jedenfalls ist er jetzt außer Gefahr, denke ich. Obwohl es ein schlimmer Anfall war; je eher er im Hospital ist, desto besser.«

Der Amerikaner sagte: »Es war nicht sein Frühstück. Wir frühstückten zusammen, und ich aß dasselbe. Im *Bull and Bear* übrigens.« Er hieß Wallace Brady und war groß und mager, Anfang Dreißig. Ich spürte die Überraschung der Hostess, als ich mich über meinen Patienten beugte. Sie fragte: »Kennen Sie ihn? Ich dachte, Sie seien mit Sergeant Trotter gekommen.«

Die Cockney-Stimme (Cockney in der ersten Klasse?) sagte: »Nein, ich saß nur in der Nähe, als es dem alten Knaben mulmig wurde.«

»Ich kenne ihn«, sagte der Amerikaner Brady. »Er ist ein Nachbar von mir. Wir trafen uns zufällig heute morgen. Wir wollten mit dem gleichen Flugzeug nach Nassau zurück – er war nur für vierundzwanzig Stunden hier. Und heute morgen war alles in bester Ordnung.« Er blickte auf den Bildschirm bei der Tür und brummte dann: »Verdammt. Jetzt ist das letzte Flugzeug weg.«

Ich hörte das nur mit halbem Ohr, denn der Flughafenarzt war mit zwei Schwestern gekommen, und ich hatte zu tun. Wir hoben den

Mann auf die Tragbahre und sahen zu, wie man ihn davontrug. Der Arzt, der mir überschwenglich dankte, schüttelte zuletzt den Kopf und sagte: »Weshalb sollte er zum Teufel bloß ein Krabbensandwich essen?« Der Amerikaner, immer noch neben uns, antwortete: »Seine Frau hat sie gemacht, und er vergaß sie gestern abend. Er wollte Lady Edgecombe nicht enttäuschen.«

Edgecombe. Es begann mir zu dämmern. Früherer Botschafter, nicht sonderlich bedeutend, das mußte er sein. Pensioniert, auf einer Bahama-Insel lebend. Sicher mit einer großzügigen Pension und dem angenehmen Leben, Lady Edgecombe und den Krabben zugetan.

Mit mir hatte das alles nichts zu tun, und ich war froh, daß das nicht mein Fall war.

Andererseits gehört das gesundheitliche Wohl der Allgemeinheit auch zu den Belangen eines Arztes, und der Mann würde nach Nassau zurückkehren. Ehe ich ging, legte ich in meine Tasche eine kleine Flasche mit einigen Proben und der Aufschrift *Edgecombe, Kennedy Airport*, daneben das Datum.

Es war eine geringfügige Vorsichtsmaßnahme. Ich sah keinen Grund, diese Tatsache zu erwähnen. Wie ich mich erinnere, machte es mir mehr Kopfzerbrechen, das letzte Flugzeug nach Nassau an diesem Tag verpaßt zu haben.

Als ich den Flughafen verließ und das Hotel ansteuerte, das die BOAC mit gewohnter Selbstverständlichkeit bezahlte, kam mir keineswegs in den Sinn, daß ich soeben den bedeutungsvollsten Schritt in meinem Leben getan hatte.

Da ich nicht zu jener Spezies gehöre, die einer meiner Patienten einmal ernsthaft als »Nachtmenschen« bezeichnet hat, und auch kein Verlangen trug, ein homosexuelles Stück, ein wildes Musical oder eine intime Darbietung mitzuerleben, verfolgte ich im Fernsehen die Nachrichten und begab mich um 21.30 Uhr zur Ruhe.

Um 22.15 Uhr rief der Flughafenarzt an, aus Höflichkeit, und informierte mich, daß Sir Bartholomew Edgecombe angemessene Behandlung widerfahren war, er sich gänzlich außer Gefahr befand und nun im Hospital angenehm ruhte. Ich dankte und legte mich wieder schlafen.

Um 23 Uhr schrillte das Telefon erneut, und eine unbekannte amerikanische Stimme sagte: »Spricht dort Dr. MacRannoch?«

»In der Tat«, sagte ich. Nächtliche Störungen gehören zum Dasein eines Arztes, deshalb gehe ich früh zu Bett. »Wer spricht?«

»Dr. Douglas MacRannoch?« Die Stimme war gedämpft und von vertraulicher Eindringlichkeit; sie erinnerte mich an eine Werbung für Schokolade, die mir keineswegs zusagte.

»Am Apparat. Wer spricht?«

»Dr. MacRannoch«, wiederholte die Stimme schmeichlerisch. Schmeichlerisch war das richtige Wort. »Heute haben Sie das Leben eines Mannes gerettet. Tun Sie das nie wieder, bitte. Tun Sie das nie wieder.« Dann ein Klicken, dann das grauenhafte Geräusch einer unterbrochenen Verbindung, eine schlimme Beleidigung für das Ohr. Ich legte deshalb den Hörer auf.

In diesem Augenblick trommelte jemand gegen meine Tür. Das Trueman ist ein ehrbares Hotel für Geschäftsreisende, gleich hinter dem Times Square, vielleicht fünfundzwanzig Stockwerke von Zimmern; die meisten Gäste kümmern sich um ihre eigenen Angelegenheiten und bleiben selten mehr als eine Nacht. Das Personal verhält sich angemessen, aber ausgesprochen distanziert; sein Hauptinteresse besteht darin, die Betten möglichst 8 Uhr früh zu machen. Nachts mögen die Gäste tun und lassen, was ihnen gefällt.

Einem dieser Gäste schien es gegenwärtig zu gefallen, gegen meine Tür zu klopfen – dies in einer Stadt, in der ich keinen kenne. Andererseits stand das Telefon neben mir, und ich hatte, von dem mir dabei gewohnten Kribbeln heimgesucht, die Kette vorgelegt. Da auch das Klingeln meines Telefons und der Klang meiner Stimme zweifellos nicht unbemerkt geblieben war, füllte ich meine Lungen und gab von mir: »Ja? Wer ist denn da?« eben als es erneut pochte. Gleichzeitig hob und öffnete ich meine Arzttasche, die auf dem Stuhl an meinem Bett gestanden hatte, und ich fand und füllte eine Plastikspritze mit zehn Kubik einer siebenprozentigen Pentothalnatriumlösung.

Das Klopfen hörte auf. »Dr. MacRannoch? Bitte um Verzeihung«, sagte eine weitere amerikanische Stimme durch die Tür: eine Stimme, die ich schon vor kurzem gehört hatte. »Bitte um Verzeihung, falls Sie schon geschlafen haben – aber hier ist Wallace Brady, Sie erinnern sich? Ich war vorhin im Hospital und sah nach Sir Bartholomew Edgecombe. Ich muß Ihnen etwas sagen.«

»Ich weiß«, sagte ich. Ich machte die Spritze fertig, wischte sie ab, ordnete meine Tasche und griff nach meinem Morgenrock hinüber. »Ich hatte eben einen Anruf von Dr. Radinski. Ich höre, daß sich Sir Bartholomew gut erholt hat. Danke, daß Sie gekommen sind, um mir das zu sagen.«

»Er hat sich tatsächlich gut erholt, doch ich komme nicht deswegen.

Dr. MacRannoch« – seine Stimme wirkte kultiviert, soweit dies einem Sprecher transatlantischer Provienz zu konzedieren ist –, »Dr. MacRannoch, ich weiß, es ist spät, und unsere Bekanntschaft ist sehr jung, doch ich habe eine Botschaft für Sie von Sir Bartholomew; ich versprach ihm, sie Ihnen noch heute nacht zu übermitteln. Ich sage es Ihnen durch die Tür, wenn Sie wollen, oder ich rufe Sie an; doch ich würde es sehr schätzen, wenn Sie mich empfangen könnten.«

»Jetzt?« sagte ich. Ich verschnürte meinen Morgenrock, steckte die Spritze in eine seiner Taschen und läutete nach dem Zimmerservice.

»Zwei Minuten?« bat er mit bemüht vertraueneinflößender Stimme. Sie wirkte jedoch weniger schmeichlerisch als das Gemurmel durch das Telefon.

»Also gut«, sagte ich, löste die Kette und öffnete die Tür. »Gleich bekomme ich Kaffee. Vielleicht nehmen Sie auch eine Tasse.«

Mr. Wallace Brady trat ins Zimmer, vollständig bekleidet, wie ich erfreut konstatierte; er durchschritt den Raum und setzte sich in einen fernen Sessel. Er machte auch nicht den leisesten Versuch, mich zu belästigen. Sofern er überhaupt eine Regung zeigte, schien ihn die Situation eher zu amüsieren. Ich steckte meine Hände in den Morgenrock und blieb so stehen. »Ja?«

»Aber setzen Sie sich doch«, bat er. »Sie müssen müde sein, und ich habe Sie aus dem Schlaf geholt. Der Kaffee geht auf mich – oder nehmen Sie etwas Stärkeres?«

»Die Getränke«, sagte ich, »gehen meines Wissens auf die British Overseas Airways; doch bestellen Sie sich bitte, was Sie wünschen. Ich selbst nehme keinen Alkohol.«

»Also das«, äußerte er bedauernd, »hätte ich mir denken können.«

»Und die Botschaft?« fragte ich. Der Etagenkellner erschien an der offenen Tür; ich gab die Bestellung auf, und er verschwand.

»Es ist tatsächlich die Bitte des Patienten an den Arzt«, sagte Wallace Brady. Er hatte hellbraunes Haar und den Typ fester Haut, die braun wird, ohne zu verbrennen; seine Augen waren hellgrau, fast weiß, die Lider wohlgewölbt. Ich fand ihn zu mager, doch nicht eben unansehnlich. Während ich stumm wartete, wanderte seine Hand zu seiner Jackentasche, doch er zog sie gleich wieder zurück. »Sicher schätzen Sie in Ihrem Zimmer keinen Zigarettenrauch.«

»Der Ventilator wird ihn vertreiben«, sagte ich, »falls Sie ohne ihn nicht mit mir reden können.«

Er sah mich nachdenklich, dann lächelnd an, lehnte sich leicht zur

Seite und entnahm seiner Tasche ein Zigarettenetui. »Sie sind eine Frau mit klarem Kopf«, sagte er. »Bart Edgecombe hat recht.«

Ich wartete.

»Das Problem«, sagte er dann, »besteht darin, daß Bart nach Nassau zurück will. Seine Frau ist dort, Denise. Er läßt sie nicht gerne lang allein, vermute ich. Doch das Hospital scheint nicht begeistert.«

»Das glaube ich gern«, sagte ich. Ich ahnte, was kommen sollte. »Lebt er nicht auf einer dieser Inseln draußen?«

»Stimmt«, bestätigte Brady, »auf Great Harbour Cay. Derzeit arbeite ich selbst dort – daher kenne ich ihn. Er kam kurz nach New York, und Denise machte inzwischen Einkäufe in Nassau und erwartete ihn dort noch heute. Es geht darum, daß er morgen vormittag den Flug 11.30 Uhr nehmen will. Falls er das tut, könnten Sie sich um ihn kümmern? Er geht direkt ins United Commonwealth, falls das nötig sein sollte, gleich nach seiner Ankunft.«

Der Kaffee kam. Ich gestattete Mr. Brady, dem Kellner ein Trinkgeld zu geben, dessen Kommen er im Grunde schließlich selbst provoziert hatte; und ich schenkte ein. Da ich die Hoffnung hegte, zumindest noch während eines Teils der Nacht Schlaf suchen zu können, goß ich sehr viel heiße Milch in wenig Kaffee. Ich sagte: »Das Hospital hat völlig recht, wenn es die Reise Sir Bartholomews nicht billigt. Mein Rat wäre, Lady Edgecombe statt dessen herkommen zu lassen.«

Der Bursche namens Brady nippte an seinem Kaffee und blickte dann in seine Tasse. »Sie ist unglaublich sensibel«, sagte er. »Er ist eisern entschlossen, ohne Aufhebens zurückzukommen, und er hält sehr viel von Ihren Fähigkeiten. Als er hörte, wie Sie auf dem Flugplatz –« Er brach ab. »Er ist Ihnen schon begegnet – Sie erinnern sich nicht mehr?«

»Ich weiß im Augenblick nicht recht –«, sagte ich.

»Er kam im Zusammenhang mit der Neujahrsparade ins Hospital, und Sie erwiesen sich als äußerst tüchtig, sagt er. Deshalb dachte er, Sie könnten ihm helfen. Selbstverständlich«, fügte Mr. Brady rasch hinzu, »werde ich im Flugzeug sein, und auch Sergeant Trotter ist dabei, der mitgeholfen hat. Doch es wäre ihm eine wahre Beruhigung, wenn Sie kommen würden, so sehe ich das. Und... ich hoffe, Sie verstehen mich da richtig, aber ich soll Ihnen sagen, daß er selbstverständlich jede Differenz ausgleicht, die zwischen Ihrem Flugpreis und seinem besteht. Das Hospital läßt Sie doch sicher nicht im Luxus reisen?«

Sicher nicht. Ich reise nur im Luxus, wenn ich mit meinem Vater reise – eine seiner zahlreichen Methoden in seinem Bemühen, mir zu einer Ehe erster Klasse zu verhelfen. Seit ich ihm offenbarte, daß ich nicht zu heiraten gedenke, reist er noch weit häufiger im Luxus – in der krankhaften Absicht, das Familienvermögen restlos zu verprassen, ehe es seinem Nachfolger in die Hände fällt, dem sechsundvierzigsten Familienoberhaupt, einem gewissen T. K. MacRannoch, zuhause in Tokio.

Ich fand, die Störung meines Schlafs berechtigte mich wenigstens zu einem Erster-Klasse-Flug nach den Bahamas. »Nun gut«, sagte ich. »Wenn Sie das freundlicherweise mit meinem Flugticket regeln. Sagen Sie Sir Bartholomew, ich komme um 10.15 Uhr zum Krankenhaus. Man sollte die Leute auf dem Flughafen verständigen, daß er ein kranker Mann ist und man auf die Formalitäten verzichten müßte.«

»Mache ich«, sagte Mr. Brady. »Ich sollte wohl sagen, daß ich Bart Edgecombe selbst nicht sehr gut kenne. Wissen Sie, wir spielen gelegentlich Golf zusammen. Doch ich wußte nicht einmal, daß er in New York war, ehe wir uns heute morgen ganz zufällig trafen.«

Die Welt ist voll von Menschen, die in der ärztlichen Kunst allein die institutionalisierte Übung selbstverständlicher Barmherzigkeit erblikken. »Oh«, sagte ich. »Und ist Sergeant Trotter ein Freund?«

Er blickte weniger irritiert als einigermaßen kläglich. »Sergeant Trotter«, sagte er, »ist jedermanns Freund – Sie werden es merken. Er ist aktiv in der Armee und reist dienstlich nach Nassau; das ist alles, was ich weiß. Doch er war der einzige, der noch beisprang, als Bart schwankte und stürzte, und er blieb bei mir, bis Sie kamen. Ja, er ist jetzt im Zimmer neben mir und wartet auf Ihre Antwort. Ein geborener Samariter.«

Ich kenne diesen Typ auch. Beinahe überlegte ich es mir noch anders; doch es war ein Zwei-Stunden-Flug, nichts weiter, und ein Erster-Klasse-Lunch würde mir die Kosten eines Abendessens ersparen. Ich stand auf und sagte: »Da wir früh fliegen, könnte vielleicht etwas Schlaf nichts schaden. Gute Nacht, Mr. Brady.«

Er stellte seine Tasse auf den Tisch und erhob sich. Einen Augenblick lang glaubte ich, er wollte die Unterhaltung persönlicher weiterführen; doch statt dessen schloß er seinen Mund und streckte mir die Hand entgegen. »Gute Nacht, Frau Doktor«, sagte er.

Ich legte die Kette wieder vor und leerte die Spritze, ehe ich zu Bett ging. Es war 23.40 Uhr. Ich liebe keine unorthodoxen Tage.

Nichts vermittelt derart intensiv das wohlige Gefühl, am süßen Leben zu partizipieren, als ein Erster-Klasse-Flug in einer Super VC 10, von den Nüssen und der musikalischen Berieselung bis zum Champagner und den warmen, nach Eau de Cologne duftenden Tüchern.

Die Fahrt zum Flughafen war reibungslos verlaufen; Sir Bartholomew, zwar mit weichen Knien, hatte sich wacker gehalten. Nachdem ich ihn bequem auf zwei Plätzen auf der anderen Seite des Ganges untergebracht hatte, konnte ich meine Straßenschuhe auf das scharlachrote Plüschfußbänkchen setzen und das Menü voll Vorfreude entgegennehmen. Garnelen in Eierteig wurden gereicht. »Sieht etwas besser aus als gestern, nicht?« tönte eine Londoner Stimme in mein Ohr, und ich erkannte, daß ich neben Mr. Bradys Helfer von der Lufthafen-Lounge saß und daß Mr. Brady selbst vom Sitz direkt dahinter guten Morgen nickte. »Rodney Trotter«, ließ sich nun die Cockney-Stimme weiterhin vernehmen, grenzenloses Wohlwollen verströmend. »Sergeant Trotter von den Royal Scots. Ganz aus Ihrer Gegend, wie, Miss MacRannoch?«

Ich lächelte leicht, bemüht, meinen Ärger nicht zu zeigen. Hinter mir sagte die Stimme Mr. Bradys: »*Doktor* MacRannoch, Trotter. Name, Rang, Nummer, Sie wissen doch?«

Der Sergeant war ein kleiner muskulöser Mann, sein Gesicht von der Gewohnheit gezeichnet, Befehle zu brüllen. Seine Stimme war erstaunlich volltönend. Er nahm Bradys Einmischung gutmütig auf. »Dachte, sie reist in Zivil wie ich. Daß Sie Doktor sind, braucht doch nicht jeder gleich zu wissen, oder, Frau Doktor? Mein Gott, diese Diskussionen über die Army, sobald ich meinen Rang erwähne! Eine junge Frau will außerdem als junge Frau behandelt werden, nicht als Knochenflickerin, habe ich recht?«

Ich weiß, daß ich erblasse, wenn ich wütend bin, doch es gelingt mir perfekt, auf Provokationen kühl zu reagieren. »Mit ›Frau Doktor‹ bin ich völlig einverstanden«, teilte ich ihm mit.

Seine Augen wurden rund, und einen Augenblick lang glaubte ich, seine Impertinenz wäre nicht zu bremsen. Doch er sagte nur nach einem Moment: »Also, mein Name ist Rodney, und Sie können mich jederzeit so nennen, Frau Doktor. Jedenfalls haben Sie diesen Burschen großartig verarztet. Das kann ich bezeugen, wenn Sie wollen.« Drinks wurden herbeigekarrt, dann kam der Lunch; und noch vor dem letzten Tropfen Brandy schnarchte er bereits.

Ich hatte Kaviar, klare Schildkrötensuppe mit Sherry, Lamm-Noisettes mit Trüffeln, Kirschbaiser zum Kaffee und zwei Petits fours.

Sir Bartholomew, dem ich ein mildes Beruhigungsmittel verabreicht hatte, schlummerte während des Essens friedlich und trank nach dem Aufwachen ein wenig warme Milch. Bald danach wünschte er auszutreten, und da sowohl Brady als auch Trotter schliefen, wurde er von dem Steward geleitet, unterstützt von einem hinter ihm sitzenden jungen Türken. Als er zurückkam, fand ich ihn recht blaß; sein Puls hatte sich erhöht, sein Atem ging schneller und wirkte flacher. Er schien nicht den Wunsch zu haben, sich zu äußern. Ich rückte neben ihn und hatte eben seinen Gurt für die Landung befestigt, als er erstarrte, und ich bemerkte, daß ein weiterer Anfall drohte, mindestens ebenso heftig wie der, den er tags zuvor erlitten hatte. Ich drückte den Knopf, der den Steward rief, und öffnete mit einer Hand die Tasche, während ich ihn mit der anderen hielt.

Die folgenden Details entbehren jedes Reizes und erscheinen klinisch recht gewöhnlich, wenn man von einer adäquaten Diagnose ausgeht; ich werde auf ihre Schilderung verzichten. Das Schlimmste war vorbei, das mag genügen, als uns die Ambulanz vom Flughafen New Providence nach Nassau und hinauf zum United Commonwealth Hospital fuhr. Man brachte ihn auf die Privatstation, und das gesamte Personal, wie auf den Bahamas üblich, plapperte vor seiner offenen Tür; er kam zu sich und erholte sich ganz langsam. Tatsächlich lächelte er zu mir hoch, als ich mich über ihn beugte, nun in meinem weißen Mantel. »Was war es?« fragte er.

»Etwas, was Sie gegessen haben. Sir Bartholomew, aßen oder tranken Sie etwas im Flugzeug, außer dieser warmen Milch?«

»Nein, das wissen Sie doch«, sagte er. Er sprach langsam und distinguiert: eine Folge vielleicht noch englischer Tage. Eine Public School in Cambridge, das schien denkbar. Sein Gesichtsausdruck wechselte. »Das heißt – ich nahm ein Aspirin auf der Toilette; ich hatte ein Röhrchen in der Tasche. Rasende Kopfschmerzen, wissen Sie.«

»In Wasser?«

»Der Steward gab mir ein Glas.«

»Sir Bartholomew«, sagte ich, »könnte ich den Rest des Aspirins bekommen und ein paar Tests damit machen? Wenn Sie an einer Vergiftung leiden, müssen wir auf jeden Fall die Ursachen feststellen. Tabletten, die nicht in Ordnung sind, könnten beispielsweise beide Anfälle verursacht haben. Und noch etwas möchte ich Sie fragen. Sir Bartholomew, kennen Sie irgend jemanden in New York, der Ihnen nicht wohlgesonnen ist?« Und ich berichtete ihm von dem Anruf im Trueman.

»Ein Scherz, vielleicht«, sagte ich. »Andererseits schwang schon eine echte Drohung mit. Der Anrufer schien eindeutig nicht zu wünschen, daß man Ihr Leben rettete.«

Er lachte. Er lachte wie sehr viele der Patienten, die ich befragt hatte. Wichtig ist dabei, keine Skepsis zu zeigen. Er sagte: »Als Sie von einem *Scherz* sprachen, wurde mir die Sache klar. Es ist so: Ich habe keinen Feind, aber einen unglaublich witzigen Schwager namens George. Seine Art Humor. Tut mir leid, Frau Doktor. Brachte Sie das um den Schlaf?«

»Keineswegs«, sagte ich. »Ich konnte schließlich nicht ahnen, so bald einen zweiten Zwischenfall mitzuerleben. Nach Ihrer Gattin hat man geschickt. Ich werde wieder nach Ihnen sehen, doch ich rate Ihnen wenigstens zwei Tage Bettruhe, ehe Sie versuchen, nach Great Harbour Cay zurückzukehren. Kann ich sonst vielleicht noch etwas für Sie tun?«

»Nein, danke«, sagte er langsam. »Oder höchstens –«

»Ja?« In fünf Minuten mußte ich die Runde durch die Stationen machen.

»Ich habe doch noch eine Bitte an Sie«, sagte er. »Ich würde meine Frau fragen, doch sie – nun, sie ist leicht zu beunruhigen. Ich wünschte, man könnte Denise glauben lassen, ich hätte eine Art Luftkrankheit gehabt – etwas Unbedeutendes, in dieser Art. Wenn ich Rechnungen aus New York bekomme und vielleicht Anfragen und sonstige Korrespondenz, hätte ich es lieber, wenn sich jemand aus dem Freundeskreis darum kümmert. Da sind noch immer einige kleinere Geschäfte, und –«

»Die nächsten ein, zwei Tage wird Ihnen kaum nach Geschäften sein«, sagte ich. »Sie wollen, daß ich jemanden anrufe? Und wie kann ich –« Ich öffnete mein Notizbuch.

Er musterte mich prüfend, und ich verbarg meine Ungeduld. Das bedeutete gewiß eine Geliebte in einem anderen Teil der Insel. Kein Patient erholt sich jedoch angemessen, wenn sein Seelenfrieden fehlt. Ich wartete.

»Ich möchte, daß Sie einen Brief mitnehmen«, sagte er. »Nach Coral Harbour. Dort ist er. Das schrieben die Zeitungen zumindest vor drei Tagen. Johnson Johnson meine ich, den Porträtmaler – kennen Sie den Namen? Und Sie finden ihn auf seiner Jacht, einer ziemlich großen Ketsch – der *Dolly*.«

Ich sagte, ich würde daran denken, und verließ ihn, damit er seinen Brief schreiben konnte, während ich meine Runde machte. Die beiden Magendurchbrüche ließen hoffen; den Patienten mit dieser Rückgratgeschichte hatten wir verloren. Ein Abszeß war aufgenommen worden, dazu kamen zwei neue Tuberkulosefälle: Die Mitteilung lag auf meinem Schreibtisch. Nach der disziplinierten Arbeit eines Nachmittags ging ich durch den privaten Trakt und nahm den Weg zum Laboratorium. Dort fand ich einen Raum für mich und machte mich daran, die vier Proben zu analysieren, die ich im Hospital aus meiner Tasche genommen hatte. Eine gekochte Milch, eine weitere Aspirin. Die anderen beiden kamen aus dem Magen Sir Bartholomew Edgecombes, nach jedem seiner Anfälle.

Die Milch war harmlos, ebenso das Aspirin. Doch beide Proben aus dem Magen Edgecombes bestätigten meine Befürchtungen.

Keiner seiner Anfälle erschien verursacht durch *B. botulinus* oder *B. enteritidis* oder irgend etwas in der Art eines verdorbenen Krabbensandwiches.

Sir Bartholomew Edgecombe war durch Arsen vergiftet worden.

2

James Ulric MacRannoch war zuhause, als ich auf meinem Weg nach Coral Harbour Hafen vorbeikam.

In seinem Bestreben, die Mittel der MacRannochs wirksam japanischem Zugriff zu entziehen, hatte mein Vater für seinen Aufenthalt in Nassau eine märchenhafte und märchenhaft teure Villa mit einer weißen säulenbestückten Vorhalle und einem Swimmingpool angemietet. Kolibris, Spezies *Calliphlox evelynae*, schwirrten scheu um die Schmetterlingsblumen, und die Kokospalmen waren adrett postiert.

Drinnen standen rosarote Bambusmöbel aus rosarotem Mohair. Zahlreiches farbiges Personal ergänzte die Palette; alle lächelten zufrieden, eingedenk der Summen, die er ihnen zahlte. All dies hatte seine Freundin, die Begum, längst vor unserer Ankunft arrangiert, und ich hatte nichts damit zu tun. Ich hielt mich bei meinem Vater auf, weil er medizinische Betreuung brauchte, doch ich war finanziell von ihm unabhängig und gedachte das zu bleiben, obwohl die Bahamas mein Bankkonto mit chronischer Schwindsucht infiziert hatten.

Seit ich mich jedoch eindeutig und endgültig von der Schar der hochmögenden Heiratskandidaten separierte, die mein Vater aufgetrieben hatte, schien mich dieses unbotmäßige Verhalten den MacRannoch wenigstens der Pflicht zu entheben, meine abstinente

Existenz zu finanzieren. Wie er mit dem Geld umging, war deshalb ausschließlich seine Sache – obwohl er, seiner ausschweifenden Natur gemäß, alle Welt daran teilhaben ließ.

Tatsächlich tummelten sich Unzählige auf der Terrasse, als ich mich der Villa näherte. Sie waren nicht zum Dinner umgekleidet, und aus ihrem Aufzug schloß ich, daß man auf unserem exzellenten Hartplatz den Freuden des Tennis gefrönt hatte. Ein Paar kannte ich vom Government House, und dann sah ich eine hochgeehrte Dame aus der alten britischen Kolonie, eine Bankiersfamilie und das eine oder andere Mitglied des jüngeren Geldadels aus Lyford Cay. Danach fiel mein Blick auf eine große, superblonde Dame mit einem Bikini, eine Spur zu flott für sie; und daneben stand mein Vater, geblümte Bermudashorts und grünes Hemd, und kredenzte ihr eine große Bloody Mary. Ich bemerkte, daß sie eher Bloody war als Mary, und nach einem zweiten intensiven Blick auf seine Dame diagnostizierte ich den Grund dafür. Dann wandte er sich um.

»Beltanno? Hast du dein blutiges Handwerk heute schon verrichtet? Komm und nimm einen kräftigen Schluck Tomatensaft. Sie kennen meine Tochter Beltanno, Denise? Sie kennen sie alle?«

Ich nenne mich, wie erwähnt, Dr. B. Douglas MacRannoch; Douglas ist mein zweiter Vorname und der Nachname, den einst meine Mutter trug. Es erscheint mir grundsätzlich unwichtig, aber hier vielleicht dennoch erwähnenswert, daß mein Taufname Beltanno lautet – so hieß Cairbres Weib, die Schwiegertochter Cormacs. Da »Beltanno« für den kultivierten Abendländer lediglich lächerlich wirkt, benutze ich den Namen nie und billige es auch nicht, wenn ihn andere benutzen – wie mein Vater sehr wohl weiß. Die Denise genannte Dame lächelte gnädig, und jemand sagte »guten Abend«; dann wandten sich alle wieder ihren Drinks zu. MacRannoch sagte: »Denise hier ist von ihrem liebenden Gemahl allein gelassen worden. Das Hotel läßt sie nicht in ihrem Zimmer. Ich habe ihr gesagt, sie kann hierbleiben, bis er kommt.«

Denise. Derart zahlreich ist die weiße Bevölkerung Nassaus nicht. Ich sagte: »Könnte es sein – heißt er vielleicht Edgecombe?« Die Hälfte meines Tomatensafts ergoß sich über mein zweiteiliges Nylongewand, als die Dame Denise heftig meinen Arm ergriff. »Er ist im Hospital? Bart? Ist er verletzt?« fragte sie mit hochschnellender Stimme.

Die Konversation brach ab. Es war sinnlos, sich um den Tomatensaft zu kümmern. Jedenfalls konnte man das ganze Ding in die

Waschmaschine stecken. Ich sagte nur: »Es geht ihm bestens; er hat nur noch damit zu tun, eine handfeste Magenverstimmung zu überwinden. Das Hospital hat sich bemüht, Sie zu erreichen, Lady Edgecombe, den ganzen Nachmittag.«

Sie starrte mich stirnrunzelnd an. Ihre Stimme klang anziehend heiser; ihr Akzent wirkte weniger einheimisch, als es selbst beste Schulung bewirkt. Sie sagte: »O Bart! Ich mußte mein Hotel verlassen. Er kam nicht...« Wieder preßte sie mein Handgelenk, ihre scharfen Nägel zerstörten die erste und auch noch die zweite Schicht meines Epithels. »Sie arbeiten dort! Geht es ihm gut? Ist er nicht schwer krank? O Gott!« Sie brach ab, um mich anzustarren, als sich eine neue Gefahr vor ihr türmte. »Ich hoffe, er hat einen guten Arzt!«

»Hat er einen guten Arzt, Beltanno?« fragte mein Vater. Sein Haarschmuck bestand aus einer weißen Locke, die sich über seinem lächerlichen Gnomenschädel kräuselte; seine Lenden zierten die erwähnten, orange und grün geblümten Shorts.

Krampfhafte Anfälle von Infantilität dokumentieren Wesenszüge der Verfassung meines Vaters. Ich wandte mich an Lady Edgecombe. »Ich bin seine Ärztin. Gewiß wird mein Vater dafür sorgen, daß Sie rasch das Hospital erreichen und für ein oder zwei Tage ein neues Hotel in Nassau finden. Vielleicht könnte auch Ihr Bruder George behilflich sein.«

»Wer?« fragte Lady Edgecombe. Ihr Haar, wie ich jetzt entdeckte, war nicht naturblond, obwohl sorgfältig behandelt; und sie hatte falsche Wimpern, wenn auch kein zusätzliches Make-up. Eine bestimmte Ausprägung ihrer Beinmuskulatur und die unbestreitbare Grazie ihrer Bewegungen ließen mich vermuten, daß sie einst professionell dem Tanz gehuldigt hatte. »Ich habe keinen Bruder George«, sagte Denise Edgecombe.

»Natürlich«, sagte ich. »Es war ein anderer Patient. Entschuldigen Sie. Vater –«

Doch Sadie, Vaters großer einheimischer Fahrer aus Eleuthera, wartete bereits darauf, Lady Edgecombe zu ihrem Mann zu bringen. Erst als er entschwunden war, entdeckte ich, daß er meinen Wagen genommen hatte. »Du brauchst ihn doch jetzt nicht dienstlich?« fragte mein Vater. »Ich vergaß dir zu sagen, daß der Chevrolet gerade repariert wird.« Er stand da, die Wodkaflasche in der Hand, und inspizierte mein tomatensaftverschmiertes Nylon-Habillement. Die verbliebenen Gäste leerten ihre Drinks und lungerten schwatzend herum. Mein Vater sagte mit ernstem Bedacht: »Ich wußte nicht, daß du beim *tête-à-tête* im Bamboo Conch Club Bang Bang Lulu lauschen wolltest.«

Die Jahre schärften, wie man sieht, seinen Hang zu unerbittlicher Frivolität. Ich sagte: »Ich habe eine Verabredung in Coral Harbour Hafen.« Nach kurzer Pause sagte einer aus der Lyford-Cay-Gruppe: »Ich fahre Sie hin.« Sein Martini-Glas war noch zu drei Vierteln gefüllt, und das Angebot klang kaum begeistert. Ich nahm jedoch dankend an, und nachdem ich mich für einen Augenblick zurückgezogen hatte, um mein besprenkeltes Habillement gegen ein mir seit Jahren liebes plissiertes Horrocks-Baumwollkleid zu tauschen, ging ich zur Auffahrt, wo ein Wagen wartete. Von meinem Vater war nichts zu sehen; ich stieg ein. Der Fahrer startete.

Auf halbem Weg zum Tor erkannte ich, daß der Mann, der neben mir am Steuer saß, nicht das Mitglied der Lyford-Cay-Elite war. Er war älter, mit dunklem Teint und unscheinbaren Zügen, und trug weder die übliche Strandbekleidung der Bermudas noch die meines Wissens knappere von St-Tropez. Ich registrierte abgetragene lange Hosen und ein noch älteres grobes Hemd. Seine linke Hosentasche bauschte sich. Es mochte eine Pfeife sein. Oder, kam mir in den Sinn, eine kleine Automatic.

Diesmal hatte ich keine Spritze dabei. Als wir in die Straße bogen, packte ich mit einer Hand energisch meine Tasche und ließ meine andere zum Türgriff wandern, als der Fahrer angenehm gelassen sagte: »Ich habe mit Bobby Swanston getauscht. Ich hoffe, das stört Sie nicht. Wer ist George?«

»Halten Sie bitte an«, sagte ich ruhig.

Hinter uns holperten ein mit Bananen beladener Lastwagen und ein mit Touristen beladener Kutschwagen, von einem Pferd gezogen; auf der Vorderfront des letzteren prangte die Aufschrift: *Dieses Pferd heißt Elvis.*

»Wie denn, *jetzt*?« sagte mein Fahrer. Die Brille, die er trug, bedeckte seine Augen, doch die Stimme klang ganz offensichtlich überrascht.

»Sobald es geht.«

Die Brillengläser blitzten mich an, und ich sah jetzt, daß sie Weitsichtigkeit korrigierten: Die Brille war eine Zweistärkenbrille. Warum hatte mich nichts gewarnt? Warum glaubte ich nur an eine gewöhnliche physische Gefahr? »Ich dachte, Sie hätten eine Verabredung in Coral Harbour?« sagte er.

»Ich habe«, sagte ich, »eine Botschaft zu überbringen. An einen gewissen Johnson Johnson.«

Er streckte seine Hand aus dem Fenster und winkte; der Lastwagen mit den Bananen und der Kutschwagen passierten, ebenso ein Bus und ein Fahrrad, das von einer Adventisten-Konferenz in Nassau kündete. Er verlangsamte, fuhr zur Seite und blieb stehen.

Sein Arm wanderte herüber – ich erstarrte. Doch er griff nur nach hinten, zog eine alte Cordjacke hervor, leerte ihre Taschen rasch und gründlich und legte zwischen uns einen Führerschein, einen Paß, eine Anzahl von Umschlägen und einen Faltprospekt, der eine Ein-Mann-Ausstellung im Fontainebleau Hotel, Miami, annoncierte. »So, tatsächlich?« sagte er. »Dann können Sie die Botschaft übergeben. Ich bin Johnson Johnson.«

Ich prüfte die Dokumente. Währenddessen zog er dieses ominöse Objekt aus der Tasche, in der Tat eine geschwärzte Bruyère-Pfeife, stopfte es und zündete ein Streichholz an – mich dabei, wie ich wohl merkte, unablässig beobachtend. »Beunruhigt Sie der Gedanke, daß der Bronchialkrebs auf mich lauert?« fragte er; und als ich unwirsch aufsah, lächelte er leicht, hielt das Streichholz an die Pfeife und steckte sie an. »Sie sind sehr geduldig mit uns armen Schwachen«, sagte er. »Wenn Sie mir die Botschaft geben würden, könnte ich vielleicht feststellen, was Ihnen Angst einjagt.«

»Angst?« sagte ich.

»Hm«, machte er paffend. Wir hatten neben dem lebensgroßen weißen Pferd vor der Hobby Horse Hall gehalten, zwischen dem Golfplatz und dem milchig-rosigen Emerald Beach Hotel. »Wie oft sprangen Sie bereits in einen Wagen und verlangten sofort wieder auszusteigen?«

»Dreimal«, sagte ich lakonisch. »Einmal bei einem Depressiven, der sich manisch gebärdete, einmal bei einem betrunkenen Ambulanzfahrer und einmal, um einer Kohlenmonoxid-Vergiftung durch einen defekten Auspuff zu entgehen. Notsituationen sind für Mediziner vielleicht häufiger als für Porträtmaler.«

»Seien Sie da nicht so sicher«, sagte dieser Bursche Johnson sanft. Ich gab ihm seine Dokumente wieder; er nahm den versiegelten Brief von Bartholomew Edgecombe, den ich ihm schweigend reichte, las ihn und steckte ihn ein.

»Ich verstehe«, sagte er. Ein Bus voller Touristen fuhr vorbei. Die Sonne, tief zwischen den Palmen, strahlte jetzt etwas weniger Hitze aus. Man roch das Meer jenseits der Straße. Ich wartete.

Nach einem Augenblick sagte er: »Bart Edgecombe ist ein alter Freund von mir. Sie taten Ihre Pflicht, das weiß ich, doch ich möchte Ihnen trotzdem danken, daß Sie bei dieser recht scheußlichen Geschichte halfen.« Er hielt inne. »Dr. MacRannoch . . . es gibt ein paar Dinge, die ich Sie gerne fragen möchte, und vielleicht wollen Sie auch von mir etwas erfahren. Würde Sie der Gedanke erschrecken, jetzt auf die *Dolly* zu kommen, um mit mir zu essen und zu reden? Ich würde Sie hinterher zurückfahren. Sie können im Club zuhause anrufen, wenn Sie das wünschen.«

Johnson Johnson, hatte der Prospekt aus Miami verkündet: *Einer der bedeutendsten Porträtmaler der Welt zeigt seine Werke in Florida. Die Porträts von vierzig der prominentesten Mitglieder der Gesellschaft.* Ich sah keinen Hinweis auf Schizophrenie. Es schien unwahrscheinlich, daß ein Mann ohne erkennbaren Defekte vor seiner Ausstellung eine krasse Ungebührlichkeit begehen würde. Ich bin keineswegs leicht zu ängstigen. Ich stimmte zu, mit Johnson auf seiner Jacht *Dolly* zu speisen.

Coral Habour ist ein privat erschlossenes Gelände in einer der Domänen der Reichen von New Providence, etwa zwanzig Minuten von Nassau. Um es zu erreichen, mußte man über den Hügel fahren, wo die Einheimischen in Bretterhütten und verfallenden Gebäuden hausten, mit abblätterndem Stuck und schäbigen netzverhangenen Fenstern, oder auch ohne Fenster: Baracken, die aus dem Dreck ragten, halbzerstörte Stufen, drei Fuß von der Schwelle. Männer strömten aus den Höfen von der Arbeit, Kinder gondelten auf amerikanischen Fahrrädern mit hohen Lenkern durch die engen Straßen. Ich sah ein Kind, das ich die Woche zuvor wegen einer Kopfverletzung behandelt hatte; seine Mutter hatte man ermahnt, es nicht aus dem Haus zu lassen und für Ruhe zu sorgen.

Dann kamen wir durch Oakesville, am Supermarkt und Sir Harrys Denkmal vorbei, und erreichten so wieder ein Straßennetz bester Ordnung, grün und weiß akzentuiert, mündend in den Lyford Cay-Nassau-Kreisel; jenseits davon stand der kegelförmig auslaufende Pharos, der das Eingangstor zu Coral Harbours über zehn Millionen Quadratmetern Golfgelände, Strände, Villen und Wasserstraßen bewachte. Und den Jachtclub mit der *Dolly*.

». . . dieses elegante Gemeinwesen; ein Wunderland großzügiger Parzellen und samtweicher Strände im Herzen einer steuerfreien, sonnenüberfluteten Oase. Sind Sie ein radikaler Doktor, Frau Doktor?« fragte Johnson.

Wir fuhren durch eine breite Allee mit gestutzten Kiefern wie grünen Perücken auf Perückenständern. Eine Baumschule zur Rechten bot eine geordnete Phalanx von kleinen eingetopften Palmen, für planvolle Landschaftsgestaltung bestimmt. Dann ging es vorbei am Golfgelände. »Oder«, fuhr Johnson fort, »faszinieren Ihre Mitmenschen Sie ohnedies nicht?«

»Kaum«, sagte ich ruhig. »Ich ziehe es vor, mich der Wissenschaft zu widmen. Wenn ich mich entspannen will, zum Beispiel, spiele ich Golf.«

»Und Bridge? Nein, nicht Bridge«, beantwortete Johnson seine Frage selbst und in der Tat zutreffend. »Die Abhängigkeit von einem Partner wäre ethisch für Sie unvertretbar. Doch ich werde Sie gelegentlich zu einer Golfpartie geleiten, Frau Dr. MacRannoch.«

Ich sah keine Notwendigkeit, mich dazu zu äußern. Wir kamen zu der Straße mit den beiden Bahnen und dem Saum von Hibiskus und Palmen und den Villen über feuchtem Element, mit deren glitzernden Autos und den in den Innenhöfen festgemachten Jachten. Ein Palmenrondell mit Flaggen stand vor dem Club, der niedrig war und modern wirkte, mit viel Glas und einer geriffelten Steinfassade und einem weißen schmiedeeisernen Balkon. Johnson parkte, und wir gingen hinein.

Ich wartete auf dem Fellteppich. Die scharlachrot beglänzte Wassergrotte erglomm in der fortschreitenden Dämmerung durch die Zwischenräume der Treppenstufen. In einem der Lehnsessel zündete jemand eine Zigarette an. Eine körperlose Stimme sagte über meinem Kopf: *»Tun Sie das nie wieder, bitte. Tun Sie das nie wieder.«*

Meine Haarspitzen zuckten nach oben, doch ich lasse mich nicht leicht von Emotionen hinreißen. Ich setzte den Fuß auf die Treppe, eben als Johnson wieder mit einigen Briefen auftauchte und fragte: »Was ist los?«, und ein Paar über mir lachend die Treppe herunterkam. Die junge Frau, in einem weißen Spitzenhosenanzug, sagte mit amerikanischem Akzent: »Aber sicher werde ich das wieder tun, und du wirst danebenstehen und es mögen. Es ist eine freie Welt, mein liebster David.«

Ich trat zurück, Johnson zur Seite schiebend, um sie vorbeizulassen. Der liebste David wirkte kaum bemerkenswert, mit langen Shorts und einem Sweater und ergrauendem braunem Haar. Ich hatte ihn nie zuvor gesehen. »Komm«, sagte er jetzt, »die Bar ist offen«; und auch seine Stimme klang ganz anders als die schmeichlerischen Worte aus dem Trueman. Johnson sagte: »Dieser Abend wäre wunderschön für eine Segelfahrt. Sie haben doch nichts dagegen, an Bord zu speisen? Spry ist ein recht guter Koch.«

»Wenn ich erst anrufen könnte«, sagte ich und sah ihn lächeln.

»Gewiß, Frau Doktor. Gehen Sie telefonieren. Ich warte draußen.«

Übertriebene Vertrauensseligkeit scheint mir kaum ratsam.

Mein Vater, den ich anrief, zeigte mildes Interesse dafür, daß sich Johnson Johnson meiner Gesellschaft versichert hatte, und äußerte keinerlei Interesse an meinen gegenwärtigen und künftigen Plänen; ich beendete das Telefongespräch und ging zu meinem Gastgeber hinaus. Wir schlenderten entlang des gepflegten Grüns am Hafen; hier lagen die Jachten unter Palmen wie Stechbecken, fand ich, in einem Sterilisator. Johnson sagte: »Das hier ist die *Dolly*«, und ging mir voraus aufs Deck.

Zur kurzen Information für Kenner: Die *Dolly* ist eine Ketsch von weit über fünfzig Tonnen – mit Gaffelsegel und Motor –, das bedeutet eine ganze Menge Geld. Sie hat eine sonderbare bewegliche Überdachung über dem Cockpit, die Johnson wortlos zurückschob. Im übrigen war sie unaufdringlich und kostspielig ausgestattet, nicht allein mit Sonnensegel und weichem Neiman-Marcus-Mobiliar, sondern auch mit einer eindrucksvollen Technik. Es gab eine *RDF*-Einheit und eine weitreichende Radaranlage, von der ich einen Burschen aus dem Labor über öder Arbeit hatte schwärmen hören. Sie kostete zehntausend Dollars.

Ich beendete meine Besichtigung rasch, ging in den prächtigen Salon und dann voraus zurück zum Cockpit. Der große Dieselmotor ratterte. Ein kleiner Mann mittleren Alters mit weißem Overall und Jachtmütze erschien an Bord, die Landeleine in der Hand; er rollte sie zusammen und kam mit fragender Miene auf uns zu.

»Laß nur«, sagte Johnson. «Nicht genug Wind. Ich übernehme.«

Er hatte eine Hand am Steuer, als er sprach. Er betätigte einen Hebel, und die *Dolly* schob sich in den Wasserarm hinaus. »Spry, besorge uns doch ein paar Drinks. Wir fahren ein Stück die Küste hinauf und suchen uns ruhiges Wasser für unsere Mahlzeit ... Spry erledigt hier die ganze Arbeit, Dr. MacRannoch. Was möchten Sie trinken? Wir haben alle Arten Obstsäfte. Oder wünschen Sie etwas mit Kohlensäure?«

Ich entschied mich für frische Zitrone mit Soda und ließ mich vorsichtig in die tiefen Kissen des Cockpits sinken. Der Wind wehte, konnte aber nicht mein Haar zerzausen, das ich gerne kurz geschnitten trage. Die Palmen glitten vorüber, die anderen Boote auch, deren

Lichter in der einbrechenden Dunkelheit die Blicke auf sich zogen. Säuerlich spekulierte ich im stillen, ob auch Johnson einen japanischen Erben hatte. Der gewisse Geschmack, den ich an der Sache hier gefunden hatte, hatte sich verflüchtigt. Johnson fragte: »Was geben Sie aus für Ihr Golf?«

»Oh, wie bitte?« sagte ich. Leute mit Geld fragen das oft. In Nassau dreht sich die Konversation nur um zwei Themen: Geschäfte und Sex.

Er erhöhte die Geschwindigkeit ein wenig, doch der Motor surrte noch sehr sanft. Unwesentlich lauter sagte er: »Gebühren acht Dollars, Golf-Car zehn Dollars. Bälle achtzehn Dollars fünfzig das Dutzend. Und ein kompletter Satz Schläger und eine Tasche, falls sie diese Utensilien besitzen. Wieviel? Sagen wir, vierhundert Dollars?«

»Zehn Pfund«, sagte ich. »Second-hand, vor fünf Jahren.«

»Angesichts amtsärztlicher Bezüge«, sagte er, »summiert sich das aber auch ganz schön. Die *Dolly* ist *mein* Einsatz im Kampf ums Dasein.«

Er grinste, und mein Ausdruck entspannte sich wohl. Dann kam Spry mit den Drinks; Johnson überließ ihm das Steuer, trat ein paar Schritte zur Seite und hockte sich auf das Deck, seine Füße nach Männerart auf den Kissen, sein Haar flatternd im Wind. Er sagte: »Diese Sache mit George.«

Plötzlich fühlte ich mich angespannt wie in den alten Tagen der Operationen, neun bis vierzehn Uhr, drei Tage in der Woche. Man betätigt mit dem Ellbogen das elektronische Signal, und die Doppeltüren gleiten leise auf, und man ist als erste da. Der Raum links ist leer; dort wird man später sitzen und warten, während die Kollegen schnelle Autos und die Kunst des Angelns diskutieren und fleckige Sex-Taschenbücher tauschen. Hinter der Ecke hörte man Klirren, wenn die Schwestern mit Instrumenten hantieren; und die schwarzen Gummimasken hängen wie geplatzte Reifen in einer langen Reihe an der Wand herunter.

Dann gleiten die Türen noch einmal geräuschlos hinter einem auf, und Barber, der verantwortliche Chirurg, stolziert herein und sagt: »Also, McGonagall?«

Ich sagte scharf: »Verraten Sie mir vielleicht erst, was in Sir Bartholomews Brief stand?«

»Daß man ihn vergiftet hat«, sagte Johnson. »Er war sich recht sicher, und ich glaube ihm.« Er schwieg kurz und sagte dann: »Sie ahnten das?«

»Ich wußte es«, sagte ich. »Ich habe Proben entnommen. Es war Arsen.«

Wir hatten das offene Meer erreicht. Die Bäume am Ufer zeigten ein kräftiges Grün, die Palmen standen unbewegt und wirkten wie Fasern von dünnem, gebogenem Draht; der Himmel, der am Horizont in Dämmerung versank, wurde von Wolkenbänken überzogen wie spiritusdurchtränkte Watte. Die zaghafter scheinende Sonne zuckte noch rosarot auf Sprys Overall. Johnson sagte: »Und Sie wurden am Telefon bedroht. Doch Sie gingen nicht zur Polizei?«

»Ich machte die Tests erst heute nachmittag«, sagte ich.

»Und der Anruf?«

»Sir Bartholomew sagte, es sei ein Scherz seines Schwagers George.« Ich hielt inne und fuhr dann fort: »Der Mann, der eben im Clubhaus die Treppe herunterkam, sagte genau dieselben Worte.«

»Ich wunderte mich schon, weshalb Sie ihn so anstarrten«, sagte Johnson. »Also informierte ich mich kurz, während Sie telefonierten. Er ist wohlbekannt und wohlgelitten, obwohl das Mädchen nicht seine Frau war. Er hat die Insel wenigstens in den letzten drei Wochen nicht verlassen ... Sie wissen jetzt also, daß ein Giftmischer hinter Bart Edgecombe her war und daß seine Frau keinen Bruder namens George hat. Übrigens ein bißchen dumm, Ihnen das zu erzählen.«

»Immerhin ließ mich das schließen, daß Sir Bartholomew gleichfalls wußte, was geschehen war«, schränkte ich ein. Meine Stimme blieb betont ruhig. »Und daß er keine polizeiliche Einmischung wünschte. Ich würde meinen, er erwartet, daß Sie das erklären. Meine Vermutung wäre, daß die Sache seine Frau betrifft, Lady Edgecombe.«

»Arme Denise«, sagte Johnson unerwartet. »Nein. Es betrifft Lady Edgecombe nur insofern, als sie die vernachlässigte Zeugin eines ständigen Höllenspektakels ist. Bartholomew Edgecombe war ein hochbezahlter Diener der britischen Krone und ist jetzt der englische Spitzenagent auf den Bahamas.«

Ich bin mir bewußt, daß mein Gehirn erstklassig funktioniert. Es ist mir stets ein Vergnügen, ein gleichfalls scharfsinniges Gegenüber zu entdecken. Ich fragte: »Sie sind sein Vorgesetzter?«

Johnson lächelte schief durch die zunehmende Dunkelheit. »Ich bin seine Amme«, sagte er. »Und Sie sind, zur Strafe für all Ihre Sünden, seine Ärztin.«

Wir hatten Barsch zum Essen: ein schmackhaftes, solides Fischgericht, gefolgt von einem erstklassigen Orangensoufflé. Es war eine

Abwechslung von der franko-amerikanischen Hotelküche: *Super-Froschschenkel Provençale.* Es war auch eine Abwechslung von Minnie Pearls Hühnchen. Ich genoß die Mahlzeit, während der Johnson kein Wort über die Bart-Edgecombe-Geschichte verlor. Selbst danach erwähnte er sie zunächst nicht, obwohl er im kühlen Cockpit, bei abgeschaltetem Motor, eine ganze Menge redete.

Auf den Bahamas gibt es vier wichtige Raketenkontrollstationen, deren amerikanisches Personal sich aus der Air Force, der Pan American World Airways und der Radio Corporation of America rekrutiert; daneben existieren ein, zwei weit bescheidenere Zwei-Personen-Einrichtungen auf weniger wichtigen Inseln. Die Beobachtung von Mondraketen und anderer Objekte des erfaßbaren Bereichs erfolgt durch Elektronengehirne in diesen Stationen; ein Unterseekabel übermittelt ihre Resultate nach Cape Kennedy, nur vierzig Meilen nördlich von Miami jenseits eines schmalen Streifens des Atlantiks.

Problemlos erhält man die Erlaubnis, diese Stationen zu besichtigen. Sie wirken keineswegs faszinierend oder sonderlich interessant, und ihr Personal neigt zu notorischer Heiterkeit. Es war mir deshalb nie in den Sinn gekommen, daß in diesem Teil der Welt spezielle Anlässe für Spionage existierten. Und genau das sollte die Öffentlichkeit wohl denken.

»Bart ist ein guter Mann«, sagte Johnson. »Arbeitet hart. Gründlich. Der letzte, der sich in Schwierigkeiten bringen läßt.« Die Sonne war auf einer Kupferbahn ins Meer getaucht, und es war jetzt völlig dunkel; der Ruf eines Nachtreihers drang gelegentlich über das Wasser. Die *Dolly* glitt leicht über die Wellen; die Dampfwölkchen unseres Kaffees kringelten sich weiß in der warmen Luft, von unten beleuchtet, wo Spry nach dem Essen aufräumte.

»Und weshalb jetzt?« fragte ich. »Weshalb sollte ihn jetzt jemand töten wollen? Und wissen Sie, wer es ist?«

»Die Antwort lautet, dreifach, schlicht: Ich weiß es nicht.«

Ich war nicht sicher, ob ich ihm glauben sollte. Ich fragte: »Ist so etwas schon einmal passiert?«

»Nicht, daß ich wüßte. Falls ja, hätte er es gemeldet. Tatsächlich ist es der reinste Zufall, daß ich hier bin. Ich kam erst vor drei Tagen, wegen dieser Sache in Miami. Er muß davon in der Zeitung gelesen haben.« Er beendete erfolgreich die Entfachung seiner Pfeife, ließ das letztmals aufglühende Streichholz in die Dunkelheit entschwinden und fuhr fort: »Übrigens, er schreibt, dieses Krabbensandwich sei völlig harmlos gewesen. Er brachte es ins Spiel, damit es kein Theater um die öffentliche Gesundheit geben sollte, aber er ist sicher, daß die Krabben in Ordnung waren. Wenn Sie es waren – wie, glauben Sie, wurden die beiden Dosen Arsen verabreicht? Falls es zwei Dosen waren?«

»Ich denke, es gab zwei ganz unterschiedliche Geschichten«, sagte ich. »Arsen wirkt rasch, und ehe Sir Bartholomew zum Flugplatz kam, aß er dasselbe wie Mr. Brady. Selbst wenn Mr. Brady die Mahlzeit vergiftet hätte, hätte das gewiß vor 16.30 Uhr gewirkt. Es bleiben das Personal der Monarch Lounge und Sir Bartholomews Mitreisende. Die Tatsache, daß niemandem sonst übel wurde, bedeutet nach meiner Meinung, daß man das Gift gezielt in etwas praktizierte, was Sir Bartholomew verzehrte; nicht in die offenen Flaschen oder in den Tee oder den Zucker. Man kann wohl, meine ich, vermuten, daß hier jemand am Werk war, der ihm nahe saß. Sein Drink bot die nächstliegende Möglichkeit. Und er nahm ihn sich selbst, wie man mir sagte.«

»Wer sagte Ihnen das?« fragte Johnson.

»Die Hostess. Doch Trotter bestätigte es.«

»Brady und Trotter. Die beiden Männer, die Edgecombe am nächsten saßen und deshalb helfen konnten, als er zusammenbrach. Tatsächlich hatte ihn Brady schon zufällig in New York getroffen. Trotter, denke ich, hatte keine Ahnung, wer er war, sondern half aus reiner Menschenfreundlichkeit... und beide Männer waren am nächsten Morgen im Flugzeug.«

»Nun ja, sie verpaßten beide durch ihre Hilfe das letzte Flugzeug, genau wie ich«, sagte ich.

»Und der zweite Anfall? Sie waren die ganze Zeit bei Bart, außer als er zur Toilette ging?«

»Außer dem Wasser und dem Aspirin nahm er nichts zu sich, wofür ich mich nicht verbürgen könnte«, sagte ich. »Und alles, was er verzehrte, ehe ich ihn diesen Morgen traf, hätte wieder zuvor wirken müssen. Andererseits konnte sicher keiner wissen, daß er seinen Platz im Flugzeug verlassen würde. Wenn ihm auf der Toilette irgend etwas geschah, dann sicher ganz spontan.«

»Dazu kann ich den Steward befragen. Was ist mit dem anderen jungen Mann, der geholfen hat? Können Sie ihn beschreiben?«

»Er war Türke«, sagte ich. »Jedenfalls zeigte er einen türkischen Paß bei der Kontrolle. Etwa vierundzwanzig, mittelgroß, dunkelhäutig, ausgesprochen sehnig. Ein Gesicht wie ein Mongole, hohe Wangenknochen, langes Haar. Sauber und gepflegt, doch unkonventionell gekleidet – ein Seidengewand mit einem Mandarinkragen. Er sagte fast nichts, aber sein Englisch hatte einen leicht amerikanischen Akzent.«

»Sehr gut beobachtet«, sagte Johnson. »Ich wünschte, das könnten mehr. Wissen Sie, wohin er ging?«

»Nein. Doch am Flughafen erwartete ihn ein grüner Rolls-Royce Silver Cloud. Er hatte Unmengen von Gepäck.« Jetzt fiel mir noch etwas ein. »Ein Pressefotograf wartete auf ihn. Er sah wirklich wie eine Berühmtheit aus.«

»Und das war er in der Tat«, sagte nun Johnson, »wenn Sie ihn korrekt beschrieben haben, was ich nicht bezweifle. Sagt Ihnen der Name Krishtof Bey etwas? Oder sind Sie in der Welt des Tanzes nicht zuhause?«

Er bezog sich nicht, so nahm ich an, auf das Gehopse der Ballsäle, sondern auf die gleichermaßen abartigen Sprünge, die man in weißen Trikots vollführt. »Er ist Ballettänzer?« fragte ich. »Auf diesem Gebiet bin ich leider gänzlich unbewandert.«

»Hm«, machte Johnson nachdenklich. »Für Krishtof Bey sind Sie wohl nicht einzunehmen. Doch wenn Sie einem der übrigen wieder begegnen würden: Wie würden Sie dann wohl reagieren?«

Ich dachte konzentriert nach. »Die einzige Person, die mir echt gefährlich werden kann, ist dieser Mordlüsterne, falls er ahnt, daß ich Sir Bartholomews Übelkeit auf eine Vergiftung zurückführen konnte. Ich müßte ihm deshalb suggerieren, daß dem nicht so ist, worauf er gewiß jedes Interesse an mir verlieren würde.«

»Könnten Sie das schaffen?« sagte Johnson. »Bedenken Sie, wir wissen nicht, wer er ist. Und wenn man versucht, Sie zu beseitigen, wird das skrupellos und überraschend vor sich gehen.« Er schwieg kurz und sagte dann: »Also mindestens würde man dafür sorgen, daß Sie aus dem Weg sind, wenn der nächste Anschlag auf den armen Bart erfolgt.«

Spionage schien mir immer schon ein kindisches Sandkastenspiel, und diesen Aspekt fand ich besonders öde. »Sie haben nicht die Absicht«, sagte ich, »die Sache zu melden und ihm ausreichenden Polizeischutz zu verschaffen? Sicher können diese Dinge sehr diskret geschehen? Immerhin steht das Leben eines Mannes auf dem Spiel.«

Eine verwirrende Weile hüllte Johnson sich in Schweigen. Dann sagte er: »Er ging dieses Risiko ein, als er zu uns kam. Ehe ich nicht mehr darüber weiß, kann ich nicht zur Polizei gehen.«

»Ich darf Sie daran erinnern«, sagte ich, ohne meine Gefühle zu verbergen, »daß ich ohne eigenes Dazutun ganz persönlich von der Geschichte betroffen bin.«

»Gewiß«, sagte Johnson; er stand auf, griff nach dem Steuer und ließ den Motor sanft surren. »Doch wie Sie soeben zutreffend betonten, sind Notsituationen für Mediziner vielleicht häufiger als für Porträtmaler. Und wenn ich je jemanden getroffen habe, der auf sich selber achten kann, dann ist das Dr. B. Douglas MacRannoch.«

Es war 22.30 Uhr, als ich nach Hause kam, und mein Vater hatte sich, wie so oft, wenn er sich langweilt, bereits ins Bett begeben. Am Telefon fand ich eine Notiz in seiner Handschrift: *Beltanno. Einer dieser amerikanischen Primitiven rief hier an, eben als* Auf der Flucht *begann, um dich für sieben Uhr morgen früh zum Golf einzuladen. Ich bot ihm fünfundsiebzigtausend Dollars, wenn er dich heiratet, doch er sagte, er wollte einfach Golf spielen. Bitte halte dein Liebesleben aus meinem* Dr. Kimble *heraus.* Die Notiz trug keine Unterschrift, doch er hatte nachträglich dazugekritzelt: *Bursche namens Broody.*

Zwei Dinge hatte ich Johnson versprochen: erstens, keinem zu erzählen, was ich an diesem Abend von ihm erfahren hatte; zweitens, ihm von jeder Initiative zu berichten, die einer unserer Verdächtigen erkennen ließ. Deshalb rief ich im Coral Harbour Jachtclub an und ließ Johnson holen.

»Brady hat angerufen«, sagte ich. »Er will morgen mit mir Golf spielen. Auf Paradise Island. Sieben Uhr morgens.«

»Ein energiegeladener Bursche«, sagte Johnson bedauernd. »Könnten Sie gehen?«

»Ich muß später im United Commonwealth sein. Neun Löcher könnte ich schaffen«, antwortete ich.

»Werden Sie es?« fragte er.

Mein Vater hält sich für ein Genie an Witz und Geist. Es war unwahrscheinlich, daß er mit Wallace Brady tatsächlich über Heirat gesprochen hatte.

»Ja. Ich werde ihn treffen«, sagte ich und hörte dann auf Johnsons ferne Stimme, die mich dazu beglückwünschte.

Was immer es auch sein mochte: Jetzt hatte es richtig begonnen.

3

Zwei Dollars scheinen mir ein hoher Preis für die Passage der halbmondförmigen Brücke, die Nassau mit Paradise Island verbindet. Da ich kein Interesse für das Kasino hege und das Golfgelände erst vor kurzem wiederhergerichtet wurde, lasse ich mich selten dazu herab, sie zu überqueren. Zu dieser Morgenstunde schliefen noch die Glücks- und Tennisspieler, die Wasserskifahrer und die Sonnenhungrigen; die Hubschrauber und Jachten waren noch nicht unterwegs. Nur wenige andere Wagen fuhren mit meinem Ford Anglia über die Brücke: Fahrzeuge der Baugesellschaft; frühe Golfer wie ich. Um die Mitte des Morgens ist es warm für Golf auf den Bahamas, und manche müssen immer noch arbeiten.

Wallace Brady wartete am Golfgelände auf mich; es liegt am rechten – oder östlichen – Ende der Insel. Trotz einiger Luxushotels und bombastischer Villen und einem exzellenten Strand mit allem, was dazugehört, herrscht in Teilen von Paradise Island immer noch der Dschungel, und die schnurgeraden Kiefernalleen zerfasern zu verfallenden Straßen, von Gestrüpp umwuchert, das man da und dort für neue Grundstücke entfernt.

Als Mr. Huntington Hartford einst diese Insel erwarb, hieß sie meines Wissens noch Hog Island, Schweineinsel. Der neue Aufputz, den man ihr verpaßt, wird die Verheißung des neuen Namens erfüllen, dessen bin ich sicher. Doch Hog Island ist für mich der ehrlichere Name: schlicht und etymologisch eindeutig.

Doch meine Ansichten zu derartigen Dingen entsprechen im allgemeinen nicht der populären Meinung. Ich hielt vor dem niedrigen, überdachten Eingang des Golfclubs, grüßte Wallace Brady mit gebotener Zurückhaltung und trug meine Schläger um die Ecke, wo er bereits einen motorisierten Golf-Car reserviert hatte – ein bedauerlicher Anblick. Wir stiegen ein, und er trat mit dem Fuß nach unten und fuhr los.

Golf, sollte ich hier vielleicht erwähnen, in Schottland weithin ein Spiel der Arbeitslosen, gilt in Amerika und angrenzenden Ländern als höchst esoterisches Vergnügen, dem vor allem mittlere und ältere Jahrgänge frönen und das wahren Wohlstand und Muße erfordert. Die dazu verwandten Utensilien, wie Johnson angedeutet hatte, sind diesen Umständen in ihren Preisen sämtlich angepaßt; dazu kommen die selbstverständlichen Kosten, eine größere Grasfläche in hervorragendem Zustand zu erhalten, was in Schottland kostenfrei durch die

Elemente geschieht. Angesichts all dieser Gegebenheiten war mir klar: Ein Amerikaner, der sich Golf überhaupt leisten kann, kann sich gewöhnlich auch leisten, Golf mit der nötigen Muße exzellent zu spielen.

Mr. Wallace Brady, als Bekannter Barholomew Edgecombes ausgewiesen und auf Great Harbour Cay beschäftigt, war ein Amerikaner. Die Distanz am ersten Loch betrug über dreihundert Yards, bei einer Krümmung nach Norden: par 4. Ich nahm ein Wilson X31 No. 1 Holz heraus, beugte meine Knie, stemmte meine robusten Gullanes mit den weißen Laschen und den austauschbaren Spikes in den Boden und schwang. Ein Zischen und ein Klicken, und mein lächerlicher amerikanischer Ball flog schnurgerade weit über zweihundert Yards den Fairway hinunter. Wallace Brady sagte: »Ich wußte es. Ich habe eine Tigerin herausgefordert.«

»Keine Tigerin, Mr. Brady«, sagte ich. »Nur eine durchschnittliche Spielerin aus Schottland.«

Übertreibungen sind schließlich keine Tugend.

Die Runde zu beschreiben, wäre lediglich ermüdend. Das Golfgelände von Paradise Island bietet eine attraktive Szenerie, mit Kokospalmen, blühenden Büschen und einem kleinen, von Bläßhühnern bevölkerten See, dessen Holzbrücke wir mit dem Gold-Car passierten. Für die langen amerikanischen Fairways möglicherweise von Vorteil, ist ein solcher Car für mich dennoch kein Ersatz für einen Caddy. Doch ich weiß, ich bin reaktionär.

Ich spielte gut an diesem Morgen, und die beiden Bälle, die ich ins Rough beförderte, holte ich wieder heraus, obwohl ich am vierten einen schwierigen Chip Shot aus dem Sand hatte. Das vierte, fünfte und sechste auf Paradise Island liegen sämtlich zum Meer hin, und ich weiß von Paaren, die ihr Spiel abbrachen, um sich in dem von Felsen durchsetzten weißen Sand niederzulassen und ihren von der Sonne geförderten Hautkrebs zu kultivieren.

Doch auf einem amerikanischen Gelände kann man kaum die Golfer von den schlichten Sonnenfreunden unterscheiden. Brady neben mir war moderat gekleidet, mit steinfarbenen Hosen und einem kurzärmeligen weißen Strickhemd. Doch drei von der Vierergruppe hinter uns, bemerkte ich, demonstrierten alle Scheußlichkeiten knalliger Hemden und langer buntscheckiger Bermudas. Ein übergewichtiger Mensch mit einem Strohhut spielte barfuß. Zum Golf trug ich stets einen Orkney-Tweedrock mit einer tiefen Falte hinten und Übersokken unter guten Schuhen. Wenn man ordentlich zu spielen wünscht, muß man ordentlich gekleidet sein.

Ich gewann dieses Loch, und Brady das nächste; so verringerte sich meine knappe Führung, doch nicht derart, daß ich unruhig geworden wäre: Ich war ganz eindeutig besser. Als wir uns vom Meer abwandten, bemerkte ich noch ein Stück draußen die langgestreckten weißen Konturen einer Ketsch mit einem Gaffelsegel, die lässig in der leichten Brise manövrierte; ihr Motorboot fehlte offenkundig. Jemand auf der *Dolly* war heute früh aufgestanden. Ich fragte mich, wer an Land war, Spry oder Johnson – und wo. Der Gedanke gab mir Vertrauen, und beim nächsten Loch schaffte ich einen Birdie, den Brady – offenbar anders strukturiert als zahlreiche seiner Geschlechtsgenossen – äußerst gelassen hinnahm. Nach dem zweifelhaften Auftakt im Trueman Hotel fand ich ihn jetzt eigentlich nicht unsympathisch.

Er behielt seine wohltemperierte Stimmung bis zum Schluß, am Ende unserer neun Löcher – er eins über, ich eins unter par. Es war Zeit für einen Kaffee, doch verschmähte er das Selbstbedienungs-Instant-Gebräu auf der Terrasse und bat mich statt dessen, zu warten und ihn ins Hotel zu begleiten. So kam es, daß ich den Pro-Shop betrat und mich dort umsah, während er für den Karren bezahlte.

Wie gewöhnlich wirkten die Golf-Bags wie Sitze auf Elefantenrükken, und es gab ein Arrangement gekreuzter Eisen, das selbst der Great Hall von Inverary Ehre gemacht hätte. Das Gästebuch lag offen auf der Theke; er hatte unsere Namen eingetragen, und darunter standen die der Spieler hinter uns, einschließlich derer der Vierergruppe, die ich am neunten nicht hatte spielen hören. Hinter drei Namen standen Adressen in Nassau: Auf den vierten folgte keinerlei Adresse, nicht einmal Schottland.

Doch der Name war MacRannoch. T. K. MacRannoch. Der Name von Ulrics verachtetem Erben.

Es war der reinste Zufall, doch ich ziehe es stets vor, mir Gewißheit zu verschaffen. Ich eilte aus dem Pro-Shop und stieß dabei beinahe Wallace Brady um, der mich holen wollte. Im Moment hatte ich keine Zeit für Brady. Ich suchte nach dem vierten, schlicht gekleideten Mitglied der ansonsten farbenfrohen Vierergruppe; ich fand ihn mit gebeugtem Kopf bei einem äußerst schwierigen Putt. Er blickte lächelnd auf, und ich sah, daß mich mein angeborener sechster Sinn nicht betrogen hatte. Der Spieler war Japaner.

»Was ist los?« sagte Wallace Brady schließlich, nachdem wir schweigend zu dem Hotelkomplex gefahren und durch das dunkle Kasino gegangen waren, mit seinen deckenverzierten Tischen und den klickenden, glitzernden Reihen einarmiger Banditen, hinauf, das imitierte Leopardenfell passierend, zu einer Lounge, in der wir sitzen und Kaffee trinken konnten. »Sie spielen nicht gern Golf mit schwachen Spielern? Ich dachte, Sie vergeben sich vielleicht etwas dabei.«

Er hatte immerhin für die Runde bezahlt. »Verzeihen Sie bitte«, sagte ich. »Ich habe das Spiel sehr genossen. Ich habe wohl etwas mehr Übung. Ich spiele, wann immer ich kann.«

»Außer Mickey Wright wüßte ich keinen, den Sie nicht mühelos schlagen könnten«, sagte Brady. »Dachten Sie jemals daran, Profi zu werden?«

Gewiß dachte ich daran. Golf kann eine Menge Geld einbringen. Doch zunächst braucht man Geld und Unterstützung. »Eines Tages, vielleicht. Mein Vater hat eine anfällige Gesundheit, und es wäre schwer, Nassau zu verlassen, ehe sie sich bessert.«

Seine tiefgebräunte Haut umschloß recht blasse Augen, doch die Augäpfel zeigten keinerlei krankhafte Veränderung. Sein Beruf war schwer zu raten. »Sie vermissen Ihre Heimat, Dr. MacRannoch?« fragte er.

Durch die Lounge hatte ich eben Johnsons Hinterkopf entdeckt. Die Frage erinnerte mich an Ärgerliches. »Unglückseligerweise«, sagte ich, »habe ich dazu kaum Gelegenheit. Mein Vater ist das Oberhaupt eines schottischen Clans, Mr. Brady, und er liebt es, Heimatliches mitzunehmen, wohin er auch geht.«

»Sie meinen diese schottische Kleidung?« fragte er etwas verwirrt.

»Ich meine die Clanmitglieder«, sagte ich, gewiß nicht ohne Grimm. »Haben Sie im Clubhaus nicht das Gästebuch gesehen? T. K. MacRannoch?«

»Was sagen Sie da?« Er wirkte echt erstaunt. Dann sagte er: »Nun, ich würde den alten Herrn nicht vorschnell schelten. Auf den Bahamas gibt es Unmengen von Schotten.«

Auch wenn dem so sein mag, sind diese nicht allesamt MacRannochs. Die Kunde geht um: Selbst bei denen, die sie nicht erreichen soll, wie T. K. MacRannoch, grassiert die Kunde wie Typhus. Ich sagte: »Ich wußte es. Vater plant ein Treffen des MacRannoch-Clan.«

»Hier?«

Ich dachte nicht an Brady. Ich dachte an James Ulrics Bronchialbeschwerden.

»Hier oder im Haus der Begum«, sagte ich nach kurzem Nachdenken.

»Aber ich dachte«, sagte er, »die Begum wäre im Winter in Ihrem Schloß in Schottland?«

Ich sah Brady überrascht, dann mit wachsendem Argwohn an.

Ich hatte ihm das nicht erzählt. Ich hatte kein Verlangen, über die Begum zu reden, die angejahrte englische Witwe eines enorm reichen indischen Prinzen, die Schloß Rannoch jährlich von James Ulric MacRannoch als Jagdhütte mietete.

So war es seit meiner Schulzeit: Während er sich in der Sonne aalt, zieht die Begum Akbar ins Schloß, mit ihren Kleidern, ihrem Butler, ihrem Mädchen; sie übernimmt vorübergehend unsere Jagdgehilfen, unser Küchen- und sonstiges Personal und erlegt Wild, fischt Lachse und schießt Moorhühner mit ihren Freunden.

Ich hatte sie nie getroffen. Ich kam nie nach Hause, wenn sie da war, und ich mied ihr Haus hier auf Crab Island nahe Nassau. Sie war es gewesen, die unsere jetzige Villa gefunden und im voraus für meinen Vater gemietet hatte. Der Begum wegen, dessen war ich sicher, war James Ulric überhaupt nach Nassau gekommen. Seine Sache. Ich selbst hielt nicht viel von einem Leben in der Peripherie einer Barclaycard.

Doch von alledem hatte ich Brady nichts erzählt. Ich sagte: »Woher wissen Sie das? Sie wußten von meinem Vater, ehe ich ihn erwähnte?« Und, einem unwahrscheinlichen Gedanken folgend: »Mr. Brady – welche Tätigkeit üben Sie aus? Auf Great Harbour Cay?«

Immerhin, er sah mir in die Augen, als er antwortete: »Meine Firma hat dort ein Projekt«, sagte er. »Ein großes Bauprojekt. Ich bin Bauingenieur, Dr. MacRannoch.«

Ein tödliches, unüberbrückbar scheinendes Schweigen trat ein, beiden Parteien in seiner Bedeutung völlig klar.

»Sie bauen Brücken«, sagte ich. Ich öffnete meine Handtasche, suchte meine Autoschlüssel hervor, schloß meine Tasche und stand auf. »Ich bedaure, Sie nicht meinem Vater vorstellen zu können, Mr. Brady«, sagte ich. »Er hat fünf Brücken gebaut. Fünf Brücken zuviel. Danke für das Golf und den Kaffee. Auf Wiedersehen.«

Er sagte kein Wort, doch auf dem halben Weg zur Tür kam mir ein Gedanke, und ich ging zurück, um ihm dessen Nutzanwendung zu empfehlen. »Sie könnten auf den Platz zurückgehen und es bei Mr. T. K. MacRannoch versuchen«, schlug ich vor.

Im Hospital war viel Betrieb, als ich unter dem blauen Bogen durchfuhr: In der Bay Street hatte es einen dreifachen Zusammenstoß gegeben, und eine britische Fregatte war auf ihrem Weg zu Flottenübungen nach Süden hier vorbeigekommen: Das hieß 35 Liter für die Blutbank und eine lange Reihe robuster Matrosen, die den Schwestern rüde Worte zuriefen, während Currie vom Labor drinnen die heikle Auflage oblag, sie in Vierergruppen zu sortieren.

Es war nötig, unseren Blutvorrat zu erneuern. Doch ich fragte mich gelegentlich, ob das Marineblut, das dann hier zirkulierte, nicht die Ursache für die sonderbar prickelnde Stammesaura von New Providence bildete.

Doch war es bislang noch kühl, was die Unfälle im Rahmen hielt, und zu früh für die Rum- und Fuselkonsumenten; so verlief unsere Arbeit ungestört, und im Lauf des Nachmittags gelang es mir, mich dem Fall Sir Bartholomew Edgecombe zuzuwenden, über den ich bereits Rat eingeholt hatte. Obwohl kein Grund zur Besorgnis existierte, war die Funktion der Nieren nach dem zweiten Anfall zweifellos nachhaltiger beeinträchtigt als tags zuvor, und die Behandlung zeigte keine nachhaltige Wirkung. Eine Dialyse erschien angezeigt, und nachdem dies geklärt worden war, ging ich durch die Privatstation, um Sir Bartholomew zu informieren.

Im United Commonwealth herrschen lockere Sitten: Erdnuß- und Zeitungsverkäufer haben freien Zugang, und das Personal verrichtet seine Arbeit ohne Hast und pflegt auf den Gängen ausgedehnte Kommunikation. Während weiße Patienten und selbst weiße Ärzte dies zunächst befremdlich finden mögen, blühen die Einheimischen in dieser Atmosphäre sichtlich auf. Ich war deshalb überrascht, inmitten des munteren Geplauders und Gelächters aus der kleinen Privatstation die Klagen einer Frau zu identifizieren, die aus Sir Bartholomews Zimmer drangen. Ich betrat es rasch, schloß die Tür und schob den kleinen Trennschirm zurück.

Denise, Lady Edgecombe, saß auf einem Stuhl, den Kopf auf dem verhüllten Schoß des Gatten, und wimmerte. Ich finde kein anderes Wort dafür.

Für Derartiges kenne ich keine Geduld. Ich sagte: »Also das ist kaum die richtige Art, Ihren Gatten aufzuheitern, Lady Edgecombe«; und sie setzte sich gerade, Tränen in den Augen und voll Unmut, und versuchte offensichtlich, ihre derangierte Haltung wiederzugewinnen. Mein Patient, mir einen gequälten Blick zuwerfend, tätschelte die Hand der Dame und erklärte: »Sie ist einfach durcheinander. Wissen Sie, wir dachten beide, ich wäre heute schon draußen. Es ist unser Hochzeitstag.«

Es ist mir noch nie gelungen, zu ergründen, weshalb die Vollendung einer arbiträr bestimmten Spanne von 365 Tagen oder deren Vielfachem nach einem signifikanten Ereignis Anlaß für spezielle Freuden- oder Trauerfeiern bieten sollte. Ich sah eine Trendelenburg von akutem post-operativem Schock ergriffen, weil sie den Geburtstag ihres Hundes nicht begangen hatte. Wir sind wohl nicht alle gleich auf dieser Welt.

Ich sagte: »Das ist bedauerlich, doch vielleicht macht sie sich dafür in Miami ein, zwei schöne Tage. Ich schicke Sie am Morgen ins Jackson Memorial Hospital, Sir Bartholomew. Es ist ein kleines bißchen aufwendiger ausgestattet, und die richtige Behandlung kann Ihre Genesung um ein paar Tage beschleunigen. Ich nehme an, Sie kennen Miami gut?«

Das rief Lady Edgecombe auf den Plan. Schlagartig saß sie kerzengerade; ihr blondes Haar klebte an ihren Wangen, ihre Wimperntusche rann herunter. Mit erregter Stimme fragte sie: »Was ist mit ihm nicht in Ordnung? Was werden sie dort mit ihm tun?«

Man muß da simplifizieren. Ich erklärte, man würde den Rest von dem entfernen, was er zu sich genommen hatte, und verbreitete mich weiter darüber, bis sie zufrieden war: Mit Hysterie konnte ich mich jetzt nicht befassen. Doch kaum hatte ich meine Auskünfte beendet, als sie erneute Kraft für die Fortsetzung ihrer ersten Klage fand: Mit gebrochener Stimme hielt sie ihrem Gatten vor, daß es ihr erster Hochzeitstag sein würde, den sie nicht zusammen verbrachten.

Über ihrem Kopf traf mich Sir Bartholomews Blick. Ich wußte, ohne daß man mir das sagen mußte, daß sich der Vorschlag erübrigte, sie könnte ohne weiteres auf einem Stuhl neben dem Bett verharren und derart den ganzen Abend mit ihrem Gemahl im Hospital verbringen, wenn sie diese Gemeinsamkeit wünschte. Doch es war die Feier, auf die sie fixiert war, nicht die bloße Gegenwart Bartholomews Edgecombes.

Er wußte das ebenso. Er drückte ihre Hand und sagte: »Denise – Wallace Brady würde dich sofort ausführen. Warum rufst du ihn nicht an?«

»Ich habe genug von Wallace«, sagte sie. Das verstand ich. Wallace Brady interessierte sich für Brücken, nicht für Club-Konversationen.

»Wie wär's dann mit Johnson?« fuhr er fort. »Gestern schwirrte er den ganzen Tag um dich herum. Du kannst ihn becircen, dich umsonst zu porträtieren?«

Sie zeigte ein wäßriges Lächeln, und ich gab ihrem Gemahl Bestnoten für Diplomatie. Ich sagte: »Würden Sie gern im Hospital telefonieren, Lady Edgecombe? Ich denke, Sie erreichen Mr. Johnson auf Coral Harbour.« Höflich fügte ich hinzu: »Sicher kann er Ihnen einen angenehmen Abend bieten.«

»Ich mag Jachten nicht besonders«, äußerte Denise; doch man merkte, daß sie sich bereits ihre Gedanken machte.

»Café Martinique? Junkanoo Club? Charley Charley's? Sag ihm, das geht auf meine Rechnung«, sagte Edgecombe lächelnd. Er hatte wohl endgültig genug, und ich wünschte, seine Gattin würde sich entschließen, ehe ich ihr das abnehmen mußte. Er fügte hinzu: »Oder der Bamboo Conch, Denise. Die Schwester sagt, es gibt dort eine besondere Show für Krishtof Bey.«

Ich denke, Lady Edgecombe und ich erstarrten im gleichen Augenblick. Dann zuckten ihre Nylonwimpern auseinander, und sie rief: »Doch nicht *der* Krishtof Bey? Bey? Bart, wird er da sein?« Ich blieb im Augenblick still, weil ich meinen Verstand betätigte.

Dann sagte ich: »Sie sollten ihn sehen, Lady Edgecombe. Er war gestern mit im Flugzeug, doch vielleicht erinnert sich Sir Bartholomew nicht? Der junge Türke, der dem Steward half.«

Seine Lippen teilten sich, und etwas Farbe kam in sein Gesicht. Er war immer noch ein Mann von eindrucksvollem Äußeren, bis vor kurzem – glaubte ich – in blendender Verfassung. Ich verstand, weshalb Denise ihn geheiratet hatte, und fand auch, daß er wohl sämtlichen Forderungen an einen Geheimagenten in diesem Teil der Welt entsprach – sozial integrativ, kooperativ und, wie ich glaubte, flexibel im Kampf.

Er sagte: »Das war der Ballettänzer? Ich habe nicht einmal richtig hingesehen. Schließlich ging es mir auch nicht besonders.« Er grinste mich über den Kopf seiner Frau hinweg an. »Eine einmalige direkte Begegnung mit einem der größten Tänzer dieser Welt, und ich kann nichts über sie berichten.«

»Wie freundlich Sie sind, Dr. MacRannoch«, sagte Lady Edgecombe. »Sagten Sie etwas von einem Telefon?«

Als sie zurückkam, hatte ich ihren Mann für die Nacht versorgt. Ihre Schritte durch den Flur wirkten verlangsamt, und ich dachte erst, daß sie von Johnson eine Absage erhalten hätte.

Doch das war es keineswegs. Sie kam herein, ließ die Tür offen und sagte zu mir: »Er möchte, daß *Sie* mit uns kommen.«

Ich habe es mir zur Gewohnheit gemacht, keine Überraschung erkennen zu lassen. Jedenfalls konnte ich mir den einen oder anderen

Grund denken, aus dem Johnson meine Gegenwart in einem Night-Club wünschen mochte, unter dessen Gästen sich sowohl Bart Edgecombes Frau als auch einer unserer Verdächtigen befand; wenn auch Denise offenkundig keinen solchen Grund wahrnehmen konnte. Ich sagte: »Nun, ich könnte es einrichten. Doch Sie bevorzugen doch gewiß ein *tête-à-tête*?«

»Nein. Ich denke, er hat recht«, sagte Denise, beugte sich nieder und rückte mit ostentativer Sorgfalt die beiden Hausschuhe ihres Mannes unter seinem Bett zurecht. Sie richtete sich auf. »Die Leute reden viel in diesen Kolonien.«

Ich ging mit ihr aus dem Zimmer.

Einmal kam ich noch zurück, um nach Edgecombe zu sehen. Er war diesmal allein und schlief nicht. Er sah vage auf und lächelte. »Hoffentlich langweilen Sie sich nicht. Johnson sagte mir, Sie wissen über unseren Job Bescheid.«

»Ja.«

Er sagte: »Ich habe keine Sorge. Man könnte versuchen, über Denise an mich heranzukommen.«

»Ich vermute, Mr. Johnson denkt daran«, sagte ich. »Wir werden gut auf sie aufpassen.«

»Sie kommt vom Theater«, sagte er. »Ihr Herz hing am Ballett, und wenn sie einmal etwas will, tut sie alles dafür, wissen Sie. Sie hatte sehr viel Talent. Doch als sie zu groß geworden war, blieb nur das Showbusineß. Sie vermißte die Bühne, als wir noch jung waren. Jetzt vermißt sie natürlich das Leben in der Botschaft.«

»Sie haben keine Kinder?« fragte ich.

Er war viel zu welterfahren, um Emotionen zu zeigen. Er sagte: »Denise war nicht besonders darauf aus. Und bei meinem Job sind sie nicht eben ratsam. Denken Sie nur an die Sorgen, die wir jetzt hätten, wenn wir uns auch noch um Kinder kümmern müßten.«

Denken Sie nur an die Sorgen, die Sie statt dessen mit Denise haben, hätte ich fast bemerkt. Doch ich blieb still. Kinder als Therapie zu empfehlen, birgt ein erhebliches Risiko.

Der Bamboo Conch Club liegt unten in einem großen Hotel von Nassau, dem Ascot. Ich traf Lady Edgecombe und Johnson im Foyer, und er führte uns in das Hibiskus-Room-Restaurant des Hotels; dort war zunächst ein Dinner für drei vorgesehen.

Lady Edgecombe war gnädig gestimmt und zeigte sich Johnson gegenüber nur geradezu unmerklich irritiert. Ich trug ein marineblaues Seidenkleid von tadellosem Sitz, das ich fünf Jahre zuvor für eine Hochzeit gekauft hatte. Denise, makellos frisiert, umhüllte ein gestricktes Seidenkleid, das die Wülste ihrer Oberarme unbedeckt ließ.

Demgegenüber sah Johnson für mich völlig harmlos aus. Das Hemd hatte er natürlich gewechselt; sein schwarzes Haar war nach unten gebürstet und glänzte, und seine polierte Brille glitzerte in dem distinguierten Dämmerlicht des Foyers; er trug eine breite, karmesinrot gesprenkelte Seidenkrawatte und eine fahle Schantungjacke, eine Spur zu breit für seine Schultern.

Er bemerkte meinen Blick sofort, als er uns dem blühenden Paradies des Hibiskus Room zuführte. »Der Versuch einer Verkleidung«, sagte er. »Mein unterprivilegierter Kleiderschrank wurde ausgeraubt, und Lady Edgecombe hat mir das Nötigste geliehen, um den angemessen ausstaffierten Begleiter zu mimen. Denise, was wollen Sie tun, wenn ich die Hosen verliere?«

Denise lächelte würdevoll. »Kontrollieren Sie Ihre Reflexe«, sagte ich. Irgend etwas mußte man wohl sagen.

Es war einer dieser Räume mit hibiskusblütenübersäten Tischen und einer Tanzfläche wie ein Flaschenhals. Auf ihr kreisten korpulente Touristen beiderlei Geschlechts, von Hosenanzügen umhüllt, zu den Klängen harmonischer Zweisamkeit, abschätzig beäugt von ihren Abkömmlingen, von Schleifen geziert und mit Akne behaftet.

Ich tanze nicht. Johnson, frohgemut und mit Bedacht in einem Schwall von Platitüden schwelgend, widerstand bis zum letzten Löffel Muschelsuppe dem sehnsüchtigen Schimmer in Lady Edgecombes Schleierblick. Dann, meine Entschuldigung erbittend, stand er auf und führte sie zum Tanz.

Er hatte einen unglückseligen Augenblick gewählt. Die paar farbigen Musiker, bislang zufrieden mit der Darbietung von Foxtrotts, Walzern und wohltemperierten Cha-Cha-Chas, sprengten plötzlich wonnevoll sämtliche Fesseln musikalischer Moderation und verfielen, einem Wunsch gemäß, in einen Swing.

Vielleicht war es auch ein Rock 'n' Roll. Jedenfalls wurde der Rhythmus abgehackt und wild; der Schlagzeuger geriet in epileptisch erscheinende Zuckungen, die Älteren verschwanden von der Tanzfläche, von drei oder vier jüngeren Paaren ersetzt – sowie von solchen, die ganz offensichtlich keine Paare waren, jedenfalls nicht in ehelich sanktioniertem Sinn. Diesen fanden sich Johnson und Mrs. Edgecombe beigesellt. Sie blieben stehen.

»Ihre Wette?« ertönte die Stimme Wallace Bradys unerwartet

direkt über mir. »Ich denke, ich setze auf Denise, daß sie ihn durchbringt, aber es wird knapp.«

Er verstummte. Mit weißem Smoking und Schleife wirkte er ebenso gediegen wie nervös, bemerkte ich ohne Überraschung. Er redete weiter: »Sehen Sie, ich hasse Mißverständnisse, und ich möchte gerne eines aufklären. Dürfte ich mich vielleicht setzen? Während sie tanzen?«

Ich antwortete nicht. Ich blickte zur Tanzfläche. »Mein Gott«, sagte Wallace Brady nicht ohne gewisse Ehrfurcht und setzte sich ungebeten. Ich hätte ihn kaum davon abhalten können.

Von Kommilitonen mitunter zu den Basaren des King-George-V.-Fonds für Seeleute geschleppt, kannte ich die lärmenden Ausbrüche dieses ruckenden, zuckenden, schlingernden Tanzes, wenn der letzte Obstkuchen einen Liebhaber gefunden hatte. Doch ich sah ihn nie in einer solch leidenschaftlosen Meisterschaft geboten, wie dies Johnson eben demonstrierte.

Mit weit offenen Augen fand sich Denise ergriffen und herumgewirbelt und zu disziplinierten Bewegungen gesteuert; kein Beat blieb aus, keine Gelegenheit zu neuen Verrenkungen von Torso und Gliedern. Johnsons Gesicht blieb in einem verbindlichen Lächeln gefroren – von dem Moment, als er sie der Trompete entgegenschleuderte und sie beim nächsten Beat vor der vorwärts stürmenden Posaune an sich zog. Lady Edgecombe, nach Entsetzen rasch Respekt signalisierend, mühte sich nun offenen Mundes um Konzentration.

In zwölf Takten entwickelte sie sich von einer schon angejahrten, selbstsüchtigen Frau zu einer selbstsicheren, perfekten Partnerin, und Johnson hatte seinen Anteil daran. Dann ließ er sie los; sie tanzten weiter, Auge in Auge. Sie improvisierten; sie kamen wieder zusammen, genau mit dem Beat. Sie kreisten. Sie tanzten Rücken an Rücken, ihre langen, wohlgeformten Beine zuckten; sein Haar hüpfte über der wirbelnden grellen Krawatte, der Schantung wogte, als ringelten sich Schlangen seine Arme hinunter.

»Mein Gott«, sagte Wallace Brady wieder. »Sehen Sie das? Die machen einen Wind!«

Es war ein Sturm, und sie waren leicht zu sehen: Niemand sonst auf der Tanzfläche tanzte. Die Gäste bildeten einen Kreis um die beiden, applaudierend und lachend, schließlich rhythmisch klatschend. Die Musik hörte auf. Nur die Trommeln machten weiter, steigerten sich zu einem rasenden Crescendo. Johnson war nicht langsamer geworden, doch der Schweiß glänzte wie der Stoff unter Denises Maschen.

Ich sah, wie Johnson sie einstimmte. Er wirbelte sie rasch herum und brach abrupt ab. Dann hievte er Lady Edgecombe mit einem flotten Schwung auf seine Schulter, wo sie mit ausgestreckten Armen schwebte, während er von der Tanzfläche ging. Er ließ sie zu Boden, die Musiker standen stumm, und mächtiger, alkoholisierter Applaus brach los, Leute stampften und klatschten.

Eine Flasche Champagner, bestellt von Wallace Brady, war auf unserem Tisch aufgetaucht. Als die Akteure sich befreit hatten und schließlich näher kamen, Denise strahlend und lachend, Johnson sich die Stirn wischend, hielt ihnen Brady zwei randvolle Gläser entgegen. »Sir, wir sind uns noch nie begegnet, doch nehmen Sie dies, ich bitte Sie, als herzlichen Tribut. Denise, ich möchte Anteile erwerben.«

»Wallace Brady«, sagte ich zu Johnson, um das zu klären. Ich fügte hinzu: »Unseren herzlichen Glückwunsch, so lange Ihr Herz gestattet, ihn frohgemut entgegenzunehmen.«

Er grinste und setzte sich neben mich, sein Glas ergreifend. »Sehen Sie: kein Blut«, entgegnete er mir. Und die nächsten fünf Minuten parierte er liebenswürdig Lady Edgecombes intensive, wenn auch inhaltlich recht seichte Bemerkungen, während ich auf weitere Musik wartete, um meine Wallace Brady gegenüber reduzierte Herzlichkeit eindeutig klarstellen zu können.

Mein Plan schlug völlig fehl. Als die Musiker wiederkamen, sich bereit machten und die ersten Takte eines Tangos intonierten, erschien eine glänzende Gestalt an unserem Tisch, lächelte mich an und wandte sich an Lady Edgecombe. »Frau Dr. MacRannoch wird Ihnen bestätigen, daß ich gestern die Ehre hatte, Ihrem Gatten bei seinem Flug von New York nach Nassau zu begegnen. Ich komme, um mich zu erkundigen, ob er sich besser befindet.«

Er trug ein silbernes Armband, dick wie ein Seil, und ein loses Gewand in schlichter violetter Seide. Krishtof Bey, der türkische Tänzer, bat Denise Edgecombe zum Tanz.

Sie ließ sich nicht lange bitten. Sie hatte an diesem Abend schon länger getanzt, als mir persönlich ratsam schien. Ich bezweifelte aber, ob sie selbst die sichere Prognose einer kardiovaskulären Katastrophe abgehalten hätte.

Sie agierte erfreulich, und die Muskelspiele ihres Partners, ich gebe es zu, boten ganz besonderen Genuß. Die Leute applaudierten wild.

Wallace Brady verfolgte ihren Auftritt in Trance; Champagner tröpfelte unbeachtet auf seine Manschette. Johnson fing meinen Blick auf, verzog rasch das Gesicht zum Zeichen tiefen Mitgefühls und ging hinaus, um sich wieder in Façon zu bringen.

Brady kam zu sich, wischte seine Manschette ab und sagte zu mir: »Ich will etwas erklären.«

Mir fehlt die Geduld, scheußliche Wiederholungen anzuhören. Ich sagte: »Bauen Sie Brücken?«

»Ja.«

»Dann gibt es nichts zu erklären«, sagte ich. Es schien nicht angebracht, ihm für den Champagner zu danken, da ich Fruchtsaft trank.

»O doch«, sagte er. Seine Stimme klang einigermaßen fest, was mich überraschte. »Ich baue tatsächlich Brücken, Dr. MacRannoch, und Tunnels, und andere größere Sachen, für die erfreulicherweise manche Leute begeistert bezahlen. Ich bin nicht gezwungen, meine Dienste anzubieten, selbst wenn es um ein derart bedeutendes Projekt geht, wie es dem MacRannoch of MacRannoch vorschweben mag. Und wenn Sie nicht so schnell verschwunden wären, hätten Sie von mir erfahren, daß ich die Begum Akbar nicht durch Ihren Vater kenne; ich arbeite für sie gegenwärtig auf Crab Island. Sie ist für mich eine große und elegante Dame. Ich bewundere einen Könner auf jedem Gebiet, und ich bewunderte auch Sie, Dr. MacRannoch, für die Art, in der Sie auf dem Flugplatz mit Bart Edgecombe umgingen; deshalb habe ich Sie zum Golf eingeladen. Von der Spritze ganz zu schweigen.«

»Welche Spritze?« sagte ich. Es gelang mir nicht, ein Erröten zu verhindern.

»Sie ragte aus der Tasche Ihres Morgenrocks. Hätte sie mich in den Schlaf geschickt?« fragte er. »Das hätte unangenehm werden können. Im Trueman werden die Betten früh gemacht.«

»Sie hätte dafür gesorgt, daß Sie Ruhe geben, bis die Polizei Sie geholt hätte«, sagte ich kalt. Ich lasse mich nicht allzu gerne provozieren.

»Was unternahm die Polizei übrigens wegen Bart?« fragte Brady.

»Was meinen Sie?« sagte ich. Der nächste Gang war gekommen: Kokosnußstücke und Orange in Sherry. Ich betrachtete ihn ohne Appetit.

»Nun, Lebensmittelvergiftungen sind doch gefährlich, oder?« sagte Brady. »Ist man nicht verpflichtet, das zu untersuchen – schließlich könnten auch noch andere vergiftet werden? Oder schoben sie die Schuld auf Lady Edgecombes Krabbensandwich?«

»Zum Glück dürfte New York davongekommen sein«, sagte ich. »Der behandelnde Arzt, denke ich, machte die Krabben verantwortlich und unternahm nichts weiter. Soweit ich jedenfalls weiß, wurde die Polizei nicht eingeschaltet.«

Ich hatte das soweit geklärt, ehe Johnson zurückkam. Ich sah, während ich sprach, wie er sich zwischen den Tischen hindurchwand. Nun endete auch die Musik, und die Pawlowa und ihr Partner kehrten wieder.

»Armer Bart«, sagte Brady und grinste. »Die Sache war öffentlich genug, auch ohne die Polizei. Übrigens, tanzen Sie?«

»Nein«, sagte ich. »Der Wissenschaft gebührt die Rolle des Beobachters.«

Schließlich waren wir zu acht für das Cabaret, denn Krishtof Bey und seine drei Freunde bestanden darauf, daß wir uns ihnen anschlossen, und Brady klebte weiter wie ein Heftpflaster an Lady Edgecombe, Johnson und mir. Wir gingen gemeinsam aus dem Licht des Restaurants, durch die Halle und die schwach erleuchtete Treppe zum Conch Club hinunter. Ich war keineswegs hochgestimmt, und die allgemeine alkoholisierte Heiterkeit der Menge, die uns in die fast völlige Dunkelheit begleitete, erwies sich als gänzlich ungeeignet, meine Stimmung weniger düster zu gestalten. Mir kam der Gedanke, daß ich wohl der einzige wirklich nüchterne Mensch hier war. Dann faßte Johnsons Hand leicht meinen Arm, und ich erkannte, daß dies nicht zutraf. Wir fanden einen großen runden Tisch und setzten uns.

Das Cabaret im Bamboo Conch Club, obwohl vom Ascot eingerichtet, wird gänzlich gestaltet und geführt von dem Obertrommler Leviticus, dessen Soli auf den Kongotrommeln die Hauptattraktion ausmachen. Drinnen hat sich der Architekt an der Nachbildung einer Eingeborenenhütte versucht, mit Flechtwerk an den Wänden, von imitierten Fackeln schwach erleuchtet, die den Raum in gespenstisch roten Schimmer tauchen. Das Dach, wie ich zu Johnson bemerkte, war niedrig, dodekaedrisch und aus Holz; dies steigerte den Lärm wie die Feuergefahr. Runde Tische, wie der unsere, drängten sich ungeordnet zwischen der niedrigen Bühne und den Türen; ultraviolettes Licht, strategisch kalkuliert von oben strahlend, ließ Wallace Bradys Zähne glitzern und verwandelte Lady Edgecombes großen Gin Tonic in einen zuckerglasierten Silberpokal. Ich bestellte Obstsaft, Johnson überraschend einen großen Champagner. Krishtof Bey nahm Whisky mit Wasser.

Ich hörte zu, wie er dem Kellner in einer Kulisse geräuschvoller Konversation und des nahen Klimperns eines kleinen Klaviers zu erkären versuchte, daß er schlichtes Wasser wünschte, keine Kohlensäure, kein Eis; da klatschte mir plötzlich jemand auf den Rücken und rief: »Hoppla, Dr. MacRannoch! Hallo, Frau Doktor! Wie geht's, Frau Doktor? So was, Sie in diesem Schuppen! Was macht das Kadavergewerbe?«

Es war Sergeant Trotter. Sergeant Rodney Trotter, der in der Monarch Lounge gewesen war, als es Edgecombe übel wurde. Er war leicht alkoholisiert, meiner Schätzung nach vielleicht 1,2 Promille.

Ich sagte: »Sergeant Trotter. Darf ich vorstellen: Johnson Johnson, der Porträtmaler. Und das hier ist Lady Edgecombe, deren Gatte in New York unpäßlich war. Lady Edgecombe, Sergeant Trotter hier war äußerst hilfreich, auf dem Flughafen und auch beim Flug am nächsten Morgen.«

Denise Edgecombe reichte dem Sergeant mit strikt bemessener Wärme die Hand, doch Johnson griff nach einem freien Stuhl in der Nähe und hob seine Flasche aus dem Eiskübel. »Ein Glas Champagner, Sergeant?«

Es lag nicht an mir, auf dessen Wirkung nach einer unbekannten Menge eisgekühlten Bieres hinzuweisen. Er nahm an und setzte sich grinsend neben Brady; da erlöschten alle Lichter, außer dem ultravioletten.

Für mich gibt es keine erhebenderen Klänge als die von *Tail Toddle*, von einem Zug mit Dudelsäcken und Trommeln erzeugt. Dudelsackspielen lernte ich als Mädchen, in Schottland. Daran gewohnt, hielt mein Trommelfell auch der nun einsetzenden Attacke stand, einem Inferno von Trommeln und Marimba, Trompeten, Saxophon, Klavier und Hammondorgel. Die resultierende Kakophonie von äußerster Rasanz machte jede Unterhaltung unmöglich und wirkte sogar, wie mir ein Blick durch den Raum verriet, wie ein mildes Narkotikum. Vom Lärm umbrandet, zeigten die Gesichter Lady Edgecombes, Trotters und der Gefährten von Krishtof Bey eine Art von ultraviolett erstrahlender Erstarrung. Krishtof Bey selbst schien lediglich erfreut; Johnson, ein Glas in einer Hand, trommelte mit der anderen den Takt auf der Tischplatte. Wallace Brady beobachtete mich. Ich blickte weg.

Die Sängerin kam, in pfirsichfarbenem, gekräuseltem Satin, bis zum Knie geschlitzt. Die Songs dort entsprechen dem Bahama-Standard: »Yellow Bird«, »I'll Never Fall in Love Again«, »Island in the Sun«, gefolgt von ein paar Calypso-Weisen; schließlich, wenn sich der Alkoholdunst verdichtet, »Back to Back and Belly to Belly«, Rücken an Rücken und Bauch an Bauch.

Begeistert folgten die übrigen meiner Gruppe diesem festen Ritus. Johnson sang ausnahmslos alle Strophen von »Shame and Scandal in the Family«. Denise schloß sich ihm an, mit nicht ganz reiner Stimme, und geriet in leichte Verwirrung. Die Sängerin entschwand, und Leviticus ging zu seinen Trommeln. »Leviticus' Nummer«, sagte Johnson und bedeutete dem rotbewamsten Kellner sein Verlangen nach einer weiteren Flasche Champagner.

Leviticus wirkte typisch afrikanisch: Sein Oberkiefer ragte mächtig vor, der Nasenrücken war flach, die beiden Zahnreihen erschienen annähernd parallel und in bester Verfassung. Er trug schwarze Hosen und ein schwarz-weiß gestreiftes Hemd, bis zur Taille offen; ein großes Goldmedaillon glitzerte auf seiner Brust. Das Trommeln hatte seine Hals- und Schultermuskulatur derart ausgeprägt, daß Kiefer und Kinn fast winzig erschienen: Schüttelte man seine Hand, wie ich es einmal tat, meinte man ein flaches Holzbrett zu ergreifen.

Er kam vor und setzte sich mit dem Gesicht zu uns, zwischen seine zwei großen ovalen Trommeln. Die Hammondorgel begann, gefolgt von dem Saxophon und den Trompeten, und als sie in Schwung kamen, legte auch Liviticus los. Der dumpfe Beat akzentuierte effektvoll den durchdringenden Lärm der Instrumente; der kraftvolle Rhythmus erregte das Publikum sichtlich. Dann erreichten die anderen Instrumente ihr Fortissimo und brachen ab; Leviticus trommelte alleine weiter.

Der Effekt nachhaltiger rhythmischer Erfahrung auf den gesunden Erwachsenen wird heute häufig erforscht. Im Bamboo Conch Club beobachtete ich in dieser Nacht mit Interesse, wie vierhundert Menschen in Ekstase zuckten, hin und her gerüttelt wie ein Kind im Mutterleib. Der Trommler agierte virtuos. Nach variierten Resonanzen steigerte er kühl das Tempo, bis er ein monotones Prasseln erzeugte, in einer derartigen Rasanz, daß die einzelnen Töne ineinander übergingen; die bleichen Handflächen, flach und flink, flitzten rascher, als das Auge folgen konnte. Hinter der Lärmbarriere ließ sich ein gebrochener Rhythmus spüren; tiefer im Ton, synkopiert, rätselhaft. Er hörte auf, das Trommeln hörte auf. Dann ging es weiter: Langsam begann Leviticus, das Pergament der Trommeln mit den Händen zu bearbeiten.

Mir schien, ich spürte die Resonanz in meinem weichen Gaumen, dazu tönernes Pochen auf meinem Trommelfell, während Tempo, Ton und Timbre von Sekunde zu Sekunde wechselten. Leviticus ruckte hart und heftig, sein Kopf flog mit dem Rhythmus auf und ab; das Tempo und die Farbe des ratternden Beat bewegten das ergriffen starre Publikum. Seine Hände hieben Schneisen in die Luft, von einer Trommel zur anderen.

Eine Kugel oben begann sich zu drehen, Licht aus münzengroßen Öffnungen zuckte über das Gesicht, die Brust, die Kehle und die Hände des Musikers; prasselndes, kreisendes Licht. Das Trommeln steigerte sich zur Raserei. Leviticus' Kopf warf sich von Seite zu Seite, seine Augen rollten, seine Oberlippe wölbte sich weit, seine Nüstern blähten sich. Sein Körper glitzerte vor Schweiß. Ich fragte mich, was ich tun würde, wenn er einen Blutsturz hätte, was sehr wahrscheinlich schien. Der Lärm hörte auf.

Der alkoholisierte Applaus hielt lange an und wurde von Leviticus äußerst liebenswürdig entgegengenommen; schließlich signalisierte er Stille. Dann lehnte er sich vor, stützte seinen linken Ellbogen vorsichtig auf die leichte Haut der Trommel und begann mit seiner rechten Hand, auf dem Pergament eine Melodie zu klopfen.

Auf der einzigen Fläche, die ihm zur Verfügung stand, war die Reichweite möglicher Klänge natürlich nicht groß. Doch indem er die Spannung der Haut manipulierte, erzeugte er eine schlichte Melodie, sehr bald erkennbar. Unter Jubelrufen stimmte jetzt das Publikum den Gesang dazu an, und er dankte lächelnd für die angemessene Begleitung. Er produzierte in der Tat mehrere Weisen, und sie grölten alle selig mit. »Jingle Bells« gehörte dazu, wie ich mich erinnere; »Merrily We Go Along« wohl auch, vermute ich. Englische Studentenlieder waren niemals meine Leidenschaft, auch nicht während meiner Zeit unter Studenten in England. »Singen Sie nicht, Dr. MacRannoch?« fragte Sergeant Trotter; er hatte kurz unterbrochen, um tief Atem zu holen.

»Ich schwelge in stummer Anteilnahme«, sagte ich.

Nicht, daß ich das öffentliche Absingen von Liedern verurteile. Der Kohlendioxydausstoß eines Erwachsenen im Ruhezustand beträgt jedoch 200 Milliliter pro Minute, und ich zog es vor, meine Aufnahme nicht zu erhöhen.

Stille trat ein. Dann kreierten die tappenden Finger die letzte kindische Melodie. Von hinten drang ein recht deutliches Flüstern an mein Ohr; die Stimme verriet kein Geschlecht: *»Tun Sie das nie* *wieder«,* murmelte sie in mein Ohr. *»Hören Sie, Frau Doktor? Tun Sie das nie wieder«.*

4

Schon nach den ersten Worten fuhr Johnson auf seinem Stuhl herum, und ich reagierte kaum langsamer. Ich will nicht behaupten, daß mein Herzschlag völlig unverändert blieb; doch äußerlich zeigte ich mich ruhig, selbst als ich die dunklen Reihen der angespannten Gesichter musterte, die alle auf den Trommler gerichtet waren. Niemand blickte auf uns. Niemand regte sich. Man könnte noch so in die Dunkelheit starren, aus der das Flüstern gekommen war – der Flüsterer blieb unerkennbar. Und so dicht standen die Tische, daß es uns nur verdächtig gemacht hätte, wenn wir uns in der vermuteten Richtung durchgezwängt hätten. Johnson meinte murmelnd: »Es hat keinen Sinn. War das dieselbe Stimme?«

»Ich weiß nicht«, sagte ich. Unsere Gesellschaft schmetterte ein neues Lied, und ich sah, wie sich die Trompeten wieder hoben. Niemand sonst schien zugehört zu haben. »Flüstern kann man nicht identifizieren.«

»Weshalb versucht man Ihnen Angst zu machen?« Sie hatten alle Lichter angeschaltet, doch Johnson, der mit dem Rücken zur Bühne stand, zeigte eine dunkle Brille.

Ich antwortete nicht, doch ich dachte darüber nach, als das Solo krampfhaft zuckend endete und die Musiker, mit frenetischem Applaus bedacht, den Limbotänzer vorließen, einen hübschen Exoten in engen geblümten Hosen, der mit dem Gesicht nach oben unter eine Baumwollstange tauchte, eine flammenbekränzte Colaflasche senkrecht auf der Stirn, eine weitere in jeder Hand. Da er seit seiner Kindheit darin geübt war, zeigte er einen lässigen Beckenschwung, wobei die Flamme der Flasche die Stange entzündete – ein spektakuläres Schauspiel. Denise, die das offenkundig allzuoft gesehen hatte, ließ nun ihre Blicke wandern, doch ich sah, daß Krishtof Bey hingerissen schien, und daß Sergeant Trotter in einen geradezu hypnotischen Bann geraten war. Wallace Brady grinste, und ich sah schnell weg.

Sie waren alle da, meine Verdächtigen, seit dies begonnen hatte. Wer hatte dann wohl geflüstert?

»Nicht zu fassen«, flüsterte jetzt Sergeant Trotter ehrfurchtsvoll.

Man hatte die Stange gesenkt; sie lag jetzt über zwei Flaschenhälsen. Die Flammen züngelten wild über die Baumwollklumpen, glitzernd und durchweicht wie Kokosnußschnipsel. Um diesmal durchzukommen, mußte der Tänzer seine Knie unter sich zusammenklappen, die Füße weit auseinander, die Hände über dem Boden. Ich begann, die Zonen der stärksten Muskelbelastung zu bestimmen. Er zündete von der Stange eine Zigarette an, als sein Kopf hinuntertauchte.

Die Feuertänzerin kam. »Vielleicht ist Ihnen nicht klar«, sagte Johnson und füllte Champagner in Trotters halbleeres Glas, »wie ausgezeichnet Ihr Nervensystem funktioniert.«

Die Feuertänzerin war eine junge Negerin mit einem glitzerschmuckbehängten Büstenhalter und einem winzigen Dreieck weiter unten, über dem sich eine Straußenfeder bauschte. In dieser exponierten Verfassung tanzte sie über und um zwei flache Schalen mit brennender Baumwolle; eine davon plazierte sie dann auf ihrem Kopf. Auf dem Höhepunkt ihres Tanzes um die andere sprang sie plötzlich vor und trat die Flamme mit nackten Füßen aus.

Ich habe bei solchen Akteuren oft genug Blasen behandelt, um zu wissen, daß die Risiken, die sie für Beifall und Bezahlung eingehen, durchaus als real gelten können. Ein erfahrener Feuertänzer reagiert jedoch fast stets in dem tausendsten Teil einer Sekunde, in dem er abbrechen muß. Ich sorgte mich nicht um das Mädchen, wohl aber etwas um das Publikum, da die Flammen der Schale auf ihrem Kopf über die niedrige Decke strichen. Dann stellte sie die Schale nieder, entzündete daran die Köpfe zweier Stäbe und begann zu Leviticus' Trommelbegleitung zu tanzen, eine Fackel in jeder Hand.

Die Lichter waren wieder ausgegangen. Neben mir, inmitten des vorherrschenden Keuchens alkoholisch aufgeladener Erregung, gewahrte ich Johnsons unbeirrt sitzende Brille und die Tatsache, daß er die letzten paar Minuten nicht die Bühne, sondern das Publikum beobachtet hatte. Ein paar nervöse Partikel meines ausgezeichneten Nervensystems machten den kurzen Versuch, sich meiner Kontrolle zu entziehen. Das Mädchen kam die Stufen von der Bühne herunter, beugte sich vor und stieß ihre Fackel dem Gesicht des nächsten Mannes entgegen. Er zuckte zurück, seine Damen kreischten erschrocken und empört; ein bärtiger junger Bursche gegenüber fand den Blick des Mädchens, kam ihr näher und öffnete den Mund. Er ließ sie die Flamme zwischen seine Lippen dirigieren, den Mund krampfhaft geöffnet, und er ließ ihn offen, bis sie die Fackel entfernte. Ich sah ein paar angeschwärzte Baumwollkrümel, immer noch rotglühend, neben seinen Zähnen. Er grinste mit starren Kiefern zu dem Gelächter und dem Applaus, die nun einsetzten; doch ich bemerkte, daß er einige Zeit zögerte, den Mund in der üblichen Weise zu schließen oder auch nur zu schlucken. Die Tänzerin glitt weiter.

Es ist, denke ich, ein recht primitiver Test der Tapferkeit, dem der Einheimische hier in seiner neuen Freiheit einigermaßen amüsiert seine weißen Mitbewohner dieses Jammertals unterzieht. Jedenfalls schien es mir aufschlußreich zu sehen, welche Gäste zurückschreckten und zur Seite wichen, welche sich eifrig vordrängten, um ihren Mut zu demonstrieren, und welche resigniert ihren Mund öffneten und dem Mädchen, das sich zu den Trommelwirbeln wiegte, ohne Enthusiasmus gestatteten, ihnen die brennende Masse in die Kehle zu stoßen.

Sergeant Trotter zählte zu denen, die nach dem Feuer gierten. Als das Mädchen immer näher kam, erhob er sich halb, seine Augäpfel rot im Schein der Flamme, wildes Bemühen demonstrierend, die Tänzerin auf sich zu ziehen. Daher kehrte er dem rotbewamsten Kellner den Rücken zu, der endlich den Krug Wasser für Krishtof Beys Whisky brachte.

Das Mädchen bewegte sich, der Kellner beugte sich vor, und Sergeant Trotter sprang hoch – alles in genau demselben Augenblick. Der Krug mit dem Wasser kippte, verfehlte sein Ziel völlig und entleerte sich in einem Schwall über Johnsons Jackett und Hemd.

Der Kellner schrie auf. Krishtof Bey kam schnell hoch; Lady Edgecombe stieß ihren Stuhl zurück und tätschelte ängstlich die feuchte Häkelei ihres Kleides. Johnson selbst, mit kläglichem Gesicht, hatte eben nach seiner Jacke gegriffen, um das Wasser auszuwringen, als die Feuertänzerin um seine Schultern schwirrte und dann mit kreisendem Becken dastand, die beiden Fackeln hochhaltend.

Wallace Brady grinste sie an und nickte in Johnsons Richtung. »Bei dem könnte man's versuchen«, schlug er vor, »er ist naß genug.« Das Mädchen blickte auf Johnson. Krishtof Bey lächelte. Trotter, immer noch stehend, hob die Hand; dann schluckte er seine Enttäuschung hinunter und setzte sich. Das Mädchen lächelte. Sie warf sich vor und ließ die Flamme immer näher zucken; das rote und blaue Licht funkelte auf Johnsons Brille. Der Kellner nahm den Krug und ging. Krishtof Bey und die anderen setzten sich.

Ich sah auf die Flecken auf dem roten Tischtuch. Während ich hinsah, verschwammen sie.

Ich denke, Johnson sah es auch. Während die bebende Feuertänzerin die Fackel senkte, dicht an sein Gesicht, bewegte er sich plötzlich. Die Leute kicherten. Höhnisch blickend setzte sich die Tänzerin erneut in Bewegung. Diesmal wich er nicht nur aus – er prallte mit Lady Edgecombe zusammen, stieß ihren Stuhl durch die Gegend. Sie keuchte. Krishtof Bey grinste. Das Gelächter breitete sich aus und wurde rauh. Lächelnd reckte sich das Mädchen herunter, und er entwand sich: Die Fackel zischte ihm höhnisch nach.

Die Spitze der Flamme, zielsicher gereckt, züngelte über den durchtränkten Saum seines Jacketts.

Mit einem zerrenden Zischen fing der feuchte Stoff Feuer.

Eine Zehntelsekunde später trat mein Krug mit Obstsaft in Aktion, die andere Hand hatte ich bereits am Eiskübel. Das Feuer erreichte nicht sein Haar, obwohl es immer noch über seine Jacke strich, als die ersten Schreie gellten. Johnson hatte sich bereits halb aus ihr gewunden, erstickte die unteren Flammen mit einer Serviette; doch das Tischtuch brannte hell, das Feuer schlug zur Decke.

Jedenfalls kannte ich zu viele Verbrennungen ersten Grades, um zu zögern. Ich sprang auf, stieß Johnsons Stuhl zurück und rief: »Kippen!«, während ich mich ebenso um Lady Edgecombe kümmerte. Jemand folgte dem Ruf, und der Tisch krachte mit allem, was er trug, zusammen: Das Feuer erstickte.

Johnson hatte seine Jacke abgestreift und die Flammen darauf fast gelöscht. Keineswegs zu früh: Sein Hemd zeigte seltsame schwarzgeränderte Löcher, es roch durchdringend nach versengtem Fleisch und Stoff.

Die Musiker, von viktorianischer Seelenruhe weit entfernt, hatten ihre Instrumente sinken lassen. Johnson unterbrach erstmals eine Serie rasender Bewegungen und rief sardonisch: »Vielleicht etwas wie ›Näher, mein Gott, zu dir‹?« Die allgemeine Hektik ebbte ab, und Lady Edgecombe ließ erkennen, daß sie einen hysterischen Anfall erwog. Der türkische Tänzer gesellte sich zu ihr; Wallace Brady trat durch die Glasscherben zu Johnson und sagte: »Mein Gott! Ist alles in Ordnung?«

Johnson schob sich bereits aus dem Scheinwerferlicht; seine Brille glitzerte kalt durch den Raum. »Dank Dr. MacRannoch«, sagte er.

»Der Krug«, sagte jemand. Sergeant Trotter, wie ich sah.

»Ja«, sagte Johnson und sah ihn an.

»Der Kellner«, sagte Trotter.

»Ich dachte daran«, sagte Johnson.

»Ich bin sicher«, sagte Trotter. »Er verschwand hier.« Und er wandte sich ab und begann sich durch die Menge zu zwängen.

Lady Edgecombe schluchzte auf. Ich warf ihr einen schnellen Blick zu und kam zu dem Schluß, daß bei ihr nichts vorlag, was der kräftige Klaps eines Laien nicht beheben konnte. Ich ließ Johnson an mir vorbei und folgte.

Die Tür an einer Seite der Bar führte direkt auf die Straße. Wir brauchten einige Minuten, sie über Barrieren von Stühlen, Tischen, englischen Landsleuten, Klaustrophobikern und Betrunkenen zu erreichen. Der Kellner war glücklicherweise auch nicht recht vorangekommen. Als Trotter, Johnson und ich jedenfalls in die neonlichtverbrämte Dunkelheit traten, hörten wir deutlich genug das harte ferne Klacken rasender Schritte. Sie bewegten sich, bemerkte ich mit Interesse, an Government House vorbei und in die allgemeine Richtung des Hospitals.

»Das ist er«, sagte Trotter. Sein Atem ging leicht; er trug, wie ich in der Düsternis erkannte, einen eleganten grauen Anzug mit einer leuchtend orangefarbenen Schärpe. »Ich sah ihn auf dem Weg zum Ausgang... Mr. Johnson, die Dame sollte nicht dabeisein.«

Die Brille funkelte kurz in meine Richtung. »Was soll man dazu sagen? Sie kennen Nassau.«

Ich lief weiter, ohne Zeit oder Atem für eine Antwort zu verschwenden. Ich kannte Nassau. Der Kellner mußte gefangen werden. Die Flüssigkeit in dem Wasserkrug war hochprozentiger Alkohol gewesen. Männer sind es, die aus schlichten Geistesübungen Offenbach-Operetten machen.

Wir liefen flott, wie sich zeigte. Sergeant Trotter auf seinen Fußballen, Sportsgeist verströmend. Johnson mit den überraschenden Sätzen eines Jagdhundes. Da mich Golf körperlich fit hält, folgte ich ihnen ohne große Mühe. So kamen wir dem Flüchtling bald ein wenig näher: Es schien ihm nicht in den Sinn zu kommen, ein Versteck zu suchen und sich einfach ruhig zu verhalten. Vielleicht zog es ihn aber auch zu einer bestimmten Zuflucht. Die fernen Schritte bogen mühsam um eine Ecke und begannen die Steigung hinaufzuhasten, die am United Commonwealth Hospital vorbeiführt, Eingang für Ambulante und Unfälle.

Wir rannten vorbei. Wir rannten vorbei an der Rentenstelle und den Hang hinauf; unser Atem ging jetzt weniger ruhig. Und dann sagte Trotter plötzlich: »Da ist er!«

Die steile Straße, die wir hinaufhasteten, führt zu grauen, zerklüfteten Felsen, rechts und links des Pfades immer höher ragend, der nachts in völliger Dunkelheit liegt.

Über uns war es jedoch nicht dunkel. Zwischen den Felsblöcken strahlten Sterne, und ein weiteres Licht kam dazu: ein starker Strahl, wie von einem Leuchtturm, der in Zehn-Sekunden-Abständen über den Himmel huschte. Er kam vom Fort-Fincastle-Wasserturm, der dort in der Höhe stand, von dem rechten Felsblock verdeckt. Um den Wasserturm und das alte Fort daneben zu erreichen, kletterte man zwischen den hochragenden Wänden zum Ende der Schlucht; dort war eine steile Treppe, königlich »Queen's Staircase« tituliert. In alter Zeit, so heißt es, von Sklaven erbaut, stellen die sechsundsechzig Stufen beinahe alpine Anforderungen; tagsüber sind sie ein beliebtes Motiv für Fotoamateure. Zur Ergänzung des pittoresken Bildes wurde zwischen die Treppe und die linke Felswand ein vielstufiger Wasserfall geleitet, der die Treppenstufen von oben nach unten in einer Reihe von Kapriolen sprudelnd begleitet. Eine Mauer trennt die Treppe von der Kaskade.

Darauf blickten wir, als der wandernde Lichtstrahl des Wasserturms eine Bewegung in dem dunklen Abgrund erkennen ließ. Und als wir sie sahen und rasch darauf zuliefen, verschwand die Gestalt, und schlagartig verstummte selbst der Klang ihrer Schritte.

Wir hasteten in die Schatten und verhielten. Vor uns, schwarz gegen den dunkelblauen Himmel, ragte die Treppe. Daneben gähnte still das Gefälle, über das sonst der Wasserfall brauste: Wasserfälle lassen sich im Dunkeln nicht fotografieren. Auf beiden Seiten erhoben sich steil die Felsen, weich wirkend und zerfurcht; daneben Kakteen, gekrümmte, fasrige Pflanzen, einiges Geröll – Spuren eines Sturzes, wie mir einfiel. Kein Problem für einen agilen Mann, hier hochzuklettern – wenn auch niemand im Moment den Versuch unternahm: Dort, wo wir standen, hätten wir das leiseste Geräusch gehört.

Er wartete also. Worauf? Daß wir geräuschvoll zu suchen begannen, dort in der Dunkelheit? Daß wir ermüdeten und gingen und er ungehindert die Stufen erklettern konnte? Denn diese Stufen mußten sein Ziel sein. Und er hatte keine Zeit gehabt, sie zu überwinden: Das schien mir sicher.

»Tja«, sagte Johnson und steckte die Hand in die Tasche. »Auf meine rost- und bügelfreie Titanweste und alle, die sich ihr zu Wasser und zu Lande anvertrauen.« Und der Strahl einer Taschenlampe zuckte auf und huschte über die Felsen.

Es gab einen Knall, der von den Wänden widerhallte; Glas klirrte. Das Licht ging aus, von einer Kugel gelöscht. »Alles in Ordnung«, sagte Johnsons Stimme friedvoll aus einer anderen Richtung. »Das kam nicht von mir. Doch jetzt wissen wir, wo der Bursche ist...«

»Am Gefälle des Wasserfalls«, sagte Trotter. Johnson, der schon zu der Stelle lief, von der der Schuß gekommen war, antwortete nicht, und wir hasteten beide hinter ihm her. Wieder ein Schuß – wir hörten sein Donnern und das Splittern von Gestein. Johnson sagte knapp: »Hinter diese Büsche, auf den Boden.«

Ich sah, wie er sich langsam vorwärts bewegte. An dem Gefälle, über das jetzt kein Wasser floß, war nichts zu sehen. Selbst der Lichtstrom von dem Turm erreichte kaum seine dunklen Ecken und Simse, von Farnen und Felsplatten bedeckt. Nichts bewegte sich. Johnson rief: »Wir wissen, daß Sie da sind, und auch wir sind bewaffnet. Absolut nichts kann uns hindern, jemanden zur Polizei zu schicken, während die anderen bleiben und Sie in Schach halten, bis die Burschen kommen. Werfen Sie Ihre Kanone weg und treten Sie mit erhobenen Händen heraus. Sie wissen, was Sie erwartet, wenn Sie mit diesem Ding Schaden anrichten.«

Die Antwort war ein Schuß, genau auf die Stelle gerichtet, an der Johnson gestanden hatte. Noch ehe das Echo verklang, erwiderte ihn ein donnernder Schuß aus der Waffe in Johnsons Hand. Ich sah, wie Trotters Kopf in meine Richtung fuhr und seine Augen glitzerten; und ich erinnerte mich an meine erste Begegnung mit Johnson und die Ausbuchtung seiner Tasche, im Buick, bei meinem Vater. Doch ich hatte gedacht, seine Drohung wäre nur ein Bluff. Dann feuerte Johnson wieder, und diesmal sah ich etwas sich bewegen: Eine Pflanze zitterte, eine Gestalt tauchte aus der Dunkelheit, verschwand, tauchte wieder auf; schnell begann sie, das Gefälle des Wasserfalls hochzuklettern. »Links«, sagte ich plötzlich zu Johnson. »Bekommen Sie ein Schloß auf?«

»Ärztin meines Herzens«, sagte Johnson nebenbei. »Das hier ist ein Bahama-Western.« Doch er hatte begriffen. Er hetzte wie ein Hund zu der Tür in der Felswand, auf die ich gedeutet hatte; schnell war sie offen. Einen Augenblick später hatte er das Wasser angedreht.

Der Mann stürzte, schätzte ich, über dreieinhalb Meter, als ihn der Wasserschwall traf. Die Strahlen kamen von oben und von unten und durchdrangen einander vor der großen, steilen Kaskade. Das Wasser zischte, prasselte, donnerte. Der Mann kam hoch, drehte sich und begann auf allen vieren zu kriechen.

Er stolperte, rutschte; seine Kleider glänzten. Er schleppte sich über die betäubenden Strahlen. Die Wand war hoch. Wir sahen ihn einmal zurückschlittern, dann war er darüber und auf der Treppe. Er hetzte über die dunklen Stufen.

Johnson hob ruhig seine Waffe und zielte; doch Trotter hieb sie ihm aus der Hand. »Wenn Sie ohne zwingenden Grund töten, Sir, kann Sie das in Schwierigkeiten bringen. Er kann selbst nicht schießen. Er ist leicht zu fassen.«

Es klang einfach. Ich sah die Zweistärkenbrille eisig funkeln; dann sprang Johnson wortlos auf die Stufen, und wir folgten. Wohin seine Waffe in der Dunkelheit gerollt war, ließ sich zunächst nicht erkennen, doch ich nahm mir Zeit und fand sie auch, ehe ich nachkam, jetzt weit hinter ihnen. Von der schieren Wand des Abgrunds abgeschirmt, lagen die Stufen in völliger Dunkelheit. Erst als ich oben ankam, über meinen gleichmäßigen Atem recht erfreut, fand ich Johnson und Trotter hilflos den Fahrdamm absuchen.

Der Kellner war verschwunden.

»Er lief dorthin«, sagte Johnson. »Zum Fort hin, denke ich. Oder was ist mit diesem gräßlichen großen Turm?« Denn dieser hochragende weiße Speer mit seiner Spitze wie eine Baumwollspule stand jetzt direkt neben uns; noch immer fegte sein weißes und grünes Licht über die Stadt. Dahinter zeigten sich Lichter einer Reihe niedriger Häuser. Auf der anderen Seite der Straße hockte der dreieckige Kasten des alten Forts, seine Türen verschlossen. Nichts bewegte sich an seinen Mauern: Das karge Gras um den Turm war menschenleer. Auf dem Pfad vor dem Turm sahen wir etwas Wasser verspritzt.

Wir standen und lauschten. Kein Laut. »Mich würde interessieren«, sagte Johnson, »welche Art von Leuten in diesen Häusern wohnen.«

»Dahlia wohnt hier«, sagte ich. »Dahlia ist das kleine Mädchen, das den Lift im Wasserturm bedient.« Ein mageres Kind mit struppigen Zöpfen und einer Leidenschaft für Popcorn, das zweimal aus demselben Grund ambulant behandelt worden war. »Sie mag Matrosen und Kellner«, sagte ich. »Doch sie hat elf Brüder und Schwestern.«

Johnson wandte sich von den Häusern ab. »Also würde sie ihn nicht nach Hause mitnehmen. Doch sie könnte ihn verstecken.«

Der Lichtstrahl fuhr wieder herum, und ich nickte. »Der Wasserturm wird um halb fünf für die Öffentlichkeit geschlossen«, sagte ich. »Doch sie hat sicher einen Schlüssel. Soll ich sie suchen?«

Ich dachte, er hätte sie vielleicht gerne befragt. Statt dessen nahm er meine Bemerkung als weiteren Ansporn zu ungesetzlichem Tun.

»Nicht nötig«, sagte Johnson. »Ich habe immer eine Haarnadel dabei. So kommt mir mein Haarnetz nicht in die Augen.« Und unter

Trotters und meinen Augen fingerte er einen Augenblick an der Tür des Wasserturms. Ein Klicken, und sie schwang langsam auf.

Ich denke, wir zögerten alle. Sergeant Trotter sagte: »Das ist nicht richtig, das wissen Sie. Wir sollten die Polizei rufen.«

»Wir rufen Sie, wenn wir ihn haben«, sagte Johnson. Sie wissen ja, nach all dem Wasser kann seine Kanone eigentlich nicht funktionieren. Und, verdammt, er schoß auf uns. Außerdem hat er meine Brieftasche, glaube ich.«

Trotter starrte ihn an. »Sie meinen, er machte das alles nur, um Ihre Brieftasche –«

»Es waren zweitausend Dollar darin«, sagte Johnson schlicht. »Wenn Sie also nichts dagegen haben, gehe ich jetzt hinein.« Er zog die Tür weiter auf und trat in die Dunkelheit drinnen.

Der Strahl schwenkte, während er hineinging, und das Licht reflektierte auf dem Boden direkt hinter der Tür. Der Stein war von Wasserflecken bedeckt, und die Spur führte zum Drehkreuz, an der Aufzugtür vorbei und die gewundene Steintreppe hinauf, die zur Spitze des Turmes führte. Einen Augenblick war alles still. Dann nahm Johnson hinter dem Drehkreuz eine Sturmlaterne von einem Haken beim Lift, zündete sie an und beleuchtete den unteren Teil der Treppe. Mit kaum erhobener Stimme sagte er: »Ich denke, Sie kommen besser herunter. Wir sind bewaffnet, Sie nicht. Und es gibt keinen anderen Weg hinaus, nicht wahr?«

Die Antwort war ein Schuß, der direkt neben meinem rechten Ohr einschlug. Johnsons Pistole in der Hand, sprang ich zur Seite und feuerte direkt in die Richtung des Schusses. Ein Schrei gellte, danach tödliche Stille.

»Himmel! *Beltanno*!« sagte Johnson.

»Wir haben die besten Moorhühner in Schottland«, sagte ich. Ich fühlte mich beschwingt. »Aber nur eine Fleischwunde, denke ich. Ihre Pistole.«

Johnson nahm sie. Trotter schloß den Mund und öffnete ihn wieder, um zu sagen: »Er läuft hinauf. Was gibt es dort oben?«

Ich sagte: »Die Treppe führt um den Aufzugschacht und endet im gleichen Raum. Es geht fast vierzig Meter hoch. Dann kommen ein paar Stufen zu einer Plattform um den Turm, mit einer Mauer in Kinnhöhe. Darüber ist die Anlage, von der die Strahlen kommen. Um sie herum sind weitere Lichter, die nicht funktionieren.«

»Ich nehme den Lift«, sagte Trotter.

Ich sagte: »Er wird vor Ihnen da sein.«

»Nicht mit mir auf den Fersen«, sagte Johnson. Die schnellen Schritte hatten aufgehört. Er hob seine Stimme: »Dr. MacRannoch, laufen Sie zur Polizei. Schnell!«

»Gut«, sagte ich. Ich rannte zur Tür, knallte damit und kam leise zurück. Sergeant Trotter fand im fernen Licht von Johnsons Sturmlaterne den Schalter für den Aufzug, betrat ihn und schloß die Türen. Johnson begann die Treppe zu besteigen, mit dem Licht in Armeslänge. Ein Rattern, ein Winseln des Lifts zerschnitt die Stille. Von oben kam kein Laut.

Ich versuchte mich an das Innere des Turmes zu erinnern. Besucher fahren meist mit Dahlia im Lift nach oben. Sobald sie drin sind, verzichtet Dahlia auf ihr kräftiges Genuschel und beginnt, in abgehacktem hohem Singsang, wie ein Sopran-Computer, Informationen abzusondern: *Das Wasser ist 5,5 Meter tief... knapp 66 Meter über dem Meeresspiegel... rund 30 Kilometer Aussicht;* schließlich, in gleichem Atem, *Vorsicht Stufe,* wenn der Aufzug hält. Sergeant Trotter war dort angelangt, ohne die Assistenz Dahlias.

Johnson bestieg die Treppe, die sich links um das zerstörte Drahtgitter des Liftschachts wand. Es waren jeweils fünf Stufen, dann brauchte man zwei Schritte für einen kurzen Absatz. Bei jedem Absatz hörte die weiße Außenwand der Treppe auf, und es ergab sich eine Lücke, die schulterhohes Geländer füllte. Jenseits dieser Geländer dehnte sich die Wand des Turmes; Licht kam aus Fensterritzen. Zwischen dieser äußeren Wand und der Lücke bei jedem Absatz klaffte nur freier Raum, von der Spitze bis zum Boden.

Der Kellner wußte, daß Trotter zur Turmspitze gekommen war. Er glaubte, ich wäre verschwunden, um die Polizei zu holen. Er mußte deshalb nichts weiteres tun, als Johnson aufzulauern, während er sich die Treppe hocharbeitete, Licht und Pistole in der Hand; dann konnte er sich den Weg nach unten in die Freiheit schießen.

Er konnte Johnson am zerstörten Draht des Liftschachts auflauern, wenn der Lift oben angelangt war. Oder er konnte zum Rand der Treppe eilen, sich über das Geländer schwingen und dort geduckt lauern... dort? Wie ich mich zu erinnern glaubte, schien das keine Schwierigkeiten zu bereiten. In unterschiedlicher Höhe lagen seit Wochen Bretter zwischen den äußeren Fenstern und dem Treppengeländer. Ich wünschte, ich hätte das Johnson gesagt.

Dann sah ich, wie Johnson sich über die Treppe bewegte: leise, gegen die äußere Wand gedrückt. Und bei jeder Lücke hielt er und lauschte und glitt dann unglaublich glatt vorbei. Das Wimmern des

Lifts brach ab, und wir hörten, wie sich die Türen oben ratternd öffneten: Trotter schien ihn jetzt vorsichtig zu verlassen. Dann schaltete Johnson das Licht aus.

Stille. Ich überwand eine Lähmung, die mein Gesicht ergriffen hatte, und packte einen Schraubenschlüssel, den ich neben dem Lift entdeckte. Es schien mir schwer begreiflich, was ich, B. Douglas MacRannoch, hier auf den Bahamas in einem Wasserturm zu suchen hatte, in der Gesellschaft eines Army Sergeants, eines potentiellen Mörders und eines Geheimagenten. Ich erweiterte meine Bestandsaufnahme: Möglicherweise waren es zwei potentielle Mörder.

Der Kellner, der Johnson hatte töten wollen, mochte sich in der Dunkelheit unbemerkt an ihm vorbeistehlen, und ich könnte dann unten an der Tür an ihn geraten.

Sergeant Trotter hatte uns sicher geholfen, den Mann vom Club aus zu verfolgen. Doch er war ebenso wie Brady und Krishtof einer unserer frühesten Verdächtigen nach Edgecombes Zusammenbruch. Seine Unschuld mußte sich erst noch zeigen. Und er hatte Johnson die Pistole aus der Hand geschlagen, vorhin an der Treppe.

Falls Trotter auf der falschen Seite stand, mußte er nur Johnson so dirigieren, daß der Kellner schießen konnte. Und dann würde er den Kellner entkommen lassen.

Es schien einen naheliegenden Weg aus dem Dilemma zu geben. Ich knallte die Tür erneut und rief: »Ich habe die Polizei, Mr. Johnson. Wir kommen hoch!« und rannte hinüber zur Treppe. Oben dröhnte ein Schuß, und ich hörte die Kugel abprallen; es folgten ein weiterer Schuß und der Lärm rasender Schritte. Johnsons Stimme rief: »Trotter! Er kommt!« Fest fügte er hinzu: »Dr. MacRannoch, bleiben Sie unten, und sagen Sie ihnen, sie sollen den Turm umstellen.«

Es war ein recht schwacher Bluff, da jeder Mensch bei einigem Verstand das Fehlen von knirschenden Reifen, Stimmen und allgemeinem Lärm bemerkt hätte; doch ein Mann in Panik, dachte ich, könnte vielleicht darauf hereinfallen. Jedenfalls mißachtete ich Johnsons Anordnung und jagte die Treppe hinauf, während Johnson und der Kellner oben lärmten. Wieder ein Schuß: Das flache Zischen verriet, daß er im Freien abgefeuert worden war. Als ich dann die letzten Stufen nahm und in den Lift stürzte, hörte ich Trotter sagen: »Vorsicht, er ist oben, an den Streben.«

Ich kroch die Stufen hinauf zu der offenen Plattform, die um das Dach des Turmes führte.

Jenseits der sichernden Mauer direkt neben mir ragte das Fernrohr, durch das man das gesamte Panorama der Stadt Nassau sah: große Blöcke zwischen dem Grün der Fichten und Kokospalmen; direkt unter uns das rosa und weiße Wappen des United Commonwealth. Und in der Ferne das Blau des Meeres und der lange pelzige Streifen von Paradise Island, weit hinten rechts der mächtige Bogen der Potter's-Cay-Brücke.

Jetzt funkelten hier überall Lichter; Dampfer zogen wie Nebelflekke über das schwarze Meer. Und oben kreisten die grünen und weißen Strahlen des Turms immer weiter. Schwer strichen sie über ein bizarr geformtes Rinnsal – Blut, wie ich sah, das über den Boden rann, bis zum Fuß einer hohen Metallstrebe, die mit drei und vier anderen zum Licht des Daches führte. Sergeant Trotter hockte an ihrem Fuß. Und oben sah ich eine plötzliche leichte Bewegung, als das Licht unter den zerbrochenen Lampen wieder kreiste. Eben als die Pistole bellte, sprang ich zur Seite und lief zum Fuß der Strebe, zu Trotter.

»Vier«, flüsterte er. »Er hat einen Polizeicolt, der hier im Turm bereitlag... Sie haben nicht die Polizei geholt?«

Ich schüttelte den Kopf. Ein Schuß auf der anderen Seite des Daches – Johnson. Sofort danach zwei Schüsse von oben. Der erste richtete keinen Schaden an, soweit ich bemerkte. Der zweite zerschlug klirrend den Scheinwerfer.

Johnson sagte scharf: »Das ist die letzte Kugel. Gib auf, Idiot.« Auf dem Dach rumorte es. Plötzlich hörte ich heftige Atemstöße und erkannte, daß der Kellner über uns war und herunterklettern wollte. »Aus dem Weg, Lady!« rief Trotter und entfernte sich abrupt, zur Treppe eilend. Ein dumpfer Laut, als der Kellner auf den Dachsteg sprang, ein zweiter, als Johnson ihm folgte und ihn umwarf. Ich sah, wie sie sich wanden und wälzten, schwarz auf dem weißen Stein. Beide keuchten und stöhnten.

Nach zwei Sätzen hob ich den Schraubenschlüssel, eben als Johnson sich halb aufrichtete und dem anderen mit dem Kolben seines Revolvers einen sauberen Schlag hinter das Ohr versetzte. Der Kellner sank zusammen. »Wurde auch Zeit«, sagte Johnson. »Ich komme mir vor wie eine fallengelassene Masche in einer Strickmaschine. Haben Sie so etwas wie eine Schnur dabei?«

Ich habe immer etwas Schnur dabei, und ein Taschenmesser. Es reichte, um die Beine des Mannes zu fesseln, unterstützt von einem hochentzückten Trotter.

»Das wird reichen«, sagte Johnson, kniete und schulterte seine Last. Und setzte sie fluchend wieder ab.

»Sie sind verbrannt«, erinnerte ich ihn. Seine Brille glitzerte böse in meine Richtung, und Trotter beugte sich grinsend hinab und hievte den Kellner auf eine belastbare Schulter. Wir machten uns an den Abstieg.

Nach einem Drittel der Treppe kam der Kellner zu sich. Wir sahen beide, wie er sich bewegte. Johnson wollte bereits nach ihm greifen, als sich der Mann von Trotters Schulter wand. Das geschah auf einem Absatz, gegenüber einer der Lücken, und da seine Hände frei waren, konnte er sich über das Geländer wälzen und es mit einer Hand fassen, während er etwas suchte, das ich auf dem Weg nach oben bemerkt hatte: einen dicken freistehenden Metallstab, der im äußeren Schacht des Turmes von oben nach unten führte. Er erreichte ihn mit einer Hand, dann mit beiden; die Füße immer noch gefesselt, lockerte er seinen Griff und ließ sich den Stab hinuntergleiten.

Wir sahen, wie er schneller und schneller wurde. Ich glaube, nicht einmal Johnson dachte daran, auf ihn zu schießen. Es ging zu schnell, und es war schrecklich sicher, daß der Mann keine Chance hatte. Die Haut seiner Hände mußte sofort verbrannt sein. So zerschunden und ohne mit den Füßen bremsen zu können, mußte er in Sekunden den Halt verlieren.

Wir sahen nicht, wie sich sein Körper von dem Stab löste, doch wir hörten seinen Schrei, als er fiel, und den dumpfen Aufprall. Trotter grätschte über das Geländer und sagte: »Ich komme nach, armer Hund.« Er umgriff den gleichen Eisenstab und verschwand geschwind und still aus unserem Blickfeld.

Johnson nahm seine Hand von meinem Arm. »Lassen wir ihn. Haben Sie nicht bemerkt, welches Zirkustalent dieser Mann ist?« sagte er.

»Sergeant Trotter?«

»Sergeant Trotter. Sein Beruf ist es, internationale Militärparaden zu arrangieren. Er ist ein absoluter Experte für Paraden. Das heißt, er kennt sich aus mit Tanzen und Marschieren und Reiten und Schießen und Musikkapellen und Kunstradfahren und Kommando –«

»Und dem Hinuntergleiten an Stäben«, sagte ich. »Und vielleicht sogar mit dem Vergiften. Doch er hatte heute abend viele Möglichkeiten, Sie zu töten, und er tötete Sie nicht.«

»Ich beginne es zu bezweifeln«, sagte Johnson und krümmte sich. »Dort unten wird es schlimm aussehen, fürchte ich – armer Kerl. Gott sei Dank muß ich Sie nicht den Fängen der Hysterie entreißen.«

»Ich wünschte, das würde auch für Dahlia gelten, wenn ich dann mit ihr spreche«, sagte ich einigermaßen schroff. Immerhin war die Sache, die mir jetzt bevorstand, nicht gerade angenehm. Doch ich erledigte sie angemessen, während Sergeant Trotter die Polizei rief; nach gewisser Frist erschien eine Ambulanz, die nötigen Erklärungen erfolgten. Johnsons Brieftasche mit zweitausend Dollar, wie von ihm behauptet, fand man tatsächlich in der Tasche des armen Kerls.

Viel später brachte ich Johnson zu meinem Haus, nachdem ich mich von Trotter verabschiedet hatte und noch kurz zum Hospital gefahren war, um ein oder zwei Dinge in meine Tasche zu werfen. Es war fünf Uhr morgens, eine Zeit, zu der James Ulric gewöhnlich zu schlafen pflegt; doch zur Sicherheit warf ich einen Blick ins Arbeitszimmer. Auf dem Schreibtisch standen drei neue Aktenordner, daneben häufte sich Papier, von seiner kräftigen, undisziplinierten Schrift bedeckt. Alle Ordner trugen die Aufschrift: *Mac Rannoch-Treffen, Crab Island.*

Auf Crab Island steht das Haus der Begum Akbar. Ich dachte daran, ein Streichholz an den ganzen Kram zu halten, fand dies dann aber kindisch. Doch ich ärgerte mich immer noch, als ich Johnson in mein Bad beförderte; bis zur Taille entblößt, mußte er es dort erdulden, daß ich mich an seine Blasen machte. Er hatte große Flecken auf Teilen seiner Oberarme, seiner Schultern und des Rückens; sie waren sicher schmerzhaft. Er gab ständig unpassende Kommentare, auf eine Bambus-Chaiselongue gestreckt, während ich die Flavinlösung vorbereitete und meine Scharpie einweichte und trockenpreßte. Ich reinigte und verband die Brandstellen, säuberte alles und suchte meine treue Spritze und Morphium heraus. Verbrennungen zweiten Grades, selbst relativ leichte, sind die schmerzhaftesten, die es gibt.

Johnson sagte: »Halt. Ich habe nichts dagegen, durchgeknetet und zu einem komischen Paket verschnürt zu werden. Doch ich muß am Morgen noch zu Mutter Spry zurück. Man hat auch meine Kleider wiedergefunden.«

Ich hatte vergessen, daß er beraubt worden war. »Sie können sie morgen in Empfang nehmen«, sagte ich.

Er wand sich herum und setzte sich aufrecht, zart über seinen Verband streichend. Ich mußte ihm ein Hemd und eine Jacke von James Ulric holen. »Ich fliege am Morgen nach Miami«, sagte er. »Meine Ausstellung im Fontainebleau Hotel, und ich kreuze besser auf, oder sie lynchen mich in Abwesenheit... Nehmen Sie diese

Nadel weg. Sie sehen aus wie eine Tierärztin im Tollwutbezirk, nicht wie ein nettes Mädchen in einer familiären Hölle.«

Ich setzte mich langsam auf den Korksessel. Derartige persönliche Bemerkungen verwirren mich. Ich veruchte in professionelle Bahnen auszuweichen: »Sir Bartholomew wird morgen ins Jackson Memorial in Miami gebracht. Zur Dialyse.«

»Drücken Sie sich nicht. Ich sagte familiäre Hölle, und ich meine familiäre Hölle. Aber darüber können wir später reden. Hören Sie, mir gefällt der Gedanke nicht, daß Edgecombe jetzt so öffentlich durch die Gegend reist. Ich chartere eine Twin Otter. Würden sie ihn mit mir fliegen lassen?«

»Aber sicher«, sagte ich. »Wenn Sie ihnen keine Rechnung schicken.«

»Das werde ich nicht. Wenn Sie mitkommen.«

»Er braucht mich nicht«, sagte ich. »Ein Assistenzarzt genügt. Ich müßte fast zwei Tage meine Arbeit im Stich lassen.«

»Freiflug Nassau–Miami und zurück«, sagte Johnson. »Für Sie und Bart Edgecombe. Ich dächte nicht, daß das United Commonwealth etwas dagegen hätte. Würden Sie kommen, wenn man Sie läßt?«

Ich wechselte das Terrain. »Wäre das nicht sowieso eine unnötige Vorsichtsmaßnahme? Nicht Sir Bartholomew wollte man heute nacht töten, sondern Sie.«

»In Bart Edgecombes Kleidung«, sagte Johnson.

Der Griff um meine Nadel wurde schlaff. Er hatte recht. Jetzt fiel es mir wieder ein. Für das Dinner hatte Lady Edgecombe ihm Barts Jacke und Krawatte geliehen. Eine markante Krawatte, eine markante Jacke; jemand, der Edgecombe nicht genauer kannte, konnte leicht davon getäuscht werden. Jemand, der glaubte, Denise Edgecombes Begleiter dieses Abends wäre ihr Mann, nicht Johnson.

Mir kam ein weiterer Gedanke. »In diesem Fall –«

»In diesem Fall sollten wir Sergeant Trotter noch nicht von der Liste unserer vagen Verdächtigen streichen. Er tötete mich nicht«, sagte Johnson. »Doch er wußte ja, daß ich nicht Bart Edgecombe war. Der Kellner machte seinen Fehler, wir jagten ihn, und als es klar schien, daß der Kellner ergriffen und verhört würde, entzog ihn Trotter mir und ließ recht seltsamerweise zu, daß er floh. In den Tod. Nein, Bart ist nicht sicher.«

»Ich komme mit«, sagte ich. »Ich komme mit ihm nach Miami morgen.«

»Braves Mädchen«, sagte Johnson. Ich ignorierte die banale Bemerkung, doch er wirkte tatsächlich erfreut. »Und Sie trinken dann im Fontainebleau ein Glas mit uns?«

»Wenn es der Stundenplan meines Patienten erlaubt«, sagte ich. Ich schüttelte ein halbes Dutzend Barbiturate heraus. »Nehmen Sie eins davon, wenn Sie ins Bett gehen. Sie wissen genau, was Sie sich zumuten können und was nicht.«

Die Brille blitzte feindselig. »Was zum Teufel ist das – eine Art Echographie? Sie sollten sich um meine Blasen kümmern, nicht meinen ganzen Torso sezieren«, sagte Johnson. »Ich lasse Sie aus dem ungarischen PEN-Club hinauswerfen.«

»Dann«, sagte ich, »werde ich meine Memoiren auf anderem Wege veröffentlichen.«

Ich holte ihm ein Hemd meines Vaters, ein Seidenhemd mit Schlangenmuster, und dazu passende Bermudas, trotz seiner Proteste; dann fuhr ich ihn rasch zu seinem Wagen. Nach meiner Rückkehr ging ich in mein Badezimmer und fand James Ulric, in Taft gehüllt, den flatternde Wesen bedeckten, auf meiner Bambus-Chaiselongue. Er rauchte eine Zigarre.

»Mein Gott, Beltanno«, sagte er. »Zweiunddreißig Jahre Jungfrau, und dann passiert es zwischen Klo und Bidet. Konntest du ihn nicht zum Treppenabsatz bugsieren?«

Ich sammelte die Sachen schweigend ein und hing Johnsons Hose über einen Arm. Ich fragte mich, wieviel mein Vater gesehen und gehört hatte: Eher gar nichts, dachte ich.

»Nein«, sagte ich. »Ich konnte ihn nicht zum Treppenabsatz bugsieren. Dort standen die anderen schon Schlange.«

Ich ging hinaus und okkupierte James Ulrics Badezimmer; irgendwo mußte ich mich schließlich waschen. Seine Waage zeigte fünf Pfund zu wenig an. Ich stellte sie für ihn richtig.

Ich schlief ausgezeichnet – keine Sorge.

5

Ich ging am nächsten Morgen zu Dahlia. Sie wußte schon, was ihrem Freund geschehen war, zeigte sich aber nicht über Gebühr erschüttert, da sie sich in einen italienischen Croupier auf Paradise Island verliebt hatte. Sie gab unbefangen zu, daß sie dem Kellner den Schlüssel zum Wasserturm gegeben hatte, damit er einen zweiten herstellen konnte:

Sie trafen sich, vermute ich, auf der zugigen Turmspitze, und der Arme hatte sicher viel davon. Er hieß Pentecost.

Der einzige weitere interessante Fakt, den ich von ihr erfuhr *(Quis bene interrogat, bene diagnoscat),* bestand darin, daß Pentecost vier Brüder gehabt hatte und aus Bullock's Harbour kam. Und Bullock's Harbour ist die Siedlung der Einheimischen von Great Harbour Cay.

Ich wollte Johnson davon berichten, als wir uns auf dem Flughafen trafen, doch es fand sich keine Zeit dafür. Sir Bartholomew, von seiner Gattin geleitet und leicht angegriffen wirkend, wurde in die Twin Otter verfrachtet; ich folgte, Koffer und Arzttasche in der Hand, während die Ambulanz davonfuhr. Aus dem Umfang des schweinsledernen Gepäcks, das in der Otter verstaut wurde, schloß ich, daß Lady Edgecombe nicht beabsichtigte, ihre ganze Zeit im Hospital zu verbringen. Sie trug einen beigen Hosenanzug von einiger Eleganz, und selbst Johnson hatte sich bemerkenswert verschönert, durch einen Tropenanzug von etwas altmodischem Schnitt und eine lange Wildlederkrawatte, deren Futter das Abbild einer unbekleideten Dame zierte.

Vielleicht musterte ich sie zu kritisch. Jedenfalls sah er prüfend an sich hinunter, als wir uns zum Start anschickten, und sagte: »Gefällt Ihnen mein Aufzug, oder –«

Wortlos hob ich seine Krawatte, und er blickte verwundert auf die Frau. »Wie sonderbar«, sagte er. »Es war ein Weihnachtsgeschenk von der Sekretärin meines Agenten, zusammen mit Baseballschuhen mit echtem Vinyl-Oberleder und Sicherheitsgummilaschen.«

»Vorsicht vor der Sekretärin Ihres Agenten«, sagte ich, holte meine Nagelschere und gab sie ihm. Er entfernte die Dame mit Sorgfalt, ja mit bedauernswerter Kunstfertigkeit.

Die Twin Otter fliegt gewöhnlich in einer Höhe von knapp 2500 Metern, mit einer Geschwindigkeit von rund 250 Kilometern in der Stunde. Der Flug nach Miami dauerte weniger als eine Stunde, und auf halber Strecke tranken wir Kaffee. »Die Großen genießen ihr Frühstück in stilvoller Muße. Warum nicht Sie?« sagte Johnson; Lady Edgecombe lächelte, Sir Bartholomew verzog schwächlich das Gesicht. Die Aussicht auf die Dialyse und mögliche weitere Anschläge auf sein Leben begeisterten ihn eindeutig nicht. An Johnsons Tasche sah ich die Ausbuchtung seiner Waffe – oder seiner Pfeife. Er ließ sich nichts von seinen unsichtbaren Verbrennungen anmerken und hatte bereits gemeint, ich sollte sie vergessen.

Ich tat, wie geheißen. Wie Stückchen von gekochten Krebsen

hingen kleine fleischige Wolken über dem blauen Meer unter uns, und weiter oben zogen feine Wolkengespinste vorbei. Die Bahamas haben siebenhundert Inseln, und sie liegen avokadofarben in einem marmorgrünblauen Meer, vor den Stränden mit Untiefen, die wie Aprikosen und hellgrüne Äpfel schimmern. So weiß ist der Sand, und so klar ist das Wasser, daß sich Land und Meer in einem dünnen, wäßrigen Grün mischen, und man muß genau hinsehen, um die feinen Muster zu erkennen, die anzeigen, daß man über Wasser fliegt. Vor Bimini jagten Schnellboote über das Meer wie rauchgeschwänzte Raketen über den Himmel. »Dort ist Miami«, sagte Johnson.

Und es war die Küste Floridas. Flach und von Streifen seichten Wassers gesäumt. Gruppen von Wolkenkratzern zogen unter uns vorbei, weiß und glänzend wie blankgeputzte Zähne, umgeben von freien Flächen und von Wasser und den Stoppeln gereihter Häuser zwischen Palmen und blauen Pools und einem blitzenden Mosaik von Automobilen. »Es gibt keinen Grund«, sagte Johnson, »weshalb nicht jeder von Ihnen dort unten in Leisureville ein gepflegtes Grundstück haben sollte.«

»Leisureville ist recht attraktiv«, sagte Lady Edgecombe. »Man hat es mir einmal gezeigt. Oder vielleicht war es Cannongate-on-the-Links. Sie suchen sich ihre Leute sehr genau aus.«

»Aber Sie leben doch unter besten Bedingungen«, sagte Johnson. »Auf Great Harbour Cay.«

»Denise vermißt etwas Geselligkeit außerhalb der Saison«, sagte Sir Bartholomew in die folgende kurze Stille.

Ich hatte ihn vernachlässigt. Ich sagte: »Sie werden in sehr guten Händen sein. Ich werde zusehen, daß man Sie angenehm unterbringt, und ich stehe zur Verfügung, wenn man mich wünscht. Sie werden überrascht sein, wie einfach alles wird.«

»Ganz sicher«, sagte er und lächelte mich an. Schließlich waren seine Frau und die zwei Flieger da; nichts anderes ließ sich sagen. Doch er mußte sich fragen, wie Johnson sich fragte, weshalb er nach all den Jahren Ziel von Anschlägen sein sollte. Und dazu so schäbiger, schmerzhafter Anschläge, als wäre auch persönlicher Haß im Spiel, als hätte nicht einfach ein Agent einen anderen auszuschalten.

»Sie haben es besser, dort in Miami. Ich muß leutselig mit vierzig Damen und Herren der Gesellschaft plaudern, die ich unglückseligerweise auf Leinwand verewigte. Ich erwarte Sie beide im Fontainebleau, wann immer es Ihre Zeit erlaubt, Denise, Dr. MacRannoch.

Fragen Sie nach Timpson, meinem Agenten. Netter Bursche. Lebt in Miami. Ein Kerl wie Kupfer, von feiner Patina umhüllt.«

Das war in der Tat eine verblüffend präzise Beschreibung des kupfernen Timpson, der später am Morgen Lady Edgecombe und mir innerhalb der geschwungenen weißen Vorderfront des Fontainebleau entgegentrat. Nach der Kühle des Hospitals brannte hier die Sonne auf die weißen Treppenfluchten, die zu zwei Türfluchten führten. Drinnen seufzte Lady Edgecombe erleichtert auf, in dem weiten Raum der Lounge, mit seinen Inseln von Sesseln und Tischen auf mehreren Morgen quadriertem Marmorboden. Über uns gleißende ovale Leuchter von der Fläche kleiner Swimmingpools. Der Raum, wenn man das einen Raum nennen konnte, schien von gurrenden amerikanischen Gestalten mit Perücken und Sonnenbrillen bevölkert; über ihren beringten Fingern kräuselte sich der Rauch ihrer Zigaretten.

Mr. Timpson jedoch war ein stattlicher Mann in mittleren Jahren, mit einem adretten dunklen Anzug und enormen deduktiven Fähigkeiten: Er hatte uns im Handumdrehen identifiziert, ergriff meine Arzttasche und schleuste uns durch das summende Gewoge zum hinteren Teil der Halle, der auf einer tieferen Ebene lag. Unterwegs, bemerkte ich, nahm sich Lady Edgecombe ein Glas Champagner, während ich ein Glas Eiswasser davontrug.

Ich hatte an diesem Morgen eine frische Baumwollbluse angezogen, die schon schlaff herunterhing. Über die Menge blickend, hatte ich eben bemerkt, daß sich an der hinteren Wand des großen Raums eine Galerie befand; dort hingen etwa vierzig große Bilder über Samt. Da zeigte sich vor mir eine große, kühle, duftende Gestalt und blockierte wie ein Baum meinen Weg.

»Sagen Sie bloß nicht«, fragte eine englische Stimme amüsiert – ich bin sicher, amüsiert –, »Sie sind Beltanno MacRannoch?«

»Ich bin Dr. Douglas MacRannoch«, sagte ich automatisch. Sie schien fast einsachtzig, obwohl sich ihre Schultern mit dem Alter gerundet hatten und ihrer langen, schmalen Gestalt eine ungemein kühne Eleganz gaben. Ihr Haar war noch schwarz, von Grau durchzogen, und aufwendig über ihrem knochigen Gesicht zurechtgemacht. Ihre Augen waren besonders eindrucksvoll und von schwerem Make-up betont; sie trug auch einen leuchtenden Lippenstift. Ihren Kopf und ihren ganzen Körper umhüllte blau und silbern ein Seidenvoile, von einer großen Saphirbrosche auf einer Schulter gerafft. Keiner ihrer Ringe, schätzte ich, war weniger als fünftausend Pfund wert.

»Die Begum Akbar?« fügte ich hinzu. Schloß Rannoch zu mieten, sein Personal, seine Jagd- und Fischereigründe, Saison für Saison zu James Ulrics Preis, erfordert, wie ich seit je wußte, ein ganz besonderes Bankguthaben. Etwa ein solches, wie es indische Prinzen hinterlassen. Die Begum, so war mir berichtet worden, hatte ihr kurzes Eheleben in Nordindien verbracht, weit von den Feldern ihres heimatlichen Huntingdonshire; nach dem Tode ihres Gatten hatte sie sich nicht wieder verehelicht, sondern sich damit amüsiert, Häuser in verschiedenen Weltteilen zu erwerben und sich mit Psychopathen wie meinem Vater zu umgeben, deren Exzesse sie zu unterhalten schienen.

Ich war ihr sorgsam aus dem Weg gegangen. Ich dachte an die Ordner auf James Ulrics Schreibtisch und stellte mich in Positur, um Mr. Timpson auf dem Fuß zu folgen. »Wie schön, Sie zu sehen«, sagte ich. »Doch ich fürchte, ich muß eilen, Mr. Johnson erwartet uns.«

»Ich weiß. Er sprach davon«, sagte die Begum. Sie lächelte Lady Edgecombe zu. Sie hatte kleine, unregelmäßige Zähne und ein festes Kinn, das ihr Lächeln äußerst liebenswert erscheinen ließ. Lady Edgecombes gepflegte Augenbrauen hoben sich; sie lächelte zurück. Die Begum sagte: »Ich hoffe, Sie sehen sich beide mein Porträt an. Ich bin die Begum Akbar; man nennt mich gewöhnlich Thelma.«

»Ich weiß. Ich bin Denise Edgecombe. Ich lebe auf Great Harbour Cay. Darf ich bemerken«, bemerkte Bart Edgecombes Gattin, »wie entzückend Ihr Sari ist?«

Ich sagte kein Wort. Ich brütete über die Hinterhältigkeit von Johnson Johnson. Er hatte mir nichts davon gesagt, daß die Begum hier sein würde. Überhaupt, daß er sie gemalt hatte. Ich begann zu überlegen, was er mir sonst verschwiegen haben mochte. »Kommen Sie«, sagte die Begum. »Es ist das dritte Porträt auf der linken Seite, zwischen der Herzogin und dem Gouverneur. Die Presse war schon da, um uns alle neben unseren Bildern zu fotografieren. Wir sind eine Art Club, denke ich – Johnsons Modelle?«

Ich sagte nichts, ebenso wie Lady Edgecombe neben mir. Ich denke, keiner von uns war bisher so klar geworden, was er für einen großen Namen hatte. Vermutlich waren alle Bilder hier für die Ausstellung geliehen, und die Modelle waren auch gekommen, um Champagner zu trinken und sich fotografieren zu lassen und Johnson wiederzutreffen. Er war zwischen zahllosen Brillen verschwunden; Timpson hatte sich gleichfalls entfernt. Die Begum, lächelnd, winkend, Worte wechselnd, während sie durch die Menge schwebte, erreichte mit eiserner Beharrlichkeit ihr eigenes Porträt und tätschelte die seidene Schulter eines langhaarigen jungen Mannes, der davor stand. »Krishtof, Sehen Sie nicht genau hin. Es verrät zu viel«, sagte die Begum. »Beltanno und Lady Edgecombe sind Sie schon begegnet? Krishtof wird Gast in meinem Hause sein.«

Der türkische Tänzer. Deshalb also war er nach Nassau geflogen. Unterwegs zur Begum. »Ich bin Lady Edgecombe nicht nur begegnet – ich habe mit ihr getanzt«, sagte Krishtof Bey triumphierend. Das Mongolengesicht verriet so wenig wie das seiner Gastgeberin: Die schrägen Augen lächelten in einer Art, die auch dem Wohlwollenden Bosheit andeutete. Seine Hand, die er mir reichte, war lang und dünn und sehnig. Er trug eine zimtfarbige Bluse und zimtfarbige Hosen und goldene türkische Pantoffeln; zwischen ihm und der Menge bemerkte ich die diskrete Leibwache seiner Freunde. Ich fragte: »Hat Johnson auch Sie gemalt, Mr. Krishtof?«

»Er wird es tun«, sagte der Tänzer. »Wird es ein Aktporträt, was glauben Sie, Frau Dr. MacRannoch? Kommt ein Blümchen dazu? Der Nachmittag eines Fauns?«

»Die Sensation der Slums?« schlug ich vor.

Er ließ sich nicht beirren. »Eine Ärztin beeindruckt das doch nicht. Nackte Männer haben Sie zu Tausenden gesehen.«

»Gewiß«, stimmte ich zu. »Vor allem Leichen.«

»Und so sehen Sie uns?« Er kam ganz nahe, seine Mandelaugen starrten mich hypnotisch an. »Kalt? Teilnahmslos? Abstoßend?«

Die Begum gluckste. Lady Edgecombe neben mir war sichtlich irritiert. »Im Gegenteil«, sagte ich prompt. »Es gibt kaum etwas Schöneres als das Blutgefäßsystem eines erwachsenen Menschen. Solange Sie nicht zwei arteriovenöse Anastomosen seziert haben, haben Sie keine Vorstellung von Eleganz.«

»Geben Sie auf, Krishtof«, sagte Johnsons tiefe, angenehme Stimme hinter uns. »Dr. MacRannoch können Sie nicht schlagen. Wir sind alle wohl nicht ganz in Form.«

Krishtof Bey war leicht zurückgewichen, doch seine Mandelaugen hafteten weiter an mir. Er lächelte. »Pardon, aber ich glaube nicht«, sagte er sanft, »daß Sie die Sache richtig sehen.«

»Lunch«, sagte Johnson hastig.

Schließlich führte uns die Begum alle zum Lunch ins Columbus Hotel. Ich telefonierte pflichtbewußt mit dem Jackson und hörte, daß Sir Bartholomew erfolgreich behandelt worden war und eben ruhte;

und als ich mich kurz gekämmt und meine Bluse zurechtgezogen hatte, ging ich schließlich zur Begum, zu Lady Edgecombe, Krishtof und Johnson in den siebzehnten Stock.

Der Speiseraum im siebzehnten Stockwerk des Columbus besteht zu drei Vierteln aus Spiegelglas, und durch seine Fenster blickt man hinunter auf die Autoschlangen des Biscayne Boulevard und die Palmen des Bayfront Park dahinter. Danach kommt ein Streifen blaues Wasser, überzogen von Reihen langer, tiefer, weißer Brücken, die zu Dodge Island und dem Rest Miamis am Horizont führen.

Als ich ankam, waren die anderen dabei, die Cocktailbar zu verlassen. Ich berichtete, was ich vom Hospital gehört hatte, während Krishtof Bey mir einen Tomatensaft besorgte. Ich nahm ihn mit in den Speiseraum, wo wir uns neben scharlachrot gemusterte Vorhänge setzten und uns über die Aussicht begeisterten.

Vielmehr taten das die anderen vier. Während ich an meinem Tomatensaft nippte, schien mir das Ganze am ehesten einem aufgeklappten Bilderbuch aus Pappe zu gleichen, das mir eine finstere MacRannoch-Tante einst aus Australien mitgebracht hatte. Vor uns wurde die Brücke regelmäßig hochgezogen, um schicken weißen Jachten freie Fahrt zu geben; zwischen den Bögen flitzten ständig Thunfischboote wie kurze breite Kinderwagen. Hinter der ersten Brücke tauchte ein Wasserflugzeug, auf dem Weg zu seinem Liegeplatz auf Dodge Island, herunter. Ein scharlachroter Hubschrauber, an dem Hotel vorbeidröhnend, überflog die Bucht und steuerte den kleinen Platz an, den wir schon auf dem Weg hierher bemerkt hatten. Man sah die malerische Disneyland-Eisenbahn; den Beton-Komplex, dem wir eben entronnen waren.

Die Sonne schien aus einem wolkenlos blauen Himmel auf diese ganze makellose, luxuriöse Szenerie, und ich trank grimmig meinen Tomatensaft und dachte an Bart Edgecombe im Hospital und Pentecost mit der Pistole in der Hand und die Flammen an Johnsons geborgtem Jackett. Krishtof Bey, als hätte er meine Gedanken erraten, sagte sanft: »Was hat diese Sache mit Sir Bartholomew verursacht, Dr. MacRannoch? Hat man das festgestellt?«

Es war eine ganz natürliche Frage. Ich denke jedenfalls, daß es eine ganz natürliche Frage war. Ich zeigte ein gleichmütiges Gesicht, doch ich schätzte dabei meinen Puls auf achtzig bis neunzig in der Minute. »Ich denke, wir werden es nie ganz genau wissen«, antwortete ich. »Doch es scheint ziemlich sicher, daß er selbst verantwortlich ist. Ein paar verdorbene Sandwiches.« Ich sprach ruhig, außerhalb Lady

Edgecombes Hörweite. Sie hatte die Sandwiches gemacht; niemand hatte ihr gesagt, daß mit ihnen etwas nicht gestimmt hätte.

»Oh? Dann wollen wir es dabei bewenden lassen«, sagte Krishtof Bey frohgemut. »Hier ist die Karte.«

Mein Appetit hielt sich in Grenzen. Wir nahmen Palmenherzen, ein weiches weißes Zeug, danach Rib Steak und Apple Pie *à la mode*.

À la mode bedeutet in den USA mit Eis. »Europäisch« bedeutet ein Zimmer ohne Mahlzeiten. »Halbamerikanisch« bedeutet Zimmer, Frühstück und Dinner. »Vollamerikanisch« bedeutet Zimmer, Frühstück, Lunch und Dinner. Ich erinnere mich ausgezeichnet an die Antwort meines Vaters, als man ihn bei seinem ersten Hotelaufenthalt in Nassau fragte, ob er halbamerikanisch wäre.

»Warum so abwesend, Beltanno?« sagte die Begum plötzlich. »Sir Bartholomew geht es besser, wir genießen ein gutes Essen in guter Gesellschaft, der ganze Tag und die ganze Nacht liegen vor Ihnen, das Hospital erwartet Sie doch erst morgen wieder? Also haben Sie heute Ferien. Was macht Ihnen am meisten Spaß?«

»Golf«, sagte ich. Ich fühlte mich leicht benebelt. Es machte mir sogar Mühe, das Wort deutlich auszusprechen. Lady Edgecombe schien irgendwie unruhig. »Doch Mr. Brady hat Ihnen doch sicher von unserem Spiel auf Paradise Island erzählt, Begum?«

»Ja, er sprach davon«, sagte die Begum. Sie zögerte, als würde sie bedenken, wie sie die Fortsetzung formulieren sollte. »Er fürchtete, Sie sahen in der ganzen Sache den Versuch, über Sie Kontakt zu Ihrem Vater zu bekommen. Ich hoffe, er hat sich geirrt«, sagte die Begum ruhig. »Er ist ein ungewöhnlich talentierter junger Mann, der hinter seinen Aufträgen nicht herzujagen braucht. Außerdem halte ich es für höchst unwahrscheinlich, daß James Ulric Schloß Rannoch je wiedersehen wird.«

Ich war aufgebracht, doch ich antwortete gemessen. »Es ist nicht ausgeschlossen«, sagte ich, »falls sich seine Verfassung stabilisiert. Falls er es aufgibt, sich mit der Planung von Großveranstaltungen herumzuschlagen, beispielsweise.«

»Doch wie würde er sich dann langweilen«, sagte die Begum lächelnd. »René Sand glaubt: Im Strom des Lebens ist der Platz der Medizin, nicht an den Ufern. Und das gilt nicht nur für den MacRannoch, sondern auch für seine Tochter. Ich bringe Sie in Verlegenheit, Beltanno. Doch ich wünsche, daß Sie sich mit Wallace Brady anfreunden. Wußten Sie, daß er für mich eine Brücke baut?«

»Wie steht's damit?« fragte Johnson.

Die Begum sagte: »Er glaubt, er kann das letzte Problem lösen. Die Strömung ist unmöglich, wissen Sie. Jeder hat es schon versucht. Doch ich denke, er wird es schaffen.«

Krishtof Beys Mandelaugen waren immer noch auf mich gerichtet. Ohne wegzublicken sagte er: »Eine Brücke? Wie aufregend, Thelma! Wo?«

»Lady Edgecombe wird sie gesehen haben«, sagte die Begum und lächelte uns alle an, das Haupt auf ihre königliche Weise neigend. »Sicher, sie wird recht spektakulär, wenn sie fertig ist. Sie verbindet mein Stück Land mit der nächsten großen Insel. Sie führt von Crab Island nach Great Harbour Cay.«

»Ich wußte nicht«, sagte ich langsam, »daß Sie so nahe bei Great Harbour Cay leben.«

»Nicht? Nun ja, James Ulric haßt Crab Island, weil dort kein anständiger Hafen ist«, sagte die Begum. »Ich konnte ihm keinen Landeplatz bauen lassen, doch ich kann ihm wenigstens eine Brücke verschaffen. Glauben Sie, er wird mich jetzt besuchen? Werden Sie's, Beltanno?«

Ich sah sie an. »Leider«, sagte ich, »läßt dies meine Arbeitszeit kaum zu. Danke jedenfalls für die freundliche Einladung.«

»Aber sie haben doch freie Wochenenden?« sagte Lady Edgecombe unerwartet. »Bart sagte, Sie müssen freie Wochenenden haben. Er wollte, daß Sie mit uns nach Great Harbour Cay zurückfliegen und eine Weile bleiben. Wir schulden Dr. MacRannoch viel«, sagte sie noch entschuldigend zur Begum.

»Aber natürlich. Und danach kann sie uns besuchen«, sagte die Begum befriedigt. »Abgemacht.« Sie unterschrieb die Rechnung mit einem Schnörkel: Eine Zahl mit drei Ziffern stand darauf. »Nun, sollen wir gehen? Johnson, Sie wollen zurück zu den Spuren Ihrer Egozentrik?«

»Ich bin ein arbeitender Mensch«, sagte Johnson. »Wäre ich das nicht, hätten Sie nicht dieses grandiose Gemälde. Wie Dr. MacRannoch muß ich erst meine Pflichten erledigen, ehe ich mich auf Crab Island rekeln kann.«

»Sie werden die Begum besuchen?« fragte ich. Ich war argwöhnisch. Plötzlich hatte sich das Schwergewicht von Nassau und dem United Commonwealth Hospital weg verlagert. Opfer, Verdächtige ... Alle Protagonisten dieser drohenden Katastrophe schienen sich aus dem Staub zu machen. Nach Crab Island. Nach Great Harbour Cay. Oder doch fast alle. Ich dachte an Sergeant Trotter.

Johnson sagte: »Krishtof Bey hat mich gebeten, ihn zu malen, und ich bin nicht abgeneigt; aber Sie kennen meinen notorischen Wankelmut. Tragen Sie dort alle Gina Fratini?«

»Wir tragen überhaupt nichts«, sagte die Begum in ihrer ruhigen Art.

»Oder höchstens manchmal eine kleine Rose«, sagte Krishtof Bey, den Blick eines Fauns auf mich schleudernd.

Und ich machte eine Entdeckung. Ich erkannte, weshalb meine Worte schwer über die Lippen kamen, weshalb meine Glieder unwillig gehorchten, weshalb meine Reaktionen schlimme Störungen zeigten. Wie dem armen Sir Bartholomew hatte man mir unwissentlich schädliche Stoffe beigebracht.

Mein Tomatensaft war mit Wodka vermischt. Mein Tomatensaft von Krishtof Bey.

Ich lehne Alkohol nicht ab, weil ich Alkohol nicht vertrage. Ich lehne ihn ab als seichten Genuß, den ich mir nicht leisten kann. Auch wenn ich nicht sage, daß der Blick, den ich dem Tänzer zuwarf, freundlich war, erhob ich mich doch am Ende dieser Mahlzeit in Vollendung, um mich von Johnson und Krishtof Bey zu verabschieden, die zu der Ausstellung zurückkehrten. Dann nahm ich die Einladung der Begum an, sie zu kurzer Schönheitspflege in ihre Suite zu begleiten. Lady Edgecombe kam mit uns.

Da die Pflege bei Lady Edgecombe offenbar bedingte, die ganze Oberschicht von Crèmes vom Haar bis zum Kiefer zu entfernen und sie durch eine ähnliche zu ersetzen, blieben die Begum und ich lange Zeit allein im Wohnzimmer. Mr. Frost erschien auf dem Fernsehschirm. Sie schaltete ihn ab. »Nun, Beltanno«, sagte sie, sich auf kostbares Himmelblau und Silber niederlassend. »Also, du trinkst nicht, und du rauchst nicht, und die Leute interessieren dich nicht. Kein Wunder, daß sich der MacRannoch wie ein wahnsinniger Makler an einer brodelnden Börse benimmt. Warum läßt du ihn nicht sein Geld für dich ausgeben? Stolz?«

Ich stellte meine Tasche sorgsam zwischen meine Füße und lehnte mich zurück. »Aus wohlerwogenen Gründen«, sagte ich.

»Und ist es in extremen Fällen nicht üblich, wohlerwogene andere Ratschläge anzunehmen?«

»Gewiß«, sagte ich, »doch nur, wenn sie von kompetenten Leuten kommen.«

Sie lächelte. Ich hatte erwartet, daß sie aufstehen und gehen würde. Statt dessen murmelte sie: »Aber James Ulric hat mich gebeten, ihn zu heiraten. Wußtest du das nicht? Mehrmals.«

Das war alles, was ich brauchte. Auch noch eine verdammte Mutter. Pardon. Der Wodka. Ich sagte: »Und Sie haben abgelehnt?«

»Ich habe nicht zugesagt, ich wollte erst nachdenken«, sagte die Begum. »Ich wollte erst dich kennenlernen.«

Ich saß da und starrte sie an. Schlagartig wurde mir klar, was das bedeutete. Mein Vater konnte keine Kinder mehr haben. Die Begum war mit Sicherheit längst nicht mehr im gebärfähigen Alter und hatte keine Kinder aus ihrer früheren Ehe.

Und das bedeutete, daß die vereinten Vermögen der Begum und meines Vaters schließlich auf mich übergehen würden.

Kein Wunder, daß sie mich kennenlernen wollte, um mich zu beeinflussen. Um mich vorzuführen. Um mich mit irgendeinem Hurenbock zu verheiraten.

Pardon.

Ich sagte: »Es könnte Ihre Entscheidung erleichtern, wenn ich Ihnen sage, daß ich nicht zu heiraten gedenke.«

»Ich weiß«, sagte die Begum nachdenklich. »Du fürchtest dich, nicht immer die Nummer eins zu sein.«

»Ich bin nicht willens«, sagte ich ruhig, »den Rest meines Lebens in zweitklassiger Gesellschaft zu verbringen.«

»Wäre das so sicher?« sagte die Begum sinnend. »Auch meine ich kaum, daß die Gesellschaft des guten armen James so viel großartiger ist. Und wie steht's mit Johnson?«

Einer der Muskeln meines Unterleibs, den ich im Augenblick nicht exakt benennen konnte, erzeugte ein sanftes, dumpfes Geräusch. Ich sagte: »Ich spreche von echten Möglichkeiten.«

»Ich spreche von echten Menschen«, sagte die Begum. »Oh, hier ist Lady Edgecombe. Wie reizend. Beltanno, all diese Eleganz darf nicht unbeachtet bleiben. Komm. Mach dich rasch fertig, und laß diese lächerliche Tasche stehen. Lady Edgecombe und ich werden dir Miami zeigen.«

Die erste Sprache in Miami ist natürlich Spanisch: Die Ladenmädchen tuscheln spanisch, die Kinos werben für ihre Programme *Hoy*, und die Drugstores verkaufen *Perros Calientes* ebenso wie die alltäglichen amerikanischen *Jumbo dog Sauerkrauts.*

Die Schilder an der Straße vom Flughafen sind dagegen allesamt amerikanisch: *Keep off the Median – Nicht in der Mitte fahren. Gehen. Stop. Wir wünschen einen schönen Tag – Have a Nice Day.*

Wenn mir ein gelangweilter amerikanischer Verkäufer einen schönen Tag wünscht, folgt er damit einem amerikanischen Zwang, der mich stets aufs neue erbost, ebenso wie mich die warmen Grüße schmerzen, die jugendliche Discjockeys über die Ätherwellen plärren. Das letzte Ziel der Menschheit ist nicht notwendigerweise schlicht ein schöner Tag. Ich hatte keinen schönen Tag.

Ich wurde von der Begum Akbar und Lady Edgecombe durch die Hauptschlagadern des Sonnenscheinstaates geschleust. Die Unmöglichkeit der Vorhersage, was die Begum in der nächsten Sekunde fesseln würde, erhöhte meinen Blutdruck und verwischt heute meine Erinnerung an die folgenden Stunden.

Die Unendlichkeit der angebotenen Zerstreuung war erschrekkend. Erschreckend auch die Plakate: *Rollschuhspaß. Florida Jets gegen New York Bombers. Boom Boom Room. Sammy Davis Junior. Schärfste Show der Stadt. Georgie Porgie and the Cry Babies. Deauville, Hotel of the Stars. Internationale Bootsausstellung Miami, Sonntag bis Mittwoch* (war Johnson dorthin gegangen?), *Gartenappartments für Erwachsene* (welche Erwachsene, um Gottes willen?).

Ich erinnere mich an große Einkaufszentren wie in New York. Ich erinnere mich an eine Straße, die sich über das Meer schwang; Pelikane flatterten wie schmutzige Wäsche am blauen Himmel, Palmen rahmten teure Häuser. Ich erinnere mich an zahllose Boutiquen mit Flitterzeug, neben dem *Pfannkuchenhaus* und *Big Daddy's* und *Lum's Famous Lumburgers* und vollgepferchten kleinen Hotels mit schwitzenden Gästen, die in der Vorhalle hockten. Ich erinnere mich an lange Reihen von Hotels und Appartments, jedes der paradiesische Prototyp in den Maklerprospekten von London bis Australien: kühn hinter flutlichtüberglänzten Büschen und Palmen ragend, mit kunstreich bordierten Balkonen, geriffelten Wänden, durchbrochenen, hellbestrahlten Betonfassaden, mit ihren Reihen sechs Meter hoher bronzener männlicher Karyatiden, ihren säulenbewehrten Vorhallen mit hundert Lichtern, und die Chevrolets, die Cadillacs, die Chryslers, die Buicks mit bronzefarbenem Verdeck kriechen wie Ameisen über die Auffahrt zur Treppe, und Gruppen strahlender Menschen in festlicher Kleidung umschwärmen den Eingang. Die Appartments hatten Namen: *Ivanhoe. Kenilworth.* Der *Starlight Room* schwebte vorbei: eine glitzernde Milchstraße am Dach eines Wolkenkratzers. Links schimmerte Wasser, reihten sich weiße Motorjachten.

Als es dann immer dunkler wurde und wir zwischen rotem, grünem, blauem Neonlicht nach Norden fuhren, begann Hollywood Art School Design zu dominieren. Zu beiden Sciten wurden die Gebäude niedriger und breiteten sich auf weiten Flächen. *Vagabonds. Hawaii. Sahara* – zwei Reihen lebensgroß nachgebildeter Kamele. Angestrahlte Wasserspiele. Eine Kutsche mit sechs Pferden. Eine Gruppe strohgedeckter Häuser mit dschungelgrün schimmernden Pools und Kaskaden. *Zwei Swimmingpools. Air-conditioned.* Französische Motive. Altenglische Motive. *Burlesk.* Weiter *burlesk.* Dunkelheit.

»Beltanno?« sagte die Begum einmal. »Bist du zur Salzsäule erstarrt?« Ich weiß nicht mehr, was ich antwortete.

Sie brachten mich in einen Night-Club. Johnson traf uns dort. Ich starrte ihn an, auf seine Wildlederkrawatte, aus der immer noch Fäden hingen, die von der Entfernung der nackten Frau geblieben waren; und er grinste und sagte: »Krishtof Bey hat sich mit einer Wärmflasche zu Bett begeben, denke ich.« Und er bestellte für uns das Essen.

Während des Essens redeten wir nicht. Man konnte nicht reden – mit der Konkurrenz von zwei elektrischen Gitarren, Trommeln, drei Trompeten und einem Saxophon. Wir wurden von dem wirbelnden Lichtstrom vielflächiger Chromkugeln überflutet, von Ultraviolettstrahlen getroffen. Sechzehn Entkleidungskünstlerinnen waren gekleidet wie sechzehn Jean Harlows: In der nächsten Szene kamen sie auf Motorrädern, mit Sturzhelmen und Stiefeln. Eine von ihnen hatte die entzückendste Blinddarmnarbe, die ich wohl je gesehen hatte. Ich trank Tomatensaft. »Was haben Sie mit ihr angestellt?« fragte Johnson die Begum.

Die Begum sah mich an und lächelte. Ich reagierte nicht. »Ihr einen hübschen kleinen Denkanstoß gegeben«, sagte sie. »Ich denke, sie ist müde.«

»Gut. Doch etwas muß ich noch klären«, sagte Johnson. »Beltanno, was halten Sie von der Idee, ein wenig Geld zu machen?«

Ich sah ihn nicht sehr deutlich, doch ich hörte die Worte ganz klar. »Was meinen Sie?«

»Hunderennen«, sagte Johnson.

Ich glaube, ich protestierte. Ich bin nicht grundsätzlich gegen Glücksspiele und Wetten: Ich kann sie mir einfach nicht leisten. Doch meine Proteste wurden wohl überstimmt. Jedenfalls fiel es mir schwer, all ihre Worte in dem Wirrwarr amerikanischer Stimmen zu verfolgen. *Wird hier ziemlich lausig. Sollen wir woanders hin...? Diese strohdumme Blondine... Richtig? Richtig! Also gehe ich dort gleich gar nicht mehr hin... Lutscher mochte ich schließlich auch nur als Kind... Ich sage dir, ich verliere die Kontrolle über mich.*

Das brachte eine Glocke zum Klingeln. Verschwommen dachte ich, verdammt... Wieder Wodka im Tomatensaft? Doch Krishtof Bey war nicht mit uns. *»Ich mag einen strammen kleinen Arsch«,* sagte jemand. *»Sie hat einen strammen kleinen Arsch, fest wie ein Ziegelstein.«*

»Kommen Sie, Beltanno«, sagte Johnson.

Der Hollywood-Hunderennplatz ist in einem großen, hellerleuchteten Stadion zwischen West Palm Beach und Miami. Es wirkt sauber und heiter, der Service ist gut für die Gruppen fröhlicher Menschen in frisch gewaschenen Kleidern und Pullovern, die sich an den lockenden Imbißständen Cola und Chilli dogs kaufen, zur Abwechslung von Perros calientes. Johnson besorgte uns Plätze in der oberen Reihe, von der man den in Flutlicht getauchten Platz mit einem grünen Fleck im Mittelpunkt überblickt. Dann holte er Programme.

Lady Edgecombe verschwand, um den natürlichen Glanz ihres Gesichts wiederherzustellen. Auch die Begum entfernte sich, kam aber mit ihrer Tasche voller Wettzettel zurück. Sie und Johnson diskutierten. Ich vertiefte mich ins Programm, das eine Menge wertvoller Informationen bot. *Sieg:* hieß es etwa, *Ihr Hund muß erster werden.* Oder, weniger eindeutig: *Quiniela: Ihr Hund muß erster und zweiter werden.*

Ich sagte laut: »Ich habe keinen Hund.«

Johnson schob einen Arm hinter meine Schulterblätter und sagte: »Ärmste Beltanno, Sie sind meine Lieblingsärztin, aber wir dürfen nicht übertreiben. Sagen Sie einen Hund, und lassen Sie mich auf ihn wetten, und dann gehen Sie mit Thelma ein wenig hinunter an die frische Luft.«

Ich spürte, daß mich die Begum kritisch musterte. »Sie scheint völlig glücklich zu sein«, sagte sie.

»Ja, ich aber nicht«, sagte Johnson. »Ich denke, wir sollten uns kurz unterhalten, Sie und ich, gleich nachher. Beltanno, wählen Sie einen Hund.«

Ich bemühte mich. »Pally Loo-loo?« sagte ich. Es war der erste Hund auf der Liste, und ich versuchte nur festzustellen, ob ich mich tatsächlich orientieren konnte, doch Johnson nahm mich beim Wort. »Pally Loo-loo ist der Erwählte. Es braucht nicht viel sein – zehn Dollar?«

Ich runzelte die Stirn. Zehn Dollar sind zehn Dollar. Andererseits konnte ich zwei freie Mahlzeiten einrechnen. Ich hievte meine Handtasche hoch und entnahm ihr zwei Fünf-Dollar-Scheine. »Richtig«, sagte Johnson. »Thelma, Sie sind eine gefährliche Begum.«

»Keineswegs«, sagte die Begum heiter. »Ich gehe mit ihr nach unten.«

So kamen wir in die Nähe des Drehkreuzes, als der Neger vom Parkplatz hereinrannte und um Hilfe rief.

Er brauchte einen Arzt. Mein Kopf war jetzt wieder klar genug, um das zu registrieren. Ich spürte die Hand der Begum auf meinem Arm, doch ich hätte mich nicht zurückhalten können. Es ist ein konditionierter Reflex, der absolut nichts, meine ich, mit persönlichem Ethos zu tun hat. Man hört einen Ruf nach ärztlicher Hilfe, und man rennt los.

So rief ich zurück und hastete den Stadioneingang hinaus, dem Neger nach. Er rannte zwischen den geparkten Wagen, gestikulierend und heiser über seine Schulter rufend. Jemand mußte überfahren worden sein, dachte ich. Ich hoffte, die Begum würde daran denken, die Ambulanz zu rufen. Zum ersten Mal bedauerte ich, daß ich meine Arzttasche im Columbus gelassen hatte.

Der Mann verschwand um die Ecke des riesigen, von Autos belagerten Parkplatzes. Ich folgte. Für einen Moment verlor ich ihn aus den Augen: Dann erspähte ich ihn weit vor mir, wie er sich durch die dunkle Masse der Autos kämpfte.

Eben begann ich ihm zu folgen, als ein schwerer Gegenstand der Basis meines Schädels einen schweren Schlag versetzte.

Ich wurde schlagartig bewußtlos.

6

Als ich, von Johnson gehalten, einige Zeit später aufwachte, war meine erste Reaktion der Satz: »Wo ist der Patient?«

Als zweites wurde mir bewußt, daß ich hier auf dem Parkplatz des Stadions lag und nichts als meine Unterwäsche trug. Schmerzen zogen sich von meiner Schädelbasis durch mein gesamtes Nervensystem. Ich fühlte mich schwach, mir war übel.

»Der Patient sind Sie«, sagte Johnson. »Das Ganze war ein Trick, um Sie hier herauszulocken. Wir brauchten Stunden, um Sie zu finden. Beltanno, wir werden Sie hinten in den Wagen heben und Sie ins Jackson bringen. Ich glaube nicht, daß etwas Ernsthaftes geschehen ist, doch ich will, daß man Sie untersucht.«

»Wie meinen Sie das, etwas Ernsthaftes?« fragte ich. Meine Stimme war heiser.

»Ich meine etwas Ernsthaftes oberhalb des Halses, B. Douglas MacRannoch«, sagte Johnsons tiefe Stimme amüsiert. »Mein Gott, bei all der Unterwäsche – der Mann hätte eine Kneifzange gebraucht.«

Das war, fand ich, eine taktlose Bemerkung. Ich brütete noch darüber nach, als mich Johnson mit einigen Helfern hinten in seinen Wagen beförderte. Das sichtlich angstvolle Gesicht der Begum zeigte sich im Hintergrund; ich sah auch die Züge Lady Edgecombes, mit einer Art von Ängstlichkeit, die etwas ganz anderes zu verbergen schien. Falls mir das nicht unwahrscheinlich erschienen wäre, selbst für Lady Edgecombe, hätte ich geglaubt, sie amüsiert sich.

Dann sah ich mich im Rückspiegel, und alles war mir klar. Tatsächlich, sie amüsierte sich. Sie hatte erhebliche Mühe, nicht laut zu lachen. Mein Angreifer hatte mich nicht nur meiner Oberkleidung entledigt: Meine Haare waren über meinen ganzen Schädel zerschnitten und standen in wilden Borsten ab.

Eitelkeit zählt nicht zu meinen Sünden. Doch ich bin gern, wie viele meiner Mitmenschen, wenigstens sauber gewaschen und gekämmt. Die zerrupfte Stoffpuppe, die mich aus dem Spiegel anstarrte, bildete die bisher wohl schlimmste Beleidigung für einen Stolz, den ich im allgemeinen sehr wohl zu verbergen weiß. Mein Gesicht wurde heiß, und ich grub die Fingernägel in meine Handflächen. Jede normale physische Reaktion läßt sich beherrschen, wenn man über ausreichende Willenskraft verfügt. Husten, Niesen, Schluckauf. Und Tränen.

Johnson sagte: »Schlimm?« und in einer flüssigen Bewegung tauschte er einen Geldschein gegen das Tuch am Hals eines seiner Helfer. Er band es lose um meinen Kopf und sagte: »Sie haben eine böse Wunde, Beltanno, aber es gibt nichts, was Wissenschaft und Kunst nicht heilen können... Thelma, ich denke, Sie und Lady Edgecombe sollten zurück ins Columbus. Ich rufe Sie an, wenn man Dr. MacRannoch untersucht hat. Und morgen kein United Commonwealth für Sie, mein Kind«, sagte er noch zu mir.

Doch er irrte sich. Wie Sir Bartholomew Edgecombe nahm ich in jener Nacht die Dienste des Jackson Memorial Hospitals in Anspruch; ich wurde viermal am Hinterkopf genäht und erfuhr, daß mein Gehirn einigermaßen heil davongekommen war. Am Morgen konnte ich mit Johnson meine Rückkehr nach Nassau besprechen; ebenso, nur von Kopfweh behindert, die Hintergründe des Überfalls.

»Ich weiß nicht«, sagte er. Ich muß seltsam ausgesehen haben, in einem hospitaleigenen Nachthemd, mit einem weißen Verband um einen dunklen, beinahe kahlen Schädel; doch er achtete nicht darauf.

»Die *Tun-Sie-das-nie-wieder*-Brigade, sollte man meinen. Doch weshalb? Glauben sie, Sie kommen mit Edgecombe nach Great Harbour Cay?«

»Lady Edgecombe hat mich eingeladen«, sagte ich.

»Jedenfalls scheint das Ihre Rolle als zweifellos tüchtiger Schutzengel ganz enorm zu betonen. Oder sie sind nicht in Sorge, weil Sie ihn vor einem weiteren Angriff retten könnten, sondern weil Sie auf etwas stoßen könnten, was sonst unbeachtet bliebe? Sie sehen selbst, daß sie bei allem, was sie tun, sorgfältig darauf bedacht sind, nicht offen zu agieren. Es gab keinerlei offene Mordanschläge. Alles wurde sorgsam als Unfall getarnt.«

»Ich kann nicht nach Great Harbour Cay«, sagte ich kurz. »Auch falls Sie meinen, ich könnte von einigem Nutzen sein. Doch ich kann es nicht riskieren, meine Arbeitsstelle noch länger im Stich zu lassen. Von ihr hängt mein Lebensunterhalt ab, wie Sie wissen.«

»Oh«, sagte Johnson, doch keineswegs so verändert, wie ich erwartet hatte. Die Brillengläser blitzten, und er stand auf und begann lässig auf die Taschen seines jetzt arg zerknitterten Anzugs zu klopfen. »Da fällt mir ein – Sie erinnern sich an Pally Loo-loo?«

Ich starrte ihn einigermaßen finster an.

»Nein?« sagte Johnson.

»Nein«, sagte ich scharf. »Und außerdem, wer hat dauernd Wodka in meinen –«

Johnson hielt inne, die Hand an seiner Brieftasche. »Das ist ein weiteres Rätsel«, sagte er. »Ich dachte, die Begum war es, doch sie sagt, sie war es nicht. Doch, Beltanno, woher wissen Sie, daß es Wodka war?«

Ich starrte ihn an. »Sicher weiß ich es nicht«, sagte ich schließlich. »Doch Wodka ist das einzige starke Getränk ohne Geschmack, das mir einfiel. War es vielleicht –«

»Vielleicht«, sagte Johnson. »Ich habe nur überlegt – wissen Sie, Tomatensaft mit Worcestersauce überdeckt fast jeden Geschmack. Doch um auf Pally Loo-loo zurückzukommen –«

»Was ist Pally Loo-loo?« fragte ich mit wachsendem Ärger.

»Eine Hündin«, sagte Johnson. »Besitzer Marty Stootzer. Halter Marty Stootzer. Trainer Willy Emmet. Geworfen Juni 1964, Pally-itzy von Pot-pot. Gewicht neunundfünfzig Pfund. In den letzten sechs Rennen: Kollision erste Kehre; blaß; müde, kurze Führung; schwach; lahm. Sie hat Ihnen dreitausendvierhundert Dollars eingebracht.«

»Was?« sagte ich. Meine Nähte zuckten.

Johnson begann, grüne Dollarscheine auf die Bettdecke zu zählen. »Dreitausendvierhundert. Was glauben Sie, wie da die Wetten waren?«

Ich saß mit offenem Mund da. Ich saß immer noch so, als er mir grinsend zuwinkte und zur Tür ging. Ich faßte mich eben noch genug, um das Geld wegzustecken, ehe die Begum eintrat. Mein Kopfweh war noch da, das kann ich sagen; doch ich kann nicht sagen, daß ich es spürte.

Der Sari war heute grün und mit Pfauen bestickt, und die braunbeschatteten Augen der Begum blickten, fand ich, echt bekümmert. Sie setzte sich etwas weniger graziös als sonst und sagte: »Beltanno. Liebes Kind. Hätte ich dich nur aufgehalten.«

»Nun, es hätte ein echter Notfall sein können«, sagte ich.

»Die Schwester sagte mir, daß keine Schäden bleiben. Doch du willst doch nicht etwa heute nach Nassau zurück?« Sie wirkte tatsächlich besorgt.

Ich sagte: »Also hier hält mich wirklich nichts. Sir Bartholomew und Lady Edgecombe und Mr. Johnson gehen, und ich sollte meinen Patienten zurückbegleiten. Ich muß meinen Bericht machen.«

Die Begum sagte scharf: »Beltanno, das ist doch nicht Sparsamkeit? Das Hospital hat nicht so begrenzte Mittel, um dich zu zwingen, selbst die Reise zu bezahlen, wenn du nicht umsonst mit Johnson fliegst?«

»Deswegen mache ich mir keine Sorgen«, sagte ich und lächelte vorsichtig. »Haben Sie nichts von dem großen Glück gehört, das mir widerfahren ist?«

Die Begum blickte mich an. »Durch Lady ...«

Sie sprach nicht weiter. Es schien zu unwahrscheinlich, denke ich. »Nein. Durch eine Hündin«, sagte ich, »mit dem Namen Pally Looloo.«

Ich sagte das sicher etwas leichtfertig dahin. Doch ich muß sagen, daß es mir großes Vergnügen machte, es zu sagen.

Ehe die Begum ging, gab sie mir zwei Pakete. Während ich Atem holte, um sie höflich abzulehnen, setzte sie sich wieder auf die Kante meines Betts und sprach zuerst. »Beltanno. Du hattest gestern keinen schönen Tag, das liegt auch an mir. Manches war nicht meine Schuld, aber ich habe dir einiges zugemutet... Das ist meine Art, mich zu entschuldigen. Wenn du die Sachen nicht magst, laß sie liegen. Wirf sie weg. Du hast jetzt Geld, um etwas anderes zu kaufen. Doch es würde mich freuen, wenn du sie annimmst.« Sie sagte nichts mehr und lächelte dieses gedehnte, königliche Lächeln. »Und, Beltanno: Dabei gibt es keine Fallstricke.«

Ich lächelte vorsichtig zurück. »Und Brücken?« sagte ich.

Das erste Paket enthielt ein schlichtes ärmelloses Kleid in einfacher ottomanischer Seide, mit einem kleinen hohen Kragen und einem interessanten Saum am Busen. Das andere enthielt eine Perücke aus dunklem Haar, genau in meinem Farbton. Doch diese Haare waren länger und dichter und wellten sich leicht über der Höhe der Wangenknochen. Ich zog die Vorhänge um mein Bett und setzte rasch die Perücke auf; dann nahm ich sie ab und schob sie unter die Bettwäsche. Es war nicht mein Gesicht. Doch ich brauchte etwas für die Reise. Schon seit ich wach war, hatte ich das Grinsen sämtlicher Spaßvögel zu erdulden, die in mein Zimmer kamen. Ich konnte nicht mit den Edgecombes zum Flughafen von Miami fahren und dabei wie ein Monster aussehen.

Ich konnte einen Hut tragen. Einen Hut in der Hitze? Und ich hatte keinen Hut.

Ich hatte auch kein Kleid. Sie hatten den Parkplatz durchsucht, meine Kleidung blieb verschwunden. Alles, was ich noch hatte, waren ein ordentlicher Büstenhalter, ein dezenter Schlüpfer, ein Hüfthalter, ein Paar Dreißig-Den-Nylons, ein Baumwollunterrock und meine Dr. Scholl-Sandalen.

Als es Zeit zum Gehen wurde, zog ich das alles an, und dazu das blaue Kleid der Begum. Mein Unterrock stand zehn Zentimeter vor, und so mußte er weichen. Das Band meines Hüfthalters, unter meiner bisherigen Kleidung unsichtbar, schimmerte durch die Seide. Mein Hüfthalter mußte weichen, ebenso entfielen meine Strümpfe. Ich trug meine Perücke, meinen Schlüpfer, meinen Büstenhalter, das blaue Kleid und meine Sandalen, und ich fühlte mich unschicklich entblößt: eine dunkelbrünette Jean Harlow. Ich absolvierte alle nötigen Formalitäten und traf Sie Bartholomew und Lady Edgecombe verabredungsgemäß in der Eingangshalle.

Sir Bartholomew wirkte leicht angegriffen; doch seine Farbe war besser, dachte ich, als bei unserem letzten Zusammentreffen. Ich bemerkte, daß er mich anstierte; und dann, nach einem starren Blick, tänzelte mir Lady Edgecombe entgegen wie ein afghanischer Windhund, der den Sonntagsblattfotografen sichtet. Ich sagte eisig: »Die Begum war so freundlich, mir ein paar Sachen für die Reise zu geben.«

Lady Edgecombe blieb stehen. »Meine Liebe – ich hätte das nie geglaubt«, sagte sie. Bart Edgecombe, direkt hinter ihr, legte eine

Hand auf ihre Schulter. Er sagte zu mir: »Vielleicht ist Ihr neues Aussehen ein heikler Punkt für Sie. Aber lassen Sie mich sagen: Das alles ist sehr hübsch.«

Er war wirklich ein sehr angenehmer Patient. »Ich denke, mein Aussehen ist mir nicht allzu wichtig, so oder so«, sagte ich. Doch ohne besondere Schärfe.

Er machte eine verbindliche Bewegung. »Ihre Zeit ist kostbar. Natürlich. Aber machen Sie sich manchmal die Mühe, Frau Dr. MacRannoch... Es kann sehr angenehm für andere sein.«

Seine Frau lächelte ihm zu, und ich lächelte ebenfalls. Es war wirklich angenehm.

Auf dem Flugplatz trafen wir Johnson und bestiegen die Piper Twin Otter. Ob Johnson vom Geschenk der Begum wußte, merkte ich nicht; eher nicht, dachte ich. Er blickte nur schräg und sagte: »Sehr schön« und half dann weiter, Lady Edgecombes unzählige Koffer zu verstauen. Meine Arzttasche, aus dem Columbus geholt, war bereits da. Die Begum und Krishtof Bey, erfuhr ich, begaben sich am Nachmittag nach Crab Island, über Great Harbour Cay, und Johnson wollte sie bald treffen.

»Und Sir Bartholomew bleibt in Nassau?« fragte ich. »Sachte«, sagte Johnson. »Ärgern Sie sich nicht, weil Sie uns in Ihrer Verkleidung gefallen. Ich bleibe in Nassau, bis Barts Formalitäten erledigt sind, und fliege ihn und Denise dann nach Great Harbour Cay. Heute, hoffe ich. Sie wollen immer noch, daß Sie zu ihnen kommen, wissen Sie das?«

Sir Bartholomew hatte es auf dem Weg zum Flughafen erwähnt. Ich holte Atem und dachte an meine Argumente, doch die Motoren dröhnten auf und ließen das Thema vergessen. Miami und seine Gewässer versanken unter uns: der goldene Dom, Flippers täglicher Kegelplatz... die Hotels... die Appartments... der Hunderennplatz.

Ich lächelte. Ich lächelte noch immer leicht, als der Kaffee kam; der weiße Streifen Sand wich der weiten purpurnen Straße des Golfstroms. Ich sah aus dem Fenster und dachte nach, bis wir landeten.

James Ulric stand vor dem langen sonnenscheingelben Block der Flughafengebäude Nassaus; in bonbonfarbenen Bermudashorts wirkte er furchterregend. Während wir am Flugzeug auf unser Gepäck warteten, kam er auf seinen Spinnenbeinen daher, ging an mir vorbei, blieb stehen und wirbelte wie ein Schneebesen herum. »Großer Gott!« sagte er. »Diese Gestalt sieht fast menschlich aus.«

»Danke, Vater«, sagte ich. »Freut mich, das zu hören. Übrigens habe ich beschlossen, Mr. T. K. MacRannoch zu heiraten. Wenn die Begum einen Tag bestimmt, könnten wir Doppelhochzeit feiern.«

Einen Augenblick lang dachte ich, er würde schlagartig in einen *Status asthmaticus* verfallen, doch aus schierer Bosheit reagierte er entspannt. »Armseliges ärztliches Neutrum«, sagte er. »Du bist ihm nie begegnet. Du würdest ihn nicht heiraten. Und wenn, wovon würdest du leben? Von mir oder von Thelma bekommt dieser Japs keinen Penny.«

Ich nahm meinen Koffer. »Dann«, sagte ich leichthin, »werde ich auf Hunde wetten müssen«, und ging an ihm vorbei in das Flughafengebäude. Edgecombe hatte seine Frau schon weggeschoben. Nur Johnson, bemerkte ich, blieb ein verdutzter Beobachter der ganzen kleinen Szene.

Doch er folgte mir nicht, ebensowenig wie mein Vater, natürlich; also brachte ich die Edgecombes allein ins United Commonwealth. Unterwegs, auf einer Flughafentoilette, zog ich die Perücke vom Kopf. Gut, ich sah furchterregend aus, doch das hatte mit meiner Qualifikation nichts zu tun. Ich behielt das Kleid der Begum an, weil ich nichts anderes hatte.

Im Hospital gab es natürlich ein Spießrutenlaufen – Schreie, Kichern, Leute, die mir nachliefen und mich am liebsten umgedreht hätten. Nach allem, was sie hier gesehen hatten, sollte man vermuten, müßte sie ein geschorener Schädel ungerührt lassen. Dies war nicht der Fall.

Jedenfalls wurde Sir Bartholomew zum letzten Mal untersucht, man holte seine Sachen und die seiner Frau aus dem Hotel, und endlich entließ man sie zum Flugplatz, wo Johnson sie erwartete – ein Mann von Wort. Die Twin Otter würde sie alle nach Great Harbour Cay fliegen. Und von dort würde Johnson nach Crab Island segeln.

Sir Bartholomew blieb lange Zeit am Wagen stehen und versuchte, mich zum Mitkommen zu überreden. Ich versuchte ihn zu überzeugen, daß ich meinen Arbeitsplatz nicht nach Belieben verlassen konnte. Doch ich versprach ihm, mich in der nächsten Freizeit zu melden und vielleicht ein Wochenende oder länger auf Great Harbour Cay zu verbringen. Dann ging ich ins Hospital zurück und wurde zum Chefarzt befohlen, der mich um Auskunft darüber bat, weshalb zum Teufel ich zum Dienst erschiene, wenn ich aussah wie ein schlimmer Fall von Ringelflechte.

Ich sah ihn, wie ich mich erinnere, ausdruckslos an und äußerte, ich würde mich recht wohl befinden.

»Das mag sein«, sagte er. »Doch mir geht es weniger um Ihr Befinden als um Ihr lächerliches Aussehen, McGonagall. In diesem hervorragenden Hospital, wie Sie wissen, verfügt das Pflegepersonal keineswegs über ausreichende Festigkeit –«

»Aber –«, sagte ich.

»... und dürfte Ihnen keineswegs mitfühlenden Respekt erweisen, sondern wird Ihnen eher Mißachtung entgegenbringen und sich hilflos in hysterischen Anfällen wälzen... Nun?«

»Sie haben wenig Personal«, betonte ich. Ich versagte mir die Anmerkung, daß die Zahl der kompetenten Ärzte meiner Ansicht nach auch nicht sehr hoch war.

Er starrte mich an. »Zweifellos werden wir schließen müssen«, sagte er. »Aber dennoch, Dr. MacRannoch, hege ich den Wunsch, daß Sie zehn Tage Krankenurlaub nehmen.«

Ich fürchte, daß ich mit einiger Schärfe antwortete. »Das Wachstum meiner Haare wird in zehn Tagen kaum nennenswerte Fortschritte erzielen.«

»Gewiß«, sagte er. »Doch ich hoffe, daß zehn Tage Frieden uns die Stärke geben werden, Ihnen entgegentreten zu können. Schließen Sie die Tür – von außen.«

Ich hatte mich auf dem Absatz umgedreht, als er mir nachrief: »Könnten Sie keine Perücke tragen?« Doch als ich über meine Schulter zurückblickte, schüttelte er nur den Kopf und beantwortete seine Frage selbst: »Nein, Sie könnten nicht.«

Ich war hungrig, doch James Ulric war zuhause. Ich setzte meine Perücke auf. Ich holte den Ford und fuhr davon. Ich parkte hinter der Bay Street und ging durch die dunkle Tür, Stil Jacob I., des El Morocco und verzehrte ein Sandwich mit kaltem Truthahn – in Nassau bedeutet das einen ganzen Truthahn mit Salat und Brot irgendwo an seiner Peripherie. Das Mädchen, zweiundvierzig, von Übergewicht und Krampfadern geplagt, schob sein Häubchen hoch und fragte, was ich trinken wollte.

Ein Plakat vor meiner Nase, das für Grand Bahama warb, forderte mich auf: *Komm und spiele auf der Insel der Erwachsenen.*

Ich fragte: »Was haben Sie?«

Ich weiß, diese Frage klingt kaum so entscheidend, wie sie tatsächlich war. Die Kellnerin intonierte eine lange und unverständliche Liste alkoholischer Getränke. Ich fragte: »Was ist ein Bossa Nova?«

»Ein Tanz, Ma'am«, sagte sie. »Der Drink heißt nach dem Tanz.

Rum, Apricot Brandy und Ananassaft, Ma'am. Was ganz Besonderes.«

»Ich nehme einen«, sagte ich.

Ein Mann, ein gutaussehender Mann, fragte: »Ist hier frei?« und ich sagte: »Tut mir leid – ich erwarte jemanden.«

Viele andere Plätze waren frei. Es war auch eindeutig zu erkennen, daß ich meine Mahlzeit halb verzehrt hatte. Er lächelte und ging. Der Bossa Nova kam, und ich trank ein Drittel. Ich hatte Verstand, war gesund und konnte mich benehmen. Warum sollte das alles nichts bedeuten, wenn ich kein superschickes Kleid und keine superschicke Frisur trug?

Ich trank das zweite Drittel meines Bossa Nova. Er war recht gut, ein kräftiger fruchtiger Geschmack. Ich fragte mich, wie ich an T. K. MacRannoch herankommen konnte.

Ich trank das letzte Drittel und holte beiläufig meine Brieftasche hervor, um Dollars auf die Rechnung zu häufen. Dollars, im Plural. Ich mußte sie mit einer Gabel beschweren, damit sie nicht fortwehten. Dann ging ich und stieg in den Ford und ratterte zur Villa.

James Ulric war verschwunden. Ich merkte es an dem Singen und Lachen in der Küche; es wurde still, als ich die Tür aufschloß. Daffodil, unsere Haushälterin, tappte herein und sagte: »Oh, Miss Beltanno, wie schick Sie aussehen, Miss Beltanno . . .«

Ich ging nicht darauf ein; alle anderen drängten sich jetzt an der Tür und starrten herein. Vater hatte gepackt und war mit dem Wagen zum Flugplatz gefahren. Um nach Great Harbour Cay und Crab Island zu kommen.

Einigermaßen gedankenverloren wanderte ich allein durch das Haus. Daffodil brachte mir Kaffee, und ich nahm ihn mit ins Arbeitszimmer. Die Akten über das MacRannoch-Treffen waren verschwunden.

Also: Die Begum war auf Crab Island mit Krishtof Bey und Johnson; mein Vater kam bald dazu. Sir Bartholomew und Lady Edgecombe waren auf Great Harbour Cay, der nächsten Insel, auf der sich auch Wallace Brady aufhielt. Wie ich meinen Vater kannte, würden früher oder später auf der einen oder der anderen Insel sämtliche MacRannochs der Bahamas und der Welt zusammenströmen.

Darunter T. K. MacRannoch, der Erbe meines Vaters. Ich dachte daran, was ich meinem Vater gesagt hatte. Im Zorn, wie ich wohl wußte: Es war das einzige undenkbare Resultat seiner Manöver, das er nie akzeptieren würde. Sollte ich sonst heiraten, wäre das Bluterbe der MacRannochs wunderbar gewahrt. Doch eine Heirat mit diesem japanischen Erben...

Ich lachte leise vor mich hin, während ich meinen Kaffee trank. Doch ich war auf der Hut: Ich erinnerte mich vage, daß Alkohol nach einem Schlag auf den Kopf keineswegs zu empfehlen ist. Doch ich spürte keine Wirkung. Ich fragte mich, wie ich mit meinem blauen Kleid und meiner Perücke auf T. K. MacRannoch wirken würde. Ich wußte von ihm nur, daß er Golf spielte.

Ich stand auf und sah nach meinen Golfsachen. Ich holte meinen alten Koffer und packte. Dreimal frische Unterwäsche, meine Hüfthalter, meine Strümpfe, mein Reisenecessaire, meinen Pyjama, meinen Morgenrock, meine Slippers, eine Bürste. Ich nahm die Bürste wieder heraus.

Taschentücher. Mein Horrocks-Baumwollkleid. Mein Nylonkleid, das gewaschen war. Meinen Badeanzug, Bademütze und Handtuch. Zwei Paar Sandalen, ein Paar Schnürschuhe. Zwei Röcke und zwei Hemdblusen, zum Golfen. Ein Kreppkleid mit kurzen Ärmeln für den Abend, eine Strickjacke, falls es kühl wurde. Einen Plastikregenmantel und ein Kopftuch... ich zweifelte plötzlich. Ich legte eine kleine Plastikhaube dazu.

Der mittelgroße Koffer war ziemlich voll. Ich betrachtete ihn still zufrieden und sah dann mit einem Schock meinen neuen Kopf im Spiegel. Der Kopf paßte zu keinem Kleidungsstück im Koffer.

Schade, Beltanno. Ich verschloß den Koffer und legte mich aufs Bett, weil mein Kopf zu schmerzen begonnen hatte. Ich erwachte durch das Klingeln des Telefons.

Es war Sir Bartholomew Edgecombe, Great Harbour Cay. »Dr. MacRannoch? Ich habe im Hospital angerufen, und sie sagten, Sie hätten Krankenurlaub. Es geht Ihnen gut? Ja? Wie lange hat man Sie beurlaubt? Gut«, sagte Bartholomew Edgecombe. »Hören Sie. Ein Gesellschafts-Flugzeug von Great Harbour Cay landet um halb fünf in Nassau. Sie brauchen kein Ticket, nichts. Steigen Sie einfach ein, man wird sich um Sie kümmern. Denise und ich wollen Sie hier als unseren Gast sehen.«

Ich wußte nicht, ob dies auf Denise zutraf, doch Sir Bartholomews Stimme klang unbezweifelbar aufrichtig. »Das ist sehr freundlich«, begann ich, als er unterbrach: »Ich bin egoistisch, nicht freundlich. Was meinen Sie, was ist es wert, wenn ich hier meinen Privatarzt bei mir habe?«

Es klang wie ein Scherz, doch ich wußte, daß er das in gewissem Sinn tatsächlich meinte. Er fügte hinzu: »Und wenn das noch nicht Anreiz genug ist, kann ich Ihnen sagen, daß Sie nicht der einzige MacRannoch in der Gegend sein werden.«

Ich machte den Mund auf. »Oh?« sagte ich.

»Ja. Ich habe mich informiert, wer gekommen ist, solange ich weg war, und ich habe festgestellt, daß einer aus Ihrem Clan hier fanatisch Golf spielt. Ein Bursche namens T. K. MacRannoch. Irgendwie verwandt? Oder ist diese Frage tabu für die Tochter des Häuptlings?«

»O nein«, sagte ich. »Vater sagt stets, wir müßten Schulter an Schulter stehen, eine große Blutsgemeinschaft. Innig verbunden, das sind wir.«

Bart Edgecombe lachte. »Ganz gewiß«, sagte er. »Können wir Sie dann erwarten, mit diesem Flugzeug?«

»Ja. Und vielen Dank«, sagte ich und hielt mir den Hinterkopf.

Meine Gefühle waren sehr gemischt, offen gesagt. Mein lebenslanger Kleinkrieg mit dem MacRannoch war eine Sache; die Anschläge auf das Leben Sir Bartholomews waren etwas ganz anderes. Ich würde die Edgecombes besuchen. Und ich spürte noch den Schlag auf dem Kopf, der mich eben davon hatte abhalten wollen.

Es kam hinzu, daß Johnson nicht da sein würde. Ich kam in die Reichweite eines unserer Verdächtigen. Wallace Brady, der Ingenieur, lebte und arbeitete auf Great Harbour Cay.

Mein Schutz bestand in meinem Verstand. Und in dem, was ein Arzt immer in seiner Tasche trägt. Und der kleinen Frommer, sechzehneinhalb Zentimeter lang, die mir Johnson für meine Handtasche gegeben hatte. »Merken Sie sich«, hatte er fröhlich gesagt, »zielen Sie auf den rechten Arm. Schießen Sie nur, wenn es nicht anders geht. Leichen sind schwer zu beseitigen. Und wenn Sie allein weggehen, nehmen Sie sich mindestens zwei Leute mit.«

Schöne Ratschläge, gewiß. Dann erinnerte ich mich an seine Blasen und fühlte mich leicht zerknirscht.

Ich schätzte seine Diskretion. Doch ich dachte auch, sie gehörte zu seinem Job. Ich ging hinaus, um mich mit Daffodil zu besprechen; dann verstaute ich meinen Koffer und zwei Taschen in meinem Ford Anglia und fuhr zum Flughafen, um die Halb-Fünf-Maschine von Great Harbour Cay zu erreichen.

Sie stand schon da: eine schöne blauweiße DC3 im Sonnenlicht, vor einer Reihe größerer Flugzeuge, die hin und her schwirrten wie Motten über eine Fensterscheibe. Und zu ihren Füßen, zum Einsteigen bereit, stand Sergeant Rodney Trotter. Er trug ein kurzärmeliges kariertes Hemd und blaßgraue Hosen mit eleganter Bügelfalte; über seinem Halstuch stand ein unaussprechlich warmes Lächeln. »Doktor MacRannoch!« rief er. »Ich bin hier aufgehalten worden. Fühlte mich schon ganz einsam.«

Ich antwortete erst, als ich ihn erreichte. »Es scheint genügend Zeit zu sein. Haben Sie mich erwartet?«

»Ja! Sir Bartholomew sagte, Sie würden mir Gesellschaft leisten. Ich bin auf dem Weg zur Begum«, sagte Trotter. Er musterte mich mit unverhohlenem Interesse. »Man sagte mir, ich würde Sie nicht wiedererkennen, und, bei Gott, sie hatten recht. Eine Sensation, Dr. MacRannoch.«

Ich setzte den Fuß auf eine Stufe. »Ich frage mich allmählich, wie ich vorher aussah«, sagte ich eisig. »Wie Rotkäppchens Großmutter?« Und ich ließ ihn mit dem Gepäck alleine.

Ich hinderte ihn nicht rechtzeitig daran, sich neben mich auf das Sofa zu setzen. Es war eines von zwei Sofas, die sich gegenüberstanden, hellbeige, mit drei Sicherheitsgurten ausgestattet. Der Rest des Flugzeugs hatte Einzel- und Doppelsitze, dazu passende Tischchen: Die Bar, weiß und osterblumengelb gestreift, befand sich leicht zugänglich in der Mitte.

Ein maisfarbener Teppichboden und passende maisfarbene Leinenvorhänge schmückten den Salon; etwa zehn Leute hielten sich bisher darin auf, bemerkte ich. Zwei der Gesichter schienen mir bekannt, doch ich war nicht auf engeren Kontakt erpicht. Leinwand- und Bildschirmgrößen können mich kaum faszinieren. Wir legten unsere Gurte an, und die Motoren dröhnten verstärkt auf. »Mr. Johnson erwähnte doch die Parade?« brüllte Sergeant Trotter in mein Ohr.

Die Wahl des Gesprächsthemas schien mir in diesem Augenblick einigermaßen verblüffend. Ich nickte.

Güte beglänzte nunmehr sein gebräuntes, kräftiges, jetzt auch recht entspannt wirkendes Gesicht. »Eine großartige Gelegenheit«, schrie er. »Wissen Sie, sie hatten nie ein Highland-Treffen – nie!«

Es dämmerte mir. »Sie meinen, mein Vater ...?«

Er strahlte. Er nickte. Der Höllenlärm ließ nach, als wir das Ende der Startbahn erreichten, und er konnte etwas leiser rufen: »Nun, die Begum jedenfalls. Sie wollte nicht zu viel darüber reden, bis sie sicher war, daß Ihr Vater – aber er hat zugestimmt, das kann ich mit Freude sagen. Und hier bin ich, unterwegs nach Crab Island, um es vorzubereiten.«

»Eine Parade? Für das MacRannoch-Treffen? Auf Crab Island?« Ich starrte ihn mit wütendem Unglauben an. In professioneller Glückseligkeit versunken, beachtete er meine Blicke nicht einmal. »Aber machen Sie sich keine Sorgen. Die Sache wird auf jeden Fall ein sicherer Erfolg. Ich habe überall auf der Welt Paraden veranstaltet, in Turnhallen in Australien und auf alten Flugplätzen im Inneren von Indien. Wenn jemand so etwas zustande bringt, dann ist es Rodney Trotter.«

»Das glaube ich gern«, sagte ich. Die Motoren dröhnten gräßlich, und wir hoben ab. Ich wartete, bis wir oben waren, und sagte dann: »Werden Sie von der Army dafür bezahlt, daß Sie so etwas machen, Sergeant Trotter?«

»Gewissermaßen. Ich werde dazu abkommandiert«, sagte er. »Sechs Jahre Aldershot, zweiundzwanzig Jahre Edinburgh: Es kann keinen Zweiten auf der Welt geben, der so viel über Paraden weiß wie ich. Zu uns kamen Leute aus der ganzen Welt – selbst Generale – und fragten uns, wie man eine so tolle Sache zustande bringt wie wir in Edinburgh. Wir konnten uns schließlich kaum noch regen, ehe wieder einer dastand... Wie machen Sie es mit den Sitzen, wie werden die Truppen verpflegt, wieviel Licht braucht die Kapelle, was machen Sie, wenn es regnet...?«

»Und so kamen sie zu dem Schluß, daß es billiger sei, Sie in Umlauf zu schicken«, sagte ich.

»Nun«, meinte der Sergeant. »Public Relations, sagten sie. Mein Brigadekommandeur macht die großen, oder wir machen sie zusammen. Und die kleinen sind für mich alleine.«

»Was kostet eine kleine?« fragte ich. Ein äußerst gepflegtes Mädchen hatte die Bar geöffnet und bewegte sich von Sitz zu Sitz, um Bestellungen aufzunehmen.

Zum ersten Mal zeigte Sergeant Trotter Diskretion. »Nun, also, das ist die Sache der Begum, sobald alles festgelegt ist«, sagte er. »Es war ihre Idee, wissen Sie. Ihr Vater hatte einfach von einem Treffen auf den Bahamas geträumt, und die Begum hatte den Einfall mit der Parade.«

»Mit einem Auftritt von Krishtof Bey?« sagte ich unhöflich. Die Hostess beugte sich über mich, und ich bestellte einen Bossa Nova.

»Ich hoffe nicht«, sagte Sergeant Trotter. Ich seinem Blick schien Respekt zu liegen. Er bestellte ein Bier und sagte: »Sie wissen, warum?«

»Nein«, sagte ich. Ich fühlte mich wieder wie in Miami; oder ich war einfach noch zu mitgenommen. Die Getränke kamen, in Plastikbechern, mit großen Papierservietten. Ich nahm einen stärkenden Schluck und fragte: »Warum?«

Sergeant Trotter saß da, den Becher fest in der großen Hand, und fixierte mich mit einem giftigen Blick. »Weil sie krank werden, deshalb«, sagte er. »Bei jedem besonderen Auftritt passiert etwas. Wie bei den sechs arabischen Legionären, die mit ihren Kamelen einen Kriegstanz aufführen sollten.«

»Wer wurde krank?« fragte ich. »Die Araber oder die Kamele?«

»Kamele?« stöhnte der Sergeant und verschüttete die Hälfte seines Biers. »Die Kamele kamen nicht einmal ins Land. Keine Genehmigung. Was tun wir also? Wir mieten sechs von einem Zirkus.«

Der Bossa Nova sickerte angenehm in mein Inneres. »Tatsächlich?« sagte ich. »Das tut die Armee?«

»Nun ja. Man muß alles versuchen – *the show must go on*«, sagte Sergeant Trotter. Und dann meldet sich einer dieser verdammten Legionäre krank, und sie brauchen einen Ersatz, sonst funktioniert das Ganze nicht. Raten Sie, wer der neue Legionär war.«

»Sie«, riet ich. Es war leicht.

Er nickte heftig. »Grandios drapiert, mit schwarzem Bart und Nachthemd. Und dann schickten uns diese Idioten die falschen Kamele. Wir hatten Sättel für einen Höcker, und wir bekamen Kamele mit zweien. Wir mußten sie mit alten Socken polstern. Ich war auch schon ein berittener kanadischer Polizist.«

»Tatsächlich?« sagte ich.

»Und ein türkischer Janitschar. Und ein dänischer Kadett in einer dieser Pagenuniformen. Ich war ein Spahi und ein Mann der amerikanischen Marine und ein Mitglied der Königlichen Wache der Griechen. Ich war sogar einmal ein Gurkha, mit verdammt schwarz angeschmiertem Gesicht, doch sie konnten mich dann doch nicht nehmen, weil ich über einen halben Meter größer war als der größte von ihnen. Ich war alles außer einer Manchester-Tambourmajorin.«

Ich trank aus. »Meiner Meinung nach«, sagte ich vorsichtig, »enden Sie in einer Nervenklinik, wenn Sie das zu oft machen.«

Er trank aus. »Meinen Sie wirklich?« sagte er besorgt. Während uns schweigendes Nachdenken darüber einte, zog das Flugzeug Kreise und schickte sich an, auf Great Harbour Cay zu landen.

Ich erinnere mich, wie ich auf die Insel hinunterblickte: Das Tiefblau der geriffelten See mischte sich mit den vertrauten Tönen Apfelgrün, Smaragd und Hellbraun, wo die weißen Strände tanggesäumt aus dem Wasser tauchten. Die Insel war langgestreckt, wie ein Bumerang geformt, mit einem langen, sanft nach innen gewölbten goldenen Strand oberhalb des Knicks, völlig menschenleer. Im Inneren sah ich nur niedriges purpurgrünes Buschwerk, durchbrochen von einem Netz neuer weißer Straßen, da und dort vom Blau des Meers durchsickert. Von Menschen und Häusern war auf den ersten Blick überhaupt nichts zu sehen.

Ein halbtropisches Inselparadies, hatten die Prospekte verheißen. Herrliche Einsamkeit, für diejenigen, die sie suchen. Eine gradiose neue Stätte für den Sport. Tiefseefischen ... Schwimmen in warmen, klarem Wasser ... Gemächliche Gedanken beim abendlichen Strandspaziergang. Großartiges Golf.

Wir landeten. »Kommen Sie«, sagte ich zu Sergeant Trotter in plötzlicher Vorfreude, löste meinen Gurt, strebte zum Ausgang und kletterte hinaus in den heißen, duftenden Sonnenschein.

Ja – der Bananenfresser und die Palme waren bereits da, heimtükkisch und unsichtbar in meinem Unterbewußtsein lauernd. Sie warteten nur darauf, ins Bild zu kommen.

7

Der Flugplatz von Great Harbour Cay ist adrett und klein, gesäumt von Palmen, Blumenbeeten und einem schmucken niedrigen Bungalow, vor dem ein Wasserfall plätschert und der als Ihrer Majestät Zoll- und Einwanderungsbehörde fungiert. Eine Schar kleiner Esel, ein langer grüner französischer Bus und ein Londoner Taxi standen unter dem Kontrollturm, einem pittoresken offenen Gebilde, einem zedergedeckten Kegel auf Stelzen. Eine Reihe Flaggen flatterte sanft in der leichten Brise. Ein junger Neger mit einer grauen Jacke und einer Jockey-Mütze, die auf seinem Nasenrücken balancierte, sprach mich an: »Dr. MacRannoch, Ma'am? Sir Bartholomew schickt mich, um Sie abzuholen. Haben Sie nicht mehr Gepäck, Dr. MacRannoch?«

Da entdeckte ich, daß mein Koffer fehlte. Nach einer halben Stunde stand endgültig fest, daß er nicht an Bord war und daß es keine Verwechslung gegeben hatte. Sergeant Trotter, der seine Zuverlässigkeit in Frage gestellt sah, schwor, daß er ihn in Nassau selbst verstaut hatte. Er war nicht da. Jemand hatte ihn weggenommen.

Da sich Trotter bereits anzuschicken schien, eine militärisch strenge Untersuchung durchzuführen, verabschiedete ich mich von ihm und schickte ihn zu seinem Boot nach Crab Island. Ich empfing neue Versicherungen, daß mein Koffer gefunden und mir unverzüglich übermittelt würde. Dann bestieg ich mit meinen Golfschlägern und meiner Handtasche Sir Bartholomews Fiat und wurde zu Sir Bartholomews Haus gefahren.

Great Harbour Cay ist etwa zwölf Kilometer lang und rund drei Kilometer breit. Damals wurde die Insel eben in eine grandiose internationale Stätte für Sport und Freizeit verwandelt, deren Zentrum ein Privatclub namens Tamboo bildete. Das hatten mir jedenfalls die Edgecombes anschaulich berichtet.

Als der Flughafen hinter uns lag und wir über die holprige weiße Strandstraße dröhnten, sah ich in der Tat, was hier Menschen und Maschinen aus einem tropischen Gewirr von weißem Strand und Wasser und Mangrovensumpf machten, zwischen Kiefern und Zwergpalmen; einiges Leben herrschte hier einst nur in dem verfallenen Eingeborenendorf Bullock's Harbour, mit seiner primitiven Schule, seinem Postamt, seiner Kirche.

Die Straßen waren da; breit, gerade, ohne Belag durchschnitten sie den grünen Dschungel: Great Harbour Drive; Royal Palm Drive; Fairway Road. Der Strand war da, zu unserer Rechten: türkisblaues Wasser, glitzernder Strand, ein Strandclub, hinter einem dichten Wall von Kokospalmen und Hibiskus, daneben ein paar Villen in einem Meer von Blumen.

Doch das Beste: Der Golfplatz war da. *Achtung Golf-Cars* warnten die Schilder, als wir an leeren Querstraßen vorbeifegten; die Sonne brannte auf unser blaues Segeltuchverdeck, die schwarzen, beringten Hände des Hausboys bewegten das Steuer. Und auf jeder Seite, zum Meer oder vom Meer abgekehrt, sah ich flüchtig Flaggen und Fairways und gepflegtes Green, hohe gestutzte Bäume und Bunker und wettergegerbte Bretter an Ketten: Loch Nr. 4. 400 Yards. par 4. Handicap 5.

Zum Teufel mit meinem Koffer, dachte ich. Wenigstens meine Golfschläger waren in Ordnung.

Ich sollte auf meine Ausdrucksweise achten, dachte ich.

Das Haus der Edgecombes lag über einem der Fairways und war von der Straße aus über den Buckel dahinter zu erreichen. Diese erhöhte Lage hatte ich nicht erwartet. Niemand würde Great Harbour Cay als einen Berg beschreiben: Doch es war hier nicht so englisch eben wie auf den meisten der übrigen siebenhundert freundlichen tropischen Inseln. Denise Edgecombe stand neben der Straße, um mich zu begrüßen. Sie tat es reizend.

Gut so. Ich reagierte in gleicher Weise, und wir gingen alle ins Haus, das Mißgeschick mit meinem Koffer erörternd. »Sehen wir, was ich habe, das Ihnen paßt«, sagte Lady Edgecombe. Sie war, schätzte ich, mindestens zehn Zentimeter größer als ich. Sie trug gestreifte Hosen, eine Bluse aus schwarzem Leinen und eine Menge Perlen. Ich sagte: »Machen Sie sich keine Gedanken. Er wird wieder auftauchen. Wenn nicht, gibt es wahrscheinlich einen Laden auf der Insel.«

»Gibt es nicht«, sagte Lady Edgecombe. Sie sagte es mit besonderer Betonung, und ich erkannte, daß wir an der Tür des Wohnzimmers angelangt waren und Sir Bartholomew dort in einem Lehnsessel saß. »Natürlich, da ist der Pro-Shop«, fügte sie hinzu. »Doch wir finden die Sachen dort schrecklich teuer.« Sie stieß die Tür auf.

Wie die wenigen anderen Häuser, die ich gesehen hatte, erschien auch dieses auf Stelzen gebaut, eine Ballung holzverkleideter Rundkörper; eine zweite Ebene zog sich halb den Hang hinunter. Die achteckigen Dächer, verwittertes Silber, wirkten wie ein Haufen Muschelschalen am Strand. Ein Balkon, rot und gelb von Topfblumen und Kletterpflanzen, zog sich über die ganze Seite, die dem Golfplatz zugekehrt war. Jetzt lag er im Schatten: Es mußte, dachte ich, mindestens Viertel vor sechs sein. Denise sagte: »Sie hat ihren Koffer verloren. Machst du ihr einen Drink, Bart Darling? Ich muß mich umziehen. Wir müssen um sieben im Clubhaus sein. Das ist Ihr Zimmer.« Sie deutete in die Richtung, in die der Hausboy bereits mit meinen Schlägern und Taschen verschwand, lächelte oberflächlich und enteilte. Ich hatte recht. Ich war nicht ihr allerliebster Gast.

Sir Bartholomew Edgecombe stand auf und tätschelte einen Sessel. »Sie haben eine Tagesarbeit hinter sich. Sie müssen müde sein. Kommen Sie, setzen Sie sich«, sagte er. »Schön, Sie zu sehen. Das mit Ihrem Koffer tut mir leid. Wie ist das gekommen?«

Er sah besser aus. Er wirkte tatsächlich entspannter, als ich ihn je gesehen hatte; seine Stimme verriet Festigkeit, seine ganze Art deutete Tatkraft an. Ich sagte: »Er kam in Nassau abhanden. Nicht so schlimm: Sie werden ihn nachschicken. Ich freue mich, daß Sie so gut aussehen ... Kein Tomatensaft, danke. Vielleicht ein Coca-Cola?« Selbst am Loch Rannoch treiben wir die Dinge nicht auf die Spitze.

Einen Moment später stand er mit den Drinks vor mir. »Ich hätte Sie nicht einladen dürfen«, sagte er abrupt. »Wissen Sie, daß es Johnsons Idee war?«

»Nein, das wußte ich nicht«, sagte ich. »Ich dachte, er hätte sich von uns beiden abgewandt.«

»Tatsächlich?« sagte Edgecombe. Und einen Augenblick später: »Sie denken vielleicht, Sie kennen ihn. Doch...«

»Hinter seiner schlichten Eleganz verbirgt sich ungeheure Kraft?« sagte ich spöttisch.

Er zeigte keine Überraschung. Vielleicht hatte er den Bossa Nova gerochen. »Sagen wir, hinter seiner Brille lauert ein Kampfpanzer mit amphibischen Fähigkeiten«, sagte er. »Er besitzt Verstand und Zähigkeit; deshalb ist er mein Vorgesetzter. Alles, was ich habe, ist ein liebenswertes Naturell.« Er lächelte mir zu und trank seinen Martini.

»Weshalb setzen Sie sich dann nicht ganz zur Ruhe?« fragte ich. »Wenn es Ihnen keinen Spaß macht? Oder machte es Ihnen Spaß, ehe all dies hier begann?«

Er holte ein goldenes Etui hervor, bot mir eine Zigarette an und nahm selbst eine. »Gewissermaßen«, sagte er. »Man ist im Zentrum. Man hält die Fäden in der Hand. Man schickt seine Berichte ein, und die Leute an der Spitze entscheiden, was zu tun ist, und sie schicken Leute, die es tun. Alles geht seinen Gang. Ein subtiles, interessantes Geschäft; das Element der Gefahr hat mich nie gestört. Doch das... das ist etwas anderes.«

»Das ist Mord«, sagte ich. »Haben Sie eine Leibwache?«

Er zündete seine Zigarette an und nahm einen Zug, ehe er antwortete. »Das Personal ist auf meiner Seite«, sagte er. »Der Boy, den Sie gesehen haben. Ein oder zwei andere. Doch ich kann kaum in einem Panzerwagen herumfahren. Das Entscheidende in diesem Job ist Unauffälligkeit. Und Beweglichkeit.«

»Warum dann ein Haus hier?«

Er blickte einen Augenblick zur Tür, durch die Denise gegangen war; dann wandte er sich um und lächelte mich an. »Warum nicht? Sie wissen, ich habe hier einen nominellen Job. Wir sind erst am Anfang. Ein paar Leute wohnen ständig hier, doch die meisten, die herüberfliegen, bleiben eine Woche oder vierzehn Tage; sie sehen nach den Grundstücken, diskutieren Käufe, versuchen sich auf dem Golfplatz. Die Offiziellen der Gesellschaft kümmern sich um ihre geschäftlichen Belange. Denise und ich machen soziale Kontakte. Wir sind hier sehr selten; wir essen im Golfclub. Und niemand kümmert sich darum, wenn ich unterwegs bin – nach Nassau oder Abaco oder Miami. Ich habe immer noch ein paar kleine geschäftliche Interessen, muß mich um Investitionen kümmern. Und Great Harbour Cay liegt günstig. Günstiger als Nassau.«

»Und Lady Edgecombe liebt das gesellschaftliche Leben«, sagte ich.

Er streifte die Asche von seiner Zigarette. »In der Saison«, sagte er. »In der Hitze wird es etwas öde, aber das gilt schließlich für die ganzen Bahamas. Ich schicke sie im Sommer weg. Sie fliegt gerne in die Staaten.«

»Sie weiß nicht, was Sie tun?« fragte ich.

Er schüttelte den Kopf. »Und sie wird es nicht wissen. Ich möchte nicht, daß Denise zur Zielscheibe für unsere Gegner wird, wer immer sie sein mögen.« Er blickte auf seine Uhr. »Gott – ich will Sie nicht drängen, doch wir dachten, Sie würden vielleicht gerne einige der bekannteren Leute hier treffen. Sie kommen gewöhnlich alle vor dem Dinner zu einem Drink ins Clubhaus des Golfclubs. Möchten Sie sich gerne frisch machen, und wir bringen Sie dann hin?«

Ich blickte hinab auf die makellos glatte Seide. »Geht das?«

Er grinste. »Natürlich. Steht Ihnen ausgezeichnet, von oben bis unten.«

Das ganz gewiß nicht. Ich stand langsam auf. »Sir Bartholomew –«

»Bart, bitte. Wenn ich Sie Beltanno nennen darf?«

Der Gedanke, Denise würde mich Beltanno nennen, huschte störend durch meinen Kopf. Doch ich konnte nicht gut sagen: »*Dr.* MacRannoch, bitte.« – »Natürlich«, sagte ich deshalb. »Doch ich dachte, Geheimhaltung sei doch sicher nicht mehr nötig. Jemand weiß, wer Sie sind. Wie könnten Sie jetzt noch irgendwie erfolgreich tätig sein?«

Er nahm mein leeres Glas und blickte angestrengt hinein. »Sehen Sie«, sagte er, »es kommt doch ganz darauf an, wer mich umbringen will. Ist es ein feindlicher Agent, dann ist meine Tarnung sicher aufgeflogen, und ich bin arbeitslos. Doch wenn es jemand aus privaten Gründen auf mich abgesehen hat, könnte die Sache ganz anders liegen. Das sagt jedenfalls Johnson. Er sagt auch, und Gott segne sein vollautomatisches positives Denken, daß es schade wäre, mein ganzes Können und meine ganze Erfahrung über Bord zu werfen, ehe wir das eine oder das andere beweisen können.«

»Und ich soll Ihnen helfen, Ihren Beweis zu bekommen?« fragte ich.

Er starrte mich an. »Das hat niemand gesagt. Doch was auch geschieht, Johnsons Tarnung darf nicht auffliegen.«

»Ich weiß. Das kostete ihn beinahe zweitausend Dollars in Nassau«, bemerkte ich.

Sir Bartholomew Edgecombe grinste und hielt mir die Tür auf. »Beltanno, meine Liebe – er ist ein Spitzenmann. Er bekommt das wahrscheinlich an Wochenspesen«, sagte er. »Halten Sie sich an meinen Freund Johnson. Es lohnt sich, ihn zu kennen, aus mehreren Gründen.«

Sein Rat kam mir nicht gelegen. Meine Meinung über Johnson war weit nüchterner geworden, jetzt, da er nicht in der Nähe war. Es schien sogar möglich, daß mich diese verwirrende Zweistärkenbrille in eine Art Hypnose versetzt hatte, ähnlich nachhaltig wie der Schlag auf meinen Kopf.

Ich schloß die Tür, nahm die Perücke ab und erforschte mit meinen Fingern die Wunde auf meinem Schädel. Ich konnte mit ihr zufrieden sein. Mit mir auch, beschloß ich. Ich wusch mich, zog mich wieder an und sah nach dem Revolver in meiner Tasche. Dann ging ich hinaus zu Denise und Bart Edgecombe.

Der Sonnenuntergang war natürlich spektakulär: Die Sonne versank langsam in ihrem eigenen kupfernen Spiegelbild, während wir südwestlich zu dem Clubhaus Tamboo fuhren. Mir wurde dabei klar, wieviel von der Insel ich noch nicht kannte. Der westliche Teil war grüner und üppiger als der östliche, und entlang der Fairways des Golfplatzes und dahinter standen eine Menge Villen, durch Palmen diskret abgeschirmt; durch verhängte Fenster begannen ihre Lichter durch die Dämmerung zu schimmern.

»Der Jachthafen ist dort drüben«, sagte Sir Bartholomew. »Dort sind auch die neuen Häuser mit Wasserfront, bei denen man das Boot vor der Tür festmachen kann. Nur Prototypen bisher, natürlich. Sie schlagen am Kai immer noch Pfähle ein. Morgen zeigen wir Ihnen das alles.«

Das Tamboo-Clubhaus hatte einen tiefen, grottenförmigen Eingang; die Fassade bestand aus Naturstein. Oben sah ich eine Terrasse und zwei Giebel wie gleichgroße Stücke Gruyère. Drinnen war es kühl und luftig, mit einigem Grün in geflochtenen Körben und einem rosaroten unpolierten Ziegelsteinboden. Gelbe und rote Hibiskusblüten leuchteten auf einem Glastisch, den große Korbstühle umstanden.

Edgecombe war zur Anmeldung gegangen, um mich einzutragen. Dort befanden sich ein Register und ein Funkgerät. Mir kam ein Gedanke, und ich schlenderte zu ihm hinüber.

Eine große Gestalt schob sich hinter einem der hohen italienischen Stühle hervor und trottete sacht neben mich. »Falls Sie Mr. T. K.

MacRannoch suchen«, sagte Wallace Brady sanft, »ich habe ihn für Sie aufgespürt. Und er ist hier.«

Und ich entdeckte ganz in der Nähe den japanischen Golfer, freundlich gaffend und grinsend. Den Mann, den ich zuletzt in dieser Vierergruppe hinter mir gesehen hatte, auf Paradise Island.

»Oh«, sagte ich.

»Er läßt sich gerne Mr. Tiko nennen. Der andere Name ist ein bißchen kompliziert«, sagte Brady. »Wissen Sie noch, als wir uns das letzte Mal begegneten – diese Feuersbrunst im Bamboo Conch Club? Dann rasten Sie alle wie verrückt hinaus, und ich hatte keine Ahnung, was passiert war, bis Sir Bart hier heute auftauchte und es mir erzählte. Ihre Freunde schleppen ja wohl eine ganze Menge Geld mit sich herum.« Sein Blick, zunächst krampfhaft meine Haare meidend, schweifte nun unverhohlen prüfend über mich und meine Haartracht. »Sagen Sie«, sagte er, »darf ich sagen, daß Sie großartig aussehen?«

Also hatte ihm Edgecombe nichts über den Zwischenfall in Miami erzählt. Ich war angenehm berührt ob seiner Diskretion, irritiert ob Wallace Bradys Mangel an derselben. »Danke«, sagte ich. »Und was macht die Crab-Island-Brücke?«

»Oh«, sagte er. »Oh, die Begum hat Ihnen also davon erzählt? Sie ist mein Freizeit-Baby, wissen Sie. Der große Job ist hier, bis die Sache fertig ist; doch ich konnte nicht widerstehen, mich an diesem kleinen Problem zu versuchen. Ich denke, mit Erfolg.«

»Ist sie fertig?« fragte ich.

Er war überrascht. »Teufel, es dauert schon ein paar Wochen, um so etwas zusammenzubasteln«, sagte er. »Haben Sie das Ding nicht aus der Luft gesehen?«

Ich faßte den Entschluß, Bossa Novas künftig zu meiden und etwas anderes zu versuchen. »Wie kam dann mein Vater nach Crab Island?« fragte ich. Ich ging stillschweigend davon aus, daß die gesamte Insel nolens volens an James Ulrics Transport von Great Harbour Cay nach Crab Island beteiligt gewesen war. Dafür hatte er sicher gesorgt.

»Zu Wasser«, sagte Wallace Brady. Er zögerte. »Wasser macht ihn wohl sehr nervös.«

»Es macht ihn nicht nervös«, sagte ich scharf. »Es macht ihn nur krank.«

»Sie sagen es«, sagte Wallace Brady. »Tatsächlich mußten wir die Krankenschwester mitnehmen.«

Ich kannte die Krankenschwester der Gesellschaft, eine bewunderungswürdige Person, die selbst ihre viersitzige Cherokee-Maschine flog und sich mit einer makellosen Klinik auf Rädern am Flugplatz um die Gesundheit der Inselbewohner kümmerte. Sie war hübsch. »Dann ging wohl alles in Ordnung«, sagte ich.

»In der Tat. Kommen Sie, lernen Sie Mr. Tiko kennen«, sagte Brady.

Die Edgecombes erwarteten mich; so wurden wir alle zusammen vorgestellt.

Mein Auserkorener erreichte nicht ganz meine Größe; er wirkte reinlich und adrett und verfügte über ein perfektes Amerikanisch. Er arbeitete nicht mehr in Tokio, sondern für eine Investmentgesellschaft in New York. Sein goldener Füllfederhalter, seine goldene Uhr und seine goldene Krawattennadel ließen mich schließen, daß er nicht eben notleidend war. Brady hatte ihm offenkundig nichts von mir erzählt und ihm nur meinen Namen genannt, der nicht so außergewöhnlich war, besonders da sich die MacRannochs wohl schon anschickten, wie ein Fliegenschwarm über Crab Island herzufallen.

Ich war entschlossen, auch darüber kein Wort zu verlieren, doch an der Treppe mit dem tiefen grünen Belag näherte er sich mir und sagte: »Schöner Name, MacRannoch, nicht wahr, Dr. MacRannoch? Ich verwende nicht meinen ganzen Namen. Ich bin auch Doktor, doch nicht der Medizin, sondern der Rechte. Sagen Sie, ist es nicht korrekt, abends einen dunklen Anzug zu tragen?«

Wir hatten das Ende der Treppe erreicht. Alle Lichter schienen hier defekt; dann erkannte ich, daß dies lediglich dem großen amerikanischen Mythos entsprach, demzufolge alle Aktivitäten nach 18 Uhr, einschließlich der des Essens, romantischer wirken, wenn sie in der Dunkelheit vollzogen werden. Ich habe es erlebt, daß ein Kollege fluchtartig ein New Yorker Restaurant verließ, weil ich darauf bestand, mein Steak im Schein einer kleinen, in einen Kerzenhalter gerammten Taschenlampe zu zerteilen. Hier tastete ich lediglich nach den Edgecombes, die beide einen Hosenanzug trugen – nicht von der Art, wie sie Dr. Tiko meinte; und nach Wallace Brady, in einem langen korallenroten Hemd über glatten Ziegenlederhosen. »Sieht nicht so aus«, sagte ich.

Nun gelangten wir in eine Zone noch tieferer Dunkelheit und erheblichen Stereo-Bossa-Nova-Getöses. Sie erwies sich als ein großer Raum mit Parkettfußboden, von tanzenden, sitzenden und lehnenden Gestalten bevölkert, vor schwachem rosenscharlachrotem Hintergrund. Eine große runde Bar an einem Ende, mit etwa zwanzig Gästen auf hohen Bambushockern, wurde von einem Knäuel von vielleicht fünfzig zinnoberroten Lichtern in Hummerkörben dezent von oben beleuchtet. Ein Mädchen mit sehr langem blondem Haar und einem durchsichtigen weißen Jumper, der bis zum *Adductor brevis* reichte, flatterte an uns vorbei, dabei mit einem Jungen von durchsichtiger Kleidung französisch parlierend. Lady Edgecombe trat zurück und faßte mich am Arm. »Haben Sie gesehen, wer das ist?«

In erster Linie, hätte ich sagen sollen, ein bronchopneumoniegefährdetes Subjekt. Doch ich erlaubte ihr, es mir zu sagen.

»Ich denke«, murmelte Mr. Tiko an meiner Seite, »ich sollte mich vielleicht zurückziehen und mein Jackett und meine Krawatte ablegen. Mehr vermag ich beim besten Willen nicht. Dr. MacRannoch.« Er verbeugte sich knapp und begann sich zu entfernen.

Ich mochte ihn. Ich mußte ihn schließlich mögen. Sir Bartholomew sagte: »Hier hinüber«, und wir bewegten uns in die lauteste Ecke des Raums; dort saßen und tranken zahlreiche absurd gekleidete Menschen auf schwarzen Bambusgitterstühlen und beigefarbenen Sofas, von Topfpflanzen umwuchert. Die Namen bedeuteten mir sehr wenig, schienen jedoch Lady Edgecombe zu verzücken, die sich nun lebhafter zeigte, als ich sie je erlebt hatte. Unsere Umgebung rekrutierte sich offenbar aus Vertretern der Bühne, des Films und des Fernsehens, durchsetzt von Angehörigen der Gesellschaft von New York und Philadelphia. Selbst affektierte englische Laute hörte ich gelegentlich. Es fiel schwer, sie nach ihrer Tätigkeit zu fragen, da sie alle offensichtlich glaubten, ihre Tätigkeit wäre allgemein bekannt; also begnügte ich mich damit, einen Yellowberry zu bestellen und einer langen Skandalgeschichte zu lauschen, die eng mit einem Mann verbunden war, den ich einst operiert hatte. Ich hatte keine Ahnung, was ein Yellowberry war, doch der Mann an meiner Seite, ein kraftstrotzender Athlet mit goldenen Koteletten und einem Diamantmedaillon über seiner braungebrannten Brust, hatte eben einen bestellt; und ich hoffte, daß er wußte, was er tat, daß dieses Getränk vielleicht sogar seine vorzügliche Verfassung bewirkt hatte.

Es kam, und es war tatsächlich gelb, wie es das »yellow« erwarten ließ, und es roch nach Rum, Bananenlikör und frischem Orangensaft. Angestrengt durch das Halbdunkel spähend, rief Sir Bartholomew lächelnd herüber: »Ich dachte, vernünftige Mediziner nippen nur an einem Tomatensaft.«

Ich rief zurück: »Ich habe dem Tomatensaft entsagt«, und spürte leichte Zerknirschung. Das konnte immerhin recht teuer werden. Eine Wolke von *Brut* umhüllte mich, und das Diamantmedaillon baumelte plötzlich vor meinen Augen. »Ich habe Ihren Namen nicht verstanden. Sie sind Engländer?«

»Schottin. Beltanno MacRannoch«, sagte ich und begann zu zählen. Ich kann nichts dafür, daß es wie ein Kriegsruf klingt. Bei fünf sagte er »Wie bitte?«, und ich sagte: »Schon gut. Miss MacRannoch. Ein schottischer Name.«

»Aha.« Er blickte verblüfft; ich wußte nicht recht, warum. Zweifelte er vielleicht, ob er meine Sprache sprach? Er sagte: »Ich dachte, weil Ihr Freund so etwas sagte, Sie sind vielleicht Ärztin?«

Ich saß da, stumm wie eine vollgestopfte Waschmaschine, und ließ mir die verfügbaren Programme durch den Kopf gehen. *Antwort: Nein. Aufstehen und gehen. Antwort: Ja, aber ich rede nicht gern über meinen Beruf. Antwort: Kostenlose Konsultation gefällig, Kumpel?* Ich drückte auf den Knopf und hörte mich dann sagen: »Ja.«

»Nein!« Sein Lächeln war wirklich atemberaubend. Er musterte mich von oben bis unten. »Ich muß sagen, Sie sehen gar nicht so aus.«

Dies, man bedenke, war ein Kompliment. »Sie auch nicht«, sagte ich.

Ein schwacher Schatten legte sich auf sein strahlendes Lächeln. »Ich bin kein Arzt«, sagte er.

»Genau das dachte ich«, gab ich zurück.

Sir Bartholomew Edgecombe, der nicht umsonst einmal irgendwo Botschafter gewesen war, lehnte sich erneut lächelnd herüber und erklärte: »Beltanno ist die beste Ärztin im United Commonwealth Hospital in Nassau, Paul. Laß dich von ihr nicht verwirren.«

»Tatsächlich?« Drei weitere Gesichter gesellten sich zu dem über dem Diamantmedaillon, zwei weitere Gespräche kamen in Gang. Ein Mädchen in Tom-Mix-Kleidung aus weißem Satin sagte: »Heißt das, Sie sind voll qualifiziert und alles, fast so wie ein Mann? Ist das nicht fantastisch?«

»Es hat seinen eigenen Zauber«, sagte ich nach einem Augenblick. Immerhin war ich Edgecombes Gast. Irgendwo hinter mir hörte ich würgendes Lachen; ich vermutete, war mir jedoch nicht sicher, daß es von Wallace Brady kam.

»Der Arzt, ein Helfer«, sagte das Medaillon namens Paul nicht ohne Hochachtung. »So ist es doch, nicht wahr? Ein Helfer der leidenden Menschheit? Jedenfalls in England«, fügte er in einem Anflug von Verbitterung hinzu. »In Los Angeles, mein Gott, sind die Ärzte ein dreckiger Haufen geldgieriger Banditen.«

»Oh«, sagte ich. »In England auch. Für Privatkonsultationen können wir enorme Honorare fordern. Sie würden überrascht sein.«

Eine kurze Stille folgte, die von drei Stimmen beendet wurde; jemand forderte jemanden zum Tanzen auf. Das Mädchen mit den Tom-Mix-Fransen stand auf und schob ihre magere, bleichsüchtige Gestalt in die Dunkelheit. Paul mit dem Medaillon lehnte sich etwas entspannter zurück und sagte beiläufig. »Wissen Sie, es ist schon komisch mit den Füßen.«

Es *ist* schon komisch. Man kann sich darauf verlassen: In neun von zehn Fällen sind es die Füße. Sir Bartholomew sagte: »Tanzen Sie, Beltanno?«

Ich tanze nicht, und er wußte das, doch ich stand auf und bahnte mir meinen Weg zu ihm und dann in das Zentrum des großen Raums; dort war das Gewühl so dicht, daß wir uns nur aneinander halten und leicht wippen konnten. »Können Sie mir verzeihen?« sagte er. »Wäre ich kein so verdammter Idiot gewesen, hätten sie es nie erfahren.«

»Nun, so etwas spricht sich herum. Bis morgen hätten sie es sowieso herausgefunden«, sagte ich. »Komisch – ich würde nie einen Schreibwarenhändler bitten, mir einen Füllfederhalter zu schenken.«

»Aber das ist ein geheiligter materieller Gegenstand«, sagte Edgecombe. »Intelligenz fällt einem zu und ist kostenlos abzugeben.«

»Bitte?« sagte jemand dazwischen. »Ist es gestattet?«

Es war Mr. Tiko. »Natürlich. Wenn Sir Bartholomew nichts dagegen hat«, sagte ich.

Er war nur einen halben Kopf kleiner und wirkte mit seinem offenen steifen weißen Kragen noch winziger. Wir faßten uns an und wippten hin und her. »Ich vergaß etwas zu sagen«, sagte er.

Daß du nach James Ulric, meinem Vater, das nächste Oberhaupt der MacRannochs sein wirst, dachte ich traurig.

Doch das war es nicht. »Ich vergaß zu sagen«, sagte er statt dessen, »daß Sie im Clubhaus vielleicht nichts von Ihrem Doktortitel wissen lassen sollten. Ich mache das nie mit meinem als Doktor der Rechte. Es gibt Leute, die dauernd kostenlos beraten werden wollen.«

Ich schenkte ihm einen warmen Blick. »Sehr freundlich von Ihnen, das zu sagen, Mr. Tiko, doch leider zu spät: Sie wissen es bereits. Sagen Sie – was fragen die Leute einen Juristen?«

»Ach – Testamente«, sagte er traurig. »Nichts als Testamente. Ist das nicht komisch?«

Den Rest des Abends habe ich nur leicht verschwommen in Erinnerung, wenn auch deutlich genug, um Yellowberrys abzuschwören, für die ich bei der Gelegenheit eine etwas leichtfertige Vorliebe entwickelte. Absolut sicher weiß ich auf jeden Fall noch, daß ich versprach, am nächsten Morgen mit meinem Verlobten Golf zu spielen.

Daß er mein Verlobter war, konnte er natürlich noch nicht wissen.

8

Das von Denise instruierte Mädchen brachte mir am nächsten Morgen den Morgentee und zog die Vorhänge zurück; dann klopfte Denise selbst und kam herein, während ich noch Tee trank und ehe ich meine Perücke aufgesetzt hatte.

»Oh, Ihr armer Kopf«, sagte sie ohne sonderliche Anteilnahme. Sie dachte an etwas anderes. »Haben Sie gut geschlafen?«

Ich hatte gut geschlafen. Das Bett hatte wunderschöne amerikanische Perkallaken, wie Seide; das ganze Mobiliar bestand aus weißem Bambus, in Blumenmustern grau-grün-weiß gepolstert und effektvoll beleuchtet. Denise setzte sich auf das freie Doppelbett und sagte: »Ich habe gehört, Sie spielen heute morgen Golf mit Mr. Tiko, und ich dachte, Wallace Brady und ich könnten uns vielleicht anschließen.«

Armer Bartholomew Edgecombe. Als Golfspielerin hatte ich sie mir nicht vorgestellt. Doch ein erneuter Blick auf ihre Wadenmuskeln und ihre sehnigen Arme und den harten, entschlossenen Zug um ihren Mund brachte mir die plötzliche Erkenntnis, daß sie in der Tat eine Golfspielerin war – sehr wahrscheinlich eine gute. Ich war nicht gerade überwältigt von der Aussicht, miterleben zu dürfen, wie sich Lady Edgecombe und Wallace Brady über achtzehn Löcher besser kennenlernten, doch ich konnte nicht gut ablehnen.

An der Tür blieb sie stehen und sagte: »Oh, übrigens: Bart hat eine Nachricht vom Flugplatz, meine Liebe: Leider gibt es wohl von Ihrem Koffer keine Spur. Soll ich nachsehen, ob Ihnen etwas von mir für heute morgen paßt?«

Den Größenunterschied zwischen ihr und mir habe ich bereits erwähnt. Ich brauche nur hinzuzufügen, daß Lady Edgecombe augenblicklich ein weißes Käppchen mit Rüschen und Rosenknospen und ein Rüschenneglige trug; so dürfte es nicht verwundern, daß ich ablehnte.

»Dann sollten Sie sich vielleicht im Pro-Shop umsehen, wenn wir zum Frühstück hinübergehen«, schlug Lady Edgecombe vor. Ihre

Anteilnahme schien nicht eben leidenschaftlich: Sie wollte nur sichergehen, daß mich Defizite in der Garderobe nicht am Golfspiel hinderten. Ich versprach, ihrem Vorschlag zu folgen.

Nachdem sie gegangen war, raffte ich mich auch auf und trottete über den Teppich, um mich in dem Toilettenspiegel zu begutachten. Der Spiegel war umgeben von vierzehn goldbronzenen Lampen – insgesamt, kam es mir vor, zweitausend Watt. Meine Füße versanken nicht ganz zehn Zentimeter in dem blauen und grünen Plüschteppich. Ein Hund hätte darin vorzüglich Knochen vergraben können; ich fand jedenfalls keinen.

Meine Kopfschmerzen waren verflogen. Mein Gesicht war braun und sauber und frisch und – mit meiner Perücke – hübscher als das von Denise.

Vor dem Fenster senkte sich der Greifer eines Krans; darin baumelte eine Palme. Ich ging hinüber und sah genauer hin.

Der Hang war nicht mehr ein Erdhaufen, sondern ein Garten mit blühenden Büschen, geschmackvoll mit Kokospalmen garniert. Männer entrollten einen Grasteppich. Und ein Junge mit einem geblümten Hemd und einem Strohhut war von einem Wasserwagen geklettert und bewässerte ihn.

Die Edgecombes hatten einen Garten.

In Schottland ging das etwas anders.

Ich duschte, vorsichtig singend, zog mich an und wechselte einige Worte mit den Edgecombes; ich borgte mir ihren Fiat und fuhr zum Tamboo-Clubhaus.

Der Pro-Shop war oben, unweit der Bar-Lounge, in der sich die exotischen Begegnungen der letzten Nacht abgespielt hatten. Ich passierte die Glastüren und Stahlmöbel und eine Selektion kühner Metallstühle und erreichte die hölzerne Doppeltür des Ladens. Lange stand ich da und starrte durch die Fenster.

Für diese Tageszeit fühlte ich mich einigermaßen geblendet. Stapel von Kaschmir in Zellophan, in Flutlicht getauchte Reihen von Golfbags, grün, gelb und cremefarben. Eine Batterie Hosen, cremefarben, korallenrot und blaßgelb; Schubladen voll Sonnenöl; Regale voller weißer Bälle, wie Eier im Karton. Ich wußte, um die Ecke waren Freizeitblusen und Badeanzüge und Spielhöschen, Bikinis, Hosenanzüge, Röcke, Sandalen...

Ich ging an den Kaschmirstapeln vorbei und hielt vor den Hosen. Dann öffnete ich meine Tasche, schob den Revolver zur Seite und holte die gesamte ansehnliche Dividende Pally Loo-loos heraus.

Es fällt mir nicht schwer, Entscheidungen zu treffen. Eine halbe Stunde später war ich wieder im Club und konnte mich meinen Gastgebern zum Frühstück anschließen. Ich trug einen Hosenrock aus grünem Leinen mit einer passenden Jacke und grüne Segeltuchschuhe mit breiten Kappen. Lady Edgecombe zeigte sich in geblümten Hosen und einem rosaroten Baumwollhemd; auf ihrem Nabel prangte eine indische Brosche. Sir Bartholomew trug nur seine alten Bermudas und ein frisches Hemd. Er grinste, stand auf und verbeugte sich förmlich, als ich zu dem Tisch kam. »Beltanno, ich kann Ihnen eines sagen«, sagte er. »Heute werden sie nicht mehr daran denken, Sie mit ihren Füßen zu belästigen.«

»Und vielleicht von ihren Testamenten reden«, sagte ich. Ich fühlte mich bemerkenswert ausgelassen. »Das wäre doch etwas.«

Ich nahm frischen Orangensaft, Kaffee, ein kleines warmes Brötchen und eine Tüte Cornflakes, unten aufgeschnitten wie ein vorbereiteter Fall von Peritonitis. Später führte mich Sir Bartholomew auf die Sonnenterrasse auf der Rückseite des Clubhauses, und wir lehnten an dem Geländer und betrachteten die sichtbaren Konturen des Traums namens Tamboo.

Unter uns erstreckte sich der private Innenhof des Clubs, gesäumt von tropischen Blumen und Bäumen; gelbe Stühle umstanden einen Swimmingpool mit himmelblauen Kacheln und himmelblauem Wasser.

Auf demselben Kamm, doch durch den tiefen Einschnitt der Hafenstraße von uns getrennt, hockten die Rundbauten der Gäste des Golfclubs: kleinere holzverkleidete Häuser wie das von Edgecombe, immer noch umgeben von Gestrüpp, Leitungen und Schutt.

Doch sie selbst, jedenfalls die meisten, waren fertig und bewohnt. Als ich an diesem Morgen zum Frühstück gekommen war, hatte ich den Besitzer des Diamantmedaillons und den französischen Filmstar mit anderen auf der Überführung zwischen diesen Häusern und dem Clubhaus und dem Golfplatz gesehen. Unter dieser Brücke rumpelten die Lastwagen, die Arbeiter und Arbeitsgeräte zum Hafen brachten. Man konnte ihn sehen, blau in der Ferne, markiert von dem Weiß der leuchtenden weißen Mole; und die geduckte rote und graue Masse der Ramme, das Gewirr der Kräne. Hinten auf einer Seite war das erste große Wasserfrontgebäude zu zwei Stockwerken gewachsen, hoch vor dem holprigen grünen Hang des Hügels. Auf der anderen Seite entdeckte ich die roten Dachziegel des ersten Hauses eines Fischerdorfes im portugiesischen Stil. Hinter der Biegung, in der Bucht der

Fünf Piraten, sollte ein Jachtclub entstehen. Das Projekt Tamboo Village: inernationale Shops, Dachgärten, Innenhöfe... Die Diskothek im Lighthouse Pavillon. Die Tennisplätze. Strandclub und Swimmingpool. Luxuriöse Ein- und Mehrfamilienhäuser. Der Condominium Club.

Das war die Zukunft; und die Zukunft wurde rasch zur Gegenwart, wie Sir Bartholomews Garten.

Hinter dem Swimmingpool, bei den wild wuchernden Büschen und dem stillen Sumpf, arbeitete ein Bagger. Traktoren krochen vorbei; Lastwagen mit Kies; elegante Autos, gefüllt mit lebhaften dunkelhäutigen Männern, mit Kappen und leuchtenden Hemden. Unter der Unterführung kam ein rückwärts stoßender Kran mit einem entwurzelten Baum in Sicht; er stoppte ab, um einen Bagger vorbeizulassen, gefolgt von einem der allgegenwärtigen Amphibienfahrzeuge.

Generatoren pochten. Die ganze Insel summte und surrte von emsiger Arbeit. Unerbittlich ballten sich die Männer vom Bau an ihren Stätten, unbekümmert um die illustren und weniger illustren Urlauber und Investoren, braungebrannt und sonnengebrillt, die mit einer Hand am Steuer um sie kurvten, Badehosen und Handtuch auf dem Rücksitz; oder die in Wasserskibooten dahinflitzten; oder eimerweise Golfbälle lässig über das Übungsgelände trieben.

Sir Bartholomew hob eine Hand und deutete über den Hafen hinaus auf ein Stück Straße am nahen Horizont. »Dort geht es zu der Eingeborenensiedlung, Bullock's Harbour«, sagte er. »Die müssen wir Ihnen einmal zeigen. Sie gehört natürlich nicht zum Projekt, doch die meisten Männer arbeiten jetzt für die Gesellschaft. Das bringt mehr Geld als das Fischen.«

Dabei fiel mir ein, daß ich schon selbst daran gedacht habe, mir Bullock's Harbour anzusehen – doch sicher nicht vor einer schönen Partie Golf. Johnson hatte mich ohne Skrupel hierhergelockt. Er konnte daher durchaus meine Dienste in der Reihenfolge akzeptieren, in der ich sie anbot.

Johnson wußte übrigens nicht, woher der tote Kellner Pentecost stammte. Und somit auch nicht, daß hier noch drei Brüder von ihm waren. Doch es war Johnsons Fehler, wenn er nach Crab Island ging und nicht nach Great Harbour Cay.

Wallace Brady und Mr. Tiko schlossen sich uns jetzt an. Sir Bartholomew kehrte zu seinem Haus zurück, und wir folgten Lady Edgecombe auf die Terrasse, die sich an Kokospalmen vorbei hinunterschwang zu dem leuchtenden Grün des ersten Tees. Nach Caddies brauchte man hier nicht zu fragen. In die Hauptroute mündete ein Pfad vom Clubhaus. Und in regungsloser Phalanx verharrten auf diesem Pfad in Zweierreihen wie schwarznäsige Kreaturen vor dem Verlassen der Arche drei Dutzend himmelblauer und weißer Golf-Cars mit weißen Sitzen und weiß-blauem Sonnenschutz.

An einen dieser Cars band Lady Edgecombes Hausboy bereits ihre olivgrüne Tasche; und daneben meine, Second-hand und blank poliert. Wallace Brady, blaßrosa Sweater und weiße Hosen, hievte seine eigene Tasche hinten auf den Car daneben. Seine Hölzer schützten dicke flauschige Socken. Daneben band er Mr. Tikos Tasche, die makelloseste von allen; jedes der vier Hölzer und zehn Eisen steckte in seiner eigenen gesteppten Umhüllung, und die Tasche trug seine Initialen in Gold. Mr. Tiko, blaues Hemd und blaue Hosen, hatte heute morgen ebenfalls den Pro-Shop aufgesucht.

Ich schenkte ihm ein Lächeln der Verbundenheit und beträchtlicher unausgesprochener guter Absichten und sagte: »Es scheint, als würde Mr. Brady mit Lady Edgecombe fahren. Wissen Sie, wie diese Dinger funktionieren?«

Er zeigte es mir gerne. Lady Edgecombes Hausboy hatte bereits unsere zehn Dollars bezahlt; Mr. Tiko setzte sich neben mich, ergriff das Steuer und drückte seinen linken Fuß auf das lange flache Gaspedal. Der Car setzte sich in Bewegung, ebenso der von Wallace Brady neben uns. Seite an Seite, mit einer gemächlichen Geschwindigkeit von acht Kilometern in der Stunde, fuhren wir vier den Pfad hinunter zu dem perfekten grünen Rasen neben dem ersten Tee.

Den Driver aus seiner Tasche zu holen und vor dem ersten von achtzehn wunderschönen Fairways zu stehen, breitbeinig und mit dem Wind in den Haaren – wie großartig ist das in Schottland, wenn der Sand unter den Füßen knirscht und das Meer über den Strand peitscht und die Kälte vergeblich versucht, Wollstrümpfe, Tweedrock und Pullover zu durchdringen...

Wie ist es dann ärmellos unter einem warmen, wolkenlosen Himmel, wenn sich fünfhundert Yards weit grüner Samt vor den Augen breitet, umrahmt von niedrigem Zwergpalmendschungel? Wir losten um den ersten Drive vom Tee, und Lady Edgecombe gewann und schlug sofort ihren ersten Ball, ein gutes Drittel der Distanz, gut plaziert für einen Wood Shot, recht nahe dem Green und sicher außerhalb der weißen Traps. Sie beherrschte ihren Körper ausgezeichnet, wie ich vermutet hatte.

Ich auch. Ich schlug überlegt: ein peitschender, weiter Schlag; das

Resultat hingebungsvollen Trainings fast jeder freien Stunde, seit ich nach Nassau kam. Die Sonne stach mir in die Augen. Doch ich sah befriedigt, wie mein Ball die gerade Richtung nahm, die der von Lady Edgecombes vermieden hatte, wie er über die beiden ersten Bunker flog und sicher landete. Sie zeigte mir ein sorgfältig dosiertes Lächeln und sagte: »Sehr schön, Beltanno«; sie sah kaum hin, als Brady und mein japanischer Namensvetter schlugen. Ich dachte, es gibt ein paar Dinge, die sie locker beherrscht; und das hier gehört dazu. Auf diesem Feld fühlt sie sich sicher. Ein Psychiater würde raten, daß es für sie klüger wäre, ihre Domänen nicht zu verlassen.

Ich bin kein Psychiater, und ich glaube, es kann heilsam sein, Menschen mit ihren Schwächen zu konfrontieren. Ich sah einen brauchbaren Eröffnungsschlag von Brady und einen ausgezeichneten von Mr. Tiko und trudelte dann mit meinem Partner weiter, um Denise mit ihrem Holz 3 zu beobachten. Sie schlug schief, fast aus dem Fairway. Mein Schlag brachte den Ball elegant direkt unter die Hebung des Green. Par fünf. Es schien sehr wahrscheinlich, daß ich mit einem Birdie beginnen würde. Brady plazierte seinen nächsten Ball jenseits des meinen, doch am Rande eines Hindernisses; Mr. Tiko schickte seinen Ball überlegt in die Nähe des meinen. Unter beiderseitigem Lächeln bestiegen wir unseren Car und fuhren weiter. »Sie spielen häufig Golf?« fragte er.

»Nun ja – als ich es lernte, konnte ich in einer halben Stunde Fahrt sechs erstklassige Golfplätze erreichen. Sie lernten es in Japan, Mr. Tiko?«

»Ich lernte dort meinen Drive, ja. Ich habe einen guten Drive«, sagte er. »Doch das übrige lernte ich in Amerika. Lady Edgecombe ist gut, nicht wahr? Doch es ist hier wie beim Schach: Man darf sich nicht aus der Bahn bringen lassen.«

»Ich kann mir nicht vorstellen, daß Sie irgend etwas aus der Bahn bringen könnte«, sagte ich beim Aussteigen. Denise war es nicht gelungen, ihren Ball in die Nähe des Green zu bekommen.

Er zuckte schwach mit seinen schwachen Schultern. »Zu viel Alkohol vielleicht, oder zu wenig Schlaf, falls ich nicht genügend auf mich achten sollte. Wenig sonst, wage ich zu hoffen. Disziplin ist eine Waffe, die man stets scharf halten muß.«

Das war eine Philosophie, der ich voll zustimmte. Ein Eisen 5, überlegt eingesetzt, brachte mich eineinhalb Meter an den Pin heran. Beide Männer folgten auf dem Green, doch keiner war auch nur annähernd so gut. Ich schaffte meinen Birdie.

Ein schöner Erfolg, ein schönes Gefühl. Die Sonne brannte unbarmherzig; die weißen Fransen des Cars rührten sich kaum in der schwächsten aller Meeresbrisen. Weiter vorne, ein dreieckiger Keil im blauen Himmel, ragte das Dach des Flughafen-Kontrollturms; hinter uns, auf dem Kamm, sah man die abfallenden Zwillingsdächer des Clubhauses. Brady legte die gelbe Fahne weg, und wir nahmen wieder unsere Plätze ein. Seite an Seite setzten sich die beiden Cars in Bewegung; wir kreuzten den Santa Maria Drive und krochen den Hügel hinauf, vorbei an niedrigem Gehölz und Gestrüpp, zum zweiten Tee, par 3, 155 Yards. Lady Edgecombe begann.

Da Golfsagas so langweilig sein können wie Urlaubsdias, habe ich nicht die Absicht, den gesamten Ablauf dieses Spiels zu schildern. Es genügt zu erwähnen, daß ich mich zwar nicht steigerte, doch jedes Loch ordentlich absolvierte; und daß Lady Edgecombe erhebliche Mühe hatte, doch auch für Überraschungen gut war. Am dritten, als ich durch reines Ungeschick in das zweite große Hindernis geriet, zeigte sie ihren bisher besten Schlag, ein brillant gespieltes Eisen 3, der sie direkt auf das Green brachte. Doch als mein nächster Chip Shot, der Können und Glück vereinte, tatsächlich auf das Green und in aussichtsreiche Distanz zum Loch gelangte, kam sie wieder ins Hintertreffen und brauchte drei Schläge zum Ziel.

Es war irritierend; ein neurotischer Spieler ist immer eine Enttäuschung. Doch die Männer spielten stetig, wenn auch nicht brillant, und waren zuverlässig angenehme Partner. Keiner der beiden plapperte zuviel.

Das große Erlebnis war natürlich zweifellos der Zustand des Fairway und der Greens. Auf Dschungel- und Sumpfgelände hatte man den Kurs geplant und eingerichtet; die Schößlinge, mit der Maschine eingesät, waren mit dem Schiff aus Farmen in Georgia gekommen. Den Turf hatte man ebenso herbeigeschafft, das wußte ich, wie Teppiche eingerollt, das hatte ich gesehen; selbst die Kokospalmen, die Wurzeln in Plastik gewickelt, hatte man in Massen von der Küste Floridas importiert. Denn zuvor waren keine Palmen auf Great Harbour Cay gewachsen. Nichts war gewachsen. Die Inselbewohner fischten Schwämme und, wenn sie keine bekamen, Hummern und Langusten. Jetzt sahen wir auf der Straße unten die Lastwagen, die von der großen eingezäunten Baumschule hinter dem Royal Palm Drive kamen. Lastwagen voll von Topfpflanzen und Tüten mit Perlstein und kanadischem Torfmoos. Und das Gras auf den Fairways, wöchentlich auf einen Inch geschnitten, war wie das Gras der

Greens, auf denen ich nahe dem Loch Rannoch spielte; und das Gras der Greens, drei Sechzehntel Inch hoch und täglich geschnitten – flockige kleine grüne Haufen lagen auf den Straßen – war wie schweres grünes Velours.

Wir kreisten unter der Sonne wie Kinder in einer Miniatureisenbahn; wir fuhren und hielten und spielten wie Kinder unter der ständig strahlenden Sonne der Kindheit. Eine kleine Meeresbucht verlief am zweiten Green vorbei, mit weißen Stränden und einer felsigen Insel mit grauen und gelben Steinen. Der dritte Fairway führte zum Flughafen hinauf: Hinter einem Wall aus weißen Kalksteinen zeigte sich die Reihe der Flaggen, und während wir spielten, segelte eine Dakota-Maschine langsam von links herein, glitt über unsere Köpfe und landete. Wir sahen die Passagiere aussteigen. Lady Edgecombe sah sehr genau hin, und sie spielte gut an diesem Loch. Sie dachte an ihren Status: Falls ihre gegenwärtige Gesellschaft nicht ihren Erwartungen entsprach, so dachte sie, gab es auch andere und bessere.

Nicht, daß sie von Brady enttäuscht schien. Er hatte gute amerikanische Manieren, er war höflich, wie es ihrem Rang entsprach, wenn es ihm auch nicht gelang, wie ich bemerkte, sich ganz ihrem Niveau anzupassen. Ich vermutete, daß dies einer ihrer vielen Versuche war, ihn in ihren Kreis zu ziehen. Ich vermutete, daß sie wieder aufgeben würde, verdrossen wie in Nassau.

Unter den Leuten auf der Insel gab es wahrscheinlich sehr wenige, die sie amüsant fand. Und Bradys Art, das mußte man zugeben, war angenehm genug. Er spielte gelassen, ohne Verbissenheit, und machte den einen oder anderen leichten Scherz; dann hörte er damit auf, als Lady Edgecombe etwas penetrant darauf einging. Mr. Tiko, immer höflich, lächelte nur und machte Komplimente. Mit mir sprach er im Car etwas über Golf in Japan und stellte eine oder zwei sanfte Fragen über die Plätze in Schottland. Der Kontakt verlief reibungslos.

Auf dem Weg zum vierten Loch überquerten wir wieder den Santa Maria Drive. Er war jetzt belebter; Lastwagen rumpelten um die staubigen weißen Ecken, beladen mit Männern und Maschinen. Auf dem Fairway war es jedoch ruhig; das Gezwitscher irgendeines Vogels tönte aus dem Wäldchen neben uns. Ein kleiner roter Service Car, in dem zwei Neger lässig nebeneinander saßen, glitt fast geräuschlos über den nächsten Fairway. Vor uns spie eine Berieselungsanlage ruckartige Wasserstrahlen, als würde eine kleine Maschine immer wieder Dampf ausstoßen. Sie drehte sich langsam und hinterließ auf dem Hang des Green einen glänzenden blaßblauen Hauch; das perlenbedeckte Gras glitzerte in der Sonne. Wallace Brady hatte mir die roten Metallplatten in der Erde gezeigt, überall um die Tees, Greens und Fairways, von denen aus nachts die Berieselung erfolgte; die Strahlen rotierten durch die ganze Dunkelheit, um den Rasen bestens gegen die tropische Sonne zu imprägnieren. Wir absolvierten das fünfte Loch und überquerten den Harbour Drive zum sechsten Loch, dem ersten am Meer.

Der Fiat wartete am Straßenrand, und in ihm wartete Sir Bartholomew. Er winkte Denise zu. »Alles da, wie befohlen. Wann sollen wir? Wer gewinnt?«

»Dr. MacRannoch«, sagte seine Gattin strahlend. »Sie schlägt uns haushoch. Schottischer Kampfgeist.«

Ich nahm zur Kenntnis, daß sie sich wieder von »Beltanno« distanzierte. Wir spielten das Loch und gingen dann zu Sir Bartholomew an den Strand.

Wenn ich achtzehn Löcher gegen unbekannte Gegner spiele, hege ich mitnichten den Wunsch, nach einem Drittel abzubrechen und Erfrischungen zu mir zu nehmen. Es erfordert immerhin einige Anstrengungen, sich erneut zu konzentrieren und seinen Rhythmus wiederzufinden. Ich hatte das Gefühl, daß Brady und Mr. Tiko, wenn auch gutwillig wie stets, sehr ähnlich dachten. Wir stapften zum Strand hinunter durch ein Gestrüpp von grauen, grünen Kakteen und wasserlilienähnlichen Mangroven, die zerbröckelnde Felsflächen überwucherten. Jenseits erstreckte sich der blendend weiße Sand, umspült von klarem Wasser, das in größerer Tiefe alle leuchtenden Anilinfarben zeigte: von Chromgrün über reines Türkis und Tiefblau bis zu einem Blaßblaurot am Horizont. Jemand hatte hier Strandstühle und Sonnenschirme aufgestellt, und Sir Bartholomew holte Getränkedosen und eine große Kanne Kaffee aus einem Korb. Es gab auch Kekse und Obst. Lady Edgecombe nahm ihr Golf-Bag ab und zog eine handliche Thermosflasche aus einem Seitenfach. »Und das.«

Sir Bartholomew sah hin. Ich sagte zu Mr. Tiko: »Sehen Sie – dort sind Fächerkorallen.« Der Strand war wie weiße Seide, ständig vom Wasser umschmeichelt und von spinnenförmigen dunklen Furchen durchsetzt, Spuren hereingebrochener Wellen. Sir Bartholomew sagte lächelnd: »Nun, vor dem Lunch, Denise? Hier soll schließlich noch glänzender Sport geboten werden.«

Sie öffnete die Flasche, ohne auf ihn zu hören. »Ich denke, Beltanno kennt Planter's Punch noch nicht. Sei kein Spielverderber, Darling«, sagte sie. Sie begann einzuschenken. »Nicht für mich«, sagte ich schnell. Lady Edgecombe lächelte mich an. »Aber, aber«, sagte sie. »Sie fürchten, Ihre Führung zu verlieren. Geben Sie es zu.«

Ich blickte auf Sir Bartholomew. »Gut«, sagte ich. Brady und Mr. Tiko wollten beide Kaffee, und sie bedrängte sie nicht. Doch ihr Mann, wie ich sah, nahm ebenfalls Planter's Punch. So blieb weniger in der Flasche. Doch nicht wenig genug.

Es war heiß jetzt. Ich war froh über das grüne Leinenkleid, als ich mich zurücklehnte, mein Glas in der Hand, einen Finger durch den glitzernden Sand ziehend. Er war voller Schätze: weiße Seeigel, zarte Muschelschalen, so klein und vollkommen, daß ich mir ein Mikroskop und weitere Instrumente wünschte, um sie zu identifizieren. Das Meer zischte am Ufer und zog sich zurück; es hinterließ Sand wie eingeweichte Hafergrütze, von leuchtenden Schaumspritzern übersprenkelt. Algen flatterten wie zerfranste graue Bänder; ein Hund lief vorbei, gefolgt von einer Gruppe planschender, sonnenverbrannter junger Männer und Frauen: die Gäste, oder doch einige von ihnen, die gestern abend an unserem Tisch gesessen waren. Sie blieben stehen, um zu grüßen und nach Sir Bartholomew zu fragen. Denise fächelte sich gelangweilt und speiste sie mit ein paar müden Scherzen ab. Der Besitzer des Diamantmedaillons, der jetzt in einer Python-Badehose steckte, fragte mich: »Schwimmen Sie?«

»Sei nicht frivol, Paul«, verwies ihn Lady Edgecombe. »Dr. MacRannoch spielt eine wissenschaftlich ausgeklügelte Partie Golf.« Es gelang ihr, den Satz einwandfrei zu artikulieren. Wallace Brady stand auf. »Und ich denke, wir setzen sie besser fort«, sagte er. »Falls nicht jemand müde ist. Jemand könnte uns auf den Fersen sein, meinen Sie nicht?«

Lady Edgecombe schüttelte den Kopf. »Hier spielt niemand sonst Golf. Nein. Wir haben den Platz für uns. Bester Platz der Welt. Nicht wahr, Bart? Schönes, sauberes, gesundes Leben hier. Keine Glücksspiele, kein Blackjack, kein Roulette, keine Kasinos. Nichts als Schwimmen und Fischen und Tennis, sobald es Tennisplätze gibt, und Segeln, sobald es den Hafen gibt, und sich im Nachtclub amüsieren, wenn der Nachtclub fertig ist, und sich im Bett amüsieren, wenn –«

Sir Bartholomew legte eine Hand auf ihren Arm. »Gib acht, sonst verlierst du deine schöne Brosche.«

Sie verstummte und blickte hinunter. Mr. Tiko hatte sich bereits entfernt und die Gläser eingesammelt; Wallace Brady hatte die Hand über die Augen gelegt und sah hinaus auf die Riffe im Meer. Bart Edgecombe sagte sanft: »Steck die Brosche in deine Tasche; dann geht sie nicht verloren. Oder willst du aufhören? Wir könnten nachsehen, wer im Clubhaus ist.«

Ihr gebräunter, muskulöser, nicht mehr junger Körper straffte sich und schüttelte seinen Vorschlag ab. »Wenn ich etwas Aufregendes anfange, möchte ich es auch zu Ende bringen. Du solltest gehen und dich ausruhen. Du mußt dich noch schonen. Wir fühlen uns hier großartig. Einer für alle und alle für einen!« sagte Lady Edgecombe mit etwas verwirrtem Sportsgeist und wandte sich wieder dem Fairway zu. Ich wechselte einen Blick mit Wallace Brady; dann ging er zu Denise und nahm sie am Arm. Sir Bartholomew ging an mir vorbei zum Wagen, ohne etwas zu sagen. Einer der roten Service Cars fuhr daher und hielt bei den gekreuzten Rechen am Rand des Green; wir sahen noch, wie das Loch wieder seine ursprüngliche Perfektion erhielt. Wir trafen uns beim siebten Tee und setzten das Spiel fort.

Ich spielte den Rest der Partie mit einem Gefühl des Unbehagens, das nicht von Lady Edgecombes neuer beschwingter Einstellumg zum Spiel kam. Schuld war wohl, daß ich Bart Edgecombes Gefahr vergessen hatte. Sie erschien geringer, wenn man ihn zuhause sah, bei seiner Frau und seinem Personal oder im geschlossenen Kreis seiner Bekannten im Clubhaus, auf einer Insel, auf der jeder Gast, jeder Fremde auffiel – geringer als in der chaotischen Welt draußen. Und als er eben allein zu dem leichten offenen Wagen ging, als er allein einstieg und allein davonfuhr, fragte ich mich, welchen Schutz ihm Johnson von Crab Island aus zu bieten glaubte. Oder war ich sein Schutz? Und was meinte Johnson wohl, was ich tun sollte, wenn plötzlich ein Bagger um die Ecke kam und sich in den Fiat bohrte?

Mein Drive bekam einen Rechtsdrall, und Wallace Brady freute sich: »Na endlich!« Ich grinste zurück, doch ich machte mir immer noch Gedanken. Von allen unseren Verdächtigen war nur Brady auf Great Harbour Cay, und er war hier neben mir. Doch das bedeutete weniger als nichts. Wer immer Pentecost zum Mordversuch im Bamboo Conch Club verleitet hatte, konnte sich hier dieselben Dienste kaufen. Sollte Bart Edgecombe getötet werden, dann durch einen Handlanger, dessen Auftraggeber sich sehr wahrscheinlich nicht einmal hier auf der Insel aufhielt. Bis Crab Island waren es immerhin nur zwanzig Minuten mit dem Schnellboot.

Ich verlor dieses Loch. Während ich über das Gelände ging, beeindruckten mich nicht nur seine glänzende Verfassung, sein Friede und sein sattes Grün, sondern auch die Möglichkeiten, die sich in der Umgebung einem Mörder boten. Hier am siebten lag das Green über einer großen sandigen Senke mit blauem Wasser. Eine Schar weißer Silberreiher mit Schwanenhälsen und dürren Spinnenbeinen flog auf, als wir uns näherten, und kreiste am Himmel, bis wir verschwanden: Das Wasser schien tief.

Der Fairway zum achten lag zwischen zwei halbfertigen Reservoirs. Man hörte das sanfte Surren der Maschinen; dann sah man rechts das regulierte Gewässer des Sees. Eine Grube, links in den Kalkstein gehauen, war gefüllt mit allerlei Material: Trichter, Holz, Röhren, rote Ölkannen, große silberne Gasfässer. In einem dreiseitigen Lagerhaus weiteres Material und ein paar Autos; Ersatzteile für die Berieselungsanlagen; fächerförmige Gartengeräte, die ich auf den Greens gesehen hatte – *Little Helper* stand auf jedem.

Wir spielten hier zu Ende und zogen weiter. Am neunten lag ein weiterer See. Links Reihen von Rundhäusern auf Stelzen, die eben Dächer bekamen; die Luft war erfüllt von dem angenehm trockenen Duft gesägten Holzes. Das zehnte lag neben dem Embryo der neuen Tennisplätze; doch vom Fairway bis zum Horizont zog sich nach allen Seiten Gestrüpp. Links auf der Höhe hatte jemand eine Plattform eingerichtet, von der man die Aussicht genießen konnte – oder in aller Ruhe zielen... Ein weiterer See. Das elfte: harmlos, abgeschirmt, pralle Sonne auf sattem Grün; der einzige Schatten in der Mitte, von einer einsamen Erle, niedrig und breit, mit grau gefurchter Rinde und Blättern wie von einer Weide. Mr. Tiko entfernte sich, um einen seltsamen gelben Schmetterling zu betrachten; Lady Edgecombe spielte stumm und nicht sehr gut; Wallace Brady gewann.

Über die Fairway Road; weiterer starker Verkehr. Arbeiter wimmelten um ein halbfertiges Haus; schwere Werkzeuge lagen herum. Das zwölfte; vorbei an Edgecombes Haus. Die roten Pfähle, auf denen es stand, schienen gut dreieinhalb Meter hoch. Der Hibiskus hatte sich vermehrt; die Villa stak zwischen Palmen und Blumen. Aus der Hütte rechts oben kam das Summen des Generators. Vom Balkon, vor den Fenstern mit ihren eleganten Vorhängen, winkte Sir Bartholomew aus seinem Sessel. Dort saß er, allein, vor ihm der ganze freie Fairway und der Dschungel niedriger Bäume und Büsche darum. Ein Mörder brauchte nur nachts in den Büschen warten und dann, wenn er beweglich genug war, an den Pfählen hochklettern.

Brady winkte zurück, ich auch. Lady Edgecombe riß sich zusammen und schaffte einen exzellenten Schlag, den besten an mehreren Löchern, mitten den Fairway hinunter. Wir setzten uns in die Cars und fuhren weiter.

Das dreizehnte: Ein erhöhtes Tee, rechts eine tiefe, trockene Ausschachtung für ein Reservoir; die Seiten durchfurcht von den breiten Spuren der hin und her fahrenden Raupenschlepper. Auf dem Grund lag einsam eine grüne Egge mit Zinken. Warum dachte ich an Johnson?

Geradeaus, in einem tiefen Einschnitt, das blasse Grün eines neuen Sees; die Dächer des einen oder anderen Hauses; das Gebell von Hunden. Peanuts und Popcorn waren das vielleicht, die beiden schokoladefarbenen Pro-Pudel. Und das vierzehnte; eine Rückwärtskehre. Wir waren auf dem Heimweg; das unsichtbare Meer mußte links von uns liegen. Dann über den Great Harbour Drive zum fünfzehnten; jetzt sahen wir das Wasser vor uns, blaß türkis schimmernd. Rechts ein unerwartet tiefer Einschnitt und weitere Maschinen: ein weiteres Haus, mit neuem Dach, die Wände noch nicht fertig. Das sechzehnte: Jetzt trennte uns vom Meer nur noch ein schmaler Streifen mit blühenden Büschen, dazwischen da und dort eine Kiefer.

Hier blieben wir stehen. Denise stieg wortlos durch das Gestrüpp und stellte sich allein an den Strand. Sie starrte aufs Meer. Mr. Tiko, der mit heiterer Gelassenheit gleichmäßig durchschnittlich gespielt hatte, wartete geduldig; Wallace Brady kam zu mir herüber. Ich sagte: »Ich muß nicht zu Ende spielen, falls die anderen auch aufhören wollen.« Er war vier Schläge besser als ich; Lady Edgecombe lag am Schluß.

Brady sagte: »Ich bin mit allem einverstanden. Die letzten beiden liegen direkt auf dem Weg zurück ins Clubhaus. Wir müssen sowieso dorthin.« Er zögerte und sagte dann: »Meinen Sie, wir sollten etwas lässiger spielen?«

»Großer Gott«, sagte ich. »Was würde das nützen?« Würden wir Lady Edgecombe gewinnen lassen, würde das ihr Ego nicht stärken. Das könnte nur eine dramatische Verbesserung ihres Spiels bewirken. Ich weiß nicht, was Brady jetzt sagen wollte; denn eben sagte Lady Edgecombe etwas, ziemlich laut.

Mr. Tiko, ihr am nächsten, ging beflissen auf sie zu. Sie wiederholte, was sie gesagt hatte, und diesmal verstanden wir, was los war. »Sie hatte die Brosche aus ihrer Tasche verloren«, sagte ich. »Spiel aus, Problem gelöst. Man braucht nur etwas zu warten, und alles erledigt sich von selbst.«

»Glauben Sie bloß nicht«, sagte Wallace Brady, »daß ich Ihnen das abnehme. Mit dieser Philosophie wird man nicht Bauingenieur, bedenken Sie das – und auch nicht Ärztin.«

»Aber vielleicht Frau eines Botschafters«, sagte ich, wenn auch gedämpft. Mr. Tiko erbot sich, zurückzugehen und die Brosche zu suchen. Brady machte ein freundliches Gesicht, gesellte sich zu ihnen und erklärte sich ebenfalls dazu bereit; ich schloß mich an. Wir wollten eben klären, wer in welche Richtung gehen sollte, als Lady Edgecombe sagte: »Nein, das dürfen Sie nicht, Beltanno – dieses dauernde Bücken und Ihr armer Kopf.« Ich hatte meinen armen Kopf vergessen, und sie hatte das bis zu diesem Moment ganz sicher auch. Sie sagte: »Sehen Sie, jemand muß es Bart sagen. Er wird gleich im Clubhaus sein und geduldig warten. Könnte nicht Beltanno einen der Golf-Cars nehmen und uns den anderen hierlassen?«

Mir sollte es recht sein, wenn sie die Gesellschaft beider Männer allein haben wollte. Sie diskutierten, wer sich wohin wenden sollte; ich stieg in den Car und fuhr davon.

Es war das erste Mal, daß ich ein solches Gefährt steuerte. Bei meinem Gehalt mietet man sich diese Dinger nicht. Er bremste heftiger, als ich erwartet hatte, doch er war recht zuverlässig, solange man nicht an einer Steigung oder im Gefälle das Unmögliche erwartete. Ich steuerte gelassen über die Straße und entlang des siebzehnten und achtzehnten Fairways, rechts vorbei an einem der großen gummiumrandeten Reservoirs, aus denen die unterirdischen Röhren gespeist werden konnten. Ein sinnreiches System.

Ich hatte, sagte ich mir, eine schöne Partie Golf an einem schönen Morgen hinter mir. Ein interessanter, angenehmer Kurs. Keine üblen Hindernisse, keine scheußlichen Überraschungen, keine gräßlichen Risiken, die einen bis zum äußersten strapazieren, im Sport wie im Leben. Sondern gute Bedingungen für ein gutes Spiel.

Sir Bartholomew wartete, wie vorausgesagt, im Innenhof des Clubhauses. Er wollte nichts davon hören, daß ich zurückfuhr, sondern drängte mir statt dessen sein Tuch und seinen Stuhl auf, bestellte mir einen Obstsaft und schlug vor, daß ich mir mit Schwimmen die Zeit vertreiben sollte.

Er brauchte seine Dankbarkeit nicht deutlicher auszudrücken als ich mein Mitgefühl. Dankbar schlüpfte ich draußen in den neuen Badeanzug und das Strand-Shirt, die ich in meinem Fach gelassen hatte, nahm meine Bademütze, um sie später gegen meine Perücke zu tauschen, und ging zurück zu meinem großen eiswürfelgekühlten Drink am Pool.

Es war zu heiß für eine Unterhaltung. In dem strahlendblauen Wasser präsentierte sich ein langhaariges Mädchen und kletterte dann gleichgültig heraus. Die Palmen des Clubhauses regten sich nicht, und die Seetraube in der Ecke ließ ihre Blätter wir glanzlose grüne Ziermünzen hängen. Um den Pool spreizten sich die Strandstühle wie Spinnen, jeder unter seiner Last von nacktem braungebranntem Fleisch. Jemand sagte höflich: »Sie sollten eingerieben werden, meine Dame, oder Sie werden schrecklich leiden.«

Es war Paul, der Mann mit dem Medaillon. Ich sagte: »Danke, aber ich komme auch so zurecht. Ich war schon sehr oft in der Sonne.«

Er bleckte seine schneeweißen Zähne und wackelte mit einem Finger. »O nein, hier nicht. Und Sie wollen eine Ärztin sein?«

Er hatte recht, bemerkte ich zu meinem Ärger. Der Schnitt meines Badeanzugs bot unzweifelhaft neuartige Probleme. »Gut, Sie bleiben jetzt so liegen«, sagte er; und ehe ich mich rühren konnte, fuhr eine große warme feuchte Hand über meine Wirbelsäule und massierte weiter, geschickt und kraftvoll. Ich keuchte und wandte den Kopf zur Seite, um seinen Gesichtsausdruck zu sehen.

Er blinzelte mir zu und knetete ohne Pause weiter. Von den Füßen war gar keine Rede gewesen. Er war die Güte selbst.

Drei Stühle weiter brummte jemand leise; jemand lachte irgendwo anders, ebenso leise. Überall war es leise. In dem jetzt sonst leeren Pool trieb eine Reihe farbiger Scheiben, die Sonne auf ihrer seidig glänzenden Oberfläche, Hand in Hand wie eine Kette glücklicher Kinder. Es zischte: Ein farbiger Junge in einem schwarzen Spitzenhemd mit Perlenmanschetten sprengte die Büsche an der Hinterseite der Bar im Freien; seine Segeltuchschuhe quietschten unter seinen bloßen braunen Knöcheln, wenn er sich geschmeidig bewegte. Das Geräusch mischte sich mit dem Orgelgedröhn eines anfliegenden Flugzeugs; dem gewaltigen Grillenzirpen der Generatoren. Ein winselndes Summen kam aus der Halle der Cars; dort reihten sich überdacht die sechzig unbenutzten Golf-Cars, jeder an der Nabelschnur seiner Säule. Paul sagte: »Sie haben eine wirklich niedliche Figur. Hat Ihnen das noch nie jemand gesagt, Doc?«

Das Mädchen vom Empfang rannte mit dem Sendegerät in der Hand hinten heraus, blieb stehen und schrie: »Doktor MacRannoch! Sind Sie hier? Doktor –«

Ich war bereits bei ihr, das Strand-Shirt über die Schulter geworfen, ehe sie ein weiteres Wort herausbekam. Sie stand keuchend da und stierte mich an, ihr Gesicht starr und grau wie Hefe. Ich sagte: »Geben Sie mir den Sender. Atmen Sie tief durch. Also, was ist los?«

Aber ich wußte es. Ich hörte Stimmengewirr hinter mir: Leute erwachten, redeten, fragten; ich hörte selbst das Platschen der nackten Füße Pauls, der sich hinter mir allmählich in Bewegung setzte. Ich wußte es. Ich wußte es. Ich wußte es.

Das Mädchen würgte immer noch. Ich klopfte ihr auf die Schulter. »Kommen Sie. Was ist?«

Sie sagte: »Das war der Wagen vom Strand. Um zu sagen, daß sie die Schwester holen. Und Mr. Brady sagt, Sie sollen auch kommen. Sie suchten etwas –«

»Eine Brosche. Ich weiß. Was ist geschehen?« sagte ich.

»Sie haben sie nicht gefunden. Und Sir Bartholomew sagte, sie sollten nicht weitersuchen. Und sie riefen nach Lady Edgecombe, aber sie antwortete nicht. Und Mr. Brady ging nachsehen. Dann rief Mr. Brady vom dreizehnten, daß er sie gefunden hätte.«

»Und?« sagte ich. Meine Stimme klang ruhig, meinte ich, doch ich konnte es noch nicht glauben – das, was sie gleich sagen würde.

»Lady Edgecombe war tot«, sagte das Mädchen. »Sie sagten, ihr Hals sei gebrochen.«

Denise. Nicht Sir Bart, sondern seine Frau.

9

»Also wurde sie vergast«, sagte Johnson. »Ermordet, meinen Sie, Beltanno? Kein Opfer der Umweltverschmutzung?«

»Schwer zu beweisen«, sagte ich. »Aber ich denke, man hat ihr ein Tuch ins Gesicht gedrückt.«

»Und dann schleudert man sie in das leere Reservoir«, sagte Bart Edgecombe. Noch immer preßte er seine Hände vor seinem Gesicht zusammen. »An meiner Statt.«

Vierzig Minuten nachdem das geschehen war, war Johnson zur Stelle gewesen. Ich hatte als erstes daran gedacht, ihn zu verständigen. Er war als Freund der Familie bekannt; es wirkte wohl ganz natürlich, hatte ich gehofft. Ich wartete, bis der Hilfspolizist aus dem Dorf kam, und ließ ihn bei Bart, der neben der armen bedeckten Denise kniete; dann ließ ich mich im Wagen der Gesellschaft hinauf zum Hilltrop fahren, dem kleinen Restaurant, das auch als Sendestation diente. Offizielle Mitteilungen mußten gesendet werden: an das Hospital; an die Kriminalpolizei in Nassau, die ein Flugzeug schicken sollte.

Crab Island hatte keinen Sender, doch die *Dolly* hatte einen. Ich hoffte, daß Spry mit ihr von Nassau gesegelt war, daß er an Bord sein würde. Er war es; und ich sprach mit ihm, während in der Kaffeebar nebenan Leute, zu denen die Neuigkeit noch nicht gedrungen war, lachten und plauderten, unter der Decke und zwischen den Wänden, worauf die Namen amerikanischer und europäischer Orte prangten: *Surfside, Florida; Sundsvall, Sverige; Provo, Utah; Brighton, England; Vreeland a/d Vecht, Holland; Caracas, Venezuela; Hollywood.*

Brady und ich trafen Johnson am Pier, wo die Frachtschiffe lagen. Wir hörten den Motor, ehe das Beiboot der *Dolly* in Sicht kam, flach und weiß und ungewöhnlich schnell. Johnson stand am Steuer; er war allein. Das Boot fuhr einen imposanten Bogen, wurde langsamer und tuckerte zu einer Anlegestelle. Rasch war er an Land, und wir fuhren in Bradys Javelin SST los.

Kein Mensch hätte den geringsten Einwand gegen das Benehmen meines Freundes Johnson machen können. Bestürzung und leichte Erregung – so charakteristisch nach einem plötzlichen Todesfall, so identisch mit der fieberhaften Atmosphäre des Clubhauses, das ich eben verlassen hatte, daß selbst ich mich einen Augenblick lang täuschen ließ. Dann setzte uns Brady bei Edgecombes Haus ab, und als wir den Pfad hinaufgingen, erkannte ich, daß alle seine Fragen einen Sinn gehabt hatten; und daß die Begrüßung Sir Bartholomews, mochte sie auch echte Gefühle ausdrücken, lediglich eine Präambel war.

Ein leitender Offizieller war eingetroffen, und ob wir es wollten oder nicht, standen wir vor einer Leichenschau, in der ganzen häßlichen Bedeutung des Wortes.

Das half Edgecombe zu reden. Ich hatte es bereits gehört: Mr. Tiko war hilfsbereit zum fünften Tee zurückgekehrt, wo Denise die Brosche in ihre Tasche gesteckt hatte; er wollte an den nächsten drei Löchern suchen. Brady hatte bei No. 10 begonnen, und Lady Edgecombe war vom sechzehnten zurückgegangen, wo sie ihren Verlust entdeckt hatte. Sir Bartholomew machte sich viel später auf; er fuhr mit einem Golf-Car vom Clubhaus zum zehnten und traf Brady am zwölften. Von dort gingen sie gemeinsam zu Fuß. Brady war es, der die Fußspuren am Rand der großen weißen Grube rechts vom Green entdeckte, und er rief Sir Bartholomew. Beide sahen hinunter.

Ich hatte es auch gesehen. Ein weiches, wellenförmiges Band zog sich über die groben Abdrücke der Raupenschlepper den Abgrund hinunter, Spuren eines stürzenden Körpers, von kleinen Schuttbrokken gesäumt. Lady Edgecombe lag in der Tiefe, wo man die Egge mit ihren scharfen Zinken zurückgelassen hatte. Die Falten einer verstaubten Schiffsplane bedeckten gnädig die meisten Spuren dessen, was mit ihr geschehen war.

Ich hatte als einzige die Plane hochgehoben und daran gerochen. Der Gasgeruch war eindeutig: dieses schlimme Gas und ewas anderes, kaum wahrnehmbar.

»Chlor-Pikrin. Man gibt es in die Erde, nicht wahr?« sagte Johnson. »Wenn man neu pflanzt, vor einem neuen Rasenbelag. Es vernichtet das Unkraut und beseitigt die Bakterien. Wurde dort gepflanzt?«

»Ja«, sagte Sir Bartholomew. Er nahm seine Hände weg. Sein Gesicht, das sah man jetzt, wirkte erheblich gealtert. »Zwischen dem Tee und dem neuen See. Die Plane war da, als wir zuvor vorbeikamen. Wir glaubten, sie nahm sie . . .« Er verstummte.

»Sie war naß«, sagte ich. »Wir glauben, die Berieselungsanlage war eingeschaltet. Ja, wir wissen es eigentlich sicher: Das ganze Gras schimmerte noch silberblau, wo es eben besprüht worden war. Wir glauben, die Brosche muß dort gelegen haben, wo gesprüht wurde, und Lady Edgecombe nahm die Plane und zog sie sich über den Kopf, ehe sie loslief, um sie aufzuheben. Sie erreichte sie jedenfalls, ehe das Gas sie betäubte. Wir fanden die Brosche, wo Lady Edgecombe sie wieder fallen ließ, nahe dem Rand der Grube, als sie wahrscheinlich zu husten und zu würgen begann.«

Einen Augenblick lang sagte Johnson nichts, sein Blick von seiner Brille abgeschirmt. »Wenn du das Opfer sein solltest, Bart«, fragte er dann, »warum sollten sie sich dann die Mühe nehmen, das alles sonst noch mit Denise tun? Oder glaubst du, sie stolperte wirklich über den Rand?«

»Ich glaube, sie sah, wer es war«, sagte Sir Bartholomew mit rauher Stimme. »Ich denke, der Mörder war da, bereit, die Sachen zu Ende zu bringen. Beltanno sagt, wenn man nicht längere Zeit unter dieser Plane ist, tötet das Gas einen nicht. Aber man wird so betäubt, daß ein entschlossener Mann mit einem machen kann, was er will.«

»Zum Beispiel einem ein Tuch mit Äther oder Chloroform oder was immer sonst ins Gesicht pressen und einen ersticken«, sagte ich.

»Unter freiem Himmel? Mitten am Tag?« sagte Johnson ausgesprochen zynisch.

Ich sagte: »Gehen Sie hin und sehen Sie selbst. Auf allen Seiten ist Gestrüpp, bis zum Horizont. Rechts sieht man eben das Meer, und wenn man zurückblickt, sieht man den Kontrollturm des Flughafens. Doch hier ist es abgeschirmt; drei Viertel der Fairways sind es. Die einzige mögliche Störung drohte durch einen Service Car; davon fahren genug durch die Gegend. Doch mit der Plane konnte es aussehen, als würde er Lady Edgecombe schützen.«

»Oder er konnte selbst in einem roten Service Car sein«, sagte Johnson. »Oder in einem Golf-Car. Was denkst du jetzt über Wallace Brady, Bart?«

»Ich denke nur, daß ich ihn nicht mehr sehen will«, sagte Edgecombe. Seine künstliche Ruhe begann zu schwinden. Ich blickte Johnson an, er blickte an mir vorbei.

»Hast du noch mehr über ihn herausgefunden?« sagte Johnson sanft. Edgecombe ließ seine Fäuste sinken.

»Habe *ich* etwas herausgefunden? Ich sagte dir, was ich weiß. Er ist Amerikaner; er kommt aus Virginia; offenbar keine finsteren Familiengeheimnisse; er ist tatsächlich Ingenieur, und er ist ein guter Ingenieur; er ist seit sechs Monaten hier und erwartet, weitere drei Monate hier zu arbeiten. Danach geht er, glaube ich, nach Caracas. Er arbeitet überall auf der Welt. Er ist nie aus der Reihe getanzt, hat nie irgendeinen Verdacht erregt. Er ist tatsächlich ideal –« Er brach ab.

Auf Johnson starrend, fuhr er fort: »Was zum Teufel willst du sonst noch von mir? Du bist der Boss. Du bist der große Mann mit dem Geld und allen Möglichkeiten. Du brauchst nur deinen Kumpeln zu funken, und du weißt, welche Zahnpasta er benutzt. Doch du hast dich nicht darum gekümmert, oder? Du hast nicht recherchiert; du hast nicht für Schutz gesorgt; du hast es nicht einmal für nötig erachtet, die Sache selbst im Auge zu behalten. Du warst ja nur wild darauf, nach Crab Cray abzuhauen, zu deiner neuesten –«

»Tatsächlich ist die Begum James Ulrics Eigentum«, sagte Johnson. »Doch ich gestehe gerne eine wahnsinnige Liaison mit Sergeant Trotter, falls du dich dann besser fühlst.« Er machte eine Pause und sagte dann ruhig: »Natürlich wurde Brady überprüft. Er ist sauber, scheint wenigstens so. Auch Krishtof Bey und Sergeant Trotter scheinen übrigens okay. Das heißt, bisher hat man nicht entdeckt, daß sie sich irgendwann schlecht benommen hätten. Brady hatte die Möglichkeit, Denise zu töten. Mr. Tiko auch. Ebenso jeder der Hunderte, die auf der Insel arbeiten; man brauchte ihn nur angemessen zu bezahlen. Glaubst du tatsächlich, Bart, sie würde noch leben, wenn ich mit dem Revolver zu euch gekommen wäre?«

Edgecombe murmelte etwas. Ich verstand nur etwas von »Schutz«.

Johnson blickte auf. Er sagte: »Doch in diesem Job bekommt man keine Amme zugeteilt. Man kann nicht einmal saubere Toiletten und eine gute Kantine verlangen. Man bekommt die Erlaubnis, zu töten und getötet zu werden, ohne daß es Fragen gibt. Du hast die Ausbildung, die wir alle haben, und die Waffen, die wir alle haben, und von deinem Personal ist sicher eine ganze Reihe auch noch in der Kochlöffel-Gewerkschaft. Was zum Teufel willst du mehr?« Er stand auf und stellte sich vor Edgecombe, die Hände in den Taschen. »Wenn dich jemand töten will, weil ihm die Farbe deiner Socken nicht gefällt: Schade, wenn es klappt. Wenn jemand dich töten will, weil du ein Agent bist, sondiert er das Terrain aus gutem Grund mit größter Sorgfalt. Er will wissen, wer von deinen Leuten sonst sich aus seiner Reserve locken läßt.«

Johnson ging hinüber zu dem Tisch mit den Getränken, öffnete die Whiskyflasche und goß drei schöne Doppelte in drei schwere Gläser. »Du hast dich vielleicht enttarnt, Bart«, sagte er entschieden, »aber ich will verdammt sein, wenn du auch mich enttarnst.«

»Du hast dich klar ausgedrückt«, sagte Edgecombe. Er beachtete den Whisky nicht, den Johnson neben ihn stellte. »Ich kann wohl nicht erwarten«, fuhr er fort, »daß du zur Beerdigung nach Nassau kommst? Es wird sonst niemand da sein.« Seine Augen waren blutunterlaufen, als hätte er einen Schlag auf den Schädel bekommen; doch ich fand, sein Training zeigte sich zumindest darin, wie bemerkenswert sicher er sich jetzt wieder unter Kontrolle hatte. Johnson bot mir einen Whisky an, und ich lehnte barsch ab. Ich war nicht in der verdammten Kochlöffel-Gewerkschaft.

Johnson setzte sich. »Hat Denise überhaupt keine Verwandten?«

Edgecombe schüttelte den Kopf. »Ein paar entfernte im Süden Englands. Sie könnten es sich nicht leisten zu kommen und würden ohnedies nicht wollen. Sie ... sie hat ihr Leben ganz nach mir gelebt.«

»Aber du hast sie ziemlich oft allein gelassen, oder? Hat sie das nicht gekränkt?«

Edgecombe preßte die Lippen zusammen und drückte den Handrücken gegen seinen Mund. Ich ging hinüber, stellte mich zwischen Edgecombe und Johnson und stemmte die Hände in die Hüften. »Was geht Sie das eigentlich an?« sagte ich zu Johnson. Liebenswürdig, hoffte ich.

Edgecombe sagte, seine Hand weiter vor dem Gesicht: »Er bekommt fünfundzwanzigtausend Pfund im Jahr, damit er solche Fragen stellt. Zu solchen Zeiten.«

»War sie oft alleine?« beharrte Johnson. Hatte er mich überhaupt gehört?

»Ja. Doch sie hatte Freunde«, sagte Edgecombe.

»Kanntest du sie?«

»Nicht alle. Wie sollte ich?« sagte Edgecombe mit plötzlicher Bitterkeit. *»Gehen Sie dorthin; tun Sie das; knacken die diesen Code bis Montag*... Du kennst dieses Geschäft. Ich hatte eine Frau. Es tut mir leid. Es war ein Fehler. Aber ich hatte sie schon lange, ehe ich in euer sauberes Geschäft einstieg. Ich habe sie geliebt...«

»Hat sie dich geliebt?« fragte Johnson. »Oder war sie gelangweilt und verdrossen, hätte sie sich von Leuten mit genügend Geld gewisse Vorschläge angehört? Vorschläge, wie sie zu einer wohlversorgten Witwe werden konnte... Nun, sie ist keine wohl versorgte Witwe geworden. Weil Denise zu viel redete, wenn sie zu viel Planter's Punch getrunken hatte – war es nicht so? Wer machte die Krabbensandwiches, die du nach New York mitnahmst, Edgecombe?«

Edgecombes großes, gepflegtes Gesicht war jetzt weiß bis zu den Lippen. »Trinken Sie!« sagte ich scharf und gab ihm den Whisky, den Johnson eingegossen hatte. Er wollte etwas sagen; als ich ihn anblickte, nahm er das Glas und leerte es in einem Zug. Er stellte es ab, erhob sich und starrte auf Johnson, bis er reden konnte.

Dann sagte er: »Gut. Das hast du also gesagt; Denise... in dieser gräßlichen Grube dort draußen. Sie fiel in eine Egge... Kannst du dir das vorstellen? Ich denke doch; du hast in deinem Job viel Bestialisches gesehen. Zuvor betäubt, erstickt – Gas, ein Tuch –, egal. Du kannst dir das auch vorstellen. Ja, stell es dir vor. Und stell dir auch vor, daß wir gestern nacht hier schliefen, Denise und ich, und daß wir heute morgen zusammen frühstückten. Ich rasierte mich, sie zog sich an. Wir sprachen über den Tag, über unsere Pläne für morgen... Sie freute sich auf ihr Golf...«

Er brach ab, immer noch schwer atmend. Ich machte eine kleine Bewegung, doch er winkte ab. »Beltanno spielte zu gut. Ich erkannte, was geschehen war. Denise war nicht willensstark. Sie mußte das nicht sein. Sie hatte mich... die meiste Zeit. Sie kannte ihre Schwächen, und wir halfen uns gegenseitig. Sie war nicht boshaft, sie war nur eine nette, hübsche Frau, vielleicht ein wenig eitel...«

Er blickte direkt auf Johnson. »Sie verdient es nicht, daß man ihr im Tod Mord und Verrat vorwirft. Ich verdiene es nicht, jetzt über sie zu hören, sie hätte mich vielleicht umbringen wollen.« Er wankte, und ich griff nach seinem Ellbogen und ließ meine Hand dort. »Du kannst Great Harbour Cay deine Aufmerksamkeit entziehen«, sagte Sir Bartholomew Edgecombe. »In diesem Augenblick kündige ich dir den Dienst. Was immer du mir bisher an freundlicher Anteilnahme schenktest – ich verdiene sie jetzt nicht mehr.«

Die ganze Zeit hatte sich Johnson nicht einmal bewegt. Die starren Gläser seiner Brille reflektierten den Stuhl, den Tisch, Edgecombes blasses Gesicht und mich in meinem blauen Strand-Shirt, wie ich dastand und ihn stützte. Ich hatte vergessen, daß ich immer noch im Badeanzug war. Meine unterdrückte Wut verursachte immer stärkere Magenschmerzen. Ich riß mich zusammen. Johnson sagte ruhig: »Sobald du als Agent entlarvt bist, ist deine Laufbahn als Agent zu Ende. Nichts hat sich geändert.«

»Etwas doch«, sagte ich befriedigt. »Ich habe ein starkes Beruhigungsmittel in Sir Bartholomews Whisky gegeben, Mr. Johnson. Wenn Sie ihn weiter quälen wollen, kommen Sie am besten in zwei Stunden wieder.«

Johnson sagte: »Habe ich ihn gequält?«

Ich hatte Edgecombes Puls unter meinen Fingern. Ich sagte: »Wollen Sie fühlen?«

Johnson schüttelte den Kopf. Er blickte auf Edgecombe. Sir Bartholomew starrte zurück. Ich spürte sein Gewicht auf meinem Arm, als seine Benommenheit zunahm. Edgecombe sagte: »Ich habe dir die Wahrheit gesagt.« Der Groll war aus seiner Stimme gewichen.

»Ich weiß«, sagte Johnson. »Doch ich mußte sichergehen. Zehnmal schwören wir unserem Dienstherrn Loyalität, zehnmal voll Überzeugung. Doch wir decken den Menschen, den wir lieben.«

Edgecombe sagte sanft: »Denise war in keine solche Sache verwikkelt. Nicht Denise.« Johnson kam auf ihn zu und blieb stehen; ohne mich zu beachten, nahm er Edgecombes anderen Arm und drehte ihn zu der geschlossenen Schlafzimmertür. »Du würdest es wissen, ich akzeptiere das«, sagte er. Er führte Edgecombe zur Tür und öffnete sie zu dem leeren Schlafzimmer. »Ich entschuldige mich nie für das Unentschuldbare«, sagte er noch.

Sir Bartholomew legte eine Hand auf den Türpfosten und schlug mir mit der anderen sanft auf die Schulter. »Sehen Sie? Verstand und Zähigkeit«, sagte er. »Soll ich seine Entschuldigung annehmen?«

»Welche Entschuldigung?« fragte ich grimmig.

»Nun ja«, sagte Sir Bartholomew unbestimmt. Doch er lächelte Johnson an, ehe er durch die Tür ging und sie sacht hinter sich schloß. Und unterhalb der Brille verzogen sich auch Johnsons Lippen zu einem Lächeln.

Es war verschwunden, als er sich mir zuwandte. »Das war eine

Einmischung, Frau Doktor«, sagte er. »Wenn auch diesmal noch ohne katastrophale Folgen. Wenn Sie sich jetzt dazu entschließen könnten, ihre reizende Gestalt in ein Gewand zu hüllen, würde ich gerne sehen, wo Denise Edgecombe starb.«

Noch als ich umgezogen war, sprach ich kein Wort mit Johnson. Soweit ich mich erinnere, sagte ich auch kein Wort zu ihm während der ganzen gräßlichen, endlosen Prozeduren des langen Tages. Die Polizei kam und noch ein Arzt, und es gab Fragen, wenn auch im Ton ehrerbietigen Mitleids. Lady Edgecombe war durch einen Sturz gestorben, betäubt durch Gas an einer unbedacht benutzten Plane. Das sagten alle Experten; und wer waren Johnson oder ich, um ihnen zu widersprechen? Vielleicht hatte auch Johnson hinter der Szene dafür gesorgt, daß die Formalitäten so glatt verliefen.

Denise verließ ihre momentane Ruhestätte in dem sauberen weißen Wagen der Schwester und wurde schließlich nach Nassau geflogen, mit Sir Bartholomew an ihrer Seite. Johnson ließ es zu und wandte sich dagegen, daß ich folgte. »Es gibt nichts, was Sie tun könnten. Das Hospital wird ein Auge auf ihn haben, und außerdem kann er selbst auf sich aufpassen.«

»Ich möchte zur Beerdigung. Ich war ihr Gast«, sagte ich. Zum ersten Mal sprach ich wieder direkt mit ihm, seit der sadistischen Diskussion an diesem Morgen.

»Er will Sie nicht haben. Tut mir leid, aber das ist die Wahrheit. Er will niemanden haben. Und ich wünsche, daß Sie nach Crab Island kommen«, sagte Johnson.

Wir waren wieder in Bart Edgecombes Haus. Ich sah zu, wie das Mädchen Denises Sachen packte, und Johnson stand bei geöffneter Glastür draußen auf dem Balkon über dem Golfgelände und stopfte gedankenverloren seine Pfeife. »Eine glänzende Idee«, sagte ich. Ich nahm einen Aschenbecher, ging hinaus und stellte ihn auf den Tisch neben ihm. »Eine große fröhliche Party mit der Begum und James Ulric, und wem noch? Krishtof Bey verdreht die Augen, Sergeant Trotter zeigt seine berühmte Imitation eines Königlich-Kanadischen Polizisten auf einem Kamel. Das wird uns im Handumdrehen aufheitern.«

»Sie werden dort das Clubhaus kaum vermissen«, sagte er. »Theaterleute hassen den Tod.«

»Wer tut das nicht?« sagte ich. Ich war wild auf einen Streit.

»Manche Leute arrangieren sich mit ihm«, sagte Johnson. »Die Begum zum Beispiel. Oder Ihr Vater ... Warum haben Sie mir nichts von Pentecosts Familie erzählt?«

»Ich wollte selbst einige Nachforschungen machen«, sagte ich brüsk. Das hatte ich auch getan. Die Zeit war nur so kurz gewesen. Ich fragte: »Wer sagte es Ihnen? Dahlia?«

»Schließlich ja«, sagte Johnson. »Sie verschwand, nachdem Sie bei ihr waren, und meine Leute fanden sie erst heute morgen. Da war es schon zu spät.«

»Was?« fragte ich.

»Die Familie war nicht mehr in Bullock's Harbour. Jemand zählte zwei und zwei zusammen und kam zu dem Schluß, daß der Wasserturm uns zu Dahlia führen würde. Gestern gingen sie weg, zur Arbeit nach Abaco. Sagten sie. Natürlich fehlt jetzt jede Spur.«

Ich sagte nichts. Ich wollte mich selbst um diese Sache kümmern, sobald ich den Fuß auf Great Harbour Cay setzte. Statt dessen war ich geschwommen und hatte mir Kleider gekauft und den Vögeln in den Hibiskussträuchern zugehört. Und war dagelegen und hatte meine Wirbelsäule von Pauls warmer Hand massieren lassen, als Denise Edgecombe in den Tod stürzte. Johnson sagte: »Ich weiß, Bart bat Sie, hierzubleiben. Aber das würde Sie verrückt machen, Beltanno.«

»Crab Island würde das auch.«

»Nein«, sagte er. »Oder wenn, bringe ich Sie sofort zurück in dieses Haus. Oder nach Nassau. Oder wohin auch immer Sie wollen.« Er machte eine Pause und sagte dann: »Ich nehme Wallace Brady mit mir hinüber ... Wissen Sie, Beltanno, was es heißt, einen Job zu Ende zu bringen?«

Ich verstand. Keine Entschuldigungen für das Unentschuldbare; kein Wort mehr über das, was diesen Morgen geschehen war. Auch kein Wort mehr über Pentecost. Ich dachte daran, wie Brady entrüstet meinen eigenen ironischen Vorschlag abgelehnt hatte: Man braucht nur etwas zu warten, und alles erledigt sich von selbst.

Was immer man von Johnson denken mochte: Im Augenblick verwendete er seine Kraft darauf, den Schuldigen am Tode zweier Menschen aufzuspüren. Und dafür wollte er meine Hilfe. Ich wollte nicht nach Crab Island. Ich wollte nicht die Begum treffen, häufiger denn je in der Gesellschaft meines Vaters. Die Freunde, mit denen sie sich umgab, kannte ich nicht. Die drei, die ich kannte, Brady, Krishtof und Trotter, waren alle noch dubios, verdächtig. Und selbst Johnson vertraute ich nicht mehr, nach diesem Morgen.

Er hatte mich beobachtet, während er seine Pfeife ansteckte. Er nahm sie aus dem Mund. »Haben Sie schon einmal gesehen, was man macht, wenn jemand einen Bronchialasthmaanfall hat?« fragte er. »Vielleicht mußten Sie es für Ihren Vater tun.«

Ja, zweimal. Ich sagte nichts.

»Es ist nicht angenehm«, sagte er.

Das Mädchen war fertig. Ich ging zurück ins Zimmer und schaltete eine der Lampen an. Ich dachte an mein eigenes Versäumnis bei der Pentecost-Geschichte. »Manchmal«, sagte ich, »kann es notwendig sein.«

Er kam herein und blieb an der Tür stehen; die Lampe ließ seine Brille aufblitzen, die Pfeife glühte rot in seiner Hand. Er hatte ungewöhnlich dichtes, kräftiges schwarzes Haar, ohne jede graue Strähne. Doch er war älter als ich, natürlich. »Manchmal sollte es nicht sein«, sagte er unerwartet. »Denise Edgecombe hätte nicht sterben dürfen.«

Ich sah ihn an. »Sie sagten selbst: Wer hätte es verhindern können?«

»Ich«, sagte Johnson. »Ich persönlich, Big Daddy. Doch ich tat es nicht.«

»Warum nicht?« fragte ich. Er hatte, dachte ich, einen Schluck Whisky mehr, als selbst ein harter Mann ohne weiteres verkraften konnte.

Doch so viel Whisky hatte er nicht. »Wahrscheinlich, weil Sie auf dem Flugplatz dieses blaue Ding anhatten«, sagte er und schob die Pfeife in den Mund. »Wie viele Zentimenter waren das über dem Knie? Fünfundzwanzig? Dreißig? ... Ich möchte, daß Sie auf Crab Island dieses blaue Ding tragen. Und Ihren Badeanzug. Und ihre anderen Sachen. Bleiben Sie nicht starr bei ihrem Part. Spielen Sie verschiedene Rollen, wie ich.«

»Brauchen Sie mich auf Crab Island?« fragte ich.

Ich dachte, er würde spöttisch antworten, doch das tat er nicht. »Ja«, sagte er.

»In der Kochlöffel-Gewerkschaft?«

»In enger Verbindung mit ihr. Als Zange vielleicht.«

»Gut«, sagte ich.

Wir aßen kurz im Clubhaus, umzingelt von Mr. Brady und Mr. Tiko, denen ich mit einigem Unbehagen Johnson Johnson vorstellte.

Ich brauchte mich nicht zu sorgen. Johnson hatte offenkundig nichts von dem Erben der MacRannochs gehört. Sie sprachen über japanische Malerei, zur Verblüffung der langen Reihe mitfühlender Menschen, die bei uns den plötzlichen Tod Lady Edgecombes beklagten und sich auf schicklichste Art nach ihren häuslichen Umständen erkundigten.

Wir trennten uns früh; Johnson schlief in einem gemieteten Rundhaus, ich allein in dem großen stillen Haus Edgecombes. Doch erst kam er noch mit und sah zu, wie ich das Netz an jedem Fenster prüfte und die Glastüren verschloß. Ich hatte meine Pistole im Bett.

»Ich denke, Sie sind sicher, wenn Bart nicht da ist, aber man sollte keine Risiken eingehen. Nervös?« fragte er.

Ich schüttelte den Kopf so überzeugend, wie es irgend ging. Man stellt sich auf die Gegebenheiten ein; es ist nur eine Frage des Willens.

»Gutes Mädchen«, sagte Johnson.

»Und Bart Edgecombe?« fragte ich.

»Sie haben mein Wort«, sagte Johnson. »Nichts wird ihm in Nassau geschehen. Und wenn es vorbei ist, bringe ich ihn nach Crab Island zurück.«

Ich verbarg meine aufkommende Angst und wandte mich statt dessen praktischen Problemen zu. »Himmel«, sagte ich, »wie groß ist das Haus der Begum?« Denn Gäste bei der Begum Akbar, das bedeutete nicht sieben Luftmatratzen auf dem Teppich des Wohnzimmers; es bedeutete sieben Schlafzimmer mit größtem sanitärem Komfort. Wir, die wir in Schloß Rannoch all diese neuen Badezimmer einbauen mußten, waren uns dessen mit Bitterkeit bewußt.

Crab Island war weit weniger als einen Kilometer breit. »Und das Abwasser!« fügte ich hinzu, während mein Gehirn rascher rotierte.

Doch Johnson Johnson sah mich nur durch seine Brille an. »Gute Nacht, Frau Doktor. Ich möchte die Überraschung nicht verderben. Warten Sie, bis Sie es sehen.«

10

Am nächsten Morgen fuhren wir nach Crab Cay, in dem weißen, fünfzig Meilen schnellen *Avenger*-Motorboot der *Dolly*, Wallace Brady und ich, Johnson am Steuer. Brady, sauber und korrekt gekleidet, war nicht eben gesprächig; ich ebenfalls nicht. Ich bemerkte, daß die Straße zu Bradys Brücke und ihr erster Bogen bereits fertiggestellt waren, nicht weit von der Stelle, an der wir an Bord gingen. Die Konturen von Crab Island sah man deutlich vom Ufer der größeren Insel. Die ganze Fahrt folgten wir dem Verlauf der neuen Brücke und machten dann dort fest, wo die Pfeiler des Crab-Island-

Endes bereits im Wasser standen. Es gab eine kleine, kaum geschützte Mole; dort lag die *Dolly* vor Anker.

Wir kletterten aus dem Schnellboot auf die Mole und stiegen in ein grünes Daimler-Kabriolett, das hier leer auf uns wartete. Johnson setzte sich ans Steuer. »Grün ist die Akbar-Farbe«, sagte er. »Und Wohltätigkeit ist der Akbar-Brauch. Sie sollten die Kampagne der Akbar-Elefanten für Familienplanung sehen. Die Tiger haben sich enorm vermehrt, da die Elefanten vom Verteilen von Kondomen völlig erschöpft waren.«

Die Mole endete. Ein Uniformierter am Eingang eines niedrigen modernen Bungalows öffnete schmiedeeiserne Tore und salutierte, und der Daimler glitt zu einer breiten Schotterstraße, gesäumt von Fuchsien, Königspalmen und Oleanderbüschen. Wir passierten einen Mann in zwei Schattierungen von Grün, der sie besprengte. Ein großer scharlachroter Schmetterling flatterte vorbei.

»Das ist ein –«, sagte Brady, und Johnson nahm eine Hand vom Steuerrad und schwenkte sie durch die Luft. »Ganz recht. Man schafft sie her und setzt sie aus. Genau wie die Vögel. Manchmal ziemlich schräge Vögel, finden Sie nicht auch, Frau Doktor?«

Der Daimler stoppte rasch und elegant. Über uns ragten hohe Kiefern, von seidigem Dunkelgrün gekrönt, die ausladenden verschränkten Zweige wie Obstspaliere. Vor uns kreuzte eine kleine Schar von Flamingos die Straße, die lachsfarbenen Hälse windend. Sie stolzierten bedächtig einher, ihre Gelenke wie rosa Perlen auf rosa Nadeln, ihr Gefieder glänzend. Einer kam uns nahe; seine Pupille traf die Pupille Johnsons, sein gelb gequirltes Auge funkelte über seinem dicken Schnabel mit der schwarzen Spitze.

»Forsan et haec olim meminisse iuvabit. Vergil«, sagte Johnson.

»Das Licht der Sonne und das Lied der Vögel / Die machen unsre Herzen froh / Drum merke dir die goldne Regel / Gott spürest du in einem Garten mehr als anderswo. Dorothy F. Bloomfield«, sagte Wallace Brady überraschend.

Auch ich kannte die Ardastra Gardens. *»Diese Flamingos sind die einzigartigen Juwelen der tropischen Vogelwelt«,* informierte ich. *»Miniröcke und unkorrekte zweiteilige Kleidung nicht gestattet. Mangelnder Anstand erzeugt Verachtung.«*

Johnson packte den Vogel am Schnabel und drehte den Kopf entschlossen weg. »Das war keine Verachtung. Das war einfach einer der schmutzigen alten Männer aus der Vogelwelt«, sagte er. »Ich sah seine Polaroid-Kamera.«

Ich denke doch, es war ein kurzes Kleid. Wallace Brady lächelte mir zögernd zu. Ich brachte nicht die Kraft auf, nicht zurückzulächeln. Obwohl, welches grandiose Phänomen hatte diese männliche Anerkennung provoziert? Kurz gesagt: meine Knie.

Die Fahrt ging eine erhebliche Strecke weiter zwischen Blumen und Bäumen – eine erhebliche Strecke, wenn man die Größe der Insel bedenkt. Johnson versicherte uns, daß dies alles mit Spiegeln bewerkstelligt wurde. In der Erregung über die bevorstehende Wiedervereinigung mit Trotter schien er Lady Edgecombes Tod vergessen zu haben.

Wir passierten einen Aussichtspunkt, einen Springbrunnen, einen Teich mit einer Brücke und Enten, einen Taubenschlag und zwei Marmorstatuen. »Miniröcke und unkorrekte zweiteilige Kleidung nicht gestattet«, tadelte Johnson. Ställe, Tennisplätze, Shuffleboard. Ein flüchtiger Blick auf einen Pool. Hausdächer, fast völlig verborgen hinter einem Meer von Orchideen. Eine Fichtenallee, eine schwungvolle Biegung. »Machen Sie die Augen zu, Frau Doktor«, sagte Johnson.

Unsinn.

Einen Moment später sah er in den Spiegel und sagte trocken: »Wovor haben Sie Angst?«

Ich machte sie zu.

Der Wagen bog um die Ecke, wurde langsamer und hielt sanft. »Machen Sie die Augen auf, Frau Doktor«, sagte Johnson.

Ich machte sie auf.

Vor uns ragte das Haus der Begum auf Crab Island. Ich sah es mir nicht genau an, Stockwerk um Stockwerk und Fenster um Fenster. Ich fragte mich nicht, wie viele Zimmer es haben mochte und was seine besondere Wirkung ausmachte.

Das alles war überflüssig. Das Haus der Begum auf Crab Island war eine exakte Kopie von Schloß Rannoch in Schottland, Türmchen für Türmchen und Stein für Stein. Sie hatte James Ulric ein zweites Heim geschaffen, hier auf den Bahamas.

Neben und vor mir herrschte Stille. Johnson kannte das Haus natürlich. Brady hatte ihr wahrscheinlich geholfen, es zu bauen. Sie warteten sichtlich interessiert auf meine Reaktion.

Mir bot sich eine Palette von Möglichkeiten, einschließlich der, mich lächerlich zu machen. Ich dämmte meine Impulse. Ich sagte ruhig: »Ich danke für die Überraschung. Soweit ich weiß, existiert kein Patent für das Original. Ich denke, damit ist mein Vater das einzige Clan-Oberhaupt mit zwei Sitzen – einem für jede Backe.«

Johnsons Brillengläser richteten sich lange auf mich. »Beltanno«, sagte er schließlich, »die Stahlindustrie braucht Sie.« Er wandte sich an Brady. »Und wissen Sie, was sie glaubt? Sie glaubt, daß sie dort drinnen alle auf dem Boden liegen, mit ihren Perlen Murmeln spielen und unablässig scharfe Getränke in sich hineinschütten.«

Wallace Brady ließ seinen sonnigen amerikanischen Blick zu meinen Knien und dann sanft zu meinem Gesicht hinaufwandern. »Die intelligenten Reichen tun das nicht«, sagte er. »Die intelligenten Reichen spielen Kinderspiele und erzählen sich wahre Geistergeschichten, ehe sie miteinander ins Bett gehen. Andere Reize brauchen sie nicht.«

»Sie spielen nicht Golf?« fragte ich. Ich fragte mich, ob das Johnsons Einfluß war: Wallace Brady hatte auf Great Harbour Cay nicht so geredet.

»Sie und ich spielen Golf«, sagte Brady. »Golf spielen die intelligenten Aufstiegskandidaten.«

Ich dachte an den Preis jener Golfbags. »Ein paar scheinen es schon geschafft zu haben«, sagte ich; doch Brady schüttelte entschieden den Kopf.

»Anfänger der ersten Generation. Ehe Sie einen Mann nicht die Spiele einer Kinderparty spielen sehen, können Sie wetten, daß er nicht der wahren Aristokratie des Wohlstands angehört.«

Die Wagentür wurde von einem Dienstboten geöffnet, der einen farbigen Boy anwies, unser Gepäck herauszuholen. Ich stieg über die Stufen und betrat mit erheblichem Unbehagen den dunklen, hallenden Flur meines eigenen Heims. Schritte näherten sich, offenbar durch eine Reihe leerstehender Räume; die Begum erschien, lächelnd, mit ausgestreckten Händen. Sie trug einen dunkelblauen Sari aus wehendem Organza. »Beltanno! Wallace!«

Sie blieb stehen und ließ die Hände sinken. »Johnson. Was suchen Sie hier?«

»Spiele«, sagte Johnson. »Vielleicht Monopoly? Oder Drei-in-einer-Reihe?«

Die Begum musterte ihn kritisch. »Sie wirken so tiefgründig und rätselhaft wie vergilbte Runen«, sagte sie. »Was wollen Sie? In den Club der Superschlauen?«

Die Brille glitzerte. »Beinahe richtig geraten«, sagte Johnson bewundernd. »Tatsächlich geht es mir um Geist und Geld. Ihre Kurse stehen gewiß zufriedenstellend?«

»Gewiß«, sagte die Begum Akbar ruhig und ging uns voraus ins

Damenzimmer. Sie schien keineswegs verblüfft.

»Und Ihr Geist ist unbestritten. Also – Ah!«

Er setzte sich blitzartig in Bewegung.

»Wir glauben, es ist die Begegnung Salomos mit der Königin von Saba«, sagte die Begum heiter, »doch der verdammte Club gibt niemals einen Hinweis und beantwortet keine Briefe. Kaffee?«

»Ja, bitte«, sagte ich. Brady war Johnson töricht grinsend gefolgt; sie standen beide am Fenster, vor dem gewaltigsten Puzzle, das ich je gesehen hatte.

»Thelma«, sagte Johnson.

»Verdammt, Darling«, sagte die Begum mit ihrer sorgfältig modulierten englischen Stimme. »Es ist die Königin von Saba. Krishtof erkannte den Schnitt ihrer Hosen.«

»Sie raucht eine Zigarette«, sagte Johnson. Er setzte ein weiteres Teilchen ein und begutachtete das Resultat.

»Sie war ihrer Zeit voraus«, sagte die Begum ruhig. Sie öffnete die Glastür und rief in die Büsche: »James! Deine Tochter ist da!«

Eine geschmeidige türkische Gestalt mit einer goldenen Halskette und einer grünen baumwollenen Strandhose trat aus dem Hibiskus und vollführte einen sanften Sprung in das Damenzimmer. »Er planscht«, sagte Krishtof Bey. »Himmel!« Er erstarrte vor dem Puzzle.

»Sie raucht eine Zigarette«, sagte die Begum gelassen. »Schwarz oder weiß, Beltanno?«

»Weiß«, sagte ich.

»Falsch!« rief Krishtof Bey wütend. »Es paßt nicht!«

»Es paßt«, berichtigte Wallace Brady. Ich bewunderte seine kühle Ruhe.

»Die Hosen passen auch«, sagte Johnson.

»Ist es Rita Hayworth in *Salome*?« schlug die Begum zögernd vor.

Krishtof Bey schnaubte verächtlich. »In *Salome* rauchte sie keine Zigarette.«

»Vielleicht in einer Pause«, sagte die Begum hilfsbereit. »James? Raucht Rita Hayworth?«

»Brennt sie denn?« kicherte mein Vater, der tröpfelnd in der Tür erschienen war. Er sah aus wie Picasso. Er stieß einen Schrei aus. »Wer hat diese verfluchte Zigarette in ihren Mund gesteckt?«

»*Seinen* Mund«, sagte ich.

Sie fuhren alle herum und blickten mich anklagend an. Die Begum rührte in ihrem Kaffee.

»Wir wollen alle wissen, woher du das wissen willst.« Sie blickte sich um. Sergeant Trotter, mit sauberem Hemd und weißen Hosen, kam zögernd in das Zimmer. »Rodney! Hier ist Kaffee«, sagte die Begum. »Die Königin von Saba ist ein Mann.«

Sergeant Trotter wirkte nicht mehr zögernd. »Unsinn!« sagte er. »Mit diesen komischen Hosen?«

»Unisex«, sagte Johnson. »Oder wie Salomo weise wurde. Ich stimme Beltanno zu. Wir blicken auf zwei männliche Gestalten. Krishtof, sagen Sie uns: Wer außer den Türken zieht sich an wie Türken?«

»Ich dachte, Türken ziehen sich wie Inder an«, sagte ich unschuldig.

»Engländer ziehen sich wie Inder an«, betonte die Begum zu Recht. Sie dachte nach. »Rennfahrer ziehen sich wie Türken an. Und ehemalige Harrowschüler. Und die Burschen von Piratensendern. Und Antiquitätenhändler. Und Modefotografen.«

Johnson nahm ein weiteres Teilchen des Puzzles. »Hier ist ein Hund«, sagte er.

Dumpfes Brüten breitete sich aus, nur vom Klappern der Kaffeetassen unterbrochen. Die Begum stellte die ihre entschlossen ab. »Ich will meine Laune nicht von zehntausend Holzstückchen bestimmen lassen«, sagte sie. »Johnson, ich möchte zu leichter Konversation übergehen: Wer tötete Denise Edgecombe?«

Sie war eine unverantwortliche Frau. Ich hatte es immer schon gedacht.

Schlagartig trat Stille ein, rasch zerstört durch Sergeant Trotters Tasse, die klappernd auf der Untertasse tanzte. Mit Genugtuung sah ich, daß die Brauen und die Brillenränder Johnsons jetzt eindeutig differierten. Einen Augenblick lang wirkte er wie wir übrigen: völlig verdattert. Dann sagte er: »Woher bekommen Sie geheime Botschaften? Vielleicht aus dem Leichenschauhaus? Soweit die Polizei weiß, war es ein Unfall.«

»Ja?« sagte die Begum. »Wallace, glauben Sie, daß es ein Unfall war?«

Wallace, den Regeln des Takts ergeben wie sonst keiner, den ich jemals kannte, reagierte ausgesprochen reserviert. »Wenn Sie die arme Dame dort unten gesehen hätten, Begum, würden Sie überhaupt nicht zweifeln. Natürlich war es ein Unfall. Weshalb hätte irgend jemand Lady Edgecombe töten wollen?«

Mit Freude sah ich, daß sogar mein Vater mit größter Mißbilligung auf seine Seelenfreundin starrte. »Weshalb mußtest du das sagen? Hübsche Frau. Keine Fehler.«

»Nur Langeweile«, sagte Krishtof Bey überraschend.

»Nicht, als Sie mit ihr tanzten«, sagte Wallace Brady. Ich hatte das vergessen.

»Ja – sie war eine gute Tänzerin gewesen. Nicht leicht, das Tanzen aufzugeben«, sagte der Türke. Er bewegte sich mit tänzerischer Leichtigkeit zur Kaffeekanne hin; seine Beweglichkeit war zweifellos enorm. »Es bleibt im Blut. Besser, zu inszenieren, zu lehren. Hart, ganz damit aufzuhören.«

»Sir Bartholomew verstand das, glaube ich«, sagte ich. »Er ging sehr sanft mit ihr um.«

»Ja, sanft, aber vielleicht etwas zu demonstrativ, meinst du nicht auch?« sagte die Begum. »Schade, daß sich niemand von mir provozieren läßt. Ich denke, Denise gab ihrem Gatten Gift und beging anschließend Selbstmord, in der Hoffnung, man würde ihm die Sache in die Schuhe schieben. Ist niemand auf meiner Seite?«

»Ein neuartiger Gedanke«, sagte Johnson, »wie der mit der Königin von Saba. Könnten Sie dreizehn Löcher akzeptabel Golf spielen und sich dann einfach umbringen?«

»Guter Mann«, sagte die Begum, »ich könnte es nicht – ich spiele nicht Golf. Ich dachte, mit dem Umbringen sei es wie mit einem Liebesakt. Wenn man versessen darauf ist, kann man es immer und überall, auch unter den unmöglichsten Umständen.«

»Man kann es bei der Liebe«, sagte Johnson, mit dem Tabaksbeutel auf den Knien. »Aber Golf dauert länger.«

»Aufgepaßt!« sagte die Begum, griff in aller Ruhe nach dem Soda-Siphon und schickte einen Strahl genau in seine Pfeife. »Ich lasse mir meinem Sapß nicht verderben. Und wenn man sie nun beide umbringt, Denise Edgecombe und Sir Bartholomew?

Ich vermied es, Johnson anzusehen. Krishtof Bey, mit einer neuen Tasse Kaffee, retardierte in einer langsamen Glissade entlang des Teppichrands; Sergeant Trotter saß steif in einem der bequemsten Lehnsessel der Begum und wirkte angeödet; Brady versuchte, ein Auge Johnsons auf sich zu ziehen. Ich hatte Augenblicke darauf verschwendet, das andere zu suchen.

Johnson machte die Augen zu und entzog sich so uns beiden. Mein Vater, der einige Zeit über den Teppich getappt war und Spuren seiner feuchten Füße hinterlassen hatte, wandte sich nun an die Begum: »Wo sind die verdammten Papiere, Thelma? Wer sollte die

Edgecombes loswerden wollen? Spielten beide sehr vernünftig Kontakt-Bridge.«

Die großen weitsichtigen Augen der Begum ruhten auf mir. »Dein Vater vertritt die Theorie, daß die Verbrecherwelt nichts gegen Kompetenz beim Cricket und beim Bridge vermag«, sagte sie. »Ich glaube, niemand ist gegen Gewalt gefeit. Nehmen wir an, Sir Bartholomew wurde auf dem Flughafen vergiftet. Nehmen wir an, er wurde im Flugzeug erneut vergiftet. Nehmen wir an, Johnson mußte am Ende von Leviticus' Solo als menschliche Fackel herhalten, weil er Sir Bartholomews Jackett trug? Nehmen wir an, Denise wurde betäubt und den Hang hinuntergestoßen?«

Wallace Brady blickte zu mir herüber. »Wie ich Ihnen sagte«, sagte er. »Diese Spiele.«

»Nun, Beltanno?« sagte die Begum; und alle sahen mich an, selbst mein Vater, der das Cembalo absuchte.

Ich atmete langsam und gleichmäßig und versuchte einen weiteren Blick auf Johnson zu vermeiden, dessen verdammte Augen immer noch geschlossen waren. Ich sagte: »Klingt dramatisch, aber Sie sollten vielleicht prosaischer denken. Wie mein Vater meinte: Wer hatte irgend etwas zu gewinnen, wenn er die Edgecombes umbrachte?«

Sergeant Trotter sagte: »Also, gewöhnlich steckt Geld dahinter. Wer bekommt den Batzen?«

»Es gibt keinen«, sagte Johnson. Er setzte sich aufrecht, öffnete die Augen, zog ein sauberes Taschentuch hervor und begann vorwurfsvoll den dunklen Kopf seiner Pfeife zu trocknen. »Sie lebten gut, doch keineswegs in märchenhaftem Reichtum. Keine hohe Versicherung. Keine Familie.«

»Auch keine Königin von Saba, Thelma«, sagte mein Vater und kicherte. Anscheinend hatte er gefunden, was er gesucht hatte; mit einem dicken Stapel von Papieren ließ er sich woanders nieder. »Du bist auf der falschen Spur.«

Die Begum reckte ihre eleganten Beine über ihren Clubsessel. Das Mobiliar hier auf Crab Island, mußte ich gestehen, war weit üppiger als das, was die Mauern von Schloß Rannoch je geborgen hatten. »Es gibt andere Gründe für einen Mord. »Er war im diplomatischen Dienst, im Ausland. Was ist mit Ihnen, Rodney? Hat man Sie in Aden erwischt, als Sie schwarz Musikautomaten an Ölscheiche verschleuderten? Kennt Sir Bartholomew das Geheimnis Ihrer grausigen Vergangenheit?«

Sergeant Trotter war ein kleiner Mann in ausgezeichneter Verfassung. Doch einen Augenblick traten die Adern an seinen Wangen hervor, und ich dachte, sein Oberkiefer würde herunterklapen. Er sagte: »Warum ich?«

»Sie waren auf dem Flugplatz und im Flugzeug und im Bamboo Conch Club«, sagte die Begum. Sie war schlau. Und eitel. Und amüsiert.

»Ich war nicht auf dem Golfplatz«, sagte Trotter.

Die Begum räkelte sich genüßlich. »Wenn Sie einen Kellner im Conch Club bezahlen konnten, konnten Sie auch einen Mann vom Golfplatz auf Great Harbour Cay bezahlen«, sagte sie.

»Und warum ausgerechnet ich?« sagte Sergeant Trotter ärgerlich. »Es hätte jeder sein können, wenn man es so sieht. Jeder in diesem Flugzeug. Irgend jemand vom BOAC-Personal.«

»Doch ich denke«, sagte die Begum sanft, »niemand sonst kannte Sir Bartholomew oder hatte auch nur im entferntesten mit ihm zu tun. Niemand sonst in der Monarch Lounge wollte nach oder in die Nähe von Great Harbour Cay. Außer natürlich Mr. Brady.«

Wallace Brady, weit souveräner als Trotter, hatte natürlich darauf gewartet. Er grinste die Begum an, seine Hände über seinem blassen baumwollbedeckten Bauch gefaltet. »Ich bin hier seit sechs Monaten, und ich werde noch etliche Monate hier sein. Hätte Bart Edgecombe schmutzige Geheimnisse meiner Vergangenheit gekannt, hätten wir wohl die Sache schon längst abgemacht.«

James Ulric, der jetzt seinen Stapel an sich drückte, setzte ein lästerliches Grinsen auf. »Vielleicht war die Sache etwas aktueller, Brady. Wie ich hörte, haben Sie Denise recht oft gesehen.«

Wallace Brady stand auf. »Begum«, sagte er. »Genug ist genug. Die Dame, von der wir hier reden, ist tot, und Sie tun so, als sei das alles ein Spiel. Die Edgecombes waren meine Nachbarn, und ich habe mich nach Kräften bemüht, ein guter Nachbar zu sein. Das ist alles. Und jetzt wollen Sie mich bitte entschuldigen: Ich möchte Beltanno gern den Garten zeigen.«

Die Begum stand auf, doch James Ulric rührte sich nicht. Dann nickte er in meine Richtung. »Eines Tages wird dieses Mädchen fast drei Millionen Dollar wert sein«, sagte er. »Sie sollten Ihre Zähne in sie schlagen, wo Denise jetzt aus dem Weg ist. Sie hat mir zwar gesagt, sie würde einen Bastard von Japaner heiraten ... Hast du ihm schon einen Antrag gemacht?« fragte er mich barsch.

Ich starrte ihn an und sagte: »Nein. Aber du wirst es erleben.«

»Wer ist es?« fragte Wallace Brady. Er sah mich an, als hätte ich soeben mit einer Suzuki 120 seinen Hamster überfahren.

»Mr. Tiko«, sagte ich.

»Gott im Himmel«, sagte Wallace Brady.

»Ich nehme an«, sagte mein Vater, »ich sollte ihn zu unserem Treffen bitten? Wir haben eine Bahama-Gruppe, die auf Motorrädern durch brennende Reifen fährt. Da Unfälle so häufig sind, könnte er zweifellos selbst...«

»Ich werde es arrangieren«, sagte Krishtof Bey.

Wir hatten ihn vergessen. Selbst die Begum fuhr heftig herum, und er lächelte von seinem Refugium auf dem Teppich zu ihr hoch. »Bin ich nicht auch ein Verdächtiger?« sagte er. »Ich war an all den richtigen Orten zu all den richtigen Zeiten, obwohl mir noch kein Motiv eingefallen ist. Die liebliche Denise? Doch ich habe sie nur kurz getroffen. Ein Skandal in meiner Vergangenheit? Alle Tänzer führen ein unglaublich ausschweifendes Dasein; man erwartet das von ihnen. Niemand kann einen Tänzer erpressen.«

»Nehmen wir an«, sagte Johnson plötzlich, »man sucht Sie wegen eines größeren Verbrechens, sagen wir in der Türkei, auf das eine lange Gefängnisstrafe steht. Ein großer Tänzer würde kaum ein großer Tänzer bleiben, oder, wenn er zehn Jahre in einem Steinbruch schuften müßte?«

Krishtof Bey schlug sich mit beiden Händen an den Kopf, wirbelte herum und stürzte dumpf in voller Länge vor die Füße Johnsons. »Retten Sie mich! Retten Sie mich!« kreischte er.

Ich bestaunte den faszinierenden Lendenbereich seiner Wirbelsäule, und die Begum sagte: »Närrischer Junge! Niemand verdächtigt Sie. Sie haben zu wenig Willenskraft.«

Der Tänzer schnellte auf die Beine, sein Gesicht erstarrte in Arroganz. »Ich zu wenig Willenskraft? Wo ich sieben Stunden täglich übe?«

»Sie üben nicht sieben Stunden täglich Haß«, sagte die Begum ruhig. »Das ist eine europäische Spezialität, Krishtof. Außerdem würden Sie mit einem Messer töten.«

»Und Sie?« sagte der Tänzer. Er warf sein langes Haar zurück, riß ihren Chiffonschal von einem Stuhl, warf ihn flink über seinen Kopf und seine Schultern und hielt ihn mit schlanker Hand fest. Sein Gang und seine Haltung hatten sich verändert: Er war das freche Ebenbild der Begum. »Sie, Thelma, sind höchst verdächtig. Was wissen oder wußten Sir Bartholomew und seine Frau von Ihnen, was der MacRannoch und seine Tochter nicht wissen dürfen?«

Einen Augenblick lang blieb das schöne, alternde Gesicht unbewegt; dann zog sie den Schal aus seiner Hand und schnellte ihn spielerisch um seine Kehle. »Daß meine Freunde weder Cricket noch Bridge spielen. Für wen tragen Sie die falschen Wimpern?«

»Johnson«, sagte der Tänzer sofort, den Faunenmund verzogen. Er war ein schlagfertiger Bursche. Auch das Englische, das er mit leichtem Akzent sprach, ging ihm ungemein flink von der Zunge. Ich bemerkte mit einigem Unmut, daß die Wimpern wirklich falsch waren. Er starrte durch sie auf Johnsons Netzhemd und flatternde Hosen. »Er wird mich malen, nicht wahr? Unter freiem Himmel, ohne Hüllen. Ein Tier, ein Leopard. Geschmeidig und stolz. Pan, an einen Baum gelehnt. Da und dort eine Hibiskusblüte?«

Johnson wirkte leicht pikiert. »Ich bin eigentlich kein Wald-und-Wiesen-Maler«, sagte er.

Die Begum zog ihren Schal ganz sanft von Krishtofs Kehle. »Wollen Sie Johnson schockieren?« sagte sie. »Es wird ihnen nicht gelingen.« Der fragile Blick schwenkte und traf die ausdruckslosen Brillengläser. »Sie langweiliger, selbstgefälliger kleiner Mann«, sagte sie. »Ich habe mir einen unterhaltsamen Morgen gewünscht. Und nun sagen Sie, das waren alles nur Unfälle.«

»Das sagte ich nicht«, sagte Johnson. Er stopfte seine Pfeife. Die Muskeln meiner Bauchdecke zogen sich wie eine Sprungfeder zusammen; mein Atem stockte. Niemand bemerkte es.

»Doch«, sagte mein Vater. »Sie sagten –«

»*Sie* sagten, es wären Unfälle«, sagte Johnson. »Tatsächlich wurde Sir Bartholomew mit Arsen vergiftet, und seine Frau Denise wurde zweifellos ermordet. Beltanno wird das bestätigen.« Er zündete ein Streichholz an und sog an seiner Pfeife.

Alle starrten ihn an. Die Begum setzte sich, und gleich darauf glitt Krishtof Bey zu ihren Füßen. Mein Vater blieb sitzen; sein knochiger Finger stak immer noch in seinen unsäglichen Papieren. Trotter und Wallace Brady dagegen standen beide langsam auf. Niemand sprach.

Johnson löschte sein Streichholz mit ein paar raschen Bewegungen, ließ es fallen und nahm seine Pfeife ruhig aus dem Mund. »Zufrieden, Thelma?« sagte er. »Spannung wieder da? Hübscher Adrenalinstoß vor dem Lunch?«

Jemand ließ einen langen Seufzer entweichen. Die Begum schien etwas entspannter, starrte aber immer noch auf Johnson. »Sie gräßlicher Kerl! Sie wollen sich wieder bei mir einschmeicheln?«

»Keineswegs«, sagte Johnson. »Vor dem Lunch schmeichle ich mich niemals ein. Es *ist* doch bald Zeit zum Lunch?«

»Dann waren es doch Unfälle?« sagte Brady. Er stand immer noch.

»Beltanno sagt nein«, sagte Johnson sanft. »Sie machte Tests, die das Hospital nicht machte. Und sie hat Papiere, die es beweisen: Es war Arsen.«

Sergeant Trotters Paradeplatzstimme wirkte zwar gedämpft, doch immer noch schneidend. »Warum weiß dann die Polizei nichts davon?« sagte er.

»Weil Sir Bartholomew Beltanno bat, ihr nichts zu erzählen«, sagte Johnson; und alle Blicke wandten sich mir zu.

Eine große Zahl wohlangepaßter Menschen geht durchs Leben ohne jede Ahnung, wie ihre Reaktionen in plötzlichen Notsituationen zu bestimmen sind. Meine Reaktionen sind mir nicht allein bewußt: Sie sind dem Notfall entsprechend exakt kategorisiert. Diesen akuten Fall lokalisierte ich im Abdomen. Ich überlegte in angemessener Eile.

Ich sagte: »Ich machte Tests, das stimmt. Sir Bartholomew bekam beide Male eine Dosis Arsen, von wem, weiß ich nicht. Ich brauche kaum zu betonen –« Ich blickte Johnson an. »Wenn die Polizei erfährt, daß ich diese Tatsache verschwiegen habe, ist dies das Ende meiner Laufbahn.«

»Wir werden es ihr nicht erzählen«, sagte Johnson besänftigend. »Thelma, Sie können sich für jeden hier verbürgen? Wir wollen nicht, daß Beltanno in Schwierigkeiten kommt.«

»Sprechen Sie für sich selbst«, sagte James Ulric plötzlich. Mein lieber, fürsorglicher alter Vater. »Aber warum wollte Edgecombe nicht, daß es die Polizei erfährt? Und weshalb war Florence Nightingale hier einverstanden, es nicht zu erzählen?«

»Sagen Sie es ihnen«, sagte Johnson durch den Dunst seiner Pfeife. »Sie werden das nicht glauben, Thelma, und vielleicht denken Sie das nächste Mal daran, wenn Sie mir wieder vorwerfen wollen, daß ich Sie langweile; obwohl ich selbst daran denken muß, von solchen Dingen nicht vor den Mahlzeiten zu sprechen. Beltanno, sagen Sie ihnen, was Bart als seinen Job genannt hat.«

Es war wie das doppelzüngige Gerede im Operationssaal, wenn der Patient nur teilweise betäubt ist. Im Geist trat ich der Kochlöffelgewerkschaft in die Zähne und gab meine Antwort, richtig oder falsch, doch in jedem Falle prompt: »Er sagte, er sei ein Agent des britischen Geheimdienstes«, sagte ich. »Und ich habe ihm geholfen.«

Die Begum saß da wie eine prächtige Puppe und starrte mich mit

Puppenaugen an. »Das hast du dir alles ausgedacht. Johnson, was bringen Sie diesem Mädchen alles bei?«

»Hören Sie«, sagte Johnson. »Niemand hat Dr. B. Douglas Mac Rannoch etwas beizubringen. Sie glaubte Sir Bartholomew Edgecombe, und ich glaube ihr. Und außerdem halte ich darüber meinen Mund. Wenn die Spionage gegen Ralph losschlägt, kann die Gegenspionage zurückschlagen, ohne unsere Hilfe zu brauchen.«

Vier Leute sagten auf einmal »Aber –«, und man hörte ihre Herzen wirklich wie Standuhren schlagen. Mein Vater sagte: »In diesem Fall kommt er nicht hierher. Thelma, ich verbiete dir, Sir Bartholomew Edgecombe einzuladen. Hier, Johnson wurde beinahe an seiner Stelle getötet, und seine Frau wurde tatsächlich getötet. Wer von uns könnte der Nächste sein?«

»Wirklich, James«, sagte die Begum interessiert. »Heißt das, du glaubst, der Mörder ist hier?«

Mein Vater ist nicht leicht zu bremsen. »Wenn er nicht hier ist, kann er leicht hierherkommen. Was glaubst du, wie viele Leute kommen nächste Woche aus Nassau zu diesem Strand-Barbecue?«

»Fünfundsiebzig«, sagte die Begum heiter. »Die meisten davon MacRannochs, Darling.«

Krishtof Bey machte ein ernstes Gesicht und schüttelte langsam den Kopf. »Böse Geschichte. Selbst die besten Geschlechter haben ihre schwarzen Schafe.«

Ich verachtete sie alle, und besonders Johnson. Eisig sagte ich: »Wenn Sir Bartholomew von der Bestattung seiner Frau zurückkehrt, wird er kaum den Wunsch hegen, an einem Strand-Barbecue teilzunehmen, denke ich. Darf ich Mr. Tiko einladen?«

Der »Nein!«-Schrei meines Vaters prallte auf das »Ja« der Begum. Fest fuhr sie fort: »Natürlich braucht Sir Bartholomew nicht zu dem Barbecue kommen, wenn er das nicht wünscht. Aber ich werde diesen armen Mann nicht einfach seinen Angreifern überlassen. Er kann sich sicher auf meiner Insel aufhalten, solange er will. Und was das asiatische 46. Oberhaupt der MacRannochs betrifft, ist meine Haltung ebenso klar. Beltanno kann es bestätigen: Man wird am schnellsten immun, wenn man sich den Krankheitskeimen offen aussetzt.«

Es war die laienhaft unpräzise Formulierung eines wissenschaftlich präzise nachgewiesenen Tatbestands, doch ich ging nicht darauf ein. War ich ein emotionaler Pygmäe, so lag die Schuld bei meinem Vater, der auf allen meinen Regungen herumtrampelte. Diesmal kochte ich mein eigenes Süppchen, mit Hilfe der Begum, und James Ulric würde

Mr. Tiko nicht fernhalten können. Ich wollte Mr. Tikos Gesicht sehen, wenn er erfuhr, daß ich die einzige Tochter des MacRannoch war. Falls ich so lange lebte.

Der Gong zum Lunch ertönte, während der Butler der Begum Drinks herumreichte und jeder mehr oder weniger lautstark spekulierte, welche Rolle Edgecombe in der unglaublichen und leicht lächerlichen Welt der Spionage genau spielen mochte. Während all der öden Rekapitulierung der Ereignisse des Flughafens, im Club und anderswo fiel auf, wie ernst die Konversation, wie durchdacht die Theorien der drei am direktesten beteiligten Männer waren: Bradys, Trotters und des Tänzers.

Seit sich die Fantasievorstellungen der Begum in harte Fakten verwandelt hatten, hatte niemand die Taktlosigkeit besessen, auf die Favoritenrolle dieser drei im Feld der Verdächtigen hinzuweisen. Niemand schien auch bemerkt zu haben, daß Johnson genau das getan hatte, wovor er mich noch in Nassau warnte. Er hatte den Mörder wissen lassen – falls einer der drei der Mörder war –, daß ich allein den handfesten Beweis besaß, daß Bart Edgecombe vergiftet worden war.

Meine Wut auf James Ulric verflüchtigte sich. Selbst meine Gedanken an Mr. Tiko verblaßten. Wenn in diesem Hause jemand Fallen stellte, war das Johnson Johnson. Und der Köder, 114 Pfund Lebendgewicht, war ich.

11

Ich weiß kaum noch etwas von diesem Lunch, außer daß ich mich in seinem Verlauf entschloß, mich für ein Heinz-Stipendium für Sambia zu bewerben. Nach dem Kaffee ordnete die Begum an, daß die folgenden Stunden der Hitze der Siesta dienen sollten und wir uns später am Swimmingpool zu versammeln hätten. Mein erneuter Versuch, Johnsons Blick zu erhaschen, war an dieser gräßlichen Brille abgeprallt; ich ging in mein Zimmer hinauf und schloß mich ein.

Ich zog mein Kleid aus und legte mich aufs Bett. Ohne Unterrock und Hüfthalter, mußte ich mir gestehen, atmete ich freier. Ein rosiger Streifen zog sich von der zweiten Rippe bis zum Nabel, wo Pauls ölige Finger den Effekt der Sonne akzentuiert hatten. Über meinem Kopf kreiste ein Ventilator wie ein Flugzeugpropeller; meine Perükkenhaare flatterten, in der Ecke raschelten die Blüten an den langen Zweigen in einer chinesischen Vase, ein gewaltiges weißes Bärenfell sträubte sich. Die Klimaanlage surrte.

Es war gemütlich wie unter einer Trockenhaube. In einem Schrank aus Zedernholz hingen meine neuen Kleider, meinem Blick verborgen. Neben mir stand ein niedriger Tisch mit einer chinesischen Lampe, ein paar neuen Büchern in glänzenden Umschlägen, Zigaretten, einem Feuerzeug, einem Aschenbecher und einer Thermosflasche voll Eiswasser. Kein Telefon. Keine Telefone auf den Inseln der Bahamas, außer auf New Providence. Keine Telefone oder Sender auf Crab Island.

Die Zweige zitterten, blaßrot vor dem Taft der zugezogenen Vorhänge. Der Raum lag in frivolem Dämmer. Er hatte die gleiche Form wie mein Zimmer in Schloß Rannoch, doch mein Zimmer zuhause hatte keinen eingebauten Schrank und nur ein tiefes Fenster zum Meer hinaus. Zum kalten Meer und zum Regen. Ich schloß die Augen.

Auch keinen Teppichboden. Mein Zimmer in Schloß Rannoch hatte einen grauen Steinfußboden, auf dem ein alter, wertvoller Teppich lag. Einer der ersten Tests für Anwärter auf meine Hand bestand in ihrer Reaktion auf diesen Teppich. Der Junge, der mich vom Oban-Treffen nach Hause gebracht hatte, hatte angeboten, ihn von einem Onkel flicken zu lassen. Das letzte Mal, daß ich ihn sah – ihn und Jungen überhaupt, verdammt.

Ich öffnete unmutig die Augen. Der Vorhang wogte. Das Zimmer war genau wie mein Zimmer in Castle Rannoch, nur war hier alles in perfektem Zustand, außer B. Douglas MacRannoch.

Frage: Was mußte ich zum Lunch trinken?

Antwort: Tomatensaft.

PS: Krishtof Bey saß bei Tisch neben mir.

Mein Zimmer in Schloß Rannoch liegt neben einem Ankleidezimmer, das meine wechselnden Ammen als Schlafzimmer benutzten. In Schloß Rannoch wäre hinter jenem blaßroten Vorhang die Verbindungstür.

Der blaßrote Vorhang bauschte sich.

Selbst wenn ich auf Automatik geschaltet bin, zeige ich zum Glück raschere Reaktionen als die meisten Mitmenschen. Ich hatte die Pistole unter meinem Kopfkissen hervorgezogen, ehe sich der Vorhang weiterbewegte, und feuerte – einmal, zweimal, dreimal. Drei saubere Löcher durchbrachen das Blaßrot. Die Blütenzweige fielen wie vom Blitz getroffen und hingen reglos über den Rand der Vase. Und die Vase selbst bewegte sich langsam auf mich zu.

Ich hob die Pistole, und jemand neben mir schnappte sie mir elegant aus der Hand.

»Halt«, sagte Krishtof Bey. »Ein Stück aus der Tang-Periode. Der Direktor des Metropolitan Museum of Art würde Ihren nächsten Kaiserschnitt verfluchen.«

Ich saß da in meinem Marks-and-Sparks-Schlüpfer und meinem Marks-and-Sparks-Büstenhalter, während der Rest seiner Gestalt unter dem Bett hervorkroch. In der einen Hand hielt er eine Pistole, in der anderen ein langes Lasso, dessen anderes Ende sich um die chinesische Vase schlang. Er trug immer noch die goldene Halskette und die grüne baumwollene Strandhose. Seine Deltamuskeln waren wirklich atemberaubend. Er sagte: »Meine liebe Dr. MacRannoch: Mein Imam sagt, das Schicksal will es nicht, daß ich erschossen werde. Ich habe damit gerechnet, daß Sie eine Waffe haben.«

Ich muß gestehen, ruhig war ich nicht. Doch ich rekapitulierte eisern: Ein psychisch Gestörter mit hypomanischen Anfällen ist gutwillig, braucht wenig Schlaf und klagt beständig über Hunger. Ich setzte mich so aufrecht und so sittsam hin, wie es das Bettzeug und meine Bekleidung gestatteten, und sagte mit sanfter Souveränität: »Ich erschieße niemals einen Mann, der krank ist, Krishtof Bey. Ich versuche ihm zu helfen. Möchten Sie einen Keks?«

Das Tatarengesicht verzog sich und wiegte sich langsam in Gedanken. »Darüber habe ich noch gar nicht nachgedacht. Haben Sie einen Keks?«

Ich lächelte warm. »In meiner Manteltasche. Da drüben, sehen Sie, bei meinen Kleidern.«

Die Waffe zitterte nicht, doch ich hatte ihn verwirrt.

»Haben Sie dauernd Kekse in den Taschen?« fragte er.

Wodka, dachte ich. Ein Alkoholiker mit einer akuten Angstneurose kann in jedem Augenblick in psychotische Ausbrüche verfallen. »Ich muß manchmal etwas essen«, sagte ich. »In der anderen Tasche finden Sie eine Flasche schottischen Whisky.«

Er lag auf dem Bärenfell und beobachtete mich, den Ellbogen und die Pistole ruhig auf der Kante meines Betts; die Haarspitzen tanzten auf seinen Schultern, als er den Kopf schüttelte. Eine Spur Besorgnis zeigte sich und schwand. Er besaß, wie sie alle, außerordentliche List. Seine ruhige Stimme war jetzt sanft und weich. »Versuchen Sie, sich zu entspannen«, sagte er. »Legen Sie sich einfach hin, und ich bringe

Ihnen die Whiskyflasche und die Kekse auch. Schließen Sie die Augen.«

Es war nicht ganz das, was ich meinte, aber es würde gehen. Meine Erregung, auf einer Skala von 0 für Ruhe und 100 für Panik fiel auf etwa 25 und pendelte dort in gespannter Erwartung. Ich schloß die Augen, und er erhob sich von dem Bärenfell und bewegte sich hinüber zu der Schiebetür des Schranks.

Ich machte einen athletischen Satz nach der Tür.

Krishtof Bey machte einen Sprung, wie ihn Nijinski kreiert haben mochte, packte mich am Knöchel und beförderte mich auf das weiße Bärenfell am Boden. Dann warf er mich herum und umwickelte meine Handgelenke mit drei Lassohieben.

Ich war nicht untätig. Ich habe schon eine ausgeprägte Chromosomen-Aberration zur Strecke gebracht; ich zwang ein Ein-Meter-Dreiundachtzig-YY-Syndrom in die Knie. Doch nie zuvor kämpfte ich gegen einen türkischen Ballettänzer im Vollbesitz seiner ungezügelten Sinne. Als ich mich schließlich mit gebundenen Händen flach auf dem Teppich fand, fühlte ich mich wie eine aufblasbare Puppe ohne Luft. Krishtof Bey, dessen Atem kaum seine Halskette bewegte, warf die Pistole hoch, fing sie auf, legte sie auf einen Tisch und sagte: »Haben Sie gehofft, ich sei ein schlichter süßer Manisch-Depressiver? Ich muß Sie enttäuschen. Dr. B. Douglas MacRannoch, ich wollte Sie nur nach dieser Arsengeschichte fragen.« Und er saß auf meinen Füßen, ehe ich ihn treten konnte, und flötete süß: »Und ich rate Ihnen dringend, nicht zu schreien.«

Ich hatte noch nicht 100 auf meiner Skala erreicht; doch an die 90 mußten es wohl bereits sein. Die schrägen, zynischen Augen lächelten auf mich herab. Gut – er hatte die Pistole nicht in der Hand. Doch mit solchen Muskeln und mit solcher Schnelligkeit konnte er mein Leben aus mir pressen, lang ehe mein Schrei jenseits dieser dicken Wände gehört würde. Und ich wußte verdammt genau, wie dick diese Wände waren. Ich räusperte mich. Ich sagte: »Sagen Sie mir, wie Sie es machten.«

Ich erwartete kaum, daß er wirklich darauf antwortete, und er tat es auch nicht. Er lächelte. »Sagen *Sie* mir, was aus diesen Arsentests wurde. Sie haben die Resultate aufgeschrieben?«

»Ja«, sagte ich. Ein vernünftiger Gedanke war mir gerade gekommen.

»Und wo sind sie?« fragte Krishtof Bey. Seine Stimme klang süß und geschmeidig wie Samt; er wirkte wie ein neurotischer Abessinier.

Ich wünschte ihm Ammoniak in die Augen und die Krätze an den Hals.

»Johnson Johnson hat sie«, sagte ich. »Und wenn Sie mich töten, übergibt er sie sofort der Polizei.«

»Und verrät Sir Bartholomew Edgecombe als Agenten?« fragte Krishtof Bey. Er lehnte sich elegant zurück, dicht neben mir, und erkundete mit kühnem Finger die tieferen Regionen meines Zwerchfells. »Armer Liebling.«

Er meinte nicht Sir Bartholomew Edgecombe. Mein Körper zuckte. Ich sagte: »Natürlich. Schließlich weiß zumindest schon der Täter, daß er ein Agent ist.«

»Immunitätstherapie«, sagte Krishtof Bey nachdenklich. »Gegen Männer. Haben Sie einen Kurs absolviert, Beltanno? Was macht man da, das Rasierwasser verseuchen?« Er umfaßte, verflucht, meine gefesselten Handgelenke und fühlte unverschämt meinen Puls. »Warum sind Sie oder Johnson dann noch nicht zur Polizei gegangen?« sagte er.

Ich unterdrückte einen mächtigen Impuls zu zittern und versuchte meine intellektuellen Kräfte zu konzentrieren. Wenn ich nicht aufpaßte, war es um Johnsons ach so wichtige Tarnung geschehen, Gott sei's geklagt. Ich war keineswegs sicher, ob ich mich den Teufel darum scherte. Ich sagte: »Johnson wollte keinen Ärger. Und es war möglich, daß es sich um eine Privatfehde gegen Edgecombe handelte. Doch wenn mir etwas geschieht, wird selbst Johnson nicht mehr zögern. Das verspreche ich Ihnen.«

Er grinste. Er fühlte noch immer meinen Puls. Ich sagte: »Warum wollen Sie Edgecombe töten? Hatte Johnson recht? Weiß er etwas über Sie?«

Krishtof Bey schnellte hoch wie ein Stehaufmännchen und nahm die fünfte Position ein, seine braunen Arme ausgestreckt. Er entspannte sich und blickte seinen Torso entlang auf mich hinunter. »Jeder kennt diese Tänzer«, sagte er. »Bin ich nicht ein faszinierendes Geschöpf?«

»Das sind Schimpansen im Labor auch«, sagte ich. »Und *ihre* Psychosen sollten Sie sehen.«

Er machte einen kleinen Sprung und lag auf dem Bett, den Blick auf mich gerichtet. »In diesem Augenblick beantworten zwei Sekretärinnen in Izmir meine Liebespost. Briefe von ballettbesessenen Damen auf der ganzen Welt, mit Foto, Beltanno. In Kopenhagen, wo ich nächsten Monat tanzen werde, werden sie Barrieren aufstellen und mir eine Polizeieskorte vom Haus meines Gastgebers bis zum

Theater geben. Bei mir stapeln sich die Einladungen von Multimillionären und Multimillionärinnen, von Filmstars, von Königlichen Hoheiten. An hundert Orten dieser Welt sagt heute jemand: »Wo ist Krishtof Bey? Was macht er? Kommt er zu meinem Kostümball, tanzt er in unserer Oper? Kommt er und geht er mit mir ins Bett, wenn ich ihm einen Diamantgürtel schicke, oder vielleicht einen Cadillac...?«

Seine Hand wanderte zu meinem Schenkel, und ich beobachtete es mit gespannten Wadenmuskeln. Seine Hand zuckte indigniert zurück. »Beltanno, *entspannen Sie sich*!«

»Wie könnte ich?« fauchte ich zurück. »Ehe ich weiß, ob Sie mich töten werden oder vergewaltigen?«

»Oh«, sagte er. Ein reizendes Lächeln breitete sich über dieses eitle, verschlagene, wunderbare Tatarengesicht. Langsam und geschmeidig wie ein *Crêpe-de-Chine*-Schal glitt er über den Rand des Bettes; verharrte, lächelte und landete dumpf auf meinem zappelnden Körper.

»Beltanno, Liebling, ich werde dich nicht töten«, keuchte er.

Den Kuß, den er mir nun applizierte, kann ich bis heute bei all meiner wissenschaftlichen Erfahrung weder physiologisch noch psychologisch exakt analysieren. Die chemischen Abläufe bei einem Erstickungsansatz sind bekannt, ebenso die Standardreaktionen auf einen Schock: Atmung 30 pro Minute, Herz 120, Blutdruck 80/50 mm Hg.

Doch Tests könnten kaum ermitteln, was ich in diesem Augenblick fühlte. Ich hörte auf zu zappeln.

Nach vier Minuten wanderte der Kuß meinen Hals hinunter und verweilte an mehreren Stellen in der Gegend meines Schlüsselbeins. Die Wände meiner Bronchien zitterten, doch ich versuchte keine energische Bewegung. Tatsächlich hatte ich meine Augen geschlossen, als ich bemerkte, daß sich Krishtof Bey von mir gelöst hatte, auf den Fersen hockte und mich gedankenvoll betrachtete. »Wir wollen nichts überstürzen«, sagte er. »Wir haben Zeit.«

Meine Auffassungsgabe war gestört. Nach langer Zeit fragte ich: »Was überstürzen?« Ich lag immer noch auf dem Boden. Es war sehr angenehm.

Krishtof Bey erhob sich, glitt zu meinem Nachttisch und schenkte zwei Gläser Eiswasser ein. Er stellte eines neben mich auf das Bärenfell und befreite meine Handgelenke. »Gegen den Wodka«, sagte er. »Es ist wahr – ich kann es noch kaum fassen: Sie wurden noch nie geküßt? Eine nette Medizinerin wie Sie? Nicht einmal während des Studiums?«

Während des Studiums sezierte ich, wenn die anderen küßten. In meinem Jahr gab es einen Sohrab, fünf Abduls und sechzehn Mohammeds, aber keinen Krishtof Bey. Er brachte mir den weißen Bademantel, das einzige, was ich als eine Art Hausgewand hatte, und ich zog ihn an und trank von meinem Eiswasser, in einem tiefen Pelzsessel sitzend. Ich war immer noch einigermaßen im Koma, obwohl ich mich bereits fragte, weshalb er aufgehört hatte, mich zu küssen. Ich fragte mich sogar, glaube ich, ob ich etwas falsch gemacht hatte.

Das Wort *Wodka* ließ mich langsam zu mir kommen. Ich sagte schwach vorwurfsvoll: »Sie schütteten den Wodka in meinen Tomatensaft?«

»Befehl der Begum«, äußerte das faszinierende Geschöpf lakonisch. Er verschwand einen Moment hinter dem blaßroten Seidenvorhang und erschien wieder mit einem Bandgerät, das von seinen Fingern baumelte. Es fiel mir nicht einmal ein, von meinem Sessel aufzustehen. Ich sah ihn finster an.

»Befehl der *Begum*?«

»Ja. Fragen Sie mich nicht, warum.« Er fingerte an dem Gerät herum, das Zirpen und Dröhnen von sich gab. Dann fand er, was er suchte, und blickte mit seinem gedehnten, katzenartigen Lächeln auf. »Sie haben doch nicht tatsächlich geglaubt, ich würde Sie töten?«

»Sie haben mir die Hände gefesselt«, sagte ich. Ich trank wieder von meinem Eiswasser. Ich weiß nicht, was mit mir los war.

»Stimmt. Das erste Mal, daß ich eine Frau fesseln mußte, ehe ich sie küßte«, sagte Krishtof. »Andererseits auch das erste Mal, daß eine versucht hat, mich zu erschießen.« Das Bandgerät hatte in voller Lautstärke begonnen, die Brotkrumenfee-Variatin aus der *Schlafenden Prinzessin* wiederzugeben, gespielt von einem Neunzig-Mann-Orchester. Er erhob sich auf die Spitzen seiner Slipper und vollführte beiläufig einige Schritte, während er sprach. Es war höchst verwirrend.

Dennoch kam ich immer mehr zu mir. Ich sagte: »Warum haben Sie sich in meinem Zimmer versteckt? Sie wollten mich nicht küssen. Sie wollten herausfinden, wieviel ich weiß.«

»Ich wollte herausfinden, wieviel Sie vom Küssen wissen«, sagte er. Er blieb stehen und umkränzte mein Gesicht mit seiner Hand, im Ballettsymbol für Zuneigung, wie es die Programme von Covent Garden erläutern. Ich war einmal da, auf Einladung eines Mitwirkenden, dessen gerissenen Blinddarm ich behandelt hatte. Er wich zurück und kreuzte die Knie auf groteske Weise. »Es war ein Scherz, liebste Frau Dr. MacRannoch. So korrekt. So unnahbar. Wie man Sie küssen kann? Es war leicht. Ich machte Sie betrunken, und ich machte Ihnen angst.«

»Ich glaube Ihnen nicht«, sagte ich.

Er dreht sich um, sprang über das Bärenfell zurück und landete elegant. »Sie glauben mir nicht, weil Sie kein Vertrauen in sich haben«, sagte er. »Sie sind äußerst küssenswert, Frau Doktor. Sie haben den Körper einer Tänzerin, vom Golf leicht deformiert, aber das ließe sich korrigieren. Sie haben Kraft und sicheren Schwung... Hören Sie, bewegt die Musik Sie nicht?«

Ob sie mich bewegte oder nicht, dachte ich, sie würde sicher bald die Wände bewegen. Jetzt erdröhnten die Polowitischen Tänze aus *Prinz Igor*, der sich offenbar ein größeres Orchester leisten konnte als die Brotkrumenfee. Die Eiswassergläser klirrten, der Ventilator über meinem Bett begann zu schwanken. »Komm«, forderte das faszinierende Geschöpf und zog mich auf die Füße.

Wie ich bereits zu verstehen gab, bin ich keine Tänzerin. Ebensowenig bin ich eine ungarische Akrobatin. Als ich in einem Bewegungsablauf, der in etwa den Konturen eines Kleeblatts folgte, über Krishtof Beys Schulter und unter seinem Arm hindurch katapultiert wurde, konnte ich nur dem Schöpfer für das Bärenfell danken. Was immer meiner Perücke oder meinen Wirbeln geschehen mochte, ich würde weich fallen.

Schließlich paßte ich mich der Technik an. Tanzen besteht aus einer Anzahl schlichter Alternativen: oben zu bleiben oder umzufallen. Kamen wir in rascher Drehung aus der Rücken-an-Rücken-Position, begann ich mich fallenzulassen, und Krishtof hob mich mit einer Hand unter einem meiner Schenkel und warf mich zu seiner Schulter hoch. Ich begann dann wieder zu fallen, und er fing mich auf und wirbelte mich wie einen Schneebesen um meinen eigenen hochgereckten Arm, während ich mich hochwand. Dann vollführte er um mich herum Pliés, bis ich wieder niederfiel.

Ich geriet in Atemnot. Rimski-Korsakow belästigte mein Trommelfell. Ernsthafte Darmstörungen begannen meinen Wodka zu bedrohen. Meine Perücke begann sich zu lösen.

Ich schrie »halt!« und trat ihn tückisch hinter das linke Knie. Er setzte sich. Das Bandgerät unter ihm ging aus. In der abrupten Stille ließ sich ein geduldiges Pochen gegen meine Tür vernehmen. Die ruhige englische Stimme der Begum sagte: »Beltanno? Komm, sei nicht so faul. Das Wasser-Polo hat begonnen, und es ist nicht fair, wenn Rodney jemand fehlt.«

Der Schweiß strömte in meinen Bademantel. Ich brachte meine Atmung kurz unter Kontrolle und sagte: »Krishtof Bey schwimmt sicher besser.«

»Sicher«, sagte die Begum. »Doch aus seinem Zimmer kommt keine Antwort.«

Mit Entzücken sah ich, wie sich die Halskette und das faszinierende Geschöpf hochhievten und, sein schräger Blick auf mich gerichtet, langsam zur Tür hinter dem blaßroten Vorhang zurückwichen. »Versuchen Sie es noch einmal«, sagte ich. »Ich bin ganz sicher, daß ich ihn eben gehört habe.«

»Gut«, sagte die Begum. Krishtof und ich starrten einander an. »Ich versuch's noch mal. Aber raff dich auf, Darling, ja? Ich möchte, daß du unter Leute kommst und dich gut amüsierst.«

Er war bei der chinesischen Vase mit den Blüten angelangt. Ohne nach unten zu blicken brach er eine ab, küßte sie theatralisch und warf sie voll Trauer in den Raum, wie Armand zu Marguerite. Dann schloß sich die Tür zwischen unseren Zimmern sacht hinter ihm. Einen Moment später hörte ich die Begum an die Außentür seines Zimmers klopfen. Ich hörte nicht, was er antwortete.

Ich schwitzte weiter; mein sympathisches Nervensystem war beim Teufel. Er war nicht nur ein Mörder – er war ein verantwortungsloser Mörder. Was er eben mit mir gemacht hatte, würde ich nicht mit dem stärksten Mann meiner Bekanntschaft machen. Hatte er die geringste Vorsichtsmaßnahme getroffen? Hatte er eine einzige Frage über der Vorgeschichte meiner Herzfunktionen gestellt? Hatte er wenigstens gefragt, ob meine Zähne echt waren?

Nein.

Alles, was ich von Krishtof Bey bekommen hatte, war ein Vier-Minuten-Kuß.

Ich war nicht mehr ich. Ich setzte mich auf dieses Bärenfell und beklagte meinen Zustand.

Schließlich ging ich doch zum Pool hinunter, vor allem, weil ich nicht zu lange allein in meinem Zimmer bleiben wollte. Ich brauchte einige Zeit, um mich herzurichten. Auf meinem Weg nach unten kam ich an Johnsons schlichter Eichentür vorbei und bombardierte sie mit meinen Fäusten, doch er antwortete nicht. Als ich mit meinem Strand-

Dreß, Sandalen und breiter Sonnenbrille, in den Garten kam, sah ich, warum.

Er hatte begonnen, Krishtof Bey zu malen. Da man mit einer Zweistärkenbrille vermutlich nicht schwimmen konnte, war er voll bekleidet; er trug einen alten Sweater und Hosen, die einem Koch hätten gehören können. Krishtof hockte hinter der zusammenklappbaren Staffelei auf den schattigen Stufen unter dem Strohdach der Bar. Er hatte zu einer dünneren Goldkette und blassen maßgeschneiderten Hosen gewechselt. Seine sehnigen Hände, ein Knie umspannend, bildeten ein Licht-und-Schatten-Muster über seinem spektakulären Torso, braun und leicht gelockert. Sein Gesicht wirkte aufmerksam. Tatsächlich gab es weder an seiner Kleidung noch an seiner Haltung etwas auszusetzen. Das Arrangement stammte eindeutig von Johnson.

Im Pool neben ihnen planschten Trotter, Brady und weitere mir unbekannte Muskelkaterkandidaten; sie spielten Wasser-Polo unter den Augen der Begum und meines Vaters, die auf tiefgestellten Liegestühlen in leuchtenden Farben ruhten. Krishtof Bey sagte: »Ist es gestattet, einer Freundin zu winken?«

»Nein«, sagte Johnson und fuhr fort, mit einem großen Pinsel mit langem blassen Stiel die Bewegungen des Fensterputzens zu simulieren. »Wackeln Sie mit den Ohren. Hallo, Beltanno. Schwimmen Sie nicht?«

Nicht mit zwei potentiellen Mördern; nicht in diesem Pool. »Nicht mit einer Muskelzerrung«, sagte ich. »Ich dachte, Ihr Modell sollte Wasser-Polo spielen?«

»Nicht mit einem verstauchten Knie«, sagte Johnson.

Die Brille senkte sich über seine Palette. »Sie sollten Ihre Muskeln Trotter anvertrauen. Trotter war der Muskeltherapieberater der Londoner Schule für orientalische Studien. Der ganze Zen-Buddhismus wäre ohne ihn zusammengebrochen.«

Ich unterstellte, daß er scherzte. Das Wasser-Polo war vorbei. Ich sah zu, wie Sergeant Trotter forsch auf das Sprungbrett trat und eine Schwalbe und einen Salto vorführte. Es war eindrucksvoll. »Und jetzt brennende Reifen«, sagte ich. Ich versuchte mich in Telepathie. Johnson schrubbte weiter seine Leinwand.

»Und jetzt brennende Reifen«, sagte die Stimme meines Vaters, und ich blickte eisig zu ihm hin; doch er hatte mich gar nicht gehört. Dann sah ich, daß sie tatsächlich brennende Reifen hatten, oder doch einen Stapel von Bambusringen, die mit nasser Baumwolle umwickelt waren. Der Pool-Boy, Louis B. Mayer MacRannoch genannt, zündete einen an und ließ ihn durch die Luft wirbeln. Sergeant Trotter war wieder auf dem Sprungbrett erschienen und tauchte elegant durch den Ring.

Ich konnte es nicht glauben. »Der Bamboo Conch Club«, sagte ich.

»Nein, meine Liebe. Das MacRannoch-Treffen«, sagte die kühle Stimme der Begum. »Komm und setz dich. Hank, George, Missa, Louis und Jake. Das ist Catherine. Und das dort ist Wallace Brady, der durch den Reifen tauchen will. Schafft er es? Bald werden wir es wissen. Ich bitte euch inständig, seht ihm zu. Er riskiert das alles nur für euch.«

Wallace Brady, eine gutgebaute amerikanische Gestalt in einer kastanienbraun gestreiften Badehose, verließ das Sprungbrett und stürzte glatt durch einen Reifen. Eine respektvolle Stimme sagte: »Dr. MacRannoch – ich höre, Sie haben Muskelbeschwerden.«

Es war Sergeant Trotter, ein prächtiger Klotz von kanadischem Rotholz. Ich sagte: »Ich dachte, Sie übten für das MacRannoch-Treffen.«

»O nein. Eine kleine Nachmittagsunterhaltung«, sagte Sergeant Trotter. »Und der Boy kommt in Übung, wissen Sie. Also, wo ist es? Hinten? Drehen Sie sich um. Ich bin ein erfahrener Masseur, keine Sorge.«

Finger wie schwere Zangen bearbeiteten mich wild, und ein rotglühender Schürhaken traf mich hart hinter dem linken Schulterblatt. Ich keuchte.

»Wußte ich es doch«, sagte Sergeant Trotter mit stillem Triumph und zog seine Finger zurück. »Golfer werden immer hier oben steif. Laufen Sie, sage ich Ihnen. Schwimmen Sie. Lockern Sie sich. Sie sollten das wissen, Sie als Ärztin«, sagte er zu meinem geschundenen Rücken.

Meine Wirbelsäule hob und senkte sich wie Teig unter dem Wellholz. Während mein Gesicht sich heftig über der Plastikunterlage bewegte, bemerkte ich: »Ich bin Ihnen sehr verbunden, doch ich spüre, daß ich Ihrer Mühe kaum bedarf. Wie ich höre, hat Mr. Krishtof ein recht schmerzhaftes linkes Knie.«

»Ja?« sagte Sergeant Trotter interessiert innehaltend.

»Später«, sagte Johnson. Er hantierte mit einer Pfund-Tube weißer Farbe; ein kleiner glitzernder Hügel wuchs auf seiner Palette. Krishtof Bey sagte mit Gefühl: »Später kann zu spät sein.«

»Schwachbrüstiger nahöstlicher Hüpfer«, sagte Johnson liebenswürdig.

»Pflastermaler«, sagte Krishtof Bey.

Eine gesegnete Stille trat ein, akzentuiert durch das Schaben von Trotters Daumen auf meinem Rücken. Leute planschten im Pool. Ich hörte James Ulric quieken und gackern, Missa oder Catherine oder Louis oder Jake an seiner Seite. Meine Muskeln begannen sich zu erhitzen und zu zerfließen wie Sirup. Ich senkte hinter der Sonnenbrille meine Lider.

Sergeant Trotter sagte: »Ich denke, Mr. Johnson sollte Ihre Arsen-Papiere verbrennen, falls er sie hat.«

Blitzschnell schnellten meine Muskeln wie Kautschuk in ihre Ausgangslage zurück. »Wie bitte?« brachte ich heraus.

»Mr. Krishtof erwähnte, Mr. Johnson hätte diese Test-Papiere«, erklärte Sergeant Trotter. »Mr. Brady war der Ansicht, daß sie vernichtet werden sollten, und ich kann nur sagen, daß ich dem zustimme.«

»Wahrscheinlich haben Sie recht«, sagte Johnson. Er trat zurück, steckte einen Pinsel in die Faust und schob die Brille über seine schlichte Nase hoch. Das Bild, blaß und stilisiert und noch ohne Tiefe, zeigte unbestreitbar Krishtof Bey, von einem Könner skizziert. Er sagte: »Ich werde gelegentlich ein Streichholz an sie halten. Ich weiß nicht mehr, in welches Buch ich sie steckte. Oder waren sie bei den Sachen, die mir auf Coral Harbour abhanden kamen?«

Ich sagte: »Sie haben Glück, Johnson, Sie bekamen Ihre Sachen wieder ...«, und hielt inne. Natürlich. Deshalb war auch mein Koffer verschwunden. Aus demselben Grund wie die Sachen von Johnson. »Ich habe meinen Koffer noch immer nicht, der zwischen Nassau und Great Harbour Cay verlorenging. Jemand wollte wissen, was in den Papieren stand«, sagte ich. Ungeduldig fügte ich hinzu: »Sie müssen sich erinnern, was Sie mit ihnen gemacht haben.«

Ich habe keine Geduld mit Dummheit. Krasser Dummheit. Erkannte er nicht, daß er nicht nur mein Leben, sondern auch seines gefährdete? Daß zwischen den Seiten von *Portnoy's Complaint* die Saat des vorzeitigen Todes keimte?

»Oh, sie werden sich schon finden«, sagte Johnson. »Datenrückgabe nennt man das bei Computern.«

»Schade, daß wir keinen Computer haben«, sagte ich. »Ein integriertes Datenverarbeitungssystem könnte da und dort einige Arbeit finden.«

Die Brille drehte sich mir zu und richtete sich dann wieder auf die Leinwand. »Sie sollten wissen«, sagte Johnson behaglich, »daß ich multiprogrammiert mit bester Software bin. Was ist mit Ihnen?«

»Ich bin ein kleines, zerknautschtes Element«, sagte ich bitter, »das keiner will.« Und mit geschlossenen Augen gestattete ich Trotter, weiter meinen Rücken zu kneten.

Während des restlichen Tages erlebte ich keine bösen Überraschungen, wohl vor allem deshalb, weil ich unablässig auf der Hut war. Ich hätte nicht einmal Arli getraut, dem Wunderhund, der mit seiner Nase Schreibmaschine schreibt. Nun wußten alle, Krishtof, Brady und Trotter, daß ich einen Mordversuch registriert hatte, daß ich eine potentielle Belastungszeugin war. Sie wußten auch, daß der Beweis dafür existierte, und daß er sich in Johnsons Besitz befand. An diesem Nachmittag hatte ich Krishtof Bey als geständigen Mörder betrachtet. Mit seiner Bloßstellung Johnsons hatte er später meinen Verdacht bestärkt. Wenn Johnson oder meinen Aufzeichnungen irgend etwas geschehen sollte, konnten weder Brady noch Trotter völlige Ahnungslosigkeit vorgeben. Sie mußten ebenso in Verdacht geraten.

Andererseits hätte Krishtof auch die Wahrheit sagen können.

Wenn ich ihm glaubte, mußte ich glauben, daß er mich ausgefragt, meine Pistole entwendet und sich unter meinem Bett versteckt hatte, um mich reif für einen leidenschaftlichen Überfall zu machen.

Aus eigener Erfahrung kannte ich dafür keinen Präsedenzfall.

Doch meine Erfahrung war begrenzt. *In vitro* und *in vivo.*

Ich verbrachte einige nachdenkliche Stunden in der kaum anspruchsvollen, doch zugegeben amüsanten Gesellschaft von Missa, Catherine, Louis und Jake wie auch der Begum und meines Vaters; und zur Schlafenszeit folgte ich Johnson nach oben wie der leere Sessel eines Skilifts. Vor seiner geschlossenen Tür drehte er sich um und stand mir gegenüber. »Beltanno.«

»Ja?« sagte ich und trat zurück.

Er seufzte. »Gut«, sagte er. »Kommen Sie herein und erzählen Sie.«

Ich folgte ihm und bemerkte, daß die Tür nicht einmal zugesperrt war.

Auch das Licht brannte.

Und jede Schublade, jedes Regal, jedes Fach schien leer; ihr Inhalt war mitten auf den Boden gekippt.

Mit hängenden Armen stand Johnson neben mir und betrachtete das Stilleben. »Junge, Junge«, sagte er. »Ein hübsches Bild.«

»Sind Sie überrascht?« fragte ich bitter.

Er dachte eine Weile darüber nach. »Nein«, sagte er. »Doch man kann auch übertreiben. Ich frage mich, ob Ihre Papiere verschwunden sind. Tatsächlich weiß ich doch, wo ich sie hinlegte. In diese Schublade.«

Die Schublade war leer.

»Sie *sind* verschwunden«, sagte Johnson.

Ich stand stumm vor Enttäuschung.

»Jetzt hat sie jemand anders. Aber wer, frage ich mich? Jeder könnte es gewesen sein. Doch auf jeden Fall«, sagte Johnson, »hätten sie das Zeug wieder zusammenlegen und in die Schubladen räumen können.« Eine große Motte hob sich taumelnd aus einem Larvenhaufen alter Socken. Johnson klatschte nach ihr, bückte sich und drückte einen amorphen Klumpen seiner Besitztümer an seine Brust. Die Lichter gingen aus.

»Oh«, sagte Johnson.

Ich sagte nichts. Ich hatte mein Vertrauen in die strahlende Leuchte des britischen Geheimdienstes verloren. Ich zog die Pistole aus meiner Tasche und richtete sie in die Dunkelheit. Nachdem der Killer sich das Beweismaterial angeeignet hatte, war er schon halb in Sicherheit. Um ganz sicher zu sein, mußte er nur noch uns beseitigen. »Johnson?« sagte ich.

»Beltanno«, sagte Johnson. Seine Stimme kam aus dem Dunkel der anderen Seite des Zimmers; ich hörte Socken auf den Boden fallen. Er sagte: »Können Sie in die Hände klatschen?«

»Ich habe eine Pistole«, sagte ich langsam und deutlich. »Johnson, wer hat das Zimmer rechts?«

»Rechts von Ihnen oder rechts von mir?« fragte Johnson. Weitere Socken fielen. Er sagte: »Hören Sie – klatschen Sie in die Hände.«

»Rechts von mir«, sagte ich. »Bedenken Sie, hier ist alles wie in unserem Schloß zuhause. Rechts vom Kamin ist eine verborgene Luke. Sie führt direkt zu dem Zimmer nebenan.«

»Schlau«, sagte Johnson. »Wer hat das Zimmer nebenan?«

»Das frage ich Sie«, sagte ich. Irgendwo rechts von mir knarrte etwas. Ich hörte es genau. Ich griff fester um meine Pistole und drehte mich leicht in die Richtung des Geräusches.

»Gut«, sagte Johnson verbindlich. Durch die folgende Stille hörte ich das Knarren deutlich. »Zwei alte Herren eines FKK-Vereins auf Sylt?«

Ich sagte: »Was? Ich schieße gleich. Stehen Sie still, ich schieße gleich.«

»Ich *stehe* still«, sagte Jonsons Stimme von derselben Stelle, mit einer Spur von Furcht. »Doch die Sachen fallen einfach überall herunter. Wer *war* nun im nächsten Zimmer?«

Ich lauschte. Dann sagte ich so deutlich, wie es meine verstopften Gefäße erlaubten: »Hier. Wer hat das nächste Zimmer hier?«

»Ich wünschte wirklich, Sie würden in die Hände klatschen«, sagte Johnson mit einiger Wehmut. »Ich weiß nicht. Vielleicht Wallace Brady?«

»Ja«, sagte eine dritte Stimme, eine sanfte Stimme aus dem Dunkel rechts von mir. »Ja, Wallace Brady.«

Ich schoß.

Die Lichter gingen an.

Vor der Luke am Kamin stand Wallace Brady, seine blassen Regenbogenhäute von noch blasseren Lederhäuten umrahmt, seine Schultern nach raschem Ducken reckend. Hinter ihm im Verputz klaffte ein Loch. »Sie haben auf mich geschossen!« brachte er hervor.

»Großartig!« sagte Johnson. Er ließ seine Bürde sinken, ging hinüber und legte eine Hand auf Bradys schlaffen Arm. »Ich muß sagen«, sagte er, »das habe ich nicht erwartet. Ich sagte ihr, sie sollte in die Hände klatschen.«

»Ich wünschte, sie hätte es getan«, sagte Wallace Brady. »Ich habe das auch nicht erwartet.«

Die Brille richtete sich auf die Stelle, an der ich wie versteinert stand, die rauchende Pistole in meiner gefühllosen Hand. »Los, Beltanno«, sagte Johnson. »Noch einmal – versuchen Sie's.«

»Ihn zu treffen?« fragte ich mit unnatürlich hoher Stimme. Meine Knie zitterten. Ich hätte schwören können, daß er nüchtern war.

»Einen Bauingenieur kann man nicht treffen«, sagte Johnson. »Er steht nie lange genug still. Versuchen Sie es mit der Decke. Oder klatschen Sie in die Hände.«

Ich war allein mit einem Betrunkenen und einem Mörder. Ich versuchte sie hinzuhalten, Zeit zu gewinnen. »Mit einer Pistole in der Hand kann ich nicht klatschen.«

»Geben Sie mir die Pistole«, sagte Johnson ungeduldig. Er nahm sie, wirbelte sie vor mir herum und wartete. »Also los. Klatschen Sie.«

Blöde begann ich zu klatschen.

Das Licht ging aus, ging an, ging aus, ging an und ging aus.

Kurze Stille. »Noch einmal«, sage Johnson ungeduldig. Ich klatschte. Das Licht ging an.

»Fantastisch, was?« sagte Johnson. »Akustische Lichtspiele sind für mich das Größte. Kommen Sie, Wallace, nehmen Sie einen Drink. Ich habe irgendwo Glenfiddich, glaube ich, falls ihn der Bastard dagelassen hat. Wollten Sie wissen, wohin Sie diese Luke führen würde?«

»Ich wußte, wohin sie mich führen würde«, sagte Wallace. »Aber danke für die freundliche Aufnahme. Ich war verdammt zu neugierig für einen Burschen, der seine heile Haut behalten will.« Er blickte auf mich. »Sie hielten ich wohl für einen Einbrecher?«

»Sie hielt Sie für wen auch immer, der sich vorhin mit ihren Arsen-Papieren davongemacht hat«, sagte Johnson. Er blickte auf Brady, und Brady blickte betroffen zu Boden. »Großer Gott«, sagte Johnson ungläubig, »glauben Sie, wir spielen hier eine Scharade? Wir kamen eben herein, und das Zimmer sah nicht sehr schön aus. Halleluja!« Er bewegte sich blitzschnell. »Die eiserne Ration.«

Er stellte den Whisky ab, brachte Gläser und verschwand im Bad, um Eis zu holen. Ich klatschte langsam in die Hände, zweimal. Das Licht ging aus, blieb aus, ging wieder an. Wallace Brady saß in einer Haltung höchsten Unbehagens da und blickte mich an. Er sagte: »Ich möchte mich entschuldigen.«

»Aber nein«, sagte ich. »Es muß alles sehr sonderbar geklungen haben.«

Er sagte: »Man hört ziemlich deutlich hinter dieser verdammten Luke.«

»Ich weiß«, sagte ich.

Brady sagte: »Glauben Sie, ich hätte die Papiere genommen? Ich hätte es können.«

»Krishtof Bey und Sergeant Trotter auch«, sagte ich.

Johnson kam mit dem Eis, und Brady ging ihm entgegen und sagte: »Etwas ist mir an der Sache nicht ganz klar. Sie sagten heute morgen unten, das mit Sir Bartholomew seien keine Unglücksfälle. Dann erzählten Sie uns allen, daß Beltanno den Beweis dafür hätte. Ich wollte Sie nur fragen, weshalb Sie sich so groß über Beltanno auslassen mußten. Macht Sie das nicht nur Zielscheibe des Mörders?«

»Komisch«, sagte ich, »genau das wollte ich ihn auch fragen.«

Johnson verteilte die Drinks, setzte sich und sah ihn an, seine Brille verriet nichts. »Ich stehe im Sold Mr. Tikos. Er will drei Millionen Dollars erben.«

Einen Augenblick lang dachte ich, Wallace Brady würde ihm glauben. Ich war fast zorniger auf ihn als wütend auf Johnson.

»Blödsinn«, schnappte ich. »Mr. Tiko erbt den Titel des Oberhaupts, und ich bin ziemlich sicher, daß mein Vater dafür sorgen wird, daß es sonst nichts zu erben gibt.«

»Auch wenn Ihr Vater die Begum heiratet?« erkundigte sich Johnson. Er stellte seinen Whisky ab und begann sich genüßlich eine Pfeife zu stopfen. »Nicht ganz einfach, den ganzen Batzen loszuwerden, selbst wenn er das Geld in Staatspapieren anlegt. Aber jedenfalls, wer will sich hier beklagen? Sie verkauften mich an Krishtof Bey – sehen Sie, was dabei herauskam. Man will offenkundig auch mir an die Wäsche. Wir sind beide wunderbare Zielscheiben.«

»Erzählen Sie das der Polizei«, sagte Wallace Brady.

Es war ein guter Rat. Der gute, vernünftige Rat eines möglicherweise wohlmeinenden Menschen, den ein Mann in der Position Johnsons keinesfalls annehmen konnte. Ich dachte an diesen Streit mit Edgecombe gestern auf Great Harbour Cay. *Wenn jemand dich töten will, weil du ein Agent bist, sondiert er das Terrain aus gutem Grund mit größter Sorgfalt.*

Edgecombe war die Sprotte, mit der man den Wal fängt. Johnson, wenn nicht der Wal, war zumindest ein Heilbutt. Ich beobachtete Wallace Brady, der an seinem Whisky nippte und mit seinen blassen Augen auf Johnson blickte. Johnson sagte: »Ich will nichts damit zu tun haben, Kinder. Schlecht fürs Geschäft. Erzählen Sie es doch der Polizei, Brady.«

»Ja, das werde ich.« Brady stand auf und schlug dabei eine Bresche in den Haufen Johnsons zerknautschter Habseligkeiten. Er trug mit einiger Würde die Bahama-Ausziehuniform aus lässigem Seidenhemd und leichten Hosen.

»Aber Sie müssen bis halb fünf morgen warten«, sagte Johnson.

Es ist nicht geraten, Johnson zu unterschätzen. Natürlich. Kein Telefon. Funk nur zu bestimmten Zeiten.

Es war auch nicht geraten, Brady zu unterschätzen. »Gut, ich leihe mir als erstes morgen das Motorboot«, sagte er, »und erledige es auf Great Harbour Cay. Notfalls könnte ich nach Nassau fliegen.«

Johnson rauchte unerschütterlich weiter. »Sicher«, sagte er. »Ich wünschte nur, wir könnten Ihnen den Beweis mitgeben. Doch Sie sollten vielleicht Dr. MacRannoch mitnehmen. Sie könnte wenigstens erklären, weshalb sie ihn so lange unterdrückt hat.«

»Das habe ich ganz vergessen«, sagte Brady langsam.

Auch ich hatte es vergessen. Ich mußte aufhören, unter dubiosen Umständen dubiose alkoholische Getränke zu mir zu nehmen.

Brady stieß mit dem Fuß ein paar Hemden aus dem Weg, ging hinüber und stellte sich vor Johnson. »Sie wollen keine Polizei, stimmt's?« sagte er. »Sie würde das ungetrübte Bild der feinen Leute stören. Schmutzige kleine Männer schwärmen über die schöne Ferieninsel der Begum: Vielleicht muß man gehen, vielleicht in ein stickiges Hotelzimmer in Nassau; vielleicht muß man bleiben, vielleicht lästige Fragen in muffigen Räumen beantworten. Beltanno zählt nicht. Oder Edgecombe.«

»Sachte«, sagte Johnson, die Pfeife aus dem Mund nehmend. Er wirkte leicht gequält. »Falls Edgecombe ein Agent ist, ist die Polizei das letzte, was er will. Das wissen wir bereits. Und wenn ich nicht aussage und Beltanno ohne Beweis aussagt, wird Ihre Blitztour nach Nassau nichts als heilloses Ungemach stiften, für Edgecombe und Beltanno ganz besonders. Vor allem, wenn Edgecombe leugnet, daß er ihr je gesagt hat, er sei ein Agent – was er höchstwahrscheinlich tun wird. Sehen Sie, es gibt keine soliden Beweise.«

»Ja«, sagte Brady. Er war blaß vor unterdrückter Wut. »Es gibt keine soliden Beweise. Ich habe Beltannos Arsen-Papiere nicht genommen. Was wäre, wenn Krishtof und Trotter sie auch nicht stahlen? Was wäre, wenn Sie selbst Ihre Schubladen leerten und selbst Ihre Sachen versteuten, nur um sich Ärger zu ersparen? Wo sind die Papiere, Johnson? In Ihrer Tasche?«

»Großer Gott«, sagte Johnson. Langsam stand er auf, die Pfeife in der Hand. Wallace Brady war einen halben Kopf größer. »Leeren Sie Ihre Taschen», sagte Brady, »oder ich leere sie für Sie.«

Johnson legte die Pfeife weg. »Hören Sie«, sagte er. Erbost richtete sich seine Brille erst auf Brady, dann auf mich. »Vorhin waren alle wild darauf, daß ich die verdammten Papiere verbrenne. Ich sagte es Ihnen bereits: Sie können sie nicht verwenden, ohne Beltanno zu schaden.«

»Ich weiß. Ich will sie nicht verwenden. Ich will sie nur entlarven, Johnson Johnson, als den selbstsüchtigen britischen Bastard, der Sie sind«, sagte Brady. Ich konnte es nicht glauben. Es ergab keinen Sinn; nichts ergab einen Sinn. Es ergab keinen Sinn – es sei denn, Brady wollte die Papiere selbst. Und hatte danach gesucht. Und hatte sie nicht gefunden.

Ich starrte auf Johnson; Johnson starrte verblüfft auf Brady; Brady grunzte boshaft, hob die kräftige Rechte des geübten Golfers und schlug aus der Schulter.

Ich klatschte in die Hände.

Einen Augenblick lähmte die plötzliche Dunkelheit beide. Dann hörte ich, wie ihre Leiber aufeinanderprallten.

Grunzen, wie Flüstern, läßt sich in der Dunkelheit nicht identifizieren; ebenso schweres Atmen. Ich wich zum Kamin zurück und lauschte, wie sie sich über Socken, Hosen und Papieren wälzten, wie sie krachend gegen eine Schublade und kurz gegen eine Lampe stießen. Es gab einen Knall, doch eindeutig vom falschen Kaliber. Brady bellte ein kurzes, markiges Wort, Johnson lachte lästerlich. Dann wieder dumpfe Schläge, Keuchen.

Sie mußten wohl ebenbürtig sein. Keiner konnte sich je lange genug lösen, um einen entscheidenden Schlag zu landen – oder um zu klatschen. Doch einem schien es zu gelingen, eine Hand freizubekommen.

Sie waren in meiner Nähe und auf ihren Füßen und rangen noch immer keuchend, als die Pistole losging. Als das Licht aufflammte, sah ich sie aus Bradys rechter Hand fallen. Er war schnell, aber nicht schnell genug. Ehe er seine Faust hochbrachte, um sich zu schützen, hatte ihn Johnson getroffen.

Der Schlag war wohltemperiert. Ich würde keinen gebrochenen Kiefer behandeln müssen. Wallace Brady sank einfach seitlich in einen Stapel alter Pullover und blieb dort liegen, während Johnson seine Taschen durchsuchte. Er stand auf, schnell, doch regelmäßig atmend, und bemerkte: »Er hat sie nicht. Doch er geht kaum zur Polizei – warum dann das ganze Affentheater?«

»Ich habe zu wenig davon gesehen«, sagte ich. Rechts vom Kamin war ein frisches Loch, eben ein Fuß über der Stelle, an der eben mein Kopf gewesen war.

»Er wollte nur, daß das Licht anging«, sagte Johnson sanft. Ich sah seine Augen. Gewöhnliche Augen, von weißen Ringen umgeben. Ich fragte: »Er hat Ihre Brillengläser zerstört?«

»Wie! Nein! Nein«, sagte Johnson und kramte ein kastanienbraunes Lederetui aus seiner Tasche. Er holte die Gläser heraus und setzte sie ein. Er fügte hinzu: »Ich nehme auch immer die Zähne heraus.« Ich hätte ihm meinen Respekt gezollt, hätte ich nicht sehr wohl gewußt, daß seine Zähne seine eigenen waren. Ich fragte mich verwundert, wie er während des Kampfs Gelegenheit gefunden hatte, seine Gläser in Sicherheit zu bringen. Jetzt fiel mir wieder ein, weshalb ich ihm in sein Zimmer gefolgt war. »Gut. Ich muß Ihnen etwas sagen.«

Johnson kniete nieder und hob kunstgerecht Wallace Brady linkes Lid. Darunter zeigte sich nur das ausdruckslose Puppenauge des

Bewußtlosen. Johnson stand auf, steckte die Pfeife in den Mund und ging zu einem Sessel. Er zündete ein Streichholz an. »Sie wollen wissen, warum ich alles sagte, obwohl wir vereinbart hatten, daß wir schweigen wollten«, sagte er.

Ich sagte: »Sie brauchen es nicht zu erklären. Sie benutzen mich als perfekten Köder.«

»Schlaues Mädchen«, sagte er und nahm nicht einmal seine Pfeife aus dem Mund. »Gut. Nehmen wir jetzt an, Sie überwinden die Hysterie und setzen uns so in die Lage, eine stabile Wirt-Parasit-Beziehung aufzubauen. Wen haben wir bisher angelockt?«

Ich blickte die Wand hoch und setzte mich mit Bedacht. »Wallace Brady«, sagte ich. »Dazu wissen Sie alles, was ich weiß. Und Krishtof Bey. Sie werden mir schwerlich glauben, wenn Sie das Neueste von ihm hören.«

»Sie kennen mich. Ich werde alles glauben. Erzählen Sie mir alles, was Sie mir erzählen wollen.«

Und er zeigte sich von meiner Erzählung keineswegs erschüttert. Nach meiner pikanten, wenngleich entschärften Geschichte sagte er nur: »Ja, so habe ich es etwa auch gehört.«

Ich weiß nicht mehr, wie ich auf die Beine kam. »Was zum Teufel meinen Sie damit?« fragte ich.

»Was glauben Sie wohl, daß ich damit meine?« sagte Johnson. »Sie sind verwanzt, Sie haben Wanzen im Zimmer, überall sind Wanzen – wir hören Sie ab. Kein Schritt, den Sie im Haus oder im Garten machen, wird nicht von Spry oder von mir überwacht. Sie mögen ein Köder sein, aber dann ein Köder, der mit Stacheldraht umwickelt ist. Keine Sorge, Fräulein Doktor. Alles, was Sie tun müssen, ist, sich zu amüsieren.«

Ich dachte an den Vier-Minuten-Kuß. Ich sagte: »Sie verdammter kleiner kaltschnäuziger Mistkäfer.«

»O nein«, sagte Johnson und blickte beleidigt. »See-Hund oder Lumpen-Sammler, wenn es sein muß.« Er stand auf, öffnete die Luke und schleifte Bradys schlaffen Körper auf die Öffnung zu. Ich nahm an, daß er auch Bradys Zimmer durchsuchen würde.

Ich stand da und sah ihm zu. Ich konnte zur Polizei gehen. Ich konnte ins Hospital zurückgehen. Ich konnte gehen.

Ich konnte nichts von allem tun und dennoch Dr. B. Douglas MacRannoch bleiben. Ich war eine verantwortungsbewußte Staatsbürgerin, die ein Spitzenprofi in die Spionageszene gezerrt hatte. Andererseits, wenn Johnson Krishtof Bey am Pool malte, wie zum

Teufel wollte er dann hören, was die ganze Zeit in meinem Zimmer geschah oder nicht geschah? Ich blieb abrupt mit der Hand an der Tür stehen und sagte: »Ein Band?«

Johnnson sah zu, wie Bradys rutschfeste Natursohlen und -absätze sanft durch die Öffnung glitten. »Da zieht er hin«, bemerkte er. Er straffte sich. »Ja, ein Band. Doch ich zensiere es«, sagte er. »Tatsächlich höre ich manche Stellen überhaupt nicht. Und was immer sonst ich Ihnen tat oder nicht tat, Dr. B. Douglas MacRannoch: Ich glaube, ich habe dazu beigetragen, Ihr Mauerblümchendasein zu beenden.«

Ich knallte die Tür zu, doch da sie die Tür der Begum war, schloß sie mit einem Klicken.

Ich fand die Wanze nicht. Ich zog mich unter lautem Radiogetöse aus und schlief zu Tschaikowski-Klängen ein. Ich will keinen meiner Träume preisgeben.

12

Von nun an bis zu Edgecombes Ankunft fünf Tage danach gelang es mir, mit einiger Mühe intakt zu bleiben. Tatsächlich gestaltete sich das gesellschaftliche Leben jetzt so lebhaft, daß es recht schwerfiel, auf die tödliche Bedrohung konzentriert zu bleiben. Das Haus füllte sich und leerte sich und füllte sich erneut. Die Begum hatte selten weniger als zwölf Zimmer belegt, und zwanzig oder dreißig Lunchgäste waren die Regel; die Besucher kamen mit dem Flugzeug nach Stirup Cay oder Chub Cay oder Great Harbour Cay und wurden von dem Crab-Island-Boot abgeholt. Nachmittags schwammen sie oder gaben sich einer anderen sportlichen Betätigung hin; manche verschwanden abends nach dem Dinner, manche blieben über Nacht. Sie kamen aus New Providence und Miami, Eleuthera, Andros und Abaco. Gelegentlich flog ein Freund aus Jamaica oder Antigua her, blieb eine Nacht und kehrte zurück. Erstaunt erlebte ich, wie mein Vater ihre Unterhaltung mit der gleichen unerbittlichen Energie organisierte, die er stets gegenüber den MacRannoch entfaltet hatte. Viele von ihnen *waren* MacRannochs. Er zeigte keinerlei Bronchialbeschwerden.

Wie ich möglicherweise bereits erwähnte, habe ich wenig Zeit für triviales Geplauder. Den europäischen Gruppentouristen und den amerikanischen Großveranstaltungsteilnehmer mied ich stets nach besten Kräften, es sei denn, sie lagen auf dem Operationstisch vor mir. Den Jungen und den Smarten fühlte ich mich ebenfalls nicht nahe.

Tatsächlich hatte ich eine Reihe von Theorien, die ich besser für mich behalten wollte.

Auf der Ebene James Ulrics, der Ebene von Coral Harbour und Lyford Cay und Grand Bahama und Great Harbour Cay bieten die Bahamas ein höchst kostspieliges Ferienvergnügen. Können junge Leute es sich leisten, fand ich, so besteht ihr Kapital häufig aus ihrem Körper, der dann selten Geist versprüht. Hat man andererseits seine ganze jugendliche Kraft darauf verwandt, sich ein Vermögen zu erwerben, hat man kaum Zeit für irgend etwas anderes gehabt. Wenige dreiundzwanzigjährige Self-made-Männer kennen etwas anderes als Self-made-Abenteuer.

Bleiben die Nachkömmlinge der Reichen: junge Menschen, einzeln und in Paaren, ungebunden und gebunden, die auf den Bahamas in den Häusern ihrer Eltern, Tanten und Patinnen Urlaub machen. Diese, fand ich stets, kultivieren ein großes Feld von Interessen, wie Kraut und Rüben und so seicht wie nasses Löschpapier.

Ich mied sie. Ich mied die Reichen in mittleren Jahren, aus dem Geschäftsleben wie aus der Gesellschaft. Sie wohnten bei privaten Gastgeberinnen oder bauten luxuriöse Ferienhäuser, in denen sie dieselben Freunde wie zuhause empfingen; sie mischten tropischen Sport mit Alkohol und Pferderennen, Bridge und Canasta. Einigen von ihnen hatte ich nach Zaudern als Golfpartnerin gedient. Ich war selten enttäuscht gewesen, wenn sich die Beziehung nicht fortsetzte.

All diese kamen nur in der Hochsaison auf die Bahamas. Auch mit denen, die sich für immer hier zurückgezogen hatten und nun langsam unter der Sonne schrumpften, hatte ich nichts gemein. Die einzige Stoßkraft, die ich hier spürte, ging von den Lenden aus – ob sie von hier oder von draußen kamen –, die auf den Inseln arbeiteten. Den Bankiers, den Ärzten, den Kaufleuten, den Seeleuten; den gewaltigen Trupps der Bauunternehmer, die Inseln wie Great Harbour Cay Gestalt verliehen.

Ich hatte, glaube ich, all das Johnson Johnson erzählt, als er vorgeschlagen hatte, Crab Island zu besuchen. Er hatte nichts davon in Abrede gestellt, was ihn in meiner Wertschätzung um eine Stufe hob. Ich weiß tatsächlich kaum noch, wann mir allmählich aufging, daß meine Pilotgruppen vielleicht zu klein gewesen waren.

Brady natürlich, wenn nicht ein Mörder, war ein engagierter amerikanischer Ingenieur. Er spielte Golf. Er war gelassen und unterhaltsam und hatte zumindest versucht, Johnson meinetwegen ein blaues Auge zu verschaffen. Tatsächlich begegnete er Johnson seither mehr als kühl.

Da Johnsons aufwendige Schutzmaßnahmen ohne meine Erlaubnis eingeleitet waren, meinte ich, konnten sie sich ohne meine Kooperation fortsetzen. Es war Johnsons Sache, mir Gefahren fernzuhalten. Als also Wallace Brady mit mir Tennis spielen wollte, spielte ich Tennis. Ich schwamm. Ich ließ mir mehrere Kartenspiele beibringen. Ich war auf dem Gipfel meiner Flexibilität.

Ich war von Profis umgeben. Auch Krishtof Bey war Profi. Er hatte früh Geld gemacht, doch er war auch intelligent und pflegte vielerlei Interessen, subversive möglicherweise eingeschlossen. Seine Avancen setzten sich fort, doch beschränkten sie sich jetzt auf Worte und waren leicht zu parieren. Ich war etwas auf der Hut, wenn Krishtof Bey meine Gesellschaft suchte, doch nicht, weil ich fürchtete, er könnte mich töten.

Und mochte Rodney Trotter auch ein Mörder sein, erlebte ich jedenfalls nie einen besseren Masseur oder auch einen Mann, der mir die Kunst des Wasserskis so kundig nahegebracht hätte. Er wollte mich sogar zum Tauchen mit seinem Atemgerät überreden, doch Johnson, in dessen Boot wir fuhren, legte bedauernd sein Veto ein. Ich wußte, warum, auch wenn es Trotter nicht zu wissen schien. Doch ich war recht erfolgreich, für eine Anfängerin, beim Wasserski.

Auch die anderen Gäste der Begum erstaunten mich. Der erste reiche junge Prominente, dem ich hier begegnete, war ein international bekannter Skifahrer und auch Bankier; das zweite Mitglied dieser Elite, eine Dame, hatte mit einer Kette von Kleiderläden reüssiert und zeigte eben als Malerin ihre erste Einzelaustellung. Zu den Selfmade-Künstlern zählten ein Schauspieler, der jetzt ebenso als Romancier bekannt war, und ein Folk-Singer, der auch einige hervorragende Kurzfilme gedreht hatte.

Es gab kaum Kraut und Rüben; keine infantilen Millionäre; keine ältlichen Playboys. Alle leisteten irgendeine Art kreativer Arbeit. Alle konnten reden. Unter den älteren Männern und Frauen befanden sich Dramatiker und Geschäftsleute und Kunstsammler, Farmer und Grundbesitzer, die aktiv und ideenreich ihren Besitz nutzten; ein amerikanischer Mediziner, den ich schon lange treffen wollte. Mitglieder der Verwaltung Nassaus und der Inseln besuchten die Begum, und sie mischte sie alle zu einer angenehmen Mélange in der warmen Sonne; sie redeten und schwammen und entspannten sich, tauschten Aufzeichnungen und Ideen aus und verließen die Insel schließlich irgendwie bereichert.

Die Konversation bot zu meiner Überraschung kaum Probleme. Niemand nahm an meinem Vornamen Beltanno mehr als sprachliches Interesse. Abends war ich keineswegs fußkrank und erschöpft, sondern stets körperlich entspannt und geistig frischer denn je. Meine Haut bräunte um die neuen Konturen meiner Bade- und Strandanzüge, zwischen Oberteilen und Hüften. Es gab Drinks an den Abenden – Daiquiris, Tom Collinses, Rum Punches – und ausgedehnte Dinners bei Kerzenlicht auf der Terrasse, mit französischen Weinen anstatt Eiswasser; und Musik; und Spiele; und Tanz. Krishtof Bey und Johnson lehrten mich gemeinsam, erst im Takt und dann ohne Takt zu tanzen. Niemand äußerte Fußbeschwerden.

Ich sagte das einmal Krishtof Bey, während wir nach dem Dinner über den weißen Strand schlenderten, nachdem wir eine weitere Bootsladung von Gästen der Begum verabschiedet hatten. Er sagte: »Vielleicht brauchen die Freunde der Begum keinen kostenlosen medizinischen Rat.«

Es war warm. Durch die Dämmerung wehten die feinen Wellen herein und versickerten in dem weichen Sand. Ich sagte: »Ich weiß nicht – Leute, die kostenlosen Rat wollen, verdienen fast immer mehr als ich.«

»Aber Sie schrecken sie ab«, sagte Krishtof. Er blieb stehen, sein Schleierhemd glitzerte in der Dunkelheit. »Wenn Leute nicht besonders redegewandt sind, wie sollen sie wissen, was sie einer Ärztin sagen sollen? Besonders einer Ärztin mit strengem Gesicht, die Golf spielt und nicht geküßt zu werden wünscht?«

Ich erkannte, daß ich ihm nicht hätte erlauben sollen, sich mit mir von den anderen zu entfernen. Doch man kann einfach nicht dauernd daran denken, daß man vorsichtig sein muß. Ich sagte: »Gewiß, das sage ich jedesmal sofort, wenn ich jemanden kennenlerne.«

»Man spürt es«, sagte Krishtof. Er strich mir mit dem Handrücken über den Arm hinunter; ich schauerte. »Also fragt man sich, was interessiert wohl diese strenge Dame? Nur ihr eigenes Gebiet, die Medizin. Was kann ich sagen, was sie und mich interessiert und mir möglichst auch noch nützt? Aha. Dieses bemerkenswerte, ungewöhnliche Symptom, sagen sie, an meinem Fuß ...«

Ich sagte: »Sie schmeicheln diesen Leuten.« Seine Finger streichelten meinen Hals.

»Nein«, sagte Krishtof. Ich wünschte, er würde weniger Monsieur

Balmain verwenden: Es machte mich schwindlig. »Nein. Sie verachten sie und geben ihnen deshalb keine Chance. Ich mag es nicht daß die Begum Ihnen hier eine *crème de la crème* vorsetzt. Wie wollen Sie Geduld haben, wenn Sie zurückkommen? Nicht jeder ist geistreich und wortgewandt. Manche sind nur nette, unbeholfene Menschen.«

»Wie Sie«, sagte ich. Ich versuchte, etwas von ihm wegzukommen, doch sein anderer Arm war um meine Taille geglitten.

»Sie wollen sarkastisch sein. Aber ich bin nett«, sagte Krishtof Bey fröhlich. »Ich habe Sie nicht vergewaltigt, als ich bei Ihnen war. Ich warte ab.«

Ich sagte: »Ich weiß das zu schätzen. Ich denke, wir sollten zum Haus zurück.«

Er war stehengeblieben, doch die Hand um meine Taille hatte ihren Griff nicht gelockert. »Im Haus sind Leute.«

»Ich weiß.«

»Doch ich habe nicht den Wunsch, Sie vor Leuten zu vergewaltigen«, erklärte Krishtof Bey.

»Dazu werde ich Sie auch nicht zwingen«, sagte ich fest. »Zurück ins Haus.«

Die psycho-sexuelle Entwicklung dieses Mannes hatte etwas Faszinierendes. Er machte sich nicht die Mühe, etwas darauf zu sagen. Er verstärkte einfach seinen Griff und verlagerte seinen Schwerpunkt so, daß ich langsam rückwärts in den feinen weißen Sand glitt; meine nackten Schultern wurden kühl und feucht. Dann küßte er mich.

»Hallo«, sagte Johnson.

Ich hatte ihn nicht kommen hören. Wie zuvor schienen rasche chemische und psychische Veränderungen abzulaufen. Sicher war ich kaum noch in der Lage, recht schmerzhafte Stimuli zu spüren, und es drohten unkoordinierte Augenbewegungen. Krishtof Beys offener Mund preßte sich weiterhin auf meinen, wenn ich ihn auch knurren hörte. Eine kleine Welle überspülte uns beide von der Seite und erfaßte Johnsons Mokassins. »Donnerwetter«, sagte er bewundernd.

Ich spürte, daß Krishtof aufstehen und nach ihm schlagen wollte. Johnson sagte sanft: »Macht ruhig weiter. In anderthalb Stunden ist Gezeitenwechsel. Übrigens kommen die Begum und James Ulric direkt hinter mir.«

Krishtof Bey erhob sich und gab mir die Hand, damit ich auf die Füße kam; doch dabei blickten seine schrägen schwarzen Augen ständig auf Johnson, und er lächelte. Ich mißtraute diesem Lächeln. Johnson offensichtlich auch. Von dem Folgenden kann ich nicht detailliert berichten: Jedenfalls folgte auf eine glatte Bewegung eine weitere glatte Bewegung, und Johnson flog in den schwach schimmernden, nun hoch aufsprühenden Ozean, unmittelbar und ohne Vorbedacht gefolgt von Krishtof Bey.

Die Begum und James Ulric kamen eben vorbei, als sie sich hochrappelten. »Beltanno!« sagte James Ulric scharf.

»Ja, Vater?« sagte ich aus der Finsternis.

»Schlagen sich diese Schläger deinetwegen?«

Krishtof Bey und Johnson erhoben sich gemeinsam voller Würde und entschritten dem Meer. Plötzlich schien es sinnlos, die Wahrheit zu verbergen. »Ja«, sagte ich.

Mein Vater kam näher und spähte genauer. »Bist du betrunken?«

»Nein«, sagte ich.

»Was ist mit diesem Burschen Broody, dem ich fünfundsiebzigtausend bot, wenn er dich heiratet?«

»Das ist Wallace Brady«, sagte ich. »Ich sagte es dir bereits. Er ist irgendwo in der Gegend.«

»Du bist betrunken«, sagte mein Vater grimmig. »Du bist high. Du bist verrückt. Denkst du, so viele sind hinter dir her, daß du es dir leisten kannst, zwei davon *ertrinken* zu lassen?«

»Warum nicht?« sagte ich. »Ich habe Mr. Tiko.«

»Das glaube ich«, sagte mein Vater, »wenn ich in Reno die Silberglocken läuten höre und der Toast über euch gesprochen wird. Ich warne dich erneut. Du heiratest diesen verfluchten Japs, und du kriegst von mir keinen Yen.«

»Er ist ein MacRannoch«, sagte ich. Der Mond war ein winziges Stück gewandert, doch ich beachtete ihn nicht. Immerhin war ich schon etwas trockener. Ich wußte nicht, wo Johnson und Krishtof waren. Die Begum stand lächelnd da, gab aber keinen Kommentar. Sie brauchte es nicht, wenn James Ulric polterte.

»Bei allen Teufeln«, stieß mein Vater zwischen den Zähnen hervor. »Sie fressen rohen Fisch. Sie sprechen Japanisch. Sie baden alle zusammen, und Geishas schrubben ihre winzigen gelben Rücken. Sie haben schreckliche Augen und leben ungesund.«

»Mr. Tiko spielt besser Golf als du«, sagte ich.

Stille. »Das ist eine Lüge«, sagte James Ulric.

»Es stimmt«, sagte ich. »Wallace Brady kann es bestätigen.«

Wallace Brady, der Brückenbauer, war sakrosankt wie alle Brückenbauer. Weitere, lange Stille. Dann begann mein Vater wild zu keuchen. Ich mußte ins Haus, um sein Isoprenalin zu holen, und seine Sekundenkapazität war bereits um ein Viertel gestiegen. Es war sein erster Anfall seit dem Winter. Schlimm. Es gab kein T.-K.-MacRannoch-Mittel.

Sir Bartholomew Edgecombe kam am nächsten Tag, einem Freitag; obwohl äußerst still, bemühte er sich doch, sich in das Hauswesen einzufügen und die Begum zu keiner Sonderbehandlung zu provozieren. Einen großen Teil des Abends grübelte er über dem Puzzle, auf dem die Königin von Saba jetzt einem Alfa Romeo entstieg. Dann ging er recht früh zu Bett, obwohl ich bemerkte, daß er unterwegs bei Johnson klopfte und längere Zeit bei ihm blieb. Ich fragte mich, wa sie ausbrüteten. Was es auch war, Edgecombe wirkte müde, als er herauskam. Er hatte viel Farbe und Gewicht in der letzten Woche verloren; seine Haare waren geschnitten. Denise, dachte ich, hatte es wohl flott gefunden, wenn sie über seinen Kragen hingen.

Ich mache kein Hehl daraus, daß ich großes heimliches Interesse an Sir Bartholomew Edgecombe nahm. Was immer ihm geschehen würde, daran zweifelte ich jetzt nicht, würde mich einbeziehen. Und seine Ankunft hatte meinen Schutz halbiert.

Doch alle schienen vergessen zu haben, daß ich am Dienstag wieder in Nassau sein mußte. nach drei weiteren Tagen konnten mich niemals mehr als Köder benutzen – oder als was immer sonst. Dann hatte ich die Szene verlassen. Dann war ich wieder ganz Dr. B. Douglas MacRannoch, Schottlands Beitrag zum Unisex.

Vor drei Wochen hätte ich kaum gewußt, was das bedeutet, und auch nicht in Gedanken eine solche Formulierung gewählt.

Ich wüschte, es wäre vor drei Wochen.

Nein, ich wünschte es nicht.

Eine kleine Brise in der sonst ruhigen Atmosphäre des Hauses war am nächsten Morgen das einzige Zeichen dafür, daß die Begum für den Nachmittag fünfundsiebzig Leute zu einer Strandparty mit Barbecue erwartete. Mein Vater, der mit ihr über die Gästeliste gestritten hatte, schloß sich nach dem Frühstück im Arbeitszimmer ein, aus dem dann gelegentlich Geräusche eifriger Tätigkeiten drangen. Aus den ursprünglichen Akten zum *MacRannoch-Treffen* waren fette Stapel gewachsen, zwischen Deckeln mit Aufschriften wie *Baumstammwerfen, Highland-Tanz, Cherokesen, Dudelsack, Kommandotruppe, Columbus, Gemeinschaftssingen* und *Feuertanz auf Motorrad.* Der Zeitpunkt, hatte ich bemerkt, war jetzt nur noch fünf Wochen entfernt, und die Gästeliste umfaßte dreitausend Namen, meinen an der Spitze. *Beltanno.*

Alle guten Geister mußten ihn verlassen haben.

Krishtof Bey kam nie zum Frühstück herunter. Ich schon. Ich fragte die Begum, die in einen Liegestuhl lag, ob ich bei dem Barbecue helfen könnte; aber bei einem Personal wie im Kontrollzentrum von Cape Kennedy sagte sie natürlich nein und meinte es auch. Rodney Trotter schlug vor, Fische zu fangen und ich holte meine Badesachen, während er lebende Köder für Amberfische sammelte.

Als ich zurückkam, erfuhr ich, daß auch zwei andere mitwollten; Johnson hatte sich erboten, uns mit der *Dolly* zu fahren. Spry brachte uns mit dem Boot hinaus: mich, Trotter, einen pittoresken Makler aus Nassau mit dem Vornamen Harry und eine Schönheitspflegerin in mittleren Jahren und mit einem breiten Schlapphut, die schlicht Violet von New York genannt wurde.

Auf der Niedergangstreppe der *Dolly,* hinter ihrem breiten, in Pariser Schick gehüllten Becken, fragte ich mich im stillen, wer wohl bei Sir Bartholomew Edgecombe Wache halten sollte, während Johnson, Spry und ich Amberfische töteten. Johnson selbst reagierte auf meine Hinweise und hochgezogenen Augenbrauen mit einem unglaublich leeren Blick durch seine breite Brille. Ich hielt mit mir selbst bitteren Rat und wurde zehn Minuten später belohnt, als das Boot wegfuhr und mit Edgecombe zur *Dolly* zurückkam.

Bei ihm, mit zebragestreiftem Surf-Short und Handtuch, war mein Freund Wallace Brady. Ein Pluspunkt, zwei mögliche Minuspunkte: Edgecombe war jetzt bei uns, doch das waren auch zwei unserer Verdächtigen, Trotter und Brady. Vielleicht hätte er doch besser bei Krishtof auf Crab Island bleiben sollen. Ich fragte mich, wer Sir Bartholomew zum Mitkommen bewegt hatte: Johnson oder Brady.

Der Anker wurde gelichtet. Johnson brachte den großen Sechszylindermotor in Gang, und wir entfernten uns sanft tuckernd von dem Ankerplatz. Dann drehte er die *Dolly* an den Wind, und Spry hißte die Segel, unterstützt von Sir Bartholomew Edgecombe und Trotter.

Bei aller Panik meines Vaters hätten wir doch eine Familienjacht im Loch Rannoch haben sollen. Es scheint seltsam, seine ganze Kindheit auf einem Meeresfelsen zu verbringen und so wenig wie ich vom Segeln zu verstehen. Doch wenigstens kann ich Fische fangen. Und schießen.

Die siebzigtausend Quadratmeilen der Bahama-Gewässer sind voller besonderer Fische, von besonderen Knurrfischen bis zu besonderen Drückerfischen. Man nehme nur etwa den Wahoo, falls man überhaupt einen erwischt. Er ist in guter Form, fünfundsechzig Stundenkilometer schnell, und sein Gewichtsweltrekord beträgt hundertfünfunddreißig Pfund. »Einmal fing ich einen Wahoo«, sagte Sergeant Trotter verträumt, während die *Dolly* auf der Seite lag. »Doch Meeräschen sind mir lieber. Ein schöner, ruhiger Nachmittag im seichten Wasser, man liegt flach im Boot, die Sonne scheint einem auf den ...«

Die Stille nach dem Stampfen des Mercedes-Benz-Motors war segensreich wie ein Warmwasserbad für einen Krüppel. Das Meer lag klar wie Schellack unter uns, jadefarben und türkis, tiefblau und pfauenblau, von unserem Bug durchpflügt. Die Insel strich vorüber, flach und grün und von einem Palmenflaum bedeckt. Ein Meeresvogel flog vorbei. Das Licht vom Großsegel der *Dolly*, an der Sonne, tat meinen Augen weh, und ich setzte meine Sonnenbrille auf. Wir hatten uns alle einen neuen Platz gesucht, richteten uns neu in der Sonne und der Luft und der Stille ein; unsere Stimmen klangen klein, einsam und klar. Harry, der Makler, war bereits geölt und bis auf seine Badehose ausgezogen und lag mit dem Bauch nach unten auf dem Vorderdeck; und ich sah, daß Wallace Brady sich zu Johnson gesellt hatte und mit langen, muskulösen Händen stumm eine Angelschnur aufwickelte. Die sonderbaren hellen Augen in seinem gebräunten Gesicht waren immer noch blaß wie die eines Fisches.

Wir hatten seine Brücke passiert, deren weiße Caissons in der Sonne glitzerten; das dumpfe Dröhnen der Generatoren drang über das Wasser, begleitet von den fernen Stimmen der Männer von den Rammen und den Materialbooten hinten. Brady war aufgestanden und winkte, jemand winkte zurück. Als er sich nun setzte, sah ich an seinem Kinn noch immer die Spur von Johnsons Schlag. Doch ich sah auch einen Riß in Johnsons Lippe, den ihm Krishtof Bey beigebracht hatte.

Die Zahl der Versehrten nahm beängstigend zu. Wenn man James Ulric mit seinem Asthma dazuzählte, war die Begum das einzige intakte Miglied des Schützt-Edgecombe-Clubs.

Heute kann ich erkennen, wie weit ich widerstandslos unter mein hohes intellektuelles Pegel gesunken war. Damals war ich einfach froh, daß ich meine Perücke gegen einen hübschen baumwollenen Turban eingetauscht hatte; und ich hielt mein Gesicht in die Sonne und hörte Violet von New York zu, die sich über Drüsenbeschwerden von Zibetkatzen ausließ, während Bart Edgecombe mit Trotter über dessen Paraden sprach.

Dann reckte mir Edgecombe sein graues Haupt entgegen und grinste. Die Stimme für jeden vernehmbar, die Augen verschwörerisch allein auf mich gerichtet, sagte er: »Ich mag es, wie Johnson uns dauernd zusammenbringt. Oder sind es Sie und Wallace Brady, die er zusammenbringt?«

»Ich kann mit jemandem zusammenkommen«, sagte ich mit Nachdruck, »ohne jede fremde Hilfe in Anspruch zu nehmen.« Ich mag keine Doppelzüngigkeiten. Ich mag keine leichtfertig heraufbeschworene Gefahr. Ich mag kein Spiel mit dem Vertrauen.

Ich fragte Johnson, wie er sich nach seinem Bad im Meer fühlte, und er sagte, glänzend; er hätte Cheyne-Stokes' Atemtechnik weiterentwickelt, doch Cheyne-Stokes würde ihm keinen Cent bezahlen.

Ich wandte ihm den Rücken zu. Jemand spielte eine Stereo-Kassette mit diesem Cellostück von Saint-Saëns, und alle Männer schmetterten es nach. Spry kam mit diesen hawaiischen Nüssen, hundert Gramm für fünfzehn Shillings, und einem Tablett mit starkem Planter's Punch. Ich versah mich großzügig mit beidem und verfolgte, wie die *Dolly* vor dem weichen südöstlichen Wind sanft nach Nordwesten steuerte, den Fischgründen zu.

Es war eine kurze Segelfahrt; wir mußten schließlich zurück. Edgecombe lotste Johnson in die Strömungen, ihre Köpfe beide über die Karte gebeugt; im Handumdrehen glitt die *Dolly* durch und trieb mit gestrichenen Segeln weiter. Dann lagen wir wieder in der prallen Sonne unter kahlen Masten, und Spry verteilte Angelgeräte und Köder. Violet kletterte hinunter, ihren Hut haltend, und kam mit einem Marmeladenglas voll Garnelen und mit Trotter zurück, der seine eigene Angel mitgebracht hatte. Der schöne Harry, der jetzt neben mir saß, musterte prüfend die undynamische Gestalt Johnsons.

»Also«, sagte er, »wer hätte diese enorme Leistungsfähigkeit erwartet?«

Die Brille fuhr herum und richtete sich auf ihn. »Ich sehe nur so aus«, erklärte Johnson, »weil in meinem Ei nicht genug Zink war.«

Bart Edgecombe, der seinen Köder befestigte, grinste, ohne sich umzudrehen. »Und er wirkt nur leistungsfähig«, sagte er, »weil die *Dolly* eine Seekuh ist, die jeder melken kann. Ein Kutter für die ungestüme Jugend, eine Segeljolle für das respektable mittlere Alter, eine Ketsch für die Alten und Schwachen. Altes balinesisches Sprichwort.«

»Mein Ethos kann das verkraften«, sagte Johnson. »Treibt dieser Kahn zu schnell? In dieser Gegend ist Stillwasser.«

»Der Wind ist aufgefrischt«, sagte Brady. »Macht das etwas?« Tatsächlich schienen wir über genügend freie Meeresfläche zu verfügen: Der sechzig Meter hohe Mast auf Great Stirup Cay war das nächste

Zeichen der Great-Harbour-Cay-Inselgruppe, weit links von uns, während unser Bug in den Gegenwind, nach Süden ragte. Ich beäugte den Mast durch meine Sonnenbrille und fragte: »Was ist das? Ein Rundfunkmast?«

»Die Raketenkontrollstation«, sagte Edgecombe sanft nach einem Augenblick. Ich hatte nichts von ihr gehört. Ich denke, es war öffentlich bekannt, daß sich eine dieser Stationen auf einer dieser Inseln befand. Doch ich erkannte jetzt, weshalb Bart Edgecombe seinen Wohnsitz in dieser Region gewählt hatte. Und ich dachte erneut daran, während wir sanft auf dem warmen, türkisfarbenen Meer schaukelten, daß in irgendeiner Waffe eine Kugel steckte, die für seinen Kopf bestimmt war.

Brady sagte: »Wir treiben tatsächlich«, und Johnson, der die Karte ausgebreitet hatte, meinte: »Ja. Ich denke... der Anker. Komm, Bartholomew. Leiste etwas für deine Brillanten und dein schönes weiches Bett. Ist das die richtige Stelle?«

»Ja, aber Brady hat recht. Es gibt Untiefen im Nordosten dort hinten, und ein paar Korallenriffe weiter draußen und drüben im Westen. Bei einem Gezeitenwechsel würde ich darauf achten, doch du bist ganz sicher mit deinem Anker. Jedenfalls zeigt dir die Karte deine Richtung.«

»Gut. Also los«, sagte Johnson. Sein sicherer Stift hinterließ auf seiner Karte zwischen Bierflecken eine Markierung. Spry bewegte sich vorwärts, doch Edgecombe, schon am Bug, kümmerte sich bereits um den Anker. Brady und Trotter diskutierten im Cockpit heftig über britische und amerikanische Methoden des Eskarpierens. Sie schienen beide sachkundig.

Der zweite Anker dieser Art von Ketsch wiegt etwa achtzig Pfund, das sagte Spry mir später, und wenn er über Bord gehievt wird, saust sein zwei Zentimeter dickes Kabel aus dem Vorderdeck über Führungsrollen und eine Ankerwinde, die es über den Steven bringt. Selbst wenn dieser Vorgang sorgfältig gesteuert wird, in einem gutgepflegten Boot mit gutgeschmierten Winden, ist dies nie ein völlig narrensicheres Geschäft. Die Kette kann sich verwickeln, anfangs, unterwegs, an der Ankerwinde. Ein abstechender Schäkel kann eine abrupte Stockung verursachen. Es kommt vor, daß der Anker auf halbem Wege steckenbleibt, wenn man eben einen belebten Ankerplatz erreicht. Oder noch höher und ein Loch in den Rumpf schlägt. Oder er fliegt zu kurz durch die Luft und schnellt zurück, zum Deck und den Leuten darauf, seine eisernen Flügel wild wirbelnd.

Ein solches Mißgeschick geschah Bart Edgecombe. Die Kette klemmte und spulte sich dann irgendwie zurück, fast ehe der Anker draußen war. Er schlug zurück; im nächsten Augenblick würden diese achtzig Pfund verzinkten Eisens aufs Deck donnern und Edgecombes Beine wegfegen.

Er hatte keine Zeit, auszuweichen, doch er tat, was jeder getan hätte: Er versuchte, ihn mit den Händen abzuwehren. Ich hörte ihn schreien und sah das Blut spritzen. Der Anker krachte auf das Deck. Brady sprang aus dem Cockpit und packte nach zwei Sätzen Edgecombes Arm; ein Taschentuch war da, schon scharlachrot von Blut. Trotter folgte, blickte nach mir, zögerte einen Moment, seine Alternativen bedenkend, und machte sich dann grimmig an die Ankerwinde. Eine Bewegung Johnsons, und Spry kam ihm zu Hilfe.

Jetzt war auch ich bei Edgecombe. Ich nahm seinen Arm und beschäftigte mich mit der langen offenen Wunde, die sich durch die Faszie und die vorderen Armmuskeln zog und an der Daumenbasis endete. Doch noch mehr, denke ich, beschäftigte mich etwas anderes – obwohl sie um Haaresbreite eine Hauptschlagader verfehlt hatte und bestenfalls die häßlichste Narbe hinterlassen würde, die ich nach einer Armverletzung je gesehen hatte.

Mich beschäftigte vor allem das Faktum, daß auch in dieser Atmosphäre kalkulierte Katastrophen der pure Zufall ins Spiel kommen konnte. Niemand hatte Edgecombe gestoßen; niemand war auch nur in seiner Nähe gewesen; niemand hatte das Versagen der Kette verursachen können. In der Tat: ein Schicksalsschlag.

Doch niemand sagte etwas, niemand konnte etwas sagen; selbst die Gedanken mußten bis später warten. Inzwischen wurde die Bordapotheke herbeigeschafft, und ich leistete fachmännische Arbeit an der Wunde, überraschend assistiert von Violet mit dem gelifteten Gesicht. Der Kasten der Bordapotheke war eindrucksvoll bestückt: Er enthielt auch einige chirurgische Instrumente, Nadeln, Seide in einer verschlossenen Glasröhre, ebenso Verbände und Quecksilbersublimat. Johnson brachte eine Decke, Schalen mit warmem Wasser und Brandy. Er hatte auch Morphiumampullen und drei neue Spritzen, noch in der Folie; doch ich schüttelte den Kopf, und er verstaute sie wieder. Edgecombe brauchte sie nicht, und es schien nicht unbedingt erforderlich, ihr Vorhandensein zu demonstrieren. Ich fragte mich, welche Situationen, in welchen Häfen und auf welchen Meeren, die *Dolly* schon mit Hilfe dieses wohlbestückten Kastens überstanden hatte.

Spry machte Tee, während wir saubermachten, und Edgecombe und

Johnson hatten ein kurzes Gespräch im Salon, Edgecombe den bandagierten Arm vor sich.

Trotter erschien plötzlich oben an der Niedergangstreppe und sagte: »Wir haben die Winde in Ordnung gebracht. Wollen Sie Fahrt aufnehmen? Sie treibt immer noch.«

»Sie haben noch nicht Ihre Fische gefangen. Beltanno und Violet...« Edgecombe war dabei, den Schock zu überwinden, wenn auch sein Gesicht noch immer blaß unter der strahlenden rötlichen Bräune wirkte. »Ich bin nicht schlechter davongekommen, als wenn ich unter eine Straßenbahn geraten wäre. Hör zu, J. J., man muß hier keine großen Geschichten machen. Ich bin hier ebensogut aufgehoben wie irgendwo sonst. Werft euren Anker und fangt Fische.«

Johnson sah mich an. Ich sagte: »Nein. Er soll zurück. Schon wegen der Tetanusgefahr, gegen die man dort etwas tun sollte. Und er müßte sich richtig ausruhen.«

»Dann fahre ich im Boot zurück«, sagte Bart Edgecombe matt. So schien es mir schon geplant. So blieben Trotter und Brady auf der *Dolly*. Und zu sorgen hatte man sich dann nur wegen Krishtof Bey im Schloß der Begum.

Ich sagte: »Das ist eine gute Idee. Und es geht schneller. Ich fahre ihn, wenn Sie mir zeigen, wie es geht.«

»Nein, das Boot ist schwer. Wir brauchen einen Mann«, sagte Johnson. Trotter, der ruhig oben an der Niedergangstreppe wartete, sagte jetzt: »Ich werde es steuern, wenn Sie wollen. Wenn Sir Bart mich lotsen kann.«

Edgecombe blickte rasch auf Johnson und sagte: »Mir ist es recht. Aber vielleicht sollte lieber Harry oder sonst jemand fahren. Sie könnten öfter Fische fangen als Trotter.«

Trotter blickte überrascht und leicht ungehalten. »Nein, ich fahre«, sagte er. »Überhaupt kein Problem. Ich helfe Spry, den *Avenger* zu Wasser zu lassen.« Er verschwand.

Wir konnten nicht offen reden, weil Violet von New York noch immer dabei war. Johnson sagte zu mir: »Beltanno, Sie fahren besser mit ihm. Vielleicht möchten auch sonst welche zurück. Violet?«

»Sie wollen mich los sein«, sagte Violet. Sie hatte ihr Gesicht frisch gepudert; es zeigte die feine Struktur von Gummitüchern in Krankenhäusern. Ihre Wimpern waren dunkelblau getuscht. Sie nörgelte nicht. Sie nahm ihr Glas und sagte philosophisch: »Ich denke, das ist das Los der Garnelen. Möchten Sie das, Beltanno? Sie schmecken wirklich gut auf Toast mit ein paar Sesamsamen.«

Ich nahm das Glas, und sie glättete ihren Hut und ging voraus hinauf an Deck, von Johnson gefolgt. Ein mächtiges Platschen, und dann kam ein Rasseln vom Vorderdeck, als die Ankerkette herauskam. Ich hörte oben ihre Schritte und das Knirschen von Kloben, als das Boot zu Wasser gelassen wurde. Ich stellte das Glas auf den Tisch.

Es gab keinen Zweifel daran, daß Edgecombe zurück sollte. Sein Puls schlug höher, als ich gehofft hatte, und er lag, die Augen einen winzigen Spalt offen, völlig erschlafft da. Der Mann namens Harry erschien lautlos an der Treppe, und ich fragte: »Wie schnell ist das Boot?«

»Fünfzig Meilen in der Stunde, Herzchen. Er wird in zehn Minuten auf Crab Island sein«, sagte Harry. Ich hörte Johnson oben reden; es klang beschwörend. Er *konnte* einen schon beschwören, dieser Johnson.

Harry sagte: »Hören Sie, Herzchen: Wäre es Ihnen lieber, wenn ich mit Sir Bartholomew zurückfahren würde?«

Das schien mir ein möglicher Versuch, herauszufinden, an welchem der Männer ich interessiert sein konnte. Oder vielleicht glaubte er, das schon zu wissen. Ich sagte: »Nein, es ist schon recht«, als Brady an der Treppe auftauchte und sagte: »Wir sind fertig, wenn Sie uns zeigen wollen, wie man ihn hinausbringt. Violet fährt weg.«

Edgecombe richtete sich sofort auf und kam auf die Beine. Zwischen uns brachten wir ihn an Deck und über den Gangway in das weiße Motorboot der *Dolly*. Violet saß bereits bequem darin; das klare Sonnenlicht zeigte die Falten ihres Gesichts. Brady kletterte neben sie und stützte Edgecombe, als wir ihn hinunterhoben.

Es herrschte immer noch schwache Flut, und ein leichter Wellenschlag reichte aus, das Boot mehr ins Schlingern zu bringen, als es sollte. Edgecombe geriet in die Bilge des Boots, strauchelte und streckte eine Hand aus. Brady, davon überrascht, verlor das Gleichgewicht und rettete sich, indem der nach dem Motor griff. Ein Dröhnen, und der Motor, bisher untätig, kam in Gang.

Wir sahen das Boot nach hinten sausen und die jungfräuliche Seite der *Dolly* schrammen. Dann stoppte es, nachdem Brady in wilder Hast den Hebel ergriffen hatte, und stieß mit gereckter Nase hinaus, fort von der Jacht.

Die Lasching an Deck wirbelte wie grauer Rauch und verschwand. Wir sahen, wie Violets Arme auf ihren Hut schlugen, wie Edgecombe fiel, wie Brady, seine Augen weiß vor Furcht, versuchte, sein Gleichgewicht wiederzufinden und das Boot unter Kontrolle zu bekommen.

Es gelang ihm, die Geschwindigkeit zu drosseln und zu wenden. Ich sah, wie sich Edgecombe unten bewegte; Violet rückte ihren Hut gerade.

Wir hörten auf zu schreien. Es war so schnell geschehen; doch ich denke, die Gefahr war nicht akut gewesen. Neben mir hatte Spry eine Leine bereit, um sie ihnen zuzuwerfen, und ich blieb auf dem Gangway mit Trotter, dessen Sprache einen Armee-Anästhesisten entzückt hätte.

Er grinste mich an. »Wenn Sie mich fragen, braucht dieser Bursche etwas Hilfe beim Steuern«, sagte Trotter. »Keine Sorge. Wir machen das schon.«

Doch wir machten es nicht. Als das Boot in Hörweite kam, sahen wir, daß Edgecombe sich aufgerappelt hatte und sich mit Brady beriet. Dann stand Brady auf und rief zu uns herüber: »Wir kommen nicht zurück. Wo wir jetzt schon draußen sind, meint Sir Bart, sollten wir gleich weiterfahren und Sie nicht länger vom Fischfang abhalten. Bringen Sie uns einen schönen Fünfzig-Pfund-Barsch mit.«

Er winkte fröhlich und ging ans Steuer. Er gab Gas, und das weiße Boot wendete flugs in dem blauen Wasser, krängte und schoß immer schneller nach Süden davon.

Harry hatte Violets Garnelen gefunden, doch wir anderen vier blickten dem Boot wohl unentwegt nach, bis es außer Sicht kurvte; Johnson hielt sein Fernglas bis zum Schluß darauf gerichtet. Dann sagte er matt: »Armer Bart. Ich werde der Schwester senden, daß sie ihn erwarten soll. Doch Sie könnten sich Ihren Fischen zuwenden, Beltanno. Hier, Harry und Spry sind die Experten. Wie steht's bei Ihnen, Trotter?«

Die Hand über den Augen, starrte Trotter immer noch auf die Stelle, von der das Boot verschwunden war. Ich fragte mich, ob er sich wegen Bradys unsteter Steuerung sorgte, oder vielleicht wegen Bradys Interesse an Edgecombe. Er wandte sich um und sagte: »Gut, zu den Fischen. Bitte, ich verstehe nicht sehr viel davon, wie man sie fängt, doch ich denke nicht, daß Ihre Amberfische viel für schlingernde Motorboote übrig haben. Wäre es der Mühe wert, in etwas ruhigeres Wasser zu fahren?«

Auf halber Niedergangstreppe sah Johnson auf seine Uhr. »Ich denke, es ist kaum der Mühe wert, irgendwohin zu fahren«, sagte er. Ich wußte, daß er der Begum versprochen hatte, uns rechtzeitig zum Lunch zurückzubringen. Ich sagte: »Wenn Sie zurückwollen, ist es mir recht. Die Fische können warten.«

»Warten Sie«, sagte Johnson und ging zu seinem Funkgerät. Trotter sagte: »Ich bin auch nicht besonders scharf auf Amberfische. Ich würde lieber zurückfahren und sehen, was der alte Knabe macht.«

Keine zehn Jahre konnten zwischen ihnen liegen. Es war nur die Reaktion eines tatkräftigen Mannes auf einen Angeschlagenen. Armer Bart, dachte ich auch. Ich sagte: »Harry?«

Harry, hemdlos, zuckte mit seinen Schultern, die mehrere Saisons Great-Harbour-Cay-Sonne braungepanzert hatten. »Nur zu. Mir laufen die Fische nicht davon.«

»Mehrheitsbeschluß«, sagte Trotter. »Auf geht's, Spry. Sie starten, ich hole den Anker.«

Johnson kam dazu, als Spry startete, und der Motor stotterte, stockte und stand still. Spry sagte: »Sie wollen zurück, Sir.«

Johnson sagte: »Sie könnten segeln und mit dem Schleppnetz fischen, wenn Sie möchten.« Er wirkte abwesend. Ich war sicher, daß er eigentlich so schnell wie möglich mit der *Dolly* zurückwollte. Doch ob er raste oder die Fahrt verzögerte: Das Boot mit Edgecombe, tot oder lebendig, wäre lange vor uns da.

Niemand wollte mit dem Schleppnetz fischen. Die *Dolly* fuhr los. Spry und Harry gingen nach vorn, soweit ich mich erinnere, während Trotter und ich im Cockpit bei Johnson saßen, der auf dem Süll hockte, die Karte auf den Knien, und das Steuer mit einem segeltuchbeschuhten Fuß bewegte. Er hatte seine Zweistärkenbrille gegen dunkle Polaroid-Gläser getauscht, die sein Gesicht noch unergründlicher machten; die warme Brise bewegte kaum sein schwarzes Haar.

Trotter sagte: »Kein Rekord gebrochen heute. Den armen alten Sir Bartholomew trifft aber auch wirklich alles. Er kommt kaum zu dem Barbecue, oder?«

Ich hatte das Barbecue vergessen. Und meinen (ahnungslosen) Auserwählten.

Trotter sagte: »Wir hatten einmal ein ähnliches kleines Unglück in Indien. Bei der Bengali-Parade. GOTT SCHÜTZE DEN PRÄSIDENTEN POLENS! in Flammenschrift, und das Ausrufezeichen fiel auf den Turban dieses Burschen. Von ihm blieb kaum mehr als ein Aschehaufen.«

Ich fragte: »Hat man in Hindu Ausrufezeichen?«

»Im Polnischen auf jeden Fall«, sagte Trotter schnell. Er stand halb auf. »Komisch.«

»Was ist komisch?« fragte ich.

»Dort«, sagte Trotter. »Am Horizont, links vom Bugspriet. Ein Boot, das auf uns zukommt. *Unser* Boot kommt doch nicht zurück?«

Johnson sagte: »Nehmen Sie das Steuer, ja?« und nach zwei Schritten stand er über uns, die Zweistärkenbrille vor den Augen. Im gleichen Augenblick kam Sprys Stimme vom Vorderdeck. »Es kommt was vom Süden auf uns zu, Sir. Könnte unser Boot sein.«

»Es ist weiß«, sagte Johnson. Er sah auf Trotter herab. »Hart an Steuerbord, ja? Vor uns links sind höllische Untiefen. Spry, was siehst du?«

Spry blickte zurück. »Ich denke, es ist unser Boot. Gleiche Größe. Und es fährt direkt auf uns zu.«

Johnson blickte auf die Karte in seiner Hand. »Ich denke, es könnte Edgecombe abgesetzt und gewendet haben. Der Position nach könnte man an Bullock's Harbour denken.«

Doch seine Stimme klang verräterisch, wie zuvor die Stimme Trotters, als er seine Ausrufezeichen-Geschichte erzählte. Wir waren alle nach dem Unglück aufs äußerste angespannt, und Johnson mit mehr Grund als die meisten. Ich fragte mich, welche Desaster Spitzenagenten erwarteten, die es zuließen, daß Kollegen unter ihrer Nase hingemeuchelt wurden. Johnson stand und schaute aus, eine ganze Zeitlang, immer noch die Brille in der Hand. Dann sagte er plötzlich: »Nein. Nein, es ist nicht unser Boot...«, und gab mir das Fernglas, damit ich nachsehen konnte.

Es war nicht unser Boot. Es war ein langes, flaches Boot, das sich rasch näherte – der *Dolly* näherte. Johnson sprang hinunter, übernahm von Trotter das Steuer und beschleunigte den Motor. Dann dreht er sehr sacht nach Steuerbord. Einen Moment später änderte auch das andere Boot den Kurs. Es gab keinen Zweifel: Wir waren sein Ziel. Johnson drehte das Steuer zurück und übergab erneut an Trotter; dann kletterte er wieder hoch und beobachtete wieder durch sein Fernglas. Plötzlich sagte er: »Spry?«

In einem Hospital demonstriert man Gelassenheit. Selbst in akutesten Fällen, die in Augenblicken letal enden können, rennt man nie durch die Gänge oder hebt die Stimme auf einer Station. Doch man kennt seine Kollegen, die den Fall zu verantworten haben. Den Ton ihrer Stimme, der Komplikation bedeutet. Den Ton, der anzeigt: *Es ist aus.*

Ich wußte, wie das war, mit Johnson in Gefahr zu sein, und der Ton dafür war da in seiner Stimme. Er sagte: »Spry – wer ist am Steuer?«

Eine Sekunde Schweigen. Dann antwortete Spry nüchtern: »Ich sehe niemand, Sir.«

Johnson sagte: »Gib Harry das Fernglas. Trotter, nehmen Sie meines.«

Das geschah, und für den nächsten Augenblick blieben sie alle stumm. Dann ließ sich Harry vernehmen: »Niemand steuert. Das Boot hat irgendeine Ladung, aber kein Mensch ist am Steuer. Kein Mensch ist an Bord, würde ich sagen.«

»Er hat recht«, sagte Trotter. »Falls sie nicht mit den Füßen nach oben in der Bilge des Bootes liegen.« Es war ein achtbarer Versuch, aber seine Stimme klang nicht ganz normal. »*Marie Celeste*«, fügte er hinzu. »Sie muß sich von ihrem Liegeplatz gelöst haben. Sollen wir sie einfangen, was meinen Sie?«

Ich entspannte mich ein wenig, denke ich. Es war unheimlich, doch es gab wahrscheinlich eine einfache Erklärung. Einer der Jungen war umgekippt, als er das Boot vom Kai aus startete, und es war mit laufendem Motor aus dem Hafen getrieben. Jedenfalls war es nicht unser Boot, nicht mit der Leiche Bart Edgecombes darin.

Johnson sagte: »Es ist zu schnell, um an es heranzukommen. Sein Treibstoff wird ausgehen; wir werden es melden, wenn wir seinen Namen entdecken. Geben wir ihm inzwischen schön viel freien Raum; das Meer könnte sein Ruder knicken.«

Er hatte die *Dolly* hart nach Steuerbord gewendet; und statt des Bugs tauchten die weißen Flanken des anderen Bootes auf.

Trotter richtete das Fernglas darauf. »Es heißt *Ha*-irgendwie«, sagte er. »*Hölle*?« Er setzte das Fernglas ab.

Harry, Spry und ich blickten auf ihn; er blickte auf Johnsons dunkle Polaroid-Gläser.

»Zweiter Versuch«, sagte Johnson sanft; diesmal dreht er das Steuer hart nach Backbord. Vor mir sah ich Sprys Gesicht angstvoll aufblitzen, dann hoben sich die zwei Ferngläser wieder. Diesmal stand ich auf und blickte ebenfalls hinüber, vom Baum aus.

Es war erstaunlich, wie viel näher dieses weiße Boot uns in der kurzen Zeit gekommen war. Selbst mit bloßem Auge ließ sich eindeutig erkennen, daß es keine Besatzung und keinen am Steuer hatte: nur das große Rechteck einer rätselhaften, von einer Plane bedeckten Ladung.

Einen Augenblick lang richtete sich der Schnabel des weißen Bugs weit über dem Wasser direkt auf uns. Als dann die *Dolly*, dem Ruck Johnsons folgend, nach links schwenkte, zeigten sich schließlich die flache weiße Flanke und der Name des Bootes, der jetzt durchs Fernglas deutlich lesbar sein mußte. Dann, als ich hinsah, verkürzte sich die Flanke; der Name glitt aus der Sicht, und wir im Heck der *Dolly* sahen uns dem anderen Boot wieder frontal gegenüber, in ständig sich verringernder Distanz, und blickten direkt auf seinen Bug.

Trotter senkte das Fernglas sehr langsam; sein Gesicht hatte viel Farbe verloren. »Es heißt *Haven*«, sagte er. Spry und Harry hatten ihre Gläser ebenfalls gesenkt; alle sahen sie dann schweigend Johnson an.

»Noch einmal«, sagte Johnson und drehte hart nach Steuerbord.

Meine Augen folgten. Wir krängten. Die Sonne glitt nach Backbord, und über mir peitschten die Fallen die kahlen Masten. Ich sah, daß die Sonne auf Harrys Schulterblätter brannte; seine Arme fuhren in sein Hemd, es kam kein Blick. Meine Wangenknochen schmerzten. Mit dröhnendem Motor ging die *Dolly* abrupt auf ihren neuen Kurs.

Das Boot *Haven* brauchte einen Moment etwas länger, um zu folgen, aber nicht sehr lange. Seine Flanke zeigte und verbarg sich unserem Blick. Die Narbe, die sein Kielwasser hinterließ, weiß auf blau, begann sich nach außen zu ziehen. Wir fuhren schnell; doch dieses Boot fuhr schneller, während es auf unseren Kurs einschwenkte. Nach fünfunddreißig Sekunden blickten wir direkt auf den Schnabel des heranfliegenden Bootes; es war, als würde uns ein angreifender Raubvogel entgegenstarren.

Ein Falke. Ein Freund? Ein Feind. Ein Boot, das kein Mensch steuerte, das uns folgte wie die Barracudas unter uns dem Blut.

Diesmal hielt Johnson das Steuer unten. Der Bug bewegte sich weiter. *»Haven?«* fragte er Trotter. »Was ist das für ein Boot?«

»Die Bauleute benutzen es«, sagte Trotter. »Sie befördert so Verschiedenes.« Er hielt inne. Auf ein Signal Johnsons hatten vorne Spry und Harry das Vorderdeck abrupt verlassen und kletterten über das Salondach auf uns zu.

Johnson sagte: »Ja?« Als hätte man einen Automaten aufgezogen. Trotters Gesicht war ziemlich blaß geworden, er schwitzte. Er sagte: »Brady ließ es vor ein paar Tagen beladen; es sollte zum Tamboo-Hafen.«

Er hielt erneut inne und starrte auf Johnson, und Johnson starrte zurück und sagte langsam: »Ich verstehe.«

Niemand von uns anderen verstand. Harry sagte: »Was denn? Was ist los? Wird es uns rammen?«

»Es wird uns rammen«, sagte Trotter. Sein Gesicht glitzerte gefährlich, doch seine Stimme klang ruhig wie immer. »Es wird über Funk gesteuert – ja, Mr. Johnson: Ein Gerät zieht es an, das irgendwo auf der *Dolly* versteckt ist.«

»Und?« fragte ich scharf.

Der Bug hatte umgeschwenkt. Wir fuhren jetzt nach Norden, die sengende Sonne hinter uns. Das weiße Boot setzte sich unbeirrt auf unsere Fersen und kam unerbittlich näher.

»Und«, sagte Johnson, »es ist voll mit Sprengstoff.«

13

»Das muß ein Witz sein«, sagte Harry.

Johnson änderte den Kurs. Er sagte, ohne Harry anzusehen: »Falsch geraten. Völlig falsch. Das Gerät müßte in den Bilgen oder irgendwo am Rumpf sein. Wir könnten später nach ihm suchen, wenn ich auch bezweifle, daß wir es finden. Zunächst – die *Haven* ist schneller als wir.«

Harry fragte: »Und was wird passieren? Was passiert, wenn sie uns überholt?«

Johnson änderte den Kurs um fünfundvierzig Grad, und das weiße Boot folgte in unserem Kielwasser. Johnson sagte: »Sie wird uns nicht überholen. Sie wird uns rammen, und wenn sie sich beeilt, kommen wir noch in die Ein-Uhr-Fünfundzwanzig-Nachrichten nach *Peyton Place*.«

»Sie steuern zickzack?« fragte Trotter.

»Richtig«, sagte Johnson. »Klassisches Zickzack. Die *Haven* folgt einer Änderung mit fünfunddreißig Sekunden Verzögerung, und wenn unser Treibstoff reicht, könnten wir sie vielleicht auf Distanz halten, bis Hilfe kommt.«

Trotter sagte schnell: »Könnten wir sie nicht hochgehen lassen? Mit einem Gewehr?«

Ich hatte bereits an meine Frommer gedacht. Johnson sagte: »Ich habe kein Gewehr. Außerdem würde uns die Explosion in jedem Fall mitzerstören. Sie brauchen mir nicht zu sagen, wie bedauernswert es ist, daß wir unseren *Avanger* nicht hier haben.«

Wieder hatte er den Kurs geändert. Harry riß seinen Blick von der *Haven* und sagte atemlos: »Wir könnten über Bord springen.«

Um uns breitete sich freies blaues Meer. »Wir könnten«, sagte Johnson. »Doch auch abgesehen davon, was die Haie davon hielten, glaube ich nicht, daß wir sehr weit kommen würden. Kaum weit genug weg von der Explosion.«

Spry kam rasch von unten und sagte: »Ich habe nirgendwo etwas gesehen. Soll ich SOS funken?«

»Ja«, sagte Johnson. Er sagte noch etwas und brach dann plötzlich ab. Ich hörte, daß sich das Motorengeräusch geändert hatte. Spry erstarrte.

»Geht's noch?« fragte Harry.

Der Motor lief schwächer, stotterte leicht.

»Mit Unterbrechungen ganz gut«, sagte Johnson. Es war Zeit, den Kurs zu ändern. Er drehte ruhig das Steuer. Das erst wieder gleichmäßige Motorgeräusch änderte sich erneut, brach ab und kam sofort wieder. Harry rief: »Mein Gott, geht das Ding zum Teufel?«

Der Motor setzte aus. »Das Ding *ist* beim Teufel«, sagte Johnson. Die Augen auf Spry gerichtet, ging seine Hand zum Anlasser. Der Motor hustete und verstummte wieder. Spry verschwand plötzlich nach unten. Wir hörten ihn die Luke öffnen, die zu dem Motor unter dem Boden führte. Die *Dolly* stampfte in der Stille, die anrückenden Wellen schlugen klatschend gegen ihren Bug. »Gut. Segeln wir«, sagte Johnson knapp. »Trotter, mit mir ans Großsegel. Harry, Besan. Beltanno, gehen Sie ans Steuer und bringen Sie den Kahn an den Wind, wenn ich es sage. Spry!«

»Ich höre. Sie brauchen sicher einen Spinnaker«, sagte Spry von der Leiter. »Der Treibstoff ist nicht aus. Zucker im Tank, denke ich.«

Sabotage nennt man so etwas. Ich nahm es kaum war. Blitzartig hatte ich das Steuer in der Hand und folgte dem endlosen Strom von Johnsons Instruktionen; so brachte ich die *Dolly* an den Wind. Gewiß, das hatte ich geschafft; doch die *Dolly* war jetzt trotzdem träger, und sie blieb voll im Visier dieses wendigen weißen Arsenals.

Die Segel mußten her. Die Segel waren jetzt unsere einzige Hoffnung; diese Quadratmeter Tuch, die Spry und Trotter und Harry verzweifelt hochzogen, während wir still schaukelten.

Sie arbeiteten, so schnell sie konnten. Die schweren Blöcke knirschten. Ich hörte den Atem der Männer, während ihre Arme im Takt zogen, ihre Kehlen der Sonne ausgesetzt, dann verdeckt durch das hochziehende Dunkel des Tuchs. Johnson war überall, gab Anweisungen und gab Hilfen, zog auf und machte fest. Der Wind; der Spinnaker auf dem Vorderdeck, Spry kniet daneben; die *Haven* rast auf uns zu.

Auch ich achtete auf die *Haven*. Ich sah sie deutlich. Ich sah ihre Windschutzscheibe und ihre sauber ausgelegte Persenning. Ich sah den Sitz, auf dem niemand saß, und das Steuer, das niemand bediente; sie wandte sich leicht seitlich, behutsam, nach links oder rechts, hielt direkten Kurs auf uns, während sie die breite weiße Spur unseres Kielwassers kreuzte.

So nahe war sie schon, und meine Hände waren feucht an meinem Steuerrad, als Johnson sagte: »Gut. Beltanno. Fertig zum Umlegen...« Und ich drehte das Steuer, während die Toppnant belegt und der Großschot befreit und an der Winde gehalten wurde.

Der Besan glitt hoch und straffte sich, und als sich die *Dolly* herumwarf, bauchten sich beide Segel voll aus, um den Wind dahinter einzufangen. Mit mächtigem Sausen füllte sich dann der Spinnaker, ein glänzender, zarter Ballon; der Ruck hob uns vom Boden, und Johnson sprang herab und nahm mir das Steuer aus der Hand, seine Augen auf den Segeln. »Weiter raus, Spry... Was ist mit dem? Nein. Aufgeien und dann so lassen. Der Besan, eine Spur... Genau. Nun...?«

Nun segelten wir. Ich war noch nie so schnell auf einer Jacht unter Segeln gefahren. Das Meer zischte unter uns. Die Sonne, der Schatten, der Segelwirbel gaben der Flucht Leben, machten sie zu einem persönlichen Erlebnis wie die Flucht auf dem Rücken eines Pferdes. Johnson fuhr herum, die eine Hand am Steuer, die andere an dem braun gestrichenen Süll, und stand regungslos, seine Augen auf der *Haven* hinter uns.

Wir alle standen still. Durch das Fernglas sah man eine Schramme im Weiß der *Haven*, Spur einer zu schnellen Hafeneinfahrt, und die schwarzen Buchstaben auf beiden Seiten ihres Bugs, die ihren Namen bildeten. Sie traf unser frisches Kielwasser und zitterte, schüttelte sich ärgerlich und korrigierte. Doch sie fraß nicht mehr genüßlich die Wasserstrecke zwischen uns.

Spry sagte: »Sie haben es geschafft, Sir. Wir halten sie eine Weile auf Distanz.«

»Himmel, das will ich hoffen!« sagte Trotter. Die Bräune seines Gesichts glitzerte wie Buchenholz unter den Strömen seines Schweißes; Schweiß hatte Harry smartes buntes Strand-Shirt mit großen grauen Flecken gesprenkelt. Johnsons Haar war nur an den Enden feucht. Er sprach kein Wort. Er blickte auf Spry, und Spry verschwand nach unten, die Lippen zusammengepreßt.

Wir mußten versuchen, den Motor wieder in Gang zu bringen. Denn war die *Haven* schneller als die *Dolly* mit Motor, war sie gewiß schneller als die *Dolly* unter Segeln, auch bei Höchstgeschwindigkeit. »Wir halten sie eine Weile auf Distanz«, hatte Spry gesagt – *eine Weile*.

Er war weniger als zwei Minuten unten. Er kam herauf und schüttelte den Kopf, als Johnson eben still sein Funkgerät weglegte. Johnson sagte: »Noch kein Grund zum Jubeln? Spry, siehst du mal nach, was mit dem Strom los ist? Das Funkgerät macht keinen Piep.«

»Was?« sagte Harry, und ein kalter Blick durch die Zweistärkenbrille traf ihn.

»Das Funkgerät geht nicht, das Radar nicht, das Echolot nicht. Vielleicht nur eine Verbindung unterbrochen, oder das Ganze... Ja?«

Sprys Kopf war wieder aufgetaucht. Er sagte: »Sie kommen nicht durch, Sir. Jemand hat die Stromkabel manipuliert. Als sie den Startknopf drückten, haben Sie alles zerstört.«

Kein Motor. Kein Strom. Kein SOS. Keine Hilfe, wenn nicht durch ein Wunder ein Schiff auftauchte aus der Welt dort draußen, von unserem Schicksal unberührt und voller Leben. Harry sagte mit hoher, kratziger Stimme: »Was soll das? Big Business? Black Power? Politik? Was habe ich damit zu tun?«

»Nichts«, sagte Sergeant Trotter harsch. »Ich habe auch nichts damit zu tun, doch ich verschwende meine Zeit nicht mit Gejammer. Noch nicht. Nicht ehe ich weiß, ob ich mit dem Leben davonkomme. Das hat alles mit diesem Edgecombe zu tun. Jemand versucht ihn zu töten. Ich denke, sie haben die *Haven* losgelassen, ohne zu wissen, daß Edgecombe war nicht mehr auf der *Dolly* war.«

»Wußten *Sie* von der Sache?« fragte Harry Johnson.

»Ja«, sagte Johnson. Er blickte auf den Doppelstander.

»Und Sie erlaubten ihm mitzukommen?« sagte Harry. »Himmel und Hölle... Kommen Sie mit, Fische fangen, sagen Sie. Kommen Sie mit und lassen Sie sich den verdammten Pelz verbrennen, weil die Mafia ein böses Auge auf das Boot geworfen hat...«

Harry war nicht der ideale Gefährte Trotters. Trotter sagte: »Er hat nur einen Fehler gemacht, nicht? Daß er überhaupt mitkam... Mr. Johnson, was passiert, wenn der Wind fällt?«

Es ratterte. Spry blickte auf Johnson, beugte sich hinunter und straffte eine Schote. Vom blauen Himmel brannte die pralle Sonne. Das Boot hinter uns holte unerbittlich auf. Wir fuhren schnell, doch die *Haven* kam langsam näher. Trotter begann zu wiederholen: »Was passiert...?« und Johnson wandte seine dunkle Brille vom Luv des Großsegels.

Ich sagte: »Er fällt. Das stimmt doch?«

»Ja«, sagte Johnson. Ein weiteres Segel ratterte. Wir verloren Geschwindigkeit. Der Wind war alles, was uns vorwärtstrieb. Wenn er fiel, würden wir immer langsamer segeln und schließlich nur noch wie ein elendes Stück Treibholz im Wasser schaukeln und warten, bis das lange weiße Boot mit seinem Sprengstoff kam und in uns donnerte.

Ich sagte: »Und nun?«

»Und nun?« sagte Johnson. Nach der Betrachtung seiner Segel und der *Haven* wandte er sich seiner Karte zu, die er wieder über seine Knie gebreitet hatte. »Jetzt kommt die spezielle Strategie. Hört, meine Kinder.«

Wir hörten, als würde Gott selbst zu uns sprechen; Trotter angespannt, Harry ängstlich-finster. Sie gaben ihr Leben in die Hände eines ebenso unscheinbaren wie unergründlichen Mannes mit einem derangierten Boot. Sie gehorchten ihm, weil es keine Alternative gab. Und, erkannte ich plötzlich, weil er sehr wohl wußte, wie man Menschen zum Gehorchen brachte.

Wir hörten; und dann nahmen wir die Plätze ein, die er uns angewiesen hatte; und dann drehte Johnson hart nach Steuerbord und fuhr direkt auf die Sandbänke zu.

Bei diesen Inseln gibt es einige der besten Tiefseefischgründe der Welt, und die Wassertiefe zwischen den großen Gruppen kann tausend Faden oder mehr erreichen. Doch vor der Westküste der Berry Islands stößt man auf Untiefen, mit Barrieren aus Gras und wandernden Sandbänken, von den Booten der Ansässigen nicht immer, von der Charter- und Frachtbooten stets gemieden. Bei einem Tiefgang von mehr als einem Meter zwanzig waren manche der Rinnen überhaupt nicht zu befahren.

Die *Dolly* hatte einen Meter fünfundsiebzig, und der Wasserstand war auf seinem Tiefpunkt. Wir wollten die Segel reduzieren und durch das Gebiet der Sandbänke fahren, in den dünnen gewundenen Rinnen mit tieferem Wasser, die Johnsons Karte markierte. Wir wollten sofort und so schnell wie möglich fahren und durch eine Rinne, deren südliche Zufahrt durch die größte Sandbank der Untiefe blockiert war.

Wenn wir die Segel richtig setzten und wenn Johnson richtig steuerte, konnten wir uns durch die Rinne schlängeln und durch die Untiefe schrammen.

Doch die funkgesteuerte *Haven* würde uns nicht blind folgen. Eine Zielpeilung suchte die jeweils kürzeste Route. Wir würden den Kurs ändern und hart nach Steuerbord segeln. Die Signale würden wechseln. Die *Haven* würde sie empfangen und den neuen Kurs ihrer Steuerung übermitteln. Und die Reaktionszeit, wie wir wußten, betrug fünfunddreißig Sekunden.

Die *Dolly* wäre unterdessen weiter, und um aufzuholen, müßte die

Haven abkürzen. Und wenn sie abkürzte, würde sie sich unweigerlich auf dieser Sandbank festfahren.

Es heißt, draußen auf dem Meer segelt man leichter als in Küstennähe. Ich denke, Kanäle, gerade Rinnen bieten weniger Schwierigkeiten als Flüsse. Ich bin froh, daß mir gar nicht ganz klar war, was wir taten, als wir die *Dolly* in ihrer ganzen Größe in diese gewundene, flußähnliche Rinne steuerten, mit einer fünfköpfigen Besatzung, darunter zwei Amateure und eine Anfängerin.

Johnson sah nicht besorgt aus; doch von seinem Gesicht war nicht sehr viel zu sehen. Er hatte die Karte am Schott befestigt – eine Maßnahme, für die ich an Liebe grenzende Dankbarkeit empfand. Dann begann er wieder Order zu verteilen; das Segel wurde befreit, die *Dolly* drehte erneut nach Backbord und schwenkte dann fast sofort wieder herum, ging hart gegen den Wind. Ich belegte und beobachtete, wie das Wasser rechts von uns von tiefblau zu mandelfarben und marillenfarben überging. Auch Harry beoachtete es, sein Gesicht grün und grüner. Es war die Bank am Anfang: ein aufgetürmter Haufen von Korallensand, so nahe im klaren Wasser, daß vielleicht nur Zentimeter zwischen ihrem langen Rücken und der Oberfläche liegen mochten – oder nicht einmal mehr Zentimeter. »Eine Spur Backbord, Sir«, sagte Spry vom Bugspriet aus, die Klüverschote fest in der Hand; doch Johnson lächelte und sagte: »Gleich.«

Harry protestierte nicht, ich auch nicht. Es brauchte nur einen Blick nach links. Wir hatten auch dort keinen Platz: Sand. Es blieb genau die Breite der *Dolly* – nicht weniger, nicht mehr.

Die Seiten der *Dolly* schrammten im Sand ... Niemand sprach. Ein gedehntes Zischen, wie wenn komprimierter Dampf entweicht, und wir spürten, wie sie langsam wurde, wieder schneller, wieder langsam. Dann sagte Johnson: »Gut. Etwas nachgeben«, und sie glitt ganz leicht nach links, und jemand seufzte lange. Ich sah jetzt grünes Wasser dort, und grünes Wasser voraus, ein schmales Band, das sich aus unserem Blickfeld zog, in der Ferne wie das weiche Gras eines Canyons: eine Furt zwischen niederen Kalksteinfelsen. Ich dachte an Denise und an Great Harbour Cay und all die kleinen Dinge, die mich durcheinandergebracht hatten, in der Alltagswelt mit ihren Telefonen und ihrem Verkehr, ihren Leuten und der Polizei.

Hier konnten wir uns auf nichts und niemanden verlassen außer auf uns selbst. Ich war immer unabhängig gewesen; ich hatte sogar die verachtet, die es nicht waren. Doch jetzt brauchte ich meine Gefährten. Ich brauchte sie wirklich und wahrhaftig.

Ich zog Schoten ein und beobachtete die *Haven*. Seit Beginn hatte sie noch nie so schnell aufgeholt wie jetzt, mit gleichmäßig dröhnendem Motor durch tiefes Wasser fahrend, während wir uns die gewundene Rinne entlangtasteten. Hinter uns zeigte sich die große Sandbank jetzt als Fleck in dem seidigen Wasser, mit dem tieferen Blau der Rinne daneben.

Von oben konnte man sehen, wie die *Haven* sich anschickte, uns durch den seichten Streifen Wasser zu erreichen . . . Sie war noch nicht an der Sandbank – dem Hindernis, der Falle auf ihrem Weg. Wir drehten nach rechts, und ihr Bug, so schien es, richtete sich direkt auf die Untiefe. Nach links, und die *Haven* drehte leicht zurück, auf sicheren Kurs nach der tiefen, befahrbaren Rinne. Johnson blickte auf die Karte und sagte: »Verdammt. Ein Streifen, Backbord.«

Trotter sagte: »Besan? Anker?« Verzweifelter Rat für verzweifelte Taten.

Johnson sagte: »Nein. Wir landen auf einer Sandbank, wenn wir noch langsamer werden.«

Harry sagte: »Und wenn schon – warum rammen wir die *Dolly* nicht nach Steuerbord? Dann führt sie die *Haven* direkt zur Sandbank.«

Johnson steuerte mit einer Hand vom Seitendeck, den Blick auf die Karte, die Segel, die *Haven* hinter uns. »Es *gibt* Risiken«, sagte er. »Sie ist fast an der Rinne.«

»Welche Risiken?« sagte Harry heiser. »Sie wollen bloß nicht Ihr verdammtes Boot verlieren.«

»Ich will bloß mein verdammtes Leben nicht verlieren«, sagte Johnson. »Los – wir gehen nach Backbord.«

»Nein, nein!« rief Harry. Er sprang vor, um Johnson aufzuhalten, der am Besan hantierte; doch er war nicht schnell genug. Johnson riß das Steuer hart nach links, und ich machte mir in fieberhafter Hast am Großsegel zu schaffen und rollte es rasch an Steuerbord ein. Neben mir schuftete Trotter wie der Teufel. Der Baum schwankte und traf Harry glatt hinter seinem gebräunten Ohr; er schleuderte ihn ins Cockpit, wo er auf Johnson landete und ihn mit seinem Gewicht zu Boden riß. Ich ergriff das Steuer.

Die *Dolly* zitterte rasch nach Backbord, ging in den Wind und legte sich auf die Seite. Ich blickte nach achtern. Die *Haven* hatte die Rinne erreicht.

Johnson kam hoch, gefolgt von Harry; beide blickten nach achtern auf das weiße Boot. Johnson sagte zu mir »halten« und stieg nach oben; alle anderen folgten. Über unserem Kielwasser waren die Untiefen jetzt schwer zu erkennen. Grünes Wasser oder hellbraunes, Rinne oder Sandbank: Wohin fuhr sie?

»Nun?« sagte Johnson.

Trotter war zwei Tritte hoch in den Wanten. Etwas über uns, die Augen gegen die Sonne schirmend, blickte er aus und sagte nichts und kletterte höher und blickte wieder aus. Harry fragte: »Nun? Hat sie verfehlt? Ist sie in der Rinne?«

Trotter sagte: »Nein. Sie hat nicht verfehlt. Sie hat die Sandbank erreicht.«

»Beim Teufel!« sagte Johnson gefühlvoll.

Trotter sah auf ihn herab. »Ja«, sagte er, »ganz recht. Sie ist über der Sandbank. Sie fährt über die Sandbank und bleibt beim Teufel nicht stecken. Das war Ihr Risiko, nicht wahr? Sie wollten keinen Kratzer an der *Dolly*. Die Strömung ist zu stark und der Tiefgang der *Haven* zu gering. Die *Haven* kommt über diese Sandbänke. Wir nicht.«

Harry hielt den Atem an. Und zum ersten Mal wußte ich, wußte ich wirklich, wie es ist, wenn einem der nahe Tod vor Augen steht. Pfeilgerade kam der Tod auf uns zu. Die *Haven* schoß auf uns zu, durch tiefes Wasser ebenso wie durch Untiefen.

Und hier, in der Falle unserer Rinne, hatten wir keine Möglichkeit mehr auszuweichen.

Johnson sagte: »Beltanno, gerade. Position, und halten, bis ich sage... Spry!«

Er bewegte sich nach achtern, während er sprach. Trotter fragte: »Welches Segel wollen Sie, Dr. MacRannoch? Zieht sie am Steuer?« Ich antwortete, und er und Harry taten was sie konnten an den Schoten. Ich achtete auf den Doppelstander und das Steuer und, wenn ich konnte, das näher huschende weiße Boot. Man brauchte nicht hinzusehen: Der Lärm des Motors, das Zischen der Gischt genügte. Tatsächlich war es besser, wenn man nicht hinsah, sondern auf das Steuer blickte, seine magischen Bewegungen verfolgte, ganz leicht dahin, dorthin. Trotter sagte: »Dr. MacRannoch – was machen Sie?«

Einen Augenblick lang konnte ich es selbst nicht sehen. Dann sagte ich: »Sie haben ein Netz.«

Es war ein schweres, grobmaschiges Nylongeflecht, wie es die schnellen Katamarane haben, von leuchtendroter Farbe. Fröhlich, ganz unpassend wirkte es, wie es so dalag. Doch dann war alles unpassend: der blaue Himmel, die strahlende Sonne, das herrliche

Farbenspiel des Wassers, die Eleganz der langen weißen Luxusjacht. Und das tüchtige Boot mit seiner wohlverstauten Ladung, das die immer kürzere Entfernung zwischen uns verschlang.

Johnson sagte, seine Stimme hebend: »So. Wenn das nicht klappt, möchte ich, daß Sie von Bord springen. Die Chancen sind ziemlich gering; wir werden der Kollision zu nahe sein. Aber tauchen Sie; bleiben Sie keinen Augenblick länger an der Oberfläche, als Sie müssen. Und bleiben Sie im tiefen Wasser. Keine Rettungsringe. Es wird genügend Wrackteile geben...«

Die Haie erwähnte er nicht. Er rief: »*Jetzt!*«, und das rote Netz flog über das Heck und in das Wasser, direkt der heranrückenden *Haven* entgegen. Sanft sagte er dann: »Jetzt, Beltanno«, und ich wußte, weshalb ich strikt die Position der *Dolly* hatte halten müssen.

Vielleicht hatte ich es besser als die anderen, weil ich mich um die *Dolly* kümmern mußte. Die anderen hatten nichts zu tun, als hilflos nach achtern zu starren, auf das rote Netz, das sanft nach hinten schaukelte, und auf die *Haven*, die näher und näher raste. Dem Netz und uns.

Vor einem Augenblick, an der Sandbank, war die Spannung unerträglich erschienen. Jetzt kam hier die Krise. Wenn das Netz nicht zur *Haven* trieb, wenn es sie nicht stoppte oder verlangsamte, würde der Tod in Sekunden kommen.

Sie kam zum Netz; weiße Gischt sprühte. »Großer Gott!« stieß Harry hervor, und ich hörte Trotter fluchen. Der Motor der *Haven* dröhnte unvermindert. Johnsons Stimme sagte knapp: »Fertig!« und er drehte das Steuer hart nach links, während Spry zu den Leinen sprang; eine Sekunde später kam Trotter dazu und half. Ich sah nicht, was das helfen konnte; wenn wir nach Steuerbord springen sollten, bedeutete das nur, daß die *Haven* die *Dolly* neben uns erreichen würde. Dann sagte Johnson: »Also – fertig zum Springen«, und ich ahnte, was er machte, und sah in Sprys Gesicht, daß ich recht hatte. Er wollte uns über Bord springen lassen und selbst an Bord bleiben.

Ich bin es gewohnt, Entscheidungen zu treffen. Dies war eine, die ich Gott sei Dank doch nicht ausführen mußte. Johnson holte Atem, um »springen!« zu rufen, als er mich auf sich zukommen sah. Deshalb sagte er statt dessen scharf: »Zurück, Beltanno«, und in diesem Augenblick stockte eine der Schrauben der *Haven*.

Spry fuhr herum, und die Gesichter der beiden anderen zeigten sich an der Luvreling, blutleer und gespannt. Der Motor grunzte erneut.

Wir blickten gebannt. Wir hatten den sicheren rechten Rand der

Rinne erreicht; Johnson drehte sacht das Steuer, Spry richtete von sich aus die Segel auf die Rinnenmitte ein. Niemand sprach. Ein weiteres Stottern hinter uns; ein Augenblick Stille; dann wieder das Motorgeräusch der *Haven*, doch in einem neuen, völlig veränderten Ton.

Die Gischt an ihrem Bug war verschwunden. Sie bewegte sich noch; sie folgte uns noch; doch ihre Geschwindigkeit war jetzt nicht höher als unsere. Einer ihrer Propeller hatte sich im Netz verfangen.

Nacheinander verließen wir das Seitendeck, die Augen auf der *Haven*, und gingen zögernd ins Cockpit; dort stand Johnson, die Hand am Steuer, die Lippen unter der dunklen Brille zuckend. »Hallo«, sagte er. »Und wie steht's mit *Ihrer* Embolie?«

Zu meiner Überraschung war es Trotter, der lachte: ein fröhlich wirkendes Gackern, ohne Spur von Hysterie. »Ich will Ihnen etwas sagen«, sagte er. »Wenigstens weiß ich, daß mein Herz für hundert Jahre gut ist. Sie könnten mir einen Kugelschreiber durch eine Arterie schieben; ich überstehe alles.«

»Nicht so voreilig«, sagte Johnson. »Sie hat das Netz vor der Schnauze, aber sie könnte es zerfressen und ausspucken. Noch ist sie genauso schnell wie wir. Der Wind könnte fallen, wir könnten auf einer Sandbank stranden. Und was Sandbänke betrifft...«

Schlechte Neuigkeit kommt nie zu früh. Ich hatte es ihm nicht gesagt, doch er hatte es natürlich bemerkt. Wo die Karte gewesen war, staken jetzt nur noch vier Reißzwecken und Fetzen. »Sie wurde abgerissen«, sagte ich, »als Harry in das Cockpit stürzte. Jedenfalls war sie verschwunden, als ich ans Steuer ging. Sie muß über Bord geweht sein. Ich habe sie gesucht«, fügte ich hinzu.

Sie suchten ebenfalls, doch die Karte war nicht mehr an Bord. Und während die anderen noch suchten, stieg Trotter in die Wanten und begann die Wassertiefen auszurufen.

Vielleicht klingt das einfach. Doch er kannte nicht die Tücken des Wassers hier; seine Farben verrieten ihm nicht viel. Am besten von uns kannte sie Harry; und Harry, stellte sich heraus, hatte es nicht mit den Höhen. Spry kümmerte sich um die Segel, wobei Harry und ich halfen, während Trotter oben bei den Webeleinen wankte und ausrief.

Bis heute habe ich die Lektion behalten. Hellblau, zehn bis fünfzehn Faden, sagte Harry. Hellgrün, vier bis fünf Faden; das Blaßbläuliche der Untiefen, ein Faden oder weniger. Das nannte man das weiße Wasser; und wenn wir in es gerieten, waren wir so gut wie tot.

Achten Sie, sagte er, auf Korallen und Felsen: gelbbraun, dunkelbraun oder schwarz. Achten Sie auf bedeckte Korallenriffe – Gras,

Schwämme, Meerespflanzen. Sie sind schwerer auszumachen. Orientieren Sie sich an dem Ring aus weißem Sand um den Felsen oder die Korallen, wo die Fische schwimmen und auf ihre große Beute und ihr Plankton warten und kein Gras steht.

Trotter hatte eine klare Stimme von wenig einnehmender Art, doch mit perfekter Artikulation, ausgebildet in all den Jahren, da er obskuren Exoten beizubringen hatte, wann sie durch den Reifen springen mußten. Er reagierte rasch und routiniert und hielt souverän die Balance auf einer dünnen, schaukelnden Leine, auf einer langsamen, lavierenden Jacht. Er rief aus, was er sah, und wir luvten, lösten und belegten; duckten uns, wenn ein Baum herumschwang und im nächsten Augenblick zurückzuschwingen drohte. Angewiesen wurden wir von Spry und Johnson, gelotst von Trotter und Harry, die in dem wirren Mosaik des glitzernden Meeres eine Bahn für die *Dolly* suchten.

Und die ganze Zeit klang das würgende Klagen des Motors der *Haven* in unsere Ohren. Sie kürzte ab, blieb immer da, fiel nie zurück. Und ich wußte, was Johnson tat: Er stahl jeden Zentimeter nach Backbord, den er hier bekommen konnte; wich nach links, immer nach links, versuchte, den Untiefen zu entkommen, in die er in größter Not geflüchtet war, und wieder das tiefe Wasser zu erreichen, das wir vorhin befahren hatten.

Vorhin, als unser Motor versagte und der Wind gefallen war, konnten wir der *Haven* nichts entgegensetzen. Jetzt, unter vollen Segeln, konnte die *Dolly* das verkrüppelte Versorgungsboot auf Distanz halten und sich sputen, bis sie Hilfe oder einen Hafen fanden. Hilfe durch ein Schiff, das uns aufnehmen oder die *Haven* aus sicherer Entfernung in die Luft jagen konnte. Einen Hafen nur, wenn unser Feind abgeschlagen war.

Doch die Untiefen ließen uns nicht los. Die Rinne wand sich um die Sandbarrieren, doch wir wußten nicht, ob es die richtige Rinne war. Manchmal knirschte Sand am Kiel oder den Seiten; dann waren wir alle still und überlegten, wie in einem Irrgarten Verirrte, ob wir in einer Sackgasse gelandet waren; ohne Rückzugsmöglichkeit müßten wir dann den Feind erwarten. Von der Sonne und der Anstrengung betäubt, die Hände von den Seilen aufgescheuert, mit schmerzendem Rücken und am Rande völliger Erschöpfung dachte ich daran, wie es den anderen erginge. Die Männer mochten stärker sein, doch ich gab nicht viel auf Harrys Nervenkräfte; und Trotter stand unter stärkstem Druck, oben in den wogenden Wanten, unter der sengenden Sonne. Von Spry wußte ich nichts, und er zeigte nichts von Schwäche. Doch das galt auch für Johnson; und ich wußte mehr von Johnson, als er gewollt hätte.

Und immer noch bedrängte uns der Sand. Manchmal erspähte Trotter vorne freies Wasser, und wir fuhren mit vollsten Segeln darauf zu. Doch immer wieder war schließlich der Weg blockiert.

An einer solchen Stelle rief Johnson Trotter herunter, und als ich ihn sah, wußte ich, daß er nicht wieder hinaufklettern sollte – obwohl er überzeugt war, daß er es könnte und während seiner ganzen Ruhepause davon sprach. Ich gab ihm einen Drink und ein nasses Handtuch und verdrückte mich zum Vorderdeck, um mich dort um die Schoten zu kümmern, während Spry zum Ausguck zu den Webeleinen hochkletterte. Ich wußte, ich hatte weder Sprys Ausdauer noch Sprys Schnelligkeit und Kraft. Mit Harry und mir hatte Johnson eine recht klägliche Mannschaft. Und wenn Trotter einen Hitzschlag...

Dann gab Johnson Trotter das Steuer und kam geduckt zu mir. »Dr. MacRannoch –«, sagte er.

»Er kann nicht –«, sagte ich.

»Ich weiß, daß er nicht kann«, sagte Johnson sanft. »Auch Sie und jeder von uns können nicht mehr lange. Aber hören Sie Trotters Vorschlag. Wir sind nicht schnell genug für Skis. Doch er glaubt, er kann mit einer Warpleine zur *Haven* kommen und hineinklettern.«

Ich sah ihn an, doch die dunkle Brille verriet nichts. Ich sagte: »Die Haie. Er ist erschöpft. Und wenn er den Halt verliert? Wir könnten nicht stoppen. Wir könnten ihn nicht herausholen, so ist es doch?«

»Nicht, ehe die *Haven* uns erreicht«, sagte Johnson. Hinter uns lamentierte Harry. Soweit ich es mitbekam, bestand der Hauptinhalt seiner Klage darin, daß wir nicht nur Boden verlören, falls Trotter ertrank oder von der *Haven* schnöde niedergemäht wurde, sondern auch einen Mann Besatzung auf der *Dolly*. Johnson fügte hinzu: »Beltanno, wir wären hier dann nur zu dritt. Könnten Sie die Wanten hoch?«

Ich war zumindest zufrieden, daß er wußte, was mit Harry los war. Und es gab keine andere Möglichkeit. Wenn nur Spry und Johnson übrig waren, um die *Dolly* zu steuern, mußte ich der Lotse sein. »Ich wüßte nicht, was dagegen spricht«, antwortete ich.

Er nickte, doch er achtete schon nicht mehr auf mich. Trotter kam, nur noch in Badehosen. Er sagte etwas, und Johnson hob die Hand. Spry hatte schon beim Achtersteven eine lange gerollte Leine belegt. An einem Ende sah ich einen leichten Enterhaken.

Johnson brachte die *Dolly* halb an den Wind, damit Trotter über

Bord gehen konnte, und einen Augenblick lang glaubten wir wohl alle, sie wäre endgültig aus ihrer Bahn geraten. Dann tauchte Trotters Kopf gischtumsprüht aus dem Wasser auf. Wir sahen, wie er sich drehte, eine braune, sehnige Schulter und zwei kräftige Unterarme zeigte; seine starken Fäuste umfingen die Leine. Der Wind bauschte die Segel der *Dolly*. Sie zog an, und Trotters Körper hob sich und schnitt durch das Wasser. Sein Kopf an dem gewinkelten rechten Arm war nach links gedreht, linke Wange nach oben. Er sog Luft inmitten des Wirbels, den die Masse seines Körpers verursachte, der Strömung des Meeres widerstrebend.

Er war ein großartiger Schwimmer. Wir alle wußten das. Wir hatten häufig zugesehen, wie er hinter dem Boot der *Dolly* mit Wasserskis über Rampen flog und über Fässer sprang. Breitschultrig und klein gewachsen, mit einem Körper wie pulsierendes Teak, ignorierte er seine Erschöpfung. Er zog sich zusammen wie der Fötus im Fruchtwasser und schnellte durch die Wogen, gierig nach Luft schnappend, während Spry, so schnell er wagte, die Nabelschnur seiner Leine verlängerte.

Die Verlängerungen störten seinen Rhythmus. Beim ersten Mal verschätzte sich Spry: Die Leine erschlaffte plötzlich, Trotter wurde unter Wasser gerissen. Halb erstickt kam er hoch, die Beine wild schlagend, um sich oben zu halten und weiterzuschwimmen, bis die *Dolly* anzog und das Seil sich wieder straffte. Danach hielt Spry die Leine kürzer und gab jedesmal nur wenig nach, die Augen auf der *Haven* ebenso wie auf dem Schwimmer.

Wir hatten Distanz verloren. Das weiße Boot war jetzt viel näher; die Lücke wurde immer kürzer. Es schien uns exakt die Zeit zu bleiben, die dieses Manöver kosten würde. Spry verlor Trotter nicht wieder; Trotter, immer wieder über seine Schulter blickend, mußte sehen, wie der Bug der *Haven* näher kam. Er war schon fast bei ihr.

Da fand ich plötzlich das Steuer in der Hand. »Glück auf«, sagte Johnson, grinste kurz und ging zur Reling. Er trug keine Brille. Ich starrte ihm nach, und dann riß mich ein Schrei von Trotter und von Harry wieder zu Trotter zurück.

Der Schwimmer war direkt vor der *Haven*. Trotter hob eine Hand und tauchte aus dem Wasser, und Spry ließ die ganze restliche Leine abspulen. Wir sahen, wie sich die Gischt versprühte. Trotters Kopf kam hoch, eine glitzernde Kugel in der Sonne, und seine Hand blitzte auf, als er die Leine heranholte. Vielleicht zehn Sekunden wartete er – der kleine, zähe Sergeant-Major, die braunen Schultern von den blauen Wogen blank gewaschen, die Augen auf dem heranstampfenden weißen Boot mit seinen blanken Seiten und dem umbesetzten Steuer und dem Rumpf voll Sprengstoff.

Rodney Trotter hob sich wie ein Seehund aus dem Wasser, holte mit seinem Arm aus und warf die Leine. Das Seil zischte durch die Luft, eine Kette weißer Wassertropfen von sich schüttelnd; funkelnde Spritzer Gischt entstoben dem Enterhaken. Wir sahen, wie das Eisen auf das Süll des weißen Bugs am Steuerbord der *Haven* traf, zauderte und dann ins Innere und aus der Sicht verschwand.

Die Leine straffte sich. Während das Boot neben ihm wankte, hob sich Trotter schwungvoll aus dem Meer, seine Hände flink, ein starker Fuß bereits mit einem Halt. Sein Schwung brachte ihn zu zwei Dritteln an der *Haven* hoch, ehe sie sich ruckend weiterschob, das Seil ins Heck schleudernd und sich dem Biß des Eisens entwindend. Das Seil riß los – Trotter griff mit beiden Händen nach dem Seitenrand der *Haven*.

Er fand Halt und schwang sich noch mit derselben Bewegung wie ein Kunstturner an Deck.

Johnson blieb nur, bis er sah, wie Trotter die *Haven* enterte. Dann hechtete er, wie er war, vom Bord der *Dolly* und schwamm zu dem weißen Boot und zu dem Sergeant.

Harry und Spry sahen ihn nicht. Trotter sah ihn nicht, da er fieberhaft an dem Kasten des Motors arbeitete. Der Motor der *Haven* dröhnte weiter, der Bug pflügte weiter durch das Wasser und stieß weiter weiße Gischt von sich. Über mir flatterte ein Segel, und Spry rief schneidend: »Dr. MacRannoch! Herum!«

Ich dachte: Wir müßten stoppen. Ich sollte sie an den Wind bringen. Doch die *Haven* stoppte nicht, und die Lücke zwischen uns schrumpfte – schrumpfte erneut, wie zu Beginn des Schreckens. Ich drehte bei, mein Blick halb auf den Segeln, halb auf Johnsons Kopf, einem schwarzen Punkt im Wasser. Er schwamm erst, doch dann sah ich, daß er sich drehte und begann, Wasser zu treten. Ein Vorankommen war nicht mehr nötig. Die *Haven* kam auf ihn zu.

Dann, wie auf Geheiß des Himmels, hustete der Motor der *Haven* einmal und verstummte.

Ich kann mich erinnern, daß sich die Rinne verengt hatte, so daß wir weitersegeln mußten. Spray übernahm das Steuer, und ich stieg in die Wanten, über das schaukelnde Geflecht der Webeleinen; doch mein Fernglas richtete sich ebensooft auf die *Haven* hinten als auf die Sandbänke vor uns. Ich sah, wie Trotter sich erhob, nachdem er den Motor gestoppt hatte, ein Seil warf und sich über Bord ließ, um sich wirkungsvoll – so hoffte ich – am Ruder zu betätigen. Ich sah, wie

Johnson die *Haven* erreichte und enterte, mit demselben Seil, als Trotter aus dem Wasser auftauchte. Wir hörten Trotters überraschten Ruf, dann die Geräusche ihrer Stimmen über dem herrlich ruhigen Wasser. Unter mir blickten auch Spry und Harry durch ihre Ferngläser.

Wir sahen, wie sich Johnson um den Rumpf nach hinten drückte und nach kurzer, intensiver Aktivität wiederkam. Dabei hielt er einen Moment inne und sah kurz unter die Plane. Dann beugte er sich hinaus, um Trotter zu helfen, zum zweiten Mal an Bord zu klettern; er sprach mit ihm und bewegte sich dann zum Steuer.

Wir sahen zu, von der Stille bewegt, als hätte man uns auf eine Operation vorbereitet und als wüßten wir selbst jetzt noch nicht, daß die Operation nicht stattfand. Diese Stimmung war wohl schuld, daß Harrys Nervenstränge völlig rissen, als der Motor der *Haven* plötzlich startete und dieses tödliche Dröhnen, eben abgewürgt, unvermittelt wieder ausbrach. Harry hörte den Lärm, sah, wie der weiße Bug sich wieder in Bewegung setzte, wie die *Haven* schneller wurde, wie sie sich leicht und kraftvoll anschickte, uns zu passieren. Er ließ den Großschot fallen und rannte nach dem Seitendeck an Steuerbord, wie man es ihm einmal gesagt hatte. Dann versuchte er, sich hinunterzustürzen.

Spry und ich bekamen ihn zu fassen und bugsierten ihn zum Cockpit, während Johnson die *Haven* zurückdrosselte und sie brav hinter uns, dann neben uns und an uns vorbei brachte; die *Dolly*, ohne Lenkung, driftete dabei in die Sandbarriere. Spry hatte Harry inzwischen immobilisiert, und ich holte die Spritze und die Ampullen heraus und immobilisierte ihn noch mehr. Dann schafften wir ihn in den Salon.

Die *Haven* bugsierte die *Dolly* von dieser Sandbank; dann ließ Johnson die *Haven* mit offenen Ventilen nach hinten treiben, während er und Trotter an der Leine auf die *Dolly* kletterten. Die *Haven* versank sehr sanft in dem sehr klaren Wasser, zwischen Schwämmen und Seegras und kleinen bunten Fischen. Ich glaube nicht, daß jemand von uns etwas fühlte; wir alle hatten im Moment unsere Präzipitin gegen Angst und Gefahr und selbst Erleichterung. Außerdem mußten wir uns weiter um die *Dolly* kümmern.

Ich stieg wieder in die Wanten, während Johnson stumm das Steuer übernahm, ein Handtuch um die Schultern; und Trotter lag still auf dem Achterdeck und tröpfelte und tat sonst nichts. Er hatte es verdient.

Niemand störte ihn, und sehr bald sah ich offenes Meer und lotste Johnson darauf zu; dann durfte ich herunterkommen. Das Meer um uns war mittelgrün und purpurfarben und blau. Wir waren in tiefem Wasser und konnten uns auf den Weg nach Hause machen.

Ich blieb während eines langen Abschnitts am Steuer; Spry und Johnson teilten sich die restliche Strecke. Waren die Segel jeweils richtig gesetzt, blieb wenig zu tun. Abwechselnd gingen wir hinunter in den Salon, um uns auszuruhen. Trotter erholte sich schnell, doch Johnson schlief eine Stunde lang. Ich verließ das Steuer, um in seine Kabine zu gehen und ihn zu wecken. Spry hatte Tee gemacht, auf meinen Rat, statt uns Alkohol zu geben. Ich klopfte und stellte die Tasse neben ihn.

Er grunzte und öffnete die Augen. Seine Haare waren durcheinander, und er hatte seine Brille nicht mehr aufgesetzt, seit er geschwommen war; doch wie stets blieb er auch jetzt Herr der Lage. Er sagte: »Ich wette, er ist süß und schwach, und der Himmel allein weiß, wie Sie Spry dazu brachten, ihn zu brauen; doch da ich stark unter Flüssigkeitsmangel leide, werde ich ihn trinken.« Er erhob sich von seinem Lager, sein Strand-Shirt überall zerknittert, setzte seine Brille auf und sagte: »Also, setzen Sie sich und lassen Sie sich ansehen.«

Ich setzte mich. Ich bot kaum ein schönes Bild. Mein Turban hatte sich irgendwie gehalten, doch meine Strandkleidung war ölverschmiert und von Salzwasser und Schweiß bedeckt, und der Sonnenbrand auf meinen Armen und auf meinen Schultern und auf meiner Nase glänzte unter Fett. Ich blickte starr auf Johnson zurück, während er mir gegenüber lehnte und seinen Tee trank; und zu meinem Abscheu spürte ich einen Stich hinter meinen *Puncta lacrimalia*. Ich riß mich zusammen und sagte steif: »Schade – wir haben wohl das Barbecue verpaßt.«

»Und die Katastrophenmeldungen«, sagte Johnson. »Schade?«

Er stellte seine Tasse ab. Er zog etwas Seidenpapier aus seiner Hülle und wischte die überflüssige Fettcreme von meiner Nase. Dann setzte er sich neben mich, in süßem, verfluchtem Schweigen, und rückte mit Hutmacherhänden den Turban zurecht, über dem fast kahlen schwarzen Stoppelfeld meines Schädels. Und wie ein Kind, wie ein Schulmädchen, eine getadelte Krankenschwester brach ich in Tränen aus. Wie ich einige Momente später recht verschwommen wahrnahm, an der zerknitterten Brust von Johnsons Strand-Shirt.

Er sagte nichts; er tätschelte mir nur mit der Hand den Rücken und sorgte mit der anderen für Nachschub an Seidenpapier, bis das Schlimmste vorüber war; und das brauchte lange. Ich kann mich nicht erinnern, jemals so geheult zu haben. Ich hatte es wohl getan, manchmal – als Kind. Endlich wischte ich zum letzten Mal die Augen und schneuzte zum letzten Mal die Nase und hob den Kopf und setzte mich, durchfeuchtet, immerhin gerade. »Postoperative Reaktion«, sagte ich vage.

»Teilweise. Aber auch eine gewisse Post-MacRannoch-Reaktion«, sagte Johnson. Er stand auf, öffnete einen Kasten, entnahm ihm eine Flasche Whisky und füllte zwei Gläser. Er hielt mir eines entgegen. »Auf Beltanno Douglas MacRannoch, menschliches Wesen. Heiraten Sie nicht Mr. Tiko«, sagte er.

Ich nahm, was er mir reichte, und trank. »Warum nicht?« fragte ich. Es war alles sehr überraschend, denke ich. Ich spürte nur nichts mehr, auch keine Überraschung.

»Ich habe Sie beide nach Eysenck getestet«, sagte Johnson, stellte sein Glas auf einen Kasten und hielt es fest. Wir segelten kräftig, auf Backbordkurs. Jemand war nüchtern und leistete Arbeit. »Sie würden nicht zu ihm passen.«

»Zu wem würde ich passen?« fragte ich unwirsch.

Johnson nahm einen großen Schluck, lehnte sich dann zurück und nahm die Brille ab. »In einem langen Leben habe ich das auf viele Arten sagen hören – doch noch nie so grimmig«, sagte er. »Die Antwort lautet selbstverständlich: zu den *meisten*, so unbekannt sie sein und bleiben mögen. Ja, zu den meisten – vorausgesetzt, Sie geben James Ulric MacRannoch frei.«

»Ich soll meinen Vater –«, rief ich.

»Genau. Sie wissen, daß Sie die Ursache seines Asthmas sind?«

Unsinn. Ich weiß noch, daß meine Antwort ziemlich steif ausfiel. Die überempfindlichen Reaktionen, die sich bei meinem Vater ausgebildet haben, betreffen Pollen, häuslichen Staub, *Aspergillus fumigatus*, Getreidekäfer, Schuppen und Wellensittiche. Auch ohne mich blieben ihm genug Ärgernisse.

Johnson ignorierte mich. »Und er ist die Ursache für Ihr eingepanzertes Mauerblümchen-Medizinerdasein. Er wollte eine Schar kleiner MacRannochs«, sagte er. »Aber Sie gaben ihm, was er nach Ihrer Meinung wirklich wollte, nicht? Sie verwandelten sich in einen Sohn.«

Das war eine Lüge. Das ging ihn nichts an. Ich würde später darüber nachdenken. Ich sagte: »Amateurpsychologie, Mr. Johnson?«

»Und Vermeidungsverhalten, Dr. MacRannoch«, sagte Johnson.

Wir starrten uns gegenseitig an. Mein Whiskyglas war merkwürdigerweise fast leer. »Er wird die Begum heiraten«, sagte ich.

»Er hätte sie vor Jahren schon geheiratet«, sagte Johnson unerbittlich, »wenn er Sie losgeworden wäre.«

»Wenn ich nicht Mr. Tiko heirate... dann will ich – ich will überhaupt nicht heiraten«, sagte ich.

»Sie müssen nicht heiraten. Sie brauchen nur ein paar nette, wichtige, menschliche Beziehungen, Begegnungen – wie mit Krishtof Bey. Lassen Sie mich Ihnen einen altbewährte Therapie empfehlen: Menschen.«

»Menschen wie Harry?« fragte ich.

»Großer Gott! Sie haben seinen Körper brüskiert und nur seinen Kadaver versorgt«, sagte Johnson. »Und überhaupt, was ist mit ihm? Er hatte seinen postoperativen Schock vor der Operation, das ist alles. Was erwarten Sie? Eine Welt voller B. Douglas MacRannochs?« Er hielt inne. »Ich glaube, das können Sie haben, wenn Sie sich nur auf die Forschung stürzen. Als Knochen und Asche sind wir uns alle sehr ähnlich.«

Ich hatte stechendes Kopfweh, doch diesen Unsinn wollte ich mir nicht gefallen lassen. »Manche Menschen«, sagte ich, »ziehen klares Denken der schmerzlichen Leere unbedachter sozialer Kontakte vor.«

Ich war über diese Formulierung recht befriedigt. Johnson setzte sich auf seine Bettstatt.

»Da Sie eben davon sprechen«, sagte er, »deshalb habe ich meine Brille abgenommen.«

Und er legte seine beiden Hände fest auf meine Schultern und küßte mich.

Es war ein wunderschöner Kuß. Er dauerte nicht ganz so lang wie der Krishtofs, und er war nicht sengend oder irgendwie unangenehm. In der Mitte verlagerte er seinen Griff und erzielte so eine bessere Hebelwirkung; und da er die Creme weggewischt hatte, brauchte er sich wegen meiner Nase nicht zu sorgen. Schließlich löste er sich und sagte: »Sie haben geübt. Bekomme ich einen Nachschlag?«

Hätte mich mein Sonnenbrand nicht bereits scharlachrot erglühen lassen, wäre ich wohl bis über die Ohren errötet. »Vielleicht habe ich geübt«, sagte ich. »Doch Sie brauchen keinen Nachschlag. Sie brauchen ein dämpfendes Mittel.«

»Bitte, wenn man es mir hübsch verabreicht«, sagte Johnson und blickte mir dabei weiter in die Augen. Er küßte mich wieder, kurz, und saß danach neben mir, grinste maliziös und hielt meine Hände.

Ich hatte, kaum zu glauben, das ominöse Band von Crab Island vergessen. Ich lächelte sogar zurück, leicht keuchend. »Ich dachte, ich sollte Sie vielleicht erinnern«, sagte Johnson offen. »Außerdem hat es wohl jeder schon auf seine Art versucht, außer vielleicht Mr. Tiko. Wie war das noch mit der schmerzlichen Leere?«

»Und dem klaren Denken«, sagte ich.

»Und dem klaren Denken. Ja, für manche Menschen ist das schon etwas, Beltanno.«

»Aber nicht für mich?«

»Sie haben keinen klaren Gedanken gefaßt, seit Sie auf der Welt sind«, sagte Johnson heiter. »Sie sind ein Gebräu aus gräßlichen Komplexen, und das wissen Sie. Doch unter Ihrer gefriergetrockneten Hülle wimmelt ein wunderbar unprogrammiertes Wesen, Liebe, Beltanno. Liebe großgeschrieben.«

Draußen, vom Cockpit, tönte Trotters Stimme, und wir hörten, wie er sich vorwärts bewegte, und die raschen Schritte Sprys. »Wir sind wieder zurück«, sagte Johnson. »Zurück aus der Gefahr; zurück aus der Isolation; zurück in der großen weiten Welt. Tut es Ihnen leid?«

»Tut es *Ihnen* leid?« fragte ich zurück. Bis zu diesem Augenblick hatte ich nicht daran gedacht. Nicht an die große weite Welt und nicht an das, was uns in ihr erwartete.

Er sagte: »Das ist der Job, den ich mir gewählt habe. Es tut mir leid, daß er es diesmal mit sich gebracht hat, Sie wohl ein ganzes Stück in die Sache hineinzuziehen; aber machen Sie sich keine unnötigen Sorgen. Ein Tag noch, und diese ganze Geschichte ist erledigt – wenn wir es nur schaffen, daß Harry den Mund hält. Schaffen wir es, daß Harry den Mund hält?«

»Warum?« fragte ich. »Wie?« fragte ich. »Wollen Sie die Polizei holen? Kann sie denn das alles klären? Kann die Polizei dann sagen, wer all diese Sachen machte?«

Johnson stand auf. Er nahm mein und sein Glas und verstaute beide, schloß sie ein und setzte seine Brille auf. Unter dem Licht von oben blitzte sie mich an: vertraut, anonym, rätselhaft. Er sagte: »Nicht nötig. Ich weiß, wer all diese Sachen machte. Ich weiß es tatsächlich schon eine ganze Zeit.«

14

Johnson mochte glauben, den Schuldigen entdeckt zu haben; doch er weigerte sich glatt, auch nur ein Wort über ihn zu sagen. Ich war mir zu schade, um mit ihm darum zu feilschen. Doch ich konnte es mir kaum verkneifen.

Das grüne Daimler-Kabriolett erwartete uns, als wir auf Crab Island landeten, und wir legten Harry hinein und fuhren schnell zum

Barbecue. Es war bereits halb vorüber; wir hatten den ganzen Nachmittag gebraucht, gegen den widrigen Wind nach Süden zu segeln. Spry hatte uns etwas zu essen gegeben, und wir hatten alle mehr Whisky getrunken. Trotter und Johnson stritten auf dem ganzen Weg zum Haus darüber, ob man sofort die Polizei rufen oder Edgecombe vierundzwanzig Stunden geben sollte, sich um die Sache zu kümmern.

Ich konnte es Trotter nicht verargen, daß er seine eben überstandenen Gefahren den offenen Ohren von Beamten anvertrauen wollte. Jemand hatte versucht, eine Bootsladung von Menschen – darunter mich – in die Luft zu sprengen, und ich fand es an der Zeit, daß man ihn entdeckte und in festen Handschellen abführte. Es ist mir deshalb rätselhaft, warum ich Johnsons Partei ergriff.

Nicht, daß dies von besonderer Wirkung war; wir konnten Johnsons wahre Rolle nicht verraten. Wir kamen an; wir hatten bei Trotter nur erreicht, daß er versprach, Edgecombe erst zu Wort kommen zu lassen, ehe er die Londoner *Times*, den britischen Verteidigungsminister und Marineexperten und Meeresforscher von der Universität Miami informierte. Voraussetzung dafür war selbstverständlich, daß Sir Bartholomew Edgecombe noch am Leben war; davon gingen wir jedoch stillschweigend aus.

Als wir vor der Treppe des Schlosses hielten und als Johnson zum Tor hochschritt, Harry über seine Schulter hängend, fand ich es dennoch schwer, meine Unruhe zu verbergen. Vom Strand und von den Gärten hinten wehten Stereomusik und Lachen zu uns, und zahlreiche ermattete Flamingos staksten düster über Wege und Rasen. Dann folgten wir Johnson ins Innere, und der Butler erschien in der Halle, und Johnson gab bekannt: »Noch ein Unglück, leider, doch nichts Ernstes: nur ein Schlag auf den Kopf. Haben Sie ein Bett, in dem er sich erholen kann?« Und als Hausboys kamen und Harry mitnahmen, der von seiner zweiten Injektion noch schlaff herunterhing, fügte Johnson hinzu: »Sagen Sie, wie geht es Sir Bartholomew?«

Das ständige Personal der Begum war weiß, diskret und eminent tüchtig. »Sir Bartholomew geht es bemerkenswert gut, Sir, wenn man die gegebenen Umstände berücksichtigt«, sagte der Butler der Begum. »Er ruht noch in seinem Zimmer, doch die Schwester zeigt sich mit ihm schon recht zufrieden. Ich würde vermuten, daß er zum Dinner herunterkommt.« Kurzes Schweigen. »Ich bin ziemlich sicher, daß er wach ist, Sir, falls Sie ihn zu besuchen wünschen. Miss Violet war fast den ganzen Nachmittag bei ihm.«

Miss Violet, dachte ich, hat ihm wahrscheinlich das Leben gerettet. Doch das sagte ich nicht laut.

Sie ging gerade, als wir zu Edgecombes Zimmer kamen. Sie sah genauso aus wie zuvor, nur daß sie jetzt eine Art Netzkappe mit einer Schleife anstatt des weißen Schlapphuts trug. Ihr Make-up war makellos. Sie fragte uns, erinnere ich mich, wie viele Fische wir gefangen hätten, und Johnson sagte, wir hätten sie alle an einen Walfänger verkauft. Beide lächelten nicht.

Edgecombe drinnen sah besser aus. Er lag im Bett, ein Buch neben sich, sein bandagierter Arm steif neben diesem. Johnson redete nicht mehr von Fischen, sondern sagte: »Bart – wir brauchen deinen Rat. Als du von Bord warst, hat jemand versucht, die *Dolly* in die Luft zu jagen. Wir wissen, daß das dir galt; wir wissen, daß das Ganze eigentlich eine Geheimsache ist. Doch unser Sergeant Trotter meint völlig zu Recht, daß wir dies nicht mehr für uns behalten können. Diesmal hätten wir alle tot sein können; wir sind davongekommen. Das nächste Mal haben wir vielleicht weniger Glück.« Er hielt inne. »Trotter wollte eigentlich sofort die Polizei rufen. Ich will dir vierundzwanzig Stunden geben, um dich abzusichern oder dich mit wem auch immer zu beraten oder was auch immer du für richtig hältst zu tun. Dann, denke ich, sollten wir tatsächlich handeln.«

Er hatte, wie ich bemerkte, genau den rechten Ton der Sorge und des Pflichtbewußtseins getroffen. Er wollte natürlich Zeit gewinnen, wollte Trotter und Harry hindern, das Ganze publik zu machen. Ich hoffte, Edgecombe ging es gut genug, um dies schätzen zu können.

»Mein Gott«, sagte Edgecombe tonlos. Er blickte von mir auf Johnson, von Johnson auf Trotter. Er sagte: »Ich wollte zurück, aber Brady war so verdammt hartnäckig ...« Er brach ab und wiederholte: »Mein Gott. Ich lag hier und dachte, gut, sie sind noch nicht zurück, aber es kann nichts passiert sein; ich bin schließlich nicht an Bord. Wie ist es geschehen? Gott, wie *konnte* es geschehen, wo ich doch gar nicht dabei war?«

Seine Temperatur stieg erheblich, ehe wir ihn verließen, was mich Johnson gegenüber etwas schwankend stimmte. Ich schickte beide Männer erst hinaus und blieb noch, um eine leichte Dosis eines Barbiturats zu verabreichen. Dann saß ich neben Edgecombe, bis seine Klagen und Selbstanklagen endeten. Er und Johnson hatten Trotter überredet, ihnen die kostbaren vierundzwanzig Stunden zu gewähren, obwohl mir keineswegs klar war, was sie damit anfangen wollten. Vielleicht hofften sie herauszufinden, wer die *Haven* auf uns gehetzt hatte; wenn ja, schien mir diese Hoffnung recht verwegen. Warteten sie auf einen weiteren Anschlag auf Bart Edgecombe? Edgecombe grinste, als ich ihn das fragte.

»Nun, der dürfte kommen«, sagte er. »Doch das nächste Mal wird daraus ein kontrolliertes Experiment, denke ich. Johnson wird mich informieren. Zunächst bin ich in diesen vier Wänden sicher. Keine Falltüren; keine geheimen Gänge; viele Mikrofone, ein Sender und ein erstklassiges Türschloß. *Sie* haben die ganzen Scheußlichkeiten abbekommen, armes Mädchen. Ich glaube, wann immer Sie an all das zurückdenken, werden dies für Sie die beiden schlimmsten Wochen Ihres Lebens bleiben.« Er lehnte sich schläfrig zurück, die Haare zerzaust, und nahm meine Hand auf der Decke. »Haben Sie eine Schwäche für Johnson?«

»Großer Gott«, sagte ich. »Wie kommen Sie darauf?«

»Viele haben das«, sagte Edgecombe. »Weil er es liebt, Leute zu verblüffen.«

Ich lächelte professionell. »Ärzte lassen sich nicht leicht verblüffen.« Einen Moment später fragte ich: »Welche Leute?«

»Seine Frau«, sagte Edgecombe sanft, »zum Beispiel«.

Er war, in vielfacher Hinsicht, ein Mann mit femininem Gespür. Er wäre ein guter Frauenarzt geworden. Er verstand Frauen. Er hatte Denise verstanden.

Er war anders als Johnson, der feminin wirkte, es aber nicht war. Nach sehr kurzem Schweigen sagte ich: »Ich wünschte, es würde aufhören. Er sagt, er wüßte, wer es war, will es aber nicht verraten.«

»Würde mich interessieren, ob er es wirklich weiß«, sagte Edgecombe.

Es war mir kaum in den Sinn gekommen, daß Johnson bluffen könnte. Ich sagte: »Brady war es, der die *Haven* belud. Brady machte sich davon, ehe die *Dolly* in die Luft gehen sollte. Brady war auf dem Golfplatz, als Ihre Gattin ...«

Ich brach ab. Das war nicht die Behandlung, die er brauchte. Doch er antwortete mir, als ich aufstand. »Also tippen Sie auf Brady? Aber war es nicht riskant für ihn, überhaupt an Bord der *Dolly* zu gehen? Was, wenn mir dieses Unglück nicht passiert wäre? Was, wenn Sie nicht darauf bestanden hätten, mich im Boot zurückzuschicken?«

»Es wäre ihm schon etwas eingefallen«, meinte ich. »Irgendwelche Schmerzen; eine dringende Verabredung. Tote hätten dies auch nicht nachprüfen können.«

»Und was ist mit Trotter?« sagte Edgecombe.

»Trotter?« Ich weiß noch, wie ich ihn anstarrte. Dieser erschöpfte, zähe, sonnenversengte kleine Mann auf den Webeleinen, der uns durch alle Untiefen lotste. Der beharrliche Schwimmer am Ende der Leine, der sich dann auf dieses Pulverfaß von einem Boot zog.

»Trotter hat mit dem Tod dieses Kellners zu tun, das sagt jedenfalls Johnson. Im Wasserturm.«

Ich sagte: »Doch ohne Sergeant Trotter würden wir alle nicht mehr leben.«

»Sicher«, sagte Edgecombe. »Schließlich mußte er seine eigene Haut retten. Doch wer weiß, er war vielleicht genausosehr wie Brady darauf aus, in diesem Boot von der *Dolly* zurückzufahren oder sonst eine Möglichkeit zu finden, Sie zu verlassen und wieder nach Crab Island zu kommen. Vielleicht verdarb ihm Brady seinen Plan, sonst nichts.«

Ich sagte nichts. Es war nicht so einfach, wie ich gedacht hatte.

»Oder es war vielleicht Krishtof Bey«, sagte Edgecombe schläfrig. »Der gar nicht erst mitfuhr und überhaupt nichts riskierte. Die Idee mit Krishtof Bey gefällt mir gar nicht schlecht. Dieser junge Mann ist ganz und gar nicht dieser romantische Egoist, der er scheint.« Er sah mich an und lächelte, die Lider schwer. »Arme Beltanno. Von so anständigen jungen Männern umgeben, und Sie wagen es nicht, Ihre Wahl zu treffen, stimmt's? Weil vielleicht einer dieser anständigen jungen Männer tatsächlich ein ganz schlimmer sein könnte.«

»Wie wahr«, sagte ich bitter. »Doch ich kann mich schließlich einfach auf den Hintern setzen und warten, wer übrigbleibt.«

Ehe ich zu den Resten des Barbecue aufbrach, zog ich mich um, setzte meine Perücke auf und sah in der dunklen Bibliothek der Begum in dem alten *Who's Who* nach.

Johnson Johnson fand ich dort; und es folgte eine Menge summarisches Zeug über teure Schulen, eine Marinekarriere, Porträtmalerei, Clubs, die eine oder andere Auszeichnung und Adressen in London und Surrey. Er war Ende Dreißig. Und vor zehn Jahren hatte er Judith Cicely Ballantyne geehelicht, die Tochter des Ehrenwerten Lord Ballantyne, Richter am Hohen Gerichtshof; ein Sproß aus dieser Verbindung wurde nicht erwähnt.

Ein unfruchtbarer Geheimagent?

Krishtof Bey war nicht verheiratet. Wallace Brady stand nicht im *Who's Who.*

Der Barbecue-Tisch war ein enormes Gebilde aus Beton und Schmiedeeisen, von Bjørn Wiinblad entworfen, mit einer handbemalten Keramikplatte, die das grüne Akbar-Motiv zeigte. Preis, einschließlich Lieferung und Aufstellung: fünfzehntausendundfünfundvierzig Dollar. Ich hatte danach gefragt.

Ich aß ein spätes Steak, während die Begum zu mir sprach; sie erwähnte Bart Edgecombe und meinen schmerzhaften Sonnenbrand in derselben teilnahmsvollen Phrase, doch schien es ihr mehr am Herzen zu liegen, daß ich die illustersten ihrer illustren weiteren vierundsiebzig Gäste kennenlernte. Johnson entdeckte ich an einem Gartentisch, von einem Kranz strahlender Bewunderer umgeben; Trotter, neben ihm, beschäftigte sich mit drei Dosen Bier und seinem zweiten Steak.

Ich sah nie an einem Ort so viele Leute, die gerade im Rampenlicht standen. Zu einmaligen Gastspielen bat die Begum offensichtlich einmalige Leute. Einmalig in zweifachem Sinn: Größen des Augenblicks. Die Qualität mochte nicht von Dauer sein, doch das Licht, das sie mit einer Batterie für fünf oder sechs Stunden verströmten, war überwältigend.

Ich geriet zwischen ein männliches Topmodell und einen italienischen Produzenten und begann sofort vor Wohlbehagen und Sonnenbrand zu glühen wie ein winziges Lämpchen zwischen zwei gigantischen Quarzscheinwerfern.

»Oh, hallo, Dr. MacRannoch!« rief Wallace Brady.

Das männliche Modell verrückte sein glorioses Profil und blickte mir voll ins Gesicht. Er sagte: »Nein, darauf falle ich nicht herein; glauben Sie nicht, daß ich das glaube. Ein so hübsches Mädchen kann doch keine Ärztin sein?«

»Doch«, sagte Brady. »Fragen sie im United Commonwealth Hospital.«

»Unsinn«, sagte der Produzent. »Ärztinnen spielen Golf und tragen ein Korsett mit Fischbeinstäbchen und Strumpfhalter. Selbst männliche Ärzte haben Halter an den Socken. Ich weiß das. Ich war bei jedem Arzt in Rom wegen meiner Füße.«

»Ich habe mein unfehlbares Spezialmittel für alle«, sagte ich, »die so still, so tapfer an den Füßen leiden.«

»Ja?« fragte der Produzent. Der herrliche Haarschopf des männlichen Modells beugte sich nahe zu mir.

»Sie werden Papier und Bleistift brauchen«, sagte ich.

»Hab' ich. Hab' ich!« frohlockte der Produzent. Er riß eine Marihuana-Zigarette auf, glättete das Papier und wartete mit gezücktem Kugelschreiber. Ich diktierte.

Ich verließ sie, während sie noch ihre Notizen korrigierten und mir nebenbei dankten. Wallace Brady sprach mich an: »Beltanno?«

»Ja?« sagte ich. Über siebzig Leute waren um mich, und ich umklammerte meine Strandtasche mit der Pistole.

»Irre ich mich, oder war dies das Rezept für reine Schwefelsäure?« fragte Wallace Brady.

Die Sonne brannte heiß zwischen den Stühlen und den Sonnenschirmen. Das Motorboot der *Dolly* fuhr vorüber, mit einem Mann und einem Mädchen dahinter, die auf einzelnen Skis ihr Können demonstrierten. *The Cream* dröhnten in Stereo, und das Meer war voller Seglerfische, versunkener Sonnenbrillen und blanker brauner Gräten. Brady führte mich den Strand entlang und hinauf zu der langen, palmblattüberdachten Bar der Begum; er bestellte etwas. »Es war«, sagte ich, »ein harmloses Placebo mit den Ingredienzien eines ausgezeichneten Juckpulvers. Warum kamen Sie nicht zurück und holten mich von der *Dolly*?«

»Wollten Sie das?« sagte Brady. »Mit Edgecombe ging alles bestens, das wissen Sie wohl. Die Schwester erwartete uns an der Anlegestelle.« Er grinste. »Und Lady Violet zeigte enorme Kräfte.« Er trug eine Badehose, und in dem tief gebräunten Gesicht wirkten seine grauen Augen blasser denn je. Ich sagte: »Nun, es ging ja alles gut, aber es wäre mir lieber gewesen, wenn Sie noch einmal gekommen wären. Und Sir Bart sagt, er hätte zurück wollen.«

»Das stimmt«, sagte Wallace Brady, ohne eine Spur zu zögern. »Doch ich brachte ihn davon ab. Wenn Sie es wirklich wissen wollen, Beltanno: Ich wollte Edgecombe unbedingt aus Ihrer Nähe, und zum Teufel mit MI 5 und CIA und allen Burschen, die von der Civil List leben. Das letzte Mal, als ich das sagte, wurde ich niedergeschlagen, doch das hindert mich nicht, es noch einmal zu sagen. Diese Edgecombe-Geschichte ist gefährlich. Sie haben kein Recht, jemanden wie Sie darin zu verwickeln.«

»Ein so hübsches Mädchen wie mich«, korrigierte ich. Der Drink war gekommen: eine ganze Ananas mit einem Strohhalmpaar darin.

»Die banalen Ausdrücke anderer gebrauche ich nicht«, sagte Wallace Brady. Er deutete auf die Ananas. »So, jetzt ein kräftiger Zug; Sie hängen herum wie die Freundin des großen Gatsby. Sie nehmen diesen Strohhalm, ich nehme den zweiten, und alles, was wir davon haben, sind die Krankheiten des anderen. Stecken Sie Ihre Kanone weg.«

Ich steckte still meine Strandtasche weg, während er die Ananas nahm und zwischen uns stellte. Sie war mit vielerlei gefüllt. Zitrone. Vermouth. Angostura. Und natürlich mindestens zwei Sorten Rum.

Wir saugten; unsere Nasen berührten sich fast, und Wallace Brady streichelte unten meine Hand.

Falls er entsetzt war, weil wir die Fahrt lebend überstanden hatten, ließ er sich das keineswegs anmerken – wirklich keineswegs. Er wirkte völlig selbstsicher; die Manipulationen an der *Dolly* und der *Haven* waren ihm kaum nachzuweisen. Wir sprachen, ziemlich geschraubt, über Golf. Er bat mich nicht, mit ihm irgendwohin zu gehen, und ich wäre nicht mit ihm gegangen, wenn er es getan hätte. Ich konsumierte den größeren Teil der Ananas, weil ich plötzlich schnell weg wollte. Während mein Strohhalm zum Trockendock blubberte, hob er den Kopf und sagte: »Beltanno – heiraten Sie nicht Mr. Tiko.«

Mein Gott, Mr. Tiko! Ich stand auf, und die Begum, die in der Ferne schleierumweht vorüberflatterte, wandte sich herum und registrierte meinen ängstlichen Blick. Ich beugte mich vor und bekam von Wallace Brady meine Strandtasche. Ich dankte ihm dafür und für den Anteil an der Ananas. »Sie tun das doch nicht, oder?« sagte er. »Seine langen Schläge sind vielleicht in Ordnung, aber sein Putten ist erbärmlich.«

Ich ging, ohne ihm zu antworten, und die Begum erwartete mich. »Du hast dich an deinen reizenden japanischen Kavalier erinnert.«

Ich entschuldige mich nicht gern, aber immerhin war Mr. Tiko allein meinetwegen eingeladen worden. Die Begum hörte mich lächelnd an und sagte dann: »Liebste Beltanno, er ist höchst charmant, und ich würde ihn selbst schon morgen heiraten, wäre ich einszweiundfünfzig und müßte ich nicht bereits ununterbrochen das Ego James Ulrics stärken.«

Die Begum, schien mir plötzlich, gewann bei näherer Bekanntschaft. Ich fragte: »Was ist passiert?« Von einem Blutbad hatte ich keine Spuren entdeckt.

»Mr. Tiko steht im Mittelpunkt des Interesses«, sagte die Begum. »Weißt du, was geschieht, wenn eine Frau makrobiotische Zen-Kost bekommt und zuviel Yang ißt?«

»Nein«, sagte ich.

»Komisch«, sagte die Begum mit einem nachdenklichen Blick. »Ich dachte, du wüßtest es.«

»Aber mein Vater?« fragte ich ungeduldig.

»Hat ihn noch nicht einmal gesehen, Liebste«, sagte die Begum in einer Art stillen Triumphes. »Wenn er ins Haus kam, schickte ich Mr. Tiko zum Strand, und wenn er zum Strand kam, schickte ich Mr. Tiko ins Haus zurück. Du kennst diese japanischen Uhren mit diesen grandiosen russischen Uhrwerken?«

»Ja«, sagte ich und wartete, doch sie schien zu glauben, daß damit alles gesagt war. Ich fragte: »Weiß Mr. Tiko, wer wir sind –«

»Mr. Tiko weiß«, sagte die Begum, »daß du und dein Vater derzeit bei mir wohnen und daß ihr MacRannoch heißt. Es ist ihm kaum entgangen, daß hier außerdem noch reihenweise MacRannochs zu Gast sind. Ob er daraus irgendwelche Schlüsse gezogen hat, kann ich nicht sicher sagen. Mein lieber verewigter Achmed hatte dieselbe Art, seine Gedanken zu verbergen.« Sie legte einen Arm auf meine Schulter und fuhr fort: »Da du gerade hier bist, Liebste: Hat jemand wieder versucht, Sir Bartholomew Edgecombe zu töten? Krishtof wollte das wissen.«

Die Geschichte war zu kompliziert, um in die Details zu gehen. »Ja«, sagte ich. »Doch ich kann Ihnen nicht sagen, wer. Johnson arbeitet an der Sache.«

Kurzes Schweigen. »*Johnson?*« sagte dann die Begum langsam, und das Blut wich aus meinen Verdauungsorganen, mein Steak in traurigem *tête-à-tête* mit dem Rum hinterlassend.

Ich hatte eine schwere Fehlleistung vollbracht. Um die Opposition zur Aktion zu provozieren, hatte Johnson unseren engen Kreis wissen lassen, was es mit Edgecombe auf sich hatte. Er hatte nichts von seiner eigenen Rolle in dieser gigantischen, verwickelten Geschichte offenbart. Ich hatte seine Tarnung zerstört.

Die großen, Make-up-umrahmten Augen der Begum begannen stetig zu leuchten. Sie stand stumm vor Staunen, die bemalten Fingernägel immer noch auf meiner Schulter. »Doch nicht zwei?« sagte sie dann. »Zwei Geheimagenten unter einem Dach?«

Ich blickte mich um. Niemand war in Hörweite. »Soll ich James immunisieren?« fragte die Begum etwas ängstlich.

Noch zehn Tage später fühlte ich mich manchmal wie ein Getreidekäfer in einem Päckchen Weizenschrot. Ich riß mich zusammen. »Ich hätte das nicht sagen dürfen. Tut mir leid, aber Sie können sich sicher denken, daß dies niemand wissen sollte. Versprechen Sie, bitte versprechen Sie, es niemandem zu erzählen.«

Die Augen der Begum wirkten bei näherem Hinsehen überhaupt nicht ängstlich. »Nur James Ulric?« fragte Sie.

Mein Gott! »Nicht James Ulric. Vor allem nicht James Ulric.«

Die Begum setzte ihre Sonnenbrille auf und hinderte mich dadurch wirkungsvoll daran, am Ausdruck ihrer Augen abzulesen, was sich hinter ihren weiteren Worten verbergen mochte. »Du bittest mich«, sagte sie, »das kostbare Band zu zerstören, das deinen Vater und mich verbindet, gewoben in Jahren stetiger Liebe, befestigt durch Vertrauen?«

Sie verlagerte ihren Griff zu meinem Ellbogen hinunter, drehte mich und schritt mit mir langsam durch Wogen von Nancy Sinatra zurück zum Haus hinauf. »Das würde ich nie«, sagte die Begum, »es sei denn...«

Wir näherten uns dem Schloß. Hinter den Zinnen tönte die tragende Stimme meines Vaters. »Wo ist das verfluchte Weib?« grölte er.

»Es sei denn?« echote ich fragend. Ich war gräßlich besorgt. Wenn die Begum James Ulric über Johnsons Geheimdiensttätigkeit informierte, würde sich die Nachricht davon wie ein Lauffeuer verbreiten. Die Stimme meines Vaters brüllte: »*Thelma!*«

Das schöne schwarze Haupt der Begum legte sich schief. »Vielleicht«, sagte sie, »sollten wir hineingehen.« Mit einem einzigen, trügerisch wirkenden Lächeln wischte sie jeden Gedanken an Johnson und ihre möglichen Erpressergelüste weg und begann die breite Schloßtreppe emporzuschweben.

Oben tauchte schwer atmend mein Vater auf; ich konnte nur hoffen, daß er sich ein Inhalationspräparat zugeführt hatte. »Thelma!« rief er. »Dieser verdammte Japs! Den du zu deinem verdammten Barbecue eingeladen hast!«

Mr. Tiko und James Ulric hatten sich getroffen.

»Und?« fragte die Begum Akbar ruhig.

»Er hat das Puzzle zu Ende gebracht!« kreischte mein Vater. Gischt sprühte um ihn. Hinter seinem linken Ellbogen schob sich ehrerbietig Mr. Tiko vor und sagte: »Vergebung, Mr. MacRannoch. Ich meinte, Ihre Gemahlin wünschte, daß man das Puzzle komplettiert.«

Bebend blickte mein Vater von Mr. Tiko zur Begum und zurück. »Das ist nicht meine Gemahlin!« brüllte er.

Mr. Tiko blickte ihn gleichmütig an. »Vergebung«, wiederholte er.

Meinem Vater, der heute abend wie Albert Schweitzer aussah, verschlug es den Atem. Die Begum glitt an ihm vorbei, schob Mr. Tiko und mich sanft über die Schwelle in die Bibliothek und wartete, bis James Ulric mit dampfendem Schädel hereinstob. Sie schloß die Tür. James Ulric richtete einen knochigen Finger auf seinen japanischen Gast und rief: »Sie sind nur auf das Geld dieser Schlampe aus!«

»Vergebung«, sagte Mr. Tiko wieder. Das Gesicht über seinem schmucken Strand-Shirt zeigte immer noch höflichen Gleichmut, doch sein Geist beschäftigte sich mit einem Problem. »Die Begum, wie ich

Sie verstanden habe, ist nicht Ihre Gemahlin«, sagte Mr. Tiko dann, »doch Dr. MacRannoch ist Ihre Tochter?«

Mein Vater umkreiste ihn. In nicht sehr großer Distanz. »Sie dachten, Beltanno bekommt alle verdammten Rupien Achmeds«, sagte er. »Sie dachten, Sie könnten Geld heiraten. Ich habe Neuigkeiten für dich, komische kleine gelbe Mickymaus. Wenn du meine Tochter heiratest, kriegst du keinen Penny meines Bankguthabens. Ich gebe alles aus.«

»James«, sagte die Stimme der Begum sanft.

Dicht bei Mr. Tiko, blähte sich mein Vater bloß und schleuderte die weiße Locke in die Richtung der Gefährtin. »Und *ihr* Geld gebe ich genauso aus.«

Die dünnen Brauen der Begum hoben sich. Mr. Tiko sagte: »Vergebung. Ich bin einer der aufrichtigsten Bewunderer Ihrer Tochter, doch –«

Die Begum sagte: »Aber James – wir sind noch nicht verheiratet.«

»Nein«, sagte mein Vater. »Und die beiden ebensowenig. Du wirst sehen: Sagt man ihm, kein Geld, fliegt er mit dem nächsten Jumbo-Jet zu den Geishas zurück.« Er hielt inne. »Was soll das heißen, wir sind noch nicht verheiratet?«

Die Begum setzte sich graziös. »Das schien mir für die Konversation von Bedeutung«, sagte sie. »Außerdem habe ich dir gesagt, daß ich nicht Mrs. MacRannoch werde, ehe Beltanno heiratet.«

Mein Vater keuchte. »Du willst, daß sie diesen Japs heiratet?« sagte er. »Und alle meine Enkel aussehen wie bleicher Dotter?«

»Das habe ich nicht gesagt«, sagte die Witwe Achmed Akbars ziemlich kühl.

»Vergebung«, sagte Mr. Tiko, doch er hatte keine Chance. Mein Vater schnalzte mit den Fingern und platzte dazwischen: »Broody! Wer war dieser Kerl, der angerufen hat, Beltanno? Ich bot ihm –«

»Wallace Brady«, sagte ich. Es überraschte mich, daß ich überhaupt noch etwas herausbrachte. »Das war Wallace Brady. Ich sagte es dir.«

»Ich bot ihm –«, begann mein Vater wieder und kam nicht weiter, da die Tür aufging und Wallace seinen Kopf hereinsteckte. »Hat mich jemand gerufen?« fragte er.

»Ja«, sagte James Ulric schlau. Ich öffnete den Mund. »Ich bot Ihnen schon fünfundsiebzigtausend Dollar, wenn Sie meine Tochter heiraten.«

Mein echt amerikanischer Golfpartner betrat sehr behutsam die Bibliothek und schloß die Tür hinter sich; sein Blick glitt dabei über die

Gestalten Mr. Tikos und der Begum, die kerzengerade saß. »Ja«, sagte er. »Das stimmt genau. Ich dachte, Sie nehmen mich auf den Arm.«

»Ich verdopple«, sagte James Ulric knapp.

Kurzes Schweigen. Wallace Bradys runde blasse Augen wanderten in meine Richtung. »Machen Sie sich kein Kopfzerbrechen«, sagte ich. »Ich habe meine eigenen Pläne. Mr. Tiko, ich muß mich bei Ihnen entschuldigen.«

Wie ein Kanarienvogel, dessen Käfig man geöffnet hat, hüpfte Mr. Tiko erleichtert in den Sonnenschein. »Aber nein«, sagte er. »Ich denke, es war Ihr Vater, der meine Absichten mißverstanden hat. Seit Beginn Ihr Bewunderer, habe ich es nie gewagt, nach Ihrer Hand zu streben. Ich sage dies mit persönlichem Bedauern.«

Ich lächelte ihn an. Auch nach der Ananas mit Rum war mein Kopf völlig klar. Ich sagte: »Ihre Absichten waren vielleicht nicht ganz klar, doch meine sind es seit unserer ersten Begegnung. Mr. Tiko, lassen wir die Frage der Finanzen einmal völlig außer acht – könnten Sie mich als Ihre Frau in Erwägung ziehen?«

Mr. Tikos Mund öffnete sich. Er verschloß ihn wieder, sah sich um und verbeugte sich dann knapp vor mir. »Es wäre mir eine Ehre«, sagte er. »Eine höhere könnte ich mir nicht denken. Doch in meinem Lande herrscht ein Brauch, vor dem wir uns alle beugen müssen. Ich könnte mich nicht an Sie binden ohne die Zustimmung Ihres ehrenwerten Herrn Vaters.«

»Gut. Wallace?« sagte James. Er hatte Mr. Tiko kaum aussprechen lassen. Er glühte vor Triumph und Bosheit.

»Wollen Sie mich heiraten, Beltanno?« sagte Wallace. »Geld brauche ich nicht«, fügte er hinzu.

»Nein«, sagte ich. Ich dachte daran – und es gab mir einen Stich –, wie er meinetwegen Johnson Johnson angegriffen hatte. Dann dachte ich an die *Haven* und fühlte mich etwas weniger als großer Preis, den doch keiner bekommt. Die Begum sagte vernünftig: »Aber Beltanno – einen mußt du doch heiraten.«

Ich sah, wie ihr mein Vater einen Blick der Überraschung und der Dankbarkeit entgegenschoß. »Brady. Gemacht«, sagte er.

»Oder Krishtof Bey«, sagte die Begum. »Er würde sie mit fünfundsiebzigtausend Dollar nehmen.« Sie sah meinen Vater durchdringend an, bei ihm das Bild mausgrauer Enkel im Ballettkostüm heraufbeschwörend. Es gab eine giftige Stille.

»Oder Krishtof Bey«, sagte mein Vater danach schwach. Die

Begum lehnte sich seufzend zurück. Ich sagte: »Ich heirate auch Krishtof Bey nicht.«

Die Begum begann süß: »Du heiratest einen von ihnen. Einer deiner Freunde wird es sonst bedauern.«

Ich hatte Johnson Johnson völlig vergessen. Ich starrte sie an, ihre Perfidie studierend. Wenn ich nicht heiratete, sagte dieses spröde Mandarinslächeln, würde sie Johnson Johnson verraten.

Ich lächelte zurück. »Gut«, sagte ich. »Ich wähle Mr. Tiko.«

»Geht nicht«, sagte mein Vater. »Ich verweigere die Zustimmung.«

»Wir wissen genau, warum«, sagte die Begum. »Du fürchtest dich vor seinen Golfschlägen.«

»Du bist verrückt«, sagte mein Vater. »Ich könnte jeden dieser gelben Teufel schlagen, aus einem Auto und mit einer Hand in meiner Tasche.«

»Dann spiele mit ihm um Beltanno«, sagte die Begum.

Eine simple Lösung, ausgeheckt von einer Medusa. Man sollte eigentlich keine Sekunde denken, daß ein nur annähernd normaler Mensch sie ernsthaft in Erwägung ziehen würde. Man sollte sich eigentlich nicht träumen lassen, daß Wallace Brady, als er das Prinzip begriff, verlangte, ebenfalls Golf um mich spielen zu dürfen, und daß die Begum, klug das Gleichgewicht bewahrend, dekretierte, Krishtof Bey müßte sich gleichfalls an dem Kampf beteiligen.

Und worauf man es auch immer zurückführen mag – unglücklich gepaarte Chromosome, Bauchspeicheldrüsenleiden oder schlicht ausbrechende Debilität –, man sollte endlich kaum glauben, daß eine gemischte Gruppe von Erwachsenen sich darauf einigen konnte, sich am nächsten Nachmittag auf dem Golfgelände von Great Harbour Cay zu treffen und dort einen Wettstreit über achtzehn Löcher auszutragen, um das Privileg der Eheschließung mir Dr. B. Douglas MacRannoch: Der siegreiche Kandidat gewinnt die Braut; James Ulric MacRannoch kann sein Veto einlegen, wenn er an mehr Löchern als ein unerwünschter Kandidat gewinnt.

Ich glaube, ich gebrauchte eine Menge Kraftausdrücke, für die ich mich nicht entschuldigte. Ich weiß, daß mein Gehirn erst nur begriff, daß man von mir verlangte, meine ganze Zukunft für Johnsons elende Sicherheit zu verpfänden. Dann ging mir weiter auf, daß ich riskierte, mit einem Mörder den heiligen Bund der Ehe einzugehen. Hatte Wallace Brady deshalb um meine Hand angehalten? Weshalb könnte Krishtof Bey ein völlig unerwartetes Interesse an einer gesetzlichen Verbindung hegen?

Andererseits, so drang es durch meine Klagen, hatte Johnson Johnson angekündigt, Edgecombes Todfeind nach vierundzwangzig Stunden zu entlarven. Tat er das nicht, würde Sergeant Trotter die ganze Sache der Polizei anvertrauen, und die Begum konnte verraten, wen sie wollte.

Tat er es, würden wir am Schluß des Golfturniers den Namen des Schurken wissen, und es schien nicht ausgeschlossen, daß mein designierter Zukünftiger, wer es auch immer werden mochte, den Golfplatz in Handschellen verlassen würde.

Ich fragte mich, welches Spiel Krishtof Bey spielte.

Ich sagte: »Gut. Ich glaube, ich bin von Betrunkenen umgeben. Aber ich spiele mit.«

Benebelte Stille trat ein. Mir wurde klar, daß niemand von uns wirklich völlig nüchtern war und daß außerdem niemand erwartet hatte, daß ich zustimmte. James Ulric setzte sich abrupt. Mr. Tiko verbeugte sich, leichte Bestürzung auf seinen Zügen. Wallace Brady grinste.

Die Begum Akbar erhob sich, schüttelte ihre weiten duftigen Hüllen, schwebte zu Mr. Tiko und legte eine Hand auf seine gebeugte Schulter.

»Und dabei«, sagte sie, »haben Sie nur das Puzzle zu Ende gebracht.«

Die Erinnerung an den Rest des Abends trübte der tiefe Schlaf, dessen Mantel mich dann in der Nacht umhüllte.

Meine Erschöpfung war die natürliche Folge ungewöhnlicher Belastung, einer Krise ohne Präzedenz in meinem Leben. Ich erinnere mich schwach, daß ich auch mit etwa diesen Worten etwas später am Abend meine elende Verfassung Johnson nahebrachte.

Ich erinnere mich auch an seine sanfte Entgegnung. »Sie haben einen sitzen«, sagte er. »Gehen Sie ins Bett. Sie sehen aus wie eine abgelutschte Schwammgurke.«

Eben hatte ich ihm von dem Golfturnier erzählt. Hielt er mich wirklich für betrunken? Jedenfalls zeigte er dann nur noch milde Besorgnis und ging geduldig auf meine Klagen ein.

Als alle Gäste der Begum weg waren, war Johnson aktiv geworden. Ohne mich oder jemanden sonst zu informieren, hatte er Sir Bartholomew Edgecombe aus dem Bett geholt und mit Sprys Hilfe in das Motorboot der *Dolly* verfrachtet. Sir Bartholomew war jetzt sicher zuhause auf Great Harbour Cay, von seinen eigenen Hausboys und dazu auch noch von Spry behütet. Ich hatte meine Ruhe. Edgecombe war in Sicherheit.

»Klasse für Edgecombe«, sagte ich. Die Peinlichkeiten, die sich in mein Vokabular schlichen, will ich gar nicht erst entschuldigen. »Doch was ist mit uns? Das heißt doch, der Mörder ist noch auf Crab Island? Wer ist es? Sie sagten, daß Sie es wüßten.«

»Ich weiß es«, sagte Johnson. »Aber ich kann es noch nicht beweisen. Jeder unserer Verdächtigen konnte die *Haven* präpariert haben, nachdem sie beladen worden war ... aber etwas habe ich entdeckt: Den Sprengstoff deponierten Leute von Bullock's Harbour. Leute, die natürlich Pentecost und seine Brüder kannten.«

Den toten Kellner aus dem Bamboo Conch Club. »Nach Mr. Bradys Instruktionen?« fragte ich.

»Genau. Doch es kann sehr wohl sein, daß Mr. Bradys Instruktionen völlig unschuldigen Zwecken dienen. Jemand anders konnte Pentecosts Freunden ihre weniger harmlosen Order erteilt haben. Einer, denke ich, tauchte an der *Dolly* und placierte das Zielgerät unten an ihren Rumpf.«

»Und machte das mit dem Strom? Und schüttete Zucker in den Tank?« fragte ich.

Johnsons Brillengläser waren zwei dunkle Rätsel. »O nein«, sagte er. »Das mußte jemand an Bord tun.«

Krishtof Bey hatte demnach nichts damit zu tun. Es sei denn, Krishtof Bey arbeitete mit jemandem zusammen. Ich fragte: »Ist es möglich, daß zwei dieser Leute gegen Edgecombe verbündet sind?«

»Ja«, sagte Johnson. »Das ist nicht nur möglich, das ist sicher. Die Frage ist natürlich, welche zwei.«

Fast direkt danach ging ich ins Bett. Wer die beiden auch sein mochten, sie mußten brillant Golf spielen. Anders wollte es mein grandioses Schicksal sicher nicht.

Als ich erwachte, sah ich einen wolkenlosen Himmel und ein mit Bedacht gefülltes Frühstückstablett, ziemlich zögernd gefolgt von der Begum, die sich aufrecht auf das Fußende des Bettes setzte und dann sagte: »Alle sind ganz munter, und Sir Bartholomew hatte eine sehr ruhige Nacht, sagte man mir. Beltanno, Liebste: Ich nehme an, du willst das ganze Golfturnier abblasen?«

Ich fragte: »Wenn ich nicht heirate – weisen Sie dann wirklich meinen Vater ab?« Sie blickte mich sehr lange aus ihren Make-up-umrahmten Augen an. »Ja«, sagte sie endlich.

»Und erzählen allen, was Sie über Johnson wissen?«

Diesmal schwieg sie noch länger. »Nein«, sagte sie.

»Gestern unten sagten Sie etwas anderes.«

»Hätte ich das nicht«, sagte die Begum, »hättest du dem Golfturnier nicht zugestimmt.«

»Und Sie wollten wirklich, daß ich zustimme? Daß ein Mann mich beim Spiel gewinnt?«

»Ja«, sagte die Begum mit entwaffnender Schlichtheit. »Ich möchte, daß dir und James Ulric klar wird, daß ihr euch nicht länger gegenseitig beherrschen könnt. Wirst du es tun, Beltanno? Jetzt, da du Zeit zum Nachdenken hattest?«

»Versuchen Sie«, sagte ich schwer, »mich davon abzuhalten?«

Der Morgen zog sich hin. Sergeant Trotter segelte nach Great Harbour Cay, um den Boden für dieses unsägliche MacRannoch-Treffen zu vermessen. Wallace Brady ging angeblich schwimmen und wurde mit einem Schläger und einem Eimer voll Golfbällen hinter den Orchideensträuchern gesehen. Krishtof Bey posierte am Swimmingpool für Johnson, bis ich zufällig vorbeikam; da sprang er auf die Füße und hüpfte um mich herum: Zum Schluß vollführte er eine Arabeske, auf einem Bein, beide meine Hände an die Brust gedrückt.

Als ich protestierte, begab er sich wieder in Grundposition und sagte: »Ich komme spät mit meinem Heiratsantrag. Haben die Mac Rannochs dafür eine feste Formel, oder darf ich mich in der universalen Sprache des Tanzes ausdrücken?«

»Spielen Sie Golf?« fragte ich.

Er spielte Golf. Ich ließ ihn noch ein bißchen um mich herumtanzen und machte mich dann auf die Suche nach meinem Vater.

Ich fand ihn mit einer großen Tasche voll Golfbällen am Flamingoteich. Ich verließ ihn wortlos wieder und versicherte mich vorher nur, daß ihm die Begum die Filter für seine Nase eingepackt hatte. Ich hatte das Gefühl, daß er sie brauchen würde.

Dann ging ich in mein Zimmer mit der chinesischen Vase und dem weißen Bärenfell und packte selbst meine Sachen für Great Harbour Cay. Mein Schicksal würde dort an diesem Nachmittag entschieden, und ich wollte auf jeden Fall dabeisein.

15

Mein Vater ist ein Mann eiserner Vorurteile, der den Geistreichsten um seinen Geist bringt; auf dem Golfplatz treibt er Leute mit kühlem Verstand in den völligen Wahnsinn.

Er hat einen Schwung wie eine Dreschmaschine, der einen englischen Ball über 250 Yards und einen amerikanischen drei Fuß weit befördert, immer noch im Bereich der Abschlagstelle.

James Ulric haßt amerikanische Bälle. James Ulric haßt Hundert-Yard-Tees und endlose Greens. Er haßt große Bäume, die ihm im Weg stehen. Er haßt weich gewölbte Sand-Traps, die er gerne Bunker nennt; und Old Man Par, für ihn Bogey. Er haßt ostentative Golfkleidung, will aber auch nicht über Gebühr schwitzen: Also trägt mein Vater, wenn er über einen Golfplatz stakst, lange Shorts mit weichem Boden, Tennisschuhe und eine weiße, eine Spur zu große Jockeymütze. Heute, als Konzession an Hymen, hatte er ein Hemd angezogen.

Alle hatte uns hektische Heiterkeit ergriffen, dort auf der Terrasse des Great-Harbour-Cay-Golf-Clubs. An Land, nach dem Genuß der restaurierten Pracht der *Dolly*, hatten wir auf der Sonnenterrasse des Clubs eisgekühlte Drinks zu uns genommen, während Johnson Sir Bartholomew Edgecombe einen Pflichtbesuch abstattete und sich Wallace Brady aufmachte, die Golf-Präliminarien zu inszenieren.

James Ulric grollte, wie ich mich erinnere, weil es später als geplant geworden war, da Johnson mit der *Dolly* länger gebraucht hatte. Ich fand meinen Vater etwas unfair; immerhin hatte Johnson allein, ohne Spry, segeln müssen. Dann dachte ich, vor einer Partie Rasentennis mit Toulouse-Lautrec hätte James Ulric genauso gegrollt. Mein Vater ist sich gerne sicher, daß er siegt.

Wallace Brady war dagegen vor und nach seiner Abwesenheit nachdenklich und schweigsam; und Krishtof Bey verbarg, was immer er auch fühlte, hinter schamlosen Komplimenten an die Begum. Mr. Tiko, den ich so weit wie möglich von meinem Vater entfernt gesetzt hatte, erläuterte etwas aufgewühlt, wie man einen Zen-Garten bestellte. Wir waren, denke ich, wohl alle dankbar, als die Zeit gekommen war, mit den Golfschlägern nach unten zu gehen, wo sich Johnson uns bald anschloß.

Sir Bartholomew Edgecombe, hörten wir, war weiter in guter Verfassung; sein Arm schien sich erfreulich zu bessern. Mein Vater räusperte sich: »Trotter sagt mir, heute abend soll die Polizei verständigt werden. Wird auch Zeit. Wenn dieser Edgecombe Geheimagent ist, wundert es mich nicht, wenn die Russen überall sind.«

Die Begum Akbar musterte ihn streng. »Du liest nicht genug Thriller«, sagte sie. »Natürlich lauern ihm feindliche Agenten auf, und er ist freiwillig geblieben, damit seine Kollegen sie in die Falle locken können. Die Insel ist in diesem Augenblick wahrscheinlich voll von MI 5.«

»Und sie stellen sicher jede verdammte Palme auf den Kopf«, sagte mein Vater. »Ich kenne den Civil Service. Und ich sage Ihnen, rufen Sie die Polizei. Sie kennen diesen Harry? Ich sprach mit ihm noch vorhin. Er sagte, Sie seien alle auf der *Dolly* gestern morgen fast getötet worden.«

Die Dauer einer Anästhesie ist selbst bei einem Makler begrenzt. Die versuchte Sprengung der *Dolly* war ein schwerlich geheimzuhaltender Akt, der Johnson nicht weniger als den Attentäter zu entschiedenen Reaktionen zwang. Fünf Leute befanden sich zur Zeit der Gefahr an Bord der *Dolly*, und nicht alle waren dann so dumm wie ich, Stillschweigen zu versprechen. Harry wach, Trotter auf dem Sprung, wir anderen alarmiert: Die private Pirsch ging heute abend noch auf jeden Fall zu Ende. Entweder zeigte Johnson Resultate, oder Sir Bartholomew wurde ganz aus der Schußlinie befördert, und die Chancen, den Schuldigen zu finden, waren für immer dahin.

Und ich konnte mir, offen gesagt, kaum vorstellen, wie Johnson im Verlauf eines Golfspiels zu Resultaten kommen wollte, während Sir Bartholomew in seinem Haus sicher bewacht wurde.

Oder nahmen vielleicht nicht alle seine Verdächtigen an dem Golfturnier teil? Beispielsweise –

»Tag allerseits«, sagte Sergeant Trotter, der strahlend aufgetaucht war. »Ich höre, Sie haben sich zu einem historischen Ereignis zusammengefunden. Ist noch Platz für einen Kleinen?«

Das Gesicht meines Vaters zeigte in bemerkenswerter Mischung unnatürliche Liebenswürdigkeit und extreme Feindseligkeit. »Nicht als Kandidaten – nein, nein!« fügte Sergeant Trotter hastig hinzu. »Glühender Verehrer und so weiter, doch ein Vagabund, mal hier, mal da, das bin ich. Doch ein richtig schönes Golfspiel jetzt – das würde ich gerne sehen. Das heißt, wenn jemand etwas dagegen hat –«

Wallace Brady, Krishtof Bey und mein Vater standen stumm. Mr. Tiko verbeugte sich. Die Begum sagte: »Keineswegs – kommen Sie. Johnson und ich werden auch zuschauen. Wie teilen wir die Golf-Cars auf? James, soll ich dich fahren?«

Die Cars standen in Zweierreihen, mit ihren blauen und weißen Dächern, frisch gefüttert. Die Begum, pfirsichfarben umflattert, nahm den ersten und winkte meinen weißbehuteten Vater neben sich. Mr. Tiko ging unter Verbeugungen zum nächsten und bat Sergeant Trotter ans Steuer, während er sein Golf-Bag festschnallte. Johnson, in einem zerknitterten Khaki-Buschhemd, sagte zu Krishtof Bey: »Kommen Sie: Man nennt mich den Teufel von Brooklyn«, und sie stiegen in den dritten. Ich blickte auf Wallace Brady.

»Nun?« sagte er. Er sah recht präsentabel aus: cremefarbene Hemdbluse und Hose, kreideweiß gestreift, in effektvollem Kontrast zu seiner braunen Haut. Er sagte: »Halten Sie das aus? Ich finde, ich habe einen ungerechten Vorteil, wenn ich mein Ziel so dicht vor Augen habe.«

»Ich halte es aus«, sagte ich. Durch die Konversation spannten sich plötzlich sonderbare Fallstricke.

Brady befestigte seinen Golf-Bag und setzte sich neben mich auf den weißen Beifahrersitz. Er sagte: »Hören Sie, hat Ihnen Edgecombe da nicht etwas eingebrockt? Ich denke, da die ganze Sache heute abend auffliegt, ist das wohl Sir Bartholomews letzte Chance, seinen Coup zu landen. Und ich denke weiter, hinter diesem Golfspiel steckt noch etwas anderes. Er glaubt, einer von uns versucht immer noch, ihn zu töten. Habe ich recht? Trotter, Krishtof oder ich?«

»Ich weiß nicht«, sagte ich. Die anderen drei Cars hatten sich vor uns in Bewegung gesetzt und rollten leise den sanften Hang hinunter.

»Ich denke schon«, sagte Brady. Ich schob meinen Fuß langsam zum Startpedal, und er legte seine Hand fest über meine auf dem Steuer. »Nein. Fahren Sie noch nicht. Ich sage Ihnen, ich glaube nicht, daß Sir Bartholomew Edgecombe hinter einem Wall von Leibwächtern zuhause auf dem Sofa liegt. Ich wette, ehe dieses Spiel zu Ende ist, taucht er auf dem Golfplatz auf.«

»Ich weiß nicht«, sagte ich wieder ziemlich düster. »Aber eines kann ich Ihnen sagen: In North Berwick war das alles anders.«

Er lachte und nahm seine Hand von meiner Hand am Steuer. »Sicher. Hier bei uns gelten ganz eigene Spielregeln«, sagte Brady. »Und das alles beunruhigt mich genausosehr wie Sie. Doch etwas wollte ich noch sagen, Beltanno Douglas MacRannoch. Wer dieses Spiel auch gewinnt, denken Sie daran, ich will Sie heiraten. Und wenn Sie mich nicht heiraten wollen, denken Sie daran, brauchen Sie es nur zu sagen.«

Seine warmen Worte taten mir wohl, wenn ich jetzt auch eher daran dachte, welch schwacher Golfspieler er war. Ich dankte ihm und setzte den Car in Bewegung; die weißen Fransen flatterten, als wir unter den Palmen den breiten bleichen Pfad hinunterfuhren und danach hinauf zu dem leuchtenden, frisch gesprengten Grün des No. 1 Tee.

Das erste Loch auf Great Harbour Cay ist ein akzeptables par 5, gefolgt von einem kurzen par 3 und einem vertrackten par 4. Als wir alle Loch No. 4 erreicht hatten, war die Konversation auf meiner Seite des Konvois völlig verstummt. Wenn es Krishtof Bey einfiel, vollführte er, für Johnson bestimmt, noch immer ein paar theatralische Verrenkungen; doch es fiel ihm nicht oft ein. Mr. Tikos Golf-Car umhüllte Schweigen; Mr. Tiko war kein redseliger Mann. Nur aus Car No. 1 heulte Disharmonie, in einem wilden Sturm fantasievoller Flüche: James Ulric wünschte das amerikanische Golf in den Hades. Mr. Tiko führte.

Mr. Tiko führte, weil er offenkundig einfach ein brillanter Spieler war, der es jetzt nicht nötig hatte, sein Spiel den emotionalen Bedürfnissen einer Lady Edgecombe anzupassen. Staunend sahen wir zu, wie er spielte, in Hosen und Sweater, schick marineblau. Er schlug mit sorgsam gewinkelten Knien, Schultern und gesamte Haltung nach der Fluglinie ausgerichtet. Sein No. 1 schwang perfekt zurück. Er verharrte einen Augenblick, die Augen auf dem Ball, die linke Schulter sauber unter seinem sauberen Kinn. Dann sauste der Schlägerkopf hinunter, *wisch*, und der Ball verschwand.

Loch 4 lag hinter einer Biegung und grenzte direkt an die Landebahn des kommerziellen Flughafens. Mr. Tiko plazierte sauber kurz hinter der Hälfte des Fairways, und mit dem zweiten Schlag jagte er den Ball genau aufs Green, als würde er ein Pfefferminzbonbon werfen. Wallace Brady landete demoralisiert in dem langen, fahlen Hindernis vor dem Green und blieb dort kleben, mit einem Sand-Wedge Explosionsschläge versuchend. Krishtof Bey überzog nach einem verheißungsvollen Drive seinen Annäherungsschlag und landete in dem anderen Hindernis am Ende des Green; er rettete sich mit einem Chip Shot und zwei Putts.

Meine Scham verbietet fast, von der Vorstellung meines Vaters zu berichten. Er stand mühsam auf seinen Spinnenbeinen und hüpfte jedesmal wie ein Hase, wenn es vom Flugplatz dröhnte; seine Schläge waren Fehlschläge. Auf dem Green verfolgte er den Ball rund um den Pin, als trüge er schwarze Spitzenunterwäsche, und schaffte es endlich mit neun. Ich hörte ihn fluchen, als er zu seinem Streitwagen stakste. Er stieg ein wie ein Mann, dem eben Charlton Heston leibhaftig erschienen war. Die Begum beugte sich hinüber und applizierte seinen Filter. An der Seite meines Vaters lebt man nicht allein in ungetrübtem Glanz. Wir begaben uns alle zu Loch 5.

Nicht jedes Loch war so vertrackt wie dieses. Jeder der drei Konkurrenten Mr. Tikos erholte sich halbwegs von dem anfänglichen

Schock. Wallace Brady erreichte und hielt das Niveau, das ich bei ihm von Paradise Island kannte. Krishtof Bey wurde von einem anderen Genius gelenkt und geriet stärker ins Fantastische. Er produzierte abenteuerliche Pitch Shots, Slice Hooks und gewaltige Drives, die ihm entweder schwarzes Verderben oder, wie bei Loch 6 gegen den Wind, mit einem Schlag unerhörten Erfolg brachten.

Bei seinem Car und bei Johnson zurück, schlang er die Arme um den Gefährten, wie ich noch wohl weiß; er tätschelte die dunklen Haare, die Brille, die unbeeindruckten Wangen. »Die Engel lenkten meinen Ball«, rief Krishtof Bey. »Ich habe einen Eagle! Ich persönlich habe einen Adler vom Himmel geholt! Werden Sie Reuters informieren, oder soll ich das?«

Doch Mr. Tiko holte einen Birdie und führte immer noch mit vier Löchern gegen zwei. Wir entfernten uns vom Meer und beförderten unsere Partner landeinwärts, den Rücken zum Wind; vorbei an der Wasservogelschar von Tauchern im See, in dem mein Vater zwei Bälle versenkte – Sergeant Trotter mußte ihn davon abhalten, ihnen zu folgen; vorbei an halbfertigen Häusern, wo träge Gestalten lagen, den Hammer neben sich, die auf Mr. Tikos par 4 herabsahen und auf Wallace Bradys atemberaubenden ausgleichenden langen Putt.

Mein Vater hatte sich auf spezielle Hilfsmittel besonnen; er schrubbte eifrig seinen Ball in dem seifigen warmen Wasser und trocknete ihn dann ab. Wenn ich an seine Kosten denke, möchte ich das oft am liebsten auch tun; doch in Schottland gilt dies als Schwäche. Im Falle James Ulrics bewirkte es nur, daß der Ball besser rollte; seine Richtung wurde keineswegs beeinflußt. Ich glaube, er wollte an diesem Loch einen Schläger zerbrechen, erinnerte sich aber noch rechtzeitig an den Stahlschaft. Das Spiel zog sich dahin, und wir zogen mit, wir vierköpfiger Troß mit unseren blauen und weißen Cars: separiert während des Spiels; am Rand des Fairways unseren Partnern folgend; sie mühsam von einer dunklen Ecke zur nächsten befördernd und still von der Niederlage eines Green zu der immergrünen Hoffnung des folgenden Tees.

Das Leben – so sprach ganz gewiß schon irgend jemand – ist wie ein Golfspiel, und niemand als der höchste Richter selbst weiß, wie es endet. Jedoch jeder, der an diesem Tag auf Mr. Tiko gesetzt hätte, hätte sich dabei recht sicher fühlen können. Im Lauf des Nachmittags konnte dieses Gefühl beständig wachsen. Als wir Loch 12 erreichten, lagen die Schatten lang und blau auf dem glänzenden

Gras, und es war allzu deutlich, daß, was immer noch geschehen mochte, Mr. Tiko das Spiel gewonnen hatte. Ich saß allein in meinem Golf-Car, vor mir Johnson und Trotter und die Begum, und blickte zurück auf die verbarrikadierten Fenster von Sir Bartholomew Edgecombes Haus, und voraus auf den steilen Hang zu No. 13, wo seine Frau Denise acht Tage zuvor den Tod gefunden hatte. Es schien mir ein angemessener Ort, um seinem Jungfernstand im Geiste Lebewohl zu sagen.

Auf dem Green gruppierten sich die drei Rivalen Mr. Tikos um Mr. Tiko, und mein Vater schimpfte. Ich nahm an, daß Krishtof Bey und Wallace Brady aufgeben wollten, mein Vater jedoch dafür war, zu Ende zu spielen. Soweit ich sah, war es nur von theoretischem Interesse, ob Krishtof oder Wallace Zweiter wurde. Weder die Polizei noch mein Vater würde Mr. Tikos Sieg annullieren können. Vielleicht dachte mein Vater, wenn es hart auf hart kam, würde ich doch einen Rückzieher machen. Wenn er das dachte, dachte er falsch. Endlich würde James Ulric lernen, sich nicht in meine Angelegenheiten zu mischen. James Ulric würde einen japanischen Schwiegersohn bekommen.

Johnson stieg aus seinem Car und schlenderte der weißen Kappe meines Vaters entgegen. Nach einem Augenblick neben ihm verließ er ihn und kam zu mir herüber. Hinter ihm war der Himmel blaß und zartblau, zum Horizont hin weißer werdend, und die untergehende Sonne, rund und rot, schien ihm auf die Brillengläser. Er sagte: »Brady und Krishtof Bey haben beschlossen, weiterzumachen. Fühlen Sie sich geschmeichelt?«

»Durch eine Zurschaustellung männlichen Kampfgeists?« fragte ich bitter. Es war nach sechs; es dämmerte bereits.

»So sind eben echte Sportler«, sagte Johnson. »Unglückseligerweise will auch Ihr Vater weiterspielen. Seine Rechnung ist ergreifend schlicht: Gewinnt er fünf der restlichen sechs Löcher, wird er Zweiter.« Er hielt inne. »Gewinnt dagegen Krishtof die nächsten beiden, ist Ihr Vater abgeschlagen. Könnten Sie angesichts seiner asthmatischen Vergangenheit erwägen, die Begum in diesem Fall zu bitten, ihn nach Hause zu bringen?«

»Das ist keine Vergangenheit«, sagte ich. »Es ist Gegenwart. Ich höre von hier, wie seine Sekundenkapazität steigt.« Die rostig glitzernden Gläser behielten ihre Position. Ich brachte mein Gehirn in Gang und sagte: »Sie wollen, daß mein Vater nach den nächsten beiden Löchern nicht mehr da ist?«

»Richtig«, sagte Johnson.

Ich sah auf ihn und dann auf meine Tasche, neben mir auf dem weißen Sitz. Die Frommer kuschelte sich immer noch darin.

»Richtig«, sagte Johnson wieder, obwohl ich inzwischen nichts gesagt hatte. »Und ich möchte, daß Sie und die Begum ihn begleiten.«

Wallace Brady kam auf uns zu. Vorn glitt Krishtof Bey in seinen Car; seine rosarote bulgarische Bluse leuchtete magisch im kupfernen Licht des Sonnenuntergangs. »Nein, danke«, sagte ich. »Ich glaube, ich sehe mir das Spiel zu Ende an.«

»Beltanno –«, sagte Wallace und hielt inne, als er Johnson sah. Die Runzeln auf dessen Stirn glätteten sich. »Sie weiß, was auf sie zukommt«, sagte er. »Die medizinische Beratung von Matsushita Electric.«

Wallace sagte: »Beltanno, es gibt Grenzen dafür, was ein nettes Mädchen tut, nur um seinen alten Herrn zu ärgern.«

»Ich werde Mr. Tiko heiraten«, sagte ich. Ich glaube, ich preßte es zwischen den Zähnen hervor.

»Sind Sie überrascht?« fragte Johnson Brady ruhig. »Bedenken Sie, der alte Herr heißt James Ulric.«

Wallace Brady bedachte es; man sah es ihm an. »Ich bin nicht überrascht«, sagte er endlich düster.

»Sehen Sie«, sagte Johnson. »Sie haben es vertikal versucht, mein lieber Brady. Doch heute herrscht laterales Denken, das sollten sie wissen. Ganz entschieden laterales Denken. Und man entdeckt eine verdammte Menge von MacRannochs, wenn man sich nur umsieht.« Er klopfte meinem Verehrer auf die kreideweiß gestreifte Schulter. »Glückauf, alter Kater«, sagte Johnson feierlich. »Spring hinaus und fang dir deine Mäuse!«

Beim vierzehnten Loch war mein Vater aus dem Spiel. Es bedurfte der gemeinsamen Bemühungen der Begum, Johnsons und meiner Person, ihn zur Rückkehr ins Clubhaus zu bewegen. Wenn Mr. Tiko seine Schläger festschnallen und als Zuschauer die Gegend unsicher machen konnte, behauptete er, war es um so mehr seine Pflicht, sein eigenes Turnier zu überwachen. Die Begum wies darauf hin, daß er als Teilnehmer keineswegs verpflichtet war, irgend etwas zu überwachen, und daß Trotter, Johnson und ich mehr als angemessen darauf achten konnten, daß die Regeln eingehalten wurden. Johnson sagte, es wäre ihm wohler, wenn ich meinen Vater ins Clubhaus begleiten würde; ich sagte, dort sei nichts zu befürchten, was ein bißchen

Isoprenalin, achtzehn neue Bälle und ein Wunder nicht aus der Welt schaffen könnten.

Schließlich entschwand James Ulric keuchend mit der Begum in der Dämmerung, und es gab mir einen Stich, als ich den wackeren blauweißen Schatten hinter eine Palme wanken sah. Er war ohnedies zu alt für Golf; eines Tages würde er das begreifen müssen. Und er hatte die Begum, dem Himmel sei Dank. Mein Vater heiratete nicht ein japanisches Golftalent.

Ich wandte mich ab und wollte eben wieder in den Car steigen, als jemand hinter dem Green »hallo!« rief.

Sergeant Trotter saß bereits in seinem Car. Wir anderen fünf blieben starr stehen. Dann ging Johnson das Green hinunter zu dem Pfad dahinter und machte »hallo?«

Von meinem Standpunkt aus sah ich den oberen Teil eines Autos. Ein Stück des Great Harbour Drive, der breiten weißen Straße, die sich entlang der Ostküste der Insel erstrecken sollte, führte, fiel mir ein, von diesem Loch zum strandwärts gelegenen Green des nächsten. Ans Meer erinnert, lauschte ich; und ich hörte es, jenseits der gekerbten Wand aus kleinen Palmen und dunklem Gebüsch: das dröhnende Zischen der glasklaren grünen Wellen außer Sicht.

Ich bemerkte, daß es sehr still geworden war. Das tiefe Brummen der Generatoren; das Geheul der Maschinen, die Stimmen der Arbeitenden: Das alles war mit der Dämmerung verstummt, und es blieben nur das Säuseln des schwachen Windes durch den dichten, mannshohen Dschungel zu beiden Seiten des Fairways und sein leises Heulen im Gebälk der schwarzen Hütte am Grün. Johnson fragte, ohne weiterzugehen: »Edgecombe? Du solltest nicht hiersein. Ist Spry bei dir?«

Seine Worte, vom Passat getragen, schallten klar über den Fairway. Sergeant Trotter, der in dem ersten Car vor mir gewartet hatte, stieg aus und begann über das Green zu gehen. Mr. Tiko kehrte nach kurzem Zögern zu seinem Car zurück und saß dann geduldig da, seine kleinen Hände auf den hübschen blauen Knien. Brady und Krishtof blieben, wo sie waren, Brady noch immer mit einem Pin in der Hand. Edgecombe sagte: »Nein. Er hat eine Weile frei. Wer gewinnt?«

»Ein japanischer Triumph«, sagte Johnson. »Mr. Tiko ist der große Sieger, und Krishtof und Brady spielen um den zweiten Platz. Wir gehen mit dir nach Hause und nehmen einen Siegestrunk.« Er hielt inne und sagte dann: »Hör zu, Bart, mach dich hier aus dem Staub. Es hat wenig Sinn, diesen ganzen Schutz aufzubieten, wenn du dich absetzt wie eine Laufmasche. Wir brauchen nicht lange.«

Er sagte es überzeugend, doch ich stand da und fror in der warmen Abendluft; ich wußte, daß dies nicht allein Bart Edgecombes Ohren galt. Was hatte Brady gesagt? *Ich wette, Edgecombe taucht auf dem Golfplatz auf?* Und da war er, wie von Brady gerufen – eben nachdem man die Begum und meinen Vater aus dem Weg bekommen hatte, eben nachdem Johnson versucht hatte, auch mich loszuwerden. Denn dies war ihre letzte Chance, seine und Edgecombes, den Täter zu fassen. Und diese Szenerie hatte Johnson dafür gewählt; er konfrontierte Edgecombe offen mit dem Feind.

So weit hatte ich gedacht, als Johnson eben sagte: ». . . brauchen nicht lange.« Ich glaube, wir alle hörten das leichte Blätterrascheln neben dem Pfad, weit von Johnson. Ich erinnere mich noch an Krishtofs Blick. Brady starrte immer noch finster auf Johnson. Dann hob sich ein Mann zwischen den Büschen, eine schwache Silhouette, holte mit seinem rechten Arm aus und warf etwas.

Ich hörte Johnson schreien: *»Weg!«* und sah die Waffe in seiner Hand, als er sich zu Boden warf. Ich machte es ihm nach. Wallace Brady fiel wie ein Stein, den Tänzer mit sich reißend. Mr. Tiko richtete sich in seinem Car halb auf. Während er das tat, explodierte die Erde, und Bart Edgecombes Auto darauf, in einem starr gleißenden Inferno von schwarzem Rauch und Feuer.

Der Schlag peitschte die kleine Palme auf uns zu, und die vier Überdachungen zitterten und ruckten, Fransen flatterten wild. Ein roter Blitz glühte aus den Büschen, wo Johnson lag, dann ein zweiter: Das Knacken der Pistole ging in dem Getöse des niederbrennenden, zuckenden Autos Edgecombes unter. Von der anderen Seite des Fairways wurde das Feuer beantwortet. Trotter rannte gebückt und unglaublich schnell zur Mitte des Green und stürzte sich in den Schutz von Mr. Tikos blauem Car. Mr. Tiko, das bleiche Gesicht halb erhellt vom Feuer, zögerte einen Moment und glitt dann hinunter neben ihn. Auch Wallace Brady hatte das Green verlassen; sein dunkler Schatten wälzte sich in meine Richtung. Einen Moment später stolperte er auf mich, seine Hände griffen hart an meine Arme, zerrten mich hinter seinen Car. Er sagte: *»Geben Sie mir Ihre Kanone.«*

Er atmete schwer. Ich konnte Johnson nicht sehen, Krishtof war verschwunden. Meine Handtasche mit der Pistole lag unter mir. Ich sagte steif: »Sie ist im Car«, und fuhr mit der Hand in die Tasche, als er sich hob, um nachzusehen. Er blickte herab, als ich den Lauf der Frommer umschloß, und ich sah schwach die Überraschung und die Wut auf seinem Gesicht, als eine Gestalt den Himmel hinter ihm verdunkelte, seine Hand zum Zupacken bereit. Aus der dunklen, dichten Reihe niedriger Palmen gegenüber kamen Knallen und blitzendes Mündungsfeuer, und nicht weit von mir dröhnte es zurück: Johnson, dann jemand anders. Eine kultivierte Stimme sagte direkt hinter mir gewandt: »Wissen Sie, wir wünschen es eher nicht, wenn Sie eine Waffe haben, Mr. Brady.«

Ich fuhr herum. Eine äußerst effektive Faust traf Wallace Bradys Kinn, und der große Brocken über mir schob sich plötzlich seitwärts und sackte ab. »Das wäre dies – jetzt kommt der Rest«, sagte Sir Bartholomew Edgecombe lächelnd. Er legte meine Frommer in meine erschlaffte Hand. »Alles in Ordnung: Ich war nicht im Wagen, als er explodierte. Gehört alles zu dem Plan, sie aus ihren Löchern zu locken.«

Ich hörte Johnson rufen: »Bart!« und Edgecombe lächelte mir wieder beruhigend zu. Eine Hand war schwer bandagiert, in der anderen hielt er eine sehr professionell wirkende Waffe. Er sagte: »Keine Sorge. Wir haben sie umzingelt. Ziehen Sie sich ins Gebüsch zurück, und wenn Ihnen einer von Pentecosts Freunden über den Weg läuft, schießen Sie ihn tot. Eine Bande von gedungenen Meuchelmördern.«

Dann war er verschwunden. Ich blickte auf Brady. Die kurze Dämmerung versank bereits in Dunkelheit. Mein stolzer amerikanischer Golfer lag auf dem Rücken, seine cremefarbene, kalkweiß gestreifte Kutte ganz zerknittert und befleckt. Am Fuß des Green stand immer noch Trotters Car; Mr. Tiko lag immer noch daneben, die Absätze zusammen und die Arme über dem Kopf. Dann sah ich, daß Trotter ihn wieder verlassen hatte und sich in dieser äußerst routinierten Art mit gebeugtem Kopf fortbewegte, von mir weg und auf den dritten, leeren Car zu.

Einen Moment später war er drin und kauerte sich auf seinen Boden. Eine kurze Weile tat sich weiter nichts. Dann ruckte der Car und begann sich langsam vorwärts zu bewegen; dabei knatterten in rascher Folge Schüsse. In dem schwarzen Dschungel dahinter schrie plötzlich ein Mann, jemand anders stieß ein kurzes Triumphgeschrei aus. Eine Feuerzunge fuhr aus dem brennenden Wagen in den Himmel, und in ihrem Schein erkannte ich Krishtof Beys rosarote Bulgarenbluse, als er aus den Büschen schnellte, irgendein Gewehr schwingend, primitiven Triumph auf dem braunen, hohlwangigen Gesicht.

Dann war er wie der Blitz aus dem Rough und im vierten, dem letzten Car; sofort steuerte er durch das Gras, Trotter auf den Fersen. Anders als Trotter machte sich Krishtof Bey nicht die Mühe, sich auf den Boden des Cars zu kauern. Das Gewehr an der Schulter, kniete er auf dem weißen Sitz und feuerte, wann immer sich eine dunkle Gestalt am Horizont bewegte, in Intervallen einen Viertelton-Kriegsschrei schmetternd. Ich hörte Sprys Stimme ihn mahnen, auf seine Route zu achten.

Plötzlich erhob sich von allen Seiten schreckliches Getöse. Hinter dem Gestrüpp auf der anderen Seite des Fairways ertönte das dröhnende Husten einer Reihe startender Motoren; es folgten zermalmende Geräusche, als sich eine Batterie schwerer Gefährte in Bewegung setzte, Pflanzenrohre und Unkraut und Kletten zerstörend, Pockholz und Gelbholz, Erlen und Stauden, Gewirre aus Klee und Geißblatt, auf dem Weg in den Rücken der Schützen. Hinter mir und vorne auf der Straße, neben dem Wrack des Wagens, hörte ich weitere Motoren starten und stoppen; und es entstand ein Gewirr von Stimmen, unter denen ich die Edgecombes und die Johnsons herauszuhören glaubte. Der Ring um ihre Feinde war endlich geschlossen.

Neben mir stöhnte Brady und bewegte sich. Ich machte mich in die Büsche, als sich das Feuer am Ende des Green plötzlich verstärkte. Sie wissen jetzt, daß es eine Falle ist, dachte ich. Und sie wissen, daß Edgecombe noch lebt. Es ist ihr letzter Versuch, ihn zu töten.

Krishtof Beys Car hatte den dunklen Block der Hütte erreicht. Ich sah ihn herausspringen, sein Gewehr glitzernd, und in das Dunkel ihrer Wände tauchen. Trotters Car war ebenfalls stehengeblieben, und ich sah Trotter wieder laufen, doch in die entgegengesetzte Richtung; dorthin, wo Edgecombe und Johnson schossen, auf meiner Seite des Green. Er ist schlauer als Krishtof, dachte ich; gleich werden die Traktoren die Heckenschützen aufscheuchen, und dann kommen sie hier ins Freie – und schießen.

Trotter hatte fast das Rough erreicht, als er stehenblieb. Ich hörte Edgecombe scharf rufen: »Kommen Sie, Mann«, und dachte, daß er in ihre Schußlinie geraten war. Dann sah ich, daß Trotter die rechte Hand gehoben hatte und daß die Waffe darin in die Richtung der Stimme Edgecombes deutete.

Trotter zielte ruhig und schoß.

Edgecombe rief: »O mein Gott!«

Einen Augenblick, eine Zehntelsekunde schien es, als sei alles endgültig verstummt: die Motoren, die Stimmen, die Schüsse. Dann bewegte sich jemand schwerfällig in dem Gebüsch, aus dem Edgecombe gerufen hatte. Schleppte sich dahin, richtete sich auf, machte einen halben Schritt vorwärts und sackte auf die Knie; fiel dann mit dem

Gesicht auf den Rand des Grases. Ich erkannte das zerknitterte Buschhemd und sah beim Fallen, wie der Glanz des Feuers in den Gläsern der Zweistärkenbrille reflektierte. Dann schob sich Edgecombes mächtige Gestalt aus dem Gestrüpp, und Edgecombes gepreßte Stimme sagte: »Du hast ihn getötet. Du verfluchter Verräter, jetzt hast du dafür Johnson getötet.«

Ich glaube, ich kam hoch. Ich weiß, daß Edgecombe vorsprang und feuerte, daß sein Gesicht mir den Blick eines Mannes zeigte, der Vergeltung und Tod bringen wollte. Trotter duckte sich und feuerte noch einmal wild; dann fuhr er herum und rannte. Ich sah Edgecombe ganz aus seiner Deckung brechen und ihm folgen, über das Green zu der Hütte und dem Fahrzeug, ohne sich in dem gleißenden, flackernden Licht um seine Sicherheit zu scheren, immer wieder feuernd. Ich sah Trotter taumeln und sich wieder fangen und im Wenden wieder auf Edgecombe zielen; ich sah Edgecombe sich ducken und feuern und hörte ihn danach fluchen, als sein Revolver klickte: leer.

Hinter mir kam Wallace Brady hoch, ganz langsam erst. Dann setzte er sich taumelnd in Bewegung, lief auf Edgecombes freien Rücken zu. Seine Gefahr nicht erkennend, wurde Edgecombe langsamer; er wollte neu laden. In einem Augenblick würde Brady bei ihm sein.

Die Frommer lag immer noch in meiner Hand, schwer und heiß. Ich entsicherte sie, hob sie und nahm ruhig Ziel auf meinen echt amerikanischen Golfgefährten.

Eine Hand packte mich hart am Gelenk, und eine zweite verschloß gleichzeitig meinen sich öffnenden Mund. »Diesmal nicht, Frau Doktor«, sagte Johnson. »Wallace Brady gehört mir und der Begum.«

Ich starrte ihn an; die Frommer fiel aus meiner Hand. Er ließ mich los und betrachtete mich grinsend, dann schob er schnell seine Hand unter meinen Arm. »Fassen Sie sich«, sagte er. »Habe ich Ihnen nicht von meiner Spezialunterwäsche erzählt? Wir binden den bösen Buben einen Bären auf, Sie wissen doch? Wir inszenieren sechs solche Täuschungsmanöver, und dann stirbt tatsächlich jemand.«

Ich hatte mich gefaßt, und ich konnte mich ohne jede fremde Hilfe auf den Beinen halten. Ich entzog mich der Stütze seiner Hand. »Mir scheint«, sagte ich kühl, »Sie lassen beide laufen.«

Johnson folgte meinem Blick. Einen Augenblick erschienen vor dem glühenden Wagen die Konturen Trotters; er blickte kurz nach links und rechts und hetzte dann gebückt in Richtung der Dünen und des Meers. Von der Rückseite der Hütte schlug ihm Gewehrfeuer nach. Dann hastete die dunkle Gestalt Edgecombes vorbei, die Waffe wieder schußbereit. Brady hatte im letzten Moment abgedreht und war in das linke Gestrüpp gehetzt; er rannte jetzt diagonal auf einem Kurs, der auf den Trotters zulief.

»Sie haben einen Wagen dort hinten«, sagte Johnson. »Auf dem Strandpfad des Great Harbour Drive. Wir haben den Drive blockiert, und sie müssen über die Fairways am Meer, um ihr Auto zu erreichen.«

Er hatte sich in Bewegung gesetzt, und ich lief neben ihm her. Vorne erleuchtete das Feuer Krishtofs wunderschönes Hemd und sein Gewehr. Spry war neben ihm; aus dem Gestrüpp tauchte eine Anzahl mir unbekannter Männer auf. Weiter fielen Schüsse, doch in einiger Entfernung.

»Zwei von Pentecosts Freunden haben wir erwischt«, sagte Johnson. »Ich denke, was Sie eben hörten, war der Rest.« Er hatte die Straße erreicht und überquerte sie. Ich sah, wie sich Spry ohne Überraschung umblickte und Krishtof einen Satz vollführte. Spry streckte eine Hand aus und bremste ihn. Niemand stieß zu uns. Ich folgte Johnson weiter.

Nach rechts war die Straße von einer dunklen Reihe von Autos blockiert; Männer standen herum. Das schwächer flackernde Licht vom Autowrack beschien eine Kalkschotterspur, die sich hinauf und in die Dunkelheit zur Rechten zog; von vorn kam das Zischen der See. Keine Schritte waren zu hören. Ich erkannte, daß Trotter auf diesen Weg gelockt worden war, zusammen mit den Überlebenden unter seinen Freunden; daß man sie schlau in den sicheren Pferch getrieben hatte, ohne weitere Schießerei; daß das Fluchtauto ihre endgültig zuschnappende Falle würde. Johnson sagte: »Ich laufe zum Wagen. Es ist nicht nötig, daß Sie beim Todesstoß dabei sind.«

Ich sagte: »Doch.« Wir rannten über das Gras entlang der Straße. Links, vom Fairway, kam kein Laut. Es fiel schwer, sich vorzustellen, daß dort, parallel zu uns, zwei Männer um ihr Leben rannten; in der Hoffnung, daß ein Wagen auf sie wartete, der sie in Sicherheit bringen würde. Ich fragte mit gepreßter Stimme: »Wo ist Sir Bartholomew?«

Johnson sagte: »Er dirigiert sie. Er weiß, wo der Wagen steht. Sie haben ein Boot, gleich hinter dem Flugplatz. Sehen Sie – da sind wir.«

Durch ein Gebüsch zur Linken führte ein düsterer sandiger Pfad zu dem Rauschen des Meers. Wir stießen schon fast auf den dunklen Schatten darauf, als ich erst erkannte, daß wir bei einer schnellen, geschlossenen Kabriolimousine standen, ein Stück von der Straße zurückgesetzt. Im dunklen Schatten rechts daneben lagen Männer.

Johnson sprach sanft mit ihnen, öffnete dann eine Wagentür, ließ mich nach hinten klettern und schloß wieder sacht. Er selbst blieb zusammengekauert draußen.

Es war jetzt fast völlig dunkel, das Abendrot war aus dem blassen weiten Himmel über dem Meer gewichen. Der Strand lag verborgen hinter einem schwarzen Fries aus Kiefern und Kokospalmen, die Stämme in dem wirren Gestrüpp, das an den langen sechzehnten Fairway grenzte. Das Green hob sich neben mir, seine Flagge unsichtbar vor den dunklen Bäumen; der gleichmäßige Rasen des Fairways verlor sich hinten in der Dunkelheit, die beiden blassen Bunker links und rechts düstere Flecken vor dem unsichtbaren Plateau des Tees.

So viel sah ich und ahnte ich, wenn ich kaum den Kopf über die rechte Tür des Wagens hob. Links war der dunkle Kopf Johnsons, hinter ihm dehnte sich dunkles Gebüsch zwischen dem Strand und der Straße, so weit das Auge reichte. In der Ferne blitzten die Lichter des kleinen Flughafen-Towers. Das Meer zischte und rollte, und der Wind blies leicht Südost, vom Flugplatz, und trug jeden Laut in die Ferne.

Die Flüchtenden würden von rechts kommen, die langen Fairways am Strand entlang. Sie würden durch das Gebüsch hasten. Ich fragte mich, ob sie den schweren Weg am Meer wählten, wo die Wellen die Schritte verschluckten, aber auch vielleicht jeden anderen Laut. Oder den durch den niedrigen Dschungel zwischen den Fairways und der Straße, durch Schneisen unterbrochen und die Grundmauern von Villen, gut für einen Hinterhalt oder auch nur einen gebrochenen Knöchel für den Unachtsamen. Anders als Johnson und ich konnten sie nicht die offene, gerade Straße nehmen. Kriechend und sich duckend, still von Busch zu Busch, von Schutz zu Schutz huschend, würden sie sehr viel länger brauchen.

Alles war still jetzt, außer der See. Auch das Feuer, vorhin weit dort hinten Panik stiftend, knackte nicht mehr. Die Verfolgten hatten ihre Verfolger abgeschüttelt – glaubten sie. Johnson hatte gesagt, daß Edgecombe sie dirigierte. Doch von ihm war bis jetzt nichts zu sehen. Ich fragte mich, ob er dort draußen lag, hinter den duftenden schwarzen Büschen, die Waffe auf den Fairway gerichtet und auf den Augenblick wartend, da Trotter und Brady aus der Deckung brachen, um zu dem Wagen zu rennen.

Er hatte geglaubt, Johnson wäre tot; ich hatte es auf seinem Gesicht gesehen. Ich vergesse auch nie die leidenschaftliche Wut, mit der er dann zielte und feuerte – auf die wilde, wendige Gestalt Trotters, die rauchende Waffe noch immer in der Hand.

Jetzt war der Jäger plötzlich der Gejagte. Trotter hatte jetzt keine Zeit, Edgecombe zu suchen und zu töten. Wollte er mit dem Leben davonkommen, mußte er diesen Wagen und dieses Boot erreichen.

Stille. Ich fragte mich, was Johnson dachte. Und ob Judith Cicely Ballantyne zuhause sehnsüchtig auf ihn wartete. Die Männer hinter dem Wagen lagen schweigend. Die Brandung zischte, und eine neue Welle schlug mit einem langgezogenen Stöhnen herein, brach und zischte ebenso. Sie hinterließ erneute Stille, lang und gespannt wie angehaltener Atem.

Ein langer, schmetternder Schrei zerriß sie; er heulte über die Fairways und fegte über das dichte Gras der weiten Flächen dort hinten zur Rechten. Urplötzlich kam Johnsons Hand von hinten und zog mich heftig und schnell rückwärts aus dem Wagen. Ich schlug neben einer anderen Gestalt aufs Gras und lag flach, als wieder dieser Schrei ertönte. Mich seinem Griff entwindend, griff ich nach der Seite des Wagens und hob meinen Kopf in Fensterhöhe.

Aus der bedrohlichen Dunkelheit schoß stolz und tapfer einer der Golf-Cars des Tamboo Club; rosarote Seide flatterte auf dem Fahrersitz, ein inbrünstiger islamischer Kriegsschrei drang unter der Bedachung hervor. Krishtof Bey rauschte mit hohem Tempo über das Gelände zwischen Fairway und Straße und artikulierte dabei lustvolle Kampfeswut.

Im gleichen Augenblick preschte auf der anderen Seite des Fairway ein zweiter Car aus der Dunkelheit und schob sich durch das Buschwerk auf der Meeresseite, gelegentlich langsamer und dann wieder schneller werdend, doch ständig immer näher kommend.

Schwach erkannte ich beim Näherkommen in ihm die graue Mähne Bartholomew Edgecombes. Johnson, der neben mir kniete, lachte erst und unterdrückte dann sein Lachen. »Mein Gott – die Treiber«, sagte er gedämpft.

Er hatte kaum gesprochen, als Krishtof Beys Gewehr knackte; weit links von uns sprang ein Mann hinter einer Palme hervor, blieb stehen, zögerte, wandte sich dann um und lief direkt auf uns zu, den breiten, offenen Fairway entlang. Ein weiterer Schuß kam aus Krishtof Beys Car; dann ruckte der Car und begann uns entgegenzuholpern. Der Läufer sah sich um und lief dann schneller. Als er näher kam, nahmen die verschwommenen blassen Züge vertraute Formen an.

»Trotter«, murmelte Johnson. Seine Hand war unten – er signalisierte allen Stille. Niemand bewegte sich. Seine andere Hand hielt fest die Waffe.

Dann sah ich, wie sich Johnsons Faust lockerte, und erkannte, daß Edgecombe bemerkt hatte, was hier geschah. Aus den buschbedeckten Dünen brechend, hatte er den Car über den Fairway gesetzt, die dunkle fliehende Gestalt zwischen sich und Krishtof bringend. Und als Trotter das bemerkte und sich umsah, zerriß ein roter Blitz aus Edgecombes Car die Dunkelheit.

Trotter feuerte nicht zurück. Er rannte, bis wir das Quietschen seiner Schritte und das Sägen seines Atems hörten. Johnson ließ ihn kommen. Er ließ ihn zu dem Wagen laufen, auf dessen anderer Seite wir alle lagen. Er ließ ihn die Hand an den Türgriff legen, während Edgecombes Golf-Car vor dem anderen Car einschwenkte und abrupt hielt.

Trotter hatte bereits die Tür offen, als ihm die Stille verriet, daß sich der Car nicht mehr bewegte. Er ließ die Tür los und warf sich auf den Boden, die Waffe in der Hand, während Edgecombe neben dem Steuer kniete und auf ihn feuerte, immer wieder.

Er traf ihn nicht. Ich hörte die Kugeln auf die Wagenseite prallen, und ich hörte das Knirschen, als Trotter wegrollte und auf die Knie kam. Neben mir stellte sich Johnson plötzlich auf die Beine und stand, verrückt, voll sichtbar da hinter dem niedrigen, offenen Wagen.

Trotter sah ihn aus seiner Lage allerdings sicher nicht. Doch Sir Bartholomew Edgecombe sah ihn. Er hob sich halb aus seiner Kauerstellung, die Augen auf Johnson: eine Vision, ein Mann aus dem Totenreich – in seiner Verblüffung vergaß er einen Moment selbst die Waffe in seiner Hand.

Trotter, der Sergeant-Major, machte einen solchen Fehler nicht. Edgecombe erhob sich vor ihm, das perfekte Ziel; und aus meiner Lage am Ende des Wagens sah ich Trotters Hand die Waffe heben.

Ich glaube immer noch, ich hätte ihn stoppen können. Ich weiß noch, daß ich alle Kraft, die ich besaß, in den Sprung legen wollte, der mich am Auto vorbei zu ihm bringen, seinen Arm wegreißen sollte, wenn er feuerte.

Johnson stoppte mich. Er schleuderte mich zur Seite, mit urplötzlicher Gewalt, die mir den Atem nahm, und hielt mich dann eisern fest, keuchend und hilflos, dort am Hinterrad des Wagens.

So hob Trotter seine Waffe ungehindert, und er feuerte: Und ein schwarzes Loch, wie eine Münze, öffnete sich zwischen Edgecombes Augen, ehe er langsam zur Seite sank, auf das perfekt gepflegte Gras – tot.

Johnson zog mich vom Wagen weg, als sich Trotter eben auf den Sitz schwang und die Zündung betätigte. Er sah sich um, als er den Gang einlegte; ich glaube, er sah uns alle hinter ihm. Er wußte wohl, daß die Straße bewacht, das Boot verschwunden sein würde. Doch er war zäh und verbissen. Er löste die Bremse und schoß nach vorn; Johnson hatte mit Bedacht gezielt und schoß ihm jetzt zweimal in den Kopf.

Das Auto schlitterte schräge über die Straße, stieß gegen den Rand und überschlug sich zweimal. Es lag mehrere Sekunden mit kreisenden Rädern da, ehe die Explosion es zerriß; in dem rosig flackernden Feuerschein sahen wir uns alle. Frohe Kinder und heiße Kastanien und Weihnachten. Tragen Sie ein feuerfestes Nachtgewand. Pflegen Sie feuerfeste Beziehungen. Niemand ist jemals das, was er scheint.

Krishtof Bey sprang aus seinem Golf-Car; Wallace Brady kletterte mit Krishtofs Gewehr vom Beifahrersitz desselben Cars und beugte sich über den toten Edgecombe. Ich beobachtete sie, ohne zu verstehen und fast ohne Interesse. Autos fuhren heran, und alle, die untätig um uns herum gewartet hatten, waren plötzlich sehr aktiv geworden. Ein Wasserwagen kam, und jemand begann bei dem halbzerstörten Auto mit Schläuchen zu hantieren. Ich fragte mich, ob es der Junge mit dem roten Hemd und dem abenteuerlichen Strohhut war. Die Geräusche des Meeres konnte ich nicht mehr hören.

Ein großer, geschlossener Buick glitt neben mich, und Johnson, der sich aus einer Traube diskutierender Männer löste, nahm meinen Arm und sagte: »Steigen Sie ein, Beltanno. Spry wird Sie zur *Dolly* bringen, und bald sind Sie sicher auf Crab Island, bei James Ulric und der Begum. Ich komme auch, sobald ich hier weg kann.« Er sah mich an und fügte dann hinzu: »Warten Sie einen Moment.«

Er hatte ein Fläschchen Whisky in der Tasche, was sonst. Ich sah zu, wie er eingoß, und nahm den Becher; ich dachte an die drei steifen Whiskys, die er in Bart Edgecombes Haus eingegossen hatte, und ich dachte an den Grund, aus dem er sie eingegossen hatte. Ich trank, und er nahm den Becher wieder. »Gutes Mädchen. Erklärungen später«, sagte Johnson. »Aber Sie waren ein grandioses Fräulein Doktor. Das unerschütterliche Rückgrat, die starke Säule dieser ganzen aufreibenden Sache.«

Ich sagte nichts. Ich sah Wallace Brady herüberblicken, doch ich wollte auch zu ihm nichts sagen. Ich stieg in den Wagen und saß steif darin, während Spry mich aus dem Lärm und aus dem Licht in die milde Dunkelheit fuhr. Ein leises Zischen erreichte mein Ohr: Das Meer, verdeckt vom nächtlichen Sprühregen der Myriaden von Sprinklern, die den Rasen für das nächste Golfspiel auffrischten. Wer hatte gewonnen? Mr. Tiko, vielleicht. Sonst niemand.

Erst als der Wagen aufgehört hatte zu rollen, bemerkte ich, daß wir an dem Kai waren, an dem das Motorboot der *Dolly* lag. Die Begum und James Ulric waren bereits auf Crab Island, sagte Spry. Mr. Tiko würde bald nachkommen, nahm ich an. Krishtof auch, und Wallace Brady. Oder gehörten auch sie zu dem Komplott? War überhaupt Johnson mit seiner *Dolly* das, wofür ich ihn hielt – gehalten hatte? Wußte irgend jemand irgend etwas?

Oder vielleicht wußten alle alles, alle außer mir. Das Rückgrat der ganzen Sache – so hatte er mich genannt. Oder war ich die Gefoppte? Das Gespött aller, die verratene Braut, die dumme Strohpuppe mit dem kahlen Kopf, das blonde Geschöpf in der Patsche?

Spry hielt die Tür auf.

Ich sagte: »Nein. Tut mir leid, aber ich will nicht nach Crab Island. Ich möchte so schnell wie möglich nach Nassau zurück. Bei all diesem Betrieb hier müssen doch viele Flugzeuge fahren. Könnten Sie mich vielleicht statt dessen zum Flugplatz bringen?«

Ich glaubte, er würde versuchen, mich hinzuhalten, irgendwelche Einwände zu erheben; doch das tat er nicht. Er brachte mich direkt zum Flugplatz, und innerhalb von einer Stunde saß ich in einem Flugzeug nach Nassau.

Selbst aus der Luft konnte ich alles sehen: das wandernde Scheinwerferlicht der Autos, der wirbelnde Schein und der Rauch des ersterbenden Feuers von Trotters zerstörtem Wagen. Dann drehte das kleine Flugzeug ab und flog davon. Great Harbour Cay und sein Golfplatz blieben hinter dem dunklen Meer.

16

Ich hatte einen Monat Kündigungsfrist im United Commonwealth Hospital, und niemand störte mich ernsthaft während dieser Zeit – obwohl mich James Ulric zweimal anrief, um zu fragen, ob mit mir alles in Ordnung war, und Mr. Tiko einmal, um zu sagen, daß man ihn nach New York zurückgerufen hätte, er mich aber wissen lassen wollte, daß er gerne jedem Plan zustimmen würde, den ich für die Zukunft hegen könnte. Ich dankte ihm und sagte, daß ich ihm bald schreiben würde. Ich stellte fest, daß ich froh war, wenn nicht überrascht, daß Johnson ihn nicht auch getötet hatte. Er schrieb mir, daß er mich vielleicht bei dem MacRannoch-Treffen sehen würde.

Vielleicht.

Ich arbeitete sehr hart im Krankenhaus. Vielleicht hatte ich Abwechslung gebraucht. Vielleicht bezog ich auch Energie aus meiner Kündigung. Sie hatte meinen Vater erfreut, selbst als ich ihm mitteilte, daß ich künftig von einem gemeinsamen Konto mit ihm leben wollte. Er hatte nie gewollt, daß ich arbeitete. Er hatte nur gewollt, daß ich heiratete. Vielleicht hätte ich das doch noch getan, wenn ich Johnson nie begegnet wäre.

Ich fragte ihn nicht, wie die Sache auf Great Harbour Cay ausgegangen war, und der *Nassau Guardian* brachte nichts Besonderes; auf die Ankündigung *Edgecombes Totenfeier am Montag* folgte nur ein langer, respektvoller Nachruf auf Sir Bartholomew, tödlich verwundet bei der Auseinandersetzung mit einem Army-Deserteur. Knapp wurde auf Lady Edgecombes kürzliches tragisches Ende verwiesen. Ich las beides flüchtig und hörte dann wieder auf, darüber nachzudenken.

Ich machte einen Wochenend-Trip nach New York und kaufte ein paar Kleidungsstücke und besuchte ein Theater und trank in der Pause einen großen Bossa Nova – ein Fehler, weil er mich wieder an Miami denken ließ. Am nächsten Tag trug ich meine Sonnenbrille im Hospital, doch niemand äußerte Kritik.

Nie fand ich die Atmosphäre im Hospital so unbelastet und angenehm wie in diesem letzten Monat. Vielleicht, weil sie wußten, daß ich ging. Vielleicht wegen meiner Perücke? Mein Oberarzt lud mich zum Essen ein, erzählte zwei riskante Witze und ließ sich lange darüber aus, daß er eigentlich immer Tierarzt werden wollte; ich trank währenddessen zwei Yellowberrys ohne erkennbaren Effekt. Ich gewöhnte mich allmählich daran. Ich gewöhnte mich an alles, nur nicht daran, einfach benutzt und ignoriert zu werden.

Mein Vater rief zum dritten Mal an und sagte, die Begum wollte wissen, ob sie heiraten könnte, und ich sagte: »Frag Johnson.« Er antwortete, Johnson sei nicht mehr da, und was hätte das überhaupt mit ihm zu tun? Es war zu kompliziert, das zu erklären; also legte ich auf.

Als ich zwei Tage später nach einem Operationstag nach Hause kam, empfingen mich an der Tür Daffodil und der Geruch von Pfeifenrauch, der sich vom Flur her kräuselte. Ein Herr war gekommen, um mich zu besuchen. Ein gewisser Mr. –

»Ich weiß«, sagte ich. »Guten Abend, Mr. Johnson.« Er stand im Wohnzimmer meines Vaters, mit einem zerknitterten Hemd und mit einer Krawatte, offenkundig mir zu Ehren umgebunden; der ernste Blick hinter seiner Brille sagte nichts. Ich äußerte ein paar Gemeinplätze, während Daffodil die Tür zumachte und sich zögernd vom Schlüsselloch entfernte. Johnson sagte: »Entschuldigen Sie, daß ich unangemeldet komme, aber ich wußte, daß Sie mich nicht hätten sehen wollen, wenn ich angerufen hätte. Die Begum meinte, meine Wirkung hätte zwischen der Mussolinis und der eines Panzerschranks gependelt. Ich bin hier, um mein Bild zu korrigieren. Es war nicht vorgesehen, daß Sie das alles erdulden, ohne eine anständige Erklärung zu bekommen.«

»Ich weiß«, sagte ich. »Ich schluckte alles, nur kein Antidepressivum hinterher. Ich bin selbst schuld, wenn ich so schnell verschwand.« Ich bat ihn nicht, sich zu setzen.

»Man hat Sie gesehen«, sagte Johnson ernst, »wie Sie Yellowberrys tranken. Aber wenn Sie mir nicht zuhören wollen, werde ich Sie nicht bedrängen. Der zweite Grund, aus dem ich komme, ist ein Auftrag.« Er blickte zur Wand. »Man hat mich gebeten, Ihnen ein Bild zu bringen.«

Ich machte zwei Schritte hinein und blickte dorthin, wohin er nickte. Das Viereck einer Leinwand, ungerahmt, lehnte an der Wand. Von ihm blickte ein dunkler Krishtof Bey, frohgemut und unergründlich, die Hände seine Knie umspannend.

»Mit den besten Empfehlungen des Modells«, sagte Johnson. »Ich soll Ihnen auch die immer hoffnungsvollen Liebesgrüße Wallace Bradys überbringen, und James Ulric möchte wissen, ob Sie schon diesen Winzling von Japaner geheiratet haben.«

»Japs«, sagte ich automatisch. Ich blickte von Johnsons Brille auf Krishtof Beys große Augen mit ihren schamlos falschen Wimpern. Kein Zweifel: Johnson war ein höllisch guter Maler. Ich sagte: »Sie *sind* ein verfluchter Mussolini.«

»Das ist gelogen«, sagte er ruhig.

»Ich sollte Sie hinauswerfen. Ich will nicht noch mehr Schmutz an meinen Händen. Ich will nicht hören –«

»Doch«, sagte Johnson. »Sie wollen hören, warum Wallace Brady nicht im Gefängnis ist, und Sie wollen hören, ob Krishtof Bey verheiratet ist oder nicht.«

»Er ist nicht«, sagte ich. »Ich habe im *Who's Who* nachgesehen.« Die Brille bewegte sich interessiert.

»Sie meinen doch nicht die Ausgabe der Begum?« sagte Johnson. »Sie sollten eine aktuellere zu Rate ziehen. Sie haben sein halbes Liebesleben nicht gefunden. Ich glaube nicht, daß irgend etwas von meinen sechs Kindern darin stand.«

»Nein«, sagte ich. »Aber von Judith Cicely Ballantyne.«

Die Brille verharrte völlig unbewegt. »Die Tochter«, sagte er, »des vielleicht berühmtesten russischen Spions, den die Welt je erlebt hat, Igor Wassily Balinski. Sie heiratete mich auf Befehl des Kremls, um mir alle meine Geheimnisse zu entlocken, und als die Wahrheit später an den Tag kam, schossen wir uns. Die Sowjets gaben ihr ein Staatsbegräbnis. Sie zielte schon immer schlecht.«

Nach dieser wilden Geschichte starrten wir uns an. Welche Prinzipien ich auch sonst über Bord geworfen hatte – die Privatsphäre anderer konnte ich noch respektieren. »Verzeihung«, sagte ich. »Setzen Sie sich. Was möchten Sie trinken?«

Er blieb stehen. Er sagte nachdenklich: »Warum sollten Sie glauben, daran sei irgend etwas Wahres?«

Seit ich ihn hier getroffen hatte, seit dem Abend, an dem er mich dann auf die *Dolly* brachte, hatte er mich getäuscht. Ja: Kaum etwas stimmte, was er mir in der folgenden Zeit erzählte. Warum sollte ich dann glauben, daß seine Frau tot war und daß er sie geliebt hatte? Er wollte, daß ich ihm zuhörte, mit echter Teilnahme. Er hatte sichergestellt, daß ich das würde.

Ich stand da und machte mir darüber Gedanken, die Flasche Haig noch ungeöffnet in der Hand. »Ich glaube Ihnen«, sagte ich, »weil ich sah, wie Sie diese beiden Männer auf dem Golfplatz töteten.«

Er sagte: »Ich tötete nur einen.«

»Nein«, sagte ich. »Sie haben Edgecombe das Leben genommen. Auch wenn Trotter die tödliche Kugel abfeuerte.«

Johnson bewegte sich. Er nahm mir die Flasche aus der Hand und öffnete sie, stellte zwei Gläser hin und goß ein. Die Brillengläser stießen fast gegen sein Glas, als er es hob, um mir ohne zu lächeln zuzutoasten. »Auf die schottische Ärzteausbildung und alles, was sie hervorbringt.«

Ich wartete, bis er getrunken hatte und sich wieder setzte und den Whisky auf den Tisch neben sich stellte, ehe ich die Frage wagte, an die selbst zu denken ich mir bisher verboten hatte. »Die ganze Zeit«, begann ich, »von Anfang an, seit dieser Sache auf dem Flughafen – wer hat versucht, Sir Bartholomew Edgecombe umzubringen?«

Ich dachte, ich wäre auf alles gefaßt. Ich dachte, keine Antwort könnte mich überraschen, wie sie auch lauten mochte. Aber er sagte: »Sie hatten einen Monat böse Sorgen, nicht, Beltanno. Das hätte ich Ihnen gerne erspart. Sehen Sie, *niemand* versuchte, Bartholomew Edgecombe umzubringen. Man sollte nur glauben, daß das jemand wollte.«

»Alles nur Theater?« sagte ich. Ich fragte mich, ob er auch diesmal erwartete, daß ich ihm glaubte. Ich fragte: »Das Arsen auf dem Flughafen? Die weitere Dosis im Flugzeug? Pentecosts Anschlag im Bamboo Conch Club? Die Warnungen an mich, dort und in New York und Coral Harbour? Der Überfall auf mich in Miami, das Verschwinden Ihrer und meiner Sachen, ehe meine Aufzeichnungen auf Crab Island verschwanden? Der Tod Denises? Der Versuch, Edgecombe auf der *Dolly* in die Luft zu jagen? Das Ding, das in dieser Nacht jemand auf seinen Wagen warf?

Nein, niemand wollte Bart Edgecombe töten, ganz gewiß«, sagte ich mit verzeihlichem Sarkasmus. »Nur hat ihn jemand tatsächlich getötet, und Sie taten absolut nichts, um es zu verhindern.«

»Ein, zwei harte Wochen Arbeit, stimmt's?« sagte Johnson, die Brauen gehoben, die Brille in milder Betrachtung. »Das alles zusammenzubringen. Natürlich tat ich nichts, um Bart Edgecombes Tod zu verhindern. Ich hatte davor vierundzwanzig Stunden damit verbracht, um das ganze blutrünstige Drama vorzubereiten. Ich konnte Edgecombe nicht selbst töten: Die Royal Academy wäre pikiert gewesen. Trotter mußte es tun.«

»Er haßte beide, Sie und Edgecombe«, sagte ich langsam. »Trotters Plan im Bamboo Conch Club ging daneben, doch er sorgte dafür, daß Sie diesen Kellner nicht bekamen, jedenfalls nicht lebend. Er konnte all diese Sachen auf der *Dolly* verursacht haben, in der Absicht, mit irgendeiner Ausrede von Bord zu gehen, ehe die *Haven* losschlug. Er rettete uns das Leben, aber nur, um sein eigenes zu retten. Und auf dem Golfplatz in jener Nacht fielen Sie nach seinem Schuß.«

»Du hast ihn getötet«, hatte Edgecombe zu Trotter gesagt. *Du verfluchter Verräter, jetzt hast du dafür Johnson getötet.«*

»Ja, ich fiel«, sagte Johnson sanft. »Es schien aus jeder Perspektive, als hätte er mich getötet – nur nicht aus meiner. Trotter zielte in die Büsche, wo wir beide waren, aber tatsächlich schoß er auf Edgecombe. Edgecombe, der das erwartet hatte, war wendig und schnell und vor allem ein blendender Opportunist. Er duckte sich, als er Trotter den Revolver heben sah, wandte sich rasch und suchte selbst ein Ziel. Als Trotter feuerte, feuerte Edgecombe auch. Natürlich dachte er, ich wäre tot. Er hatte eben selbst auf mich geschossen, während ich ihm ins Gesicht sah – voll in die Brust.«

Gelobt sei die bügelfreie Titan-Unterwäsche. Ich sagte: »Er hätte sich für den Kopf entscheiden können.«

Johnson sagte: »Ich versuchte, ihm nicht die Chance zu geben. Doch das war ein Risiko, das ich auf mich nehmen mußte.«

Ich wußte, daß meine Stimme ausdruckslos geworden war. Ich sagte: »Sie haben erwartet, daß Sir Bartholomew irgendwann die Hand gegen Sie heben würde? Ihr Mitkämpfer?«

Er lächelte leicht, doch seine Brille wirkte düster wie die Nordsee in der Dämmerung. »Edgecombe und ich standen schon auf verschiedenen Seiten, als ich nach Nassau kam. Er war ein Doppelagent, Beltanno: ein Mann, der von beiden Seiten bezahlt wurde und beide Seiten betrog. Wir hatten ihn im Verdacht, seine anderen Auftraggeber hatten den Beweis. Sie boten ihm das Leben unter einer einzigen Bedingung: daß er ihnen dafür meines opferte.«

»Er sollte Sie töten?« fragte ich. Ich konnte es nicht fassen. Der große, grauhaarige, liebenswürdige Mann, der krank und schwach auf der Privatstation gelegen hatte.

»Er sollte mich töten. Und damit unsere Leute ihn unter keinen Umständen entlarven sollten, machte er einen aufwendigen Plan. Es sollte aussehen, als richteten sich die Anschläge direkt gegen ihn; er wollte uns dazu bringen, persönliche Motive zu vermuten. Und um das zu erreichen, wählte er Sie, Beltanno.«

»Wählte er mich?« fragte ich.

»Er hatte Sie im Hospital gesehen, wissen Sie? Und war von Ihrer Tüchtigkeit beeindruckt. Eine aktive, unabhängige junge Frau, die sicher prompt auf eine plötzliche Vergiftung reagieren würde. Er war in New York, Beltanno, weil Sie nach New York kamen; und Trotter war da als sein Komplice.«

»Und Wallace Brady?« fragte ich. Ich wäre nicht so weit gegangen, hätte er ihn nicht bereits erwähnt.

»Wallace Brady«, sagte Johnson offenkundig amüsiert, »ist ein unschuldiger Begleiter der Ereignisse, der gerne Brücken baut und es nicht gerne sieht, wenn junge Frauen in der Handtasche Kanonen tragen. Er und Krishtof leisteten gute Arbeit in der letzten Runde, als sie Trotter und Edgecombe zum Wagen und in unsere Hände trieben.«

Einen Augenblick hatte das alles für mich einen gewissen Sinn ergeben. Jetzt sagte ich hämisch: »Aber *Trotter* erschoß *Edgecombe*.«

»Gewiß«, sagte Johnson. »Immerhin hatte Edgecombe eben seinen Unglücksfall selbst arrangiert und die *Dolly* verlassen und kam nicht wie abgemacht zurück, um auch Trotter zu holen. Falls Edgecombe übrigens doch hätte zurück wollen – ich muß sagen, ich hatte Brady aufgetragen, das zu verhindern. Ein zuverlässiger junger Mann, dieser Brady. Machte seine Sache gut.«

Ich fragte: »Dann wußten Sie bereits, daß Edgecombe und Trotter zusammenarbeiteten?«

Er hatte es gewußt. Ich schloß die Blende und machte Licht; er erzählte mir mit seiner kühlen Stimme die wahre Geschichte dieser Ereignisse vor dem Ende meines ärztlichen Daseins.

Edgecombes Berichte hatten ihre Adressaten schon seit längerer Zeit beunruhigt. Geringfügige Auslassungen, geringfügige Ungenauigkeiten ließen Johnsons Gegenwart in diesem Teil der Welt geraten scheinen. Sie war für zwei Monate geplant und galt nach außen seiner Ausstellung in Miami: ein unverdächtiger Aufenthalt, der es ihm ermöglichte, nebenbei auch Edgecombe zu besuchen, um sich selbst ein Bild von der Situation zu machen.

Als ich ihm die Nachricht von Edgecombes Mißgeschick brachte, wurde er sofort argwöhnisch. Es war nicht die Sache Edgecombes, einen Zwischenträger einzuschalten, so ahnungslos der auch sein mochte. Edgecombe hätte seine Nachricht direkt der *Dolly* übermitteln sollen.

Aber sicher, sagte sich Johnson, hatte mich Edgecombe in bestimmter Absicht ausgewählt. Ich mußte den Anschlag bestätigen. Ich war da, um zu beweisen, daß er tatsächlich vergiftet worden war; wenn man das erkannte, erkannte man auch, daß mein Leben dadurch sakrosankt wurde.

Meine telefonische Bedrohung fand er auch sonderbar, und die unheimlichen Wiederholungen im Nachtclub und in Coral Harbour. Ich hätte mich mit dem, was ich wußte, direkt ans Hospital oder an die Polizei wenden können; die Bedrohung, die ich erlebte, brachte mich jedenfalls dazu, mit Sir Bartholomew zu sprechen, der mich so vorgeblich ins Vertrauen ziehen konnte. Es erhärtete sich auch der Beweis, daß Sir Bartholomews Leben tatsächlich Angriffen ausgesetzt war; ich konnte es bezeugen.

Aber bisher hatte Johnson nur Vermutungen – bis zu dem Feuer im Bamboo Conch Club. Dann wurden die Ereignisse eindeutiger, sagte er. Den Club hatte Lady Edgecombe ausgesucht, auf Empfehlung ihres Mannes. Kleidung war gestohlen worden, weshalb Johnson Sachen von Edgecombe trug. Ob das Feuer den Tod oder Verletzungen brachte – man konnte in jedem Fall behaupten, daß der Anschlag Edgecombe gegolten hätte.

»Doch wie seltsam, überlegte ich«, sagte Johnson nachdenklich,

»diese Vorbereitung dort, die Ausführung durch einen hiesigen Kellner. Was wäre geschehen, wenn sich Lady Edgecombe für Charley Charley's entschieden hätte? Wer die Wahl des Lokals getroffen hatte, schien mir, wußte auch, was dort geschehen sollte. Und nachdem der Kellner tot war, glaubte ich schließlich auch, daß Sergeant Trotter mehr wußte, als er wissen sollte. An diesem Punkt«, fuhr Johnson mit ruhiger Stimme fort, »schien es mir sehr wahrscheinlich, daß der Anschlag mir gegolten hatte; und Lady Edgecombe hätte dafür verantwortlich sein können.«

Ich sagte kalt: »Darf ich daraus schließen, Sir Bartholomew Edgecombe und seine Frau standen gleichermaßen unter Ihrem Verdacht, als man mich in ihr Haus auf der Insel schickte?«

Johnson beschwichtigte: »Sie waren natürlich völlig sicher. Sie waren dauernd völlig sicher: Sie waren der Beweis, daß man Edgecombe vergiftet hatte; Sie waren der Beweis, daß er bösen Attacken ausgesetzt war. Nichts würde Ihnen geschehen. Doch ich hatte erkannt, daß es vernünftig war, mich nun zunächst von beiden Edgecombes fernzuhalten, bis sich die Tatsachen, wie sie auch beschaffen waren, deutlicher zeigten. Also blieb ich auf Crab Island, während Denise ihre Sorgen im Alkohol ertränkte und ihr Mann zu dem Schluß kam, daß man ihr so nicht mehr trauen konnte. Mein großer Fehler.«

Ich erinnerte mich. Big Daddy. Das einzige Mal, da ich Johnson mehr trinken sehen hatte, als er vielleicht vertrug. Ich fragte: »Sir Bartholomew tötete seine eigene Frau?«

Johnsons Stimme deutete keine Regung an. »Ich glaube nicht, daß sie alles wußte«, sagte er. »Doch jedenfalls ein bißchen zu viel. Genug, um von diesen mysteriösen Vorfällen nervös zu werden; genug, um Trost bei der Flasche zu suchen. Und wenn sie betrunken war, redete sie. Also starb sie bei einem weiteren mysteriösen Vorfall.

Die Brosche, die sie verlor, war sein Geschenk zum Hochzeitstag. Erinnern Sie sich, wie er darauf aufmerksam machte, wie er sie dazu brachte, sie in die Tasche zu stecken? Brady wußte es noch genau. Später, mit dem Arm um ihre Taille, hätte er sie sehr leicht herausbekommen und dorthin legen können, wo er wollte. Sie wehrte sich nicht, als sie über den Rand gestoßen wurde. Sie versuchte nicht, wegzulaufen, und ihre Fußspuren waren nicht tief und verzerrt, wie man es von jemandem erwartet, der gegen seinen Willen festgehalten wird, mit einem Fetzen voll Äther auf dem Mund. Sie wußte, wer es war. Sie ließ zu, daß er sie an den Rand der Grube führte, vielleicht unter dem Vorwand, er hätte ihre Brosche dort gesehen. Vielleicht hat er sie umarmt und betäubt, während sie in seinen Armen lag. Jedenfalls wurde festgestellt, daß sie nicht unter der Plane war. Die wurde später hinuntergeworfen, auf den Körper.«

Er schwieg eine Weile und sagte dann noch: »Ich sollte mich vielleicht entschuldigen für die kleine Szene danach mit Edgecombe, die Ihre Wertschätzung für mich so drastisch reduzierte. Doch sie war bitter nötig, um Edgecombe auch nicht den geringsten Zweifel daran zu erlauben, daß ich ihm voll vertraute. Sie waren dabei eine große Hilfe.«

Ich erinnerte mich, wie ich dastand und vor Wut zitterte, meine Hand auf Bart Edgecombes Schulter. Bart, der eben seine Frau getötet hatte, Johnson, der das bereits ahnte. Ich hatte jedem geholfen, schien es, außer mir selbst.

Johnson beobachtete mich. Ich machte einen langen, gleichmäßigen Atemzug und verbannte meine Emotionen. Edgecombe hatte mich, in seinem Interesse, subtil vor Johnson gewarnt. Edgecombe hatte angedeutet, daß Johnson verheiratet war; daß er Witwer war, hatte er nicht erwähnt. Edgecombe und Johnson, mußte ich bedenken, waren durch dieselbe Schule gegangen ... »Also hatten Sie keinen Verdacht auf Mr. Tiko«, sagte ich. »Oder Wallace Brady?«

»Ich hatte alle im Verdacht«, sagte Johnson in gleichbleibendem Konversationston. »Doch Lady Edgecombe war eine recht große Frau, und Mr. Tiko ist ein sehr kleiner Mann. Bei Brady lag der Fall anders. Als wir nach Crab Island kamen, tippte ich auf Trotter als Handlanger, doch ich machte jedenfalls den kleinen Test mit den Arsenpapieren. Wollte sehen, was sich tat. Apropos, was sich so alles tat –«

Ich nahm das ominöse Band, das er mir reichte, in würdevollem Schweigen entgegen. Ich versuchte, mir nicht vorzustellen, wie die Polowitischen Tänze durch die keuschen Kabinen der *Dolly* dröhnten. Ich sagte frostig: »Jedenfalls freue ich mich, daß es Ihnen Aufschlüsse gab, die Ihnen den Beginn Ihres Porträts ermöglichten.«

Johnson blickte auf das mandeläugige Gesicht auf der Leinwand. »Ich gebe zu, ich schob es hinaus, bis ich sicher war, daß ich es nicht in Pentonville beenden mußte. Brady war für mich von diesem Moment an ebenfalls unverdächtig. Er konnte hier kein Theater gespielt haben. So nicht.«

Er lehnte sich zurück und dachte offenkundig amüsiert an meinen echt amerikanischen Verehrer. Ich fragte scharf: »Und fanden Sie die verschwundenen Papiere?«

»In Trotters Zimmer«, sagte Johnson. »Interessant: Sie waren nicht zerstört. Das hieß, entweder erpreßte Trotter einen Mörder, oder er hatte sie für Bartholomew Edgecombe geklaut, damit ich sie nicht vernichtete. In diesem Fall wären sie unversehrt zu einem passenden späteren Zeitpunkt wiederaufgetaucht. Edgecombe, bedenken Sie, wollte beweisen können, daß man ihn vergiftet hatte. Ich ließ die Papiere liegen, damit sie nicht gewarnt waren. Dann kam Edgecombe von der Beerdigung, und die Arsenpapiere, wie ich feststellte, verschwanden aus Trotters Zimmer.«

»In Edgecombes Zimmer?« fragte ich.

»Dafür war Edgecombe viel zu clever. Nein, sie verschwanden völlig. Vielleicht schickte er sie irgendwohin nach Nassau. Wir haben sie noch nicht gefunden, aber wir werden sie finden. Damals war es wieder eine Spur, die ins Leere führte. Doch nicht ganz: Es schien jedenfalls bedeutungsvoll, daß sie an dem gleichen Tag verschwanden, als Edgecombe wiederauftauchte. Und seit Denise tot war, lastete mein Verdacht ziemlich schwer auf Sir Bartholomew selbst. Betrachtet man dann die Sache mit der *Haven*, wurde seine Schuld und Trotters Komplizenschaft wirklich sehr wahrscheinlich. Entscheidend war dabei, daß er seinen Unglücksfall selbst arrangierte, um einen plausiblen Grund zu haben, die *Dolly* zu verlassen. Ich brachte Brady dazu, das Motorboot wild zu steuern und darauf zu bestehen, nicht zurückzukommen, um Sie oder Trotter zu holen.«

»Ich frage mich«, sagte ich, »wie Sie zu dem einfachen Entschluß kamen, Violet von New York gehen zu lassen und nicht mich?«

Daffodil, von der Aussicht auf einen vergnügten Abend angestachelt, hatte eine anständige Mahlzeit für zwei vorbereitet, und wir gingen hinaus. Ich erinnere mich an meinen Versuch, Johnsons Brille mit einem oder beiden Augen zu fixieren, über meinen Daiquiri und mein Hühnchen mit Whisky hinweg. Er redete ungerührt weiter.

»Violet von New York«, sagte Johnson, »ist ein ganz geriebenes Geschöpf, das auf mein Geheiß die ganze Zeit auf Edgecombe aufpaßte, bis wir zurückkamen. Außerdem, falls Bart Edgecombe Ihre Arsenpapiere hatte, mußte er nicht mehr allzusehr um Ihr Wohlergehen besorgt sein. Ich glaubte, Sie seien auf der *Dolly* sicherer.«

Ich legte mein Messer und meine Gabel nieder. »Aber Sie wußten, daß etwas auf die *Dolly* zukam.«

»Ja«, sagte Johnson. »Doch ich dachte auch, was es auch sein mochte, Trotter würde damit fertig werden.«

»Also«, sagte ich, »war die *Haven* eine fürchterliche Überraschung.«

»Ich möchte diesen Punkt nicht strapazieren«, sagte Johnson bedächtig. »Trotter *wurde* damit fertig.«

»Und schwor sich Rache an Edgecombe, weil er ihn zurückgelassen hatte. Wollte Edgecombe tatsächlich von vorn herein, daß Trotter starb?« fragte ich. »Oder nützte er einfach die günstige Gelegenheit?« Ich erkannte jetzt, weshalb Johnson ins Meer springen mußte; weshalb er zu kontrollieren hatte, was Trotter auf der *Haven* machte.

»Ich weiß nicht«, sagte Johnson nach einem Augenblick. »Ich glaube, er wollte Trotter loswerden, wie er schließlich Pentecosts Freunde loswurde – die in eine Falle gingen. Er sprach offen über Trotter als Verdächtigen. Ich glaube nicht, daß Edgecombe es riskiert hätte, ein Leben lang von Trotter erpreßt zu werden; wo Trotter, wenn er es schlau anstellte, als sein Sündenbock herhalten konnte. Ich denke, daß er sich Trotters Hilfe vor allem deshalb sichern konnte, weil er etwas von Trotters Army-Vergangenheit wußte. Sie waren höchst fragwürdige Genossen. Als Edgecombe jedenfalls erfuhr, daß wir nicht alle tot waren, und Trotter über die Bettdecke auf sich starren sah, mußte das wohl der Schock seines Lebens sein.

Denn unsere Geschichte ließ sich nicht einfach manipulieren. Niemand konnte behaupten, das ferngelenkte Boot mit dem Sprengkopf sei zufällig auf die *Dolly* zugesteuert. Wären wir alle umgekommen, hätte die Sache anders ausgesehen. Man hätte von einem davonfahrenden Boot und einer unglückseligen Kollision sprechen können. Ein weiterer Verdacht hätte nicht aufkommen müssen. Doch hier war eine Bootsladung von Zeugen, darunter ein so unsicherer Kantonist wie Harry, der sicher verlangen würde, daß man die Polizei einschaltete.

Trotter schlug zum Schein in dieselbe Kerbe, und ich half mit, eine Vierundzwanzig-Stunden-Frist auszuhandeln. Edgecombe mußte dies als der ganze Spielraum erscheinen, den ich glaubte, uns noch einräumen zu können, ehe die ganze Sache an die Öffentlichkeit kam. Er würde erwarten, daß ich während dieser Frist noch einmal alles daransetzte, seinen Feind zur Strecke zu bringen. Was ihn betraf, so mußte er sich sagen, daß er nur noch vierundzwanzig Stunden hätte, um meinen Tod herbeizuführen. Und jetzt war natürlich nicht mehr daran zu denken, aufwendig ein Unglück vorzutäuschen. Wenn ich nur starb – durch Mord. Die *Haven*-Affäre hatte das deutlich gezeigt. Also, dann das Golfturnier...«

Ich hörte auf, in meinem Essen zu stochern. »Was heißt das, also das Golfturnier? Alles fing damit an, daß Mr. Tiko das Puzzle zu Ende brachte. Dann... Sie wollen doch nicht behaupten, daß Sie voraussahen –« Ich brach ab. »Oder haben Sie die Unverschämtheit, mir zu sagen –«

»Ich sprach mit der Begum«, sagte Johnson entschuldigend.

Ich starrte ihn an. »Das Golfturnier. Sie schlugen der Begum vor, es vorzuschlagen?«

Er nickte.

»Und ich sagte beinah nein«, sagte ich boshaft.

»Ich bin froh, daß Sie nicht nein sagten«, sagte Johnson. »Wir brachten Edgecombe unter liebevoller Obhut nach Great Harbour Cay, wo er aus der Reichweite des rachelüsternen Trotter war; ich kam so aus seiner Reichweite. Doch erst plante ich die Aktion großer Hinterhalt und erläuterte ihm, was er davon wissen sollte. Er war ganz begeistert und versprach seine Hilfe: Er wollte zur richtigen Zeit am richtigen Loch auftauchen. Wir ließen ihm genügend Zeit, sich mit Pentecosts Freunden oder wem immer auch sonst in Verbindung zu setzen und zu arrangieren, daß man seinen leeren Wagen beschoß oder sprengte oder ganz nach seinen Wünschen anders derangierte.

Dann machte Spry sich auf und durchkämmte das Gelände um das vierzehnte Green, bis er das Fluchtauto fand. Er tat noch mehr. Als Trotter ins Clubhaus kam, erzählte er ihm davon. Spry sagte einfach, er hätte eine schöne Kabriolimousine gesehen, die seltsamerweise ganz verlassen dastand. Es war möglich, daß Trotter davon wußte, daß sie aus einem bestimmten Grund dastand ... umsonst, wie sich herausstellen würde. Edgecombe hatte seinen Leuten nicht gesagt, daß sie von der Polizei und anderen umstellt sein würden: daß sie bei diesem simulierten Angriff auf ihn ebenso wie ich Opfer sein sollten.

Jedenfalls bekamen wir den gewünschten Beweis. Drei meiner eigenen Leute sahen Trotter zwischen Edgecombe und mich in die Büsche feuern, sahen Edgecombe schießend hochkommen und mich, wie er glaubte, tatsächlich töten. Ich fiel superb wie Fairbanks.

Den Rest brauche ich Ihnen kaum zu erzählen. Die Polizei, die nahe des Fluchtwagens verborgen war, sah Trotter nur zuletzt, als es ihm endlich gelang, Edgecombe niederzuschießen, den Mann, der zuviel von seiner Vergangenheit wußte. Sie sah, wie Trotter Edgecombe tötete und fliehen wollte. Sie sahen mich auf den Wagen schießen und Trotter töten. Trotter, diesen armen Irren. Der Fall ist abgeschlossen.«

Lange Stille. Er stopfte seine Pfeife und lehnte sich auf seinem Sitz zurück, einem der Chippendale-Speisezimmerstühle meines Vaters. Mir fiel ein, daß wir schon lange hier saßen; ich stand auf und ging voraus zurück ins Wohnzimmer.

Es ließ sich auch angenehm leben. Mein Blick fiel auf das Hi-Fi-Radio. Kniend schaltete ich ein und bewegte einen oder zwei schlichte Knöpfe, während Johnson es sich bequem machte und Tabakwolken ausstieß. Der Schwulst des Songs von »Yellow Bird« umschwebte die Klimaanlage:

Yellow Bird, up high in banana tree
Yellow Bird, you sit all alone like me –
You can fly away
In the sky away
*You are luckier than me.**

Ich schaltete abrupt aus. Noch immer kniend sagte ich: »Ich wollte noch etwas fragen. Sie sagten, ich war sakrosankt, bis Edgecombe meine Papiere hatte. Warum schlug man mir dann auf den Schädel?«

Mit gesenktem Kopf sog Johnson konzentriert an seiner Pfeife. Er nahm sie aus dem Mund, betrachtete sie und steckte sie schließlich wieder zwischen seine Zähne; er wirkte, als wollte man ihn zu etwas Unangenehmem zwingen. Eine Rauchschwade zog stumm dem *Gelben Vogel* hinterher. Ich fragte mit wachsendem Argwohn: »Was habe ich gesagt, um diese Pause heraufzubeschwören?«

»Sie haben«, sagte Johnson, »ein ethisches Problem aufgeworfen.«

»Oh«, sagte ich. Ich gestattete mir, klar und eingehend an Miami zu denken, an die Hunderennen und an das fatale Rennen über den Parkplatz. Ich sagte: »Krishtof Bey schüttete mir dieses Zeug in den Tomatensaft. Angestiftet von der Begum?«

»Richtig«, sagte Johnson.

»Die Begum?« sagte ich finster, finstere Gedanken fassend. Die Begum, die am nächsten Tag im Hospital sichtlich erschüttert war über den Grad meiner Verletzung. Erschüttert und schuldbewußt. Warum hatten sie mir das Kleid vom Leib gerissen, hatte ich mich oft genug gefragt, und mir nichts noch Schlimmeres getan, während ich bewußtlos auf dem Parkplatz lag? Wie hatten sie gewußt, daß der Hilferuf, der Ruf nach einem Arzt, von einer Frau befolgt werden würde? Warum hatten sie etwas so Sinnloses getan, wie meine Haare radikal zu zerschneiden?

* (Gelber Vogel hoch im Bananenbaum/sitzt einsam da wie ich –/du kannst wegfliegen in den Himmel fliegen/Hast mehr Glück als ich.)

Damit die Begum – bildete sich ein unglaublicher Gedanke in meinem zermarterten Gehirn – damit die Begum mir eine Perücke und ein Kleid bringen konnte, und damit Johnson...

»Pally Loo-loo?« hörte ich mich sagen, anklagend in jeder lächerlichen Silbe.

»Ein großartiges Tier«, sagte Johnson vorsichtig. Aus seiner Pfeife stieg ein Schutzwall schwarzen Rauches.

»Das nie in seinem Leben ein Rennen gewann«, sagte ich. Ich spürte, daß meine Gesichtshaut steif wie gewaschenes nichtwaschbares Leder war. »Wessen Geld war es? Das der Begum?«

Johnson sagte: »Ich dachte, Sie seien über diese Geldgeschichte hinaus? Sie können schließlich nicht leugnen, daß wir Ihr gesellschaftliches Leben ganz schön in Schwung brachten.«

»Ich leugne es nicht«, sagte ich. »Das zeigte sich ja wohl allzu deutlich. Ohne die Perücke und die Garderobe war ich Dracula. Wer würde mich eines zweiten Blickes würdigen?«

»Niemand«, sagte Johnson. »Weil Sie ihm beim ersten Mal die Zähne in den Hals schlagen würden. Wir wissen alle, daß James Ulric nicht Spock gelesen hat. Und da James Ulric an allem schuld ist, können Sie es getrost über James Ulrics Bankkonto in Ordnung bringen lassen. Drei Männer können es kaum erwarten, von Ihnen zu erfahren, ob Sie sie heiraten wollen.«

Mr. Tiko, Wallace Brady und Krishtof... »*Drei* Männer?« fragte ich offen enttäuscht.

»*Zwei* Männer«, korrigierte sich Johnson sofort. »Krishtof Bey ist begierig, mit Ihnen in Sünde zu leben, aber er will Sie zur Not heiraten, falls Sie sonst Zicken machen.«

Der Weihnachtsmann kaute an seinem Pfeifenstiel, und ich schenkte ihm die gespannte Aufmerksamkeit, die man in unmittelbarer Nähe einer Kreissäge entwickelt. »Die Begum hat angerufen«, sagte ich beiläufig, »und gefragt, ob sie heiraten sollte. Ich verwies sie an Sie.«

»Sie rief mich ebenfalls an«, sagte Johnson. »Ich sagte ja. Beltanno, sagte ich ihr, wird bald in festen Händen sein, wem diese Hände auch gehören mögen. Sie sollte sich nur noch gedulden bis zum Ende des MacRannoch-Treffens. Am 30. um 18 Uhr auf Great Harbour Cay; Karten fünf Guineas, Barzahlung. Nur garantiert echte MacRannochs haben Zutritt.«

»Großer Gott«, sagte ich, und ich sagte es mit Ehrfurcht. »Was hat er vor?«

»Ständige Flüge«, sagte Johnson, »von Nassau nach Great Harbour

Cay, wo um 19.30 Uhr die große MacRannoch-Highland-Parade steigt, unter Flutlicht in einem neuerbauten Stadion am Flugplatz, gefolgt von einem Staatsmarsch mit Dudelsäcken zu der neuen MacRannoch-Residenz auf Crab Island, wo das große Bankett abgehalten wird. Zweitausend sind zugelassen.«

»Parade?« sagte ich erschrocken.

»Unter der Oberleitung von Brigadier Walter McCanna, Sergeant Trotters Vorgesetztem«, sagte Johnson. »Die Army meinte, das sei sie sich schuldig. Alles wird bei der Sache dabeisein, was dazu gehört. Abgesehen wohl von dem Rudel durchtrainierter Schäferhunde, die Flamingos zusammentreiben; man hat sie wegen der Tollwutverordnungen exmittiert.« Er grinste. »Sie sollten wirklich kommen. Es wird ein einmaliges historisches Ereignis. Besonders, wenn die Zweitausend über die Brücke von Great Harbour Cay nach Crab Island marschieren.«

Vor mein geistiges Auge drängte sich wie eine überscharfe Fotografie das Bild des kalten grünen Wassers zwischen Schloß Rannoch und dem schottischen Festland, das die nutzlosen abgeschliffenen Stümpfe von James Ulrics fünf Brücken überspülte, entschwunden wie seine Mannbarkeit.

»Jesus Christus«, sagte ich, von Gott zu seinem Sohn wechselnd. »Man muß es verhindern.«

»Sie werden es nicht verhindern«, sagte Johnson mit teuflischem Behagen. »Aber ich habe um die Piers eine Art Dünkirchen kleiner Boote organisiert, und wir werden sie alle retten, wenn sie mit ihren Kilts lange genug oben bleiben. Sie verdienen einen guten hiesigen Arzt.«

Ich dachte darüber nach. Ich vergaß das dreizehnte Loch und die Leiche von Denise unten unter der Plane. Ich vergaß das brennende Wrack mit dem toten Trotter, Johnsons Kugel im Kopf. Ich vergaß Edgecombe und seine monomanische Besessenheit, die uns alle in sein schändliches Spiel gezogen hatte. Statt dessen zeigte sich mir jetzt das faszinierende Spektakel von James Ulric und seiner nicht mehr ganz taufrischen Braut, wie sie zweitausend erwartungsfrohe MacRannochs begrüßen und mit einer Gruppe Einheimischer konfrontieren, die durch brennende Reifen hetzen.

Ich dachte an Brady. Ich dachte an Krishtof Bey. Ich dachte an ein Gewand, das ich in der Weihnachtszeit im Fenster von Bonwit Teller's gesehen hatte, schmelzender Schnee und Swandown, silbernes Licht von der Seite. Dazu eine passende lange silberne Perücke.

»Ich werde darüber nachdenken«, sagte ich. »Kommen Sie auch?«
»Nein«, sagte er. »Ich bin kein MacRannoch.«
»Und so segeln Sie wieder fort, dem Sonnenuntergang entgegen?« fragte ich gefaßt. Ich hatte viel Übung.
»Ich segle fort«, sagte er, »um eine beleibte italienische Prinzessin auf Leinwand zu bannen, die in Neapel in der Schuhbranche ihr Brot verdient. Glauben Sie nicht, daß ich das leichten Herzens mache. Es war ein harter Job hier; er hätte einem Seifensieder den Schweiß ins Gesicht getrieben. Aber wenn jemand die Sache erträglich machte, war das B. Douglas MacRannoch. Diejenige, die sich durch niemanden und nichts davon abbringen ließ, zu sagen, was sie dachte.«
»Ich werde Sie vermissen«, sagte ich. »Sie waren ein guter Lehrer.«
»Ich würde es schätzen, vermißt zu werden«, sagte Johnson. Auf der Schwelle küßte er meine Hand, dann meine Wange, doch nicht in der Art wie auf der *Dolly*. Die Lektion war beendet.
Ich schloß langsam die Tür und ging hinein, um sein Bild zu betrachten.

Das MacRannoch-Treffen, die große Parade und Highland-Show auf Great Harbour Cay war natürlich ein historisches Ereignis.
Ich flog hin, in den Sonnenuntergang, einen Mantel über meinem Hosenanzug aus Silberlamé, mit weißen Straußenfedern, und meine lange silberne Perücke glitzerte in dem Fenster des Flugzeugs. Die Begum und James Ulric warteten zur Begrüßung auf einem Podium, bedeckt mit dem MacRannoch-Tartan und einer Reihe eingetopfter grauer Disteln, die in der stillen tropischen Hitze nebeneinander dahindämmerten.
Die Begum, ihr Haar schwarz getönt und ihr Augen-Make-up dicker denn je, trug einen steifen Brokatsari mit der RacRannoch-Schärpe darüber. Mein Vater, in voller Highland-Montur, sah aus wie ein kleiner windschiefer Wünschelbrunnen. Sein Mund klappte auf, als er mich sah, und schlug heftig gegen den Amethysten an seinem Jabot. Dann sagte er: »Beltanno! Also, genau darauf haben wir gehofft. B. Douglas, begrüße deine neue Stiefmutter.«
Das Lächeln der Begum war breit und verriet nichts außer einer Art allgemeiner Zufriedenheit. »Haben Sie sich nicht ein wenig übereilt?« fragte ich.
»Nein, so, wie du aussiehst, Liebste«, sagte sie. »Und sieh mal, wer hinter dir steht.«
Es war Wallace Brady, in weißem Smoking, mit einer kleinen Rose

und einem großen Lächeln wie eine brünstige Auster. Ich lächelte zurück. »Hallo?« sagte ich. »Wo ist Mr. Tiko?« Es ist nicht ratsam, zuviel Sicherheit aufkommen zu lassen.

»Er kommt noch«, sagte die Begum schnell. Eben kneteten die Pranken neuseeländischer MacRannochs die Pfeifenreinigerhand James Ulrics. »Es kommen immer noch ein paar Flugzeuge. Ich werde ihn zu dir schicken. Wallace, führen Sie die Dame ins Stadion?«

Wir gingen Arm in Arm davon, und er erzählte mir, wie wunderbar ich sei und wie sehr er mich vermißt habe; es war angenehm. Sie hatten mit Tartan einen Pfad über die Bahn markiert, der für die Massen von cairngorm- und dolchgespickten Menschen kaum passierbar war. Ich hörte ihre Klagen über ihre Füße. »Was haben Sie die ganze Zeit gemacht?« fragte Wallace Brady. Ich sagte es ihm.

Das Stadion war aus einem Abschnitt der Bahn entstanden, flankiert von zwei breiten, tartanbehangenen Tribünen. Am hinteren Ende verschwand die Bahn im Bauch eines Zeltes, aus dem offensichtlich die Akteure auftauchen sollten. Flaggen flatterten darüber. Ich sagte: »Werden sie die dickste Frau der Welt vorführen?« und Wallace Brady sagte: »Nein, aber die Clowns sollen wirklich komisch sein.«

Ich erwärmte mich wieder etwas für ihn. Ich ließ mich von ihm zu der Reihe von Lehnsesseln hinter dem ersten girlandengeschmückten Sims führen. Die MacRannoch-Loge, schloß ich. Ich sagte: »Aber Sie sind doch gar kein MacRannoch.«

»Ich habe eine Sondererlaubnis«, sagte Wallace Brady und folgte mir entlang der ersten Reihe der Tribüne. Eine Gestalt in voller Highland-Abendgarderobe erhob sich vom hintersten Sitz, verbeugte sich und sagte: »Ich ebenfalls«, mit türkischem Akzent.

Ich starrte auf Krishtof Bey. Er trug seine falschen Wimpern.

Wallace Brady lachte. »Woher haben Sie Ihre Montur?«

Das Modell für das Bild Johnsons blickte stolz auf seine Kleidung hinab. »*La Sylphide*, 1. Akt. Mit den besten Empfehlungen des Lincoln Center. Sehen Sie die Krausen an den Handgelenken. Die Verschnürung an den Waden. Die Zierknöpfe. Die Spangen. Die Felltasche.«

Wallace Brady blickte auf die fellstarrende Felltasche. »Guter Gott, was ist das?«

»Der Kopf eines früheren Leiters der Oper und des Balletts von Budapest«, sagte Krishtof Bey. »Während der letzten Szene von *Scheherazade* riß ich ihn ab. Er war ein schlechter Leiter.«

Ich lachte. Ich fühlte mich plötzlich sehr fröhlich. Ich tauschte einen Händedruck mit Brigadier McCanna, dem Oberleiter der Parade, und es gab mir keinen Stich, als ich ihn gehen sah, um sich auf das Programm vorzubereiten: Er sah Trotter überhaupt nicht ähnlich.

Die Sitze füllten sich. Die Nachricht kam, daß Mr. Tiko auf dem Flughafen von Nassau war und bald bei uns zu sein hoffte. Die Sonne ging unter, und das Flutlicht ging an. Die Scheinwerfer verströmten leicht irritierendes Nilgrün; gleichzeitig hörte man in der Ferne die Geräusche aufgeblähter Dudelsäcke. Angeführt von dem Dudelsack-Major, umhüllt von einer Wolke brandrot flatternder Tartans, marschierten mein Vater und meine Stiefmutter Hand in Hand über die Bahn, beifallumbrandet, und ließen sich in ihren Prunksesseln neben uns nieder. Der Pfarrer der presbyteranischen Kirche St. Andrew's in Nassau erhob sich unerwartet neben ihnen, sprach ein Gebet und stimmte einen frommen Gesang an, offenbar zur größten Verblüffung der meisten MacRannoch-Männer; deren Frauen ihnen auf die Füße traten.

Während der achten Strophe lehnte sich die Begum herüber und flüsterte, daß Mr. Tiko in Nassau einige Schwierigkeiten zu haben schien. Mein Vater grunzte und kaschierte seine falschen Töne durch noch falschere. Krishtof Bey krümmte sich. Ich sah James Ulric an und dachte an das Schicksal des früheren Budapester Opernfürsten.

Der Gesang endete; wir setzten uns; vom Zelt erstrahlte Scheinwerferlicht: Die Dudelsackspieler und Trommler des 1. Bataillons der Royal Scots, des 2. Bataillons der Scots Guards und der Federation of Malaya Police marschierten geballt vor. Die große MacRannoch-Parade und Highland-Show hatte begonnen.

Es gibt Erinnerungen, die der Geist zu bewahren sich bemüht, und andere, die danach schreien, bei der ersten Gelegenheit über Bord geworfen zu werden. Ich erinnere mich nicht genau, wann ich bemerkte, daß etwas nicht stimmte: Es war sicher nach dem Werfen der Fünfzehn-Pfund-Kugel und dem Schleudern des Fünfzig-Pfund-Gewichts und wahrscheinlich nach dem kombinierten Auftritt massierter Limbo-Tänzer und von Einheiten der Feuerwehr aus Nassau, die Feuerbekämpfung demonstrierten. (Musik: »Ich will nicht die Welt in Flammen setzen.«)

Gewiß kulminierte die Geschichte während des Jeep-Montage-Wettbewerbs mit zwei Teams von Elektroingenieuren und Maschinenbautechnikern. (Musik: »Pack die Sorgen ein.«) Räder rollten wild über die Bahn, Elektroingenieure und Maschinenbautechniker rannten wild hinter ihnen her und fielen dabei mit schöner Regelmäßigkeit. Es wirkte wie in der Werkstatt eines trunksüchtigen Uhrmachers.

Sobald der erste Jeep dastand, wacklig und mit schräger Achse, verkündete man die Sieger und ließ schnell die Jugendkapelle der British Legion aufmarschieren, die »Semper Fidelis« spielte, während die Maschinenbautechniker und ihre Jeeps vom Platz gescheucht wurden. Ein Leutnant, der sich höflich meine Tribünenreihe entlang entschuldigte, brachte auch eine Nachricht von der Paradeleitung. Der Brigadier verlangte nach einem Arzt.

In meinem Silberlaméanzug und mit meinen Straußenfedern folgte ich schweigend nach draußen.

Im Zelt zeigte sich die Ursache des Übels deutlich. Zwischen Einzelteilen von Jeeps saßen oder lagen die kichernden Mitglieder beider Teams. »Rum?« fragte ich. »Das alles kommt vom Rum?«

»Ein Schlückchen«, sagte Brigadier McCanna schwach. »Ich verstehe das nicht. Im Schloß, nur ein Schlückchen; das ist der Brauch. Damit sie auf die Beine kommen – und jetzt sehen Sie sich diese Burschen an!«

Ich sah sie mir an. Ich berührte einen an der Schulter; er kreischte auf. Ich rollte seinen Ärmel hoch; er lächelte und räkelte sich auf dem Boden. Ein dünner weißer Verband, ein Meisterwerk Curries, umhüllte seinen linken Oberarm. Das United Commonwealth Hospital sah sich diesen Monat mit einem Fregattenmangel konfrontiert.

Ich sagte: »Wissen Sie nicht, was passiert, wenn Sie einem Blutspender Alkohol geben?« und Brigadier McCanna starrte mich an und sagte nur: »Mein Gott!« Dann fügte er hinzu: »Was kann ich tun?«

Ich sagte: »Picken Sie die Nüchternsten heraus.« (Lebhafte Musik: »Reel for My Hame«!!) »Und vertrauen Sie dem Improvisationsgeschick Ihrer MacRannoch-Freunde.«

Höchstens stereotaktische Chirurgie könnte je die Erinnerung an die weiteren Ereignisse des Abends löschen. Der Brigadier, einsdreiundachtzig und hahnenfedergeschmückt, stemmte fünf italienische Bersaglieri auf den Schultern, in einer Demonstration stattgehabter Leibesertüchtigung. Den Wettbewerb im Hochsprung absolvierte Wallace Brady in Trikot und Kilt, und den Sechzehner-Reel tanzte Krishtof Bey als mein Partner, ehe er sich sputen mußte, um vier Kämpfer aus verschiedenen Epochen sukzessive vorzuführen.

Die MacRannochs lohnten alles mit echter Begeisterung. Der Applaus, die Hochrufe und die Encores steigerten sich, bis das Programm vor seinem Ende stand; da trafen sich in dem Zelt Wallace, Krishtof und der Brigadier, tief erschöpft und hochgestimmt, zum Schlußmarsch mit Musik und Schlußsalut. Zu Dudelsackklängen und

Trommelwirbeln würden sie an dem salutierenden MacRannoch vorbeidefilieren, und das Clan-Oberhaupt selbst und die zweitausend Clan-Mitglieder würden ihnen danach auf dem Fuße folgen, um nach Crab Island und zu dem Bankett zu schreiten.

Über die Brücke. Ich hörte, wie der Brigadier seine Dudelsackspieler präparierte. Ich hörte, wie Krishtof und Wallace vor Lachen brüllten. Ich lachte nicht. Fünf Brücken des obersten MacRannoch waren eingestürzt. Seit dem dreizehnten Jahrhundert war es keinem MacRannoch gelungen, eine stabile Brücke zwischen der Küste und seinem Schloß zu bauen, und der, dem es damals gelungen war, hatte übernatürliche Hilfe in Anspruch genommen. Ich rief Wallace zu: »Ich will nicht, daß sie über die Brücke gehen.«

Wallace unterbrach sofort sein fröhliches Gespräch und kam herüber. Er sagte: »Sehen Sie, ich weiß, was in Schottland geschah. Glauben Sie mir, hier geschieht das nicht.«

»Nein«, sagte ich nach kurzem Schweigen. »Aber Sie kennen meine Familie nicht. Es ist eine Legende.«

Ein Mann in der Uniform eines Dudelsackspielers fiel mir vor die Füße; jemand packte ihn unter den Achseln und zog ihn fort. Wallace Brady sagte: »Ich werde über diese Brücke gehen, und Ihr Vater wird es auch. Wir werden die Legende zerstören. Wir werden eine neue schaffen, Beltanno.«

Brigadier McCanna kam und fragte: »Dr. MacRannoch?«

»Legen Sie ihn an einen kühlen Ort, und lassen Sie ihn schlafen«, sagte ich, ohne ihn anzusehen.

»Dr. MacRannoch«, sagte er wieder, und der Schreck in seiner Stimme ließ mich auf ihn starren. »Dieser verdammte Bursche war der einzige von ihnen, der das Solo ›MacRannoch Immerdar‹ spielen konnte.«

Sie blickten mich an: eine Frau mit silberner Perücke und silbernem Anzug und weißen Straußenfedern – eine Frau Doktor, die Dudelsack spielen konnte.

Ich hob den Dudelsack. Ich drückte den Sack unter meinen Arm und warf die Baßpfeife über meine Schulter und setzte das Rohr an meine Lippen und griff nach der Melodienpfeife. Ich nickte. Jetzt legten die Dudelsäcke los, und wir marschierten, Brady und Krishtof zu meinen Seiten, aus dem Zelt.

Mein Vater setzte sich vor uns, als wir die Haupttribüne passierten. Die Begum war bei ihm, und sie lächelten beide höflich, da sich ein Beifallssturm erhoben hatte, als wir drei aus dem Zelt aufgetaucht waren. James Ulric tätschelte mich auf den Rücken und murmelte etwas von Mr. Tiko.

Ich spielte nicht, aber die anderen Dudelsäcke spielten. »Was?« sagte ich. Die Dudelsäcke hatten die »Bonawe Highlanders« begonnen.

»Er sagt, der Platz zu deiner Rechten gehört dem Erben«, brüllte die Begum. Der Rest der Zweitausend hatte sich hinter uns eingereiht, doch wir konnten sie nicht hören, und sie hörten uns gewiß auch nicht. »Schlimm ist das mit Mr. Tiko.«

Ich brüllte zurück: »Was ist mit ihm?«

Wallace Brady formte ein Sprachrohr aus seinen Händen und richtete es auf meinen Vater. »Sie ließen ihn nicht kommen«, schrie er, »weil er kein MacRannoch ist.«

»Mr. Tiko!« brüllte ich. »Wir sprechen von Mr. Tiko.«

»Ich weiß«, schrie Wallace. »Er ist kein MacRannoch.«

Ich sagte: »Aber er sagte –«

»Nein, er sagte nicht«, schrie Wallace. »Er sagte nur, sein Name sei schwer auszusprechen. Und daß er auch einen Doktortitel hätte. Sie waren es, die sagte, er hieße T. K. MacRannoch.«

Vor völliger Konsternation und Rage konnte ich dem kaum etwas entgegenbrüllen. Ich krächzte: »Doch sein Name stand im Golf-Register von Paradise Island.«

»Nein, er stand nicht«, rief Krishtof Bey und schnippte eine Silbersträhne von seinem makellosen Lincoln-Center-Kostüm. »Ich spielte direkt nach Mr. Tiko. Sie sahen nicht seinen Namen in dem Buch – es war meiner.«

Die Dudelsäcke wechselten zu *The Garb of Old Gaul* und spielten wacker die Weise von diesem Gewand. Ich spürte die Sekundenkapazität meines Vaters steigen. Die Begum schritt lächelnd fürbaß. Ich rief: *»Was?«*

Krishtof Bey erklärte: »Ich bin T. Krishtof MacRannoch. Ein bizarrer Name für einen Ballettänzer; ich verwende ihn nicht.«

Mein Vater äußerte bestimmt: »Mein Erbe nach Beltanno ist T. K. MacRannoch – ein Japaner.«

»Ein Türke«, entgegnete die Begum mit verträumtem Blick. »James, ich hätte es dir sagen sollen. Wallace erwähnte Krishtofs tatsächlichen Namen, und ich ging daraufhin noch einmal die Dokumente durch. Die Genealogen wollten dich nicht täuschen, Liebster. Ein Irrtum – die Urschrift ist schwer zu lesen. T. K. MacRannoch – nicht aus Tokio, sondern aus der Türkei. Krishtof Bey ist der Erbe deines Titels.«

Die Dudelsäcke verstummten; wir näherten uns der Brücke.

»Und?« fragte ich mit dünner Stimme. Es war eine neue schäbige Verschwörung. Eine Verschwörung zwischen der Begum und Brady. Mir fiel ein, wie sie selbst James Ulric dazu gebracht hatte, einer möglichen Verbindung zwischen mir und Krishtof zuzustimmen. »Und was ist mit mir? Und mit Mr. Tiko?«

»Mr. Tiko ist ein gefälliger Mann«, sagte die Begum. »Er wird dich heiraten, wenn du darauf bestehst. Aber ich denke, es würde ihn doch erleichtern, wenn James Ulric nicht sein Schwiegervater würde.«

»Und Krishtof?« fragte ich.

Krishtof blickte zärtlich auf den Faltenwurf seines Kilts. »Ich? Ich mische mich niemals ein«, behauptete er. »Für mich zählt die Liebe, nicht Clan-Interesse oder Heirat.«

»Das überrascht mich bei Ihnen nicht«, sagte James Ulric. »Aber ich kann nicht leugnen, daß Sie den Sechzehner-Reel wie das Gewitter tanzen. Du denkst daran, Beltanno, daß ›MacRannoch Immerdar‹ an der Brücke kommt?«

Wir *waren* an der Brücke. Die Reihen öffneten sich und standen still: Vor mir lag der blendende Beton unter scheinwerferlichtbestrahlten Bannern, die MacRannoch-Standarte über allem. Aus der Dunkelheit zu beiden Seiten des weißen Bogens hörte ich das tiefe Glucksen des Wassers, und ich roch die salzige, sanfte Luft der See.

Hier war die neue Brücke. Und hier war ich, an der Spitze von Zweitausend, um das 45. Haupt der MacRannochs mit dem Dudelsack zu seinem Schloß zu geleiten.

MacRannoch Immerdar ist kein schwieriges Solo, doch es gibt da einen gewissen Kniff.

Ich kannte diesen Kniff. Ich schob den Sack zurecht und setzte das Rohr an meine Lippen und schickte ein Gebet zum Himmel und sog alles ein, was ich von der Seeluft zwischen hier und der Küste Floridas aufnehmen konnte. Die Baßpfeife trat in Aktion, der erste Ton kam, klar und anhaltend; und ich begann meines Vaters Weise, als ich den Fuß auf seine Brücke setzte.

Ich spielte und ging weiter; und hinter mir hallten die Schritte der MacRannochs, die den lockenden Tönen folgten: ob wie die Kinder oder wie die Ratten, kann ich, eine MacRannoch, nicht entscheiden. Ich ließ meine eigene Musik meine eigenen Ohren ganz erfüllen, damit mich keine schlimmeren Geräusche erreichen konnten: nicht die von zerberstendem Beton, nicht die von krachenden, zusammensackenden Pfeilern.

Die neue Brücke unter meinen Füßen war solide. Solide bis zur Mitte der Meerenge, wo von vorne und von hinten die Lichter blinkten. Solide auch noch, als das Ende näher kam und die Lichter des Schlosses hell und warm erstrahlten.

Ich schritt weiter, und James Ulric schritt fest hinter mir; und als wir beide wieder an Land waren, trat er auf mich zu, legte seine Hände um meine Schultern und umarmte mich zum ersten Mal seit meiner Kindheit.

»Der Fluch ist gebrochen«, sagte er.

Er unterschätzte sein retikuloendotheliales System; doch Erfolg ist ein glänzender Arzt. Ich küßte ihn liebevoll wieder. Und hinter seiner stolzen Kopfbedeckung sah ich jetzt nicht Schloß MacRannoch, sondern eine Palme, darauf ein Bananenfresser und darunter B. Douglas MacRannoch: Geliebte des Mannes auf der einen oder Gattin dessen auf der andern Seite – oder beides.

Danke, Johnson. Danke für alles.

NACHWORT

Die Lady der Spionageliteratur – Dorothy Dunnett

Überall im täglichen Leben stolpert man über handfeste Vorurteile. Es wäre wünschenswert, wenn wenigstens das Genre des Spannungs-Romans davon ausgenommen wäre – doch weit gefehlt. Der besondere Einwand, an den ich denke, ist der, daß Frauen keine Spionageerzählungen schreiben können, wobei die passende Erklärung meist gleich mitgeliefert wird: Die weibliche Psyche, gefühlsbetont und irrational, stehe der erzählerisch erforderlichen Kaltschnäuzigkeit im Wege. – Es ist gleichgültig, ob man sich nun dieser Meinung anschließen will oder nicht – fest steht, daß die Herren der Schöpfung, die sich des Geheimdienst-Milieus angenommen haben, wesentlich erfolgreicher sind als ihre Kolleginnen. Len Deighton, Robert Littell, John LeCarré und Anthony Price, nicht zu vergessen natürlich auch Ian Fleming, der geistige Vater von 007, beherrschten in der Vergangenheit die Spionage-Literatur-Szene. Ausnahmen wie Evelyn Anthony und Dorothy Dunnett dahingegen bestätigen nur die Regel! Tatsächlich?

Die Spionage ist ein knochentrockenes Geschäft, in dem moralische Ansprüche keinen oder nur geringen »Bilanzwert« besitzen. Wenn, wie Clausewitz es formulierte, »Krieg die Fortführung der Politik mit anderen Mitteln« ist, dann trifft auf die Spionage die Definition des »nicht erklärten Krieges« zu. Krieg war aber – und ist wohl immer noch – Sache der Männer. Die englischen und amerikanischen Autorinnen, die sich auf das schlüpfrige literarische Pflaster von Geheimdienstoperationen wagen, würden sich demnach auf fremdem Gebiet tummeln.

Ein Blick in die Geschichte genügt, um offenbar zu machen, daß keineswegs nur die Männer gute Spione sein können. Die Damen haben es in diesem Zusammenhang durchaus ebenfalls zu Höchstleistungen gebracht. Mata Hari ist ein Name, der noch heute seinen Klang hat, und man muß lange suchen, um einen ebenso prominenten männlichen Spion zu finden. Verrat und die Anstelligkeit bei geheimdienstlicher Tätigkeit ist offensichtlich keine ausschließliche Domäne des Mannes – das wird uns, schaut man sich die Reihe der schwach gewordenen Bonner Sekretärinnen an, meist mehrmals jährlich durch Schlagzeilen vor Augen geführt. Die Frauen haben sich auf dem Gebiet der Spionage längst emanzipiert. Man neigt nur dazu, diese Tatsache verschämt zu verschweigen.

Die angelsächsischen Spy-Writer und auch die zwei oder drei

deutschen Autoren, die sich dem Spionageroman verschrieben haben, versuchen ihren Lesern weiszumachen, daß da »oben« irgendwelche eiskalten Planer und Macher am Werk sind, die in einem komplizierten Spiel von Zügen und Gegenzügen ihr schmutziges Handwerk betreiben. Vergessen wird allzuoft, daß hier Menschen handeln, die sich von Vorlieben, Abneigungen und persönlichen Gefühlen leiten lassen. Wahrscheinlich werden mehr Geheimnisse verraten, weil man dem Partner (oder der Partnerin) einen Gefallen erweisen will, und weniger deshalb, weil das eine oder andere politische System gefällt oder nicht.

Dorothy Dunnett trägt diesem Gedanken in ihren Büchern Rechnung. Vor einer übergeordneten gesellschaftspolitischen Moral sind es die Erfahrungen der Heldinnen, die sich in den Aktionen niederschlagen, mit denen sich Johnson Johnson dann auseinandersetzen muß: Auftritt der Heldin, Abgang des Spions! – Anders auch, als viele ihrer männlichen Kollegen, hatte die Autorin niemals beruflich etwas mit Geheimdiensten zu tun. Dorothy Dunnett wollte, wie sie selbst kommentiert, »nur eine Reihe von Kriminalromanen schreiben, in denen die jeweiligen Hauptrollen mit Frauen besetzt sind. Die Geschichten sollten humorvoll sein und sich, bei einer erkennbaren Grundtendenz, doch vollkommen voneinander unterscheiden. Gemeinsam ist allen nur die Gestalt des Porträtisten Johnson Johnson, dessen internationales Renommee einen perfekten Deckmantel für seine weltweiten Aktivitäten im Dienste des Secret Service bietet.« Wen die Frage interessiert, welche der Damen nun den ersehnten Preis in der Person von Johnson selbst erringt, meinte die Autorin: »Die Antwort findet sich erst im letzten Buch meiner Serie!« Man darf gespannt sein!

Dorothy Dunnett wurde am 25. August 1923 in Dunfermline, Schottland, geboren. Nach einem Kunststudium am Edinburgh College of Art und der Glasgow School of Art, heiratete sie im Jahre 1946 Alistair M. Dunnett. Ihre Familie, sie ist Mutter zweier Söhne, hielt sie nicht davon ab, den eigenen Interessen zu leben. Mrs. Dunnett war in den Jahren zwischen 1946 und 1955 für das Research Department, Board of Trade, Glasgow, tätig. Wie ihr Held Johnson Johnson hat sie sich der Porträt-Malerei verschrieben; ebenfalls mit großem Erfolg, denn ihre Werke wurden in der Royal Scottish Academy, Edinburgh, ausgestellt. 1976 wurde Dorothy Dunnett als Direktorin in die Scottish Television Ltd. berufen. Eine Frau, deren weitgespannte Interessen sie überdies noch sieben hochgeschätzte historische Romane schreiben ließen – und, natürlich, fünf Thriller.

Humor und exakte Kenntnis des gewählten Erzählstoffes zeichnen ihre Bücher aus. Der Segeltörn in den Gewässern der Hebriden in »Dolly und der Singvogel« (Ullstein Krimi 10404) erreicht das Niveau einer professionellen Reisebeschreibung. – Die Kommentierung zweier Golfspiele in »Dolly And The Doctor Bird« fiele auch in einer Golfzeitung angenehm auf. Dorothy Dunnetts Talent, Ereignisse, die für die meisten ihrer Leser eher langweilig sind – Segelabenteuer sind normalerweise nur für Segler, Golfspiele nur für Golfer spannend –, so darzustellen, daß nicht nur der berühmte Funke Interesse überspringt, sondern daß sich die Dramatik des Augenblicks dem Leser mitteilt, ist erstaunlich. Ihre ganz besondere Liebe und Sorgfalt gilt jedoch den weiblichen Hauptpersonen ihrer Romane: Hier entfaltet sich das Können der Autorin in besonderer Weise. Die Schilderung des Lebenswegs der Diva Tina Rossi, einer selbstbewußten, erfolgreichen Schönheit, die dennoch ihre Herkunft aus ärmlichsten Verhältnissen nicht verkraftet – und die schließlich am Gegensatz zwischen gesellschaftlichem Anspruch und eigener Persönlichkeit zerbricht –, gehört zu den eindrucksvollsten Charakteristiken, die mir in einem Thriller begegnet sind.

Menschen werden von Herkommen, Beruf und Umgebung geprägt: Nirgendwo sonst wird dies so deutlich wie in der Gestalt Dr. Beltanno Douglas MacRannoch, der Heldin in »Dolly And The Dr. Bird«. Berufliche Kompetenz kann jedoch, und dies weiß Dorothy Dunnett nur allzugut, Persönlichkeitsmängel verdecken. So erscheint Dr. MacRannoch zunächst als kalte, effektive Ärztin, deren Einstellung zu zwischenmenschlichen Beziehungen einen psychischen Defekt nahelegt. – Eine Heldin, mit der mancher Autor seine Mühe hätte, schon deswegen, weil die Beltanno so gut wie keine sympathischen Züge aufweist. Der Fortgang der Geschichte konzentriert sich – von etwas Spionagegeplänkel abgesehen – darauf, Dr. MacRannoch mit ihrer Umwelt zu versöhnen. Einfühlungsvermögen und ein sicheres Gespür dafür, was an Geschehen und persönlichem Erleben glaubhaft ist, prägen den Fortgang der Geschichte.

Dorothy Dunnett identifiziert sich mit ihren Heldinnen, anderenfalls wäre eine solche feinsinnige Charakterisierung kaum möglich. Sie weiß, daß Verständnis für den Nächsten ein Weg ist, der viele Konflikte überflüssig machen könnte. Diese Erkenntnis, ihre glänzende Intelligenz und nicht zuletzt die Beherrschung des schriftstellerischen Könnens machen Dorothy Dunnett zu einer der lesenswerten »Ladies of Crime«!

Frieder Middelhauve

Dorothy Dunnett

Dolly und der Lockvogel

Für Willie Mackinley,
der diese Meere besser kennt als die
Dolly

1

Zweistärkenbrillen sind ordinär.

Das meinte Janey jedenfalls. bevor all das geschah. Ordinär wie durchsichtige Handschuhe und diese Verschlüsse für Champagnerflaschen und hohe Absätze zu Hosen.

Ich dachte das auch, bis Janey sich gegen Ende der Zeit von St. Tizzy's besoff; Flo und ich mußten sie ausziehen und ihre Kontaktlinsen herausnehmen. Ich denke, Kontaktlinsen sind ordinär.

St. Theresa's ist die teure Anstalt, an der Flo und Janey und ich angeblich erzogen wurden. Sex war dort nicht eben erwünscht, doch was den wahren Glauben anging, zeigte man sich völlig unbeugsam. Natürlich stürzten wir uns auf die Zen-Buddhisten, und einmal ging ich wochenlang mit einem katholischen Jungen, nicht nur aus Trotz gegen die Biologielehrerin. Mit achtzehn, so erinnere ich mich, sollte er die Zinsen aus einem Vermögen von 20000 Pfund bekommen. Er sagte mir die Prozentzahl, und ich rechnete die Summe in meinem Kollegheft aus. Es klang gut. Dann ertappte ich ihn mit Janey, wir verkrachten uns endgültig, und so endete auch diese Art von Ökumene am St.Tizzy's.

Ich habe mich gefragt, was Daddy zu dieser katholischen Geschichte gesagt hätte – des Geldes wegen, meine ich. Ich machte mir wohl deshalb Sorgen, weil er vielleicht aufhören könnte, mir Geld zum Geburtstag zu schicken, wenn ich ihn zu sehr ärgerte. Jetzt schickt er mir natürlich kein Geld mehr, und er kommentiert auch keinerlei Geschichten mehr – wenn man es so formulieren will: Denn man fand ihn mit durchschnittener Kehle, in jener Nacht auf Ibiza.

Ich erinnere mich, wie Flo in der Wohnung auf mich wartete, um mir zu sagen, daß Daddy dieses Jammertal verlassen habe. Ich war den ganzen Tag weggewesen, um ein Arbeitsessen für sechzehn Zahnärzte zu kochen. Man kann Flo wohl meine beste Freundin nennen. Sie war dick und hatte etwas Geld und eine Mutter, die ich ganz in Ordnung fand. Nicht besonders säuerlich und abgestanden, sondern eher lustig und untüchtig und lieb, wie Flo. Nachdem Flo und ich St. T's verlassen hatten, machten wir zusammen einen Haute-Cuisine-Kurs bei Mutter Trudi. Drei Monate und neunundachtzig Guineas, die Daddy zusammenkratzte. Und alles, was man brauchte, um mit einem anderen Mädchen eine Wohnung in London zu teilen und die Kunst des Kochens freiberuflich auszuüben. So hieß es wenigstens.

Jedenfalls kam ich an jenem Nachmittag nach Hause, die Taschen voller zahnärztlicher Muster und Fetzen Papier mit der Telefonnummer des einzigen unverheirateten Zahnarztes, und da stand Flo mit verkniffenem Gesicht und biß sich auf die Lippen, um nicht zu kichern. Ein rascher Tod wirkt häufig so, und in jedem Fall gibt es würdigere Arten, Selbstmord zu begehen, als nachts mit einem Rasiermesser in einem Dock, nach einer Kletterpartie auf einer Winde, die von einem Pferd bewegt wird. Der Gasofen hätte es nicht geschafft, dachte Daddy wohl; ich würde das jedenfalls denken, wie ich Spanien kenne. Oder er erinnerte sich an das letzte Mal, als Mummy ihn verließ und Derek vom Kricket kam und das Gas abdrehte.

Derek drehte sozusagen immerzu das Gas ab. Er ist mein Bruder. Wir sind nur zu zweit; und als Flo mir sagte, daß Daddy tot sei, war mein erster Gedanke, offen gesagt: Verdammt. Woher kommt jetzt das Geld? Denn seit Derek einen guten Elektronik-Job in Holland hat, ist von dieser Seite kaum noch etwas zu erwarten. Ich bat Derek um tausend Pfund, als ich Mutter Trudi verließ, um eine eigene Existenz zu gründen, und seine Antwort brachte mich ganz schön zur Weißglut. Was sind schon tausend Pfund für einen Ingenieur? Er braucht nicht mal Geld für wilde Wochenenden – dafür ist er nicht der Typ. Und von Daddy war nichts zu erben. Sein Einkommen kam aus einem Treuhandvermögen, und mit seinem Tode endeten die Zahlungen; aus demselben Vermögen war auch meine und Dereks Ausbildung finanziert worden. Danach bekamen wir nichts, bis wir dreißig waren, und auch dann kaum mehr, als ein Jaguar E kostet. Das ist ein Auto für Friseure, sagen alle. Ich sage nur, daß ich noch nie einen Friseur damit gesehen habe.

Also, da warteten Flo und die Frau, der die Wohnung gehört, um mir von dem traurigen Ereignis zu berichten; offenbar hatte das Telefon den ganzen Morgen lang geläutet, die Treuhänder hatten angerufen, ein oder zwei Freunde Daddys und die Presse. Flo hatte den Zeitungen das *Tatler*-Bild gegeben, mit Daddy und mir auf dem malaysischen Bankett. Das Kleid hatte ich selbst gemacht, und so sah es auch aus; doch Daddy hatte Geld für den Friseur herausgerückt, und eine Lunchbekanntschaft hatte ihm das Familiendiadem geliehen, und ich widmete mich eine halbe Stunde meinen Augen. *Der britische Hochkommissar plaudert mit Lord Forsey of Pinner und der Ehrenwerten Sarah Cassells, seiner Tochter*. Er war nie wieder nüchtern genug, um fotografiert zu werden, nachdem der *Tatler* vergriffen war; doch ich denke nicht, daß das irgendeine Rolle spielte.

Derek flog hin, sagten sie, um die Leiche zu identifizieren. Ich hatte keine Lust, die Leiche zu identifizieren, aber nach Ibiza wäre ich doch gern geflogen – dieser spanischen Insel im Mittelmeer, südlich von Mallorca. Ich rief zwei Vettern an und informierte sie über das traurige Ereignis, und nach einer Weile luden sie mich beide ein; doch keiner dachte daran, Geld herauszurücken, und bisher hatten nicht einmal die Zahnärzte bezahlt. In diesem Stadium verzog ich mich ins Schlafzimmer und wählte die Nummer auf meinem Papierfetzen; doch er hatte abends noch zu arbeiten, und dann verreiste er für vierzehn Tage. Und das im März.

Im Zimmer nebenan sagte die Frau, der die Wohnung gehörte, im schweren Tonfall von West Kensington: »... ihre Mutter?« Und Flo erklärte. Guter Gott. Sollte sie die Presse aufspüren, Geraldine, Lady Forsey, und sie informieren: Ich hielt mich da raus. Meine Mutter ist ein amerikanisches Flittchen, das den armen Daddy seines Titels wegen heiratete und ihn dann im Stich ließ. Und uns. Sie sitzt jetzt wohl im Lincoln Center und nimmt scharfe Drinks mit Lenny Bernstein. Musik, Malerei, Tanz. Kultur. Im Banne der Kunst. Jedenfalls sehr weit entfernt von einem spanischen Dock und einem bankrotten, alkoholisierten Adeligen, der sich nachts auf einer Winde immerzu im Kreise dreht. Eigentlich mochte ich ihn, ziemlich. Natürlich, in der Schule tut man so, als wären sie vertrottelt, und er war ein alter Säufer. Aber ich mochte ihn.

Ich wünschte, ich hätte nach Ibiza fliegen können.

Es war der Abend, an dem Flo mit ihrem George die Wohnung hatte, und ich hatte derzeit keinen festen Freund; also versuchte ich es mit ein paar weiteren Telefonnummern, doch sie hatten alle keine Zeit und taten was für ihr Examen oder waren sonst beschäftigt. Also aß ich einen Hot Dog, ging ins Kino und kaufte auf dem Heimweg eine Pizza von dem Gewinn aus meinem speziellen Spielautomaten. Wenn ich aufpasse, kann ich ganz schön gewinnen, doch ich mache das nicht allzuoft, damit die Leute von der Spielhalle nicht den Mechanismus ändern.

Jedenfalls war die Pizza noch warm, und auf der Treppe zu unserer Wohnung pfiff ich wild, und ich pochte ebenso vernehmlich an die Tür, ehe ich den Schlüssel ins Schloß steckte. George bringt gewöhnlich Bier mit. Ich mag zischenden Ginger.

Das Licht war aus. Das war etwas seltsam, weil es nach halb zwölf war, und irgendwann mußte ich schließlich nach Hause kommen. Ich sagte »Flo-o«, sehr höflich, und tastete nach dem Schalter, doch das Licht ging nicht an, und ich vergab ihnen. Flo konnte nicht mit Sicherungen umgehen. Die Taschenlampe in der Flurschublade funktionierte nicht. Ich rief weiter nach »Flo-o«, doch niemand reagierte, außer der alten Kuh in der Wohnung über uns, die gegen die Decke klopfte. Also ließ ich Mantel und Schal auf dem Boden, zog mir einen Stuhl heran und stellte mich drauf. Auf dem Sicherungskasten lagen Draht, ein Schraubenzieher, eine Schere und eine voll funktionstüchtige Woolworth-Taschenlampe. Ich mache meine Sachen gern ordentlich, im Gegensatz zu Flo. Ich knipste die Taschenlampe an und suchte den Hebel für das Licht. Er war bereits hochgedrückt und abgebrochen.

Also das würde Flo nicht tun. Und George ist Autoverkäufer und würde bei Gelegenheit auch im Schaufenster von Selfridge's knutschen. Meine Beine waren plötzlich weich wie Wachs, doch ich brauchte nicht zu überlegen, was zu tun war. Ich sprang vom Stuhl, rannte mit der Taschenlampe in der Hand zum Schlafzimmer, griff nach dem Telefonhörer und wählte 999.

In der Wohnung gluckste jemand. Mein Hot Dog kam mir wieder in die Kehle, und ich schwenkte die Taschenlampe herum, immer noch das Ohr am Telefon, das keinen Laut von sich gab. Ich sah gerade noch Flo mit zerknittertem Schlüpfer regungslos am Boden liegen, dann traf mich etwas hart am Handgelenk, und die Taschenlampe fiel zu Boden und ging aus.

Verdammt noch mal – ich bin einssiebzig ohne Schuhe, und ich war Vertrauensschülerin *und* eine große Kricketschlägerin in St. T's. Ich saß einmal um drei Uhr morgens mit zwei Medizinstudenten auf dem Rücksitz eines alten Hillman Minx und behielt sämtliche Knöpfe an der Bluse. Ich tauchte in die tiefe Dunkelheit und rannte zur Tür. Als der Mann, wer immer er war, auf mich prallte, trat ich ihn heftig gegen das Schienbein, rammte ihm meinen Ellbogen in den Magen, riß die Schlafzimmertür auf, rannte hinaus und warf sie schreiend zu. Eben hatte ich den Schlüssel umgedreht, als er innen am Griff rüttelte. Die alte Kuh von oben polterte gegen die Decke, und ich lief zur Wohnungstür.

Ich vergaß, verdammt, den Stuhl unter dem Sicherungskasten. Ich hörte die Türfüllung hinter mir knacken; unter gräßlichen Geräuschen wurde sie von Schulterstößen und Fußtritten malträtiert.

Das verdammte Ding war sowieso verzogen. Es barst krachend, als ich mich hochgerappelt hatte, und eine Art Dampfwalze rollte auf mich zu. Ich packte den Stuhl und hieb drauflos.

Diesmal fielen die Bilder von den Wänden, und einen Augenblick lang dachte ich, ich hätte ihn erledigt. Ich wollte ihn mit der Bratpfanne endgültig flachlegen und ihn mit der Wäscheleine aus dem Badezimmer fesseln, an der Flos sämtliche Strumpfhosen hingen. Doch er kam hoch, zwischen Schuhen und Fäusten und Stuhltrümmern. Ich war verblüfft und reagierte nicht, und schon riß er die Tür auf und verschwand.

Als ich die Tür erreichte, war niemand auf der Treppe; ich zitterte ohnehin wie eine Tachometernadel, und mein Hot Dog rumorte. Ich tastete mich ins Bad und befreite mich von ihm; dann schleppte ich mich wieder in den Flur, zog einen zweiten Stuhl herbei und kletterte hinauf. Der Hebel für das Licht war noch immer ab, doch der Stromkreislauf schien nicht unterbrochen. Ich kletterte vom Stuhl, tastete mich an der malträtierten Tür vorbei, fand die Nachttischlampe und die 13-Ampere-Steckdose. Licht.

Flo regte sich. Sie sah aus wie ihre Mutter, die in Ordnung ist, aber nichts von Make-up versteht. Dann setzte sie sich abrupt auf, und nun sah sie wirklich gräßlich aus. »Mein Gott«, sagte sie. »War ich ohnmächtig?«

Ich setzte mich neben sie und hielt ihre armen kalten Händchen. »Alles in Ordnung«, sagte ich. »Nur ein Einbruch. Man hat dich nur k. o. geschlagen oder betäubt.«

Flo blühte derart auf, wie ich das noch nie erlebte. »Gott sei Dank«, sagte sie schwach. »Ich dachte, ich wäre schwanger.«

Meine Güte – so ist Flo.

Wir fanden George viel später. Erst erzählte ich meine ganze Geschichte, und wir hängten Flos Strumpfhosen wieder auf und sahen uns das Chaos in der Wohnung an. Jede Schublade war herausgerissen, sogar das Bett war zerwühlt – Flo meinte jedenfalls, es hätte anders ausgesehen, als sie es zuletzt gesehen hatte. Ihr Amulett fehlte, ein Geschenk ihres vorletzten Freundes, und sie war außer sich. Es hatte geklingelt, erzählte sie, und George war zur Tür gegangen. Sie hörte ihn etwas sagen, dann wurde es still; sie wollte eben nachkommen, um zu sehen, was los war, als die Lichter ausgingen. Dann spürte sie ein Tuch mit Äther auf ihrem Gesicht. »Sei froh«, meinte ich. »Du hast die Pizza nicht gehabt.«

George fanden wir zusammengekrümmt auf dem Fußboden im Wohnzimmer. Seine Haltung ließ enorm zu wünschen übrig; er sah verheerend aus und schien das auch zu spüren, und Floh erkannte wohl, daß sie von ihm nichts mehr zu erwarten hatte. Alles, was wir überhaupt aus ihm herausbekamen – selbst, als wir von Pulverkaffee zu Flos halber Flasche mit japanischem Whisky gewechselt hatten – war, daß ihn ein Mann mittleren Alters mit einem Strumpf über dem Gesicht niedergeschlagen hatte. Auch George stank nach Äther.

Ich aß die Pizza schließlich selbst, nachdem wir die Polizei auf meinen Vorschlag von der Wohnung oben angerufen hatten. Um drei kamen wir endlich ins Bett, nachdem die Polizei die Wohnung durchwühlt und massenhaft Fragen gestellt hatte. Wir vermißten nur Flos Amulett und meine amerikanischen Ohrringe von Mami, die zu hübsch zum Wegwerfen gewesen waren. Immer bekam ich von Mami Geschenke, die zu hübsch zum Wegwerfen waren.

Meine drei guten Familienstücke waren gerettet, weil ich sie trug. Ich trage sie immer, manchmal unter der Kleidung und manchmal darüber. Sie erinnern mich daran – falls man mich daran erinnern muß –, daß ich die Tochter des fünften Barons Forsey of Pinner bin. Des verstorbenen fünften Barons Forsey of Pinner. Verflucht.

George schlief den Rest der Nacht auf dem Sofa, und ich schluchzte mit dem Kopf unter dem Kissen, bis mir Flo sechs Aspirin und den Rest des japanischen Whiskys gab. Danach hatte ich eine wundervolle Nacht.

Mein Bruder Derek flog zu Daddys Beerdigung. Ich wollte nicht. Ich mußte hundertfünfzig Pfefferkuchen für eine Hochzeit in Hampshire machen, und Flos Pfefferkuchen sind Teerklumpen. Doch der Treuhänder, den ich ziemlich mag, kam von seinem Jagdausflug zurück, führte mich zu einem schicken Lunch ins Café Royal und war ganz reizend; und dann rief Derek an und sagte, er sei aus Ibiza zurück, und ob ich ein Taxi zum Dorchester nehmen wollte, das er bezahlen würde.

Daddy wohnte nie im Dorchester; er konnte es sich nicht leisten. Doch natürlich hatte er dort Hunderte von Partys und Gesellschaften erlebt, und ich wußte, wie man dort auftritt. Ich hatte einen ziemlich guten, enorm gekürzten Stoffmantel und einen pechschwarzen Straßenräuberhut von Flo und lange schwarze Stiefel.

In Dereks Zimmer stand ein hohes Bett mit Queen-Anne-Beinen, und die Toilette war mit einer Batterie von Hähnen wie Bofors-Pistolen ausstaffiert. Derek ging sonst meist ins Hilton, mit Nonstopmusik vom Band, Eiswasser aus dem Hahn und großen Lampen, für stilvolle Zärtlichkeit strategisch überall im Raum verteilt. Nicht, daß

Derek sich besonders viel aus Damen machte. Er hat sein klares Konzept und setzt auf tugendhafte Tüchtigkeit.

Wir sind uns nicht sehr ähnlich. Ich bin blond, wie die Forseys, doch Derek hat braunes Haar, wie Mami, ehe sie sich für rosa entschied. Er ist nicht viel größer als ich, was ihn aufregt, doch er badet sehr viel öfter. Derek ist ein Sauberkeitsfanatiker. Er hatte auch einen Gesundheitstick, mit Saunabädern, sonderbarer Kost und allem, was sonst noch dazugehört; doch das hat er überwunden, und er ist nicht einmal ein schlechter Koch. Wenn er einen ausführt, kann man jedenfalls sicher sein, ein gutes Essen und eine anständige Flasche Wein zu bekommen, obwohl er keine scharfen Sachen anrührt und nicht raucht. Er ist nicht unbedingt ein schlechter Kerl: Er ist einfach absichtlich das Gegenteil von Daddy, und das kann man ihm wohl nicht verdenken.

Jetzt hatte er über Daddy auch nicht viel zu sagen. Jedenfalls war es Selbstmord; man hatte das Rasiermesser gefunden, das ihm aus der Hand gefallen war. Er saß immer noch auf dem Pferd, zweifellos mit Vat 69 vollgepumpt. Aus Achtung vor dem Toten unterdrückte Derekt seinen Abscheu; doch er sagte, man sollte ihn still und schnell in Pinner beerdigen, wenn die spanische Polizei mit ihm fertig wäre, und was zum Teufel Pfefferkuchen mit der Sache zu tun hätten. Schließlich entlockte ich ihm dreißig Pfund für ein langes schwarzes Kleid, das ich bei Fenwick's entdeckt hatte, und versprach zu kommen. Wenn ich die ganze Nacht dabeiblieb, rechnete ich aus, konnte ich mein und Flos Backwerk schaffen.

Bis zur Beerdigung begann nun eine ziemlich öde Zeit, denn Derek sagte, Partys kämen nicht in Frage, nicht einmal eine Diskothek, also hatten wir eine Reihe ruhiger Abende mit Purcell und Strindberg und auch oft völligem Schweigen, wenn ich nichts mehr zu sagen hatte, was gelegentlich vorkommt. Derek schien seine Arbeit zu gefallen; er lebte in einem schönen, firmeneigenen Haus mit Hausmeister und sorgte sich vor allem darum, wie der Tod des armen Daddy seiner Stellung schaden könnte. Er ist bei Schuytstraat beschäftigt, den Leuten, die seit kurzem ihren neuen Supersensator vermissen.

Doch darüber sprach er nicht. Er fragte zweimal, ob ich wüßte, warum das Daddy getan hätte und was er in seinem Brief geschrieben hätte; aber Daddy schrieb natürlich niemals Briefe, und ich hatte monatelang nichts von ihm gehört.

Er fragte mich auch, wie die Treuhänder, was ich nun vorhätte; und ich sagte: weiterkochen. Ich hatte nichts dagegen, und ich konnte mir nicht vorstellen, wie zum Teufel ich sonst einen passablen Mann finden sollte. Derek begriff nicht, worum es ging. Er dachte wohl, Köchinnen bleiben in der Küche, und sein Stolz war verletzt. Wenigstens fragte er mich, ohne Begeisterung, ob ich ihm nicht den Haushalt führen wollte, doch ich sagte nein. Mein Gott, Holland.

Mami kam nicht zur Beerdigung, und ich denke, Derek war erleichtert; er hatte immer etwas Angst vor ihr. Die Zeitungen hatten ihre Theatervergangenheit ausgegraben und auch einiges über den Virus angemerkt, der sie aufs Lager geworfen hatte in ihrem wunderschönen Heim an der Fifth Avenue mit dem Billy-Baldwin-Design. Ich respektierte das durchaus. Was immer sie war, sie war keine Heuchlerin. Meine Fenwick-Garderobe wirkte jedenfalls enorm, und ich wurde für zwei Zeitungen fotografiert, und in der Prozession waren vier Daimler und ein Rolls-Royce. Der Besitzer des Rolls-Royce trug einen Alpakamantel und beäugte mich während der Trauerfeier aufmerksam. Er war etwa so alt wie Daddy, aber wesentlich mehr Sportsmann; breit gebaut, mit dunklem Haar und braungebrannt, wie man das mit keiner Höhensonne schafft – eher schon mit einer Villa auf Trinidad. Er kam herüber, ergriff meine beiden Hände und sagte: »*Sarah!*«

Er sah nicht eben aus, als ob er eine Köchin brauchte, doch seine Bräune war nicht zu verachten. Ich fragte: »Sind Sie ein Freund von Daddy? Vielen Dank, daß Sie gekommen sind.«

»Mein liebes Kind«, sagte er und hielt weiter meine Hände. »Du warst doch mit Jane in der Schule? In St. Theresa's?«

Ich zog meine Hände zurück. Ein patziges Schulmädchen namens Jane. So etwas passierte immer. Daddy war nur der Ehrenwerte Eric Cassells, als ich in der Schule war; so denkt niemand bei mir an Forsey. Ohne Begeisterung dachte ich an die Mädchen von St. T's. Dann mußte ich ihn plötzlich wieder ansehen. »Janey Lloyd!« rief ich. »Sie sind doch nicht Janey Lloyds Vater? Ich kann es nicht fassen!«

Er lächelte und steckte seine Hände in die Tasche. »Sie hat sich kein bißchen verändert, genauso wenig wie du. Ihr wart die beiden elegantesten Mädchen der Schule. Aber Sarah...«

Auch mir fiel es jetzt wieder ein. »Aber was machen Sie hier?«

Das Strahlen seines Blickes verblaßte, sein Ausdruck entsprach wieder dem traurigen Anlaß. »Siehst du, ich hatte keine Ahnung, Sarah, daß du Lord Forseys Tochter bist, sonst hätten wir natürlich geschrieben. Aber als ich dich stehen sah... Du hast dich nicht verändert. Weißt du... Dein Vater war Gast meines Hauses«, seine Stimme klang traurig, »als er seinem Leben ein Ende setzte.«

2

»Sie haben ein Hotel in Sevilla«, sagte ich »und eine Wohnung in Jerez und ein Büro auf Gibraltar und in Malaga. Sie haben Weinberge und Rinder und Anteile an einer Schiffahrtsgesellschaft und drei Olivenölfabriken und irgendwas in Spanisch-Marokko. Janey hat in Florenz abgeschlossen und ist zweimal um die Welt gefahren und war an Weihnachten in Nassau und kam jetzt zum Skifahren zurück. Sie wollen, daß ich zu ihnen komme.«

»Geht in Ordnung«, sagte Flo sanft. »Die Geschäftslage spricht nicht dagegen.«

Es war nach der Beerdigung. Der Bedarf an unseren Kochkünsten schien gesättigt, George war verschwunden, und so waren Flo und ich in das hübsche Haus ihrer Mutter in Hampshire gefahren. Flos Mama ist ganz reizend, und wenn ich bei ihr bin, fühle ich mich deshalb verpflichtet, Unkraut zu jäten und Wände zu tapezieren; also fahre ich nicht zu häufig hin.

»Sie hat einen Bruder, Gilmore«, fügte Flo hinzu. »Clem kennt ihn.«

Ich sah sie an, doch sie verbarg kein Lächeln. In der Schule war ich in Gilmore Lloyd verknallt. Ich sah ihn nur einmal, aber das genügte. Er war Primus in Harrow. »Wie kann Clem ihn bloß kennen?« fragte ich. Clem Sainsbury ist Flos Lieblingsvetter.

»Willst du damit andeuten, daß mein Vetter nicht in den richtigen Kreisen verkehrt, um Giller Lloyd zu kennen?« sagte Flo und röhrte vor Lachen. »Flo, du bist schrecklich«, sagte ich, ohne das wirklich zu denken. Clem war ein ausgesprochen süßes Kerlchen; darüber war sich ganz St. Tizzy's einig. Doch dabei gab er sich derart à la Duke of Edinburgh, daß man nur den Kopf darüber schütteln konnte. Nie in meinem Leben ist mir sonst jemand begegnet, der so viel Energie für absolut sinnlose Unternehmungen aufwendete. Mit neunzehn, denke ich, hatte er alles erklettert und durchschwommen und gespielt, was sich nur denken ließ; und mit einem Mädchen hatte er noch nie mehr angestellt, als es zu einem Rugbymatch zu schleppen und ihm in einer Kneipe ein Bier zu spendieren. Wir versuchten es alle bei Clem, und wir kamen nicht weiter als bis zu einem bißchen Aufwärmen in seinem Schaffellmantel. »Weißt du denn, daß er wild aufs Segeln ist?« sagte Flo. »Letztes Jahr hat er die ganzen Ferien bei Gibraltar gesegelt, und dieses Jahr hat er sich dazu sechs Monate frei genommen.« Clem hat einen bescheidenen Grad in Sozialanthropologie und eine Menge großer silberner Pokale.

»Was weiß er von Gilmore Lloyd?« fragte ich.

»Verwöhnt, reich und schön. Was wir alles schon wissen. Nun, Sarah...«

»Oh, ich weiß.« Flo findet mich übereifrig. Doch wenn man nicht selbst sieht, wo man bleibt, wer hilft einem dann? Und vielleicht bekommt man keine zweite Chance.

Anfang der Osterwoche flog ich allein nach Ibiza.

Ich habe nichts gegen das Fliegen. Mein Magen ist meist in Ordnung – nur nicht, wenn ich zum ersten Mal mit einem Jungen ausgehe – und die *Trident* von London war voller mittelalter Geschäftsleute. Ich schlug eine Zeitschrift auf und suchte mein Horoskop.

Ich war schon einmal in Spanien gewesen, mit Mami während der Schulferien. Das war wohl, kurz ehe sie ihren geselligen, alkoholisierten Gatten ohne Geld endgültig satt bekam; denn gelegentlich nahm sie Derek oder mich mit sich, um uns kulturell zu kräftigen; ansonsten wurden wir Tanten oder Bekannten oder gar treuen alten Haushaltshilfen angedreht. Daddy hätte es wohl kaum gestört, uns häufiger zu sehen; doch wenn wir bei ihm waren, konnte er einfach nichts mit uns anfangen. Ein elfjähriger Schuljunge gehört nicht unbedingt auf Mitternachtspartys mit Witzbolden und Intellektuellen. Und wenn man ihn mitnimmt, und er macht den Mund nicht auf, oder schlimmer noch, es wird ihm schlecht: Dann nimmt man ihn einfach nicht mehr mit. Derek verstand das nie. Und später, als er erwachsen war, hatte er einen zu großen Trainingsrückstand: Mit Daddys Gesellschaft konnte er nicht mithalten.

Bei mir war das anders. Ich glaube, ich hätte meinen Spaß daran haben können – doch nun war das nicht mehr meine Szene. Die Leute, die einen zahmen adligen Hofnarren wollten und ihm seinen Alkohol gönnten, waren nicht mein Fall, und ich hörte nicht gern zu, wenn mein Vater für ein warmes Abendessen sang. Er war liebenswürdig und geistreich und unglaublich ungezwungen. Ich glaube, ich habe nie von ihm ein böses Wort gehört: nicht einmal über Mami, nicht einmal über die fetten Börsenmakler, in deren Villen er sich aufhielt. Er verkaufte ihnen seine Gegenwart, weil sie das Geld hatten, und er brauchte Geld, um zu leben. Er schien sie nicht zu verachten.

Doch so etwas wollte ich nicht. Ich wollte nicht zu den Lloyds gehen und von ihren Almosen leben. Sie meinten es gut, aber das hatte ich klargestellt, ehe ich London verließ. Wenn ich nach Ibiza kam, würde ich meine Flugkarte und meine Unterkunft verdienen: Ich würde kochen. Nach vielen teuren Telefongesprächen hatte Mr. Lloyd das akzeptiert.

Ich blätterte in der Zeitschrift. Die Plastiktabletts mit dem Imbiß waren gebracht und geholt worden, und ich fühlte, daß mich jemand beobachtete. So etwas finde ich immer aufregend.

Immerhin, ich trug mein Haar hochgekämmt, und diese Mütze und das kleine Bäckerjungenkleid und lange, gemusterte Strümpfe, und ich saß auf einem Sitz der ersten Klasse mit freier Aussicht, wofür Janeys Vater der gesamte Dank gebührte, als dieser Mann ankam und sich – plop – neben mir niederließ. Und ich wußte irgendwie sofort, wer mich beobachtet hatte.

Er roch amerikanisch. Er war groß und breitschultrig, mit einer sagenhaften schwedischen Wildlederjacke, saharasandfarben, und einer langen, weiß schimmernden Krawatte und Haaren wie Jacques Tati. Er hatte eine große goldene Uhr; sie zeigte Sekunden, Stunden, Tage, Monate, die Mondphase und die Telefonnummer seines Börsenmaklers. An seiner Rechten trug er einen goldenen Siegelring. Nichts an seiner Linken. »Tut mir schrecklich leid. Ma'am«, sagte er. »Ich fürchte, Sie haben die Hälfte meines Gurts.«

Er kam aus Minnesota und war nicht verheiratet; sein Vater war Senator gewesen und hatte viel mit Immobilien zu tun gehabt. Er besaß drei Cadillacs und handelte mit Antiquitäten und Kunst und hatte überall Läden. Sogar einen auf Ibiza, *Galery 7*. Ich fragte ihn, was er verkaufte.

»Nun, Sarah – vielleicht glauben Sie, das ist nur eine verschlafene Insel mit verschlafenen Bauern, die Strohtaschen und billige Kastagnetten an Pauschaltouristen verkaufen. Aber ich sage Ihnen, ich verkaufe keine Kugellschreiber, die wie Banderillas aussehen. Haben Sie schon von St. Paul de Vence gehört? Biot? Roquebrune?«

»Das sind doch Künstlerkolonien«, sagte ich. »An der Riviera.«

Es gab keinen Ginger, also hatte er für mich einen großen Sherry bestellt. Ich kaufte selbst eine Schachtel zollfreier Zigaretten für Janeys Vater. Ich hatte sechs Pfund übrig. Nicht viel.

»Stimmt«, sagte Austin. Er hieß Austin. Ich betete, daß er auch noch Rockefeller oder Woolworth hieß, aber wir waren noch nicht über die Vornamen hinausgekommen. »Und so ist es auch auf Ibiza. Das Wetter ist gut, das Leben ist billig, und jeder, der etwas Talent hat und nicht allzu heikel ist, findet hier ein Plätzchen zum Arbeiten und einen guten Markt im Sommer. Sicher, an den Stränden stampfen sie Betonhotels aus dem Boden und verkaufen Parzellen wie Pommes frites, doch es gibt immer noch viele schicke Villen in hübschen, verschwiegenen Winkeln. Sie gehören großen Namen, die sich vor allem zurückgezogen haben. Sänger, Geschäftsleute, Politiker, Schauspieler. Sie kennen die Namen. In ein oder zwei Jahren ziehen sie weiter, doch Ibiza ist noch nicht Mallorca. Das ist mein Markt.«

»Sie kaufen also Bilder und so weiter von den Künstlern und verkaufen das in Ihrem Laden?« Zum ersten Male wünschte ich, ich hätte zugehört, wenn sich Mami über Avantgardekunst verbreitete. Daddy wurde dabei rasend.

»Sicher – oder Gregorio, mein Manager, macht das. Wir verkaufen Schnitzereien und Ölbilder und Keramiken und Schmuck, und dazu kommen Antiquitäten vom Festland. Wir haben eine eigene Werkstatt für Reparaturen und machen ab und zu Nachbildungen, und wir veranstalten auch Wanderausstellungen. Jetzt habe ich eben eine in der Galerie, nordamerikanisches Environment, die durch Europa reisen wird. Sie wissen, was ich meine? Caro? Volten? Philip King?«

»Ich würde sie sehr gerne sehen«, sagte ich. Das einzige Environment, von dem ich gehört hatte, war eine Strip-Show in Soho, von der uns George einmal erzählte. »Aber ich weiß nicht, wie lange ich bleibe. Ich besuche nur ein Mädchen, mit dem ich zur Schule ging.«

»Kommen Sie morgen«, sagte Austin. »Bringen Sie Ihre Freundin mit. Wo werden Sie wohnen?«

»In der Nähe von Santa Eulalia«, sagte ich. »In der Casa Veñets bei den Lloyds.«

Sein großes, sauberes, hübsches Gesicht glänzte vor Wonne. »Sie kennen Tony Lloyd? Aber natürlich, Sie müssen im gleichen Alter sein wie Janey. Nun, Sie wissen...« Er dachte an etwas, was ich wissen sollte. »Vielleicht waren Sie noch nie in der Casa Veñets. Doch Sie werden sehen, daß die Hälfte der Antiquitäten dort von Mandleberg stammt.«

»So heißt Ihr Geschäft?« fragte ich. Er schien reichlich naiv. Doch auch George war mir naiv vorgekommen, und Flo war deshalb ganz wild geworden.

»Austin Mandleberg, so heiße ich«, sagte er. »Gehen Sie hoch zur Stadtmauer und durch die Altstadt, Calle de San Guillermo, Nummer 7. Das ist meine Galerie.«

Ich bin Sarah Cassells«, sagte ich. »Ich komme morgen. Ich brenne darauf, all Ihre Sachen zu sehen. Werden Sie lange bleiben?«

»Oh, ein paar Wochen vielleicht. Ich bin ziemlich viel unterwegs«, sagte Austin Mandleberg. »Ich habe noch eine Galerie in Sevilla.

Waren Sie schon in Sevilla?«.

»Nur einmal«, sagte ich. Das war damals, als ich so gut mit Poppy Philipp befreundet war. Die Eltern waren immer ganz versessen darauf, daß ich in den Ferien mit ihnen kam. Wenn Mami das arrangierte, achtete sie gewöhnlich darauf, daß ich anständige Kleider hatte, vergaß aber, mir genügend Taschengeld zu geben. Wenn es Daddys Sache war, versäumte er beides. Ich liebte die Luxushotels und die großen Autos und die fremden Jungen, die darum kämpften, einen nach Mitternacht zum Strand zu schleppen, aber ich haßte die Armut.

»Sie müssen wieder dorthin kommen«, sagte Austin Mandleberg. »Ich würde Ihnen so gerne Sevilla zeigen.« Er schien nichts von Lord Forsey gehört zu haben, Lord Forsey auf der Winde, mit durchschnittener Kehle. Ich fragte mich, was er wohl denken würde, wenn er auf Ibiza die letzte Sensation erfuhr. Aus den Augenwinkeln sah ich die Pyrenäen durch die Wolken dringen; der Schnee sah aus wie zerronnener Zuckerguß auf einem Teekuchen von Flo. »Wo wohnen Sie, wenn Sie hier nach Ihrer Galerie sehen?« fragte ich.

Schade. Ein Haus gehörte zum Laden. Ich fragte mich, ob Gregorio kochte.

Ich konnte nicht genau sein Dollar-Jahreseinkommen bestimmen, aber als wir über Ibiza kreisten, wußte ich eine ganze Menge über Austin Mandleberg, und ich erzählte ihm zuletzt auch das mit Daddy. Er reagierte still und hielt die letzte halbe Stunde meine Hand. Mir war etwas schummrig – der Dry Sack, das ständige Geplauder, die zehnminütige Schräglage beim Warten auf die Landeerlaubnis. Ich mag meine Horizonte horizontal. Seit jeher.

Dann kamen wir weit herunter über ein kleines Netz von Landebahnen, umgeben von einer kargen Fläche mit niedrigem Gestrüpp. Ein Mann mit einem Strohhut beugte sich dort über Unkraut oder was auch sonst; sein Roller stand an einem Baumstumpf. Er blickte nicht hoch, als wir zur Landung ansetzten. Leider. Wenn das Fahrwerk nicht herauskommt, denke ich immer, könnten sie wenigstens herumhüpfen und gestikulieren.

Das Fahrwerk mußte herausgekommen sein, denn wir landete auf ihm.

Ich stieg als erste aus dem Flugzeug. Es war warm, und da war dieser grandiose Duft, den ich vergessen hatte – Zigarrenrauch und Palmen und trockener Staub und starkes Parfüm und Olivenöl und etwas wie Orangenblüten. Ehe wir London verließen, hatte ich bei Graf Glück gelesen, es würde ein unbeschwerter Tag, doch gegen Abend müßte ich meine Impulse kontrollieren. Andererseits hatte Celeste gemeint, Mars treffe auf Skorpion und müßte mir die Energie und die Beharrlichkeit verleihen, meine Pläne auszuführen. Von Janey war nichts zu sehen. Ich wandte mich um und fragte Austin: »Wann haben Sie Geburtstag?«

»Wie bitte?« sagte er, und dann fanden wir heraus, daß er Jungfrau war. Er schien darüber nicht beunruhigt, doch ich wünschte, ich hätte mich informiert. Celeste hatte nichts von Jungfrau erwähnt.

Es dauerte seine Zeit, um mit Austin die Flughafengebäude zu erreichen. Falls Janey wartete, was ich bezweifelte, gab es keinen Grund, ihr unseren Anblick vorzuenthalten. Jenseits der anderen Flugzeuge und der rot-weißen Tankwagen dazwischen lief das Land flach wie ein Pfannkuchen auf viele grün gebauschte Hügel zu, mit Martini-Werbewänden und Windmühlen davor. Wenn man sich umwandte, sah man auf der anderen Seite des Flughafens weitere Hügel, davor eine Wasserfläche, die in Becken abgeteilt war. Ich sah ein langes weißes Etwas, wie ein dünner Streifen Papier. »Salz«, sagte Austin. »Das sind die Salinen. Von hier aus verschiffen sie Tausende von Tonnen. Lassen Sie sich Ihren Mantel tragen.« Und wir gingen den Hang hinauf, unterhalb eines blumenbewachsenen Gitters zwischen Pfaden, gesäumt von Kakteen und niedrigen Palmen und purpurroter Bougainvillea und roten Geranien. Wir erreichten die Flughafenhalle.

Janey war nicht da, und es gab keine Nachricht. Das überraschte mich nicht. Janey kam niemals rechtzeitig, und das hier bedeutete nur, daß sich etwas Interessanteres ergeben hatte; also mußte ich warten.

Meine Enttäuschung hielt sich in Grenzen. Das Gebäude war modern, die Luft war angenehm, Musik strömte aus Lautsprechern. Ich sah stramme Soldaten in adretten, graugrünen Uniformen mit Schulterklappen und großen schwarzen Lederhalftern an ihren linken Hüften. Oder vielleicht waren es bloß Polizisten. Einer hatte ein nettes Lächeln.

Mein Koffer brauchte eine Ewigkeit; man mußte nach ihm forschen. Als ihn Austin aufgetrieben hatte, war von Janey noch immer nichts zu sehen. Draußen auf dem Teerboden standen Busse in leuchtenden Farben: Lunn-Poly, Global und Fit – und zwei Taxis und ein mitgenommener Seat 600 und ein Cadillac. Der rot-silberne Iberia-Bus war schon abgefahren.

Ich wandte mich Austin zu. »Es war *so* nett«, sagte ich. »Und Sie haben mir so geholfen. Janey wird sicher bald kommen. Darf ich mich verabschieden, bis morgen?«

Er nahm meine Hand. »Aber wie können Sie bloß glauben, daß ich ein nettes Mädchen wie Sie allein auf dem Flughafen lasse? Wir hinterlassen einfach eine Nachricht hier für Ihre Freunde, und dann fahre ich Sie nach Santa Eulalia.«

Es war ein Super-Cadillac. Rasch entglitten wir dem Flughafengelände mit seinen geräuschvoll wartenden Flugzeugen, die auf dem Boden klebten wie Staubsauger auf dem Teppich. Ich nahm meine Bäckermütze ab und ließ mein Haar nach hinten wehen, und die Frühlingsblumen und Zitronenbäume und die grünen Felder und weißen Häuser huschten vorbei, und die Reklamewände für Pastis 51 und Tio Pepe, und die Windmühlen wie Spinnweben aus Fischschwänzen, bis Austin sagte: »Da.«

Weit entfernt über den Wipfeln zeigte sich ein kleiner, keilförmiger rosaroter Hügel voller Häuser, mit einem Turm auf der Spitze. In der Abenddämmerung sah es aus wie eine Hochzeitstorte. Ich verschränkte meine Finger und sagte: »Es sieht aus wie eine Hochzeitstorte.« Austin stimmte zu. Zum Teufel mit Celeste. »Das ist Ibiza«, sagte er. »Die Stadt Ibiza, meine ich. Der Turm gehört zur Kathedrale. Meine Galerie ist ein paar Gassen weiter unten. Sie werden von ihr begeistert sein.«

»Ganz sicher, Austin«, sagte ich.

Wir kamen auf dem Weg nach Santa Eulalia durch Ibiza, aber nicht an seiner Galerie vorbei. Wir fuhren über eine Art Boulevard am Fuß des Hügels, mit Läden und Cafés und Bäumen, und dann ging es hinaus, vorbei an einem glitzernden Gewirr von Schiffen, blauem Meer und vielen Booten, sauber aufgereiht entlang der Hauptstraße. Rechts stand ein kastenförmiges Gebäude mit einem weißen Masten, hinter einem Dock mit einem hochgehievten alten Fährboot; Austin nickte mit dem Kopf, als wir vorbeifuhren. »Der Club Nautico. Der Jachthafen mit dem Bootsdock.«

Ich sah zurück, eben als er sagte: »Mein Gott, Sarah, tut mir leid.» Es war das Dock, dachte ich, wo man vor einer Woche oder vierzehn Tagen Daddy auf der Winde fand. Ich lächelte Austin tapfer an, doch ich war nicht geschockt – nicht in dem Augenblick. Komisch, ich fühlte mich jetzt eher mehr zuhause.

Auf einer Tafel an der nächsten Ecke stand: Santa Eulalia 13,5, und vor uns lag eine lange, gerade Allee mit kahlen Bäumen, die nach Norden führte. Austin gab Gas, eben als die Sonne verschwand. Vor uns am Himmel standen ein paar kleine rosa Wolken, doch entlang der Straße war jetzt alles düster. Ich schloß meine Augen und ließ den Wind durch meine Haare wehen.

Es war eine gute Straße. Ich spürte einen Ruck, als Austin verlangsamte und scharf nach rechts steuerte, dann wurden wir auf einer langen Steigung wieder schneller. Ich öffnete die Augen und sah die Lichter eines Straßencafés und eine dunkle Wiese voller Ziegen vorbeigleiten. Am rechten Rand zerbröselte die Straße zu einer Art staubig-rotem Graben, über den ein Wäldchen ragte, mit vielen Wacholderbüschen und einem alten Wagen, der nur noch an einem Ende Räder hatte. Austin bog in den Staub ein und hielt. Endlich.

Wir waren nicht einmal richtig von der Straße weg, doch ich hatte vergessen, wie schnell es dunkel werden kann. Mein Haar hing mir überall ins Gesicht, wie bei Brigitte Bardot, und ich strich es sorgfältig mit den Händen zurück; so fanden Austins wildlederumhüllte Arme leicht den Weg auf meinen Rücken. »Du bist wunderbar!« sagte er, und der Rest von ihm rückte mir auf den Leib; also legte ich meine Hände entspannt um seinen Hals, und wir küßten uns sehr sanft und sehr lange. Er küßte gut; ich muß sagen, daß ich über jedes bißchen Übung froh war, das ich hatte. Dann nahm er seine Hände weg und setzte sich etwas zurück und sagte: »Bitte verzeihen Sie. Sie sind so wunderbar, und ich möchte, daß Sie mir vergeben. Ich weiß nicht... ich konnte einfach nicht anders.«

Ich dachte an meinen letzten Jägerball und zuckte mit keiner Wimper. »Es war schön«, sagte ich. »Aber wir kennen uns eigentlich gar nicht. Vielleicht sollten wir weiterfahren.«

Entweder hatte ich doch mit der Wimper gezuckt, oder er war doch ganz normal. Denn er fuhr nicht weiter, sondern packte mich plötzlich entschlossen und preßte seinen Mund sehr viel heftiger auf meinen, und seine Zunge schlängelte sich überall hin. Es war toll, doch ich geriet dabei langsam in die Ecke, und ich dachte eben daran, meinen Schuh wieder zu ergattern, als die Wagentür nachgab und wir beide kopfüber in den Graben fielen. In diesem Augenblick keuchte ein schäbiger alter Seat aus der Kurve und kam zum Stehen; seine Scheinwerfer erfaßten die Szene. »*Perdone-me*«, sagte eine englische Stimme in schauderhaftem Spanisch.

»Benötigt der Sẽnor Hilfe?« Im Licht vom Armaturenbrett des Cadillac sah ich Brillengläser blitzen; Flo hätte sich totgelacht. »Nein, Sir, vielen Dank. Alles in Ordnung«, sagte Austin mit lauter, herzlicher Stimme, und nach einem gewissen Zögern wandte er sich zu mir und half mir auf die Beine. Meine Strumpfhose war zerrissen, was ich mehr als traurig fand. Austin äußerte noch dies und das über Stürze und dunkle Nächte und schönes Wetter, bugsierte mich in den Wagen, setzte sich neben mich und startete. Ich winkte dem anderen. Er sah uns amüsiert nach, ehe er sich wieder seinem Seat zuwandte. Austin fuhr den restlichen Weg nach Santa Eulalia mit einer Hand auf meinem Knie; er drückte es fest.

Kurz vor Santa Eulalia merkte ich, daß meine Handtasche fehlte. Meine Haare waren wild zersaust, und der Himmel weiß, was mit meinem Mund geschehen war. Ich tastete über den ganzen Wagenboden; aber sie war einfach nicht da.

Austin hielt an, und nach einer gründlichen Suche schien es sicher, daß sie noch in diesem Graben liegen mußte, in dem uns der Seat angetroffen hatte. Austin sagte: »Wir fahren weiter. Ich bringe Sie zu den Lloyds, und dann fahre ich zurück und hole die Tasche.«

Es blieb mir nichts anderes übrig. So sollte ich Gilmore Lloyd nach sieben Jahren wiedersehen, mit kaputten Strumpfhosen und zersausten Haaren und lippenstiftverschmiertem Kinn. Na ja – wenigstens konnte er sehen, daß ich begehrt war.

Die Casa Veñets steht an einem Hang, in einem tropischen Garten von siebeneinhalb Morgen, der sich bis zum Meer hinunterzieht. Die Ankunft in der Dunkelheit – die Palmen vor einem großen gelben Mond, wie eine Werbung für Kokosriegel, die Grillen, die Geräusche machten, wie die BBC sie immer machen läßt, die Eidechsen, die an den Wänden auf und ab flitzten: Das alles raubte mir etwas den Atem, und ich wünschte, Flo oder sonst jemand wäre bei mir. Dann kamen wir zu der Frontseite des Hauses, mit einer gewaltigen Auffahrt aus vielen kleinen Waben und einem Sechstausend-Pfund-Maserati mit diesem Mädchen, das gerade einstieg.

Ich hätte diese Beine überall erkannt. »Janey!« brüllte ich.

Ich sah sie den Cadillac parken. Dann wandte sie sich um, präsentierte Austin ihre 81-53-86 und sah mich zwischen zwei Strähnen dichten kastanienbraunen Haares an. »Darling!« sagte sie und nahm mich bei den Schultern, als ich aus dem Wagen stieg. »So, schon erwachsen. Hast du Tantchen um Erlaubnis gefragt?«

»Das alles geschah in dem Holzschuppen, ehe ich etwas machen konnte«, sagte ich, ehe ich an Austin hinter mir dachte. »Oh. Janey, ich denke, du kennst...«

»Austin!« sagte Janey und küßte ihn nonchalant auf die Wange. »Schatz! War Paris schlimm? Tony sucht Ikonen: Sie müssen nächste

Woche zum Dinner kommen. Wie haben Sie Sarah getroffen?«

Austin erklärte, lehnte mit wortreicher amerikanischer Höflichkeit einen Drink ab, verabschiedete sich von uns beiden und fuhr davon. Er sagte nichts davon, daß er mit einer Handtasche wiederkommen wollte; ich dachte, er würde sie einfach unauffällig abgeben. Es war nicht eben leicht, die Sache zu erklären.

Wir kamen in die Halle, mit weißem Teppich auf weißem Marmor und jenen deutschen Kristalleuchten an der Wand. Janey musterte mich und sagte: »Austin macht sich. Was habe ich mir mit dem Jungen Mühe gegeben! Wie sieht's aus, Schischi? Das Angebot ist hier nicht besonders, doch der eine oder andere kommt wohl in Frage. Du bist nicht gebunden oder magst nur Mädchen oder so was?«

»Janey!« sagte ich drohend. Janey ist schrecklich. Die gezupften Augenbrauen wölbten sich wie ihre Lippen. »Warum nicht, süßes Kind? Ich wette, Derek ist schwul.«

Daran hatte ich nicht gedacht. So ist Janey. In meinem Kopf summte es, und ich sagte entrüstet: »Ist er nicht!« Und während ich so wirres Zeug von mir gab, kam natürlich Gil Lloyd die Treppe herunter.

Man könnte sagen, er trat auf wie Cary Grant; nur war er nicht der Typ, der darauf achtete. Er war in Seide und Kaschmir gekleidet und hatte dichtes, dunkles Haar und braune Haut und eine besondere Haltung, die angeboren schien, wie bei Janey. Sie haben etwas an sich, was einen früher oder später wünschen läßt, ihnen die Zähne einzuschlagen. Nur war ihre Defensive bisher jeder Aggression gewachsen. Und Gilmore Lloyds Defensive wirkt weiß Gott entwaffnend. Er umfing mich und küßte mich: Es kam mir vor, als würde ich von Draht umschnürt, und meine Lippe begann zu bluten. Ich öffnete den Mund, und er trat zurück und sagte: »Arme Schischi. Hat Austin rauhe amerikanische Methoden an dir ausprobiert? Wir müssen dir beibringen, wie man ihn behandelt.«

Gutgelaunt sagte Janey etwas sehr Vulgäres. »Sie vergeudet ihre Zeit nicht mit Austin Mandleberg. Warte, bis du Lobby du Cann triffst. Und wenn du von Amerikanern genug hast, haben wir immer noch Joe Hadley und Guppy Collins-Smith und Coco Fairley ...«

Coco Fairley war mit Mami liiert gewesen. Gute alte Janey. »Sachte, Janey«, sagte ich. »Cocos Sohn oder gar nichts.« Gilmore lachte herzlich. Mit der Zeit kommt man wieder in Form.

Ich hatte ein Zimmer mit Balkon und Bad und einen chinesischen Teppich, der von Wand zu Wand diskret an Geld gemahnte. Auf meinem Weg dorthin wurde ich dem »Paar« vorgestellt. Das »Paar«, Annemarie und Helmuth, kümmerten sich um alle Häuser der Lloyds. Sie waren deutsch, wie die Wandleuchten, und tüchtig: Sie putzten und kochten und chauffierten und wuschen und reparierten; mit zusätzlichem Personal, wenn die Lloyds Gäste hatten oder eine Party gaben. Da kam ich ins Spiel, hatte Mr. Lloyd gesagt. Annemarie mußte entlastet werden: Ich sollte das Kochen übernehmen.

An diesem Abend noch nicht, wie sich zeigte; Annemarie wollte jedenfalls nichts davon wissen. Sie war hübsch und fröhlich und flauschig und sprach perfekt Englisch. Wie Flo hatte ich schon einiges Gerangel mit dem Personal erlebt, doch ich sah, daß das hier nicht zu befürchten war. Ich hatte kaum meinen Koffer geöffnet, als es klopfte und Annemarie mit einem Teller voll fettglänzender, rosaroter Langusten und einer halben Flasche Champagner auf Eis hereinkam. Sie stellte alles ab und ließ mir sanft plaudernd kochend heißes Badewasser einlaufen, während ich meine Sachen auspackte. Sie waren in einem fürchterlichen Durcheinander. Es sah aus, als hätte der Zoll jeden Strumpfhalter herausgerissen und benagt. Ich packe ordentlich, und ich mag es nicht, wenn ich schlampig wirke. Ich öffnete den Champagner selbst, um zu zeigen, daß ich das konnte, und nach ein paar Witzchen über die Unordnung, die ich in ihrer Küche anrichten würde, verabschiedete ich sie. Dann nahm ich den Champagner mit ins Badezimmer, zog mich aus, legte mich ins heiße Wasser und trank. Nach einer Weile stieg ich aus der Wanne, löschte das Licht und stieg wieder ins Bad.

Draußen fiel das Licht des Mondes auf das Meer und die Palmen und die Blumen und den grandiosen Swimmingpool, unter Flutlicht umstanden von Statuen nackter griechischer Götter. Drinnen umspülte warmes Wasser meine Haut, und der eiskalte Champagner rann durch meine Kehle. So lag ich lange Zeit und fühlte mich sehr traurig und sehr glücklich und fragte mich, wann ich erwachen würde.

Ich dachte eben vage daran, daß es langsam Zeit zum Dinner sein mußte, als es plötzlich heftig vor dem Fenster polterte, und ich schüttete die Hälfte des Champagners ins Wasser. Die Läden schwangen rasch nach außen, und zwei Beine schwangen sich geschickt nach innen; und ehe man nach seiner Anstandsdame schreien konnte, stand einer der griechischen Götter aus dem Garten da, ohne einen Fetzen am Leib, soweit ich das in der Dunkelheit erkennen konnte, und sagte mit der Stimme Giller Lloyds: »Ein Vögelchen hat mir gezwitschert, daß du hier Champagner trinkst, mein Schätzchen. Für einen Freund hast du doch ein Schlückchen übrig?«

Janey sagte immer, daß ich altmodisch reagiere. Das ist nicht wahr. Jedenfalls will ich das nicht. Man wird einfach dazu erzogen, sich wie eine Lady zu benehmen, und so etwas bleibt haften. Ich sagte: »Scher dich zum Teufel, Gilmore Lloyd«, und griff nach einem Handtuch; in diesem Augenblick öffnete sich die Tür, das Licht ging an, und eine zweite maskuline Stimme sagte sanft: »Entschuldigung, ist das Ihre Handtasche?«

Ich kreischte auf. Ich konnte nicht anders. Giller auf dem Fenstersims, mit nichts am Leib, von 200 Watt beleuchtet, und an der Tür dieser arme Irre mit weiten Hosen und Wollpullover und Zweistärkenbrille. Er beäugte erst Gilmore und dann mich und sagte dann noch mal, nun eine Oktave tiefer: »Entschuldigung, ist das Ihre Handtasche? Es sind Antibabypillen drin, bis Sonntag ausgedrückt.«

Dieser arme Irre, verdammt. Ich kannte ihn. Er war der Mann mit dem Seat. Der Witzbold, der mich mit dem übereifrigen Austin im Graben gefunden und seine Hilfe angeboten hatte. Es *war* meine Handtasche. »Klopfen Sie nicht an«, sagte ich eisig, »wenn ...«

»*Er* hat nicht geklopft«, sagte der Bebrillte und betrachtete den griechischen Gott. »Und ich bin angezogen.«

»Nicht mehr lange«, sagte Gilmore kalt. »Was für Manieren.« Er war nicht eifersüchtig, glaube ich. Er wollte nur sein Territorium behaupten. Er schwang sich vom Sims, nahm eine klassische, recht attraktive Haltung ein und schlug mit der Rechten zu.

Der Bebrillte wartete nicht ab, bis sie ihr Ziel erreichte. Ich sah Gillers Kiefer gegen weißen Marmor krachen, dann ging er zu Boden, und der Bebrillte stieg vorsichtig über ihn und sagte: »Bitte ... Ich muß die Tasche zurückbringen, wenn sie Ihnen nicht gehört; jemand könnte sie vermissen. Vielleicht ...«

»Sie gehört mir«, sagte ich. »Und danke fürs Bringen. Obwohl ich wirklich nicht verstehe, wie Sie einfach so hereingekommen sind. Mr. Lloyd würde ...«

«Mr.Lloyd sagte, ich soll einfach hochgehen«, sagte der Bebrillte. Er stellte einen Fuß auf Gilmores Brust, die sich regen wollte, und machte ihn bewegungsunfähig.

»Haben Sie nicht den Gong zum Essen gehört? Er wußte nicht, daß Sie sich im heißen Wasser betrinken.«

»Das mache ich nicht!« rief ich. Ich fuhr beinahe hoch.

»Sagen Sie ›Sisyphus‹ «, sagte der Bebrillte.

Ich versuchte es anders. »Dieser Herr«, sagte ich kalt, »ist Mr. Lloyds Sohn.«

»Er hat den Gong wohl auch nicht gehört«, sagte der Bebrillte. »Hat Mr. Lloyd ihn auch so hochgeschickt?« Er nahm seinen Fuß von Gilmore, der sich wie Cary Grant erhob und sagte: »Muß ich Ihnen noch einmal sagen, daß Sie diesen Raum verlassen sollen?«

»Sie haben das noch nicht gesagt«, betonte der Bebrillte. »Aber das geht in Ordnung. Ich höre Martinigläser leise klingen.« Er sah mich über Gillers Schulter an. »Warum haben Sie die Pille vom Montag nicht genommen?«.

»Ich hab's vergessen«, antwortete ich.

»Fehler«, sagte der Bebrillte fest, »haben Folgen. Sie kommen zu spät zum Dinner.«

Gilmore packte ihn an beiden Armen.

»Ich auch«, sagte der Bebrillte. »Ich würde mich zu nichts hinreißen lassen. Ich habe eben nach Helmuth geläutet.«

Gilmore ließ die Arme sinken. »Sie essen mit Vater?«

»Er hat mich eingeladen«, sagte der Bebrillte. »Er ist äußerst entgegenkommend. Ja, er hat mir eben zwölfhundert Pfund geboten, damit ich ein Porträt von Janey male. Miss Cassells, Sie sind betrunken.« Er beugte sich vor und ließ kaltes Wasser aus der Dusche strömen. So ließ er mich zurück; er ging direkt durch mein Zimmer und war eben an der Tür, als Helmuth von außen klopfte. Die Tür schloß sich. Bis ich den Hahn zubekam und das eiskalte Wasser aus den Augen, war Gilmore ebenfalls verschwunden. Ich zog mich an und ging zum Dinner hinunter. Ich war zwei Stunden auf Ibiza und hatte eine halbe Vergewaltigung und doppelten ungebetenen Besuch in meinem Badezimmer hinter mir. Das war besser, als für Zahnärzte zu kochen.

3

So lernte ich Johnson Johnson kennen; und nach den Drinks und den Vorstellungen betrachtete ich ihn und seine Brille eingehend über den Tisch hinweg. Er wirkte wie ein Mann, der sich Spaniels hält und alte Balken liebt und Rittersporn oder tropische Fische züchtet. Seine Haare und seine Augenbrauen waren schwarz, doch den größten Teil seines Gesichts versteckte seine Brille. Die Lloyds tragen auf Ibiza keinen Smoking, nur zu einer Party, doch natürlich ziehen sie sich zum Essen um. Falls sich Johnson umgezogen hatte, wollte ich nicht wisssen, wie er zuvor gekleidet war. Ich sah Janey den Wollpullover und die alten, zerknitterten Hosen registrieren, und ich nahm an, daß sie diese Wahrnehmungen unter ihrer Jane-Austen-Frisur speicherte. Janey kann alle imitieren. Ich kann das auch. Donnerstags, wenn wir für die Armen nähen mußten, machten wir Cockney-Putzfrauen nach; und die ganze Klasse johlte. Doch natürlich war Johnson eigentlich nicht zum Essen gekommen; er hatte nur meine Tasche gebracht.

Ich weiß nicht, ob er wollte, daß Janeys Vater sich um ihn bemühte – oder weshalb er nicht reserviert reagierte, falls er das tat: Das Geld brauchte er sicher nicht. Will man William Hickey glauben, macht Johnson Johnson mit seinen Porträts mehr Geld als Annagoni und Kelly und Hutchinson zusammen, und er kann es sich leisten, wählerisch zu sein. Wohlgemerkt, Janey ist elegant, und während des Dinners hatte sie beschlossen, faszinierend zu wirken: Ich merkte, wie sie sich auf ihre Rolle konzentrierte. Es war ganz gut, daß sie das tat, denn Gilmore, weiter hinten, schmollte. Er war noch später als ich zu Tisch gekommen und hatte mich kein einziges Mal angesehen. Er hatte einen rosaroten Fleck an der Stelle, an der er gegen meine Badezimmerwand gekracht war. Das alles war recht schade: denn ich sah wirklich nicht schlecht aus, mit hochgetürmten Haar und nassen Wimpern. Er war Skorpion: Ich fragte ihn bei einem Martini.

Wir hatten Artischockenherzen, doch Mutter Trudi wäre nicht allzu begeistert von dem Fleisch gewesen. Als Janey einmal eine Atempause einlegte, fragte ich Johnson Johnson, ob er tropische Fische hätte. Die Brillengläser blitzten fröhlich; ob dies die Erinnerung an mich im Bad bewirkte oder meine Frage, wurde mir nicht klar. Er schüttelte den Kopf.

»Zu sexy«, sagte er.

»Fische?«

»Haben Sie je welche beobachtet?« fragte er. »Und man kann nichts dagegen machen. Ein Freund von mir hat es bei seinen Lieblingen mit Gruppentherapie versucht.«

»Und dann?«

»Man hat sie ertappt, wie sie einer Fischbrut Anträge machten.« Dann nahm ihn Janey wieder in Beschlag.

Nach dem Dinner gingen wir in den Garten. Die griechischen Götter waren alle vom Swimmingpool verschwunden, nur noch die eine oder ander Nymphe stand unter der Bougainvillea, und die Fontänen sprühten. Ich ging neben Gil, und ich fühlte mich recht warm und behaglich und hoffnungsfroh, als Vater Lloyd einen Schalter betätigte und alles in Flutlicht tauchte; ich wette, jeder Moskito hatte seinen Scheinwerfer. Es gab auch eine Grotte mit Stalaktiten aus Glaswolle. Gilmore verschwand, und ich fragte Johnson: »Was haben Sie mit meinem Brief gemacht?«

Ich dachte, daß er fragen würde: »Welcher Brief?«, und das tat er auch. »Der in meiner Handtasche«, sagte ich. »Von meinem Vater.«

Er hätte die verdammten Pillen haben können. Als ich entdeckte, daß der Brief fehlte, fühlte ich mich ganz schön elend. Es war reiner Zufall, daß ich ihn überhaupt bekommen hatte. Ich hatte Flo bei ihrer Mutter gelassen und war in die Londoner Wohnung zurückgekehrt, um für Ibiza zu packen, an dem Tag, an dem der arme Derek wieder nach Holland fuhr. Und da lag er auf der Matte, mit einer Menge anderem Zeug; in Daddys Handschrift, mit dem Datum seines Todestages.

Kein Wort davon, daß er sich die Kehle durchschneiden wollte. Noch in der Nacht rief ich Derek an und erzählte ihm von dem Brief: Ich dachte, es könnte vielleicht helfen. Daddy schien nicht schwermütig zu sein oder Krebs zu haben oder sonst etwas; ich denke, er war einfach so betrunken und hatte plötzlich alles satt und tat es. Er war betrunken, als er den Brief schrieb: In der Mitte gab es eine Passage, die völlig unverständlich war. Doch der Brief war alles, was ich hatte, das letzte, was mir von Daddy geblieben war; und Johnson hatte ihn genommen.

Johnson war weder entrüstet noch beleidigt noch erregt. »Ich habe ihn nicht genommen«, sagte er sanft. »Ich sammle nicht einmal Briefmarken. Doch Ihre Handtasche war offen, als ich sie fand.«

»Die Pillen sind nicht herausgefallen«, sagte ich eisig.

»O doch, liebes Kind. Und ich habe sie aufgelesen, weil sie weiß sind. Was fehlt sonst?«

»Nichts.«

»Also borgen wir uns eine Taschenlampe und gehen ihn suchen«, sagte Johnson. In der Beleuchtung wirkte er wie ein zerknautschtes Plüschtier.

Mir war es recht, nur mußte Janey unbedingt mitkommen. Ich hatte eine Strickjacke in meinem Zimmer. Ich ließ mein getrocknetes Haar herunter, besprühlte mich überall mit Calèche und eilte nach unten. Er war nicht der Allerjüngste, doch er war nicht verheiratet, und ich sah nicht ein, daß Janey alles haben sollte. Ein Porträt konnte ich nicht bezahlen, aber vielleicht konnte das Austin Mandleberg.

Auch mit zwei Taschenlampen war es dunkel genug in dem Graben, und die Scheinwerfer des alten Seat strahlten über ihn hinweg. Janey fand eine tote braune Ratte, die ihre rosa Füße nach oben streckte; das dämpfte meinen Eifer etwas. Dann nahm ich die Sturmlaterne und ging zu den Korkeichen hinüber, falls es den Brief irgendwie dorthin geweht hatte. Hier war es recht sonderbar, denn im Licht der Laterne schwankten die Schatten der Bäume, und wenn ich zur Straße zurückblickte, glaubte ich sicher Fledermäuse zu erkennen. Ich sah wieder hinunter und suchte weiter nach dem Brief; und dann dachte ich, ich hätte ihn gefunden, aber es war nur eine leere blaue Packung *Ducados, largos con filtros*. Etwas weiter, genau am Randc des Lichtkegels, stand das zerschundene Wrack eines Autos. Und hinter dem Auto, eben sichtbar unter dem Chassis, stand ein Paar männlicher Beine in weißen Segeltuchschuhen.

In St. Tizzy's gewann ich damals die Viertelmeile. Ich ließ die Laterne fallen und raste in Windeseile aus dem Gehölz und fiel in den Graben, eben als Johnson rief: »Ich hab' ihn! Miss Cassells! Wir haben Ihren Brief ausgegraben!«

»Dort hinten ist ein Mann«, sagte ich, immer noch am Boden.

»Sie überraschen mich«, sagte Johnson. »Offenbar ein Liebesnest. Waren es zwei, die wir kennen?«

»Es war ein Mann«, sagte ich und richtete mich auf. »Allein. Stehend. Schweigend. Im Gehölz.«

»Austin«, sagte Janey. »Dummchen.«

»Nein«, sagte ich. »Es waren keine amerikanischen Schuhe.«

»Mein Gott, Schischi, sagte Janey. »Lauf zurück.«

Niemand nahm mich ernst, doch was machte das, nachdem ich diesem Gehölz entkommen war. Wenigstens, wie Johnson sagte, waren Schuhe an den Füßen. Er gab mir Daddys Brief, als wir alle in den Seat stiegen. Er war etwas zerknittert, aber nicht zerrissen. »Liebe Schischi«, hatte er geschrieben.

Als wir zurück waren, rief ich Austin an. Er war nicht da, doch eine Stimme versprach mit schwerem spanischen Akzent, ihm zu sagen, daß sich meine Handtasche gefunden hatte. Gil schmollte noch immer vor sich hin, und Johnsonn gab sich zwar liebenswürdig, wollte aber unbedingt zum Hafen zurück, zu seiner Jacht *Dolly*. Nachdem ich eindeutiges Interesse gezeigt hatte, lud er mich für den nächsten Nachmittag zu einem Drink dorthin ein, und danach auch Janey. Das war gemein. Ich denke, er mußte... Nein... Ich will nicht giftig werden. Janey ist wunderbar.

Ich schlief wie eine Tote.

Der Markt von Ibiza beginnt morgens zwischen sieben und halb acht. Ich war um halb sieben auf und verließ das Haus mit Helmuth eine halbe Stunde später. Wir fuhren in einem robusten alten Landrover, mit einem Reifen auf der Motorhaube und hinten Platz für ein kleines Pferd. Ich mußte Lunch für neun Leute kochen; jedenfalls hatte ich mich dazu erboten. Ich war ganz froh, daß Janeys Vater mein Angebot ohne weiteres angenommen hatte. Er schien der netteste von all den Reichen, bei denen Daddy verkehrt hatte: groß und athletisch und adrett, mit einem kräftigen, fröhlichen Lachen. So hatte er es weiß Gott nicht nötig gehabt, eine kleine russische Handelsdelegation einzuladen, die sich nach Gesprächen in Madrid eine kurze Pause auf Ibiza gönnte; auch wenn er den Attaché schon kannte. Er sagte, er sei es dem offiziellen Deligierten für Ibiza und Formentera schuldig, der bis morgen verreist war. Ich denke, die Russen wußten einfach, daß sie sich in der Casa Veñets ganz schön den Bauch vollschlagen konnten, was anderswo in der Karwoche kaum möglich schien. Jedenfalls würden vier Russen kommen und obendrein der balearische Bergbauingenieur und der örtliche Tierarzt. Und von jetzt bis halb drei, der Zeit für den Lunch, würde Mutter Trudi wie ein Rasenmäher auf Hochtouren arbeiten. Mit Pausen – etwa zum Besuch der Gallery 7, mit Janey.

Wir ließen Annemarie mit dem Staubsauger zurück, doch oben waren noch alle Läden zu. Janey steht nicht gern früh auf; Gils Gewohnheiten kannte ich nicht. Ich machte es mir neben Helmuth auf zwei Sitzen bequem und freute mich auf eine ruhige ländliche Dämmerfahrt nach Ibiza. Es war kühl im Garten und irgendwo rechts neben Santa Eulalie krähte ein Hahn. Ein rosarotes Band zog sich den Horizont entlang über das Meer, doch die wuchtigen Betonhotels am Dorfrand lagen alle in der Dunkelheit, auch die getünchte Kirchenfestung auf dem Hügel. Wir wandten uns ab von einem Himmel, den kreidig bläuliche Wolken überzogen, von einer Art pfirsichfarbenem Glitzern unterbrochen. Nach einer Weile brach die Sonne durch, und Schatten legte sich vor dem Rover auf die Straße und wurden sofort vom Verkehr überrollt

Sieben Uhr morgens ist die Hauptverkehrszeit des ländlichen Ibiza. Zwischen uneingezäunten Fichtenwäldern und Obstgärten, Büschen, kleinen Gehöften, ummauerten Getreidefeldern, knochigen Schafen, Ziegen, fetten Hennen, vereinzelten angebundenen Kühen und all den unablässig wogenden Feldern, die sich weit bis zu den niedrigen, kargen, dornenbewehrten Hügeln erstreckten, bewegte sich anscheinend die Mehrzahl der Bevölkerung auf Rädern auf uns zu. Sie kamen in Seats und Simcas und gewaltigen Lastwagen, auf Fahrrädern und allen erdenklichen motorgetriebenen zweirädrigen Gefährten – auf Vespas und Lambrettas und altersschwachen Vehikeln, die von altersschwachen Arbeitern mit schwarzen Mützen gesteuert wurden, deren Mahlzeit festgeschnallte Schilfkörbe enthielten. Einmal tauchte ein echtes Motorrad auf, sein Fahrer geduckt, in Leder gekleidet, mit Pelzkragen, Schutzbrille und mächtigen Pelzhandschuhen, Mund und Kinn von einem Schal umhüllt, wie der Kröterich von Toad Hall. Dann erreichten wir das notorische Gehölz mit dem Graben und die Gabelung nach Portinatx, an der Austin gestern abgebogen war, und nun floß der Verkehr mehr in unsere Richtung, nach Ibiza.

Ich lernte diese Straßen noch allzugut kennen. Doch ich sah sie nie mehr so belebt wie am Morgen eines Markttages, wenn die Schornsteine der Ziegelfabrik dampften und Arbeiter graue Ziegelwaben auf einen Lastwagen luden wie Mäuse bei Mack Sennett. Die Zementfabrik jenseits der Kreuzung von San Miguel arbeitete auf Hochtouren. Die Gasolina war offen. Selbst auf fast kahlen Feldern, nur mit kleinen Oliven- und Johannisbrotbäumen, oder zwischen den Orangen- und Feigenbäumen schwirrten alte Spanierinnen mit Strohhüten und Zöpfen hin und her, ihr Schilfbündel oder was immer aufgeschürzt. Ich brachte Helmuth das Lied »One Man Went to Mow« bei, und wir fuhren dahin, etwas schneller als die erlaubten 80 km/h, und grölten es, bis wir die lange, gerade Allee kurz vor Ibiza erreichten.

Vor uns schaukelten eben zwei Maultierkarren um die scharfe Rechtsskurve, wo der Weg von Talamanca zwischen einem Gewirr von Gebäuden auf die Hauptstraße trifft. Zwischen den seitlich hochragenden Latten jedes Karrens schlang sich eine gewebte Matte wie ein Teppich, und daran hingen Buketts von rundem, grünem, taubenetztem Kopfsalat. Sie nickten uns zu, und dahinter lag blau der Hafen, und darüber erhob sich die Oberstadt Ibizas, heute nicht wie eine Hochzeitstorte, sondern mit dunstverhüllten Fensterfronten; oben alte, gelbliche Gebäude, unten etwas Grün, wie ein Clubsandwich. Irgendwo dort oben war die Galery 7.

Die Uhr auf dem Turm der Kathedrale zeigte 7.15, und die Möwen am Kai kreischten einen Möwenflamenco. Ich seufzte und holte Annemaries Liste hervor und eine Börse voll Papiergeld, wie Fetzen einer alten Decke. Helmuth trudelte hinter den Salatköpfen her, die Bucht entlang, am Jachthafen vorbei und durch das Dickicht von Läden und Büros und Werkstätten, das zu dem Hügel der Oberstadt emporwucherte. Die Oberstadt Ibizas hieß Dalt Vila und war von einer alten Mauer umgeben, erklärte Helmuth.

Wir parkten am Philips-Gebäude am Mercado Nuevo, und von hier war die Stadtmauer zu sehen – hoch und abgeflacht und gelblich-weiß, mit Palmen und Kletterpflanzen, und dahinter Dächer mit sandbedeckten Ziegeln. Die Mauer verlief direkt neben uns, während wir durch enge, schattige, belebte Straßen gingen; Menschen hasteten vorbei, Putzfrauen schrubbten Geschäftsräume, Taxifahrer wuschen Taxis, Hausfrauen wie ich trugen große geflochtene Körbe am Arm. Ein Junge mit geflickten Hosen und Segeltuchschuhen verkaufte die Zeitung *Diario*, und Helmuth gab ihm drei Pesetas dafür.

Ich sah gar nicht hin. Ich folgte dem Geruch von frischem Brot um zwei Ecken und fand eine Panateria. Da war das Fenster, gefüllt mit kandierten Birnen und Kirschen und Pfirsichen und Platten mit weichen, glitzernden Zuckerkuchen und kleinen Vanilleplätzchen in Schokoladepapier und Reihen von gekringelten, zuckrigen Teekuchen und steifer Sahne in goldglänzendem Blätterteig und Schokoladebiskuits mit ganzen Kirschen, rumtriefend. Drinnen stapelten sich langes, warmes, knuspriges Brot und süße Brötchen, weich und warm auf der Hand. Ich kaufte genug davon, um Janeys Figur zu gefährden, und dazu fünf Ostereier aus Schokolade. Helmuth zog mich aus dem Laden.

Der Markt war noch besser. Man fand ihn, wenn man dem Lärm oder den hohen Mauern der Dalt Vila folgte, denn der Marktplatz lag am Fuße der Steigung, die zum Tor der Dalt Vila führte. Der Platz selbst hatte Läden auf drei Seiten, die meisten kaum offen. In der Mitte stand ein kleiner dorischer Bau, von Massen umwogt wie der Artemistempel von Ephesus an einem Festtag. Das Gebäude befand sich auf einer Insel, und von seinem Dach ragten geflickte Baldachine zum Schutz der schwankenden Stände darunter. Drinnen, zwischen klassischen Säulen, breiteten sich Ladentische; dicke, fröhliche Frauen in Strickjacken halfen, sie aus den Lastwagen und Karren zu beladen, die sich auf dem Platz drängten. Helmuth stürzte sich in das Gewühl, und ich folgte mit hochgestecktem Haar.

Hätte die Sonne auf den Markt geschienen und nicht auf die Oberstadt dahinter, hätte ich eine Sonnenbrille gebraucht. Bei Mutter Trudi waren das Obst und das Gemüse stets gewaschen und sortiert und von Plastik umhüllt. Hier wäre die Verpackung gerissen. Die Zitronen ähnelten alle Wallace Beery: robuste Ungetüme mit Blumenkohlschalen. Die Tomaten glichen Kürbissen: grüne lapprige Ungeheuer, alle dunkelrot gefleckt. Hinten stapelten sich Rettiche, feucht und rosarot, von der Größe junger Karotten. Statt der Bananen, die ich kannte, sah ich hier etwas wie einen dicken grünen Schirmständer, an dem entlang sich die Bananen krümmten. Erbsen, noch in der Hülle, lagen in Haufen auf alten Säcken. Es gab Körbe mit Muskatellerrosinen und Kisten mit glanzlosen, karmesinroten Äpfeln und Atolle von Orangen; Zwiebeln hingen in roten Netzen, wie goldene chinesische Laternen wirkend. Es gab Artischocken in Mengen, und Bündel von schmutzig-weißem Knoblauch, und Kisten mit der Aufschrift SANGUINAS, gefüllt mit prächtigen Blutorangen. Die Fülle war überwältigend. Ich starrte auf Helmuth, und er nahm mich beim Arm und schob mich mitten in das Gedränge.

Ich wußte natürlich, wie man einkauft: Ich hatte es mühsam bei knausrigen Auftraggebern gelernt. Ich hatte auch in der Schule ein Jahr Spanisch gehabt. Das meiste davon hatte ich vergessen, doch ich habe ein gutes Ohr, und so hörte ich zu, was Helmuth sagte, und notierte die Worte, die ich brauchen würde. Er führte mich von Stand zu Stand und stellte mich vor. Sie alle kannten Helmuth: Die Frauen schwenkten ihre Arme und strapazierten ihre Stimme. Sie grinsten und entblößten weiße Zähne und Zahnlücken und lachten über alles, was ich sagte und gaben mir doppelt soviel, wie ich wollte. Die jungen waren bläßlich, fröhlich, fett und trugen alte Strickjacken und Röcke und flache Schuhe; die alten hatten alle lange schwarze Röcke und Schals, Kopftücher und manchmal breitkrempige Strohhüte. Wenn sie gleichzeitig redeten, klang es wie ein unentwegtes Rattern, wie ein aufgeregter Ara. Sie stellten viele Fragen, persönliche Fragen.

Das störte mich nicht. Ich trug ein hochgeschlossenes Hemd aus einer kräftigen, orangefarbenen Faser, loses Haar und Sandalen, eine schöne Kette und das Ding aus Perlen, das mir Mami zum Schulabschluß geschenkt hatte, unter dem Hemdkragen versteckt. Ich erzählte ihnen das Schlimmste, und wir alle schüttelten den Kopf über das Fehlen eines Ehemannes, und eine der jüngeren meinte, ich sollte mir einen anständigen, starken Ibizenco suchen.

Ich sagte, anständig und stark sei gar nicht nötig, es müßte nur etwas in Hosen sein; da sagte eine andere mit einer Stimme wie eine Säge: »Vorsicht, man weiß nie, was heutzutage in Hosen daherkommt.« Wir kreischten alle vor Lachen. Es ist so einfach. Man wird ganz reizend und altmodisch, wie wenn man alte Damen im Krankenhaus besucht. Ich weiß nicht, warum, doch obszöne Ausdrücke fallen mir nur ein, wenn ich mit Leuten wie Janey und Gilmore zusammen bin. Und wie Mami natürlich.

Ich kaufte, was wir brauchten, und holte ein paar Nelken für Annemarie. Die Lloyds schienen sich nie etwas aus ihrem Garten zu holen. Ich dachte auch daran, daß ich wiederkommen mußte, um etwas für Flo zu besorgen. Ich mache schöne Geschenke, das sagen alle. Wenn man jemand so gut kennt wie ich Flo, weiß man, was sie sich wirklich wünschen. Ihre Mutter schenkt ihr immer lange Unterhosen. Ich wollte drei meiner Pfunds für eine sexy Mantilla ausgeben. Zwei Pfund waren für etwas für Janey reserviert, und die Frau, der die Wohnung gehört, sollte auch ein bißchen was bekommen. Ich blieb eine Minute stehen, zählte das Haushaltsgeld und hakte Listen ab und bedauerte leicht, daß ich nicht auf das Frühstück gewartet hatte. Doch dann sagte ich zu Helmuth: »Fisch«, und wir zogen wieder los.

Auch auf dem Fischmarkt waren sie ganz reizend. Er war in einem komischen runden Ziegelgebäude mit einem Dach wie ein Regenschirm, ein Loch in der Mitte. Drinnen ging man zwischen zwei Reihen von Ständen. Die ersten paar hatten Fleisch: lange, bleiche Hühner hingen hier, mit dünnen Beinen, die Füße zusammengebunden; und der Kopf eines Schweines, blaßrosa, die Augen kleine zugekniffene Schlitze. Es schien zu lachen.

Ich brauchte kein Fleisch. Spanisches Fleisch ist nicht nach Mr. Lloyds Geschmack, deshalb hat er zwei Kühltruhen voll mit Hühnern, ganzen Lämmern und Steaks aus der Heimat. Annemarie hatte mir die Truhen stolz gezeigt. In einer waren zehn Pfund Himbeeren und amerikanisches Eis und Spargelspitzen. »Sehen Sie? Niemand sonst auf Ibiza hat das. Nicht solche Lebensmittel. Aber die Casa Veñets hat ihr eigenes Kraftwerk, Miss Sarah.« Ich begriff. Das Licht war in dieser Nacht schon zweimal ausgefallen. Ich ging weiter. Auf den Quadraten des Betonfußbodens standen Schalen mit zerstoßenem Eis und Garnelen darin, wie zu einer Halskette gebunden. Ich sah Seeleute in ausgebleichten Hosen und großen Gummistiefeln, die Karren und Kisten zu den Ständen schafften: Kraken und Tintenfische in grauer, glitschiger Umhüllung; Weißfische wie Haufen von Nadeln. Auf einem Tisch lagen fette Seehechte dazwischen; auf einem anderen lagen Aale neben einem Gewirr von blauen Muschelschalen. Es gab namenlose Fische, purpurn und bläulich oder leuchtend rosa, große Hechte mit gelben Nadelstreifen, grüne Fische mit gelb-weiß gefleckten Bäuchen. Die spanischen Namen der Fische und die Preise waren mit Kreide auf Tafeln gekritzelt. Ich sah wieder auf Helmuth, und er grinste und nahm mich bei der Hand. Die Menge teilte sich und umschloß mich.

Etwa zweieinhalb Stunden später kamen wir zum Wagen zurück und hievten die Körbe hinein; im Vergleich zu mir wirkten die Fische höchst lebendig. Helmuth zog den großen weidenumflochtenen Weinkrug hervor, den er und Annemarie in der Küche verwenden, und ging, um ihn füllen zu lassen; und ich trottete ihm mit Gottes Hilfe nach.

Er ging in eine kleine Weinstube an einem Ende des Marktplatzes. Nach dem flirrenden Sonnenlicht draußen war es hier kühl und dunkel, und es roch nach feuchtem Holz und Alkohol und dem Pflanzenhaus von Kew Gardens. Ich sah mich um, während der Ladenbesitzer den großen Krug aus einem der Fässer füllte. Gegenüber stand eine Reihe kleiner Fässer; Crème de menthe, Jerez. An jedem hing ein roter Plastikeimer. In den Wandregalen stapelten sich Flaschen bis zur Decke: Wein, Gin, Whisky, Martini, Wodka. An einem Brett neben der Tür stak ein Gewirr von Zetteln. Die Hälfte war englisch beschriftet: Ein Filmclub warb für eine Vorstellung von *Gentleman Jim*; schöne Zimmer waren zu vermieten; ein Gerrad-Stereo-Plattenspieler suchte einen Käufer.

Jetzt bemerkte ich hinten eine halboffene Tür, die zu einer Art Innenhof zu führen schien. Ich sah ein Rebenspalier unter blauem Himmel, die Kante eines Tisches, Füße. Den Stimmen nach schien es ein Ort zu sein, den die Leute nach dem Einkauf gern besuchten. Ich sagte zu Helmuth: »Kommen Sie. Lassen Sie uns ein Glas trinken, ehe wir zurückfahren.«

Er war wirklich nett zu mir gewesen, wie ein gemütlicher alter Hausmeister, den wir einmal in der Schule hatten. Er schien abgeneigt; doch ich nahm ihn am Arm und führte ihn nach hinten. Durch die Tür sah man jetzt einen weißen Brunnen, ein Fischbassin und viele Töpfe, gelb und blau, mit Kakteen und Blumen und Kletterpflanzen, die sich die weißen Wände emporrankten. Weitere Tische und Stühle und Bänke zeigten sich, und Füße – zwei davon trugen weiße Segeltuchschuhe.

Sicher, viele Leute tragen weiße Segeltuchschuhe, wenn auch vielleicht nicht so schmutzig wie diese. Ich blieb wie erstarrt stehen und umklammerte Helmuth wie eine Boa constrictor; dann bewegte ich mich zögernd weiter. Unter den Korkeichen war es stockfinster gewesen. Wenn es der Mann von gestern nacht war, hatte er von mir wahrscheinlich so wenig gesehen wie ich von ihm. Und selbst wenn er mich gesehen hatte – es war keineswegs gesagt, daß er dort mit irgendwelchen bösen Absichten gegen mich persönlich war. Wie

Johnson meinte, vielleicht hatte er einfach eine Verabredung. Und zuletzt, selbst wenn er mir nicht wohlgesonnen war: Hier konnte er mir kaum etwas anhaben; hinter einer Weinstube, unter freiem Himmel, um neun Uhr morgens. Ich ging weiter.

Der Mann mit den Segeltuchschuhen stand auf.

Es war Flos Vetter, Clem Sainsbury.

Ich glaube, ich sagte, was man so sagt. Ich weiß, daß ich scharlachrot wurde, und danach wahrscheinlich grün. Ich vergaß den Korkeichenwald. Nach vier Jahren ohne jeden Mann hatte ich jetzt vier an einem Tag. Selbst Janey konnte sie nicht alle nehmen. Clem kam auf mich zu und küßte mich unter der stummen Anteilnahme aller Gäste der Weinstube, und ich machte ihn mit Helmuth bekannt, und wir setzten uns.

Wie ich wohl bereits erwähnte: Clem ist groß und kraftvoll und blond, und er trug kein Schaffell, sondern Hosen wie ein Koch, ziemlich fleckig, und ein T-Shirt und einen schäbigen alten Pullover, schlampig gestrickt – sicher das Werk Flos. Er hatte ein Netz mit Einkäufen dabei. Wir bestellten: Ich nahm Ginger. Dann sagte er: »Und was machen Flo und die Kochkunst? Schlimme Sache, diese andere Geschichte, Cassells.« Er nannte mich immer Cassells.

»Ja«, sagte ich. Er hatte sich nicht verändert. Ein Diamant, aber ungeschliffen.

Clem sagte: »Wolltest du uns besuchen? Wir haben das Deck noch nicht geschrubbt.«

Ich begriff nicht. Dann – aber auch weil er keine Spur von Überraschung zeigte – begriff ich doch. »Du bist bei Johnson auf der *Dolly*?« fragte ich.

»Er hat es dir nicht gesagt«, sagte Clem unbewegt. »Der alte Pirat. Ich habe mich für sechs Monate verpflichtet. Kann nicht klagen.«

»Nur du und Johnson?«

»Wir haben noch einen, Spry. Zwei können sie segeln, aber wenn der Meister malt, kommen wir sonst nicht zurecht. Nicht daß er sich zu Tode arbeitet, soweit ich das sagen kann.«

»Magst du ihn?«

»Kenne ihn gar nicht«, sagte Clem. »Wir halten uns beide an den Mann mit der Brille. Wenn man Brillen mag, geht das in Ordnung.«

»Das dachte ich«, sagte ich. »Mr. Lloyd möchte, daß er Janey malt.«

»Hu«, machte Clem. Wenn ich mit Clem zusammen war, fielen mir genügend Worte aus der Gosse ein. Clem und ich waren ganz ordinäre Kumpel, und selbst wenn man Chefingenieur in der russischen

Handelsmarine würde, bliebe man das für ihn. Bei anderen Jungen versuche ich fraulich zu wirken, doch bei Clem ging das nicht.

Ich saß da und trank Ginger und verbreitete mich über meine Laufbahn als begnadete Kochkünstlerin, und er hörte mir mit einer Lammsgeduld zu.

»Du mußt das alles ziemlich satt haben«, sagte Clem dann. »Oder nicht? Schrecklich, immer in der Küche fremder Leute eingesperrt, mit Sardellen und Ritz-Crackers. Man nimmt ab, man will nichts essen, und nach ein oder zwei Jahren hat man kaputte Bandscheiben und Senkfüße und eine Katze und einen echten William-and-Mary-Kartentisch mit zierlichen Füßchen. Soweit wirst du's noch bringen. Du willst irgendeinen netten Kerl heiraten und für ihn und eure Kleinen kochen.«

»Ich weiß«, sagte ich. Geduldig. Er hatte einfach nicht zugehört. »Sag mir einen anderen Job«, fuhr ich fort, »bei dem ich meinen Kanarienvogel mit Kaviarresten füttern kann. Und jedesmal sechzehn Guineas kassiere.«

»Ich wußte nicht, daß du einen Kanarienvogel hast«, sagte Clem.

»Er hüpfte ins Aquarium und ertrank.« Ich nahm einen letzten Schluck und stand auf. »Kommen Sie«, sagte ich zu Helmuth. Seine Augen waren halb geschlossen.

»Bye, Cassells«, sagte Clem. Er hievte sich hoch und musterte mich, seine Stirn nachdenklich gerunzelt. »Ziemlich mutig von dir, nach alldem hierherzukommen. Hältst du das wirklich aus? Magst du es? Sind die Lloyds anständig?«

»Oh, sie sind in Ordnung«, sagte ich. Ich schluckte. Sentimentale Idiotie. »Es gefällt mir. Die Leute in der Stadt sind schrecklich nett.«

»Mhm«, machte Clem. Er betrachtete mich noch etwas länger, dann bückte er sich und fischte etwas aus seinem Netz. Dann richtete er sich auf und steckte mir zwei Kirschen über beide Ohren. »Olé«, sagte er. »Okay, Cassells. Bleib sauber.«

»Hat dir das vielleicht etwas gebracht?« fragte ich. Gut, er war ein ödes Ekel. Aber ein nettes. Ich ging, Helmuth im Schlepptau. Zur Arbeit.

Annemarie hatte Frühstück gemacht, doch niemand war unten. Ich frühstückte allein und betätigte mich dann in der Küche. Um halb zwölf war alles vorbereitet und mit Folien bedeckt, und ich ging schwimmen. Janey war im Wasser, hüllenlos. Helmuth war das wohl gewohnt. Danach legten wir uns noch kurz in die Sonne, ehe wir zur

Gallery 7 fuhren. Sie hat einen tollen Körper.

Wir hatten uns viel zu erzählen. Janey bekam mit vierzehn einen Nerzmantel, und einen Daimler-Sportwagen zu ihrem siebzehnten Geburtstag: Es fiel ihr nicht ein, mit großen Namen und feudalen Orten anzugeben. Doch den Jet-Set-Klatsch kannte sie trotzdem. Wir hatten eben ihr Liebesleben durchgekaut, bunt wie die Kurzwarenabteilung von Harrod's und etwa ebenso bedeutungsvoll, als Janey plötzlich sagte: »Macht es dir etwas, wenn wir zur *Dolly* fahren? Zum Jachthafen? Diese verdammte Winde ist da.«

»Es macht mir nicht so viel«, sagte ich. »Ich meine, wenn man Daddy gekannt hat...«

»Du und deine spießige Selbstgefälligkeit«, sagte Janey. »Das ist das Schlimme an dir. Er verstand zu leben. Daddy hat sein Leben lang keine anständige Party gehabt, ehe der alte Forsey auftauchte und die ganze Cinecitta und der ganze Gotha nachkam.«

»Ihr habt etwas für euer Geld bekommen«, sagte ich. Rasch fügte ich hinzu: »Es war toll, daß dein Vater mich eingeladen hat. Ich kann mir vorstellen, was hier schon ohne mich los war.«

»Hör auf damit«, sagte Janey. »Er fürchtete vielleicht nur das Gerede. Es war eine ziemlich wilde Party.«

»Derek hat mir nicht erzählt, wie es passierte«, sagte ich. Das war eine Möglichkeit, sie zum Reden zu bringen.

»Gott weiß, wie es passierte«, sagte Janey. Sie fuhr herum, ihre roten Haare wehten über ihr Gesicht. »Daddy mußte aufs Festland, und Gil und ich gaben eine Party. Lobby war da, und Coco Fairley und Guppy – das habe ich schon erzählt. Sie kamen von St. Tropez, und die Hadleys waren von Formentor hergeflogen, und dann kamen all diese Leute, die zusammen in dieser Villa auf Menorca wohnten. Du weißt, wie das so geht. Gesellschaftsspiele im Haus und mehr Gesellschaftsspiele im Swimmingpool. Am nächsten Tag sah man vor Pingpongbällen und Flaschen das Wasser nicht mehr. Hat man mir gesagt. Dann begann Coco, Zucker mit Stoff zu verteilen.«

Ich bin spießig, glaube ich, wenn Janey das sagt. Sicher, LDS auf Zucker gehörte zu den Trips, die ich nicht kannte. »Nahm Daddy etwas davon?« fragte ich.

»Im allgemeinen? Ich denke nicht«, sagte Janey. Sie ließ einen Grashalm sacht entlang eines dünnen Zugs von Ameisen gleiten. Die Ameisen wichen aus. »Er sagte immer, er hätte sowieso schon zu viel Gift im Leib. Jedenfalls ging er an diesem Abend aus dem Haus.«

Natürlich, dachte ich. Wenn Lloyd nicht da war, hatte Daddy sicher nicht den Wunsch verspürt, mit einem traurigen Teenagerhaufen herumzutollen. »Zum Essen?« fragte ich.

»Das sagte er nicht. Aber er hatte nichts gegessen, als er um acht wegging.«

Doch irgendwo hatte er gegessen. Das stand jedenfalls im spanischen Polizeibericht. Aber nicht in einem Restaurant, soweit man wußte. Janey war noch immer taktvoll mit ihren Ameisen beschäftigt. Aber Daddy traf doch keine heimlichen Verabredungen, dachte ich. Daddys Freundschaften waren weiß Gott nicht geheim; wenn er jemanden besuchte, wußte es alle Welt. Janey sagte: »Er war schon mal abends weggegangen. Vielleicht fühlte er sich nicht besonders und wollte einfach allein sein. Oder er langweilte sich nur.«

»Doch er *aß* etwas«, sagte ich.

»Vielleicht verbrachte er den Abend mit Derek«, sagte Janey. Sie strich über das Gras, und die Ameisen formierten sich.

»Kaum«, sagte ich. Auch wenn sie das Thema nicht mehr interessierte – ich wollte nicht locker lassen. »Derek war in Holland. Er kam erst nach dem Selbstmord nach Ibiza.«

»Und vorher«, sagte Janey und ließ das grandiose Make-up ihrer grünen Augen in meine Richtung funkeln. Nichts war von ihren Kontaktlinsen zu sehen. »Ich sah ihn oben in der Villa, am Tag bevor sich dein armer Erzeuger davonmachte.«

Ich richtete mich vollends auf. »Der Witz des Tages, Janey, du würdest Derek nicht erkennen, wenn du ihn aus deiner Gesichtscreme fischen würdest.«

»Doch. Ich erinnere mich an ihn. Von St. Tizzy's«, sagte Janey. Sie stand auf und wickelte sich in ihren Bademantel. »Ich war mit den Rothas in der Altstadt; wir hatten einen Drink und plauderten. Ich glaube, er sah mich auch; jedenfalls verdrückte er sich. Es war Derek.«

»Er sagte mir nichts davon«, sagte ich.

»Ich dachte, das hätte vielleicht in diesem Brief gestanden«, sagte Janey.

Meine liebe Schischi. Ich weiß nicht, weshalb ich es sagte. Ich hatte es eigentlich niemanden sagen wollen. Ich glaube, ich bekam etwas Angst. »Der Brief war nicht von Daddy«, sagte ich.

Janey zuckte und drehte sich um. Nach einer Weile sagte sie: »Also hör mal – ich habe den Brief selbst abgeschickt. Er bat mich darum, am Nachmittag der Party.«

»Daddy hat dich gebeten, einen Brief für mich wegzubringen? An dem Tag, an dem er ... sich davonmachte?«

»Ganz recht«, sagte Janey. Sie begann, zum Haus zu gehen. »Mein Gott, Schischi. Gestern nacht hast du uns deswegen im Graben wühlen lassen.«

»Ich weiß«, sagte ich. »Er war nicht von ihm. Du sagst, du hast ihn an dem Tag des Selbstmords weggebracht. Dieser Brief kam erst zehn Tage später an, einen Tag ehe ich abreiste.«

»Spanische *correos*«, sagte Janey lakonisch. Wir stiegen die Marmortreppe hinauf.

»Okay. Und er war betrunken«, sagte ich bitter. »Doch das erklärt nicht, wieso er schreibt: *Meine liebe Schischi.* Er nannte mich nie im Leben Schischi.«

»Ach?« machte Janey. Rote Kringel stahlen sich aus ihrem Haarschopf.

»Also glaube ich, daß er ermordert wurde«, sagte ich. Ich erwarte nicht den Kriegsgeschrei der Konföderierten, doch Janey stützte sich einfach auf die Türklinke und sagte: »Ich dachte, vielleicht bist du deswegen gekommen.«

»Aber wer hätte ihn töten wollen?« fragte sie dann.

»Ich weiß nicht«, sagte ich.

»Könnte man das nicht feststellen?« sagte Janey. ›Ich weiß, was *ich* tun würde.«

Auf dem Weg zu Mandlebergs Werkstatt taten wir es. Wir schickten ein Telegramm an Derek: KOMM SOFORT. SARAH.

4

Austin Mandlebergs Galerie war in der Dalt Vila, dem ummauerten Teil der Stadt auf dem Hügel. Ich hatte das Haupttor gesehen, flankiert von halbverfallenen Statuen, am Rande des Obstmarktes; doch hinein war ich noch nicht gekommen.

Es gibt keine scharfe Trennung zwischen dem alten und dem neuen Ibiza, sieht man von der mächtigen Mauer ab, die um den Fuß des Hügels führt. Tatsächlich besteht ein Unterschied von tausend Jahren. Janey steuerte den Maserati vorsichtig durch das Gewühl des Mercado und die lange, schmale Rampe zu den Portalen hinauf; als wir ins Innere krochen, umfing uns schattige Stille. Eine alte Frau in Schwarz und zwei Mädchen mit langen Haaren und braunen Stiefeln drückten sich gegen die Pfeiler, grauer Stein mit pfirsichfarbenem Mörtel. Wir bogen scharf nach rechts und kamen auf eine große, schattige Fläche, eine halbe Arkade – ein Raum ohne Decke unter freiem Himmel. Der einzige Ausgang war am anderen Ende: ein weiteres gewölbtes Portal, das zu der sonnigen, gepflasterten Plaza der alten Mohrenstadt Ibiza führte, die links von uns unter dem Schutz der hohen weißen Häuser auf einen Felsen mit bledendem Mauerwerk lag.

Ich hatte kaum Zeit, das alles aufzunehmen: die runden glitzernden Pflastersteine, die spielenden Kinder, die Pumpe, die Wäsche hoch oben in der Sonne, die vielen Singvögel in Käfigen. Dann bog Janey nach links in eine Haarnadelkurve, so daß ich gegen ihre Schulter stieß, und wir fuhren eine steile, etwa fünfzig Zentimeter breite Gasse hoch, links die Mauer des dachlosen Raums, rechts kleine Läden – flüchtig sah ich ein paar Antiquitäten – mit Mauerpartien dazwischen. Plötzlich weitete sich die Gasse, das Pflaster wich einem Teerbelag, und wir befanden uns auf einem kleinen Platz zwischen weiteren kleinen Antiquitätenläden und Kneipen; rechts führten Treppchen und Gäßchen in die Höhe, links war eine steinige Fahrstraße, auf der man wohl den Wall erreichte. Von dem Platz ging eine breite Straße aus, von Gärten gesäumt, auch sie steil ansteigend – die Avenida General Franco. Hinter der schmalen Grünfläche links von uns sah man eine ebene, schmutzige, ungepflasterte Straße, gesäumt von überquellenden vierstöckigen Häusern und Kneipen, mit engen, niedrigen, baufälligen Türen und johlenden Kindern und steilen Treppen, von niedrigen Bäumen und Bougainvillea und Kakteen überschattet. Wäscheleinen überzogen jede Mauer; Plastikklammern hockten darauf in Rudeln wie Spatzen. Weitere Stufen, eine weitere Haarnadelkurve, die beiden Straßen vereinten sich – ich schlitterte nach rechts, als Janey mit blitzender Sonnenbrille hupte und das Steuerrad des Maserati lässig schwenkte. Sie war schon in Austins Galerie gewesen, oft; doch das hatte sie noch nicht erwähnt, bis vor einer Minute.

Es war nicht mehr weit. Die Teerstraße führte weiter, mit einem Trottoir, vorbei an etwas Garten und einer Kirche mit grünen Läden und hinauf zu einem ebenen Platz; dahinter breite, grasbewachsene Stufen. Janey wechselte den Gang und bog nach rechts. Flüchtig sah ich hinter uns einen weiten, modernen Platz mit vielen Bäumen und einem langgestreckten weißen Säulenbau; sogar das Blau des Meeres blitzte kurz auf. Dann ließ der Maserati die Szene hinter sich und fuhr weiter hinauf, nun vorbei an einer Kette schöner zwei- und dreistöckiger Häuser, braun und blendend weiß gestrichen. Während das Kabriolett weiter kroch, blickte ich hin und her auf grüne Doppeltüren und schmiedeeiserne Balkone, überwuchert von roten Geranien und Kletterpflanzen. Manche Fenster hatten kunstvolle Gitter; irgendwo dahinter spielte jemand Klavier. Links von uns sah ich dann breite, weiße Treppenstufen, danach eine langgestreckte weiße Wand, über die sich die Pracht des darüberliegenden Gartens breitete: Kakteen, weiße Rosen rosa- und scharlachrote Geranien. Über den Stufen sah man Palmen, purpurfarbene Blüten, und einen Zitronenbaum, dessen Früchte in der Sonne golden glitzerten.

»Plastik«, sagte Janey sardonisch, bog direkt neben dem Garten ein und hielt.

Kunst und Antiquitäten schienen hier auskömmliche Gewinne abzuwerfen. Austin Mandlebergs Galerie war drei Stockwerke hoch; eine offene gewölbte Tür, Oberlicht, eine weite Säulenhalle, mit schwarzweißem Marmor ausgelegt, da und dort zweieinhalb Meter hohe Krüge, aus denen junge Palmen ragten. An der linken Wand standen zwei antike Sessel, die eine hohe getäfelte Tür flankierten; die spanische Laterne dort hätte ein ganzes Schiff beleuchten können. An der rechten Wand war nur eine kleine, geschlossene Tür. Geradeaus erhoben sich majestätisch weiße Marmorstufen und schwangen nach rechts; man sah eine kunstvolle, schmiedeeiserne Balustrade. Ein Täfelchen am Fuß der Treppe kündete schlicht «GALLERY 7«; auf einem zweiten, neben der getäfelten Tür, stand »Austin M. Mandleberg.« Ich nahm mein Kopftuch ab und stieg aus. Ich trug jetzt rosa Hosen und eine langärmelige Bluse mit einem schweren Kettengürtel, den ich überall mit hinnehme. Janey war von dünnem Wildleder umhüllt, in eiskaltem Rosa, ärmellos und mit Fransen. Sie hatte einen matten, kantigen Ring und ein Paar dünne, gebogene goldene Ohrringe. Es war nicht so, daß sie sich für Austin besonders anstrengte. Sie strengt sich immer besonders an.

Sie marschierte los und öffnete die linke Tür. Ich mühte mich, ihr nachzukommen, und erreichte die Tür, als sie eben hinter ihr ausschwang. Sie sagte nicht, daß direkt dahinter drei Stufen waren. Beinahe wäre ich auf meinem rosa Courtelle-Becken in Austins Antiquitätengeschäft gelandet.

Der kleine Mann mit dunklem gekräuseltem Haar, der zu unserer Begrüßung auftauchte, stellte sich als Señor Gregorio heraus. Der Geschäftsführer trug einen enganliegenden Anzug und einen weißen Kragen. Er hatte eine große Nase, buschige Augenbrauen und Tränensäcke, in denen man Schuhe hätte aufbewahren können. Kaum hatte er Janey ausreichend begurrt, als Austin die Treppe heruntereilte, zu uns kam und uns die Hände küßte. Na ja. Dann führte er uns herum.

Ich kann tatsächlich nichts über diesen Raum sagen – ich dachte nur an den armen Austin. Voll Eifer redete er etwa über eine Alabastertruhe, in deren Deckel innen die Apostel geschnitzt waren, oder über einige punische Tonwaren, oder einen Seidenschal, oder Schwerter, oder ein Bildnis von St. Petrus, oder alte Karten und Schlüssel und kunstvolle Stickereien – und die ganze Zeit stand Janey da und machte spitze Bemerkungen, die nicht das geringste mit seinen Erklärungen zu tun hatten, und brachte ihn zum Lachen, wenn er sich mir zuzuwenden hatte. Ich kam ein paarmal kurz zum Zuge, doch wenn ich nur Atem holte, nahm mir Janey das Heft aus der Hand. Es tat weh, mit anzusehen, wie Austin hin und her gerissen wurde zwischen seiner amerikanischen Höflichkeit und seinem kommerziellen Bestreben, die Tochter eines potenten Ikonenkäufers nicht zu verprellen, also zog ich mich zurück und schaute zu, wie er sich weiter mühte.

Immerhin war Janey die Expertin für Antiquitäten. Durch Daddy kannte ich natürlich auch ein bißchen, und wenn ich in einem besseren Haus koche, weiß ich, was ich zu bewundern habe. Aber natürlich hat Janey mehr darüber gelernt und kennt die Uffizien von vorne bis hinten. Der erste Mann, mit dem sie ins Bett ging, war ein Kellner von der Piazza Vittorio Emanuele: Sie wollte nicht mit ihren Freunden experimentieren, sagte sie.

Jedenfalls dauerte es endlos lange, bis wir zum Silber kamen, dem einzigen, das einigermaßen interessant schien; und hier machten Janey und ich unsere Sache immerhin gut genug, um mit jeweils zwei baumelnden Ohrringen bedacht zu werden.

Austin stand immer noch da, vom Erfolg seines Vortrags gerötet, als Gregorio strahlend erschien und Austin ans Telefon holte.

Er blieb eine Weile weg. Janey schnüffelte herum und begann nach einer Weile, Schränke zu öffnen und Sachen anzuprobieren. Mich lockte das Abenteuer, und ich stieg die Stufen hoch und ging in die Halle zurück. Ich schwankte zwischen der Marmortreppe und der kleinen grünen Tür an der gegenüberliegenden Wand; schließlich wählte ich die Tür.

Ich ging durch die leere Halle und drehte am Griff; die Tür ging auf. Drinnen führte eine dunkle Treppe hinunter; drunten erkannte ich einen kleinen Absatz und eine Biegung. Aus Neugier stieg ich hinab, doch ich kam nur in einen langen, schmutzigen Gang; er führte zu

Räumen, wo wahrscheinlich Gregorio oder sonst jemand wohnte. Die Tür am Fuß der Treppe stand halb offen, doch auch hier gab es kaum etwas zu entdecken: eine verlassene Werkstatt, voller Bänke und Abfall. Da und dort lag etwas Schmuck, der wohl repariert oder gesäubert oder sonst behandelt wurde. Plötzlich stieg ein alter Mann aus einem Schrank, und ich verdrückte mich, ehe er mich entdeckte. Schade. Ein Blick in Austin Mandlebergs Schlafzimmer, zum Beispiel, hätte mir sicher ein Plus eingebracht. Janey hatte es bestimmt noch nicht gesehen.

Als ich zurückkam, tranken Austin und Janey gerade große Sherrys, und ich sagte, ich wäre auf der Toilette gewesen. Auch ich bekam einen großen Sherry und fragte schlau, ob Austin im Kellergeschoß wohnte; doch er sagte: »Nein, nur Gregorio«, aber wenn ich hinuntergehen wollte, würde ich seinen Handwerker treffen, Jorge. Fehlanzeige. Dann sagte Janey: »Großer Gott, die Zeit! Darling, wenn Sie uns Ihre Ballons zeigen wollen, brauchen Sie Rollschuhe.« Und wir gingen in die Halle zurück und stiegen die weißen Marmorstufen zu der Galerie hinauf.

Der Laden im Erdgeschoß war dunkel gewesen. Oben auf dem hellen Absatz kamen wir zu zwei Türen, und als Austin die rechte schwungvoll öffnete, blendete uns fast die Flut des intensiven gelben Lichts. Zunächst, der Raum war groß, mit hohen Fenstern zur Straße hin. Hinten waren offene Türen mit Rolläden. Sie führten zum Garten – zu dem grandiosen Garten, den wir von unten gesehen hatten, mit kleinen Palmen wie Ananaspflanzen, rosaroten und weißen Rosen und einer Magnolie. Und, o Maurice Woodruff: weißen Gartenlilien.

Diesmal kam es zwischen Janey und mir zu einer Art totem Rennen. Mit entzücktem Kreischen stürzten wir beide zu den Glastüren, und dieses verdammte Ding traf zuerst mich hart am Kopf; dann schwang es zurück und erwischte Janey ebenso. Janey setzte sich auf den Boden, ich duckte mich. Beide starrten wir auf Austin, der wehklagend auf uns zuflatterte. Ich dachte, er würde gleich weinen. Das Ding, das uns getroffen hatte, schwang immer noch hin und her. Ich richtete mich auf und sah es mir an.

Das Etikett behauptete: »Kumuluswolke mit Tartankoffer«, und es hatte völlig recht. Es hing an einem Draht von der Decke, eine Art unförmiges, aufgeblähtes Kissen, Tartan, mit Griffen, um den Reißverschluß herum vielleicht zweieinhalb Meter. Aus einiger Entfernung ähnelten seine Umrisse vielleicht denen einer Wolke, doch das mit dem Tartan schien ziemlich verrückt. Es pendelte aus, und Janey und ich starrten stumm darauf.

»Man behauptet«, sagte Austin, »der Künstler hätte heute keinen Sinn für Humor. Sicher, seine Werke sind oft nüchtern und manchmal geradezu tragisch, doch hat er durchaus auch Augenblicke der Heiterkeit. Man mag lächeln, kann die Frische und Spontaneität der Idee genießen. Ich hoffe, es hat keinen blauen Fleck gegeben.«

»Nein«, sagte ich. Janey war sprachlos; Austin sah sie eindringlich an. »Es sind mehr.«

In der Tat hingen noch weitere solcher Gebilde in der Galerie herum. Es waren nicht nur Wolken. In einem tummelten sich österliche Küken verschiedener Größen, in einem anderen blubberte blaues Wasser, mit vielen Plastikschiffchen darin. Eins war neun Meter lang.

»Sehr hübsch«, sagte Janey. Austin schwebte vor uns auf den Wolken einer hochgradigen intellektuellen Euphorie. »Ich wußte, daß es Ihnen gefallen würden«, sagte er. »Sind sie nicht phantastisch? Kommen Sie, sehen Sie sich diese an.«

Der Fisch für die Russen brauchte fünfunddreißig Minuten. Ich wollte ihn rollen und mit Garnelen füllen, dazu ganz wenig Zwiebeln und etwas gehackte Sellerie. Als Beilagen waren amerikanischer Salat und danach eine Art Orangencreme mit Curaçao vorgesehen. Zuerst wollte ich gefüllte Artischocken und ein Croquemonsieur reichen. Niemand würde in der Casa Veñets verhungern. Es war mein erstes Essen für die Lloyds, und ich wollte etwas Anständiges bieten.

Wir waren nach zwölf in die Galerie gekommen. Dennoch starrte ich auf Austins großes, wohlgeformtes, glattrasiertes Gesicht und sein Hemd mit den dezent schimmernden Streifen und die grauen Klumpen seiner Manschettenknöpfe; und ich fand eine Verbindung zwischen Austin, dem Wolf im Cadillac, und der Environment-Wanderausstellung.

Es waren nicht die Gobelins aus Ziegenhaaren und Federn. Es waren nicht die hochragenden grünen Plastikgebilde, die Labyrinthe von Stepptüchern – sie rekurrierten, so wurde man aufgeklärt, auf die Konturen von Genitalien; es waren nicht die Reihen genagelter Holzkästen mit ihren Aufschriften – Gedichtzeilen oder doch besondere Äußerungen, nüchtern, tragisch oder fröhlich. Ich passierte »Maskuline Präsenz« aus zusammengeschweißten Gittern und Stoßstangen und, gegenüber, »Kleine Augen«, ein Brett, aus dem zahlreiche Puppenaugen starrten; und ich wanderte weiter, vorbei an zertretenen Lattenkisten und Klempnerwerkzeugen, bis ich es fand. ». . . völlig legitim«, sagte Austin in Anlehnung an Appolinaire, »Zahlen und Druckbuchstaben als Bildelemente zu verwenden... von Humanität durchdrungen...« Ich kam zu »Arteriosklerose«: Gabeln und Löffel unter Glas. Ich bog ab und erreichte eine Reihe lebensgroßer Stoffgestalten; dort zeigte sich Austins Psyche, völlig offen, zwischen all den großen Tafeln, die Op-art demonstrierten.

Op-art: Das waren einfach schwarze Striche auf weißem Grund – Windungen und Spiralen und dichte, schartige Netze, die einem die Augen verdrehten und die Sehnerven unerträglich strapazierten. Oder es waren runde Sperrholzscheiben, viereinhalb Meter hoch, mit schmalen Spiralen – knallrosa, zitronengrün, orange. Janey stand vor einem dieser Werke, ihre Augen unter den Kontaktlinsen so weit aufgerissen, daß ich fürchtete, sie würde gleich ohnmächtig; Austin fragte sie, ob ihr nichts fehlte.

»Ehrlich«, sagte Janey, »das nimmt mich wahnsinnig mit.«

»Oh, das interessiert mich«, sagte Austin. »Ich bin der Meinung, eine solche Kunst offenbart das Innerste eines Menschen. Kunst ist Katharsis.«

»Ich kann nur sagen«, sagte Janey, »wenn ich das im Schlafzimmer hätte, bräuchte ich Augenklappen. Schischi, wir kommen zu spät.«

Er begleitete uns zum Maserati und hielt dabei Janeys Hand, dann meine. »Sie kommen zum Dinner«, sagte Janey. »Ich rufe Sie an. Wer ist der Knabe, der diese gesteppten Sachen gemacht hat?«

Austin sagte es ihr. Es war, soweit ich mich erinnere, ein Pfleger in einer Sun-Valley-Gesundheitsfarm.

Es war ein harter Kampf gewesen. Wie ich sah, hatte Austin gewonnen.

Der Fisch war ein grandioser Erfolg. Ich half Annemarie beim Servieren, und Janeys Vater stellte mich all seinen Gästen vor – zwei schweigsamen Spaniern und vier teigigen, breiten Gestalten mit liebenswürdigen Lächeln und unsicherem Englisch. Einer dieser vier war der Handelsattaché der russischen Botschaft in Madrid; die drei anderen kamen direkt aus Moskau wegen der Handelsmesse. Der Attaché, der fließend Spanisch sprach, redete schließlich nur noch in dieser Sprache und dolmetschte für die anderen drei. Ein denkwürdiger Lunch.

Janey saß am Kopfende des Tisches; sie sprach ebenfalls spanisch und sah elegant aus. Ich denke, sie war ihr halbes Leben lang für ihren Vater Gastgeberin: Ihre Mutter starb, noch ehe ich sie kennenlernte, und für ihren Vater ging anscheinend alles weiter, als wäre nichts geschehen, nur daß Janey die Rolle ihrer Mutter übernahm. Natürlich war sie häufig weg, doch immer, wenn sie nach Hause kam, schien sie das Heft wieder in die Hand zu nehmen. Janey hat Verstand. Und natürlich hat sie Annemarie und Helmuth und überhaupt jede Hilfe, die sie braucht.

Nach dem Lunch servierte ich Kaffee und Cognac, und Mr. Lloyd bat mich, zu bleiben und Janey Gesellschaft zu leisten. Er und seine sechs Besucher verschwanden rasch im Rauchzimmer.

Gilmore war nicht erschienen. »Er ist bei Coco«, sagte Janey. Sie hatte zwei Cognac getrunken, ohne auch nur im geringsten zu erröten. »Dort haben sie gerade einen Tennisprofi, und Giller wird entweder Wimbledon gewinnen oder zusammenbrechen.«

»Hat er nichts für das Geschäft übrig?« fragte ich. Ein Playboy-Sportler ist okay. Ein Playboy-Sportler in mittleren Jahren wirkt eher etwas kläglich, besonders auf die Ehefrau des Playboy-Sportlers in mittleren Jahren.

»Das soll wohl ein Witz sein«, sagte Janey unbewegt. »Er hat einen Abschluß in Jura gemacht, weil er sonst von Daddy kein Geld bekommen hätte; und er ging nach Harvard, weil er scharf war auf Baseball und die Beine reicher kleiner Amerikanerinnen. Er bekam das Geld und die Amerikanerinnen – weshalb sollte er da arbeiten?«

Ich räumte auf, und auf meinem Weg zur Siesta nahm ich eine drei Tage alte englische Zeitung von dem Tisch in der Halle. Sie prophezeite Skorpion einen guten Tag und Jungfrau eine leichte Enttäuschung. Clem Sainsbury war Steinbock, wie ich. Steinbock, hieß es, sollte ausländische Interessen und rechtliche Angelegenheiten mit äußerster Vorsicht behandeln, da sie nicht unter Kontrolle wären; Konflikte drohten oder sogar Katastrophen. Nun hatte ich es schwarz auf weiß.

Ich glaube nicht, daß Janey wirklich gemalt werden wollte. Sicher, sie konnte sich tagelang begeistert fotografieren lassen, doch stillzusitzen und sich sezieren zu lassen war etwas ganz anderes. Janey gab selbst gerne den Ton an.

Als es jedenfalls nach der Siesta Zeit wurde, zu Johnsons Jacht *Dolly* zu fahren, stellte sich heraus, daß Janey die Verpflichtung übernommen hatte, den drei Russen die Insel zu zeigen; so mußte ich allein zur *Dolly*. Ich hatte nichts dagegen. Vielleicht würde Johnson jetzt mich malen. Und Janey lieh mir den Maserati.

Die Straße von Santa Eulalia nach Ibiza ist gut, wie gesagt wenig bebautes Gebiet, meist lange ebene Streckenabschnitte, oberhalb und unterhalb des Agrarlandes. An manchen Stellen ist die Geschwindigkeit begrenzt, doch hundert oder hundertzehn kann man gewöhnlich fahren. Ist die Straße frei, fährt man, so schnelll man will. Zwischen sechs und sieben abends – so wie jetzt – war der Verkehr fast immer ziemlich dicht. Arbeiter in Spanien haben um sieben Feierabend.

Ich fuhr unbekümmert los und schlängelte mich durch, vorbei an altersschwachen Seats, an Peugots, an Renaults und Simcas, mit Blümchen bemalt, an klapprigen Ebro-Lastwagen mit ihren Wracks von keuchenden Motorhauben.

Es machte mir Spaß. Ich nahm mir die Zeit, die Orangen- und Zitronenbäume zu betrachten, und das Haus, das man hier baute, und die alte Frau, die mit einem Korb voll Spänen hinein und hinaus hoppelte. Ein Mann pflügte, die Füße auf der Pflugschar, die Hände den Schwanz des mächtigen Pferdes umklammernd. Die Feigenbäume begannen endlich zu blühen – blaßgrau, – und ihre Zweige breiteten sich wie die Röcke einer Infanta, ein Blatt wie eine Kerze an jedem Ende. Die tiefstehende Sonne traf auf Felder mit bizarren, bleichen Zweigen an den Rändern und verwandelte die Erde in gebrochenes Orange und die trockenen Steinmauern ebenso. Als sich die Straße etwas hob, zeigten sich die Hügel und ihre Ausläufer, gefleckt und durchzogen von Grün, Gelbbraun und sandfarbener Blässe; dunkles Gestrüpp kroch über die Hänge, dazwischen kauerten niedrige Bäume. Kleine weiße Häuser mit Ziegeldächern glänzten in der Sonne, und der weiße Zylinder eines Brunnens, und die hohen Masten mit ihren spinnenartigen Windmühlen. Olivenbäume mit brauner, gefurchter Rinde, und Orangenbäume auf ihren spindeldürren Stämmen. Mohn. Fichten wie dicke, aufgebauschte Kissen, in kräftigem Gelbgrün, gelbe Heuhaufen wie Pilze ... Neben der Straße stand eine Blütenpflanze wie ein Telegrafenmast, mit vielen gelben Blüten auf kleinen ausgestreckten Ärmchen, von Sonnenstrahlen übergossen. Ich war glücklich.

Ich weiß nicht mehr, wann ich den Alfa Romeo Giulia Spider hinter mir bemerkte: Im Spiegel sah ich flüchtig einen tollen Wagen, der mit hundertdreißig oder hundertvierzig daherraste, einer verteufelten Geschwindigkeit auf dieser belebten Straße. Coco Fairley saß am Steuer, mit Sonnenbrille, einem goldenen Medaillon und einem lila Hemd, bis zur Hüfte offen; neben ihm saß Gilmore Lloyd.

Coco war einer von Mamis ersten Dichtern. Seine Spezialität waren reiche alte Weiber und avantgardistische Lyrik, die er in Beton meißelte. Als sie nach Amerika zurückkehrte, fand er eine andere Seelenfreundin, und seine seitherige Karriere verlief nicht ohne Zwischenfälle: Zweimal verwundeten ihn seine eigenen Gedichte. Mami sagte, sie wären gut, und sie hatte wohl recht. Jedenfalls wird daraus deutlich, daß Coco Fairley eines der sieben Weltwunder darstellte. Ich beschleunigte, und ein Eselskarren holperte hastig aus dem Weg. Hinter mir folgte Coco grinsend meinem Beispiel, und Gilmore brach in eine Art von rohem Jubel aus. Dann wurde mir klar, daß sie mich für Janey hielten. Ich trug einen kurzen chinesischen Umhang mit einem passenden Bikini darunter und ein straffes Kopftuch aus demselben Zeug. Bis ich an Bord der *Dolly* war, würde alles durcheinanderkommen, aber das war mir die Sache wert. Ich riß das Kopftuch herrunter und peitschte den Wagen über die Straße. Im Rückspiegel sah ich, wie Cocos süße Schnauze unter seiner Brille zuklappte. Das Medaillon blitzte auf, und er legte los.

Zu den Dingen, die ich kann, gehört Auto fahren. All die großen Jungs hatten einen Wagen, und man wäre sich bereits mit vierzehn oder fünfzehn ziemlich komisch vorgekommen, wenn man nicht bereits ein halbes Dutzend ausprobiert hätte.Für ein bißchen Geknutsche auf dem Rücksitz konnte man einiges lernen. Clem Sainsbury, wie ich mich erinnere, hatte damals einen alten Rover, ständig voller nasser Handtücher und Rugbysachen. Er war der beste Lehrer von allen: ein höllischer Perfektionist, der keine Dummheiten machte, wenn man fuhr. Deshalb bekamen ihn die meisten Mädchen, denke ich, nach einer Weile satt. Ich nahm ein paar letzte Stunden und bestand die Prüfung; doch weder Derek noch ich hatten ein Auto, ehe Flo und ich uns letztes Jahr zusammentaten und unseren zehn Jahre alten Morris kauften.

Der Masarati Mistral macht zweihundertfünfzig, laut Prospekt. Ich wußte nicht, wie schnell der Alfa war, aber ich wußte, daß ich mich von dieser Schleuder niemals überholen lassen würde. Ich trat aufs Gas und ließ meinen Fuß dort. Eine durchbrochene Ziegelmauer und ein Fleckchen Garten – Ringelblumen, Löwenmaul – huschten vorbei; schemenhaft dunkel sah ich eine Frau, die mit einem langstieligen

Besen kehrte. Die Straße wurde enger, die Felder sanken tiefer; rechts kam eine graue Trennmauer, hohes Gras. Vor mir bog ein Barreiras-Lastwagen, mit Kühlschränken beladen, *su seguro servidor*, um eine Ecke und holperte uns entgegen, gefolgt von einem schweren Ibiza-Tours-Bus. Coco hielt bis zur letzten Sekunde drauf, dann scherte er hinter mir ein.

Ein schwarzweißes Tankstellenschild und ein Arbeiter auf einer alten Vespa, eine weidenumflochtene Weinflasche auf dem Sattel geschnallt. Ich scherte aus, eine Sekunde vor Coco, und dröhnte an der Vespa und der Tankstelle vorbei, den Alfa Romeo im Rücken. Aber nun fand ich mich hinter einem großen, rosaroten alten Opel mit einem Stoffdach, der etwa vierzig fuhr; aus der anderen Richtung kam ein großer Seat 1500, ein Taxi.

Er kam schnell, aber er war noch nicht da. Rechts tauchte die Bar los Cazadores auf, und da stand auch das *Atencion*-Schild wegen der langen Kehre, mit Maschendraht, zu der Portinatx-Kreuzung. Dort trafen wir auf die Hauptstraße, und ich mußte jetzt rasch agieren. Ich drückte auf die Hupe, schaltete das Signallicht ein, scherte aus und sah den roten Opel direkt vor dem Taxi.

Er hatte nicht einmal Zeit zu bremsen. Ich sah sein Gesicht und hörte einen Schrei aus dem Opel, als ich vorbeipreschte, und dann kurvte ich an dem rot-weißen Draht vorbei zu der Portinatx-Kreuzung. *Ceda el paso*. Die Straße rechts war frei. Auf der Straße nach Ibiza kam uns in einiger Entfernung ein Karren entgegen, ein alter Mann hielt die Zügel.

Ich schaltete zurück und blickte nach hinten.

Der Alfa Romeo hatte den Opel überholt und die Hälfte der großen Kurve hinter mir geschafft, eben erreichte er die Stelle, an der sie sich in zwei Spuren für den Verkehr in beiden Richtungen teilte. Während ich meinen Fuß bewegte und ausscherte, sah ich, daß Coco mir nicht mehr folgte. Statt dessen scherte er nach links und fuhr über die falsche Seite, um abzukürzen und die Straße nach Ibiza vor mir zu erreichen. Er erreichte sie im gleichen Augenblick wie der Karren. Während ich beschleunigte, hörte ich ein gräßliches Kreischen und Bremsen, fast noch übertönt von spanischem Gebrüll. Das weitere ging in meinem eigenen Motorengeräusch unter, als ich hochschaltete und die Straße hinaufraste.

Hier war das Land flach: links niedrige grüne Felder mit Bäumen da und dort, dahinter kleine Hügel, terrassenförmig ansteigend, rechts Getreide und kleine Bäume, so weit der Blick reichte. All das huschte schemenhaft vorbei. Ich überholte einen großen, cremefarbenen, überall mit Vergißmeinnicht bemalten Mercedes und mußte wegen des Santa-Eulalia-Busses auf achtzig drosseln; dann hatte ich wieder freie Fahrt. Weiße Stufen vor einer Villa, glitzernde Töpfe darauf. Ein Wald mit Fichten und Wacholderbäumen, wilder Thymian. Vorn die Straße von San Miguel, die sich von rechts näherte, mit zusammengedrängten Gebäuden beiderseits. Ein Lastwagen, hoch mit schmalen Metallröhren beladen, kam aus der Kreuzung und setzte sich vor mir, die langen Röhren schaukelten sanft nach vorne und nach hinten. Gegenverkehr. Ich ging auf respektvolle Distanz und sah in den Rückspiegel. Nichts. Der beste Abschnitt der Straße kam jetzt: eine lange, gerade, intakte Rennstrecke zwischen Feldern und kleinen Gehöften. Und danach würden sich bald die weißen Häuser von Ibiza in der Ferne zeigen. Vor mir tanzten die Röhren, wie von einem Schlangenbeschwörer dirigiert. Links kroch ein weiterer Lastwagen aus dem Hof einer einsamen Ziegelfabrik. *Salida de Camiones*. Verdammt.

Ein weißes Schemen tauchte in meinem Spiegel auf. Coco. Wütend hockte ich hinter den wackelnden Röhren, während sich der andere Lastwagen auf der Straße wälzte. Zuerst ließ er zwei Wagen passieren, dann schleppte er sich vor den Röhrentransporter. Die ganze Zeit raste der Alfa Romeo ungehindert über die Straße hinter mir, und als die beiden Lastwagen endlich wieder ins Rollen kamen, hatte er mich eingeholt; Gil jubelte, Coco lächelte sarkastisch.

Wir passierten ohne Überholen ein oder zwei Gebäude und einen separaten Block von vierstöckigen Wohnhäusern; wir preschten hindurch, unsere Ohren flachgedrückt durch das, was uns von der Straße entgegenwirbelte. Dann kam eine scharfe Rechtskurve. Ich preßte die Zähne zusammen, schwenkte meine Haube und sah nach vorn. Die Straße lag frei vor mir: eine langestreckte Allee mit hohen, unbelaubten Bäumen, so weit das Auge reichte; die Abendsonne auf der Rechten beschien die Wände der gedrängten Häuser oben in Ibiza. Ich scherte ganz aus und ließ dabei die beiden Huptöne des Maserati anhaltend erschallen, überholte die verdammten Röhren und den Lastwagen davor und drückte aufs Gas.

Ich fuhr wie der Teufel. Ich entsinne mich der weißen Wände von Bauernhäuser, vorüberhuschender Palmen und der Abzweigung nach Jesus, links, mit einem Café. Die Lloyds hatten sich daran gewöhnt, daß ein Dorf hier Jesus hieß. Ich dachte, wenn jetzt ein Lastwagen aus dieser Straße käme, wäre Jesus mir sicher verdammt nahe.

Kein Lastwagen kam – aber Coco. Ich sah im Spiegel, wie der weiße Wagen hinter mir herraste, und ich wußte auch, daß er versuchen würde, mich zu überholen. Es war seine letzte Chance. Danach kamen einige niedrige Lagerhäuser und ein Stück braches Land, und dann waren wir in der scharfen Rechtskehre, die zum Hafen führte, mit dem Weg nach Talamanca, der zwischen Mauerwerk von links einmündete, und einer alten Café-Bar rechts, deren Säulenportal auf die Straße ragte; BAR-STOP stand auf einem Schild. Ich mochte diese Bar nicht. Sie war ohnedies baufällig, und der Platz davor war übersät von Ölfässern und Kästen mit San-Miguel-Flaschen, bizarren Fahrrädern und Eisenwaren, zum Verkauf ausgelegt. Eines Tages würde hier jemand halten, ohne es zu wollen.

Ich bin keine Hellseherin, aber es war mir plötzlich klar, daß dies jetzt gleich geschehen würde. Coco, mit glitzernder Sonnenbrille, setzte an der Ecke zum Überholen an, eben als ein Lastwagen voll Limonade aus dem Talamanca-Weg schaukelte. Ich denke, er hatte ihn gesehen. Ich sah ihn jedenfalls und bremste schon. Coco sah wohl meine Bremslichter, dreht durch und beschloß zu überholen, ehe der Lastwagen ganz vorbei war. Ich kann mir gut vorstellen, daß Gil versuchte, ans Steuer zu kommen, als es passierte. Jedenfalls sah ich kurz diesen großen blauen Kasten, oben rot-weiß, mit der Aufschrift PIÑA, NARANJA, LIMÓN. POMELO, und dann den Alfa Romeo vor mir; er schleuderte wild, als ihm klar wurde, daß er nicht vorbeikam und nicht mehr rechtzeitig bremsen konnte. Der Lastwagen schwenkte heftig zur Mitte zurück – zu heftig, so daß er zum Stehen kam. Coco stand auf der Bremse, schoß hinüber zu den Talamanca-Häusern, drehte in letzter Sekunde ab, wirbelte herum und schoß direkt in die baufällige Vorhalle der Café-Bar. Glas klirrte, Fahrräder brachen auseinander: Ein Brett mit Geranientöpfen schwankte und stürzte zu Boden, ein Stapel Plastikeimer zitterte und sprühte seinen Inhalt wie monströses Konfetti über die ganze malerische Szene.

Ich schaltete sehr behutsam. Ich fuhr sehr behutsam an der Bar und dem Lastwagen vorbei zu einer freien Stelle. Ich gab eine Menge Handsignale und parkte. Der Lastwagen stand noch immer stur über der Straßenmitte. Hinten stand: SMASH, *es mas zumo*. Ich ging behutsam zu dem Alfa Romeo hinüber.

Sein Anblick tat mir wohl. Man konnte mühelos erkennen, daß es Gil und Coco ganz schön durchgeschüttelt hatte. Die Café-Bar hatte ein halbes Dutzend gereizter Gäste ausgespuckt, und der Lastwagenfahrer gesellte sich bald dazu. Viel Geld wechselte rasch den Besitzer. Ich ging zurück und setzte mich ins Auto.

Männer mögen es nicht, sagt Flo, wenn man etwas besser macht als sie. Außer Hausfrauenarbeit, natürlich. Ich habe nie ganz begriffen, was sie meinte. Alles, was einem besonders liegt – Schwimmen, Tanzen, ein Rad wechseln – bringt einem Pluspunkte ein. Was mich angeht, würde ich gern alles lernen – wenn ich nur das Geld für die Ausbildung hätte.

Gil war jedenfalls beeindruckt, als er schließlich tapfer grinsend herüberkam. Ich wußte, das Coco verärgert sein würde, aber nicht nur wegen meines Fahrstils. Als er die zersplitterten Scheinwerfer, die verbogenen Stoßstangen und die Beulen seines weißen Alfa Romeo ausreichend angestarrt hatte, begab er sich herüber, die Hände in den Hüften, um die sich seine engen Hosen spannten, und sagte: »Okay, Darling, fährst du nicht wie der Teufel? Süßes Kind... genau wie Mami nach ihrer Schönheitsoperation...«

Ich musterte ihn ebenfalls von oben bis unten. »Genau deine Farbe«, sagte ich mit einem kalten Blick auf sein Hemd. »Gab es dazu nicht den passenden Klunker?«

»Man sollte dich nicht auf die Straße lassen«, sagte Gilmore ruhig, ehe Coco antworten konnte. »Welchen Wagen fährst du zuhause?«

»Jeden, den ich kriege«, sagte ich. »Besonders gern ein Bentley-Kabriolett.«

»Oh, ich auch, Darling«, sagte Coco. »Wetten, wer zuerst eins sieht?« Er zeigte ein strahlendes Lächeln. »Du bist Köchin, hat man mir erzählt«, fügte er hinzu.

»Sarah ist hier Gast bei Dad«, sagte Gil. Er sah blaß und verärgert aus, und ich war tief beeindruckt.

»Wiedergutmachung für den alten Forsey?« sagte Coco. Sein golden gewelltes Haar glitzerte in der heißen Sonne. »Ehrlich, Sarah, Daddy Lloyd kann nichts dafür. Er war nicht einmal da, als sich der alte Knabe aus dem Staub machte.«

»*Du* warst da«, sagte ich.

»Auf der Party? Natürlich«, sagte Coco. Er lehnte sich auf die Haube meines Wagens; sie war ihm zu heiß, und so wanderte seine Hand zu seinem Medaillon. In seine Hosentaschen hätte er keinen Finger bekommen. »Das gibt dir zu denken, was? Wäre er geblieben und hätte er sich mit uns amüsiert, wäre er noch da, gesund und munter. Doch die Liebe hat ihn entlockt.«

»Coco, du bist high«, sagte Gil.

»Bin ich nicht«, behauptete Fairley, doch ich sah plötzlich den Sinn der Sonnenbrille. »Wenn er im Dunkeln munkeln wollte, hatte das nichts mit uns Jungen zu tun. Ich kann nur sagen, er hatte es verdammt eilig.«

›Coco, hör auf«, sagte Gil, doch ich schaltete mich ein.

»Hast du gesehen, wie mein Vater die Party verließ. Wohin ging er?«

»Ich weiß nicht, meine Liebe, aber ich kann es mir denken. Er hatte Helmuths Wagen und fuhr wie der Teufel in die übliche Richtung.«

»Wohin« fragten Gil und ich gleichzeitig, aber Coco wollte es nicht sagen. »Die Ehre einer Dame«, sagte er und grinste affektiert, und als wir ihn drängten, stimmte er ein Soprangelächter an, das fast seine weiße Hose sprengte. Als er japsend endete, sagte er: »Ich denke, Sarah sollte morgen zu der Party kommen; dann wird sie schon sehen.«

»Sie kennt Mrs. van Costa nicht«, sagte Gilmore gedehnt und mit einem Unterton. Mrs. van Costa war die Besitzerin der Tennisanlage und die gegenwärtige Sponsorin von Cocos Gedichten.

»Gilly, Herzchen, sei nicht naiv«, sagte Coco und lachte lauter als zuvor. »Komm – bring sie mit, Gilly, und eure amerikanische Antiquität, den Mandleberg. Hat sie etwas zum Anziehen? Janey könnte sie ausstaffieren.«

»Wenn nicht«, sagte ich, »könntest du das sicher übernehmen, Darling, und betätigte die Kupplung. Der Maserati schoß dröhnend davon.

Die *Dolly* war groß und weiß und wunderschön. Sie lag am Kai im Jachthafen; so mußte ich nur den geteerten Hof überqueren, voller Autos neben dem Dock, und durch das Aluminiumgittertor des Jachtclubs gehen. Drinnen standen viele Fahrräder und ein paar Bäume. Der Club war ziemlich klein: grau und weiß, mit großen gelben Läden; ein betonierter Innenhof auf der anderen Seite ging direkt zum Meer hinaus. Ich wandte mich nach rechts, stieg die Hoftreppe hinunter und ging weiter zum Ende des Kais, den hohen Maschendrahtzaun neben dem Dock zu meiner Rechten. Links von mir Wasser, dunstig blau, gekräuselt und glasklar, und die leuchtenden Hecks heiterer Jachten, an blassen Betonpollern festgemacht, Hinter mir lagen sie in langen Reihen auf der anderen Seite des Clubhauses, und, noch weiter weg, nebeneinander entlang der Gebäude; schmale Molen ragten da und dort ins Meer hinaus.

Hier war das eigentliche Herz des Hafens, weit von den großen

Schiffen, die in dem Hafengebiet unter Ibiza selbst lagen – Ibiza, das ich jetzt über dem Wasser sah, rosarot gespiegelt in den rosaroten Wellen.

Meerluft strich über mein heißes Gesicht. Ich nahm meine Sonnenbrille ab, wandte mich um und ging zu dem langen lackierten Landungssteg, der zur *Dolly* führte.

Auf dem Deck saß ein kleiner, mittelalter Mann mit einer Schirmmütze und spleißte ein Seil. Er sprang auf. »Miss Cassells? Kommen Sie, hier. Mr. Johnson und Mr. Clem sind hier vorne.«

Wir gingen um eine Art Dach, das zu einer der Kabinen gehören mußte, und drückten uns dann an einem gewaltigen Cockpit mit einem imposanten Sonnensegel vorbei. Nach einem zweiten Masten kamen wir zum Vorderteil der Jacht, bedeckt von Kissen und Luftmatratzen und Büchern und Brillen und Clem Sainsburys gerötetem, halbnacktem Torso. Clem hatte sich neben der Reling ausgestreckt und schien den Fischen Brocken zuzuwerfen. Er wälzte sich herum, als er meine Schritte hörte, sagte »Hi, Cassells«, und schraubte sich in die Höhe, ohne die Haut unterhalb meines Halses auch nur eines einzigen Blickes zu würdigen. »Ich hole Johnson. Das ist übrigens Spry. Er ist der einzige, der mit diesem Kahn segeln kann; also sei nett zu ihm.« Der Mann mit der Schirmmütze grinste und ging nach hinten, und ich setzte mich auf eine der Luftmatratzen. Beinahe hätte ich mich hingelegt, tat es aber doch nicht. Alles zu seiner Zeit.

Einige Minuten später krochen zwei runde Strahlen über die Luftmatratze, gefolgt von Johnsons Zweistärkenbrille. Seine Beine waren in Ordnung, doch seinetwegen hätte in Mayfair kein Bus angehalten: Er trug ein kurzärmeliges Hemd über Strandhosen, und alles was zuknöpfbar war, war zugeknöpft. Sein Gesicht bestand allein aus einem höflichen Lächeln, Augenbrauen und der Brille.

Der Anblick wirkte nach Gil und Coco und schnellen Maseratis recht bescheiden, doch ich wollte reizend sein. Aber mein Lächeln schien wohl nicht ganz echt; denn ehe ich ein Wort sagte, blieb Johnson stehen, Martinis in den Händen, und schüttelte langsam den Kopf. »Hier ist die Bonsai-Sex-Abteilung. Perfekt aber winzig. Was macht Coco?«

Ich reckte den Hals, wie es einer Forsey zukommt. »Telepathie?«

»Brille«, sagte Johnson. »Nehmen Sie einen Martini. Nichts drin außer diesem Natriumzeug. Worüber hat er sich so aufgeregt, außer über Ihren Fahrstil?«

»Er hat mich zu einer Party eingeladen«, sagte ich und nippte an dem Martini. Dauernd gerieten mir Haare ins Glas.

»Wann?« Clem kam dazu und setzte sich auf die Luke, ein großes Bier in der Hand.

»Morgen abend«, sagte ich. Janey wirft ihr Haar wundervoll zurück; mir fehlt etwas der Schwung. »Was ist daran so lustig?«

Johnson hörte als erster zu glucksen auf. »Ich fürchte, es gibt da ein Hindernis für Coco«, sagte er. »Morgen abend erwartet Mrs. van Costa die drei Mitglieder der russischen Handelsdelegation und ihren Attaché zum Dinner. Sie kennen Mrs. van Costa noch nicht?«

»Nein«, sagte ich. »Erzählen Sie mir von ihr.«

»Wir können dir zumindest eins von ihr erzählen«, sagte Clem Sainsbury. »Sie weiß nichts von der Party morgen abend. Sie wird an die Decke gehen.«

»Was hat Sie hergeführt, Miss Cassells?« fragte Johnson und ließ die Eiswürfel in seinem Glas kreisen. Er trank und lehnte seinen Rücken gegen die Reling. »Ist es eine bekümmerte Pilgerfahrt, ein unbekümmertes Picknick oder etwas ganz anderes?«

»Etwas ganz anderes«, sagte ich. Aus den Augenwinkeln sah ich ein sonderbares Gebilde hinter dem hohen Zaun am Dock; massig und weiß, wirkte es wie eine winzige Stierkampfarena. Ketten führten von ihm ins Wasser.

»Das ist die Winde«, sagte Johnson. Ihm entging wenig.

»Wer fand ihn? Meinen Vater?« fragte ich. Clem blickte kurz auf Johnson, dann wandte er sich mir zu.

»Der Nachtwächter vom Jachtclub sah ihn«, sagte er. »Als erster. Dann weckte er die andern von uns, die an Bord schliefen. Die *Dolly* war zu dieser Zeit nicht da: Ich mußte mich gerade um eine andere Ketsch kümmern, die *Firefly*, während ihr Besitzer in London war. Ich schlief meistens an Bord, aber an diesem Abend war ich ein paar Kähne weiter, auf der *Sheila*, bei einem alten Kumpel von mir. Wir unterhielten uns bis spät in die Nacht, also blieb ich auf der *Sheila* und schlief selig, bis Pepe Zetermordio schrie.«

»Es war die *Firefly*, wissen Sie, die oben war«, sagte Johnson. Die letzten Sonnenstrahlen fielen auf die Gebäude hinter uns, seine Brillengläser glühten rot. »Ein munteres Völkchen von der Party Ihrer Freundin Janey kam aus Santa Eulalia vorbei, sah die *Firefly* in völliger Dunkelheit und beschloß, bei Clem vorbeizuschauen. Als sie merkten, daß er nicht an Bord war, hatten sie eine noch tollere Idee. Sie weckten den Mann mit dem Pferd, zahlten ihm ein Vermögen in englischen Zigaretten und Dollars und wahrscheinlich Pot und brachten ihn dazu, die *Firefly* an Land zu bringen. Wie bei den Pfadfindern, wenn man dem schlafenden Kameraden das Zelt klaut, nur nicht ganz so harmlos; denn als Clem von seinem Gelage zurückkam und endlich sein vermißtes Boot fand, mußte er sich mächtig anstrengen, um es wieder herunterzubekommen. Jedenfalls zogen diese Ausgeflippten weiter und ließen das Pferd bei der Winde zurück. Dann kam Lord Forsey wohl vorbei – zum Letzten entschlossen, wie es scheint – und mit einem feinen Sinn für das Makabre kletterte er hinauf. Das einzige, was wir nicht wissen – vielleicht wissen Sie es – ist der Grund, weshalb er sich umbrachte.«

Ich hätte den Mund halten sollen. Es ist eine Sache, Janey meine dramatischen Gedanken zu verraten, und eine andere, sie in aller Welt auszuposaunen. Es muß der Martini gewesen sein. »Ich glaube, er wurde ermordet«, sagte ich.

Diesmal wirkte es. Sie starrten mich an, die Gläser in der Hand; Clems Mund hatte sich leicht geöffnet. Dann sagte Johnson: »Warum?«

»Ich weiß nicht.«

»Von wem?« fragte Clem.

»Ich weiß nicht.«

»Warum denken Sie dann...« Johnson brach ab, drückte sich von der Reling weg, sah auf seine Uhr und sagte: »Halt. Gehen wir zum Cockpit zurück und machen wir's uns bequem. Clem, sieh zu, daß Spry noch ein paar Drinks herausrückt, und komm dann zurück. Sarah...« Er hielt inne, seine Augenbrauen über dem Glas hochgezogen.

»Es macht nichts«, sagte ich. »Ich kenne Clem sehr lange.«

»Ich heiße«, sagte Johson sorgenvoll, »Johnson Johnson. Vorne wie hinten. Das hat mein Leben lang verhindert, daß je eine intime Atmosphäre aufkam. Versuchen Sie, es zu ignorieren. Amerikaner nennen mich J. J.«

Wir gingen über das Deck zurück zum Cockpit, dessen Sonnensegel nicht mehr draußen war. Schöne Kissen. »Ich sehe Sie nicht als J. J.«, sagte ich und setzte mich. »Ich sehe Sie auch nicht als Johnny.«

»Niemand tut das«, sagte Johnson. »Das bekümmert mich gelegentlich.« Er wirkte nicht bekümmert. »Nun, wie kommen Sie darauf, daß Ihr Vater ermordet wurde?«

Während die Sonne unterging, erzählte ich ihm die Geschichte von dem Brief, den Janey für Daddy abschickte, dem Brief, der so spät ankam und von dem ich glaubte, daß er gar nicht von Daddy war.

»Aber weshalb ein gefälschter Brief?« fragte Clem.

»Nun, um mich zu beruhigen, denke ich. Um zu verhindern, daß ich weiter nachdachte. Es stand gewiß nichts Beunruhigendes darin. Er hätte nicht harmloser sein können.«

»Sie werden noch mal darüber nachdenken müssen«, sagte Johnson. »Wenn Ihnen der Mörder einen Brief schickte, der verhindern sollte, daß Sie an Mord dachten, hätte er Selbstmordgedanken angedeutet.«

»Es sei denn, er war sich nicht sicher, ob er es als Selbstmord tarnen konnte«, sagte Clem.

»Warum dann überhaupt der Brief?« sagte Johnson.

Wir dachten nach. Die Sonne versank. Nichts zeigte sich am Himmel, kein Horizont war zu sehen. Die Jachten und das Dock verschwammen.

»Wenn der Fehler in dem Brief nicht Absicht war«, sagte Clem plötzlich. »Um Sarah herzulocken.«

»Aber warum?« sagte ich. Im Bikini wurde mir kühl; fröstelnd knöpfte ich meine Mandarinjacke zu. »Warum sollte jemand Daddy töten? Warum sollte jemand mich hier haben wollen?«

»Wenn Sie es nicht wissen, weiß es niemand«, sagte Johnson. »Doch ich denke, Sie sollten vorsichtig sein. Zum Beispiel – wer könnte diesen Brief geschrieben haben von den Leuten, die noch hier auf der Insel sind? Wer kennt Ihre Adresse, wer weiß, wie man Ihnen einen Brief zukommen lassen kann? Wer weiß, daß man Sie manchmal Schischi nennt? Wer konnte Lord Forseys Handschrift fälschen und seinen Stil imitieren? Sicher nicht sehr viele.«

»Mr. Lloyd«, sagte ich, angestrengt nachdenkend. »Und Janey und Gil, denke ich. Nicht Austin Mandleberg: Er war noch nicht da, und er kannte Daddy nicht. Vielleicht ein paar von den Jungs auf Janeys Party. Jeder, der Janey kannte, konnte Daddy treffen und vielleicht eine Notiz von ihm bekommen, die gereicht hätte ... Sonst fällt mir niemand ein. Es müssen Freunde da sein, die wir nicht kennen.« Und Derek, dachte ich; doch ich sagte es nicht. Falls Derek hier war, wie Janey sagte.

»Ich denke, um unbekannte Freunde brauchen wir uns nicht zu kümmern, Sarah«, sagte Johnson. »Wenn sie aus irgendeinem Grund hergelockt wurden, hat die Person, die Sie hier haben will, wahrscheinlich jetzt Kontakt zu Ihnen. Trotzdem, es ist eine ziemlich lange Liste ... Halt.« Ein Streichholz, das unbeachtet zwischen seinen sonnengebräunten Fingern brannte, ließ mich erkennen, wie rasch die

Dunkelheit in Spanien hereinbricht. Johnson zündete erneut die Pfeife an, die er aus der Tasche hinter sich gezogen hatte, und nahm sie in den Mund. »Tony Lloyd kann es nicht gewesen sein. Er war am Tag der Party nach Barcelona geflogen.«

»Er war nicht in Barcelona«, sagte Clem.

Wir schwiegen eine Weile. Weit hinten über dem ruhigen Wasser, zwischen den schwarz ragenden Häuserwänden der Altstadt Ibizas, hatte sich leises Pochen erhoben; wie ein Pulsschlag hörbar, drang es durch die warme Abendluft. »Woher weißt du das?« fragte Johnson.

»Ich hörte es im Jachtclub. Alec Brewer hatte erwartet, ihn über den Weg zu laufen; er hatte am gleichen Tag auf dem Festland zu tun. Lloyd fuhr tatsächlich zum Flugplatz und nahm das Flugzeug Barcelona, doch er blieb nicht dort. Er nahm das nächste Flugzeug nach Palma de Mallorca.«

»Von dort aus hätte er den ganzen Tag über in einer halben Stunde zurückfliegen können«, sagte Johnson. »Ohne allzuviel Geschäftsfreunde zu treffen.«

Janeys Vater, der vorgeschlagen hatte, daß ich nach Ibiza kommen sollte. Und ich mußte heute abend für ihn kochen. Die Abendluft, die über die Takelage strich, ächzte und stöhnte schwach über unseren Köpfen; das Pochen, das aus der Altstadt kam, setzte sich fast unhörbar fort... *Bum*... Stille. *Bum. Bum. Bum.*

»Die Trommeln«, sagte Johnson. Ich starrte auf die Stadt. Und während ich starrte, bemerkte ich, wie sich vor den dunklen Häusern etwas bewegte: ein sich windendes, kaum vernehmbares Etwas, ein leichtes Flackern. Es bewegte sich. Es kroch durch die ganze Stadt. Es kroch, wohin man blickte, zwischen den dunklen arabischen Häusern und hinunter zu den Kaianlagen, wo es sich im Wasser spiegelte, Lichter über Lichtern. »Sehen Sie«, sagte Johnson und gab mir die Brille in die Hand.

Der Bug der *Dolly*; ruhiges, sanft gekräuseltes Wasser. Die Konturen vieler Jachten und Fischerboote am Ufer. Die Handelsschiffe und Fährboote in der Breite der Bucht, zu Füßen der Stadt. Und über den Schiffen und Fährbooten, langsam, träge aus der Dalt Vila herunterkriechend, zum schwachen Dröhnen der Trommeln, ein endloser Zug schwarzer, gesichtsloser Gestalten, Straße um Straße wie ein schwarzes Rinnsal durchschlängelnd, Fackeln in der Hand, wie Roboter unter den schwarzen Türmen der Kapuzen tappend.

»Ostern kommt«, sagte Johnson. »Und die Prozession der Büßer. Die Einheimischen werden Cocos Party nicht besonders mögen.«

Mein Magen zog sich zusammen. »Soll ich nach London zurück?« fragte ich.

»Wollen Sie?« fragte Johnson.

»Ja«, sagte ich. »Aber ich glaube nicht, daß ich soll. Vielleicht sollten wir zur Polizei gehen?«

»Wir hätten ihr kaum etwas zu erzählen«, sagte Johnson. »Und selbst wenn sie versprechen würden, Sie zu beschützen – zwei Guardia Civiles in der Küche können den Mann nicht stoppen, der durch Ihr Schlafzimmer steigt...«

Ich muß aufgeschrien haben, denn er fragte: »Oder ist das schon passiert? Oh, Gilmore. Ich erinnere mich. Sarah, ist sonst etwas Seltsames geschehen?«

Das einzige Seltsame, das mir sonst einfiel, war der Einbruch, ehe ich London verließ; doch das konnte nichts mit Ibiza zu tun haben. Es gab nichts Greifbares; nichts ergab irgendeinen Sinn. Und dann fiel mir etwas ein. Ich sagte: »Coco Fairley behauptet, er wüßte, wohin Daddy gegangen ist. Er machte so eine schlüpfrige Andeutung. Wenn ich morgen auf die Party gehe, bringe ich ihn vielleicht dazu, es mir zu sagen.«

»Nimm mich mit«, sagte Clem. Wenn ein starker Arm gefragt war, zeigte er sich stets von seiner besten Seite. Ich war mächtig dankbar, doch ich mußte mir den Kopf zerbrechen, wie ich meine Chancen bei Gil nicht verderben wollte. Und dann dachte ich an die Trommeln, und an Daddy. Plötzlich wünschte ich, die glückliche Gattin eines abwesenden Millionärs zu sein, mit einer Kinderfrau und einer zweiten Kinderfrau und fünf Kaiserschnittkindern. »Ich könnte auch im Hintergrund bleiben«, fügte Clem angemessen hinzu. Ich sah ihn schon das Natron herumreichen.

»Das wäre toll«, sagte ich und stand auf, wieder fröstelnd.

»Clem kann mir berichten«, sagte Johnson. »Und wenn Sie uns brauchen, wir sind da. Und – erzählen Sie niemandem sonst von Ihrem Verdacht. Wer weiß im Augenblick sonst davon? Janey?«

»Nur Janey«, sagte ich. »Sie redet nicht. Nicht über so etwas.«

»Okay, Sonst niemand«, sagte Johnson. Während wir zum Landungssteg gingen, glitzerten die Jachtclublichter kurz in seiner Brille. »Wenn man Sie hierher gebracht hat, dann deshalb, weil jemand Sie für wichtig hält. Bleiben Sie wichtig, und Sie haben gute Chancen, daß er nichts Drastisches unternimmt. Werden Sie gefährlich, und er wird wahrscheinlich etwas unternehmen.«

Clem fuhr mich nach Hause. Ich hatte kein Wort über Derek gesagt.

Wenn Derek damit zu tun hatte, mußte ich irgendwie selbst damit fertig werden.

Es war zu spät für Kartoffeln. Nachmittags hatte ich einen Hummer in Aspik gemacht, und ich brachte ihn nach Grapefruits mit Sherry auf den Tisch. Da keine Gäste da waren, bat mich Mr. Lloyd selbst an den Tisch. Ich knabberte an einer kleinen Stange Brot – mehr konnte ich nicht –, während Gilmore Lloyd sich und Janey mit Spekulationen amüsierte, wie ich den Abend auf der *Dolly* verbracht hatte.

Die neuen Zeitungen waren gekommen: Ich sah hinein, als ich nach oben ging. Graf Glück äußerte sich sehr unverbindlich zu Jungfrau und Skorpion; doch Steinböcke, meinte er, würden feststellen, daß ein Gespräch an diesem Abend ihr ganzes Vertrauen wiederhergestellt hatte. Vielleicht hatte er dabei an Clem gedacht.

5

Am nächsten Morgen kam Derek an.

Janey, die offenbar eben einen Flirt mit Guppy Collins-Smith beendet hatte und nach neuer Beute suchte, beschloß, vor dem Frühstück mit mir einkaufen zu gehen, auch wenn sie mich mit einer Vielzahl außerordentlicher Namen belegte, als ich sie wach rüttelte. Ich prägte mir diejenigen ein, die ich noch nicht kannte, und brachte ihr Kaffee, während sie in einen Hosenanzug kletterte und ihre Kontaktlinsen einsetzte. Sie hatte ein dünnes, leuchtendes Make-up aus Amerika, das jede Spur nächtlichen Treibens überdeckte – obwohl die Russen keine derartigen Spuren verursacht hatten: Sie hatte sie um halb sieben im Hotel Mediterránea abgeladen, wo sie schriftliches Material über das Kastell, die Kathedrale, die Salzminen und die Ausgrabungen von Es Puig des Molins konsumieren konnten, ehe sie der Direktor des Museums für Archäologie zum Dinner empfing.

Auf dem Weg nach Ibiza erzählte ich ihr von dem Gespräch auf der *Dolly*; ich erwähnte nichts davon, daß ihr Vater nicht in Barcelona war, und betonte sehr, daß niemand sonst etwas davon erfahren sollte. Ich weiß nicht, was Gil über den nächtlichen Besuch in meinem Bad gesagt hatte, doch das Thema Johnson schien sie offensichtlich nicht zu interessieren. Andererseits hatte Gil ihr sicher von Coco Fairleys Party erzählt. Sie zuckte nicht mit der Wimper über seine Einladung, mich mitzunehmen, und als ich zögernd andeutete, an dem Abend nicht stundenlang zu kochen, sagte sie ungeduldig, ich sollte nicht nachlässig werden. Ich würde sie sowieso anöden, weil ich immer die Märtyrerin spielte.

Das stimmt nicht. Ich mache gern etwas für Leute. Ich koche gern für sie und plane gern schöne Sachen und Überraschungen. Die Schwierigkeit bei Janey ist, daß man nichts für sie tun kann, denn sie hat schon alles, und sie hat schon alles satt. Den ganzen Weg bis Ibiza redeten wir wie Guppy Collins-Smiths Großmutter, eine Freundin der teuren verstorbenen Queen. Janey und Guppy behaupten, die Alte hätte die Plüsch-Klos von Marlborough House als Andenken bekommen, aber das glaube ich nicht so recht.

Es war schön in Ibiza, frisch und warm; nichts erinnerte an die Nacht der Gespenster gestern. Nach Mr. Lloyd würde so etwas die ganze Woche weitergehen. Der Höhepunkt war morgen abend; die ganze Stadt würde sich in Ketten werfen und Bahren schleppen, von der Kathedrale bis ganz hinunter. Er unterband Janeys frivoles Getue, indem er sie erinnerte, daß in diesem Land Riten existieren, die der Kirche heilig waren, und daß jeder, der ihnen den Respekt versagte, hier in Zukunft kaum Geschäfte machen konnte. Dann verlor Janey ohnedies ihr Interesse an dem Thema, obwohl Mr. Lloyd nun mit Gil plante, wie man das Geschehen am Freitag abend am besten verfolgen sollte. Ich dachte nicht sehr begeistert daran. Nicht nach dem, was ich bereits gesehen hatte. Nicht, wenn vielleicht ein Mörder unterwegs war.

Wir parkten den Wagen am Kai. Die *Juan March* war da aus Valencia; das Schiff entlud Möbel und Motorroller und *pastas para Sopa* und Menschen. Am Kai, von anderen Schiffen entladen, lagen rosarote Ziegelhaufen, rostige graue Kühler, Telegrafenmasten, Bettrahmen und Matratzen. Nie sah ich ein solches Gewoge von Matratzen wie in Ibiza. Von einem Schiff ließen sie rote Kisten über eine Gleitbahn hinunter; dann wanderten sie von Hand zu Hand durch eine lange Kette von Männern über die glänzenden Steinplatten des Kais. Wir kamen zu Kindern, die mit einem zwischen die Beine gespannten Seil spielten, zu einer Wand mit der Aufschrift *Prohibido lugar a la Pelota* und zu Batterien von leuchtendblauen Fischernetzen, über die sich Männer beugten. Dann drängten wir uns in die kleinen Straßen der Stadt.

Diesmal trieb mich Janey an, und ich hatte keine Zeit für die kleinen Läden, die man mit zwei ungestrichenen Türen völlig verschließen konnte, oder für die mit blauer und weißer Majolika überwucherten

Wände, oder die schicken Boutiquen mit den Hemdchen an der Stange. Wenn man über all die Schuhgeschäfte und *Farmacias* hinaufblickte, sah man die oberen Wohnhäuser: die Balkone mit der Wäsche – Kleider, Tücher, Stickereien, von Plastik bedeckt –, Plastikeimer, Geranien. Es war brüllend heiß. An den Wänden hingen riesige, bis über vierzig Grad reichende Thermometer. Ich trug ein Kleidchen mit langen Ärmeln, und mir kam es schon wie fünfunddreißig vor. Janey nahm ihre Jacke ab. Sie trug eine passende ärmellose Bluse darunter und einen gelblichen Krokodilledergürtel.

Ich holte etwas Obst, ein paar Lebensmittel, etwas von dem Schinken mit Olivenstücken und einen Pack mit zwei Sorten Fanta für Derek. Janey segelte inzwischen durch die Gegend und tat großartig vor Ladenjünglingen; wenn sie etwas Dummes machten, warf sie mir Blicke zu. Danach gingen wir zum Hauptmarkt. Ich war eben in eine haarsträubende Diskussion über ein paar große rot-grüne Tomaten verwickelt, als dieses Taxi aus der Calle Antonio Palau dröhnte. Darin saß Derek.

Er hatte uns nicht bemerkt. Janey war schneller als ich. Sie schleuderte eine Tomate in das Taxi, und es hielt mit kreischenden Bremsen. Ein Esel ging durch, und blitzartig tauchten Tausende von Menschen auf, als der Fahrer ausstieg. Janey sagte etwa sechs Worte und schenkte ihm ein bestrickendes Lächeln. Sein finsteres Gesicht glättete sich; er lächelte zurück. Die Menge zeigte sich ebenfalls freundlich; einige Olés waren zu hören. Ich bezahlte die Tomate. Derek, endlich erwacht aus seiner morgendlichen Trance, streckte den Kopf aus dem Fenster und entdeckte mich. »*Sarah*!«

Seine Augen waren blutunterlaufen. Ich muß sagen, er sah ziemlich elend aus. Dann wanderte sein Blick nach rechts. »Miss Lloyd!«

Dann lächelte Janey, und ich wußte Bescheid. Die neue Beute war nicht nur angekommen; man hatte sie herbeizitiert.

Er wollte sich im Mediterránea einmieten, doch er wurde überstimmt. Es schien nicht sinnvoll, Johnsons Aufmerksamkeit zu erregen. Janey sagte, er müßte in der Casa Veñets wohnen, wie ich. Er machte eine Menge Einwände, aber ich führte das größtenteils darauf zurück, daß er einen Nachtflug hinter sich hatte: Derek kommt morgens sehr langsam in Gang. Es zeigte sich auch, daß er wütend war, weil man ihn seinen fabelhaften Experimenten entrissen hatte, besonders, da wir beide so gesund und munter wirkten. Ich ließ Janey erklären.

Wir hatten uns das am Morgen ausgedacht: Schlimme Gerüchte

gingen über Daddy um, und über die Gründe seines Selbstmords; und mir läge doch nichts mehr am Herzen, als seinen guten Namen zu bewahren. Spontan, sicher Cocos wegen, sagte Janey noch, daß man Daddys Namen mit dem einer Frau in Verbindung gebracht hätte. Das wirkte ganz plausibel, wenn man bedenkt, wenn man bedenkt, welchen Beruf er in der Welt schon hatte als hochgradiger Schmarotzer und Trunkenbold. Mitten in dieser Erklärung sagte Janey beiläufig: »Sarah hat sich gefragt, ob Llord Forsey Ihnen etwas andeutete, ehe er starb. Als Sie hierherkamen.«

»Wann?« fragte Derek. »Das war nach Vaters Tod.«

Wenn Derek nicht rasiert ist, sieht er schlimm aus.

»Nein – vorher«, sagte ich. »Das andere Mal. Hat er dir da etwas gesagt?«

»Das andere Mal?« fragte Derek unschuldig.

Ich hatte genug. »Hör zu, Schlaukopf«, sagte ich. »Man hat dich in Ibiza gesehen, an dem Freitag, dem Tag, ehe Daddy starb. Was hast du hier gemacht? Hast du Daddy gesehen? Was hat er zu dir gesagt?«

Seine Augäpfel rotierten; er wirkte auf mich wie ein Computer, der seine Programme selektiert. Er sagte: »Oh, das. Jetzt verstehe ich das alles. Ja, ich war in Ibiza. Für einen Tag, das ist alles. Ich war am Samstag mittag in Holland zurück. Und Vater hat mir nichts gesagt, Sarah, was irgendwie auf Selbstmord hinwies; also kannst du diese Sache ganz vergessen. Was das andere betrifft – wir haben etwas rein Persönliches besprochen, und ich möchte nicht darüber reden. Wollte ich das, hätte ich dir längst von diesem Besuch erzählt.« Er sah mich an. »Die Sache mit den Gerüchten ist doch erfunden? Du hast befürchtet, ich wäre geblieben und hätte den alten Knaben dazu getrieben, Selbstmord zu machen?«

Ich blickte zu Boden. Immerhin, er ist ein erfolgreicher Ingenieur. Man vergißt das leicht. »Ihr habt einander nicht gemocht,« sagte ich.

»Nein, das stimmt. Und wenn du es wissen willst – wir hatten einen fürchterlichen Krach, als wir uns an diesem Freitag trennten. Aber nicht fürchterlich genug, wenn du mir das abnimmst, um jemanden dazu zu bringen, sich die Kehle durchzuschneiden.« Er machte eine Pause. »Was soll das Ganze überhaupt? Gibt es Zweifel an dem Selbstmord? Oder habt ihr euch das alles nur so für euch ausgedacht?«

Der Maserati nahm die Auffahrt der Lloyds und blieb stehen. Ich hörte Janeys Gehirn förmlich arbeiten; mein eigenes hatte Leerlauf. Janey sagte: »Seien Sie kein Idiot: Natürlich war es Selbstmord. Aber die Leute reden. Die Leute wollen wissen, warum. Wenn Sie einer damals sah, sahen Sie vielleicht auch andere. Sarah dachte nicht ohne Grund, Sie wollten diesen Besuch verheimlichen. Und Sie sollten nur wissen, daß das nicht geht.«

»Nun, ihr habt kein Glück bei mir«, sagte Derek. »Denn es ist nicht meine Art, mit Fremden über meine Familienangelegenheiten zu plaudern. Und für mich sind Sie und Sarah Fremde.«

Manche Leute sind zu Janey manchmal giftig, aber selten ausgesprochen rüde. Sie stieg sehr elegant aus dem Wagen, ihre langen, nackten, braunen Beine streckend. »Nun, wenn wir Fremde sind, können Sie ja wohl nicht bleiben, Darling«, sagte sie. »Die Leute würden reden.« Sie warf die Wagentür zu und entschwand durch das schmiedeeiserne Tor.

Ein dramatischerer Abgang war kaum vorstellbar. Unglücklicherweise muß man praktisch handeln. Derek half mir, die Lebensmittel an der Hintertür auszuladen, einschließlich des Schinkens mit Oliven und der Tomaten. Ich holte die Fantas aus einer Papiertüte, steckte sie in eine Reisetasche und schob sie in den Kofferraum zurück. Dann fuhr ich ihn zum Hotel Mediterránea, dem einzigen neuen Nobelhotel in Ibiza, und sah zu, daß er ein Zimmer bekam. Ich ging mit ihm hinauf, weil es in meinem Magen rumorte und ich sein marmorgetäfeltes Bad benutzen wollte: Es gab kein heißes Wasser, und die Seife glitschte immer aus der Schale, aber alles andere war in Ordnung. Als ich herauskam, saß er auf dem Fenstersims und betrachtete die Morgenkollektion der Hippies draußen; der Boy hatte eben zwei große Whiskys auf den Tisch gestellt. »Komm, setz dich einen Augenblick. Ich dachte, du kannst einen vertragen«, sagte Derek.

Ich dachte an all die verdammten Fantas. Ich war getäuscht worden. »Großer Gott, setz dich«, sagte Derek. »Ich bin kein Pfadfinder. Aber ich habe auch nicht Vater ermordet. Diese Mordidee – darum ging das doch alles?«

»Und deshalb bist du nach Ibiza gekommen?«

Ich nickte erneut. Um neun Uhr morgens trinke ich sonst selten einen strammen Whyte & Mackay, doch jetzt nahm ich einen Schluck. Die Umstände waren ungewöhnlich.

»Dann bist du total verrückt, wenn du dich diesem Mädchen anvertraust«, sagte Derek ätzend. »Sie wird dich an die Leine legen. Diese Sorte muß den Boss spielen, oder gar nichts. Du kannst meinen, ihr seid Busenfreundinnen, doch ich wette, daß man in ihrem engsten Kreis schon ständig über dich kichert.«

»Hör mal, Derek«, sagte ich. Whisky oder nicht, das war der gute alte

Spülwasser-Derek. »Ich gehöre zu ihrem engsten Kreis. Wir sind Freundinnen. Sie hat versucht zu helfen. Guter Gott: Sie sah dich in der Dalt Vila an dem Abend des Tages, ehe Daddy starb. Und Coco Fairley sagte, es hätte dir ähnlich gesehen, Daddy an deiner Pfadfinderehre zu messen. Und du hast ihn nicht so gekannt wie ich. Er war im Grunde ein schrecklicher alter Softie.«

»Du hast das viel zu schnell getrunken«, sagte Derek. Er runzelte die Stirn.

»Ich schreie immer, wenn man mich schlägt«, sagte ich und stand auf. Der Boden schwankte leicht; plötzlich dachte ich an Johnson. »Sisyphus«, sagte ich. Es klang okay, also setzte ich mich.

»Was?« sagte Derek. Er brachte ein großes, makelloses Taschentuch zum Vorschein und reichte es herüber, gleichzeitig verdrossen und geistesabwesend. Er sagte: »Hör mir jetzt zu. Ich weiß, du hältst dich für die Starfrau diesseits von Chelsea, aber du wirst jetzt zu dem Haus fahren und dein Gepäck holen, und dann nimmst du mit mir das nächste Flugzeug nach Holland. Ich lasse nicht zu, daß du der gleiche versoffenen Tramp wirst wie dein Vater.«

Diesmal schoß ich hoch, und es war mir jetzt egal, ob ich »Sisyphus« sagen konnte oder nicht. »Den Teufel werde ich! Janey mich an die Leine legen! Sie versteht vom Leben eine Menge mehr als du! Und sie hockt nicht auf ihrem dicken Hintern und teilt verdammt billige Ratschläge aus. Wer zum Teufel hat dich überhaupt gebeten, deine verdammte Nase hineinzustecken?«

»Du«, fauchte Derek. »Zu einer Zeit, da in meinem Betrieb jede Minute zählt, die ich nicht da bin. Aber ich bin ja nicht normal. Ich habe keine neue Geliebte jede Woche, seit ich vierzehn bin. Ich rauche kein Hasch, ich nehme kein LSD. Ich glaube nicht, daß der Rest der Welt mir unterlegen ist und nur dafür zu sorgen hat, daß ich mich auf meine souveräne Weise amüsieren kann. Ich habe mein kostbares Leben nicht so satt, daß ich aus anständigen, hart arbeitenden Menschen Affen machen will, um fünf Minuten meinen Spaß zu haben.«

Armer, idiotischer Derek. Ich setzte mich sehr behutsam; ich war jetzt gar nicht wütend und sagte lange Zeit nichts. Dann fiel mir ein, daß ich die Auseinandersetzung fortsetzen sollte. »Und wofür lebst du?« fragte ich.

Er zögerte kurz. Dann sagte er: »Ich habe Prinzipien.«

»Ich auch«, sagte ich. »Und dazu gehört, daß ich zu meiner Familie *und* zu meinen Freunden halte. Janey kann über mich lachen – gerne.

Ich habe schon ein paar Geschichten über sie – aber keine wichtigen. Sie hätte umgekehrt überall erzählen können, wie sie dich an jenem Abend durch die Dalt Vila schleichen sah. Statt dessen hat sie mir geholfen, die Sache geheimzuhalten. *Du* hast sie ihr wieder ins Gesicht geschleudert.«

»Vielleicht hätte ich mich ihr anvertrauen sollen«, sagte Derek. Seine Stimme klang gepreßt, und ich dachte, er hätte sich räuspern sollen; aber er tat es nicht. Manchmal sah er überhaupt nicht aus wie Daddy. »Vielleicht hätte ich ihr sagen sollen, weshalb ich zu Vater kam, und alles ihrem freundlichen Verständnis überlassen. Schließlich sagst *du* ja, du würdest ihr vertrauen.«

»Ich habe nicht Derartiges gesagt«, entgegnete ich. »In manchen Dingen würde ich ihr keine Handbreit trauen.« *Bei Männern, zum Beispiel.* Ich sagte: »Zum Henker, Derek ...« Er würde jeden in den Alkohol treiben. »Weshalb warst du bei Daddy? Ich weiß nicht, wie es deine Firma schaffte, dich zu entbehren.«

»Sie hat mich geschickt«, sagte Derek. »Sozusagen.«

Es wurde still. Ich fühlte mich wie ein Klavier mit blockierten Dämpfern. »Warum?« fragte ich. Mein Whisky war zu Ende.

»Weil«, sagte Derek deutlich und gehässig, »sie Grund zu der Annahme hatte, daß dieser ehrenwerte Peer, der fünfte Baron Forsey of Pinner, sich mit dem Verkauf technischer Geheimnisse versuchte. Falls dem so wäre, wurde mir bedeutet, war ich für dieses Unternehmen und für dessen Konkurrenz zum untragbaren Sicherheitsrisiko geworden, jedenfalls diesseits des Eisernen Vorhangs.«

»Unsinn«, sagte ich. »Großer Gott, Derek – wann war Daddy je in Holland?«

»Kurz bevor der Supersensator gestohlen wurde«, sagte er.

Ich starrte ihn an. Das Absurde an der Vorstellung, wie der reizende alte Daddy mit einer Fuhre geheimer elektronischer Geräte durch Europa gondelte, war mir noch gar nicht richtig aufgegangen. Ich orientierte mich allein an Dereks grünem Gesicht. »Also hast du ihn umgebracht«, sagte ich.

Mein Bruder machte drei Schritte auf mich zu. Er beugte sich zu mir, umklammerte meine Unterarme und zog mich hoch. Er hielt mich, kaum aufgerichtet, weiter fest, sein Gesicht sehr nahe, die blutunterlaufenen Augen dicht vor mir. Ein Klaps auf die Wange war bis dahin alles gewesen, was wir jemals körperlich ausgetauscht hatten. Jetzt fühlte ich die Hitze seiner Haut und roch den Whisky und sah die Stoppeln auf seinen Wangen und um sein Kinn. Er sagte: »Du glaubst das, einfach so. Menschen töten Menschen... Warum sollte das nicht jemand machen, den man kennt? Warum nicht ich? Ich sage, ich habe Prinzipien, aber was man sagt, hat nichts zu sagen, nicht in deinen Kreisen. Vertrauen bedeutet nichts. Verwandtschaft bedeutet nichts.«

Mein Herz begann plötzlich zu hämmern. »Es scheint für dich nicht so sehr viel zu bedeuten«, sagte ich. »Du solltest zu einem verdammten Psychiater gehen.«

Er rief »Ha!« und löste seine Hände, so daß ich das Gleichgewicht verlor und mich heftig niedersetzte.

Ich weinte heftig, aber wenigstens stumm. Ich griff wieder nach dem Taschentuch, mit zitternden Händen, und wischte meine Augen, bis es aufhörte; ich atmete tief, bis der Schluckauf verschwand. Dann nahm ich meine Tasche und die Reisetasche mit den Fantas und stand auf. Meine Beine zitterten noch immer. Ich sagte zu Derek: »Ich glaube, das stimmt alles nicht, was du sagst. Ich glaube, auch mit dir stimmt etwas nicht. Ich will nichts mehr hören. Ich gehe zu Janey zurück.«

»Natürlich«, sagte er. »Flüchte dich in deine Traumwelt. Das hier ist die Realität, Sarah. Du wirst dich eines Tages mit ihr auseinandersetzen müssen.«

»Das ist *deine* Realität«, sagte ich. »Nicht meine. Meine ist die von Daddy.«

»Ich weiß«, sagte Derek. Ich spürte, wie er dastand und mich ansah, als ich ging; doch er sagte nichts mehr.

Auf dem Rückweg hielt ich bei Spar und gab alle Fantas zurück.

Ich saß beim Frühstück in der Küche, als Gilmore hereinkam, drei Tennisbälle jonglierend. Er küßte Annemarie und hockte sich auf die Tischkante. Er trug ein Voilehemd und lässige bleiche Hosen und sah immer noch aus wie Cary Grant. »Deine Nase ist rot, Schischi«, sagte er.

»Ich habe getrunken«, sagte ich.

Er fing die Bälle auf und begann sie einhändig hochzuwerfen, die Augenbrauen hochgezogen. Seine Augen waren blau, nicht grün wie die Janeys. Ich fragte mich, ob er auch Kontaktlinsen trug. Er sagte: »Ich schätze, Janeys Public Relations waren nicht so toll. Ist der Herr Ingenieur wieder bei seinen Maschinen?«

»Ich weiß nicht«, sagte ich. Es war mir auch gleichgültig. Ich hatte es aufgegeben, über Derek nachzudenken. Und auch über Daddy.

»Hm«, sagte Gilmore. Er blieb sitzen. »Gut, jetzt wissen wir also, daß du trinkst. Und du kochst. Du schwimmst. Welche weiteren Talente hast du aufzuweisen?«

Ich hielt meine Kaffeetasse mit beiden Händen und betrachtete sie. »Ich tanze. Ich spiele Tennis und Kricket. Ich fahre Rollschuhe. Ich fahre Wasserski. Ich reite. Ich kann tippen. Ich denke, ich kann Kleider tragen. Und ich kann nähen und Kranke pflegen und Babys betreuen.«

»Komm mit und betreue mich«, sagte Gilmore Lloyd und ließ sich vom Tisch herunter. »Ich will zum Reiten.«

»Ich habe mich um euren Lunch zu kümmern«, sagte ich.

»Annemarie hat das Frühstück gemacht, und sie kann auch wunderbar den Lunch für Janey und Vater kochen«, sagte Gilmore liebenswürdig. Annemarie sah mich an, lächelte und nickte. »Wir werden nicht dasein.«

Es war die Art von Tag, die Celeste manchmal erwähnt – aber nie für Steinböcke. Als ich umgezogen war, stand Gil mit dem dunkelgrünen Cooper S bereit, und wir fuhren zu den Ställen, wo wir auf Pferde wechselten. Gil hatte Satteltaschen mitgenommen. In der einen kaltes Huhn und eine Flasche mit Martinis, in der anderen ein großes Tuch, das wußte ich ... Und sie waren längst gepackt, das wußte ich auch, ehe ich von Derek zurückkam. Männer wie Gil Lloyd sind nicht mit Mädchen unterwegs, um mit ihnen ein Rugbyspiel zu sehen oder ihnen Autofahren beizubringen. Das war ganz in Ordnung. Wir sprachen dieselbe Sprache.

Der Morgen war phantastisch: blau und klar, mit einer herrlich prickelnden Hitze. Und wir erzeugten unsere eigene Brise, als wir in kurzem Galopp durch das Gestrüpp und zwischen den Reihen kleiner grüner Bäume ritten; die Feigenbäume, wie Geister, waren wie Maibäume ringsum abgestützt. Wir kamen an einem gebeugten Olivenbaum vorbei, mit einer Stütze unter dem Knick – er sah aus wie »Der Denker« –, und ich sagte zu Gil, all dieses Land würde doch sicher jemandem gehören. Ja, sagte er. Seinem Vater. Die Sonne brannte stärker, und alle Grillen sangen, und Gilmore und ich sangen auch.

Wir machten halt in dem Ort San José und tranken ein Bier und einen Ginger; dann ritten wir über freies Land hinunter zu einem Strand. Es war ein wilder Ritt, auf und ab, über die bröslige Erde kraus bewachsener Hänge. Neben uns schlängelte sich eine Autostraße in Haarnadelkurven; viele heiße kleine Hügel mit Koniferen und Büschen und Blüten, überall der Duft von Pinien und Thymian.

Ein Schwarm kleiner Vögel, zitronengelb gestreift wie Schmetterlinge, erhob sich und flatterte davon. Eine angekettete Ziege blickte hoch, als wir vorbeiritten. Manchmal versanken wir bis zu den Fesseln in einem Dickicht von Blütenpflanzen: große, flaumige, rosige Blütenähren, die nicht einmal Gil kannte, ein Meer leuchtendweißer Gänseblümchen, in der Mitte kräftig gelb. Überall Büsche mit sternförmigen Blüten, lila und weiß, und purpurrote Blumen, und wickenähnliche Gewächse, und winzige Schwertlilien, und Ozeane in dem leuchtenden Gelb von Hederichen. Stellenweise hoher Sisalkaktus, dichter Feigenkaktus wie ein Klumpen grinsender Fledermäuse.

Gil sagte mir, wie alles hieß, und ich vergaß die Namen sofort wieder, so toll sah er aus: mit seinen feingerippten französischen Cordjeans, mit seiner sonnengebräunten Haut, mit seiner Haltung auf dem Pferd.

Gegen Mittag erreichten wir den Strand. Er war einfach nicht von dieser Welt: feiner Sand in einem abschüssigen Streifen, überragt von einem Felsen aus gestapelten orangefarbenem Sandstein. Da und dort bedeckte ein grüngrauer Flaum den Felsen; daneben tote Zweige und Stämme in seltsam funkelndem Blaugrau, die bestimmt auf der Biennale Aufsehen erregt hätten. Im Sand verstreut lagen große herabgestürzte Felsbrocken; durch den Sand zogen sich Rinnsale mit einer silberbraunen Schicht von Tang, so tief, daß man auf Kissen zu gehen schien. Unter der Mittagssonne und der von dem Sandstein reflektierten Hitze sah man die Luft über dem Strand flirren. Der Strand war völlig leer. Wir stiegen ab und suchten einen Überhang mit etwas Schatten, und Gil holte das Badetuch heraus und breitete es für mich aus; dann packte er die mitgebrachten Köstlichkeiten aus.

Es war tatsächlich der verdammte Schinken mit Oliven, den ich an diesem Morgen bei Spar gekauft hatte; dazu etwas Obst und Joghurt und eine Stange Brot und Butter und etwas Queso Gruyère ahumado zu zweiundvierzig Pesetas – ich weiß nicht, woher. Aber wenigstens hatten wir keine Fantas, wir hatten nicht einmal Martinis. Gil hatte eine ganze Flasche Veterano Osborne mitgebracht.

Immer, wenn man zum ersten Mal mit einem Jungen weggeht, kommt ein Augenblick, in dem man weiß, daß jemand seinen Finger auf den Knopf legt; dann muß man sich sekundenschnell entscheiden und alle seine Mittel einsetzen. Es gibt kein Gefühl, das dem gleichkommt.

Gil schenkte zwei steife Drinks ein, kippte seinen hinunter, warf eine Ecke des Badetuchs über den mitgebrachten Imbiß und sagte: »Komm. Mir ist heiß. Kühlen wir uns erst etwas ab.« Er lehnte sich zu der Stelle herüber, an der ich mit meinem leeren Glas spielte, und zog den Reißverschluß meines rosaroten Sportanzugs von Jaeger's von oben bis unten auf.

Das tun sie alle. Ich setzte mein Glas ab, stand auf und streifte den Rest meines Anzugs ab. Ich hatte meinen Bikini darunter an.

»Du kleine Hexe!« sagte er. »Was glaubst du, was hier gespielt wird?« Und er stürzte sich auf mich.

Auch das war in Ordnung. Ich tauchte weg und floh zum Meer, Gil hinter mir; doch ich erreichte die Brandung zuerst und spritzte ihm eine Ladung ins Gesicht. Er hatte immer noch sein Voilehemd und seine Hosen an. Während er noch keuchte, warf ich mich ins Wasser.

Er kam nach, angezogen, wie er war. Auch er konnte schwimmen, aber man kann niemanden im tiefen Wasser vergewaltigen; falls man es doch schafft, sollte man mindestens eine Urkunde bekommen. Als er endlich einen Träger meines Bikinis abgestreift hatte, lachten wir beide so heftig, daß uns der Cognac hochkam, und ich schwamm ziemlich bald zum Strand zurück. Ich erreichte auch das Tuch vor ihm und lag schon keuchend darauf, mit dem Gesicht nach unten, als er sich in den Sand fallen ließ, sein Brustkorb hob und senkte sich. Das Voilehemd hatte einen langen Riß. Ich konnte mich nicht erinnern, aber das mußte ich gewesen sein. Ich sagte: »Ich bin schrecklich hungrig.«

»Tatsächlich, Süße?« sagte Gil. Langsam richtete er sich auf, zog sein Hemd endlich aus und wälzte sich herüber, seine Hand umschloß meine. Dann packte er die andere, ehe ich mich versah, und legte sie zur ersten, so daß er beide in einem Griff hatte. »Genau wie ich, Häschen.« Und geschickt machte er sich an der Spange meines Bikini-Oberteils zu schaffen, einhändig nach altbewährter Weise, Salzwasser und Cognac atmend. Eine Frau mit hochhackigen Schuhen und ein Mann mit einem Anzug kamen an den Strand.

Ich glaubte tatsächlich, daß er nicht aufgehört hätte. Mein Kinn grub sich in den Sand. Ich spürte, wie seine Hand sich drehte und begann, sich in eine andere Richtung zu schmuggeln. Es war nicht nur absolut absurd – man hat auch an seine Grundsätze zu denken. Ich hob mein Unterteil, und als seine Hand abglitt, biß ich zu. Der Schrei ließ die Frau herumfahren, aber da hatte ich schon das Badetuch um, und Gil saß auf den Fersen, hielt seinen Arm und fluchte. Ich starrte ausdruckslos zurück. Seine Augen blickten kalt, und ich hoffte plötzlich, daß das Paar noch eine Weile bleiben würde. Dann stand Gil wortlos auf, fand mein Glas und füllte es langsam und bedächtig mit Cognac. Danach drückte er es fest gegen meine Zähne.

Ich trank es leer. Meine Haare fielen dabei über meine Schultern, meine halbgeschlossenen Augen starrten in seine. Schließlich begann er zu lächeln. Ich lächelte auch. »Pech, Gil«, sagte ich. »Keine Pille seit Sonntag. Weißt du nicht mehr?« Langsam verschwand sein Lächeln, und ich legte mich zurück und schlief sofort ein. Alles zu seiner Zeit.

Viel später wachte ich auf, mit drückendem Magen, und machte mir Mut, mich umzudrehen. Doch Gil war noch da und schlief neben der halbleeren Cognacflasche. Wenn er aufwachte, würde er ziemlich blau sein. Auf der Party konnte ich jetzt nicht auf ihn zählen, aber dort hatte ich ja schließlich Austin. Und außerdem gab es auch einen nächsten Tag. Er sah süß aus, wie er da schlief. Verdorben, aber süß.

Ich sah mich um. Das andere Paar ging gerade weiter, immer noch angezogen. Sie trug Ohrringe und einen schwarzen Samtanzug über einer gestreiften Satinbluse. Ich fragte mich, weshalb die beiden bloß zum Strand gekommen waren. Ich fragte mich, ob ich ihr Kommen bedauerte.

Eine Art Raupe kroch vorbei, ein graues, weiches Stückchen Tang wie ein Hochzeitskleid mit sich ziehend. Ich reckte mich, rieb mich mit etwas Sonnencreme ein und beschloß, mich der Herstellung von Schinkensandwiches zu widmen. Dann aß ich etwas Joghurt und sah zwei Eidechsen zu, die um die Tröpfchen auf dem Deckel kämpften. Sie waren blaugrün, mit dünnen fleckig-schwarzen Streifen, und sie standen mit den Vorderbeinen fest auf dem Stein, Hinterbeine und Schwanz meilenweit entfernt auf einem anderen. Ich fragte mich, was das für ein Gefühl sein mochte. Ihre schwarzen Zungen leckten über den Deckel und hinterließen eine silbrige Spur; der Deckel klickste leise auf den Steinen. Dann kam das trockene Scharren ihrer Füße; sie flogen aufeinander los und katapultierten auseinander, suchten Schutz in roten Felsennischen. Sie schienen Erdbeergeschmack zu mögen. Ich aß den Rest des Joghurts und weckte Gil, indem ich ihm zwei Gurkenscheiben auf die Augen legte.

Er war erst etwas kühl, doch nach einer Weile ließ er sich dazu herbei, mit mir zu plaudern, und als wir zum Obst kamen, hatten wir alle gemeinsamen Bekannten durchgehechelt. Es stellte sich heraus, daß ein entfernter Vetter Daddys mit einer angeheirateten Tante Gils verwandt war; und als Gil noch ein Junge war, hatte sein Vater ein

Chalet in St. Moritz in der Nähe des Chalets von Leuten, die ich kannte; und einmal, zum Bootsrennen, waren wir zur gleichen Zeit an der gleichen Stelle des Flusses gestanden und hatten nichts davon gewußt. Er nahm diese Dinge ziemlich leicht, aber ich nicht. Für mich war das alles Schicksal. Ich erzählte ihm, was Celeste über Steinbock und Skorpion sagte, und er meinte nur: »Ehrlich, Sarah, du glaubst doch nicht diesen ganzen Blödsinn?«

»Doch«, antwortete ich unwirsch. Männer sagten das immer. Aber gewöhnlich mit einem Grinsen. »Schwindel mag schon dabei sein. Aber Celeste ist großartig. Auf sie kann ich mich absolut verlassen; ich schwöre es dir. Es ist unheimlich nützlich.«

»Als Köder?« fragte Gilmore. Auf dem Rücken liegend, hatte er eine Zigarette angezündet, mit Tabak darin.

»Über *etwas* muß man schließlich reden«, sagte ich. Ich erkannte, daß dies alles mein Fehler war. Ich war froh, daß ich immer noch Austin und Clem und Johnson hatte.

»Was willst du, Sarah?« fragte Gil. »Heiraten um jeden Preis? Egal wen?«

Ich lehnte auf meinem Ellbogen und sah ihn an, doch er sah mich nicht an.

»Glaubst du nicht, ich wäre eine gute Ehefrau?«

»Für einen, der sich gerne mit der Nadel stechen läßt«, sagte Gilmore.

Ich nahm eine Handvoll Sand und ließ ihn über seinen nackten Arm rinnen.

»Ich glaube, ich wäre eine gute Ehefrau. Aber ich würde nicht jeden heiraten.«

»Du würdest einen heiraten, der Geld hat, sagte Gilmore. »Mit einer guten Position – einen, dem es nichts ausmacht, ständig herumkommandiert zu werden.« Er machte die Augen auf. »Du solltest eine Zeitungsanzeige aufgeben. Los, packen wir zusammen. Du mußt nach Hause und für Austin etwas Tolles kochen.«

Der Himmel war milchig blaßblau, und über das Meer im Westen tanzten zahllose glitzernde dünne Streifen, die sich in Ufernähe verbreiterten. Wir begannen zu packen.

Der Nachmittag war halb vorbei, als wir zurückkamen. Wir redeten zuletzt nicht mehr sehr viel, und Gil verschwand dann gleich im Garten, um mit Tennisbällen zu spielen. Aber das alles war absolut typisch gewesen. Ich meine, früher oder später gibt es immer irgendeinen Bruch, wenn ein Junge mit mir weggeht.

Ich kochte sechs Gänge für Austin; ich benutzte jede Pfanne in der Küche, um es den verdammten Lloyds zu zeigen. Gil hielt sich der Küche fern, und wenn wir uns trafen, war er kurz angebunden und zynisch-gelangweilt. Janey kam einmal herein und setzte sich auf die Tischkante, während ich Oliven für die Kalbfleischfüllung entkernte; sie aß sie so schnell, wie ich die Kerne entfernte. Nach einer Weile sagte sie, wie ich erwartet hatte. »Was glaubst du, was wird Derek tun? Hat er dir wenigstens erzählt, was er getan hat?«

»Ja«, sagte ich. Es war jedenfalls die halbe Wahrheit. Ich wußte, weshalb Derek damals gekommen war und daß er Daddy getroffen hatte. Ich wußte nicht, was Daddy ihm dann sagte und wie Derek darauf reagierte. Ich fügte hinzu: »Es war eine Familienangelegenheit; sie hatte nichts mit Daddys Tod zu tun. Ich denke, es war wohl doch Selbstmord.«

Janey starrte mich an, eine Olive in der Hand. »*Was* denkst du?« Dann sah sie mir wieder ins Gesicht und sagte: »O nein, das denkst du nicht. Du denkst, Derek hat ihn umgebracht.«

»Nein«, sagte ich. »Ich möchte am liebsten überhaupt nicht mehr daran denken, das ist alles.«

»Nun, dann mußt du wohl heute abend Cocos Mund versiegeln, nicht wahr, meine Liebe?« sagte Janey. »Und was ist mit deinem kostbaren Brief?«

Ich wollte von dem Brief auch nichts mehr wissen, und es war mir jetzt auch gleichgültig, weshalb Janeys Vater nicht nach Barcelona geflogen war, meinetwegen konnte er der Nachtclub-Star von Mallorca sein. Ich sagte: »Ehrlich, ich denke, falls irgend etwas nicht gestimmt hätte, hätten es die Behörden schon herausgefunden. Ich habe mich in die Sache hineingesteigert – aber es ist schließlich nicht besonders fair, in der finsteren Vergangenheit des alten Herrn herumzustochern. Wenn ihr es bis zum Wochenende mit mir aushaltet, werde ich mich am Montag nach Kensington aufmachen und alles vergessen.«

Drei weitere Tage wären angemessen, dachte ich, um mich auf mein künftiges Privatleben zu konzentrieren. Austin beispielsweise hatte etwas von Sevilla erwähnt. Und Clem würde heute abend auf der Party sein. Ich sah auf die Uhr.

»Du kannst bleiben, so lange du willst«, sagte Janey. Erst später fiel mir auf, wie unbeteiligt sie gesprochen hatte. Jetzt entwand ich ihr nur die Schüssel mit den Oliven und begann den Speck zu schneiden. Ich mußte mir noch die Haare waschen, und ich warf keinen Blick hinterher, als der Maserati einige Minuten später aufdröhnte und die Anfahrt hinunterrollte.

Sie war vor dem Essen zurück, okay, während ich im Hauskleid durch die Küche und die Gänge schwirrte; ich kümmerte mich um das Fleisch, schnitt Avocados und bettete sie auf Salat und erledigte noch dies und das. Annemarie war nicht da, doch Helmuth half bei den letzten Vorbereitungen; so konnte ich mich meinen Augen widmen und in dieses Ding von »Hung on You« schlüpfen, aus einer Art weißer Moiréseide mit Plastikbändern dazwischen, das viel von meiner braunen Haut sehen ließ.

Daddy wäre an die Decke gegangen, und auch Mr. Lloyd konnte womöglich leicht zusammenzucken. Aber das Ding war eben todschick. Wenn ich Gil nicht erschrecken konnte, konnte ich ihn immerhin schockieren. Und ich hoffte, Austin die meiste Zeit von Cocos ominöser Party an meine Seite zu fesseln. Auf Clem, das wußte ich, würde ich damit keinerlei Eindruck machen. Clem war auf Partys ein Muster jungenhafter Fröhlichkeit: Er betrank sich mit Bier und erzählte eine Menge ziemlich guter Männerwitze. Flo sagte immer, falls Clem sich überhaupt einmal verlieben sollte, dann besonders heftig, und ich dachte immer, daß er irgendwann sein Mädchen treffen würde: ein fröhliches Geschöpf, das von dem Minus auf seinem Konto leben konnte. Doch er war ein fabelhafter Leibwächter.

Das Komische war, daß ich keinerlei Vorahnungen hatte. Und als ich in den Zeitungen nachsah, fand ich dort angekündigt, daß für Steinbock der Teufel los sein würde.

Die Zeitungen hatten recht.

6

Mrs. van Costa hatte die Casa Mimosa, wie Annemarie erzählte, von einem Star einer amerikanischen Fernsehserie gemietet. Das Haus stand in einem Garten nicht weit vom Flugplatz; kein Kinkerlitzchen fehlte vom Klischee der Traumvilla. Wenn man im Cooper S durch die warme Nacht daherglitt, wirkte sie auf den ersten Blick – lang und weiß und lichtumflossen zwischen Palmen – fast so verblüffend wie ein Luxusdampfer in der Badewanne. Überall Spiegelglas und Schmiedeeisen und Kletterpflanzen und riesige Wachsblumen, die uns auf der Anfahrt über den Wagen strichen. Vorne lag ein künstlicher See, umgeben von Kakteen, kleinen Palmen, Lilien und weißen Marmorbänken, in Scheinwerferlicht getaucht wie in einem alten Korda-Film. Unzählige kleine Stanniol- und Plastikstreifen baumelten an Fäden, die zwischen den vielen Dattelpalmen hingen. Auf jedem Streifen stand ein Wort, in kunstvoller Schrift. Dort, wo ich zum Haus ging, ergab sich die Folge: DIE LIEBE IST DER SOMMER UND EINE GLÜHBIRNE IST HÖLLISCH. Ging man anders, erklärte mir Gilmore, war zu lesen: LIEBE EINE GLÜHBIRNE HÖLLISCH. Ein Rolls-Royce Silver Cloud Mark III mit sowjetischer Flagge stand vor der Haustür.

Gilmore und ich kamen zum Stillstand, und Austin bohrte sich fast in unser Heck und hörte dann zu, wie wir uns berieten. Die Dichterparty, das war klar, war noch nicht in Gang gekommen: Außer dem Rolls sah man keine weiteren Wagen – nur unseren eigenen Cooper S und Cocos ramponierten Alfa Romeo, der ziemlich schräg an der Seite stand. Die russische Handelsdelegation war ganz offenkundig noch zu Gast bei Mrs. van Costa. Offen blieb bisher, ob Mrs. van Costa auch von Cocos geplanter Party wußte und ihr Veto eingelegt hatte, oder ob sie nichts wußte – wovon Gil überzeugt war – und Coco auf einen günstigen Augenblick wartete.

Austin, der Mr. Lloyd ein paar Ikonen verkauft hatte und sich in dieser poetischen Umgebung offenbar fast wie zuhause fühlte, ließ sich jetzt vernehmen: »Also, weshalb könnte Coco Fairley bloß so etwas tun? Schließlich ist er Gast im Hause Mrs. van Costas.« Niemand auf der Welt ist so konventionell wie die Amerikaner, vielleicht noch die Schweden.

»Es ist ein Happening zur Feier von Cocos Abschiebung«, sagte Gilmore. »Ich habe ihm gesagt, er sollte nicht mit seiner Arbeit aufhören. Das Schlimme ist, sobald er eine neue Bleibe hat, läßt er sich wieder gehen.«

Austin zögerte. Ich hatte ihn in einem weißen Smoking erwartet, ganz Washington Style, aber er trug einen cremefarbenen Jerseyanzug von Virgul aus Paris und einen erdbeerroten Kaschmirpullover mit Polokragen. Ich sah das Etikett.

Er sagte: »Wenn Sie hineinwollen, können wir das, glaube ich, ohne Mrs. van Costa allzu lästig zu erscheinen. Ich traf die Mitglieder der Delegation, als Janey sie in meine Galerie brachte, und sie luden mich ein, später mit ihnen ein Glas Wein zu trinken. Ich meine, wenn wir nicht allzu zwanglos gekleidet sind...« Gil trug ein weites Seidenhemd, in Siam handgewebt, über traumhaften Hosen, und ich hatte dieses Moiré-Plastik-Ding. Austin sah nicht auf mich.

»Also los«, sagte Gil.

Mrs. van Costa hatte ihren eigenen Butler mitgebracht. Er öffnete; weiße Jacke, amerikanisch wie ein Yellow-Cab-Fahrer und etwa ebenso entgegenkommend. Wir fragten nach Coco und wurden widerwillig in ein großes Studierzimmer geführt, mit Cordoba-Leder und der erlesensten Kollektion verbotener Bücher, die ich außerhalb von St. Tizzy's je gesehen hatte, alle in Saffianleder gebunden. Gilmore und ich nahmen uns je eines; wir setzten uns und studierten es. Austin, der mehr Hemmungen zeigte, strich herum und inspizierte die Antiquitäten. Er kam grinsend zurück und erwähnte, die Antiquitäten seien meist nicht sonderlich antik. Dann erschien Coco, korrekt gekleidet, seine Koteletten golden glänzend und sein Gesicht voller Warnsignale; er erklärte, Mrs. van Costa hätte von unserer Ankunft gehört, und ob wir ihr nicht im Salon Gesellschaft leisten wollten. Der Butler wartete direkt hinter ihm. Wir marschierten nach oben. Coco fixierte Gilmore starr; ich hörte ihn wütend zischen: »Was zum Teufel habt ihr vor? Ihr seid verdammt zu früh!« Was Gilmore darauf sagte, verstand ich nicht. Mein Kleid knisterte.

Der Salon des Fernsehstars strahlte in Hollywood Regency, mit einem Adam-Fiberglas-Kaminsims und venezianischen Leuchtern und einer karmesinroten Knole-Garnitur. Auf dem Boden lag Parkett mit einem Teppich aus einer zusammengenähten Ziegenherde; es herrschte der scharfe Geruch von Ziegenböcken. Über den Raum verstreut hockte die russische Handelsdelegation und trank Wodka. Ich hatte sie natürlich schon gesehen, bei Mr. Lloyds Lunch. Sie wirkten immer noch stämmig, verschwitzt und gemütlich, wie sie da in ihren adretten Anzügen saßen und Mrs. van Costa angrinsten.

Mrs. von Costa lagerte in einem Sessel, ihre Beine auf einem Hocker, ihr Gesicht ohne Make-up, ihr kurzes graues Haar von Mr. Kenneth – natürlich – modelliert. Sie trug einen hochgeschlossenen Marine-Kreppanzug mit einem langen Chiffonschal; jedes delikate Knöchelchen ihres langen, hageren Körpers zeichnete sich deutlich ab. Sie rauchte einen Stumpen in einer langen Ebenholz-Spitze.

Es war Mami.

Ich erwähnte bereits, daß sie Schauspielerin war. Natürlich trug ich dieses offenherzige Moiré-Plastik-Ding, und mein Haar war hochfrisiert, mit Schleifen und von einem Band durchflochten und dazu garniert mit drei asiatischen Littlewood-Haarnadeln. Mein Gesicht musterte sie zuletzt. Selbst dann schwang sie nur ihre Beine vom Hocker und sagte beim Aufstehen: »Was für ein hübsches kleines

Mädchen. Ich glaube, wir kennen uns noch nicht. Coco, mach uns miteinander bekannt.«

Ihr Hals war sehnig, ihr Körper knochig, und sie hatte nicht mehr rosarotes Haar; doch sie hatte noch immer diese großen Untertassenaugen, die ich kannte, mit falschen, kräftig untermalten Wimpern. Sonst trug sie keinerlei Bemalung. Mir kam der flüchtige Gedanke, Janey würde sie ordinär finden, und dann dachte ich wieder, Janey würde das wohl nicht. Was Mami auch immer fehlte, sie hatte stets Stil. Ich ging auf sie zu, und ich las in ihrem Blick. »Tut mir leid, Kindchen. Aber es soll doch nicht herauskommen, daß die Frau des armen alten Forsey und ihr junger Freund nur einen Steinwurf von der Stelle wohnten, an der er starb.« Ich fragte mich, ob Coco Bescheid wußte; und dann sah ich sein Gesicht und erkannte, weshalb man mich hierher gebracht hatte und weshalb die Erregung auf der Treppe echt wirkte. Und wer die geheimnisvolle Frau gewesen war, mit der Daddy sich an jenem Samstagabend getroffen hatte.

Ich sagte etwas, glaube ich, und setzte mich mit zitternden Knien, während die Konversation begann. Der Russe, der sich neben mir niedergelassen hatte, fragte mich lächelnd, was ich von Ibiza hielte und wie mir Swinging London gefiele. Ich mußte wohl etwas geantwortet haben, weil er mir immer näher rückte; doch mein Gehirn pochte wie der alte Morris.

Ob Daddy rein zufällig zu den Lloyds gekommen war oder ob er Mami nach Ibiza folgte, ließ sich jetzt nicht sagen. Sicher schien, daß sie irgendwie zusammentrafen. Und das hier, insgeheim; oder zumindest wußte niemand, daß sie Mann und Frau waren. Niemand, offensichtlich, außer Coco.

Wann hatte er es herausgefunden? Vor kurzem, vermutete ich. Oder seine Eifersucht war vielleicht anfangs nicht groß genug, um zur Polizei zu gehen. Oder vielleicht scherte er sich überhaupt nicht darum, bis ihn Mami spüren ließ, daß sie genug von ihm hatte, und er sich dadurch rächen wollte, daß er mir ihr Geheimnis entdeckte.

Jedenfalls war damit Derek aus dem Spiel. Zweifellos mußte jemand Cocos Schweigen kaufen, aber Mamis und nicht Dereks wegen. Und Mami konnte mir gestohlen bleiben.

Der Handelsattaché rückte noch näher, und Mamis Stimme sagte: »Coco, mein Lieber, machst du die Honneurs? Ich muß deiner kleinen Freundin einfach etwas zeigen. Sarah, kommen Sie bitte mit mir?«

Eine Stimme der Vergangenheit. *Sarah, du weißt, daß dein Vater und ich nicht mehr so gut miteinander auskommen? Sarah, es gibt*

Schulen in Amerika, die genausogut sind wie St. Tizzy's. Sarah, Liebling, ich denke, wenn ich das Geld hätte, um dir einen Pelzmantel zu kaufen, würde ich mir selbst einen zulegen. Ich folgte ihr in ihr Schlafzimmer, und sie schloß die Tür und sagte »Hallo« – ohne sich zu bewegen, mit diesem stillen, starr lächelnden Blick, den Daddy dusenhaft genannt hatte. Dann ließ sie sich vor ihrem Spiegel nieder, ohne die Augen von meinem Gesicht zu wenden, und sagte: »Wie geht's, Schischi? Gut? Für wen diese Schau?« Ihr Mund wurde weiter, und sie ließ ein amüsiertes Glucksen hören. »Ich glaube, ich habe noch nie so viel von dir gesehen, seit du fünf warst.«

Ich fragte: »Weshalb van Costa? Hast du wieder geheiratet?«

»In einem Monat? Armer, lieber Forsey«, sagte Mami. »Es ist mein Inkognito, Darling. Seit einer Ewigkeit. Habe ich dich fürchterlich erschrocken?«

Ich setzte mich auf das Bett, knisternd. »Fürchterlich. Hast du gewußt, daß ich hier bin?«

»Natürlich, Darling, aber ich konnte meine Rolle schließlich kaum aufgeben. Ich ließ sogar ein Telegramm aus New York schicken, in dem stand, ich wäre zu krank, um zur Beerdigung des armen Alten zu kommen. Ich weiß nicht, wie er starb«, fügte sie schnell hinzu. Sie wandte sich um, nahm einen weiteren schwarzen Stumpen aus einem Kästchen auf ihrem Tisch und schraubte ihn sorgsam in ihre Spitze. »Ich weiß nicht, warum oder wie oder was auch sonst. Es tut mir einfach leid, daß es so geschehen ist, und ich werde mich so an ihn erinnern, wie er war, als wir geheiratet haben.«

»Es war nur ein Zufall, daß du hier warst, als er kam?« fragte ich. »Oder kam er zuerst?«

»Wie alt bist du, Schischi?« sagte Mami. Sie weiß verdammt genau, wie alt ich bin; sie sollte es jedenfalls wissen, verdammt. Ihr schwarzer Stumpen brannte jetzt. »Zwanzig, ja. Und nicht verheiratet und ohne festen Freund.« Sie hielt inne und sog an ihrer Spitze. Da ich nicht widersprach, nahm sie die Spitze aus dem Mund und sagte sanft: »Du hast ein Schema, Darling. Das solltest du nicht. Männer mögen das nicht.«

»Frauen mögen das auch nicht besonders«, sagte ich. Was ich auch anstellte, es lief stets darauf hinaus, daß ich Mami beschimpfte. »Hast du Daddy getroffen, ehe man ihn tot fand? Ist er hierher gekommen?«

Sie stand auf und ging rauchend durch den Raum. Ihr Hintern war klein und eckig, wie der einer fünfundzwanzigjährigen Turnlehrerin, die wir mal hatten. Der liebe Gott ist verdammt unfair. »Natürlich«, sagte sie endlich sacht, »wir sprachen miteinander. Wir dachten daran, wieder zusammenzuleben.« Sie blickte mich lächelnd an. »Aber deshalb ist er nicht weggegangen und hat sich umgebracht, Schischi. Ich weiß nicht, weshalb er das tat.«

Ich sagte: »Derek glaubt, er war ein Spion.«

Sie ließ ihre Spitze fallen. Ich habe sie in ihrem ganzen Leben keine unbedachte Bewegung machen sehen – doch ich hätte schwören können, das war eine. Obwohl sie nur dastand und nachdenklich auf den dahinrollenden Stumpen starrte. »Laß doch«, sagte sie, »um Himmels willen, Darling – du zerstörst dein schönes Kleid ... Danke, Darling.« Sie ließ sich die Spitze von mir geben und setze sich, das Ding auf den Tisch legend. »Ich wußte nicht, daß Derek so romantische Ideen hat. War das bei der Beerdigung?«

»Nein, heute morgen«, sagte ich. Ich wußte nicht, ob mein Bruder je von Mrs. van Costa gehört hatte, oder – falls er den Namen kannte – ob er wußte, wer sie war. Doch ich würde nicht so tun, als ob ich keine Ahnung hätte. »Du weißt, er war ebenfalls hier«, fügte ich hinzu, »kurz ehe Daddy starb. Und er unterhielt sich ausgiebig mit ihm.«

Sie starrte mich an, und wieder folgte eine Stille: jedenfalls eine Art von Stille. Das Haus war nicht mehr so ruhig wie zuvor. Ich fragte mich, wie es Coco schaffte, die russische Handelsdelegation in Mamis Abwesenheit zu unterhalten, und wenn ihre unbeschwerte Fröhlichkeit nicht leiden sollte, meinte ich, mußte die Handelsdelegation rasch aus der Villa verschwinden. Doch es gab das eine oder andere, das ich erst noch herausfinden mußte.

Mami sagte: ›Soweit ich weiß, weiß Derek nicht, daß ich hier bin. Es wäre mir jedenfalls lieber, wenn er es nicht wüßte. Weshalb ist er zurückgekommen? Ich dachte, seine Reagenzgläser würden sich erkälten, wenn er sie verließe.«

»Ich habe ihn kommen lassen«, sagte ich, und weil ich eben dabei war, fuhr ich fort: »Ich dachte, Derek hätte Daddy umgebracht.«

Ihr Blick war durchdringend. Ich denke, sie hatte einen Stich erhalten. »Und – tat er es?« fragte Mami. Sie saß ganz still.

»Ich dachte, Coco wüßte es«, sagte ich. »Deshalb bin ich hier.«

»Coco verrät seine Kunst«, sagte Mami grandios. »Er wird das zu fühlen bekommen. Komm, Schischi.« Und sie erhob sich und ging mit festen Schritten aus dem Zimmer.

Coco veranstaltete eine Tüten-Party. Solche Partys gab es in den Zwanzigern in New York, und sie erreichten gerade London, als ich es in diesem Frühling verließ. Flo war auf einer gewesen, und ihre Tüte zerriß – immer war sie ungeschickt. Alles, was man dabei trägt, ist eine Tüte. Auf dem Kopf.

Nicht, daß Coco dies erwähnt hätte, als er Gilmore und Austin und mich einlud. Und nicht etwa, daß er Mami etwas davon sagte, die überhaupt keine Party erwartet hatte.

Als sie aus dem Schlafzimmer stob, lief ich hinter ihr her, um ihr Bescheid zu sagen; doch ehe ich sie erreichte, hatte sie die Salontür geöffnet, und dann blieb sie regungslos stehen. Ich blickte über ihre Schulter. Coco war verschwunden. Die vier Russen waren noch da, Austin und Gilmore auch; und nie sah ich sechs Männer so besoffen. Hätte er ihnen unablässig Wodka eingetrichtert, seit Mami und ich den Raum verlassen hatten, der Effekt wäre kaum eindrucksvoller ausgefallen. Sie sangen. Es war etwas wie »Auld Lang Syne«, doch die Melodie geriet leicht daneben, und Gil mühte sich umsonst um Harmonie. Mami sagte sehr langsam: »Was zum Teufel...«, doch sie lösten nicht einmal die Arme, die sich fest um ihre Schultern schlangen. Sie blickte sich nach mir um.

»Coco hat eine wilde Party geplant«, sagte ich. »Für heute. Wir sollten alle seine ersten Gäste sein. Wir wußten nicht, daß du nichts wußtest.«

»Ich wußte nichts«, sagte Mami. »Was für eine Party?« In diesem Augenblick kam ein Gast hinter uns durch den Gang, eindeutig auf der Suche nach dem Klo. Es war ein Mädchen, mit einem Heal's-Beutel, überall mit rosa Ziermünzen bedeckt. Als sie Mami sah, erstarrte sie, doch Mami sagte nur milde: »Dritte links, Madeleine«, und rauchte weiter. Das Mädchen verschwand. Dann öffnete sich eine weitere Tür und Clement Sainsbury erschien, die Arme voller Wodka. Er war vollständig bekleidet.

»Hallo, Cassells«, sagte er. »Mrs. van Costa? Sie haben ein Problem.«

»Das ist Clem Sainsbury, Flo Sainsburys Vetter«, sagte ich. Er hilft auf einer der Jachten. Er hält den Rekord für Hilfeleistungen.«

»Ich hoffe, ich kann jetzt im Moment eine Hilfe sein«, sagte Clem. Er schien bedacht, sich Mrs. van Costa sprachlich anzupassen. »Hier ist ein äußerst...«

»Wir wissen das alles«, sagte meine Mutter. »Und diese Giftschnekke im Blumenbeet. Wo ist er?«

»Er schmeißt die Party, unten im Partyraum. Sie kamen alle durch den Seiteneingang. Ich fürchte, sie haben auch diese spanischen Tänzerinnen, Mrs. van Costa.«

»Herr im Himmel«, sagte meine Mutter. »Mit Tüten?«

»Noch nicht. Doch da die Handelsdelegation noch im Hause war... und es schien sehr wahrscheinlich, daß Mr. Fairley versuchen würde, sie einzubeziehen...«

»Ihr habt sie abgefüllt«, sagte Mami. Sie starrte ihn mit geweiteten Augen an, und er errötete bis zum Kragen seines Abendanzugs.

»Aus Ihnen wird noch ein Genie«, sagte sie. »Stellen Sie diese Flaschen ab. Sarah, läute bitte nach Dilling, während ich eine Schallplatte auflege.«

Es war eine Conga. Sobald die Musik durch sechs Stereolautsprecher aufbrandete, legte meine Mutter ihre Spitze nieder, schnalzte mit den Fingern und packte einen schwankenden Austin an den Hüften. Ich griff mir Gilmore und schob ihn hinter Mami. Nach einigem verwirrten Kichern hängten sich die Russen an, von Clem geschoben, und schnalzend und schwankend stampften wir unter lateinamerikanischem Getöse zweimal durch den Salon und hinaus und die Halle hinunter und zu dem Duschraum. Mami bugsierte sie unter die Duschen und sprang listig zurück, mich am Arm, und Clem drehte voll auf. Still schlossen wir die Tür hinter ihnen.

Der Butler Dilling wartete draußen im Gang, und Mami traf ihre Anordnungen. Dann ging sie zurück, von Clem und mir flankiert, und ließ sich im Salon nieder. Einen Augenblick später führte Dilling Coco herein.

Er trug einen Bademantel und grinste; seine Augen glitzerten leicht. Er sagte. »Ich bin ziemlich beschäftigt, liebste Geraldine, aber Dilling brachte mir diese alberne Nachricht, und so komme ich für eine Sekunde.«

»Sie war vielleicht albern, aber sie war auch eindeutig, hoffe ich«, sagte meine Mutter. »Wenn in diesem Haus Nacktpartys stattfinden, ziehe ich es vor, sie selbst zu geben. Deine wichtigste Habe wird eben gepackt und dürfte für dich bereitstehen, sobald du deine Garderobe angelegt hast. Du wirst dann nach Ibiza gefahren, wo du ein Hotelzimmer nehmen kannst. Dein Flug nach New York zurück wird von mir morgen gebucht und bezahlt – deine restlichen Sachen bekommst du nachgeschickt. Wie du vielleicht sagen würdest«, endete sie eloquent, »Poesie ist Leben, aber Leben ist nicht nur Poesie.«

Er saß mit den Händen in den Taschen da, und er blieb so sitzen, während er sein ganzes Repertoire widerwärtiger Ausdrücke herunterspulte, um die Erscheinung, die Gewohnheiten, die Moral und die kulturellen Ambitionen meiner Mutter zu beschreiben. Clem wollte zunächst aufstehen, doch meine Mutter schüttelte den Kopf und hielt ihn davon ab. Von Zeit zu Zeit giftete Coco auch gegen ihn. »Stolz darauf, die Tochter des verdammten fünften Barons Forsey of Pinner zu kennen, was? Jetzt weißt du, aus welchem Stall sie kommt. Ein versoffener Ziegenbock und armseliger Schmarotzer, und eine alte Ziege, die gern mit Dichtern ins Bett geht.« Er wedelte mit der Hand. »Hier haben Sie Geraldine Lady Forsey, Mr. Sainsbury.«

Clem war scharlachrot, sein Gesicht verkniffen wie eine Rübe. Doch nun stand er auf, sagte »Sie entschuldigen« zu meiner Mutter und packte Coco Fairley am Hals und am Bademantel. Ich nehme an, er hatte schon schlimmere Auseinandersetzungen beendet. Jedenfalls hatte er kaum Mühe, Coco von den Beinen zu heben, die wild durch die Gegend zappelten. Coco kreischte: »Es wird euch leid tun! Ihr wißt nicht, was ich an dem Abend gesehen habe, als der Alte getötet wurde!« Und dann erstarb seine Stimme, als Clem ihn aus der Tür und zu seinem Zimmer trug. Dilling ging mit ihnen.

Ich glaubte nicht, daß es möglich sein würde, Mami anzusehen. Aber jetzt – »getötet«, wiederholte ich und sah in ihre großen, weit geöffneten Augen.

»Nimm das nicht so ernst«, sagte sie nach einer Weile. »Er wollte sich aufspielen. Ich bezweifle, ob er irgend etwas davon weiß, was Forsey tat.« Sie nannte ihn immer so, nie Eric.

»Falls er etwas weiß, wird er nicht Schwierigkeiten machen?« sagte ich.

»Nicht, wenn er will, daß ich seine Gedichte veröffentliche«, sagte Mami. »Und wenn er etwas nachdenkt, wird er wollen.«

»Du müßtest einen Verleger finden«, sagte ich boshaft. Was ich im Garten von dem Zeug gesehen hatte, beeindruckte mich nicht sonderlich.

»Nein Darling. Einen Zementmischer«, sagte meine Mutter. »Das ist leicht. Nur das Porto macht mir Sorgen.« Sie stand auf, und ich spürte ihren Blick. »Du hast das gut überstanden, Schischi. Du bist hart. Du bist fast so hart wie ich. Vielleicht ist das gut so«, sagte meine Mutter. Dann nahm sie meinen Arm. »Komm – nehmen wir uns ein Handtuch und gesellen wir uns zu den feinen Leuten unten.«

Ich glaubte, das wäre ein Witz, aber es war keiner. Wir gingen zu dem Partyraum hinunter, mit fast nichts bekleidet als mit einem weißen, unter die Arme geklemmten Frottiertuch. Mit ihren schönen Beinen und flachen Schultern wirkte Mami unglaublich elegant, doch mein Haar war immer noch in Schleifen, und ich kam mir vor wie ein süßes Schätzchen, das seinen guten Onkel sucht. Nicht, daß ich nicht darauf brannte, nach unten zu kommen.

Coco mußte eine kleine Gruppe aus Palma angeheuert haben, zweifellos auf Mamis Kosten, und dem Lärm nach schien auch noch ein Plattenspieler in Aktion. Neben der Musik gab es beachtliches Gekreische – unüberhörbare Hinweise darauf, daß Coco so ziemlich alles importiert hatte, was sich im Frühling am Mittelmeer herumtrieb: Mitglieder der Gesellschaft und der Kaffeehausgesellschaft, Künstler, Athleten, Blumenkinder und obskure Exilanten, um nur ein paar Typen aus den Kreisen Janeys zu erwähnen. Ich muß sagen, daß ich etwas zögerte, als wir uns der Tür des Partyraumes näherten, doch Mami marschierte forsch weiter, und ich folgte. Ohne Zögern riß Mami die Tür auf.

Es war wie in einem Testschuppen für Düsenmaschinen. Lärm drang aus einer wirbelnden, lichtdurchzuckten Dunkelheit; Dutzende von Lichtern kreisten an der Decke und schleuderten funkelnde Blitze auf die Tänzer, die wie Schiffskolben auf und ab stampften. In einer Ecke war eine Gruppe mit Stiefeln, engen weißen Hosen und Ponchos; aus einer anderen Ecke kamen spitze Schreie und das Klappern von Kastagnetten und rollende Rs – eine kleine spanische Tanzgruppe mit einem Gitarristen in voller Aktion. Die beiden Tänzerinnen trugen Kämme im Haar und hauteng dekolletierte Kleider, über und über mit knisternden Rüschen besetzt. Sie erinnerten mich an die Raupe am Strand. Der männliche spanische Tänzer, auch mit Rüschen, entpuppte sich als Chinese.

Alle anderen waren kopflos; hektisch huschte das Licht über ihre obskuren Kapuzen. Alle anderen waren wie wir in schicke weiße Handtücher gewickelt. Niemand hatte uns hereinkommen sehen.

Lächelnd steckte Mutter einen weiteren verdammten Stumpen in die Spitze. »Wie zum Teufel hast du das geschafft?« fragte ich.

Mamis Untertassenaugen blickten erstaunt. »Ich ließ ihnen durch Dilling sagen, daß Coco überall im Raum infrarote Kameras aufgehängt hätte, *die durch Tüten sehen könnten.*« Sie hielt inne. »Zum Glück gab es wohl genug Handtücher. Also, geh jetzt und amüsiere dich. Ich schicke dir Austin und Gilmore herunter.«

»In Handtüchern?« fragte ich. »Du wirst dich bei der Handelsdelegation nicht sehr beliebt machen. Sie müssen bis zum Kragen voll sein.«

»Ich glaube, es werden Bademäntel sein müssen«, sagte Mami. Nun – sie hätten sich im Salon einer anständigen Dame nicht so gehenlassen sollen. Doch wenn sie bereit ist, darüber hinwegzusehen, sehe ich keinen Grund, weshalb wir ihnen nicht etwas bieten sollten.«

Mami strahlt eine Art verheerender Faszination aus. Mit ihrer Lebenshaltung hätte sie eine Schlaftablette in galoppierende Schwindsucht versetzen können; schweigen wir davon, wie sie auf einen friedlichen Streuner wie Daddy wirkte. Doch sie besitzt auch PERSÖNLICHKEIT, groß geschrieben, und das mußte sie damals zusammengeführt haben. Dann fand sie heraus, daß Daddy nur Persönlichkeit besaß, sonst nichts; und damit war es aus, vermute ich. Mami verschwand, die Musik steigerte sich zu einer Art rasendem Crescendo, und ich begab mich ins Getümmel.

Ich glaube, es war das aufreibendste Tanzvergnügen meines Lebens – selbst wenn ich an Hausfeste in den Highlands denke, bei denen man die halbe Nacht seine Tugend verteidigen muß und jeden schottischen Tanz zu tanzen hat. Ich tappte in die Orgie hinein, und jemand packte mich bei der Hand und begann mich auf und ab zu schleudern, und zehn ganze Minuten wurde ich von Tüte zu Tüte gereicht, bis sich die Gruppe endlich auflöste und wir auf den Boden kullerten. Meine gegenwärtige Tüte hatte einen Bart, der bei jedem Knutschversuch innen auf und ab scheuerte; ohne knutschbereite Lippen arbeiteten alle heftig mit den Händen, und es war ihr Pech, daß ich meine ganze Unterwäsche anhatte. Der Tennisprofi brachte mir einen eisgekühlten Tom Collins, und ich atmete noch immer heftig und parierte seine rechte Rückhand, als sich die fast totale Dunkelheit zu einer halb totalen aufhellte und eine Menge Ballons hereinschwebte.

Es war dieses grauenhafte Spiel, bei dem man mit Hilfe seines Kopfes den Ballon über seinen Partner bugsieren mußte. Einer aus der Gruppe überwachte es; Handtücher lösten sich, Tüten zerrissen. Als nächstes wollten sie das machen, bei dem man die Schnur über den Rücken zieht, unter den Kleidern, doch sie kamen schließlich überein, die eingebildeten Kameras ließen dies nicht ratsam erscheinen, und wandten sich wieder ihren bisherigen Beschäftigungen zu.

Ich war schon so daran gewöhnt, Leute an ihren Muttermalen zu erkennen, daß ich kaum bemerkte, daß Austin mich im Griff hatte.

Sein Haar war immer noch nach vorne gebürstet, doch mit dem Trocknen wurde es flaumig, und er trug einen recht hübschen rosaroten Bademantel. Vielleicht gehörte er Coco. Seine Augen hatten passende rosarote Ränder, sein Blick war ziemlich benebelt. Er sagte: »Ich denke, ich sollte mich entschuldigen. Wegen der Sauferei oben, denke ich. Diese Burschen schütten den Smirnoff hinunter...

Mrs. van Costa war sehr anständig...« Er brach wieder ab und sagte dann schlicht: »Ich versteh's nicht.«

Ich erklärte. Cocos Rachsucht fand er höchst bedauerlich. Natürlich waren Künstler höchst sensibel. Man konnte sie oft nicht mit gewöhnlichen Maßstäben messen. Doch Cocos Verhalten, fand Austin, war unverzeihlich. Aber, sagte Austin, war Mrs. van Costa nicht großartig?

Daß sie meine Mutter war, ahnte er offenbar nicht. Ich stimmte zu, daß sie verdammt in Ordnung war, und erkundigte mich nach dem Befinden Gilmores und der Handelsdelegation, als ich plötzlich ein Tütenpaar vorbeitanzen sah, das ich kannte. Ich zuckte zusammen und trat Austin heftig auf die nackten Füße, wofür er sich als Gentleman entschuldigte. Als ich diese beiden Tüten zum letztenmal gesehen hatte, hielt eine meine Tomaten und die andere meine Fantas. Es war Janey. Und die andere war mein Bruder Derek.

Ich weiß nicht mehr, was ich zu Austin sagte. Was es auch war, sein Griff wurde fester, bis ich schließlich darauf reagieren mußte und nach seiner Kindheit in Connecticut und ähnlichem fragte. Er erzählte mir alles darüber, und wir setzten uns und hatten einen Drink, und er erzählte weiter; und Derek und Janey drehten sich noch immer, sehr langsam, und wie sie redeten, blähten sich ihre Tüten und fielen zusammen. Ich konnte mir jetzt denken, wohin Janeys rasche Fahrt vor dem Dinner geführt hatte. Ich erkannte weiterhin, daß sie verdammt genau wußte, daß dies eine Tütenparty war – ob sie das nun Derek gesagt hatte oder nicht; sonst hätte sie diese beiden nicht mitgebracht. Außerdem fragte ich mich, ob Dilling die Handtücher hereingebracht hatte, ehe oder nachdem die beiden gekommen waren. Noch nie in meinem Leben war ich so schockiert.

Dann dachte ich, mein Gott, Mami wird kommen. Und Derek wird sie erkennen. Ich sagte: »Austin, Darling, ich muß eine Minute raus«, ich muß aufs *Klo*« – und ich riß mich los und rannte hinaus.

Dabei bemerkte ich, daß die Party irgendwie aus dem Partyraum gesickert war und sich anderswo ausbreitete. Alle Ecken schienen voll von Leuten, die sich die Tatsache zunutze machten, daß es hier keine Kameras gab. Ich wurde scharlachrot und wünschte, ich hätte selbst eine Tüte auf, als ich auf Clem Sainsbury im Bademantel traf. Freundlich legte er zwei muskulöse Arme um mich und sagte: »Hey. Sieh nicht so bekümmert in die Gegend. Wenn ich helfen kann, sag mir Bescheid. Möchtest du nach Hause?«

Ich sagte: »Oh, Clem, Lieber«, und küßte ihn. Es war herrlich, einen Augenblick bei jemandem zu sein, der nicht wie der Teufel hinter einem her war. Nicht praktisch, aber trotzdem herrlich. Ich sagte: »Ich suche Mrs. van Costa.«

Clem grinste und küßte mich wieder – mit der Begeisterung, zu der er eben fähig war. »Ich fürchte, sie ist in der Bolschoi-Falle«, sagte er. »Sie scheinen ihr eine Leidenschaft für Congas anzuhängen ... Ist Gilmore nicht bei dir?«

»Ich habe Austin«, sagte ich. »Meine Beziehung zu Gilmore hat einige Risse bekommen.«

»Warum? Hat er etwas probiert?« fragte Clem nicht ohne Interesse.

Ich seufzte. »Jeder *probiert* etwas, Idiot. Jeder außer Clement Sainsbury, meine ich.«

Clem grinste. »Ich bin dabei, zu lernen.« Und er gab mir diesmal einen anständigen, anhaltenden Kuß, während seine Hände mein Handtuch und meine Schultern heftig drückten. Ich stand noch immer heftig keuchend und mein Handtuch an mich pressend, als das Ende der Conga plötzlich am Ende des Ganges auftauchte und sich plötzlich auf uns zu bewegte.

Der Leiter der Handelsdelegation führte sie an. Er trug rot-weißgeblümte Unterhosen, die mit Sicherheit nicht aus dem Kaufhaus GUM stammten, und ein Handtuch wie eine Toga über Schulter und Hüften drapiert. Er hatte eine Osterglocke über dem Ohr und sah sehr, sehr glücklich aus. Nach ihm kam eine spanische Tänzerin, gleichfalls extrem high, mit finster eingezogenem Kinn und einer Hand auf Nurejews Schulter, während die andere ihre rüschenverzierten Röcke hob und in Abständen damit raschelte – niemand hatte versucht, sie in ein Handtuch zu wickeln. Es folgten zwei weitere Russen in Unterhosen, der chinesische Spanier, und Mami. Sie hatte beide Arme um die Taille des Chinesen geschlungen, unter seinem Bolero, und ihr Haar ragte in grauen Stacheln hoch; doch sie hatte nichts von ihrer Souveränität verloren: Niemand tollte derart elegant herum. Eine große Rose stak am Rande ihres Handtuchs. »Hi, Darling«, rief sie im Vorbeihüpfen. Die Conga wälzte sich um eine Ecke.

»Hey!« Ich sauste nach, holte sie ein und trottete neben ihr her. »Ich muß dir etwas sagen.«

»Gut, schließ dich an«, rief Mami. »Wenn ich diesen Haufen allein lasse, weiß der Himmel, wie das enden wird.«

Ich faßte sie um die Hüfte und hüpfte mit. Der Gitarrist, der von der Toilette kam, schloß sich mir an und brachte seine Note in den Höllenlärm. Tarara-Rara-ra. Tarara-Ra-rara ...

Ich kreischte: »Derek ist da!«

»Wer ist Derek? fragte Mami und wirbelte um die Ecke, so daß meine Füße förmlich vom Teppich gefegt wurden. »Entschuldige, Engelchen. Wir haben etwas Schwierigkeiten beim Abflug.«

»Mein Bruder!« brüllte ich ihr ins Ohr.

»Oh«, machte Mami. Tarara-Rara-Ra ... »Okay. Jemand soll mir eine Tüte geben.«

Ich denke, ich habe meine Mutter unterschätzt.

Fünf Minuten später kam die Conga in den Partyraum und erspähte die Bar. Zehn Minuten danach befand sich die Handelsdelegation auf dem Boden, Hände an den Hüften, ihre Fußsohlen wir Kolben vor- und zurückhämmernd; alle anderen zählten, brüllend, und hingen an allen anderen. Nachdem die vier Delegationsmitglieder zusammengebrochen waren, was nicht lange auf sich warten ließ, sprangen sie sofort auf und schlugen Purzelbäume und stießen Kosakenschreie aus und klatschten sich auf die Knie und stampften im Takt. Gleichzeitig stakten die beiden spanischen Tänzerinnen hin und her. Ihr Haar begann sich zu lösen; sie blickten finster und kehrten ihr Ellbogen nach außen. Dann schleuderten sie die Arme hoch und krümmten sich ein bißchen mit schnellenden, schnalzenden Fingern. Der Chinese und der Gitarrist standen daneben. Sie zischten wie Klapperschlangen und klatschten monoton, unentschlossen, wenn es zu gelegentlichen russisch-spanischen Kollisionen kam. Die Mädchen begannen, mit ihren roten Satinschuhen auszuschlagen; mit gebeugten Knien robbten sie im Kreis, die Arme nach hinten gedreht. Alles brüllte und sprang auf und ab. Ich hätte viel für Janeys Kommentar dazu gegeben.

Dann kam plötzlich der Auftritt des Chinesen. Er war wirklich ein süßes Kerlchen, mit einem langen gelben Gesicht, Massen schwarzer Haare und buschigen Koteletten; sein Kinn preßte sich gegen sein weißes Rüschenhemd. Erst stand er reglos da, nur finster blickend, und ich hätte vor Spannung schreien können. Dann begann er sehr langsam einen Zapateado, mit den Stiefeln stampfend, erst auf der einen, dann auf der anderen Seite, die Fingerspitzen an der Brust, den Mund etwa an der zweitletzten Rüsche. In Unterhosen. Er war phantastisch. Einfach umwerfend. Die Mädchen wirbelten herum, die Brüste gereckt, von tanzenden Perlen umschlungen, ihre überzähligen Rüschen wie Vorhänge gerafft. Von Zeit zu Zeit hielt der Chinese inne und stakste zu einem der Mädchen, die Ellbogen gleichfalls nach außen gekehrt. Die Russen schlugen noch immer Purzelbäume, ohne viel Rücksicht auf ihre Umgebung, gelegentlich stellten sie sich hin, stemmten die Ellbogen in die Seite und rasten seitwärts hin und her, den stämmigen Arm zur Decke gereckt. In Abständen stießen sie sehr laute Schreie aus. Dann wurden sie dessen müde und machten sich wieder über die Mädchen her.

Ich fand später niemanden, der sich sehr genau erinnerte, was danach geschah. Der grandiose Chinese war eben auf einem Knie, ein verwirrtes Mädchen im Kreis bewegend, und der Gitarrist intonierte einen Flamenco, tief traurig, in langen Mollpassagen und kurzen, seelenvollen Läufen. Seine Augen waren geschlossen. Vielleicht irritierte der Flamenco die Kosaken, oder der Wodka tat endlich seine volle Wirkung. Rollten die rot-weißen Unterhosen jedenfalls noch eben wie Räder durch den Raum, ihre Arme wie vier verrückte Propeller durch die Gegend schnellend, lagen die beiden Mädchen im nächsten Moment in einem Meer von Rüschen; und der Chinese, ebenfalls in einem Meer von Rüschen, versuchte den Attaché über die Schulter zu werfen. Ein Ohrring flog an meinem Ohr vorbei, und ich sah, wie Mamis Mund sich öffnete. Sie riß die Rose von ihrem Handtuch und beförderte sie auf das elektrische Klavier, und Basilio y su Conjunto raffte sich auf und eröffnete die Conga. Gott weiß, wie sie wußten, was sie zu spielen hatten; doch es gab einiges Gerangel, und plötzlich hing jeder an jedem, in einer einzigen langen, halbnackten Schlange, die sich wild durch den Partyraum wand. Wieder ging es durch das Haus, unter die Dusche und aus der Dusche und durch den Salon; der restliche Smirnoff mußte daran glauben. Endlich, während überall Tüten und Ballons platzten, wankten sie in den Garten hinaus. Ich steckte irgendwo in der Mitte, mit Clem und Austin, und man schnürte mir fast den Atem ab. Der Wirbel war höllisch. Es war die gedrängteste Conga, bei der ich je mitmachte, und wenn man die Haufen der Handtücher sah, die auf dem Boden des Partyraums zurückblieben, wußte man bald, warum.

Draußen sprühten die Fontänen noch, und das Aluminium flimmerte unter den Bäumen. Kieselsteine trugen die Botschaft: DER TRAUM IST EIN ORGASMUS. Die meisten der Conga stolperten auf dem ORGASMUS, doch niemand nahm die Kunst zur Kenntnis außer Mami, die sich umwandte und sagte: »Das war recht hübsch von Coco. Das Thema wird auf diesen Plastikbinsen entwickelt. TRÄUME NICHT MEHR LEICHT.«

Die Binsen standen auf der anderen Seite des Sees, unter den Bäumen. Basilio y su Conjunto, direkt hinter uns, wechselte die Melodie, und die Conga verfiel in konvulsivisches Zucken und wand sich unter manchen wilden Sprüngen durch die kleinen Lauben.

Jemand legte sein Handtuch um eine äußerst nackte Statue und sagte besorgt: »Du mußt rein und dich wärmen.«

»Coco gab sich immer so viel Mühe«, sagte Mami versonnen. »Die Worte sind alle an den Stengeln hoch geschrieben. TRÄUME NICHT MEHR LEICHT. EF UND MACH POESIE HEUT NACHT.«

»Was und mach Poesie?« fragte ich. Die Musik hatte aufgehört. Clem, die Arme um mich gekreuzt, knabberte hinten an meinem Hals.

Meine Mutter drehte sich um. »FICKE«, sagte sie ungeduldig in die plötzlich stillere Umgebung. Ich sagte »Oh«, und Clem hob den Kopf und sagte: »Etwas ist passiert.«

Die Tüten waren neben den Binsen gelandet. Dazwischen, wie Moses, aber nicht in einen Korb gebettet, schwamm die voll bekleidete Gestalt von Coco. Seine tote Hand umklammerte drei Plastikbinsen. Auf ihnen stand: NICHT . . . MEHR . . . POESIE.

7

Austin und Gil brachten mich nach Hause. Ich überlegte, ob ich nicht bei Mami bleiben sollte, aber als ich sie im Arbeitszimmer fand, telefonierte sie mit dem Consulado de EEUU und hatte Clem neben sich, und Clem schickte mich weg. Derek und Janey sah ich nicht. Doch nun begannen sich die Leute zu verdrücken. Schnell huschten sie ums Haus, ihre Kleider gebündelt unter den Armen. Wir sahen Autos aufblitzen, die wir bei unserer Ankunft übersehen hatten, diskret unter Bäumen abgestellt. Die Party mußte bereits begonnen haben, als Gil, Austin und ich eintrafen. Clever, Coco. Ich fragte mich, wie viele Handtücher Mami verlieren würde, und dann, ob sie mehr als ihre Handtücher verlieren würde. Als Coco ertrank, war er mit einer tödlichen Dosis Kokain vollgepumpt; das sagte eine Tüte, die sich als kompetent ausgab. Doch wenn irgendwer in diesem Haus Grund hatte, Coco zum Teufel zu wünschen, war es gewiß Mami. Ich sann darüber nach, ob ich die einzige ehemalige Schülerin von St. T's war, die Anlaß hatte, ihre Mutter und ihren Bruder des Mordes zu verdächtigen, und dies innerhalb von vierundzwanzig Stunden. Nachdenklich lehnte ich mich zurück; Austin streichelte mein Plastik. Dann entschloß ich mich. Beiläufig kümmerte ich mich um seine Hand und sagte: »Ich fliege am Montag.«

Gil, der am Steuer saß, sagte gar nichts – diese Ratte. Austin brachte seinen feuchten weißen Arm enger um mich und sagte: »Ich denke, Sie haben einen echten Schreck bekommen. Diese jungen Leute meinen es nicht böse, wissen Sie. Jeder, der mit kreativer Kunst zu tun hat, fällt manchmal ein bißchen aus dem Rahmen. Das ist der Preis, den man für sein Talent bezahlt.«

Ich nahm den Kopf von seiner Schulter. Ich sagte: »Austin, wirklich, das ist mir nicht neu. Ich bin einfach gelangweilt.«

»*Gelangweilt*?« wiederholte Austin und grinste einigermaßen perplex. »In London scheint ja einiges auf Sie zu warten.«

»Es ist der einzige Ort, für den ich ein Rückflugticket habe«, sagte ich. »Adieu, spanische Tanzkunst. Das finde ich wirklich schade, muß ich sagen.«

Austin sagte: »Wenn Sie hier mit einer älteren Verwandten wären, würde ich sie sicher um Erlaubnis fragen, Sie mit nach Sevilla zu nehmen.«

Mein besseres Ich inszenierte einen kurzen Kampf und siegte. »Ich brauche keine ältere Verwandte«, sagte ich. »Heute braucht man keine Gouvernante mehr, mein lieber Austin. Man geht einfach so.«

»Manche Leute gehen früher los als andere«, sagte Gil, weiter auf die Straße starrend. Er hielt etwas zur Seite, und ein Rolls-Royce mit russischer Flagge glitt vorbei. Man sah nicht, wer darin saß, und ob sie bekleidet waren.

Austin sagte: »Sie meinen, Sie würden mitkommen?«

Ich sagte: »Ich wüßte nicht, was dagegen spricht. Morgen, oder wann immer Sie wollen. Falls Mr. Lloyd nichts dagegen hat«, fügte ich schnell hinzu.

Gilmore sagte sarkastisch: »Er hat sicher nichts dagegen, bei einer so guten Sache. Werden Sie sie heiraten, Mandleberg?«

Ich hätte ihn umbringen können. Austin lächelte entnervt und sagte: »Kommt diese Frage nicht etwas zu früh?«

»Nicht für Sarah«, sagte Gilmore. »Entschließen Sie sich besser jetzt. Oder Sie werden sehr viel mehr von Sevilla sehen, als Sie sich je träumen ließen.«

»Ich kenne Sevilla bereits ausgezeichnet«, sagte Austin. »Ich habe dort eine Galerie. Und auf Gibraltar. Und wenn ich Miss Cassells mitnehme, habe ich nur das Ziel, für einen angenehmen Aufenthalt zu sorgen und ihr die Gelegenheit zu geben, etwas von dieser herrlichen Stadt zu sehen. Ich werde Mr. Lloyd darüber aufklären, daß meine Absichten rein platonischer Natur sind.«

Ich hörte nicht, was Gilmore darauf sagte, doch ich spürte, wie er heftig auf die Bremse trat, und ich fiel aus Austins Schoß. Ein alter Seat, der uns hupend gefolgt war, keuchte asthmatisch an uns vorbei, fuhr an den Rand und blieb ächzend stehen. Die Fahrertür öffnete sich und Johnson kletterte heraus und kam herüber, gefolgt von Derek und Janey. Derek war weiß vor Erregung.

»Hallo«, sagte Johnson. »Ihr Maserati hat gestreikt. Eine recht ereignisreiche Party, wie ich hörte.«

»Von wem?« fragte Gilmore.

»Clem rief im Club Nautico an«, sagte Johnson. »Ich fuhr herüber, so schnell ich konnte, doch als ich ankam, waren alle angezogen. Ich fand lediglich heraus, daß sich Coco Fairley anscheinend ertränkte, auf einer Party für acht oder zehn Leute, die für dreihundert Pfund Alkohol konsumierten und dreiundfünfzig Badetücher benutzten. Was ist passiert? Hat ihn die Handelsdelegation liquidiert, weil er Portland-Zement ideologisch korrumpierte?«

»Schwachsinn«, sagte Janey sanft, und sie war nicht sanft zu Johnson. Sie saß am Fenster des Cooper und stützte sich mit einer Hand auf Dereks Hemd.

»Er hatte Krach«, sagte ich, »mit Mrs. van Costa. Sie sagte ihm, er sollte verschwinden, kurz ehe es passierte. Weshalb die Frage? Clem muß es Ihnen erzählt haben.«

»Clem«, sagte Johnson, »führte Ferngespräche nach New York, London und Paris und, falls das interessiert, auch nach Birmingham, um eine neue Schraube für unseren Bug zu bekommen. Mrs. van Costa war anderweitig beschäftigt. Derek sagt, sie sei Ihre Mutter.«

Ich hatte jetzt bereits vermutet, daß er es wußte. Mit einer Tüte auf dem Kopf konnte sie nicht sehr gut telefonieren, und falls Derek vorbeikam, würde er sie erkennen. Ich fragte mich, warum er seinen verdammten Mund nicht gehalten hatte, und es fiel mir ein, daß es aus seiner Sicht keinen Grund dafür gab. Wenn er Daddy verachtete, verabscheute er Mami ebenso. Vielleicht dachte er, sie hätte Daddy umgebracht – obwohl ich mir nicht vorstellen konnte, wie eine Frau einen kräftigen Mann wie meinen Vater auf ein hohes Pferd bugsieren konnte. Er hatte Daddy für einen Spion gehalten. Vielleicht dachte er, Mami wäre seine Komplizin gewesen. Der Schock – und was immer Janey mit ihm angestellt haben mochte – hatte Derek jedenfalls alles andere als gutgetan. Plötzlich sagte er zu mir, Janeys Fingerdruck auf seinem Arm ignorierend: »Du hast nicht im Traum daran gedacht, mir das zu erzählen. Du konntest mich beschuldigen, Vater ermordet zu haben, und dabei war dieses Weib keine zehn Meilen entfernt...«

»Sarahs Vater hat Selbstmord gemacht«, sagte Janey. »Und wenn sie dich beschuldigt, irgendeinen ermordet zu haben, gingst du ihr genauso auf die Nerven wie jetzt mir. Außerdem hatte sie keine Ahnung, daß Mrs. van Costa deine Mutter war. Ich hatte auch keine Ahnung. Mein Gott, hätte ich dich heute abend sonst dorthin gebracht?«

Sie starrten einander an. Sie hatte ihn abgelenkt, okay. Ich beendete meine Spekulationen darüber, ob sie nun vor oder nach Dillings Handtüchern zur Party gekommen waren. Johnson fragte: »Mrs. van Costa warf ihn hinaus? Heute nacht?«

Ich sagte: »Dilling und Clem brachten ihn weg, damit er sich anzog und Zeug in einen Koffer stopfte. Jemand sollte ihn heute nacht in ein Hotel in Ibiza fahren.«

»Dilling«, sagte Johnson. »Er verließ ihn, um die Autoschlüssel zu holen, und als er zurückkam, war Coco verschwunden. Clem war schon zur Party zurückgegangen.«

»Ja, ich war bei ihm«, sagte ich. »Also, Coco verpaßt sich eine anständige Ladung, dosiert zu hoch und spaziert in den Teich?« Ich wollte es scharf sagen, wie Janey das konnte, doch meine Stimme machte nicht recht mit. Der Brief. Der gefälschte Brief, dachte ich. Coco hätte vielleicht wissen können, daß man mich manchmal Schischi nannte. Coco mochte geahnt haben, daß Mami ihm den Laufpaß geben würde. Coco konnte den ganzen gräßlichen Gedanken schon in seinem gräßlichen kleinen Gehirn zu Betongedichten ausgewalzt haben ...

»Und vorher pflückt er noch drei Binsen?« sagte Janey.

»Wenn er ertrank«, meinte Gilmore, »kam er vielleicht noch einmal halb zu Bewußtsein und griff nach allem, was er erreichen konnte.«

Ich fühlte mich plötzlich sehr niedergeschlagen.

»Ich glaube an das Schicksal«, sagte ich. »Ich wette, er war Steinbock.«

»Sind Sie Steinbock?« fragte Johnson. Er trug ein schlichtes offenes Hemd und eine Strickjacke. Er sagte: »Ich habe heute in den Zeitungen nachgesehen. Es hieß, Ihr Tag würde damit enden, daß Sie ein bescheidenes Glas Weißwein in der Gesellschaft eines dunklen Mannes mit Brille trinken würden. Sarah, ich kenne ein Plätzchen in der Dalt Vila, wo man bis drei Uhr morgens berauschende Getränke ausschenkt. Wollen Sie sich mir anschließen? Und natürlich, falls jemand sonst ...«

Derek sagte beinahe ja, so gerne hätte er mir eins ausgewischt. Doch schließlich, von strahlend breitem Grinsen eingeschüchtert, lehnten alle murmelnd ab. Janey überredete Austin mit ihren süßesten Worten, für die Nacht zum Haus der Lloyds mitzukommen, wo er trocknen und sich erholen konnte; dann kletterte sie in den Cooper und setze sich dorthin, wo ich auf seinem Schoß gesessen hatte. Derek, gelähmt durch Johnsons Gegenwart, setze sich hinten in den alten Seat und stierte vor sich hin, ohne dem Cooper nachzublicken, während wir nach Ibiza ratterten und ihn bei seinem Hotel absetzten. Am Markt hatte es heute geheißen: Kein Stadtverkehr bis Samstag, 7 Uhr; keine öffentliche Musik bis Sonntag. Johnson fuhr zum Kai und parkte; dann nahm er mich bei der Hand und ging mit mir hinauf, durch das Portal de las Tablas in die Dalt Vila.

Nach der Hitze und dem Lärm und all den Gräßlichkeiten war die Altstadt friedlich und kühl. Lampen erleuchteten Juno und ihren kopflosen römischen Senator, die Mauern bewachend; und es waren Lampen innen, in dem Hof ohne Dach, und an den Häusern, blau und gelb, auf dem anschließenden Platz. Wir blieben einen Moment stehen. Zwei Arbeiter mit dunklen Mützen saßen vor der Bar, wo man tagsüber Janeys Freundinnen fand, mit ihren langen braunen Beinen, ihren Neufundländern und ihren gelegentlichen Freunden, im *Daily Express* blätternd. Oder allein, in hautengen Pullovern und unten weiten Kordsamthosen, mit einer Schachtel Zigaretten und einem englischen Taschenbuch und einem Joghurt. In der Altstadt gab es einsame Menschen und ernsthafte und frohe, hart arbeitende Menschen. Die Hippies waren in der anderen Stadt, vor den Toren. Für die Leute, deren Insel dies hier war, schien das Leben seinen unbeirrten Gang zu gehen. Sie waren seit den Zeiten von Karthago hier. Haarige Kutten, nackte Füße und Zapata-Schnurrbärte bedeuteten da wohl nicht viel, dachte ich.

»Der Tod hat etwas Ernüchterndes«, bemerkte Johnson. »Selbst der Tod Cocos.« Er legte seine Hand leicht auf meine und sagte dann: »Sehen Sie hinauf, Sarah.« Ich sah hinauf.

Hoch am Himmel, gerahmt von Palmen und den breiten Firsten der Ziegeldächer, stand ein runder, gelber Mond, wie man sich den Mond vorstellt, unter dem man eines Tages mit einem Mann stehen wird. Irgendwo unter ihm lag auch Coco. Ich fragte mich, ob es einen schönen Mond gegeben hatte, als Daddy starb.

»Ein abgegriffenes Bild«, sagte Johnsons Stimme kühl. »Doch immerhin, man kann nicht nur Süßes essen. Man kann nicht nur Rosa malen. Man kann nicht nur von Sex existieren. Ein romantischer Mond ist ein billiger Mond.«

Er mußte geahnt haben, woran ich dachte. Ich sagte: »Jetzt haben wir einen teuren Mond. Wie vor zwei Wochen.«

»Ja«, sagte Johnson. Er zog durch die Haarnadelkurve nach dem Hof und begann langsam den Hügel hochzusteigen, mich im Schlepptau. Er sagte: »Sarah – weshalb kochen Sie für die Lloyds? Haben sie das verlangt?«

Ich sah ihn nicht an; doch ich weiß noch, daß ich mein Kinn reckte. »Nein«, sagte ich. »Sie haben nichts verlangt. Sie haben mich zu einem Urlaub eingeladen. Ich koche, weil ich das will, das ist alles.«

Ich spürte, daß er mich ansah; und ich wußte, daß er lächelte. Ich würde mich nicht umwenden. Seine angenehme Stimme sagte: »Sie können den Mond haben, Sarah. Ihr einziges echtes Handicap ist Ihre Jugend.«

Dann sagte er nichts mehr; ich auch nicht.

Johnson kannte die Dalt Vila. Wir blieben nicht auf der Hauptstraße, sondern kletterten die steilen, ausgetretenen Gassen hoch; einmal drückten wir uns an die Seite, als ein Simca aus der Dunkelheit auftauchte und rückwärts mit ausgeschaltetem Motor auf uns zurollte. Irgendwo duftete es nach Weihrauch, zwischen den anderen, schwach prickelnden Gerüchen in der Luft. Ich folgte Johnson stumm, bis er stehenblieb und eine Tür in einer Wand öffnete. Ich ging durch und fand mich in einem Garten, klein, düster, von Rebengittern gesäumt; Tische standen unter Palmen, das Licht von Kerzenstummeln flakkerte.

»Kommen Sie«, sagte Johnson. »Es gibt keine Musik heute nacht, aber wir werden etwas zu essen und Wein bekommen. Sie brauchen nichts zu sagen.«

Ein junger Mann kam an den Tisch und nahm ruhig die Bestellung auf, er ging wieder und ließ uns nahezu allein. Ein anderer Tisch war besetzt, von einem alten Mann, der halb über seiner Copita schlief. Hinter uns zupfte jemand ab und zu sacht an seiner Gitarre und sang leise, das Verbot vergessend, bewegt von der stillen, finsteren Nacht und den Blumen. In der Ferne sah man die gleichmäßigen Lichter an der Straße von Santa Eulalia und die strahlenden Lichter am Ende des Jachtclubs. Die Apéritifs kamen.

»Dort ist die *Dolly*«, sagte Johnson. Er war ein friedvoller Mensch, irgendwie. Oder vielleicht waren alle Männer friedvoll, und ich hatte es noch nie bemerkt. Ich fühlte mich wie am letzten Abend meiner Schulzeit, als ich gehen mußte und nicht wußte, was ich tun sollte. Das war damals, als Flos Mutter auftauchte und mich für das Wochenende mit nach Hause nahm. Ich dachte, ich sollte mir die Nase putzen.

Johnson sagte: »Clem müßte später an Bord zurück sein; Spry wird auf ihn warten. Ich fürchte, es wird eine recht harte Zeit für Ihre Mutter, wenn jetzt bekannt wird, daß sie zur gleichen Zeit wie Ihr Vater auf Ibiza war.«

»Muß das bekanntwerden?« sagte ich. Ich steckte mein Taschentuch weg. »Janey und Gilmore werden nichts erzählen, und Austin wohl auch nicht, wenn wir ihn darum bitten. Derek...«

Ich brach ab. Es drängte mich, Johnson alles zu sagen. Und ich konnte nicht. Gottverdammter Derek. Ich konnte nicht.

»Derek hat noch nichts erzählt«, sagte Johnson. »Laut Clem, der genauso den Mund halten wird. Glauben Sie immer noch, daß Derek seinen Vater ermordet hat?«

Der Magen drehte sich mir um. »Ich weiß nicht«, sagte ich. »Aber wenn, dann ermordete er wohl auch Coco Fairley. Als Mami ihn hinauswarf, krähte Coco lauthals, daß er in der Nacht von Daddys Tod etwas gesehen hätte.«

»Sie können sich nicht denken, was er sah?«

»Nein. Aber nach dem, was er zuvor angedeutet hatte, wußte er, daß Daddy an diesem Samstagabend Mami besucht hatte. Vielleicht sah er ihn gehen, oder er folgte ihm sogar.«

»Wer hörte Coco das sagen, Sarah?« fragte Johnson.

Ich dachte nach. »Clem und Mami. Dilling vielleicht: Er war in der Nähe. Nicht Austin und Gilmore: Sie waren unter der Dusche mit den Russen.«

»Und Janey und Derek?« fragte Johnson.

»Ich weiß nicht. Ich sah sie später auf der Tanzfläche, aber ich weiß nicht, wann sie kamen. Wenn Sie sich vorstellen wollen, wie Derek an der Tür lauscht – ich denke, er hätte es können. Niemand konnte sonst jemanden identifizieren. Sie trugen alle diese Tüten.«

Eine Weile schwiegen wir und tranken. Johnson hatte mir Anis del Mono bestellt. Ich mochte es. Dann sagte Johnson nachdenklichlich: »Hören Sie – wenn Ihr Vater ermordet wurde, dann wurde Coco sicher auch ermordet; obwohl ich bezweifle, ob man je beweisen wird, daß er sich nicht dieses Ding verpaßt hat und dann von alleine in den Teich gefallen ist. Und außer Gilmore, der auf jeden Fall unter der Dusche war, wie Sie sagen, ist jeder Verdächtige beim Tode Ihres Vaters heute nacht ebenso verdächtig.«

»Außer Mr. Lloyd«, sagte ich. »Diesmal wenigstens war er zuhause.«

»Wie können Sie das wissen?« sagte Johnson sanft. Und ich konnte es natürlich nicht. Da Janey und Gilmore weg waren, hätte ihren Vater nichts daran gehindert, das Haus zu verlassen und bei der Party mitzumischen. Warum nicht, mit einer Tüte?

Ich stürzte den Rest meines Anisgebräus hinunter. »Ich gebe auf«, sagte ich. »Ich gehe mit Austin nach Sevilla.«

Einen Augenblick lang wurden Johnsons Brillengläser starr. »Allein?« fragte er.

»Natürlich allein. Großer Gott«, sagte ich lauter, als ich wollte, »Austin und Gilmore und Clem sind die einzigen drei Burschen aus meiner Bekanntschaft, die meinen Vater nicht ermorden konnten.«

»Ein großes Wort«, sagte Johnson, »aber ich weiß, was Sie meinen. Es sei denn, sie taten sich zusammen.«

»O mein Gott«, sagte ich schwach, und er lachte und schenkte mir nach und begann, über etwas anderes zu reden.

Dann hatten wir einen eiskalten Gazpacho und eine Paella mit den richtigen Sachen dazu: Tintenfisch, Krake, Hühnchen, Hummerschwänze, Paprika, Sherry, Erbsen, Zwiebeln, Nelkenpfeffer, Schweinefleisch, alles mit Safranreis, in der stillen Nachtluft schimmernd. Danach ging er mit mir aus dem Garten, zwischen Mauern und durch Tore, über Treppen und durch Gänge, höher und höher, bis wir den höchsten Punkt der Stadt erreichten, die kleine Piazza der Kathedrale.

Trotz der späten Stunde waren die Türen der Kathedrale offen. Sie war sehr klein, mit dem hohen rechteckigen Turm, der weit über das stille Meer und das Land tief unten blickte. Das Licht aus dem Innern fiel auf die abgetretenen Kiesel und den Schmutz des Platzes, und auf die niedrigen alten Mauern der *curia* und des Museums daneben. Johnson erklärte.

Eine finstere Gasse führte zu dem Kastell, das jetzt als Kaserne diente, und eine große grüne Doppeltür zum Bischofspalast. Die Mauer blätterte ab, doch die Palmzweige auf den schmiedeisernen Balkonen waren noch frisch vom Sonntag.

Der Duft der Osterglocken und Nelken strömte aus der Kirchentür. »Ich kann nicht hinein«, sagte ich. »Oder?«

»Ich wüßte nicht, was dagegen spricht«, sagte Johnson ernsthaft.

Ein Schal stak hinten in seiner schäbigen Strickjacke. Er zog ihn hervor und gab ihn mir.

Er war aus Seide, Hermès, neun Guineas. Johnson war so gewöhnlich, man vergaß... Ich legte ihn über Haare und Schultern und schlüpfte in die Kirche. Ich hielt mich dicht an der Wand. Ich wollte Ibiza nicht mit Plastik kompromitieren.

Es war nur eine kleine Kirche, düster und gotisch, von Weihrauch-, Wachs- und Osterblumenduft erfüllt. Die Altäre waren alle purpurrot drapiert, die Heiligenfiguren verborgen. Menschen knieten statt dessen vor einem Schrein, festlich geschmückt mit Nelken, Lilien und Rosen, mit Kerzen und Seide. Niemand sah auf. Wir blieben kurz stehen und blickten auf den Lichterglanz; dann entdeckte ich etwas anderes in einem Alkoven. »Sehen Sie«, sagte ich.

Es war eine Tragbahre, auf zwei Bänke abgesetzt, mit der weinenden Jungfrau, Kandelaber ohne Licht zu ihren Füßen. Ihre Gewänder aus schwerem Samt, von Goldfäden durchzogen, wirkten sehr echt, und das Tuch in ihrer Hand war von herrlicher Spitze gesäumt. In ihrem Gewand steckte ein juwelenbesetzter Dolch. »Wird sie morgen in der Prozession getragen werden?« fragte ich.

»Sie und drei oder vier weitere. Dazu eine Wagenladung Blumen, gewaltige Batterien, Mäntel, Schleier und sonstige Gewänder, Beigaben aus echtem Gold. Oder mindestens Silber. Eine ganze Masse, die man durch all die steilen Gassen hinunterschleppt.«

»Ich wußte nicht, daß sie Kleider haben«, sagte ich. »Ich meine echte. Sind die Steine an dem Dolch auch echt? Was wäre, wenn sie jemand stiehlt?«

»Dort, mitten unter den Gläubigen?« sagte Johnson. »Nicht sehr wahrscheinlich. Jedenfalls wird die ganze Nacht jemand hier sein. Die schönsten Juwelen werden morgen herausgebracht, wenn man die Figuren endgültig ausstattet. Manche spenden so etwas. Aus schlechtem Gewissen vielleicht. In Sevilla leihen auch manche Frauen Schmuck. Manchmal tragen die Madonnen Diamanten, die Hunderttausende von Pfund wert sind. Aber das in Sevilla, nicht in Ibiza. Ibiza hat nur den heiligen Hubert.«

»Augenblick«, sagte ich. »Die Kette des heiligen Hubert?«

»Sie ist auf jeder Postkarte«, sagte Johnson. »Eigentlich dachte ich, wir würden sie vielleicht hier sehen. Ein Bankier namens Hubert hat sie der Kirche gestiftet, unter der Bedingung, daß sie nur von einer Statue seines Namensheiligen getragen werden durfte. Moment. Versuchen wir es einmal dort.«

»Dort« ging durch einige Türen und in einen langen, mit Marmor ausgelegten Raum hinten, vorbei an halbzerfetzten Hinweisen auf das Museum der Kathedrale. Es war offenkundig ein Ankleideraum, mit Massen alter, antiker Schränke und einer Kommode aus schwarzer

Eiche, mit Schildchen versehen wie ein Apothekerschrank. Darauf standen Namen von Domherren: Gimenez, Tamas, Anton. Auf einem Tisch lagen schwere, goldbestickte Gewänder, die wohl dem Boß gehörten; daneben eine zerbrochene elektrische Kerze und ein Tellerchen mit einer Scheibe Brot und einer Zitrone. Johnson ging hinüber, um ein düsteres Bild auf gesprungenem Holz zu betrachten, das auf der kahlen, weiß getünchten Wand hing. Ich sah mir einige Postkarten an.

Man konnte sie wohl bei weniger feierlichen Gelegenheiten kaufen. Auf einer war die Tragbahre mit der Madonna, die wir eben gesehen hatten. Eine andere zeigte den heiligen Hubert. »Oh«, sagte ich. »Madame Tussaud's.« Mit seiner Gewandung, seinem Bart und seiner Mitra wirkte Hubert tatsächlich wie aus dem Wachsfigurenkabinett. Eine Hand ragte empor, wie üblich segnend, die andere ruhte auf dem Haupt eines Hirsches. Seine Sänfte war riesig, überall Goldbronze, Kerzen, Rüschen, und eine Art Baum in jeder Ecke.

»Der heilige Hubert«, sagte Johnson. »Sie werden ihn morgen sehen. Oder gehen Sie mit Austin nach Sevilla?«

»Wir haben es noch nicht genau verabredet«, sagte ich. Ich dachte an etwas anderes. »Ich habe diese Halskette schon irgendwo gesehen«, sagte ich, »wissen Sie das?«

»Nein, das weiß ich nicht«, antwortete Johnson verbindlich. »Wo?«

Der Weihrauch machte mir Kopfweh. Ich stand reglos da und versuchte mich zu erinnern. Dann erinnerte ich mich.

»In der Ausstellung«, sagte ich. »In Austin Mandlebergs Ausstellung. Nein, nicht da – im Keller unten. Ich schlich mich davon und sah in die Werkstatt – nur ein kurzer Blick, weil jemand kam. Jorge, der alte Knabe, der dort arbeitet. Aber die Halskette, die auf einer der Bänke lag, sah genauso aus wie die hier, ich bin sicher. Rubine?«

»Rubine«, sagte Johnson sehr interessiert.

»Genau. Sie waren rot. Ich dachte, sie sollten dort repariert oder gereinigt werden.«

»Nein. Die Rubine des heiligen Hubert«, sagte Johnson nachdenklich, »werden in Barcelona gereinigt, sagt man.«

»Oh. Dann habe ich mich wohl geirrt.«

»Nicht unbedingt«, sagte Johnson. »Beschreiben Sie den Raum und den alten Mann, den sie sahen.«

Ich tat es, und ich nannte auch Gregorio, den Geschäftsführer. »Er wohnt im Untergeschoß, denke ich. Die anderen, die dort arbeiten, leben wohl außerhalb. Warum wollen Sie das alles wissen?« Es war ziemlich aufregend. »Denken Sie, jemand hat sie geklaut?«

»Vielleicht. Oder vielleicht hat man eine Kopie gemacht. Doch es wäre hübsch zu wissen, was an der Sache ist. Glauben Sie, Mandleberg weiß es?«

»Nein, da bin ich sicher«, sagte ich. »Jedenfalls war er monatelang weg – Janey hat das festgestellt, als wir herumschnüffelten. Er war tatsächlich in Paris, zu der Zeit, die er nannte.«

»Dann könnte Mandlebergs Belegschaft ohne ihn ein Süppchen kochen«, sagte Johnson. »Ich frage mich, ob Señor Gregorio an die Macht des Gebets glaubt.«

»Warum?« fragte ich.

»Weil ich mich freuen würde, ihm einen Besuch abzustatten, und weil ich mich noch mehr freuen würde, wenn er zu der Zeit sicher in der Kirche wäre«, sagte Johnson. »Aber ich bringe Sie erst nach Hause.«

Ich hatte nichts zu verlieren, außer einer Reise nach Sevilla und Gibraltar. »Ich komme mit Ihnen, wenn Sie auf der *Dolly* mein Porträt malen.«

Die schwarzen Brauen hoben sich rasch. »Sind Sie sicher? Ich glaube nicht, daß ich nach Ihrem Geschmack . . .«

»Ich will Sie nicht *essen*«, sagte ich schnell. »Sie sollen mich nur malen.«

Er nahm mich am Arm. »Es könnte uns gehen wie Ihrer Mutter: Vielleicht müssen wir den Consul de S. M. Britanica anrufen, aus dem Gefängnis.«

»Sie rief das Consulado del Estados Unidos an«, sagte ich. »Ich komme mit. Werden Sie mich malen?«

Wir gingen zurück durch die Kirche und hinaus auf den Platz. Der Mond war noch da, und die Blätter der drei kleinen Bäume bewegten sich vor den Laternen; schwankende Schatten fielen auf die alten, grauen, behauenen Steine und die abgetretenen Stufen und die Wipfel der Bäume des kleinen, staubigen Gartens weiter unten. Von der Kaserne, unsichtbar hinter uns, drang kaum hörbare Popmusik aus einem unsichtbaren Transistorradio.

Die Aussicht war phantastisch. Die weiße Häuserreihe zu unseren Füßen wich in die Dunkelheit zurück. Man sah die schwachen Lichter des Markts und die wenigen Neonlichter der Unterstadt; eine Bank, ein Kino, die roten Philips-Schilder. Flutlicht schien am Hafen, und weit draußen flackerte es blau von der großen Anlage für Flugzeugtreibstoff. Doch sonst war wenig zu sehen. Die neue Straße nach Talamanca, den Hafen überbrückend, mit ihren Lichtern den Staub und das Wasser vereinend. Rechts die dunkle Landzunge, die Buchten teilend, und der schneidende Strahl des Leuchtturms. Links die Lichterreihe um den Hafen, smaragdgrün endend.

Das Land weiter hinten lag völlig in der Dunkelheit, von winzigen Lichtfunken unterbrochen. Johnson sagte: »Ich mache ein härteres Angebot als Sie: Ich male Sie, wenn Sie versprechen, nicht nach Sevilla oder Gibraltar zu gehen. Oder sonst wohin, wo Clem kein Auge auf Sie haben kann.«

»Aber Austin . . .«

Die Brille funkelte im Lampenlicht. »Austin Mandleberg«, betonte Johnson, »ist ohne Zweifel Rotarier, Oberhaupt einer Loge und Vorsitzender des örtlichen Hospitalfonds, liebt seine alte Mutter und ist nett zu Kindern und Tieren. Andere haben nicht unbedingt ein so reines Gemüt. Ich möchte immer noch, daß jemand auf Sie achtgibt.«

Ich war getroffen. »Sind Sie deshalb den ganzen Weg von der *Dolly* zur Casa Mimosa gefahren, als Clem Sie anrief?«

»Ja«, sagte Johnson. Er lächelte, doch seine Stimme blieb völlig ruhig. »Ich wollte Clem bei Ihrer Mutter haben. Denn falls Coco ermordet wurde, dann deswegen, weil er etwas wußte; etwas, was er Ihrer Mutter erzählt haben konnte.«

»Aber das tat er nicht«, sagte ich. »Er drohte uns mit dieser Geschichte, als Dilling ihn fortbrachte.«

»So wurde mir berichtet«, sagte Johnson. »Und mir wurde ebenfalls berichtet, daß Mrs. van Costa Lady Forsey ist, Ihre Mutter. Nehmen wir also an, daß auch Ihr Vater ermordet wurde, weil er etwas Brisantes wußte. Wer kann wissen, ob er dies nicht Lady Forsey am Abend seines Todes erzählte? Und ob sie es dann nicht Ihnen anvertraute?«

»Keine Spur«, sagte ich.

»Wir betrachten Möglichkeiten, nicht Fakten. Weshalb kam Derek zurück?« sagte Johnson plötzlich.

Ich lächelte. »Wegen Janey«, sagte ich.

Johnson nahm mich erneut beim Arm und ging mit mir langsam den steilen Hang hinunter. »Sie sind eine verdammt schlechte Lügnerin. Ich war zufällig im Telégrafos-y-Correos-Amt, als Sie Ihr Telegramm aufgaben. Was brachte Sie darauf, daß Derek seinen Vater umgebracht haben könnte? Sicher hatte er sich doch in Holland sein eigenes Leben eingerichtet? Es ist unwahrscheinlich, wissen Sie das nicht?«

»Sie wissen verdammt zu viel«, sagte ich.

Er blieb stehen. »Sarah. Ich möchte nicht, daß noch jemand ermordet wird. Weder Sie noch irgend jemand sonst. Sie wollen keinen

Skandal. Ich möchte nicht in eine internationale Affäre verwickelt werden. Wenn sich das Problem in Ruhe lösen läßt – lösen wir es. Aber es geht nicht, wenn ich dabei im dunkeln tappe.«

Die Gasse war steinig und steil, und mit ausgestreckten Händen konnte man fast die hohen Häuserreihen auf beiden Seiten berühren. Selbst in der Dunkelheit ließ sich erkennen, daß es stattliche Häuser waren; solides Mauerwerk, schwere verzierte Türen und, weiter unten, tiefe Fenstersimse, mit Kakteen und Käfigen und Blumen gefüllt, und gelegentlich ein hohes pettigrohrbedecktes Pflanzenhaus, mit Rosen und Kletterpflanzen, die im Lampenlicht aus runden Töpfen wucherten. Draht trennte uns von der Schlucht unter uns, schwarz gegen den blauschwarzen Himmel. Plötzliche Schläge von Trommeln, knapp außer Sichtweite: Tuck. Tr-r-uck. Tr-ruck, tuck tuck. Johnson hielt abrupt inne.

Wir waren vom Hauptgang abgebogen und in eine weit wirrere Umgebung getaucht – eine holprige Gasse, von dumpf-düsteren, abblätternden Häusern gesäumt. Licht drang kaum bis hierher vor; nur gelegentlich erhellte es ein eingesunkenes, versperrtes Fenster, einen schwankenden Schilfvorhang, eine überall modernde Doppeltür. Über uns schlossen sich die Häuserreihen beider Seiten plötzlich, zwei Stockwerke hoch, und wir gerieten in einen völlig dunklen Tunnel – Johnsons trockene, warme Hand drückte meine fest. Dann hellte sich die Dunkelheit leicht auf, und wir bogen nach rechts und gingen abwärts, zwischen Stufen und Mauern und hohen Häusern; auf festeren, breiteren Pflastersteinen. Schließlich erreichten wir links eine breite Treppe, die eine hohe Mauer entlang zu einer Art kleinem Platz hinunterstolperte. Johnson nahm eine Stufe, und ich sagte. »*Sehen Sie.*«

Sie zogen eben über den kleinen Platz weit unter uns: So leise, daß ich sie nur nach dem Geräusch der Trommeln erkannt hatte. Sie bildeten zwei lange, schmale Ketten: große, gesichtslose Männer mit langärmligen schwarzen Gewändern und purpurroten Schärpen: auf jedem glitzerte ein Kruzifix. Auf jedem Kopf stak ein langer, schmaler Kegel, von einem hellen Purpurband umhüllt, das auf die Schultern herabfiel. Die Nasen waren Dreiecke im Stoff; aus den Augenschlitzen schimmerte Haut. Trommeln glitzerten, goldgefranst und purpurrot, kurze Hörner blitzten in den Händen. Doch während wir auf sie blickten, blieben sie stumm. So erklommen sie den schweren Hang; ihre hohen Hüte schwankten gegen die Schatten auf den weißen Wänden, von nackten Füßen und auch von den Schuhe kam kein Laut.

Sie zogen weiter. »Die Büßer«, sagte Johnson. »Sie haben ihre Figur durch die Unterstadt getragen und bringen sie jetzt zurück. Macht Ihnen der Gedanke an Buße Angst? Nein, sicher nicht. Wie ich schon sagte, Sie sind zu jung.« Er führte mich die breiten Stufen hinunter.

»Ich habe Angst«, sagte ich. Ich hoffte, er hätte vergessen.

Er hatte nicht vergessen. Er blieb stehen und sagte ruhig: »So. Kam Derek vorher nach Ibiza? Ehe Ihr Vater starb?«

Ich gab auf. Ich brauchte Hilfe, und er half, mehr als alle sonst. Ich sagte. »Ja. Janey sah ihn. Er kam, um Daddy zu treffen, und er hatte Krach mit ihm an dem Freitag. Das ist alles, was er mir erzählte.«

»Er erzählte Ihnen nicht, worum der Krach ging? Nicht um Ihre Mutter: Er wußte offenkundig nicht, daß sie hier war.«

»Nein.«

»Worum dann? Nicht um Sie. Sie suchen sich gern Ihren eigenen Weg, so sehe ich das jedenfallls. Nicht um Geld: Er hat eine glänzende Stellung, sehr gut bezahlt, das steht fest. Um sonst etwas, was mit seinem Job zusammenhing? Hat ihr Vater ihm hineingepfuscht? Hat er sich vor Leuten aufgeführt, die für Derek wichtig waren?«

Er kombinierte schnell. »Es war wegen seines Jobs«, sagte ich, den Blick auf den Boden gerichtet. »Man hatte ihm gesagt, daß seine Arbeitgeber Daddy als böses Sicherheitsrisiko betrachteten. Sie dachten, er sei ein feindlicher Agent.«

»*Was*?« rief Johnson. »O Gott, gutes Kind.« Und er begann leise zu lachen, aber doch so heftig, daß er die Brille abnehmen mußte; ich sah seine Augen. Ich erkannte nicht einmal, welche Farbe sie hatten, so überrascht war ich. Seine Augen blickten müde. »Und was hat Ihr Vater gesagt?« fragte er. Er hatte die Brille wieder aufgesetzt.

»Derek hat es mir nicht erzählt«, sagte ich.»Wir hatten selbst eine Art Streit, und ich haute ab. Ich sah ihn seither nicht, bis heute.«

»Aber Janey sah ihn«, sagte Johnson. »Vieleicht hatte Janey mehr Glück. Ich würde sie fragen, wenn ich Sie wäre. Wenn wir nicht beide ins Gefängnis kommen.«

Es war nicht allzu schwierig, in Austin Mandlebergs Werkstatt einzubrechen. Es schien jedenfalls so: Johnson machte es so spielerisch. Wir gingen nicht in den Garten. Wir gingen den Weg entlang, der hinten an der Gallery 7 vorbeiführte, und fanden eine Reihe Fenster, von einem feinen, blaugestrichenen Gitternetz geschützt; dort mußten Austins Privaträume liegen. Weiter unten war noch ein

Fenster, ohne Gitter, aber mit einem Balkon, nicht zu hoch über der Erde. Johnson hatte die Theorie, daß man hier zu einem Raum auf der Höhe des ersten Treppenabsatzes innen kommen würde. Ich bedachte den Hang und sagte mir, daß er wahrscheinlich recht hatte.

Ich kletterte ohne jede Hilfe auf den Balkon; dort hockte ich hinter den Töpfen mit rot blühenden Kakteen, während Johnson mit einer – wie er sagte – Haarnadel herumfummelte. Es gab ein Klicken, und dann fummelte er weiter, diesmal mit einem Messer.

Niemand kam auf dem Weg, außer einem Hund. Er sah zu uns hoch und trottete weiter. Dann sagte Johnson: »Wie schön.« Es klang recht befriedigt.

»Was?« fragte ich.

»Der Alarm«, sagte Johnson. »Ein gutes Ding, aber nicht sehr gut angebracht. Eines der Risiken, wenn man im Ausland lebt. Alles klar?«

»Niemand zu sehen«, sagte ich. Ich hatte immer noch Angst. Ein winziges bißchen Angst: vor Johnson. Dann öffnete er das Fenster, und in einem Augenblick waren wir beide in Austins Haus.

Es war dunkel und stickig, als das Fenster geschlossen war, und es roch nach Leim und frischer Farbe und Metall und Essen. Der Raum, in dem wir waren, schien eine Art Büro zu sein. Johnson zog eine kleine Taschenlampe aus der Tasche und ließ den Lichtstrahl über die wenigen, eleganten Möbelstücke wandern: ein Aktenschrank, ein Schreibmaschinentisch mit Stuhl; ein größerer Schreibtisch, mit einem Tonbandgerät und einem Telefon auf seiner grünen Lederoberfläche.

Die Tür war offen; sie führte zu einem dunklen, in lautloser Stille liegendem Absatz. Johnson schloß die Tür und beide Fenstervorhänge und kniete sich vor den Schreibtisch. Ich sagte: »He!«

Die erste Schublade war offen, und Johnson durchblätterte die Papiere, sehr ruhig und sehr rasch. »He!« sagte ich noch einmal. Er schloß die Schublade und öffnete eine weitere. »Keine Sorge«, sagte er. Seine Stimme war so leise, daß ich kaum die Worte unterscheiden konnte. Sie klangen leicht amüsiert.»Wenn ich auf irgendwelche Liebesbriefe stoße, sage ich es Ihnen. Ich suche die Belege für die Produktion und den Verkauf seiner Juwelen. Das ist Gregorios Schreibtisch.«

»Oh«, sagte ich. Er untersuchte nacheinander jede Schublade; er sah sich alles an, nahm aber nichts heraus. Er schwieg jetzt, ich auch, bis er fertig war und alles wieder geschlossen hatte. Ich sagte: »Das war nicht Gregorios Schreibtisch.«

Er grinste: ein Aufblitzen in der Dunkelheit. »Ich weiß, liebes Kind«, sagte er. »Doch wenn er Sie so schätzt, um Sie nach Sevilla einzuladen, mußten wir wohl seine Beglaubigungsschreiben prüfen.«

»Und?« fragte ich ärgerlich.

»Makellos«, sagte Johnson. »Bringen Sie mich jetzt zu diesem Lager im Keller.« Wir öffneten die Tür und schlichen hinaus zu dem Absatz, und dann die weiße Marmortreppe hinunter zu der Halle. Dann bogen wir nach links, weg von Austin Mandlebergs Antikenraum im Erdgeschoß, und öffneten die kleine grüne Tür.

Ich fand die knarrende Treppe und stieg sehr leise hinunter; Johnson folgte mir. Unten waren alle Lichter ausgeschaltet – außer einem: hinten, wo Gregorios Bleibe war. Es war eine sehr schwache Birne in einer schmutzigen Laterne. Die amerikanische Dynamik hatte offenbar nicht die unteren Quartiere derEinheimischen erreicht. Zu meinem Schrecken, mich außer Sicht winkend, bewegte sich Johnson erst von der Werkstatt weg und auf das schreckliche Licht zu, im Vorbeigehen an Türen lauschend.

Er sah die Katze im gleichen Moment wie ich. Sie lag im Dunkel der hinteren Wand, mit eingerolltem Schwanz, und schlief fest. Er blieb stehen, doch das Biest hatte ihn bemerkt: Es hob den Kopf, das Schwanzende zuckte; dann stellte es sich auf die Beine und miaute wie die Pfeife einer Lokomotive. Dann starrte die Katze auf Johnson, starrte auf die letzte Tür des Ganges, am weitesten von der Treppe entfernt. Auf diese Tür tappte sie zu und miaute wieder.

Ein Lichtstreifen lag unter dieser Tür. Ich sah Johnson einen Augenblick zögern. Dann beugte er sich vor, sehr sacht, und drehte mit einer behandschuhten Hand den Türgriff. Er tat das langsam und ganz leise. Die Katze sah ihm zu, mit gespitzten Ohren und zuckendem Schwanz. Dann, als die Tür entriegelt war, stieß Johnson sie vorsichtig auf.

Die Katze tappte hinein, in einen kleinen, möbelüberladenen Raum. Ein Feuer glimmte hinter einem schmiedeeisernen Gitter. Der Raum war leer.

Johnson lächelte und kam zu mir zurück. »Kommen Sie«, sagte er und ging auf die andere Tür zu, die Tür der Werkstatt neben uns.

Im Licht der Taschenlampe sah die Werkstatt wie jede Werkstatt aus. Die schadhaften Bodenplatten waren mit Metallschnipseln und Spänen bedeckt, auf den schweren Bänken lagerten Rohmaterial und Stücke in verschiedenen Stadien der Bearbeitung. Dazu alle Gerätschaften – Drehbänke, Lötkolben, Schweißapparate –, die man zur Reparatur und Reproduktion von Juwelen braucht.

»Drei Männer, vielleicht«, sagte Johnson. »Unter Jorge, dem Burschen, den Sie sahen.« Wenn man genau hinsah, entdeckte man die leeren Zigarettenschachteln, das fettige Brotpapier, das nicht in den quadratischen Abfallkasten gefallen war; fleckige Kittel hingen an klobigen Haken an der Wand. An der Wand gegenüber stand ein Safe.

Er war der einzige Gegenstand im Raum mit einem Schloß. Ich erinnere mich, daß Johnson lange Zeit davorstand und nur darauf blickte, bis ich ungeduldig wurde und sagte: »Gregorio wird zurückkommen. Was ist es?«

»Kein Alarm«, sagte Johnson.

»Armes Ding«, sagte ich. »Aber was heißt das schon? Wir können es nicht öffnen.«

Johnson trat forsch nach vorne. »Mit weichgekochten Spaghetti könnte jedes Kind im Alter von über sechs Monaten diesen Safe öffnen. Geben Sie acht.« Und tatsächlich hatte er ihn kaum berührt, als er auch schon aufschwang. In ihm lagen ein Häufchen Blattgold und ein paar abgegriffene Banknoten neben einer Schale mit imitierten antiken Ringen. Das Ganze hatte einen Wert von vielleicht zwanzig Pfund.

»Also?« sagte ich.

»Also gibt es noch einen anderen Safe«, sagte Johnson. »Nicht oben. Wenn sie krumme Sachen machen, werden sie nicht dauernd etwas durch die Halle tragen wollen. Klar.«

Murrend folgte ich ihm erneut durch den höllischen Gang; er achtete nicht darauf. Als er die Tür am Ende erreichte, lauschte er wieder einen Augenblick, gab ihr dann einen Stoß und ging hinein.

Die Katze, die sich vor das Feuer gekuschelt hatte, blickte auf, erkannte ihn und fuhr haßerfüllt hoch. Johnson ging weiter, ich folgte.

Der Raum wurde völlig von Stoff dominiert. Alle Möbel waren kantig, schwer und dunkel; die religiösen Bilder wirkten höllisch; der Lampenschirm hatte Mängel und schaukelte auf und ab. »Dafür bekäme man bei Lord and Taylor's ein Vermögen«, sagte Johnson. »Was glauben Sie, wo bewahrt er sein Geld auf?«

»Da«, sagte ich und hob den verlorenen Sohn.

»Scheint etwas offensichtlich«, sagte Johnson.

»Es ist ein Safe«, sagte ich. »In der Wand. Unter dem Bild. Nicht jeder hat so viele alte Filme im Fernsehen gesehen wie Sie.«

Mit etwas mehr Interesse sagte er. »Dieser hier hat einen Alarm«, und schaltete ihn aus. Ich gab keinen Kommentar. Die Zeit, die man Señor Gregorio für seine frommen Verrichtungen geben mochte, neigte sich rasch ihrem Ende zu. Ich wollte raus.

Die Safetür öffnete sich knarrend, und Johnsons schwarzer Schädel verschwand im Inneren. Nach einem Augenblick kam er wieder zum Vorschein. »Etwa zweihundert Pfund in Pesetas und neuntausend gebrauchte Dollarnoten, ein Bündel mit persönlichen Papieren, ein ganz guter Silberteller, etwas altmodischer Familienschmuck und zwei Dosen Katzenfutter«, sagte Johnson.

»Stecken wir die Katze dazu«, sagte ich. Ich haßte diese Katze. »Keine Rubine?«

»Nein«, sagte Johnson in Gedanken. Er starrte immer noch auf den Safe.

»Also, kommen Sie«, sagte ich. Die Katze bewegte sich; sie streckte sich, machte einen Buckel, sprang von der Feuerstelle auf einen verstaubten Plüschsessel und blieb dort liegen, uns beobachtend. Gleichzeitig mit dem weichen Geräusch ihrer Landung glaubte ich irgendwo im Haus ein doppeltes Klicken zu hören, das von einem Schlüssel in einem Schloß stammen konnte. Ich packte Johnson am Arm.

Er schloß die Safetür mit gesegneter Bereitwilligkeit. »Zurück in die Werkstatt«, sagte er. Die Katze zuckte hoch.

»Es kommt jemand!« sagte ich.

»Nun, wenn es Gregorio ist, wird er hierher kommen, nicht?« sagte Johnson einleuchtend. »Zurück in die Werkstatt. Ich habe eine Idee.«

In meinem Magen spürte ich all die toten kleinen Kraken meiner Paella. »Warum können wir nicht raus?« sagte ich.

»Weil zwei Leute oben sind«, sagte Johnson. Ich gebe zu, er konnte logisch denken. Auch sein Gehör war in Ordnung. Als wir durch den dunklen Gang liefen, auf den anderen Raum am Ende zu, konnte ich ebenfalls die leisen Schritte ausmachen, die oben von der Haustür her durch die Halle kamen. Sie bewegten sich hoch zum Ende der Treppe und dann, soweit ich wahrnahm, zum Arbeitszimmer. »Himmel, hilf«, sagte Johnson seelenruhig.

»Warum?« Wir waren wieder in der Werkstatt, bei geschlossener Tür.

»Sie werden den Zug vom Fenster spüren.« Er ging sehr schnell zurück zum Safe, und nach zwei Sekunden hatte er ihn wieder offen. Er sagte: »Stellen Sie sich hinter die Tür, Sarah, bitte. Wenn sie hereinkommen, versuchen Sie hinauszuschlüpfen und hinaufzulaufen, aus dem Haus.« Während er sprach, wanderte der Strahl seiner kleinen Taschenlampe ständig durch den Safe. Ich sah den kleinen Lichtkegel matter werden, als er seine Hand hineinstreckte, und hörte ihn ruhig etwas flüstern, während ich mich im Dunkeln zur Tür tastete.

Ich hatte sie kaum erreicht, als sie aufschwang und auf meinen Arm schlug. Blendendes Licht, vom Hauptschalter erzeugt, flutete durch den Raum. Ich sah Johnson herumfahren: Sein Arm fiel aus dem offenen Safe, die andere Hand fuhr in die Tasche. Es gab ein gräßliches Krachen, wie von der Fehlzündung eines Lastwagens, und gleich darauf eine Art Knall. Johnson krachte auf den Boden, hinter meiner Tür kreischte jemand auf.

In den Raum trat ein großer, kräftig gebauter Mann, gefolgt von einem zweiten, der sich die Rippen hielt und stöhnte. Der Verwundete war Austin Mandleberg. Der andere war Anthony Lloyd, Janeys Vater. Er hatte einen rauchenden Revolver in der Hand.

8

Ich lief weg von der Tür auf Austin zu und griff nach ihm. Er wirkte schrecklich verwirrt und benommen und ließ sich von mir auf einen Hocker setzen. Ich kann es nicht ertragen, Leute leiden zu sehen. Meine treue Hundeseele, sagte Daddy immer. Dann dachte ich daran, daß ich sie jetzt nicht zeigen sollte, und blickte mich um nach Mr. Lloyd und Johnson.

Johnson war nicht verletzt: Er war eben rechtzeitig in Deckung gegangen. Ein Loch war in seiner Jackentasche; in seiner Hand stak immer noch ein Revolver mit einem langen Ding auf seiner Mündung. Mr. Lloyd sagte: »Großer Gott.« Dann sagte er: »Nehmen Sie Ihren Revolver weg.«

»O je«, sagte Johnson. Er senkte seinen Revolver. »Habe ich Sie verletzt, Mr. Mandleberg? Wirklich, Sie sollten Ihre Freunde nicht auf Leute feuern lassen, die man nicht sieht. Mr. Lloyd hätte mich töten können.«

Austin Mandlebergs Stimme wurde schrill. »Er tat mir einen Gefallen«, sagte er. »Jeder hat das absolute Recht, sein Heim gegen Diebe zu verteidigen.«

»Ich habe meine Pfeife verloren«, sagte Johnson und sah sich um. »Oh, da ist sie.« Er hob sie auf, nahm Tabak und begann sie zu stopfen.

Mr. Lloyd trat vor, ungewohnt leise für einen Mann von solcher Masse, und stellte sich vor Johnson. Sein Revolver bewegte sich leicht. »Wir bitten um Ihre Aufmerksamkeit«, sagte Janeys Vater. »Was machen Sie hier? Und Sarah?«

Johnson seufzte. »Detektiv spielen«, sagte er. »Ein offenkundiger Fehler. Aber wir versuchten nicht, ich schwöre es, etwas zu stehlen. Eher wollten wir Mr. Mandleberg vor Schwierigkeiten schützen.«

»Detektiv spielen?« echote Austin. Er richtete sich auf und stieß dabei das aufgerollte Taschentuch aus meiner Hand. Blut sickerte seitlich über seinen cremefarbenen Jerseyanzug. Keine Reinigung würde das schaffen. »Blattgold und Geld waren in dem Safe. Wie haben Sie ihn aufbekommen? Ich weiß nicht, welches Märchen Sie sich ausdachten, um Sarah mitzulocken – aber Sie sind ein Dieb, Sir. Die Tatsache, daß Sie einen Revolver tragen, ist Beweis genug.«

Die Brille blitzte überrascht. »Mr. Lloyd trägt einen Revolver.«

Anthony Lloyd sagte: »Ich bin Geschäftsmann und lebe in einem fremden Land. Ich gebe nicht vor, ein Maler auf Urlaub zu sein. Sind Sie ein Maler? Und heißen Sie vielleicht gar nicht Johnson?«

Johnson blickte auf seine Pfeife hinab. Ein eingerissenes Blatt Kohlepapier lag auf der Werkbank neben ihm. Er beugte sich hinüber und schlug mit dem Kopf seiner Pfeife hart darauf; dann legte er die Pfeife weg und drückte seinen Daumen in die braune Kohleschicht. Das Papier glättend, blickte er einen Augenblick auf Mr. Lloyd, den Kopf zur Seite geneigt, die Brille zielgerichtet: zwei große Männer; zwei kühle Revolver. Dann führte Johnson seinen Daumen sacht in einem Halbkreis über das Kohlepapier; noch ein Halbkreis; Punkt, Punkt, Komma, Strich; ein großer, weicher, zerfurchter Schatten.

Anthony Lloyds beschattetes Antlitz lag auf der Werkbank vor uns. »In der Unterwelt nennt man mich Rembrandt Bloggs«, sagte Johnson.

»Warum dann?« fragte Austin. Er hatte wieder zu bluten begonnen.

Johnson erzählte es ihnen. Nicht im Detail, aber im wesentlichen: wie ich Juwelen gesehen hatte, die genau – so stellte sich heraus – den Rubinen des heiligen Hubert glichen; wie wir darauf kamen, daß in Mr. Mandlebergs Abwesenheit Seltsames passiert sein mußte; wie wir nach einen Besuch des Weinlokals (seine Stimme klang schuldbewußt) beschlossen, nachzusehen, ob wir recht hatten oder nicht.

»Sie dachten nicht daran, sich an Mr. Mandleberg zu wenden, der sich angemessen darum hätte kümmern können? Schließlich war das seine Angelegenheit, nicht Ihre.« So sprach Mr. Lloyd. »Oder war dies einfach ein beschwipster Einfall, mit gar nichts dahinter? Gut, ich bin bereit, zu glauben, daß Sarah etwas sah, aber genau diese Kette – äußerst unwahrscheinlich. Ich glaube, der Gedanke wäre ihr gar nicht gekommen, wenn Sie ihn ihr nicht in den Kopf gesetzt hätten.«

Ich öffnete den Mund, und die Brille fuchtelte in meine Richtung. »Ich fürchte, ich habe Schischi verleitet«, sagte Johnson zerknirscht. »Doch wir kamen am Haus vorbei, und ich wollte meine Safeknackerkünste vorführen. Sehr nützlich, wissen Sie. Ich malte einmal einen Börsenmakler, der über Wormwood Scrubs gekommen war, und er bezahlte auf seine Art. Machen Sie es mal.« Und Johnson warf die Tür zu und holte seine Haarnadel heraus. Nach kurzem Zögern legte Mr. Lloyd seinen Revolver nieder und bewegte sich vorwärts.

Sie öffneten und schlossen die Tür zweimal, wobei Johnson Mr. Lloyd instruierte, während ich Austin ein Glas Wasser holte und den Erste-Hilfe-Kasten für ihn fand. Er war voll mit *Beecham's Pills*. Die Kugel war durch seine Seite gegangen, sagte er; und er sah ziemlich furchterregend aus. Er ließ nicht zu, daß ich mich um einen Arzt bemühte.

Schön und gut, wenn man keine Scherereien will; doch ich fühlte, daß Johnson seine Scherereien selbst heraufbeschworen hatte. Austin hörte mir nicht einmal zu. In einer Pause des Einbrecherkurses rief er: »Mr. Lloyd!«

Johnson kam herüber, schneller noch als Janeys Vater. »Unser Verletzter! Ich entschuldigte mich. Hier sitzen Sie und leiden, während wir uns mit Safeknacken amüsieren. Ich fürchte, ich habe Mr. Lloyds Schuß ganz instinktiv erwidert. Ich hatte auf keinen Fall die Absicht, Ihnen Ungemach zu bereiten.«

Ich war wütend. Ich sagte: »Er hat ein Loch in den Rippen, und er blutet.«

»Ein Arzt«, sagte Johnson. »Mr. Lloyd, wie kommen wir zu einem Arzt?«

»Ich rufe einen an«, sagte Lloyd. Er blickte auf Johnson. »Wenn ich das mache, gibt es Ärger, wie Sie wissen.«

Austin sagte schwach: »Ich möchte, daß Mr. Lloyd erst etwas anderes tut.« Es gibt nichts Hoffnungsloseres als Männer, wenn sie nur Worte machen. Ich ließ ihn los, so wie er war, und wollte hinaus, um ein Telefon zu suchen. Ich weiß nicht, wie Johnson es schafft, vor mir zu Tür zu kommen; aber er schaffte es und klemmte meine Hand freundlich unter seinen Arm. Ich zerrte.

Austin redete weiter. »Wenn das stimmt, was Sarah sagt, ist etwas gewaltig faul. Ich möchte zuerst wissen, was. Mr. Lloyd, würden Sie bitte in diesen Safe sehen?«

»Nichts drin«, sagte Johnson hilfsbereit. Meine Muskeln knackten unter seinem Arm.

»Nichts drin«, sagte Mr. Lloyd einen Augenblick später. »Keine Rubine jedenfalls.«

»Richtig«, sagte Austin. »Nun, wenn ich Sie weiterbemühen darf, es ist ein zweiter Safe in Señor Gregorios Zimmer.« Er beschrieb, wo er sich befand, und sagte die Nummer. Ich blickte auf Johnson, doch Johnson saugte an seiner leeren Pfeife, die Brillengläser zur Decke gerichtet. Einen Moment später rief Lloyd aus dem anderen Raum. »Auch hier nichts.«

Er erschien wieder an der Tür, als Johnson eben sagte: »Sind das alle Safes, die Sie haben, Mr. Mandleberg?«

»Ja«, sagte Austin. Er schwankte. »Könnte ich...« Mr. Lloyd sprang vor, doch Johnson hatte schon eine Hüftflasche aus einer seiner Taschen gezogen und hielt sie Austin entgegen.

»Versuchen Sie das«, sagte er. »Ich habe eine Neuigkeit für Sie. Sie haben einen Safe mehr, als Sie dachten.«

Es schien Cognac zu sein, für den medizinisch wenig sprach; doch Austin beklagte sich nicht. Mit trüben Augen gab er die Flasche zurück und sagte gedehnt: »Was?«

»Sie haben ihn nicht bemerkt?« sagte Johnson. »Er ist äußerst raffiniert versteckt: Sie sollten herüberkommen und nachsehen. Es ist ein Safe in dem Safe.«

Er ließ meine Hand los, und ich half Austin auf die Beine. Mr. Lloyd war schon dort und zog die alte Safetür auf, so weit sie ging, während Johnson mit seiner kleinen Taschenlampe hineinleuchtete. Erst war nichts zu sehen, außer dem Geld und dem Blattgold. Dann streckte Johnson seinen muskulösen Finger hinein und drückte etwas fest. Die Maserung des Holzes geriet in Bewegung, wie ein Schiff, das man vom Stapel läßt, von einer Seite zur anderen; dahinter, versenkt, zeigte sich eine kleine Ziffernscheibe. Austins Augen wurden wie kleine Plastikmurmeln. Mr. Lloyds Stimme hatte viel von ihrer abgemessenen Wärme verloren. »Ich will sehen, wie Sie das öffnen«, sagte Janeys Vater.

»Sie öffnen es«, sagte Johnson munter. »Wenn Sie nachsehen, finden Sie die Kombination sicher in Señor Gregorios Safe.«

Er tat es und öffnete das Ding. Wir reckten die Hälse, während er herumtastete und den einzigen Gegenstand darin herausholte. Ich glaube, niemand von uns war noch überrascht, eine Replik der Rubine des heiligen Hubert zu sehen.

»Gregorio«, stöhnte Austin und sank gegen die Kante der Werkbank. »Oder Jorge.« Mr. Lloyd stand da und betrachtete die kunstvolle Kette. Sie noch immer studierend, sagte er: »Es ist kein Vergehen, kostbare Juwelen zu kopieren.«

»Nein«, sagte Johnson. »Aber es stimmt doch etwas nachdenklich, wenn man die Kopie so sorgfältig verbirgt. Gregorio konnte sie nicht selbst anfertigen?«

»Nein! Nein«, sagte Austin. »Jorge, mein Goldschmied – er muß sie nach Gregorios Anweisungen gemacht haben. Die drei anderen sind noch unerfahren und noch nicht lange hier. Sie können sicher nicht ... Darf ich sehen?«

Mr. Lloyd gab ihm die Halskette. Er sagte: »Es läßt sich wohl nicht bezweifeln, daß es eine Replik ist? Nein, ich sehe es ...«

Und tatsächlich, selbst für mich waren das grob bearbeitete Metall und das grelle Rot der Steine eindeutig falsch. Ich weiß, wie ein Rubin aussieht, wie ich Zobel, Hermelin und Nerz erkenne. Man weiß immer, wohin man geht, selbst wenn man den Weg dorthin nicht genau kennt.

Johnson sagte: »Sie hatten keine Ahnung, daß dieser Safe hier ist?« Austin schüttelte den Kopf und ließ die Steine auf die Bank fallen.

Ich sagte. »Wenn Sie zwei Minuten still sein könnten – er muß ins Bett und bandagiert werden.«

»Also hatten Sie recht«, sagte Mr. Lloyd zu Johnson. Und zu Austin sagte er. »Nun, es liegt an Ihnen, Mr. Mandleberg. Wollen Sie, daß man die Polizei benachrichtigt?«

Austin schüttelte den Kopf. »Für mein Geschäft gibt es nichts Schlimmeres als einen Skandal. Ich wäre froh, Mr. Lloyd, Sie würden diese Kette an sich nehmen und sie wegwerfen oder aufbrechen und so darüber verfügen, daß sie keinen Schaden anrichten kann. Ich werde mich selbst um Jorge und Señor Gregorio kümmern, und ich verspreche, daß dies nicht wieder geschieht. Gott, ich könnte mir das nicht leisten. Ehrlichkeit ist die beste Karte in unserem Geschäft ... Mr. Johnson, ich bin nicht eben glücklich darüber, daß Sie sich nicht entschließen konnten, diese Probleme an mich heranzutragen, und ich wünschte gewiß, Sie hätten ehrenwertere Ziele verfolgt – doch ich kann nicht eben sagen, daß ich bedaure, was sich hier herausgestellt hat. Mr. Lloyd, ich habe Ihnen zu danken für die Bravour, mit der Sie an meiner Stelle einem offenkundigen Eindringling entgegentraten ...«

»Weshalb kamen Sie zurück?« fragte ich.

»Sie haben uns wohl nicht erwartet?« sagte Mr. Lloyd. Es klang nicht sehr erfreut. »Gilmore fuhr den Cooper durch Ibiza, als ich eben am Bartolome de Rosello in mein eigenes Auto stieg. Er hielt, als ich ihm winkte, und Mr. Mandleberg erbot sich, auszusteigen und mit mir hierherzukommen, wegen der beiden Ikonen, die er mir versprochen hatte; Gilmore fuhr Janey dann nach Hause.« Er hielt inne und sagte dann zu Austin. »Ich denke, Sie sollten das tun, was wir ursprünglich vorhatten, und mit mir in die Casa Veñets kommen. Wenn Sie tatsächlich keine ärztliche Behandlung wünschen – meine Tochter hat einige Kenntnisse in der Krankenpflege und könnte zumindest für Ihre Bequemlichkeit sorgen. Falls Komplikationen entstehen, müssen wir natürlich doch qualifizierte Hilfe holen.« Er ließ die Halskette in seine Tasche gleiten und schloß die doppelte Safetür.

Ich machte diesen Erste-Hilfe-Kurs drei Monate länger als Janey. Janey hörte nach vier Wochen auf. Ich machte den Mund auf und dann wieder zu, als ich Mr. Lloyds Gesichtsausdruck sah. Wir schleppten uns alle nach oben, Lichter löschend und Türen schließend.

Mr. Lloyd hate einen nicht ganz neuen Buick; er parkte in der Nähe auf der Plaza España, durch das freundliche Entgegenkommen seiner Freunde von der Polizei, oder weil Austin Anlieger war. Wir beförderten Austin auf den Rücksitz, und Johnson wartete darauf, zu seinem Seat gehen zu können. Mr. Lloyd blieb neben ihm stehen. »Was Sie taten, war zumindest töricht und kriminell«, sagte er. »Sie oder das Mädchen hätten leicht erschossen werden können. Ich sage nicht, daß mir irgend etwas leid tut, was geschah – außer daß es Austin war, der eine Verletzung zu beklagen hatte. Sie hätten das eher verdient.«

Johnson streifte etwas Sägemehl von Mr. Lloyds Jacke. »Trauen Sie nie einem Künstler«, sagte er. »Ein korrumpierender Beruf. Ich werde mich einer gesunden Beschäftigung zuwenden, Tennis zum Beispiel.«

Er winkte unbekümmert, als ich einstieg, doch Mr. Lloyd winkte nicht zurück. Als er sich auf den Fahrersitz setzte, sah ich im schwachen Laternenlicht sogar, daß er ziemlich rot geworden war. Ich sah auch eine Ecke Kohlepapier aus seiner Tasche ragen. Er hatte sich aber doch nicht getraut, Johnson zu bitten, es zu signieren.

Helmuth brachte Austin zu Bett, und Janey und ich führten einen damenhaften Kampf um seine Pflege; Janey gewann völlig unfair dadurch, daß ihr Vater hereinkam und mich barsch ins Bett befahl. Ich gab Austin einen Gutenachtkuß, und er öffnete die Augen und sagte schwach: »Ich denke, die Fahrt nach Sevilla fällt damit wohl flach. Vorläufig jedenfalls. Sie sind ein verrücktes Mädchen, Sarah.«

»Ich bin nicht so verrückt«, sagte ich süß, auch für Janeys Ohren. »Johnson wird mein Porträt malen.«

Zum ersten Mal wich der Ärger auf Mr. Lloyds Gesicht einer Art widerwilligen Respekts. Er legte seine Hände auf meine Schultern. »Sarah Cassells, ich hoffe, du weißt, was du tust.«

»Ich weiß immer, was ich tue«, sagte ich und drückte Austins Hand, dann ließ ich mich aus dem Zimmer weisen.

Steinbock hatte einen großen Tag gehabt, bestimmt.

Annemarie machte die Einkäufe am nächsten Morgen: Ich war noch nicht munter. Bei einem späten Frühstück, das niemand mit mir teilte, festigte sich mein Entschluß, am Montag nach Hause zu reisen. Auch beeilte sich niemand, mich zum Bleiben zu bewegen, außer Janey: Und die war Austins wegen zwiegespalten. Austin, schien es, hatte eine erträgliche Nacht verbracht, und man hatte keinen Arzt gerufen. Gilmore, vielleicht wegen der Nachwirkungen des Wodka, sprach so gut wie nichts und ging hinaus, um Tennisbälle trübselig gegen die Wand zu schlagen. Mr. Lloyd nahm den einen oder anderen Anruf entgegen und teilte uns mit, daß die Russen nach Madrid abgereist waren; außerdem wurde bestätigt, sagte er, daß Coco Fairley durch Ertrinken nach einer starken Überdosis Drogen gestorben war. Er erzählte das, als Gilmore gegangen war. Er nahm auch die Gelegenheit wahr, die falschen Rubine vor Zeugen aus seiner Tasche zu holen und sie mit einem Hammer auf der Terrasse zu zertrümmern, wobei er eine Platte oder zwei zerbrach. Das war das.

Ich sah einmal nach Austin, aber Janey war die ganze Zeit dabei und ließ ihre manikürte Hand auf seiner Stirn ruhen; so fühlte ich mich leicht überflüssig. Ich hatte ihm ein neues Kissen gebracht, und einen Krug Obstsaft mit Eiswürfeln, den ich selbst zusammengebraut hatte, und ein paar Taschenbücher vom letzten Flug. Doch er schlief mehr oder weniger und beachtete mich kaum. Ich ließ mir von ihm und von Janey versprechen, nicht zu erzählen, wer Mami war. Austin sah mich sonderbar an, ehe er die Augen schloß, und ich erkannte plötzlich, daß mich dies in seinen Augen, milde ausgedrückt, etwas exzentrisch erscheinen ließ. Doch wenn er jeden Trottel akzeptierte, der Gedichte schrieb oder Buchstaben auf Kästen malte, konnte er ebenso großzügig sein, fand ich, was Mami und mich betraf.

Ich sah zu, wie Janey mit dem Daumen seine Temperatur fühlte, und hoffte, er würde nicht hohes Fieber bekommen, während ich aus dem Haus war. Dann machte ich mich an einen üppigen Lunch, von geeisten Melonenbällchen über die üblichen Köstlichkeiten bis zu Petits fours zum Kaffee. Danach sauste ich zum Hotel Mediterránea, um meinen Bruder Derek zu sehen.

Er war nicht da, also spürte ich ihm mit dem Maserati nach. Ich hatte nicht erwartet, daß Janey besonders mitteilsam sein würde, was die Kontakte zwischen ihr und Derek letzte Nacht betraf; und sie war es tatsächlich nicht. Niemand sagte etwas über Spionage, und ich hielt es für sehr unwahrscheinlich, daß Derek soweit gegangen war. Er erzählte ihr, daß er kurz zurückgekommen sei, zu einem persönlichen Gespräch mit seinem Vater; das war alles, sagte sie, was er erwähnte. Als er letzte Nacht dann Mami sah, ging er wie eine Rakete hoch, weil Daddy, vermutete Janey, unerwähnt gelassen hatte, daß der Hauptzweck des Ibiza-Unternehmens darin bestand, ein erneutes Zusammenkommen einer Bühnenschlampe und eines versoffenen Schnorrers zu ermöglichen. Sicher, Janey formulierte es jetzt etwas anders.

Nach allem, was passiert war, wurde die Spionagegeschichte für mich immer unwahrscheinlicher. Es schien eher möglich, daß Daddy irgendwie über die seltsame Geschichte mit den Rubinen gestolpert war und jemand sichergestellt hatte, daß er sich nicht weiter einmischte. In diesem Fall war Derek gewiß völlig unschuldig; in seiner Ignoranz mochte er vielleicht gar etwas wissen, was Jorge und Gregorio betraf. Störend war, daß ich mir nicht vorstellen konnte, wie Gregorio einen anderen Mann auf dieses Pferd hinaufbugsierte. Und für Jorge wäre das ganz unmöglich gewesen.

Coco hätte es sicher geschafft. Ich spielte mit dem Gedanken, daß Coco sich mit Jorge und Gregorio verbündet haben könnte und sie Daddy töteten, weil er das mit der Kette entdeckt hatte. Mich konnte Coco aus reiner Bosheit hergelockt haben, um mich mit Mami zu konfrontieren und die Sache noch mehr zu verwirren, indem er ihre Gegenwart publik machte.

Falls dem so war, schien es ganz offensichtlich, daß Jorge oder Gregorio etwas mit seinem Tod zu tun hatten. Einem Impuls folgend fuhr ich an Dereks Hotel vorbei, parkte in der Avenida General Franco und ging durch die Dalt Vila hinauf zu Austin Mandlebergs Galerie.

Eine alte, verblaßte Frau in Schwarz tünchte die Wand mit einer langstieligen Bürste, die sie gelegentlich in einen Eimer tauchte. Als sie merkte, daß ich nicht nur guten Tag sagen wollte, setzte sie die Bürste ab, wischte ihre Hände an die Schürze und erzählte mir eine lange Geschichte. Sie sprach den breiten einheimischen Dialekt, und ich verstand kein Wort. Nach einer Weile unterbrach ich: »Momentito« und begann meinen eigenen Bericht: Señor Mandleberg war krank geworden – nichts Ernsthaftes, Señora – und war in der Casa Veñets bei Señor Lloyd, wo man ihn wunderbar pflegte. Wichtige Nachrichten sollten an Señor Lloyd weitergeleitet werden. hier die Adresse; hier die Telefonnummer; konnte ich Señor Gregorio sprechen?

Erst jetzt, mit großer Mühe und allen zehn Fingern redend, gelang es ihr, einige niederschmetternde Tatsachen mitzuteilen. Señor Gregorio war gestern nacht nicht zu Hause. Sein Bett war unberührt, keine Kleider fehlten. Und obwohl die drei jungen Männer gekommen waren, wurde auch Jorge vermißt; die Chica in dem Haus, in dem er wohnte, war ganz sicher, daß er ebenfalls die ganze letzte Nacht nicht dagewesen war. Wer sollte nun die Galerie aufmachen? Die Besucher empfangen? Das Geschäft führen?

Ich sagte ihr, man sollte alles schließen und die drei Männer nach Hause schicken; Señor Austin würde später kommen und seine Anordnungen treffen. Es war möglich, sagte ich, daß er alles über Jorge und Señor Gregorio wußte; wir hatten ihn heute morgen nicht mit Fragen danach behelligen wollen. Ich ließ sie stehen, ihre knorrigen Hände verschränkt, ihre tiefliegenden Augen dankbar lächelnd unter dem grauen, zurückgebürsteten Haar. Sie war wahrscheinlich um die Dreißig.

Ich ging zu dem großen silbernen teléfonos-Kiosk an der Vara de Rey und rief Janey an. Nach einer Weile kam Mr. Lloyd ans Telefon. Ich erzählte ihm, was geschehen war, und wartete. Ich würde nicht die Polizei benachrichtigen und alle verrückt machen, wenn das nicht nötig war. Andererseits gab es bereits zwei Leichen, und wenn es mehr geben sollte, wollte ich mich nicht mitschuldig fühlen. Nach einer Weile sagte Janeys Vater, ich sollte dran bleiben, und er würde nach Austin sehen.

Ich blieb dran und fütterte das Telefon mit Pesetas, bis er schließlich zurückkam und sagte, ich sollte besser nichts unternehmen. »Gregorio könnte zurückgekommen sein«, sagte ich. »Vielleicht hat er festgestellt, daß die Rubine verschwunden sind, vielleicht fühlt er sich entlarvt und hat die Insel verlassen?«

»Daran habe ich auch schon gedacht«, sagte Janeys Vater, an dem ich allmählich manches von dem irritierenden Gehabe eines Industriemagnaten entdeckte. »Und da es nur zwei Wege gibt, die Insel zu verlassen, kannst du diesen Teil der Nachforschungen getrost mir überlassen. Falls sie verschwunden sind, ist es so vielleicht am besten.«

»Armer Austin«, sagte ich. »Kein Geschäftsführer.«

»Wenn der Mann ein Krimineller ist, dann ist Austin jetzt kaum schlechter dran«, sagte Mr. Lloyd. »Ich danke für deinen Anruf,

Sarah. Ich bin zuversichtlich, daß wir bald das Ende dieser Sache sehen.«

Ich weiß nicht, wie Magnate zu Magnaten werden. Ich trat aus der Telefonzelle, nachdenklich Pesetas in meine Handtasche schaufelnd, und fand meinen Weg von Mami versperrt.

»Hallo, Darling«, sagte sie. »Ich sah dich in der Telefonzelle; man könnte darin Walzer tanzen, nicht? Weißt du, wo Derek ist?«

Sie trug eine blaßblaue Kasack-Bluse und eine Silberkette; ihre Igelfrisur war heruntergebürstet, ihre Wimpern waren gezupft. Am Bordstein stand ein Humber Imperial. Er mußte mindestens dreißig Jahre alt sein. Entweder hatte der Fernsehstar den Sportwagen eingeschlossen, dachte ich, oder sie hatte ihn zu Schrott gefahren; und das hier war das Beste, was der Verleih der Insel in dem Stil zu bieten hatte, den sie schätzte. Keine Seats für Mami. Ich sagte: »In seinem Hotel, denke ich. Warst du dort?«

Sie schüttelte den Kopf. »Er ist nicht da. Und er ist auch nicht zum Flughafen gefahren. Er bestellte ein Lunchpaket und ging nach dem Frühstück weg; er sagte, er wollte zu einem Bus. Was machst du jetzt?«

»Derek suchen«, sagte ich. »Wir könnten uns ja zusammentun. Wie wär's in dem Maserati?«

»Recht flott«, sagte Mami und betrachtete ihn anerkennend. »Ich weiß nicht, ob Dilling einen Maserati fahren kann. Aber Clem kann es sicher.«

»Clem?« fragte ich.

»Mein Leibwächter«, erklärte Mami. »Als Mr. Johnson anrief, bestand er darauf. Niemals weniger als zwei starke Männer, rund um die Uhr. Wenn mir das nur jemand vor dreißig Jahren geboten hätte.«

Ich blickte durch das Fenster des Imperial und winkte. Clems schweißglänzendes Gesicht grinste schwach zurück. Mami machte lockende Gesten.

»Komm mit uns«, sagte sie; und wir alle drängten uns in den Maserati. Ich setzte wieder meine Sonnenbrille auf und ließ Dilling ans Steuer.

Es war eine schöne Fahrt. Zuerst klapperten wir die Bushaltestellen ab, und dann nahmen wir aufs Geratewohl die Straße nach San Antonio, mit einem schlecht gedruckten Fahrplan bewaffnet, auf dessen Lektüre Mami bestand. Dabei wechselte sie von der Sonnenbrille über ihre Weitsichtbrille zu ihrer Lesebrille, mit erstaunlicher Geschwindigkeit und stetig fließendem Redestrom.

Die Wahl des Weges zeigte sich, zu meiner Überraschung, als recht vernünftig. Etwa acht Linien führten aus Ibiza, doch Abfahrt war fast immer vor dem Frühstück oder nicht bis zum Lunch. Ein Bus fuhr morgens 9.30 Uhr nach Santa Eulalia, doch ich war mit Gottes Hilfe selbst daran vorbeigekommen, und Derek saß nicht darin. Aber die Busse nach San Antonio fuhren jede Stunde. Mit einigem Respekt blickte ich auf meine Mutter. Wenn man bedachte, daß sie die ganze Nacht aufgewesen war, in der Gesellschaft von Ärzten und Polizisten und Bestattungsunternehmern, sah sie bemerkenswert frisch aus. Cocos nächster Angehöriger, sagte sie, war ein Zuckerpflanzer in Trinidad, ein Mitglied der Plymouth Brethren; wie schön sei doch der Gedanke, daß das ganze Geld einer guten Sache zufließen würde.

»Welches Geld?« fragte ich.

»Das Geld aus seinem künstlerischen Nachlaß, Darling«, sagte Mami. »Du weißt, wie die Preis nach dem Tod in die Höhe schießen. Und er war ein guter Dichter.«

»Sehen Sie besser zu, daß niemand an die Binsen geht«, sagte Clem und kicherte nur kurz, aus Achtung vor dem Toten. Mami parierte, und wir unterhielten uns weiter. Es stellte sich heraus, daß sie die Plymouth Brethren für eine heiße Trompetencombo von Radio Luxemburg hielt. Dilling korrigierte sie. In der Ferne entdeckten wir einen Bus und jagten ihn, doch er war voll von Spaniern, die auf Mami starrten. Derek war auch nicht in San Antonio. Wir krochen Straßen hinauf und hinunter und setzten uns dann unter die Bäume am Meer. Ich trank Ginger. Nichts zu sehen. Dann zwängten wir uns in den Maserati und machten uns auf den Rückweg durch San José.

»Wir werden ihn nicht finden«, sagte ich. Die lockere Stimmung im Wagen machte mich unvorsichtig. »Er ist sicher bei Jorge und Gregorio.«

»Bei wem?« fragte Mami.

Diese Geschichte konnte ich ruhig erzählen. Mami war gewiß nicht daran interessiert, schlimme Gerüchte zu verbreiten, und Clem war sowieso auf Johnsons Seite. Ich erzählte die Geschichte der Rubine.

»Warum?« fragte Mami zum Schluß. »Hoffte er, sie als echt zu verkaufen?«

»Das konnte er nicht; sie waren zu bekannt. Und es waren sowieso schlechte Kopien«, sagte ich. »Nein, wir vermuteten, daß sie die echten irgendwie ersetzen sollten, während die echte Kette gestohlen und verkauft wurde.«

»Ich dachte, sie wären in einer Bank«, bemerkte Clem. »Oder gibt es in der Kirche eine Gruft oder so etwas?«

»Ich denke, sie sind in der Bank. An einem sicheren Ort jedenfalls«, sagte ich, »elf Monate im Jahr. Sie kommen nur heraus . . .«

»Zur Prozession, natürlich«, sagte Mami entzückt. »Die nächtliche Prozession der Büßer. Sie hatten sicher vor, die echten zu nehmen . . .«

»Heute«, sagte ich.

Ich hatte Johnsons Kombinationen verfolgt. »Heute nacht ist die große Prozession, und direkt danach kommen sie wieder unter Verschluß. Man bedenke . . .«

»Und wenn Gregorio auftaucht und behauptet, daß er keine Ahnung davon hat?« sagte Clem. »Es gibt kaum Beweise. Es könnte Mandleberg sein.«

»Kaum«, sagte ich. »Er war nicht einmal da. Und sag mir, wie hätte er einen weiteren Safe machen und einbauen lassen können, ohne daß Jorge und Gregorio es merkten? Er hätte nicht mal was von einem Einbruch erfahren, wenn Mr. Lloyd nicht mit einem Revolver angekommen wäre.«

»Wie wäre es dann mit Tony Lloyd?« sagte Mami. »Vielleicht dirigierte er diesen Herrn Gregorio in Mandlebergs Abwesenheit. Das würde erklären, wieso die beiden Männer nicht aufgetaucht sind. Vielleicht hat er den Morgen damit zugebracht, sie in aller Ruhe aus dem Land zu bringen.«

Ich muß sagen, daß mir dieser Gedanke auch schon gekommen war. Ich sagte: »Es ist nur so, daß er das Geld kaum braucht, sollte man denken. In Südspanien kontrolliert er schon den halben Außenhandel. Und diese Rubine, wenn man sie aus der Fassung bricht, würden, denke ich, kaum mehr als, nun, zwölftausend, achtzehntausend Pfund bringen?«

»Nicht viel«, stimmte Mami zu. »Aber so etwas summiert sich, Darling, mit der Zeit. Vielleicht hat er sich so den halben Handel an der Küste angeeignet. Es hilft jedenfalls, die Räder zu schmieren.«

Ich sagte: »Es geht darum: Glaubst du, daß Daddy die Sache herausfand? Glaubst du, daß er deswegen getötet wurde, nicht wegen dem anderen? Und glaubst du, Derek könnte es wissen?«

Sie nahm die Brille ab. Unter den Ringen der Roßhaarwimpern sah ich ihre Augen doch blutunterlaufen und alles andere als lebhaft nach dieser schrecklichen Nacht. »Mein kleiner Liebling, ich weiß es nicht«, sagte Mami. »Nach all dem könnte ich mir höchstens denken, daß Derek die Rubine selber klaut.«

»Das ist Unsinn, Lady Forsey«, sagte Clem fest. »Von allem anderen abgesehen: Wie könnte Derek ein solches Ding von einer holländischen Firma aus organisieren? Wahrscheinlich hat er nie von den Rubinen gehört.«

Doch, er hatte. Janey hatte ihn gestern abend angerufen. Obwohl wir das natürlich nicht wußten, als wir Derek an der Kreuzung zum Flughafen entdeckten, mit einem Fuß auf dem Pedal eines Fahrrads. Mr. Lloyds Buick stand neben ihm.

Clem sah sie als erster und dirigierte Dilling auf sie zu, während ich Mami erklärte, wer Mr. Lloyd war.

»Ich weiß, Darling«, sagte sie, »du hast ihn erwähnt. Der Herr mit dem Revolver, der versucht hat, deinen Mr. Johnson umzupusten. Vielleicht bringst du diesen Mr. Johnson einmal mit; ich würde ihn gerne eines Tages treffen.«

»Sein Honorar ist tausend Guineas und mehr«, sagte ich kalt. Mami ist krankhaft darauf versessen, porträtiert zu werden. Man verewigte sie schon tachistisch, surrealistisch und kubistisch, in Öl, Wachs, Schlamm und Kies. Einer modellierte sie sogar einmal aus Cheddarkäse, und sie bewahrte dieses Werk so lange auf, bis die Mikroben Chinchilla-Ohrenschützer hatten und die Haushälterin in Ohnmacht sank.

Sie tippte mir beim Aussteigen mit ihrer Lesebrille an den Hals. »Sei nicht altmodisch: Niemand gibt heute noch Geld«, sagte sie. »Man bezahlt auf seine Art.«

»Schön für dich«, sagte ich ziemlich giftig. »Du hast ja gleich eine Menge Arten.«

»Und du hast eine, die du für besondere Gelegenheiten aufbewahrst. Gut, wir werden sehen«, sagte Mami, »wer wird wohl zuerst gemalt? Guter Derek – wer hätte an ein Fahrrad gedacht?«

Ich setzte meine Sonnenbrille auf. Derek hatte an ein Fahrrad gedacht. Wenn er nicht verfolgt werden wollte. Wir kletterten hinaus und gingen zu ihnen hinüber.

Derek stand ganz still und glotzte, aber Mr. Lloyd winkte, als er mich sah. Er war offenkundig allein im Buick. Ich stellte Mrs. van Costa und Clem vor, und er warf einen raschen Blick auf den blaßblauen Hosenanzug und die Kette und küßte Mamis Hand. Er sagte zu ihr: »Ich weiß nicht, wieviel Sie wissen ...«

»Ich weiß so ziemlich alles, denke ich«, sagte Mami. »Sarah hat es mir erzählt. Doch was führt Sie hierher?«

Derek sagte: »Ich glaube, wir haben herausgefunden, was aus Jorge und Gregorio geworden ist.«

Die Rädchen griffen ineinander. Seit Janey telefoniert hatte, war er Jorge und Gregorio die ganze Nacht auf der Spur gewesen. Gregorio war in die Kirche gegangen und hatte dann Freunde besucht, deren Haus er gegen drei Uhr morgens verließ. Seither hatte ihn niemand mehr gesehen. Dort, wo Jorge wohnte, erfuhr Derek, daß in den frühen Morgenstunden ein Mann mit einer dringenden Botschaft von Mr. Mandleberg zu Jorge gekommen war. Jorge zog sich an und ging und ward nicht mehr gesehen.

»Es war nicht Austin«, sagte ich. »Austin lag flach, und außerdem war jemand bis mindestens drei Uhr bei ihm.«

Clem sagte: »Dann ist eine dritte Person an dieser Rubinensache beteiligt. Glaubst du, Derek, daß dein Vater deswegen getötet wurde?«

»Ich bin sicher«, sagte Derek unumwunden.

Mr. Lloyd sagte. »Ich höre zum ersten mal von dieser Theorie; doch möchte ich jetzt berichten, was mir bekannt wurde. Auf dem Flughafen sagte man mir, daß weder Jorge noch Gregorio abgeflogen sind. Die *Compostela* verließ Ibiza mit dem Ziel Barcelona gestern um vier Uhr, also waren sie nicht darauf. Die Schiffsleute kennen sie beide gut und sagen auch, daß sie auch sonst nicht auf dem Wasser verschwanden: Sie kauften keine Tickets, sie konnten nicht heimlich an Bord kommen. Auf dem Flughafen und an den Docks ist man jetzt informiert; sie können auf keinem dieser Wege entkommen. Und ich denke, wenn sie jetzt wissen, daß das Spiel aus ist, ist es für sie und den unbekannten Dritten äußerst wichtig, zu entkommen. Und sie haben nur zwei Möglichkeiten: Die eine wäre ein privates Boot; und ich konnte feststellen, daß später als zwei Uhr heute morgen keines auslief, dem eine solche Fahrt zuzutrauen war. Tatsächlich verließ nur ein großes Boot sehr früh heute die Insel; von der Mannschaft wissen wir nichts.«

»Das ausländische Schiff. Der Dampfer von *sa canal* – der Ankerplatz der Salzminen«, sagte Derek. »Daran dachte ich auch.«

Sie hatten sich eben getroffen, dachte ich, und bildeten eine Anti-Johnson-Allianz – Gottes Segen dafür. Wir parkten Dereks Fahrrad. Clem und ich stiegen wieder in den Maserati, Mami und Derek und Mr. Lloyd in den Buick, und wir fuhren über die Straße, die zum Flugplatz führte. Direkt hinter San Jorge bogen wir nach links zu den Salzbecken.

Es war die Wasserfläche, die wir vom Flughafen aus gesehen hatten, Austin und ich: ein seichter See, in Rechtecke geteilt, meilenweit gedehnt. Man sah den Kontrollturm aufragen, und ab und zu dröhnte ein großes Passagierflugzeug heran. Dann kehrten wir dem Flughafen den Rücken, und die Straße schob sich zwischen niedrige, struppige Hügel; nach rechts biegend, wurde sie dann zu einer Art Damm über dem seichten Wasser. Auf der gleichen Seite, nicht sehr nahe, lag dieses langgestreckte Salztableau, das wir an jenem ersten Tag gesehen hatten. Eisenbahnschienen liefen davon weg; und neben uns stand ein Schild, das einen hübschen kleinen schwarzen Dampfzug zeigte.

»*Ein Zug*?« sagte ich.

Clem hatte seinen Arm um meine Schultern, und er wanderte langsam; ich hoffte, Dilling hatte es nicht bemerkt. Clem hatte sich gebessert, muß ich sagen; vielleicht war es einfach nur das heiße Klima. Ich fragte mich, wann er nach London zurückkommen würde. Er sagte: »Früher brachten sie das Salz hier mit Feldbahnen zum Ankerplatz, aber jetzt nehmen sie Lastwagen. Ich denke, die Schienen werden repariert. Wie sehr magst du Gilmore Lloyd wirklich?«

»Er ist amüsant«, sagte ich. »Wir sind neulich zusammen geritten. Und geschwommen. Ich wünschte, ich könnte mir das Salz ansehen. Wie schmeckt es?«

»Wie Salz«, sagte Clem. Jenseits der Eisenbahnschienen links von uns zog sich die Wasserfläche in die Ferne, unterbrochen von gelegentlichen Bäumen und kleinen Gebäuden. Rechts hob sich der Boden abrupt zu einer langgestreckten, niedrigen Böschung, bewachsen von kleinen, buschigen Pinien und Wacholder und unzähligen purpurroten, gelben, weißen spanischen Blumen. Es war brütend heiß, und der Duft von Pinien und Thymian und Blumen drang vom Hügel auf mich ein, als würde sich eine Flasche Floris über mich ergießen; auch ich wurde erregt. Clem sagte: »Halt. Dort drüben ist etwas Salz. Dilling, könnten Sie hier halten?«

»Ach was, Salz«, sagte ich und stieg aus. Ich sah es, wo es vom Lastwagen gefallen war, in einer Spur schmutzigweißer Häufchen an der Straße. »Was ist das für ein himmlischer Duft?«

»Lavendel«, sagte Clem. »Komm mit, ich zeig ihn dir.«

Ich blickte die Straße entlang. Der Staub hinter dem Buick war noch zu sehen. »Verdammt«, sagte Clem schnell. »Sie werden warten.«

Ich sah wohl den Lavendel aus den Augenwinkeln. Die Sträucher schienen gut einsachtzig hoch, die Ähren oben sahen aus wie Rittersporne; alle offen, Parfümduft verströmend, von Bienen belagert. Sie wuchsen in großen, weichen Erdwällen am ganzen Hügel, und ich schleppte mich entlang wie Mary Rand, in der Geschwindigkeit, in der mich Clem diesen verdammten Hang hinaufzog. Wir erreichten eine ebene Fläche, wo eine neue Straße gebaut werden sollte, und eilten zu den Fichten dahinter. Dort packte mich Clem und legte los.

Er legte mit solcher Geschwindigkeit los, daß mein Reißverschluß bereits halb offen war, ehe ich sein Handgelenk zu fassen bekam. Er ließ sofort los, setzte statt dessen einen Halbnelson an und begann mich zu küssen.

Es gibt Küsse und Küsse. Dieser hatte gut zweiundachtzig Kilo hinter sich und eine Menge großer Silbercups. Mir dämmerte jetzt, wofür Clem trainiert hatte. Während einer langen Zeit weitgefächerter Erfahrung war es mir nie in den Sinn gekommen, daß man je wirklich bewußtlos geküßt werden konnte, doch nun schafften wir es beinahe. Ich weiß noch, wie ich in meinem Kopf ein hohles, dröhnendes Geräusch produzierte, da man mich all der üblichen Kommunikationsmittel beraubt hatte; und Clem beförderte mich ins Gras und ließ von mir ab. Er sah aus, als würde er gleich weinen. »Cassells«, sagte er. »Jetzt hab' ich's getan. Du mußt mich hassen.«

»Nein«, sagte ich keuchend. Mein Reißverschluß hatte acht Zentimeter Zähne verloren. »Ich bin nur überrascht. Clem, ich dachte, du magst keine Mädchen?«

»Das dachte ich auch«, sagte er. Er sah noch bekümmerter aus. »Ich habe kein nennenswertes Einkommen. Ich weiß nicht, was ich machen werde. Du wirst mich sowieso nicht wollen.«

Er saß da, auf einem Stein, groß und kräftig und schlicht, und rieb sein Gesicht mit zitternder Hand. Es gab einen roten Fleck.

Völlig unerwartet drehte ich plötzlich durch. Ich nahm seine Hand in meine Hände und sagte: »Weshalb glaubst du das?«

»Oh, Cassells«, flüsterte er beinahe und rutschte, mit kurzen Atemstößen, auf den Knien zu mir herüber. Dann legte er den Kopf auf den offenen Reißverschluß, und ich hielt ihn, während mein Herz wie ein Preßlufthammer klopfte. Ich dachte nicht einmal an seine schäbigen Jeans und sein überzogenes Konto; ich wußte, ich hätte es tun sollen. Ich wußte sehr gut, was jetzt geschehen würde, und außerdem dachte ich vor allem: Flos Mutter würde nun auch meine Tante werden. Dann hörten wir Dillings Stimme: Er rief uns.

Irgend etwas passiert immer, wenn ich mit einem Jungen weg bin. Als Dilling uns erreichte, hatte ich den Fleck von Clems Gesicht gewischt und mir eine Sicherheitsnadel von ihm geliehen. Ich hatte sogar ein großes Bündel Lavendel abgerissen. Wir gingen zum Wagen hinunter und fuhren los und sagten kein Wort.

Die Straße endete am Ankerplatz, und als wir dort ankamen, stand der Buick bereits leer da. Es war eine recht große Ansiedlung, zwischen die Hügel und das Meer gezwängt, mit einem langgestreckten, marmorversehenen Bürogebäude und seinem eigenen Kraftwerk landeinwärts. Weiter gab es eine Anzahl schmucker weißer Häuser mit Gärten und Wäsche an der Leine und herumtollenden Kindern. Auf der anderen Seite, auf einem niedrigen Felsen über der Küste, waren Einrichtungen für die Arbeit: Walzen für das Zerkleinern des Salzes, Lagerhäuser mit Geräten und so weiter, und ein tiefer Brunnen wie eine Stierkampfarena, halb gefüllt mit Salz, mit langen gelben Gleitbahnen auf Rädern, zum Beladen bereit. Danach kam die Landungsbrücke, von unserer Ebene aus über eine Eisenbrücke zu erreichen. Auf einer Tafel vor ihr stand: SALINERA ESPAÑOLA, ZONA DE TRABAJO PROHIBIDO EL PASO. Ich nahm eine Handvoll Salz, das wie Zucker aussah; doch wie Clem behauptet hatte, schmeckte es nach Salz. Ich schlenderte an den Gebäuden vorbei. Oben am Mauerwerk waren eine rostige grüne Glocke und zwei farbige Lampen: Unter der roten stand MENOS SAL, unter der grünen MAS SAL. Ich kicherte und hielt inne. Aufgepaßt, Sarah. Dann wandte ich mich um und ging an dem tuckernden Kraftwerk vorbei und unter den Bäumen zu den Häusern. In einem davon war eine Bar.

Drinnen war es kühl. Mr. Lloyd und Mami tranken Cointreau, den, wie ich sah, bei einem Preis von 125 Pesetas pro Flasche, jeder wie Milchshakes hinunterschüttete. Derek hatte eine Flasche kalter pasteurisierter Schokolade. Clem, der noch immer kein Wort gesprochen hatte, ließ das Glas bis zum Rand mit Cognac füllen. Ich nahm Ginger. Es war ein Tag, an dem ich dachte, daß ich vielleicht hellwach bleiben müßte.

Mamis Augen fanden natürlich sofort die Sicherheitsnadel, doch Mr. Lloyd sah nichts Unrechtes. Sie waren in dem Büro gewesen. Ein schwedisches Schiff war im Morgengrauen mit einer Ladung Salz ausgelaufen, doch niemand wußte, ob es zwei zusätzliche Passagiere mitgenommen hatte. Irgendwann in der Nacht war ein Auto angekommen, und man hatte Leute aussteigen hören. Der Wagen war dann weggefahren. Neben der Landungsbrücke befand sich eine kleine Bucht, mit vielen Ruderbooten im Wasser oder auf der Helling. Niemand wußte, ob möglicherweise eines fehlte; doch heute morgen fand man einige Spuren hier im Sand, die gewiß nicht von den Stiefeln der Salzarbeiter stammten.

Die Sache schien ziemlich schlüssig.

»Wo landet das schwedische Schiff zum ersten Mal?« fragte Clem. Er hatte sich sichtlich zusammengerissen. »Könnte man das nicht vom Salinera-Hauptbüro in der Stadt erfahren?«

»Wenn sie an Bord gegangen sind, könnten sie sehr wohl bereits wieder gelandet sein«, sagte Mr. Lloyd nachdenklich. »Natürlich könnten wir in jedem Falle die Gesellschaft bitten, den Kapitän zu kontaktieren. Tun wir das. Fahren wir zurück nach Ibiza.«

Nun zeigte sich, daß Mami fast vor Hunger starb. Sie hob ihre Heckenscherenwimpern zu Mr. Lloyd, und er stimmte zu, daß es vielleicht zu heiß war. Zwischen ihnen gab es bereits einen gewissen Rapport. Sicher hatte Mami die ganze Sache mit Coco im Wagen erledigt, auf ihre Art. Mr. Lloyd war nicht nur weich geworden, er floß dahin. Mami besteht aus Mängeln – aber Expertin ist sie schon.

Alle bewegten sich zu den Autos zurück. Ich hoffte, er würde sie nicht zum Lunch einladen, sonst mußte ich noch mehr Melonenbällchen machen; doch er lud sie ein, ohne mich auch nur anzusehen.

Auch Derek kam zum Lunch, und er bekam Melonenvierecke; denn ich wollte verdammt sein, ehe ich den ganzen Tag seinetwegen in der Küche schwitzte.

Ich saß nicht bei ihnen am Tisch: Es waren verdammt zu viele, und obwohl Mami nicht müde wurde, auf Mr. Lloyd zu blicken, wußte ich sehr wohl, daß sie sich amüsierte. Wenigstens hatte ich Austin für mich. Zwischen den Gängen lief ich zu ihm, mit etwas Weißwein und einem Eiersoufflé in Cognac. Er sah sehr viel besser aus, die Rippen mit Krepp umwickelt, und er sprach davon, später aufzustehen. Ich riet ab. Ich brauchte Zeit, um über Clem nachzudenken. Ich hatte Austin von Jorge und Gregorio erzählt, und er meinte, die wären wir los. Insgesamt schien er mir recht zufrieden, daß die Sache so gelaufen war. Dann, nachdem ich die Petits fours auf die Teller befördert hatte, kam Clem in die Küche und sagte: »Meine Güte, komm hier raus und mach dir's bequem.« Er trieb mich ins Speisezimmer und half Helmuth mit dem Kaffee. Es war Annemaries freier Nachmittag.

Neben Gilmore war ein freier Stuhl. Es war nicht fair Clem gegenüber, aber ich konnte nicht widerstehen. Gil war schwimmen gewesen: Seine Haare waren noch feucht und kräuselten sich an den Seiten leicht, seine Haut trug eine neue Schicht Sonnenbräune. Sein Lächeln beunruhigte mich etwas. Er sagte: »Wann ist Johnson an der Reihe?«

Ich wußte genau, was er meinte. »Heute nachmittag vielleicht«, antwortete ich. »Er malt mein Porträt.«

»Vor Montag?« fragte Gil. »Oder wirst du dich auf der *Dolly* häuslich niederlassen?«

Ich hatte vergessen, daß ich am Montag abreisen würde. »Er wird eine Köchin brauchen«, schlug Gilmore vor. »Jemand, der seine Knöpfe annäht. Er könnte dir sogar das Segeln beibringen. Und dann ist da Clem, zur Abwechslung. Zwei Trümpfe in einer Hand, Schischi. Austin zählt ja im Moment wohl nicht.«

Ich hob meine Augenbrauen. Dampf drückt meine Haare stets nach unten wie abgeknickte Regenschirme, und meine Nase hatte sich geschält; doch seine Würde mußte man sich bewahren. »Austin ist ein süßer Junge«, sagte ich. »Clem auch. Ich weiß nicht, wieso du dich wegen ihnen giftest. Du hast schließlich Louie und Petra.«

Die Namen hatte ich, vertraulich, von Janey. Doch für jeden kommt einmal der Augenblick im Leben, in dem man jede verfügbare Waffe einsetzt.

»Richtig«, sagte Gilmore. »Und es sind sehr süße Mädchen. Nach dem Lunch fahre ich mit Louie Wasserski. Wie schade, daß du zu Johnson gehst.«

Ich hätte schreien können.

Ich fuhr nach der Siesta zur *Dolly*. Janey ließ ich mit Austin zurück, plaudernd in zwei Klubsesseln am Pool. Ich bekam sie nicht von ihm weg. Mr. Lloyd und Mami waren verschwunden, um, wie ich dachte, Mr. Lloyds Bilder zu betrachten oder seine neuen Klassikerschallplatten zu hören oder beides zu verbinden. Clem, der Leibwächter, lag in voller Länge in der Lounge, was ihm, glaube ich, auf der *Dolly* schwerfiel, wenn es nicht unmöglich war. Gil war im Cooper weggefahren, mit Badetuch, Surfhosen und Skis, und auch mit Derek, der nach Ibiza zurückwollte. Ich nahm den Maserati, ohne zu fragen.

Niemand war auf der *Dolly*. Nie in meinem ganzen Leben hatte ich ein solches Glück. Außerdem wußte ich auch, wo Louies Strand lag: Ihr Onkel hatte eine Hausparty in einer Villa bei Portinatx. Ich wendete den Maserati und fuhr singend nach Norden – Janeys Wasserski bequem im Kofferraum.

Letzten Sommer kochte ich zwei ganze Monate für eine Familie, die ein Anwesen am Ufer eines eiskalten schottischen Lochs hatte. Es regnete. Außer mir bekamen alle Grippe, und niemand wollte essen. Es gibt nichts Besseres als ein eiskaltes Loch in Schottland, wenn man lernen will, aufrecht auf Wasserskis zu bleiben.

Ich hielt am Rand eines Orangenhains und bürstete die Haare aus, bemalte meine Augen neu und setzte meine Sonnenbrille auf –

keineswegs die vergebliche Mühe, die sie scheinen mag. Dann startete ich wieder, raste um die Biegung und hielt kreischend und dampfend auf der Straße oberhalb von Louies Strand. Dan ließ ich sämtliche Signaltöne erschallen, die der Wagen hergab.

Gilmore war als erster am Auto, mit zwei anderen, deren Impfmale ich erkannte. Ich sagte: »Er war nicht da.«

»Aber du hast Wasserskiern dabei«, sagte Gilmore Lloyd.

»Warum sollte sie ihre Zeit mit Wasserski verschwenden?« sagte der Kürzere der beiden anderen. Ich schenkte ihm ein höfliches Lächeln. Bei mir ist es entweder einer von der falschen oder einer von der richtigen Sorte, der seine feste Freundin eifersüchtig machen will. Dieser hier war einer von der falschen Sorte.

Gilmore sagte: »Es ist Louies Party, aber komm trotzdem auf einen Drink herunter.«

Ein nettes Mädchen hätte gesagt: »Nein, danke«, und wäre auf ihrem Roller davongetuckert. Dauernd nennt man mich ein nettes Mädchen, und ich verstehe wahrhaftig nie, weshalb ein nettes Mädchen nicht ans Heiraten denken sollte. Ich denke ans Heiraten, dauernd. Es ist das einzige, was ich will. Ich meine, ich will eine ganze Menge Dinge, und es gibt keine andere Möglichkeit, sie zu bekommen. Ich sagte: »Danke, sehr gerne«, und Gil blieb eben so lange bei mir, bis er mich Louie und dem einen oder anderen höflichen Herrn vorgestellt hatte; dann fuhr er mit seinen Skiern hinaus. Ich wartete, bis er zurückkam, nachdem er sich bis zur Erschöpfung produziert hatte, und fragte besonders süß, ob ich es vielleicht auch versuchen könnte.

Ich hatte keinen Pucci-Badeanzug und keine Tobago-Bräune und keinen reichen Vater ... und keinen Vater. Doch ich hatte langes blondes Haar, echt, und eine verdammt gute Figur, echt, und einen Jantzen-Badeanzug, aus dem eine Kusine herausgewachsen war, und eine eiserne Disziplin. Ich zeigte, was ich auf Wasserskiern konnte, und falls außer Gilmore kein Mensch zusah, war das die Sache wert.

Beim nächsten Mal fuhr er mit, rückwärts und vorwärts zischend. Er wollte mir Angst machen. Ich hatte Angst, gewiß, aber ich war zu beschäftigt, um sie zu zeigen. Er rief: »Du sagst, du kannst kochen?«

»Und tanzen«, rief ich. Als er wieder zurückschoß, fragte ich: »Fährt Louie Wasserski?«

Er rauschte davon, die Gischt spritzte. Als er wieder da war, sagte er: »Nicht vor Juni. Sie hatte in Zermatt einen Bruch mit ihrem Hubschrauber.«

»Pech«, sagte ich und kippte um. Man kann nicht immer gewinnen. Aber man kann es versuchen.

Wir hatten eine Art Snack am Strand: Hackbraten und große Salatblätter, mit Sardellen und Tomaten und Hühnchen und Salami und rotem Pfeffer und Oliven und kleinen hartgekochten Eiern.

Es war eine wundervolle Party. Die meisten waren Engländer; ich kannte einige durch Janey. Etwas später kam auch eine Gruppe Spanier in einem Mercedes und vielen graugrünen Lambrettas. Das eine oder andere der Mädchen hatte ich in Ibiza gesehen. Sie trugen lose Umhänge, lange braune Stiefel und kleine weiße Kilts mit leuchtenden, hochgeschlossenen Seidenjacken; ihre Haare waren streng zurückgekämmt, von Perlenschließen gehalten. Sie trugen sonst sehr wenig, wie ich jetzt bemerkte: Sie schienen wirklich überall braun. Sonnenbrillen, lernte ich, schob man jetzt nicht mehr auf die Stirn, sondern hakte sie mit einem Bügel an den Busen. Louies Brille glich Feuerrädern. Da war auch ein Junge, der nur herumstand, Hände in den Hüften, mit Fünf-Zentimeter-Koteletten, einem Goldmedaillon und einem Badetuch, das von seiner Schulter hing. Er stand zehn Minuten lang so da, und man konnte alle Engländer haßerfüllt zischen hören. Dann kamen ein paar Kreuzjachten mit einigen Jungen aus Minorca.

Alle kannten sie Mr. Lloyd. Einer der wirklich gutaussehenden Jungen, der schon mit einer portugiesischen Erbin verlobt war, legte sich neben mich, um mir zu den Krapfen einige höfliche Zärtlichkeiten zukommen zu lassen, und sagte: »Janey ist ein nettes Mädchen, doch ihr alter Herr packt sie in Watte, meinst du nicht auch?«

»*Janey*?« sagte ich. Nie in meinem Leben habe ich jemanden getroffen, der es weniger nötig gehabt hätte, in was auch immer gepackt zu werden – höchstens vielleicht in Asbest.

»Nun . . .« sagte der nette Junge und reichte mir ein Päckchen süßer Mandeln wie Curlingsteine. Er hatte vier Gins und eine halbe Flasche Sauterne hinter sich, doch man merkte es ihm tatsächlich kaum an. Er sagte: »Ich weiß nicht, warum er es Janey nicht sagt. Janey ist tolerant. Würde es ihr etwas ausmachen?«

»Was?« fragte ich, seinen Bizeps berührend. Er war herrlich braun. »Weiter – Gil hört uns nicht zu.« Ich war nicht sicher, ob er außer Hörweite war, aber das war mir auch gleichgültig.

Der nette Junge rückte näher und begann, ebenso gesittet wie bisher, mit meinem Bikini zu experimentieren. »Ach, weißt du – dieses Liebesnest in Palma«, sagte er. »Warum bringt er die Frau nicht mit nach Hause, und damit gut? Ich weiß nicht, was Janey daran stören könnte.«

Palma. Wo Janeys Vater tatsächlich in der Nacht von meines Vaters Tod gewesen war, obwohl er behauptet hatte, in Barcelona zu sein ...

Ein Schatten fiel auf uns beide; Gilmore Lloyd beugte sich herab und schubste den netten Jungen von meinem Rücken. »Der Haken ist auf der anderen Seite«, sagte er ruhig. »Und egal, was Schischi vielleicht gerne hätte – ihre Treuhänder ziehen es sicher vor, wenn er zu bleibt.« Dann zog er mich mit einem Ruck auf die Beine, bei dem fast die Füllungen meiner Backenzähne herausfielen, und ging mit mir zu Louie zurück. »Wir machen uns besser auf. Johnson erwartet dich, nicht wahr, Schischi. Und Vater sammelt Leute, die zum Straßenzirkus heute abend gehen.«

Ich nahm die Zähne auseinander und sagte zu Louie: »So reizend von dir, daß ich hier eindringen durfte. Und es ist fast schon mein letzter Tag: wie traurig. Könnten wir vielleicht einmal in London zusammen essen? Gil kann mir deine Nummer geben.«

Louie, eine himmlische Brünette, hing sich bei mir und Gil ein und machte auf dem Weg hinauf zur Straße alle passenden Geräusche, sehr viel süßer als meine. Nach Ostern würde sie nach San Francisco gehen. Ich erinnerte mich an eine Tante, die sich wohl in San Francisco aufhielt, und gab ihr die Adresse. Sie verließ uns bei den Autos.

»Auf Wiedersehen«, sagte Gilmore. Ich hatte eine Menge Dinge sagen wollen, doch der Blick in seinen Augen ließ mich keines davon sagen. »Auf Wiedersehen«, sagte ich. »Danke für deine Gesellschaft.«

Das könnte ihn vielleicht dazu bringen, dachte ich, heute abend etwas aktiv zu werden. Immerhin bin ich nicht wirklich prüde. Mein Moralkodex mußte nur ein bißchen aufpoliert werden, um den veränderten Bedingungen zu entsprechen. Etwa, daß ich hier vier Männer um mich hatte und mit keinem einzigen nach London zurückkehrte.

In südlicher Richtung zurückfahrend, hatte ich Zeit, an eine Menge Dinge zu denken, allein, wie ich war. Ehe Gilmore es erwähnte, hatte ich vergessen, daß heute abend die große Osterprozession in Ibiza stattfand, die Prozession des Schweigens, bei der die Gläubigen die Bahren aus der Kathedrale durch die ganze Stadt trugen.

Heute war Karfreitag. Jemand hatte gesagt, Cocos Party würde die Einheimischen stören. Das war nicht der Fall gewesen, denn Mamis Haus war abgelegen, und ihr Personal war diskret. Die Strandparty, von der ich eben kam, war ebenfalls unschuldig genug, verglichen mit einigen Barbecues zuhause. Wir konnten alle auf uns selbst achtgeben; dazu hatte man uns erzogen. Doch es gab einen schockierenden Unterschied zwischen diesen Dingen und den Leuten, an denen man im Maserati vorbeifuhr – diesen Menschen mit ihren besten schwarzen Spitzen und Seidenschals, die mit ausgezehrten Gesichtern und knorrigen Händen zur Messe gingen oder von der Messe kamen.

Das Merkwürdige war, daß ich mich in beiden Welten irgendwie zuhause fühlte. Ich meine, man muß die richtige Sorte Leute treffen, und niemand kann sagen, daß es keinen Spaß macht, mit Schnorcheln im Wasser zu schäkern oder sich ähnlich zu amüsieren. Doch es machte mir auch Spaß, heute morgen bei den Salinas-Gebäuden mit Kindern zu scherzen, und ich ließ mich gerne auf dem Markt necken. So gesehen, schienen mir die Fischweiber lebendiger als Louies Clique, von dem armen Coco und seinen traurigen Tüten ganz zu schweigen. Aber das war ihr Leben, und dies war meines. Ich hatte die englischen Mädchen in fleckigen Anoraks und zerrissenen Juteschuhen gesehen, wie sie in gutturalem Spanisch auf dem Markt feilschten. Die Marktfrauen mochten sie nicht. Man konnte nicht auf eingeboren machen. Man geriet nur in eine Rumpelkammer zwischen ihrer Nationalität und seiner eigenen.

Janey war anders, fiel mir ein. Zuhause behandelt Janey jedes Ladenmädchen wie Dreck, und hier macht sie dasselbe. Komisch war, daß niemand das zu stören schien.

Weiterfahrend dachte ich an die anderen. Austin gab sich jovial gegenüber seinen Untergebenen. Sehr höflich, doch eine gewisse selbstgefällige Egozentrik war sicher vorhanden. Mr. Lloyd war direkt und lebhaft und ziemlich ungeduldig. Vielleicht liebten ihn seine Leute nicht, in welcher seiner lukrativen Unternehmungen sie auch beschäftigt waren, doch sie müßten ihn respektieren, dachte ich. Gilmore war genau wie Janey. Die einzigen, die alle wirklich gleich behandelten, waren Johnson und sein Helfer Clement Sainsbury. Und Mami, denke ich. Doch sie konnte einem vollgepumpten chinesischen Kellner in Soho einen endlosen Vortrag über Bartok halten und ihn im festen Glauben verlassen, ein anregendes und geistvolles Plauderstündchen erlebt zu haben.

Plötzlich wollte ich Johnson sehen. Ich passierte die Biegung zur Casa Veñets und fuhr direkt weiter nach Ibiza. Dort parkte ich den Wagen rechts, dem Dock gegenüber. Dann ging ich zum Club Nautico hinüber und eilte durch das Tor und den Kai entlang bis zu der Stelle, an der die *Dolly* lag.

Sie hievten ein Sardinenboot hoch. Das große, mächtige Pferd trottete gleichmäßig im Kreis über die Erde, mit seinem Strohhut und einem schäbigen Ledergeschirr, die runden Klappen über beide Augen wie eine Brille aus Schilf. Langsam zog die Kette an. Ich blickte kaum hin: Man mußte auf Schläuche und Poller achten. Johnson sagte, es dauerte zwölf Stunden, um die Wassertanks der *Dolly* für ein Bad zu füllen; und wenn ich auf die schmale Leitung blickte, konnte ich ihm glauben. Ich lief die Laufplanke hoch und stand an Deck. Ich rief seinen Namen.

Im Cockpit bewegte sich etwas, und meine Mutter kletterte heraus, das Aroma von Zigarrenrauch verbreitend.

»Hallo, Darling«, sagte sie. »Johnson hat kein Eis mehr. Sei ein Schatz und lauf zum Laden. Weißt du, wo er ist?«

Ich wußte es tatsächlich – ein Stück die Hauptstraße hinunter. Doch ich ging weiter auf sie zu und sagte: »Mami, es ist mir egal, wen du in der Kabine hast. Ich möchte nur zu Johnson.«

»Er ist nicht da«, sagte Mami. »Ich weiß nicht, wo er ist. Der Schiffer ist auch nicht da.«

»Für wen willst du dann das Eis?« fragte ich. Ich war es allmählich leid, Johnson zu suchen.

»Oh, das ist für Clem. Weißt du«, sagte meine Mutter, »er liegt hier drin auf dem Boden, und ich glaube, er ist tot.«

9

In dem Kabinenraum roch es nach Farbe, gutem Essen und Alkohol. Der Tisch war nach dem Lunch nicht weggekommen, obwohl ihn Spry abgeräumt hatte. Darunter, zusammengeknickt auf dem Boden, lag die kompakte Gestalt meines Verehrers Clem, immer noch mit den blauen Levis und dem zerknitterten Hemd, wie auf dem Lavendelhügel. Seine Haare waren zu kurz, um zerrauft zu sein, aber seine frische Haut war leichenblaß, und er rührte sich nicht, als ich rasch neben ihm kniete.

»Ich konnte noch nie den Puls fühlen«, sagte Mami, während sie mir über die Schulter blickte. »Entweder er lebt und ich bin tot, oder umgekehrt.«

»Ich denke, ihr lebt beide«, sagte ich und ließ sein Handgelenk los. Das Hämmern in meiner Brust mäßigte sich zu einem stetigen Klopfen. »Er wurde am Kopf getroffen.« Das Deck war blutverkrustet. »Hier, wenn du diesen Arm nimmst ...«

Wir hoben ihn auf eine schaumgepolsterte Seitenbank. Ich hatte vergessen, wie stark Mami war, bei aller Feingliedrigkeit. Ich fand ein Tuch, wrang es in der Kombüse aus und begann, das Blut aus Clems Haaren zu waschen. »Wie ist das passiert?«

»Frag mich was Leichteres«, sagte Mami. »Nimm mein Taschentuch. An dem Tuch ist Farbe. Wir kamen vorbei und wollten zu Johnson, und ich ging hier vor, um einen schönen Blick auf die Stadt zu haben, während Clem unten nachsah, ob jemand da war. Als er nicht zurückkam, kletterte ich hinunter, und da lag er. Wumm.«

»Allein?« fragte ich.

»Allein«, sagte Mami. »Ich fand es auch verrückt. Ich ging wieder an Deck, um zu sehen, ob jemand davonlief, aber da war keine Menschenseele. Dann kam Pepe vorbei – der Mann, der am Kai nach dem Rechten sieht – und ich schickte ihn zum Club Nautico, um Dilling zu holen; er hält dort immer seinen Klatsch. Ich war eben wieder hier unten, als du kamst.«

»Du bist im Wagen gekommen?« fragte ich. »Mit Dilling?« Von dort, wo die *Dolly* lag, sah man das frische weiße Gesicht des Jachtclubs.

Mami nahm die Zigarrenspitze aus dem Mund und sagte: »Wenn dein Schlitten mit dem mechanischen Balzruf auf dem Parkplatz steht, mußt du den Humber gesehen haben.«

»Nein. Der Humber steht nicht dort.« Clem hatte eine Beule, groß wie ein Tennisball; unter seinen Haaren sah ich einen Schnitt, der mir schrecklich tief vorkam. Er machte keinerlei Anstalten, aufzuwachen.

Mami seufzte: »Dilling nimmt wieder Hasch, Süßes . . .«

»Hör mal«, sagte ich.

»Trommeln?« fragte Mami. »Diese grausigen Trommeln.«

»Nein, hör doch. Es kommt jemand.« Die Schritte waren jetzt deutlich zu hören. Sie kamen von der unebenen Erde neben dem Kai, und sie kamen näher.

»Johnson?« sagte ich. Doch ich wußte, daß er es nicht war.

Mami erhob sich recht graziös, und holte den Feuerlöscher herunter. Sie setzte sich und registrierte überrascht meinen großen Blick. »Eine Frau muß an ihre Zukunft denken.« Wir hörten, daß sich die Schritte verlangsamten; dann klangen sie leicht und hohl, als sie über die Laufplanke kamen. Sie erreichten das Deck und stapften weiter.

»Hallo?« machte es unter der Mütze von Spry, dessen Kopf sich umgekehrt von oben schob. »Verzeihen Sie, Mrs. van Costa. Ich dachte, niemand wäre an Bord.«

»O doch. Hier geht es sehr gesellig zu«, sagte Mami. »Jemand hat Mr. Sainsbury angegriffen.«

Ich wollte bleiben. Clem war immer noch nicht aufgewacht, und er war übel zugerichtet.

Doch Mami war unerbittlich. »Du kannst hier nichts tun, was Mr. Spry nicht besser kann. Er weiß, wie man einen Arzt herbeischafft, und er kennt alle Leute aus dem Jachtclub, die ihm helfen können, falls das nötig ist. Impulskäufe sind deiner Lage nicht angemessen, Schischi«, sagte meine Mutter sanft. »Unter fünfundzwanzigtausend Pfund im Jahr erscheinen kaum empfehlenswert.«

Meine Wangen brannten noch, als ich neben ihr durch den Hafen zurückging. »Ich denke, wenn Coco fünfundzwanzigtausend im Jahr gehabt hätte, hättest du ihn als Ehemann vorgeschlagen.«

»Nein, um Gottes willen«, sagte meine Mutter. »Du hättest in einer Woche seine Kunst total kaputtgemacht; außerdem war er völlig impotent. Ich denke, du wirst sechs Kinder haben wollen und dich dann mit etwa drei begnügen.«

»Ich bin zufällig der Ansicht«, sagte ich, »daß Kinder wichtig sind«

»Ich weiß«, sagte meine Mutter. »Deshalb sagte ich drei. Forsey meinte immer, du würdest recht gebärfreudig werden. Es macht dir doch nichts aus, mich ein Stückchen mitzunehmen?«

Ich erstarrte. »Also tatsächlich, du bist doch die selbstsüchtigste . . .«

»Aber du konntest für Clem nicht viel tun«, sagte meine Mutter geduldig. »Und ich muß irgendwie nach Hause kommen.«

Ich blickte finster und kletterte in den Maserati; ich ließ sie auf ihrer Seite selbst einsteigen. Während ich beschleunigte, sagte sie beiläufig: »Weißt du, Schischi – ich hatte mit Derek nie dieses tiefe Gespräch. Wo ist er hin?«

»Zum Büro der Salzgesellschaft, denke ich«, sagte ich. »Jedenfalls setzte ihn Gil am Kai in Ibiza ab. Du warst zu beschäftigt, um es zu bemerken.«

»Tony Lloyd? Ein reizender Mensch«, sagte meine Mutter. »Fahr langsam, Darling. Falls wir Derek sehen, würde ich gerne ein paar Worte mit ihm wechseln.«

»Er hat ein Liebesnest in Palma, das hier jeder kennt«, sagte ich gehässig. »Mit sechs Kindern darin, wenn ich nicht irre.«

»*Derek?*« fragte Mami. Es war das erste Mal, daß ich sie blöken hörte.

»Mr. Lloyd.« Ich wich zur Seite und rettete so das Leben einer

Henne. »Doch ich wette, daß er mehr als fünfundzwanzigtausend im Jahr hat.«

»Er wird's brauchen«, sagte Mami. »Du erinnerst dich an den Vesey-Jacoby-Fall?«

»Du meinst die Leute, die du wegen Verleumdung verklagt hast?« Die Sache war weitergegangen, während ich bei Mutter Trudi war.

»Genau. Ich habe gewonnen«, sagte Mami.

Ich verpaßte eine weitere Henne knapp. »Du hast *gewonnen?«*

»Zweihundertvierzigtausend Dollar«, sagte Mami. »Wie stehe ich vor dir da?«

Ich trat hart auf die Bremse, und eine Hupe schimpfte hinter mir; also schaltete ich wieder und fuhr weiter. »Als ich dir im Oktober schrieb, hast du ...«

»Ich wollte verdammt sein, wenn ich dir vierzig Pfund hinblätterte, damit du einen Studenten auf der Hochzeit seiner Halbschwester beeindrucken konntest. Machen wir die Probe: Hast du diesen Jungen seither je gesehen?«

»Nein«

»Willst du ihn wiedersehen?«

»Ja!« rief ich. »Clem ist verletzt, Gilmore ist wütend, Austin ist in Janeys Fängen, Johnson ist verschwunden. Ich denke, dir wäre es recht, wenn ich in Lumpen auf Partys ginge?«

»Du wirst noch lernen«, sagte meine Mutter, »daß Kleidermangel nie den persönlichen Stil gefährdet. Ob man so auf die richtige Sorte wirkt, ist eine andere Frage. Da ist Derek.«

Ich fuhr trotzig weiter.

»Da«, wiederholte meine Mutter deutlich, »ist Derek. Bitte halt an.«

Ich sagte nichts. Zum Teufel mit den angeheirateten Forseys. Wir waren mitten in Ibiza. Mami beugte sich herüber und zog den Zündschlüssel ab.

Sie war aus dem Wagen und rief nach ihm, noch ehe der Motor völlig abgestorben war. Dem Auto hinter mir gefiel das alles gar nicht. Ich konnte nur süß und hilflos blicken, und schließlich scherten alle aus und fuhren vorbei. Ich konnte nicht einmal zur Seite fahren, da sie den Zündschlüssel mitgenommen hatte. Ich hörte, wie sich der Tonfall Neuenglands und die Stimme von Cambridge näherten, und saß starr nach vorne stierend da, als sich die Wagentür öffnete und sie sich beide vorne hineinzwängten. »Er kommt mit«, sagte Mami frohgemut und steckte den Zündschlüssel zurück. Ich fuhr wortlos los.

Auch Derek sagte nichts. Er wirkte erhitzt und starrte äußerst grimmig in die Gegend, wie mir ein Seitenblick außerhalb der Stadt zeigte. Mami sagte: »Er hat Rodgers und Hammerstein verfolgt.«

»Wen?«

»Jorge und Gregorio«, sagte Mami. Es klang, als würde sie eine Zirkusnummer ankündigen. »Er war noch mal bei den Salzbecken und am Ankerplatz.«

»Warum?« fragte ich.

»Weil heute morgen niemand, der Jorge oder Gregorio glich, an Bord des schwedischen Schiffs ging«, sagte Derek. »Und seit es unterwegs ist, hat es nur Salz entladen. Die Spur war falsch.«

»Sie fuhren gestern nacht nicht in einem Wagen zum Ankerplatz?«

»Nein«, sagte Derek.

»Sie fuhren nicht auf einem Schiff von der Insel?«

»Nein«, wiederholte Derek.

»Dann sind sie noch da?« fragte ich. »Doch wo könnten sie sein?«

»Das«, sagte Derek, werde ich herausfinden.«

Mami seufzte. »Armer Junge«, sagte sie. »All diese kleinen grauen Zellen. Diese Tüchtigkeit – manchmal komme ich mir ganz dumm vor neben dir. Bist du wirklich entschlossen, diese beiden scheußlichen Spanier aufzuspüren?«

»Ja«, sagte Derek.

Sie legte einen langen blauen Arm um seine Schultern und kniff in den kleinen Haarkringel über seinem Ohr, wie er es haßte. »Gut, du bist richtig, Darling«, sagte sie. »Sie sind beide in meinem Haus.«

Diesmal erwischte ich die Henne. Als ich meine Pesetas zusammengekratzt hatte und zum Wagen zurückkam, konnte man Dereks Stimme in Minorca hören. Mami thronte hoheitsvoll auf ihrem Sitz und grinste wie der strahlende Morgen. Wie gesagt, sie war Schauspielerin.

Sie blieb so auf dem ganzen Weg zu ihrem Haus, und als ich nun im Tageslicht über ihre Auffahrt glitt, vorbei am See und an den Binsen, wurde ich selbst recht ruhig. Derek holte tief Atem, und als wir unter den vertrauten Säulen hielten, sagte er: »Du verstehst, Mutter. Familie hin oder her – wenn hier etwas Kriminelles vor sich geht, werde ich es melden.«

Mami stieg unzerknittert aus dem Wagen und betrachtete ihn aus ihren strahlenden Untertassenaugen. »Du hast nichts gemeldet, als du sicher warst, daß dein Vater spionierte«, sagte sie.

Daß dein Vater spionierte. Derek wurde blasser, und ich wußte, daß er das wußte. Er sagte: »Mein Vater hatte einen schwankenden Charakter, seine Willenskraft war vom Alkohol geschwächt...«

»Also mußtest du ihn schonen«, sagte Mami. »Schischi und du, ihr paßt zusammen. Wieso fiel mir nicht vor Jahren ein, mich in einen Rollstuhl zurückzuziehen? Kommt rein. Der Butler träufelt eben die Betäubungstropfen in den Kakao.«

Verblüffenderweise war Dilling da. Er öffnete die Tür mit einer Verbeugung, und wenn er Hasch genommen hatte, merkte ich nichts davon. Derek preßte aus dem Mundwinkel: »Sarah – weiß irgend jemand, daß du hier bist?«

Ich schüttelte den Kopf. Clem lag flach auf der *Dolly*. Janey, dachte ich, war noch bei Austin und auch Mr. Lloyd, in ihrem Haus. Gilmore hatte Louies Party wohl verlassen und war jetzt sicher auf dem Weg nach Hause. Johnson war verschwunden. In etwa einer Stunde mochte sich jemand fragen, weshalb ich nicht da war, um das Dinner zu kochen, ehe sie alle ihren öden Ausflug zu der Prozession machten. Wenn ich dann nicht auftauchte, würde Annemarie einspringen, oder Janey würde ein paar Dosen aufmachen. Wir folgten Mami, die uns in den Raum führte, indem die Russen gewesen waren, und uns drei Cognacs einschenkte, mit Soda und Eis.

Ich zögerte nicht, ich trank. Derek trank auch, nach kurzem Zögern. Mami stand neben uns, in ihrem blauen Anzug und mit ihrer Silberkette, und lächelte gerührt. »Meine Kinder«, sagte sie. »Hätte mir Mutter nur das Stricken beigebracht.«

»Was?« sagte Derek ängstlich, überall Anspielungen witternd.

»Eine Häkelnadel«, sagte meine Mutter, »ist nicht lang genug. Aha!«

Dilling hatte die Tür geöffnet und Johnson trat ein.

Seine Brille sah aus wie zuvor, und darüber und darunter schien er gleichfalls unverändert. Er hielt seine Pfeife in der Hand. Er sagte sanft zu meiner Mutter: »Sie verunsichern die Leute. Jedenfalls sind Sie im falschen Stück. Ich sagte, lassen Sie Sarah und Derek aus diesem Spiel.«

»Es ging nicht anders«, sagte Mami rasch. »Dilling fuhr mit dem Humber weg. Und Derek fand das über Rodgers und Hammerstein heraus. Daß sie Las Salinas nicht verließen, das. Ich kenne Derek. Er gibt keine Ruhe, bis er Fakten hat.«

Ich sagte: »Ich weiß nicht, natürlich, ob das zählt. Aber jemand hat versucht, Clem umzubringen. Er liegt mit gespaltenem Schädel auf einer Bank in der *Dolly*, und Spry kümmert sich um ihn. Ich denke, wir sollten langsam wissen, was hier vorgeht.«

»Wir kommen jedenfalls kaum nach«, sagte Johnson. Er trat langsam vor, nahm von Mami einen Cognac, setzte sich damit hin und entzündete seine gräßliche Pfeife. Ohne jemanden anzublicken, sagte er dann: »Also gut – ich sehe nicht ein, warum ich irgend etwas erklären sollte, wenn Sie Ihre Taschen nicht auch nach außen kehren. Sie haben es weder Sarah noch Janey gesagt, doch ich denke, Sie werden es mir sagen müssen, Derek: Was sagte Ihr Vater an dem Abend, als Sie nach Ibiza zurückkamen und ihn als Spion beschuldigten?«

»Ich habe ihn nicht umgebracht«, sagte Derek. »Wie Sie vermutlich wissen, wenn Sie selbst in dieser ganzen Sache drinstecken. Ich hatte die Gelegenheit, ihn zu töten und Coco zu töten, aber ich hab's nicht getan. Ich wollte nur herausfinden, wer es getan hat.«

»Ich glaube auch nicht, daß du es getan hast«, sagte Mami besänftigend. »Aber du hast Johnsons Frage nicht beantwortet. Was sagte Forsey, als du ihn beschuldigt hast?«

Mein Bruder sah mich direkt an. »Er sagte, wenn ich meinen Job aufgebe, zahlt er mir fünftausend jährlich, plus Spesen.«

»*Was?*« machte ich.

»Forsey hatte wohl auch kein Interesse an der Halbschwester dieses Studenten«, sagte Mami.

Fünftausend im Jahr. Ich fühlte mich betrogen. Ich hatte ihm eine Drei-Pfund-Schachtel Bendick's Bittermints mitgebracht, als ich ihn das letzte Mal besuchte. »Hat *er* auch einen Prozeß gewonnen?«

»Er hat wohl Geld verdient«, sagte Mami. »Geheimgeschichten. Was geschah dann, Derek?«

»Was glaubst du, was dann geshah?« sagte Derek bitter. »Es war Bestechung – so gut wie ein Geständnis. Ich wußte ebenso wie du, daß er nie im Leben so viel Geld übrig hatte, jedenfalls, solange wir alle zusammenlebten. Und wenn man bedenkt, war sein Leben natürlich ideal, um an Geheimnisse heranzukommen. Er war auf Du mit der ganzen Geschäftswelt und den Peers in öffentlichen Positionen – nicht im Sitzungssaal oder während des Arbeitstages, sondern am Strand oder auf Partys; ein paar Drinks lockern die Zunge ... ich sagte, wenn er die Sache nicht aufgeben würde, würde ich ihn melden.«

»Und?« fragte Johnson.

»Er nahm meine Hand und tätschelte sie und sagte: ›Mein lieber Junge‹, und grinste. Dieses Roland-Young-Grinsen. Du kennst es, Schischi.«

Ich kannte es. »Los, weiter«, sagte ich. »Hat er dich ...«

»Er sagte, er könnte sich nicht wirklich vorstellen, daß ich nach Holland zurückkehrte und ihn verriet; da hatte er recht. Und er könne sich auch nicht vorstellen, daß ich in Holland sagte, er wäre unschuldig; da hatte er ebenfalls recht. Also, meinte er, gebe es nur die Möglichkeit, die er genannt hatte.«

»Und als Sie ablehnten?« fragte Johnson.

»Er bat mich, nach Holland zurückzukehren und vier Wochen lang nichts zu sagen und nichts zu tun. Danach, versprach er, wäre mein Job sicher, und ich bräuchte mir keine Sorgen mehr zu machen. Ich sollte meiner Firma erzählen, ich bräuchte vier Wochen, um meine Nachforschungen abzuschließen.«

»Und?« Johnsons Stimme war ganz sanft.

»Und als ich hörte, daß er sich die Kehle durchgeschnitten hatte, wußte ich – glaubte ich zu wissen –, daß er das gemeint hatte. Und daß ich ihn in einem gewissen Sinn getötet hatte.«

»Was ließ Sie Ihre Meinung ändern?« fragte Johnson.

»Das Blut – das nicht da war«, sagte Derek. »Ich sah ihn, wissen Sie. Und die Winde. Und ich sprach mit dem alten Pepe. Die Guardia Civil war so hoffnungslos, und niemand schien zu begreifen; und ich wollte natürlich alles andere, als den ganzen alten Staub um Vater wieder aufwirbeln. Doch ich wußte, daß er sich nicht hier die Kehle durchgeschnitten hatte; man hatte ihn danach hingeschafft. Die Frage war: Geschah das auf seinen Wunsch oder hatte ihn jemand ermordet?«

Johnson sagte: »Warum sollte das eine Rolle spielen?«

Doch ich brauchte nicht zu fragen, und meine Mutter wohl auch nicht.

Derek sagte: »Sehen Sie, wenn er ermordet wurde, wäre das für mich irgendwie entlastend.«

»Nun, Sie können beruhigt sein«, sagte Johnson und steckte seine Pfeife in den Mund. »Er wurde ermordet.«

Kurzes Schweigen. Keine Gedichtzeile des armen Coco hätte eindringlicher wirken können.

Ich wollte keinen Cognac mit Soda mehr. »Wer brachte ihn um?« fragte ich.

»Man brachte ihn um«, sagte Johnson, »wegen ein paar Rubinen. Derek hatte den richtigen Instinkt. Es konnte kaum noch Zufall sein, wie hier diese komische Rubinsache ablief und zur gleichen Zeit ein Mann getötet wurde. Ich würde meinen, daß Ihr Vater irgendwie von dem geplanten Rubinendiebstahl erfuhr und daß man ihn zum Schweigen bringen wollte. Deshalb wurde er wohl getötet.«

»Von Jorge und Gregorio«, sagte Derek. Farbe war in sein Gesicht zurückgekehrt.

»Nein. Von jemand anderem«, sagte Johnson. »Jemand, der auch Coco tötete. Denn Coco kannte Ihren Vater als nächtlichen Besucher Mrs. van Costas, und in dieser entscheidenden Nacht muß Coco gesehen haben, wohin er ging. Ich glaube nicht, daß Coco ein anderes Motiv hatte als Eifersucht; und dazu Rachsucht, als er merkte, daß man ihn loswerden wollte. Er muß Lord Forsey gefolgt sein, in der Hoffnung, irgendwie Schmutz aufzuwühlen oder Schwierigkeiten zu entdecken. Und das gelang ihm in der Tat.«

»Also wer dann?« fragte Derek. Meine Mutter hatte kein Wort gesagt.

»Wir wissen es noch nicht«, sagte Johnson. »Aber wir werden es wissen. Bald kommt eine sehr gute Gelegenheit – heute abend. Jorge und Gregorio sind keine sehr kooperativen Gefangenen, und der alte Mann ist halb tot vor Angst. Da ich nicht Gewalt anwenden konnte, Lady Forsey, habe ich mir die Freiheit genommen, in ihrem Keller Wanzen anzubringen. Ich weiß nicht, wer Ihren Mann tötete; ich vermute, daß auch Sie es nicht wissen. Doch eines habe ich herausgefunden: Es gibt zwei Kopien der Rubine des heiligen Hubert.«

Mami reagierte als erste. »Was? Es gibt eine weitere Replik?«

»Nun«, sagte Johnson, »die erste, die wir sahen, wurde nicht akzeptiert. Sie war recht plump; Sarah wird sich erinnern.Eine zweite Kopie wurde angefertigt.«

»Die wir nicht fanden?« sagte ich.

»Nein. Darauf ließen sie es nicht ankommen«, sagte Johnson. »Sie war bereits aus der Werkstatt entfernt; von wem, wissen wir nicht. Alles war bereit, um sie mit dem Original zu vertauschen – in dieser einen Nacht im Jahr, in der das Original in die Reichweite der Menschen kommt, wenn es unter Trommelschlägen durch die Altstadt getragen wird.«

Ich legte meine Hände auf den Mund, und Derek erhob sich halb. »Heute nacht?« sagte er. »Während der Prozession des Schweigens? Die Leute, die meinen Vater umgebracht haben, wollen diese Rubine heute nacht stehlen?«

Johnson ging mit seiner Pfeife zu einem Tisch, legte sie darauf und nahm einen Schluck von seinem Cognac. »Ich habe bei Steinbock nachgesehen, Schischi«, sagte er. »Es hieß, man sollte sich dringend um seine Altersversorgung kümmern, und Sie würden heute nacht glänzen.«

»Lassen wir meine Altersversorgung«, sagte ich. »Holen wir die Polizei.«

»Also . . .« sagten meine Mutter und Derek gleichzeitig.

»Kein also«, sagte ich. »Die Heldinnen, von denen ich weiß, nehmen ein scheußliches Ende, weil niemand die Polizei ruft, während der Mörder noch frei herumläuft. Wir haben Hinweise auf zwei Morde und einen drohenden Raub. Beim heiligen Hubert, wählen wir nueve, nueve, nueve. Policia, Guardia Civil und Bomberos.«

»Jemand hat das getan, meine Liebe«, sagte Johnson. »Deshalb bin ich hier.«

»Darf ich vorstellen«, sagte meine Mutter, »der Herr von der Sicherheit.«

»Stell vor, wen du willst«, sagte ich. »Ich fahre nach Hause. Ich will nicht, daß es mir so geht wie Clement und Austin und Daddy und Coco.«

»Fahr du nur nach Hause, Darling«, sagte Mami.

Ich blieb.

Ich meine, ich hätte mehr über Johnsons Arbeit nachgedacht, wenn er keine Brille gehabt hätte. Welcher Spezialagent im Film trug je eine Brille? Eine Zweistärkenbrille? Ich wunderte mich nebenbei ein wenig, weshalb er einen Revolver mit sich führte und mit Leichtigkeit Safes knackte; doch er hatte nur gesagt, er wäre im Krieg bei einer Sondereinheit gewesen, und was man einmal lernt, verlernt man nicht. Und wenn man Jahre am Wasser verbringt, lernt man, wie man auf sich und sein Boot am besten aufpaßt. Wenn man das von einem international bekannten Porträtmaler hört, glaubt man ihm einfach. Trotz allem, was mir Derek hinterher vorwarf – ich bin entschieden nicht naiv.

Es war Derek, der immer weiter machte, als Johnson uns auf Stillschweigen einschwören wollte. Ich wußte, was Derek dachte. Er dachte, Janey sollte es wissen. Und er war sowieso gegen Johnson eingestellt, aus einem ganz offensichtlichen Grund. Wenn ein britischer Agent beauftragt war, Daddys Mord zu untersuchen, mußte Daddy das gewesen sein, wofür ihn Dereks Firma gehalten hatte. Ein Mord in einem fremden Land wird von der dortigen Polizei untersucht. Nicht von Leuten wie Johnson.

Er gab schließlich doch sein Wort, weil Mami ihn bedrängte. Johnson mischte sich nicht ein. Johnson war ein Mann mit ungewöhnlichen Talenten. Dann erklärte er uns mehrmals, langsam und deutlich, seinen Plan für diese Nacht.

Ehe er fertig war, rief Spry an und sagte Johnson, daß Clem jetzt wach lag, aber nicht viel mit ihm los war. Er vermutete Gehirnerschütterung. Es gab keinen Arzt. Wir merkten, wie Johnson zögerte. Er sagte zu Spry: »Ich möchte, daß du innerhalb der nächsten Stunde hier bei Mrs. van Costa die Wache übernimmst. Kannst du Clem allein lassen? Oder ist das zu riskant?« Als Johnson den Hörer auflegte, zeigte sein Gesicht erhebliche Besorgnis. »Er kommt. Er glaubt, Clem wird schlafen«, sagte er. »Nicht gerade ideal, aber wir können wirklich nichts anderes tun; Austin liegt schließlich auch fest. Schischi: Wo will Mr. Lloyd stehen? Am Monument? An der Vara de Rey?« Alle Prozessionen in Ibiza erreichten den Boulevard und bogen um das Monument.

»Er sagte etwas vom Monument«, sagte ich. »Janey und Gil und ich sollen bei ihm sein. Er will dort Freunde treffen.«

»Doch ihr vier, und vielleicht Derek, seid doch die einzigen beim Dinner heute abend?«

»Ich hoffe«, sagte ich. »Was da ist, reicht nur für vier.« Ich hielt inne und sagte dann: »Johnson, weshalb könnte jemand Clem über den Schädel hauen?«

Johnsons schwarze Brauen hoben sich, doch seine Stimme blieb völlig ruhig. »Sind Sie sicher, daß es Clem war, dem man über den Schädel hauen wollte?«

Die Asche fiel von Mamis Stumpen, als sie sich mit einem Ruck aufsetzte. »Mir? Wollte man mir etwas tun?«

»Mir scheint es so«, sagte Johnson. »Es ist kinderleicht, sich beim Vorderdeck zu verstecken und später durch die Luke zu entkommen, wenn sich der Wirbel gelegt hat. Sie haben kurzes Haar. In dem schwachen Licht könnte man das Opfer leicht verwechselt haben.«

»Clem ist ein lieber Junge«, sagte meine Mutter mit geweiteten Augen. »Aber ich muß sagen, ich fühle mich nicht geschmeichelt. Mehr noch, ich verstehe es nicht. Falls Coco mir irgendwelche großen Geheimnisse anvertraute, hatte ich doch sicher schon Zeit, sie alle weiterzuerzählen.«

»Vielleicht...« sagte Johnson.

»Ich weiß etwas, von dem ich nicht weiß, daß ich es weiß?« sagte meine Mutter.

Johnson nickte.

»Ich weiß keineswegs etwas, von dem ich nicht weiß, daß ich es weiß«, sagte meine Mutter entschieden. »Oder wenn doch, verklage ich meinen Psychoanalytiker.«

»Tu das«, sagte Derek kalt. »Und wenn dich jemand erledigt, teilen Sarah und ich, was übrig bleibt.«

Das war etwas, woran ich nie gedacht hatte: daß Derek und ich alles erbten, was Daddy und Mami besaßen. Da wir dachten, keiner von beiden hätte auch nur einen Heller, hatte ich nie mehr als einen flüchtigen Seufzer daran verschwendet. Aber jetzt ...

Johnson beendete noch seine Instruktionen, und ich stand mit Derek auf, um in den Maserati zu klettern und zu den Lloyds zu fahren. Als ich eben einstieg, rief mich Johnson zurück, um mir etwas zu sagen, was er vergessen hatte. Derek sah mich an, als ich zum zweiten Mal auf den Fahrersitz kletterte. »Was war das noch?«

»Er vergaß zu fragen, wann wir gewöhnlich mit dem Dinner fertig sind.«

Ich schaltete und fuhr los. Im Scheinwerferlicht leuchteten der Betonrandstein und der Kaktus an der Anfahrt intensiv grün und weiß; dann waren wir auf der grauen, pockennarbigen Straße, mit der rissigen gelben Erde an den Seiten. Die fahlen Stämme eines Fichtenwalds schwammen uns entgegen, die graugrünen Wolken verschmolzen über unseren Köpfen. Blendend rot-weiße Dreiecke und Kreise tauchten in der Ferne auf, wie Augen, und huschten vorbei. Warnschilder: Kinder, Schleudergefahr, CEDA EL PASO. Rot-weiß-glitzerndes Netzwerk an einer Ecke. Ein Radfahrer, an beide Waden eine rote Lampe geklemmt. Schaukelnde Lichtpunkte, die sich als Lastwagen herausstellten, mit Extralichtern auf der Ladung. Ein Bus, ebenfalls festlich beleuchtet. Ibiza – der Jachtclub – die baufällige Kneipe gegenüber der Straße nach Talamanca mit ihrem Schild: BAR – STOP.

Ein letzter Lichtstrahl von draußen ließ etwas auf der Matte unter meinen Füßen glitzern. In der Kurve schaltete ich herunter und fuhr langsamer durch die lange dunkle Allee mit den kahlen Bäumen; dabei bückte ich mich und fischte das Ding vom Boden. Es war einer von Cocos kleinen Streifen von der Casa Mimosa. Darauf stand nur: TOD.

10

Schließlich machte ich für alle Curryhuhn, außer für Derek, der Mornay-Eier bekam und sie ohne Murren aß.

Es war nicht schwer gewesen, Derek in die Gesellschaft aufzunehmen; doch man schien etwas zu rätseln, wie wir einen Teil des Tages verbracht hatten: Etliche Stunden waren vergangen, seit ich Gil verlassen hatte. Ich sagte, ich hätte Johnson Modell gesessen und wäre danach zufällig Derek in Ibiza begegnet.

»Helmuth sagte so etwas«, murmelte Mr. Lloyd und schenkte sich ein San-Miguel-Pilsner ein. Das Curryhuhn war ziemlich scharf. »War nicht Mrs. van Costa auch dabei? Ihr habt offenbar die ganze Straße blockiert.«

»Das stimmt. Ich nahm sie mit. Dilling war auf einem Trip mit dem Humber und ließ Mrs. van Costa auf dem trockenen zurück«, sagte ich. Mochte er aus dieser Formulierung machen, was er wollte.

Johnson hatte gesagt: »Sagen Sie nichts von Clems Kopf, und auch nicht, daß ich bei Ihrer Mutter war.« Er brauchte nicht zu betonen, daß wir nichts über Rodgers und Hammerstein ausplaudern sollten. Ich hatte eine Schrecksekunde, als Austin Derek fragte, ob er im Büro der Salinera Española irgend etwas Wichtiges erfahren hätte; doch Derek sagte einfach nein, sie würden kein Buch führen. Danach war nicht mehr viel zu hören, außer dem Öffnen von Bierdosen.

Ich zog mich zu Plattenspielermusik an, eine Ewigkeit nach allen anderen, und kam in meinem schwarzen Häkelkleid und einem schwarzen Anorak herunter. Dort fand ich Janey und Austin, ohne Bandage; sie tanzten nach »Itchycoo Park«. Er brach nach einer kleinen Weile ab und schwenkte mich herum. Janey sagte: »Ja, du bist hier im Kreuzsemmelland. Warum schwarz, Schischi? Du bist doch nicht katholisch, oder?«

Ich befolgte lediglich die Instruktion, Schwarz zu tragen.

Dann kamen Mr. Lloyd in einem leichten Mantel mit Pelzkragen und Gilmore im Pullover, mit einem weiten scharlachroten Wollumhang für Janey. Ich sah nicht hin. Ich war so beschäftigt damit, nicht hinzusehen, daß ich mich kaum von Austin verabschiedete, der sich mit einem guten Buch in eine Ecke kuschelte. Wir kletterten alle in den Buick und warteten geduldig auf Derek, der mit Sportjacke und einem Regenmantel über dem Arm erschien (»Ein *Regenmantel*?«, sagte Janey); dann betätigte Mr. Lloyd die Kupplung, und wir kamen knarrend in die Gänge, in denen wir nach Ibiza ratterten. Der Mond war aufgegangen, die Telegrafenstangen und die Bäume standen schwarz gegen den hellen Himmel. An wenig bewachsenen Stellen sah man links das dunstige Blau niedriger Hügel, bis sie abflachten, direkt vor der Kehre um den Hafen. Dann sprangen uns die Lichter Ibizas entgegen: blaugrau, die Kathedrale kräftig golden angestrahlt. Wir krochen hinein, hinter den Menschen und den Bussen, und parkten.

Die Heiligenfiguren für die Prozession wurden nachmittags in der

Kathedrale eingekleidet, hatte Johnson gesagt. Niemand hatte dabei zugesehen, denn die *Dolly* hatte ihre Zeit damit verbracht, von dem Salinas-Ankerplatz mit Jorge und Gregorio zurückzufahren; sie wurden bewacht, bis es sicher war, sie zu Mamis Villa zu fahren. Erst am späten Nachmittag hatte Johnson erfahren, daß ein zweiter Satz falscher Rubine existierte: daß die Vorbereitungen zum Diebstahl der echten endgültig abgeschlossen waren.

Doch, sagte Johnson, er war auch informiert, daß die Einkleidung durch kirchliche Würdenträger geschah, unterstützt von einer Handvoll gläubiger Ibizenker. Das machte es nach seiner Meinung unmöglich, in diesem Stadium die echten Rubine durch die falschen zu ersetzen.

Von nun an wurden sie von nie weniger als sechs Leuten bewacht, die meisten Priester. Am Nachmittag waren alle Figuren auf ihren Tragen befestigt, umgeben von Kandelabern, echt oder elektrisch, und Blumen, echt oder aus Wachs.

Johnson hatte gesagt, er würde beim heiligen Hubert sein. Wie er das anstellen wollte, wußte ich nicht zu sagen. Der Verlauf der Prozession war stets derselbe: Sie begann am höchsten Punkt der Altstadt, an dem sich die Figuren aus all ihren verschiedenen Kirchen sammelten, und schlängelte sich dann die Gassen hinunter, mit ihren Scharen von Kirchenleuten und Büßern, mit bewaffneten Sicherheitskräften und lokalen Honoratioren, mit Trauermusik und Trommeln. Es klang wild. In den großen Städten, sagte Johnson, konnten die Statuen allein bis zu fünf Tonnen wiegen und brauchten dreißig Träger. Ich fragte mich, ob Johnson sich in der Kathedrale erbot, den heiligen Hubert mitzutragen, oder ob die Gewerkschaft dagegen war.

Ich hatte nur drei feste Anweisungen von Johnson. Ich sollte bei der Lloyd-Gruppe bleiben. Sie nach Möglichkeit zusammenhalten. Und mich auf keinen Fall selbständig machen. Er hatte noch etwas hinzugefügt. Wenn ein Diebstahl geplant war, würde er am ehesten in der Unterstadt geschehen, wo der Dieb leicht fliehen konnte. Falls sich Mr. Lloyd brav in der Unterstadt aufhielte, meinte Johnson, wäre das schön.

Mr. Lloyd fand dies zunächst auch schön, bis er die Vara de Rey sah, ein wild wogendes Inferno von Anfang bis Ende. Menschenmassen stapelten sich um das Monument. Ich sah eine Reihe der Typen, die jeden Morgen in ihren Wollsocken auf den Stühlen vor dem Mediterránea hockten; auch das deutsche Mädchen mit dem limonellen- und goldfarbenen Sari und den fünf Millionen Reifen, das Mädchen mit dem Nachthemd und den Stiefeln, den Jungen mit dem engen Pullover und der Halskette, der mit der barfüßigen fetten Frau herumzog, deren ganzes Gesicht rosarot, orange und grün bemalt war. Es war mild, und Lampenlicht schien unter Palmen.

Ich holte mir etliche blaue Flecken, als wir vergeblich versuchten, Mr. Lloyds Freunde zu finden. Nach einer Weile hatte er genug und sagte: »Weg aus diesem Gedränge. Wir sollten in der Dalt Vila sein. Viel dramatischer.«

»Nun, da kommst du jetzt nicht hin«, sagte Janey. »Sieh dir diese Menge an.« Sie war sowieso wütend, weil Derek sie nicht ansah und die anderen nicht aufgetaucht waren. Ich denke, sie wollte sie gegeneinander ausspielen.

Mr. Lloyd sagte: »Die Prozession wird nocht nicht begonnen haben. Wir können hinkommen, wenn wir es versuchen. Halten wir uns aneinander fest.«

Ich hielt mich fest, meine Arme zogen sich wie Kaugummi. Schließlich beklagte sich Gilmore, und ich hatte tatsächlich zweimal seinen Eidechsengürtel mit dem Stierverschluß losgerissen. An den Bordsteinen drängten sich schmuckbehängte Spanierinnen mit Schnabelnasen und viel Schwarz um die Augen, und Alte mit langen, gerafften Ärmeln, schwarzen Seidenhauben und Samtschals mit Seidenfransen unter ihren Zöpfen. Kinder zappelten. Wir überquerten fünf Straßen und erreichten den Markt. Die Stände waren abgebaut, der Platz war schwarz von Menschen. Die Balkone aller Stadthäuser um die Mauern waren ebenfalls voll besetzt und Rot und Gelb in den Nationalfarben drapiert.

Dort hatte Mr. Lloyd eine ernsthafte Diskussion mit einem Mann in Uniform, und sofort danach eilten wir hinauf zum Portal zur Dalt Vila. Wir gingen unter der weiten Wölbung des Portals und auf diesen schon dachlosen Platz: eine Art gepflasterten, hochwandigen Raum, der den Durchgang zur Altstadt mit dem zur neuen verbindet. Hier scheuchte uns Mr. Lloyd hinter eine der Säulen; und hier standen wir, sahen uns um und warteten.

Es war ein Spitzenplatz, das muß ich sagen. Gegenüber ragte eine freie Wand, knapp zehn Meter hoch; in ihrer rechten Ecke war das Portal zur Rampe eingelassen. Durch den Bogen sah man den ganzen Markt unten liegen: Lichter und Leute. Wir standen mit dem Rücken zu einer weiteren freien Wand und in einem langen Säulengang, der ein Stück Ziegeldach stützte, das über unsere Köpfe ragte. Rechts verband eine weitere Arkade unsere Wand mit der des Portals: ein doppeltes Gewölbe mit einem Raum darüber, ohne Fenster, doch mit einer grünen Doppeltür zu einem schäbigen Balkon mit rostigem Geländer. Der hohe Raum hatte ein Ziegeldach, und die Wand dahinter ragte an die zwei Meter weiter hoch, von Kletterpflanzen überrankt, mit einem Pfad oben. Aus allen Steinritzen wuchsen Pflanzen, und zwischen den Ziegeln über unseren Köpfen zeigte sich eine Art gelber Blumen: Ich hatte sie gesehen, als ich mit Janey im Maserati durch die Haarnadelkurve fuhr. Die vierte Wand links von uns, war kurz; fast der ganze untere Teil bildete den Eingang. Lampenlichtkegel auf den weißen Wänden, Mondschein auf den Pflastersteinen, über die der Zug kommen würde.

Ich starrte fasziniert, als ein Beamter kam und uns wegschickte. Mr. Lloyd redete leise und eindringlich mit ihm, doch es half nichts. Wir verließen unseren Platz und betraten die Dalt Vila selbst.

Es war gut so. Wir standen vor dem Bogen, in der Menge des Platzes, aneinandergepreßt, kichernd und scherzend, bis Mr. Lloyd plötzlich sagte: »Still.« Dann hörten wir es, hoch in der Dunkelheit. Das schwache Dröhnen der Trommeln.

Ich merkte, wie Derek erschauerte. Auch mein Curryhuhn begann sich zu regen. Ich überlegte, was Johnson jetzt tun mochte: Was konnte *ein* Mann tun? Ich wünschte, ich hätte Clem pflegen können. Ich fragte mich, ob Spry mit einer Gehirnerschütterung umgehen konnte. Clem würde einen anständigen Ehemann abgeben. Einen netten. Einen, der keine Tütenpartys schmiß. Meine Güte – er konnte sich Tüten nicht mal leisten.

Die Leute um uns waren Spanier. Die Frau neben mir erkannte ich als eine der Helferinnen auf dem Fischmarkt; sie lächelte ständig und redete in kurzen, klirrenden Auswürfen. Statt der Strickjacke und der breiten Schürze trug sie ein schwarzes Kreppkleid und eine schwarze Spitzenmantilla. Sie roch immer noch nach Fisch. Ich fragte, wann die Bahre mit dem heiligen Hubert in der Prozession kommen würde, und sie sagte, fast am Ende. Ich glaube nicht, daß sie ihn schätzte. Er war wohl etwas zu weltlich mit all seinen Rubinen. Die Trommeln wurden lauter, fand ich. Ich blickte auf Janeys Vater.

Er wirkte bewegt. Falls er beabsichtigte, Rubine im Wert von zwanzigtausend Pfund zu ergattern, konnte er schon bewegt wirken, dachte ich. Jedenfalls dachte ich, daß er sie schon gesehen hatte: Sie hatten die Villa auf Ibiza seit langem, bereits vor dem Tode seiner Frau. Man konnte vergessen, daß Janey eine halbe Spanierin war. Ich fragte mich, weshalb sie keine Katholikin war, und dann dachte ich, daß die Mutter vielleicht auch keine gewesen war. Er hätte ohnedies keine religiösen Skrupel, der Kirche Juwelen zu klauen. Und ich glaube nicht, daß er sich groß Gedanken über Hirsche machte. Aber hätte er meinen Vater töten können und mich nach Ibiza holen? Dann fiel mir ein, was Johnson gesagt hatte. Wenn er an einen Brief Daddys an mich dachte, könnte er es getan haben.

Gilmore sagte: »Das ist die Musik«, und wenn man sich anstrengte, konnte man sie eben hören, weit oben am Hügel. Keine gruseligen Geräusche wie das klagende Dröhnen der Trommeln, sondern klares blechernes Blasen in strengem Takt, das sich vom diffusen Lärm der Menge abhob. Ein Fink in einem Käfig über uns, durch den Krach geweckt, begann plötzlich zu zwitschern, und einige andere antworteten. Gilmore sagte: »Hab' keine Angst, wenn manche Figuren etwas wacklig wirken. Die Fassungen für die Baldachinstangen sind sehr lose, so daß die ganze Schießbude wackelt, wenn sie wollen. Das steigert die Spannung.«

»Kippt nie eine um?« fragte ich.

Gilmore zuckte mit den Augenbrauen. »Man hat davon gehört«, erklärte er herablassend. »An Orten wie Sevilla ist man etwas sensationslüsterner als in Ibiza. Man kann hier einen Schubser bekommen, falls die Träger in einer Seitenstraße einen Schluck genommen haben. Ab und zu gibt es auch ein kleines Unglück, wenn die Kerzen zu nahe an die Kleider kommen. Aber das ist dann auch so ziemlich alles.«

Derek sagte plötzlich: »Ich wünschte, wir könnten den Anfang sehen. Ich denke, ich versuche, mich etwas hochzuarbeiten; dann komme ich mit dem Zug herunter. Macht das etwas aus?«

Ich wußte nicht, wen er fragte, doch ich sagte, mir machte das nichts aus, und Mr. Lloyd sagte dasselbe, obwohl er keine große Hoffnung für ihn hätte, und Janey sagte überhaupt nichts. Tatsächlich machte es mir eine Menge aus, weil ich mich entscheiden mußte, ob ich mit ihm ginge oder bei den Lloyds blieb.

Ich war feige. Ich blieb. Falls Derek etwas Schreckliches vorhatte, das war mir jetzt klar, würde ich ihn wohl nicht daran hindern. Aber wenigstens würde ich nichts davon wissen.

Er ging, und wir standen in der Menge und schauten auf den steilen Hang vor uns mit den hohen, balkonbewehrten Häusern; diesen Hang würde die Prozession herunterkommen. Sie würde auf den Platz gelangen, wenden, durch den Torbogen in den leeren Waffenhof vor uns marschieren und nach links ziehen, durch das Portal und hinunter in die Stadt. Dann das Straßengewirr zur Vara de Rey, der Rundgang um das Monument; dann zurück und hinauf, wieder durch die Dalt Vila. Der Gedanke daran ließ meine Beine schmerzen: Ich sah auf die runden, glatten, zerkratzten Steine und dachte an Johnson.

»Da kommen sie«, sagte Mr. Lloyd. Und wir blickten hoch und sahen den oberen Teil des Hangs übersät mit großen, gesichtslosen, schweigenden spitzen Kapuzen und Fackeln. Wir rochen schweigend den Weihrauch, der sich uns entgegenwälzte. Dann kam ein maskierter barfüßiger Mann allein den Pfad herunter. Sein Purpurgewand schleifte über die Steine, ein Banner in Purpur und Gold ragte hoch aus seinen Händen. Eine Doppelreihe purpurgewandeter Gestalten rückte schweigend nach, sich an einem dünnen, schwingenden Strang haltend. Auf ihren Köpfen thronten die großen purpurfarbenen Kegel, die ich schon mit Johnson gesehen hatte, und Pupur verbarg ihre Züge. In einer Hand trug jeder eine Fackel wie einen Lilienstrauß, und ein Priester in Weiß war zwischen ihnen; hin und her gehend gab er ihnen Zuspruch.

Schweigend kamen sie den langen Pfad herunter, drehten uns bei ihrer Wende den Rücken zu und marschierten ruhig durch den Bogen, an der Galerie vorbei. Dann verschwanden sie durch den anderen Torbogen, der zur Unterstadt führte. Am Eingang verhielten sie einen Augenblick, und man hörte an veränderten Geräuschen draußen und unterhalb der hohen Mauern, daß die Menge außerhalb sie entdeckt hatte. Dann nahmen sie ihren langsamen Schaukelschritt wieder auf, und wir wandten uns wieder dem hohen Hang zu und warteten auf den Schluß des Büßerzugs und auf das, was danach kam.

Obwohl ich mich nur halb auf die Prozession konzentrierte, erinnerte ich mich später mit phantastischer Klarheit daran. Das Drum und Dran war natürlich fabelhaft, und man kann sagen, was man will, ich mag nun einmal schaurig-schöne Prozessionen. Ich weiß noch, wie mein Curryhuhn fast hochkam, als sich hinter all den schwankenden, dünnen Spitzen ein rotes Glühen zeigte, das sich als eine kleine Bahre mit einer Christusfigur herausstellte, die vier Büßer auf den Schultern trugen. Die Figur stand knietief in einer Batterie von Kerzen und Buketten; grandiose viktorianische Lampenhalter staken an jeder Ecke. Die Büßer bewegten sich etwas mühsam herunter; sie klapperten mit einer Art von Gehstöcken, die man unter die Sänfte schieben konnte, wenn das Gewicht zu schwer wurde. Sie kamen ohne Halt den Hügel herunter und bogen durch das Tor, gingen über den Waffenhof und durch das andere Tor und verschwanden mit steten Schritten.

»Oh, hier, Weiße«, rief Janey, und die Menge hinter uns wankte und schob uns vor, so daß wir uns wieder formieren mußten.

Die weißen Büßer waren in mehrere Schichten groben, schneeweißen Tuchs gehüllt, trugen spitze Kopfbedeckungen und Masken; große rote Kreuze waren über ihr Brust genäht. Rote Kreuze hatten sie auch auf den Plastiklaternen, die sie an langen, dicken weißen Stäben trugen. Ihnen folgte weiterer Blumen- und Lichterglanz: eine Bahre mit der Madonna und ihrem Sohn, überhäuft mit roten Nelken und weißen Lilien. Rosaroter Plastikschaum klebte mit Bedacht an den Pfosten, um die Schultern der Träger zu schonen – junge Seeleute, Mützen im Rücken. Die ersten nackten Gesichter, seit der Zug begonnen hatte. Ich sah, wie Janey ihren Hals leicht reckte.

Sie betrachtete auch aufmerksam die Eskorte von Soldaten, die danach kam, die goldgeränderten Hüte abgenommen. Doch dann erschienen wieder die gewohnten Kappen und Gewänder: ganz weiß mit blaßblauen Masken; ganz weiß mit blauen Kapuzen; ganz weiß mit schwarzen Kapuzen und Knöpfen von oben bis unten, wie Pfefferkuchenmänner. Ein stämmiger Mann mit Uniform und Handschuhen trabte daher wie eine *haute école*-Vorführung ohne Pferd. Dann unterbrach brausender Lärm die Stille. Er dröhnte um eine Ecke und hallte hin und her zwischen den hohen Häusern, als die örtliche Musikkapelle am Hang auftauchte und herabstieg, blasend und brummend. Ihre Instrumente trugen sie vor sich her, und die Flöte hatte eine kleine Fackel an die Brust geheftet. Es gab auch eine Klarinette und Trommeln. Der Lärm drängte sich durch den Bogen und prallte unter der Galerie hin und her, bevor ihn der Schlund des Portals abrupt verschluckte. Eine Gruppe aufrechter Männer mit langen Mänteln und Epauletten stand stolz an der Gasse. Sie alle suchten den Blick Mr. Lloyds und lächelten. »Hä?« machte Janey.

»Public relations«, sagte Mr. Lloyd. »Achte nicht darauf.«

Vor uns schwenkten sie um. Der Raum zwischen den beiden Bögen war voll von tanzenden Mützen und einigen verspäteten weißen Spitzen. Noch immer strömte einiges den Hang herab. Kirchliche Würdenträger in Samt und mit prunkvoller Goldstickerei, die sich vorsichtig abwärts bewegten. Zwei Holzkreuze, abwechselnd getragen von Gestalten im Talar, deren nackte Füße mit schwarzen Sohlen sicher über die Steine trotteten. Die Figur der sorgenvollen Jungfrau, die wir in der Kathedrale gesehen hatten, mit einem silbernen Heiligenschein, ihr Spitzentuch noch immer in der Hand. Einige Frauen mit schwarzen Spitzenschleiern und prunkvollen Meßbüchern. Eine große Gruppe von Leuten in ihren guten Anzügen, mit blitzenden Medaillen. Berittene, ihre Figur mit einer Art purpurner Samtschürze, einen breiten Silbergürtel um die Hüfte.

Das Silber blitzte auf seinem Weg nach unten unter jeder Lampe auf, und ich wandte meinen Blick von Gil und begann, an den Nägeln zu kauen. Jede Minute jetzt ... Weitere robenumhüllte Figuren. Eine Regimentskapelle mit Kornetts und Trommeln, ohrenbetäubend den Hang hinunterdröhnend, die Blechbläser scharlachrot und befranst. Das Echo der Trommeln, im Torbogen hin und her geworfen, klang wie ein schwerer Kavalleriesturm. Janey legte ihre Hände an die Ohren, doch ich genoß das gemischte Gedröhn. Von weitem, aus der Unterstadt, hörte man die Hörner und Trommeln und Flöten, die uns schon passiert hatten, etwas anderes spielen. Es war ein wenig so, als spielten Pfadfinder in zwei verschiedenen Turnhallen *1812*. Dann war die Kapelle durch und entfernte sich abwärts, und ich hatte Zeit, nach oben zu blicken und den heiligen Hubert zu entdecken.

Hubert ist nicht gerade mein Lieblingsname, und was mir das Fischweib erzählt hatte, änderte kaum meine Meinung. Nach einem flotten Höflingsdasein wurde er bekehrt, so heißt es, als er am Karfreitag jagte und plötzlich ein Hirsch auftauchte, der in seinem Geweih ein leuchtendes Kruzifix trug. Er entsagte allen weltlichen Freuden und endete als Bischof; er kümmerte sich viel um Menschen, die von tollwütigen Hunden gebissen worden waren, und um vom Teufel Besessene.

Oben am Hang wippte jetzt jedenfalls offenkundig die Figur des heiligen Hubert mit der Mitra des Bischofs, mit Talar und Bart, eine Hand erhoben, wie auf seiner Fotografie, die andere auf dem Haupt eines Hirsches. Die Köpfe vor ihm bewegten sich, nach unten. Man sah, daß anstelle eines Baldachins an jeder Ecke der Bahre ein Baum aufragte; Blumen und Blätter waren aus Wachs realistisch nachgebildet. Um die Bäume lagen die geschnitzten Figuren verschiedener Jagdhunde; einer hatte einen Hasen im Maul. Der Rest der Fläche war mit Blumen und einer halben Million Kerzen bedeckt; die Flammen neigten sich alle zur gleichen Seite wie gebannte Zuschauer bei einem Tennismatch. Dann kam die Bahre etwas näher, und man sah noch etwas: Das Kerzenlicht flackerte karmesinrot über einer Art Kette, die um seine Schultern hing. Die Rubine des heiligen Hubert. Er hatte sie also noch. So mußte Johnson noch in seiner Nähe lauern, doch ich sah ihn nicht. Auch Derek sah ich nicht.

Ich blickte mich um. Ein kleiner Trupp Soldaten zog im Gänsemarsch an uns vorbei: kleine, bläßliche Männer mit Schnurrbärten, die abgekehrten Gewehre mit weißen Handschuhen haltend, die Helmreihen blinkend wie Fischerboote in der Sonne. Mr. Lloyd und Gilmore starrten sie mit leicht glasigen Augen an. Janey sah überhaupt nicht hin. Ich folgte ihrem Blick und fand einen schmiedeeisernen Balkon mit einem Teppich darauf und einer Familie, die auf großen, steiflehnigen Stühlen saß. Am Rand des Balkons war ein absoluter Superknabe mit einem dieser langen, braunen spanischen Gesichter und Koteletten intensiv damit beschäftigt, Geranien aus einem Fensterkasten zu pflücken und sie ausgewählten weiblichen Wesen in der Menge zuzuwerfen, die in der Mehrzahl aus Janey bestanden.

Bis jetzt, denke ich, hatte der zurückweichende Lärm der Kapellen das Bellen übertönt. Jedenfalls bemerkten ich und alle in der Nähe jetzt erst, daß sich der heilige Hubert sonderbar benahm. So bewegte er sich beispielsweise seitlich fort. Dann setzte die Bahre zurück und geriet wieder zur Seite; dann raste sie plötzlich in eine Seitengasse. Der Lärm steigerte sich. Die Prozession hielt dahinter. Die Menge ruckte nach oben, stoßend und schiebend. Mehr ließ sich nicht von dem Impuls verwirklichen, zum Ort des Geschehens zu rennen.

Einen Augenblick lang schrien und schoben und staunten alle, ohne daß sonst etwas geschah. Außerhalb der Mauern mußte es einen Stau an der Rampe geben, denn die Kapellen und die Bahre und die Büßer waren zwischen den beiden Torbögen zum Stillstand gekommen; wer sich genug recken konnte, verfolgte das Geschehen draußen, während die weiter hinten ständig Fragen schrien. Die Soldaten standen locker und schwankten leicht, ohne die Stiefel zu bewegen, mit müßig wandernden Blicken. Dann, so rasch, wie sie verschwunden war, schoß die Bahre des heiligen Hubert wie auf Rollschuhen aus seiner Seitengasse, drehte sich zweimal in der Straßenmitte und begann den Hang hinabzurasen. Im gleichen Augenblick setzte sich die Prozession vor uns wieder kreischend in Bewegung, wälzte sich durch beide Torbögen und ergoß sich in die Stadt. Das Pflaster vor uns blieb leer zurück.

Allein und hin und her gerüttelt, mit flatterndem Samt und zitternden Kerzen und dem heiligen Hubert darüber, holperte der Paso des armen Jagdaptrons vorbei von allen Hunden Ibizas begleitet.

Es waren glückliche Hunde. Groß, klein, weiß, schwarz, scheckig und gelbbraun, mit oder ohne Ohren und Schwänze, von Schmutz, Schorf und Schichten von Weihrauch bedeckt, springend und jagend und kämpfend und schnuppernd und bellend – rund zwei Dutzend Hunde hetzten um die Bahre und hinter ihr her, unter ihr durch und neben ihr, die Seiten zerkratzend. Und jedesmal, wenn ein Stiefel unter dem Behang hervorstieß und einem jaulenden Hund in die Rippen traf, rannten drei weitere Hunde mit gebleckten Zähnen hinein; und eine weitere Stimme gesellte sich zu dem Geschrei und dem Gefluche, das, wie wir jetzt hörten, in größter Heftigkeit unter der Bahre hervordrang. Sie schüttelte sich, tanzte hin und her. Einige Bisse trieben sie ein kurzes Stück nach links, dann ging es zurück nach rechts; dann blieb sie stehen; dann raste sie plötzlich los, geradewegs den Hügel hinunter. Sie hastete an uns vorbei. Alle, die nahe genug standen, halfen eifrig, die außen dahinjagenden Hunde aus dem Weg zu treten; die anderen waren nicht aufzuhalten. Einen Moment sah es aus, als würde der heilige Hubert in die Menge rasen. Dann drehte er statt dessen schlingernd ab, scharf rechts, und schoß durch den Torbogen in den Waffenhof mit der Galerie.

Der unbedeckte Raum zwischen den beiden Bögen war jetzt menschenleer. Nur der Wind wehte darin. Als die Bahre langsamer wurde und knurrend wendete, um mit ihren Hunden durch das Portal de las Tablas zu ziehen, zuckten die Kerzenflammen plötzlich hinüber, und die Gewänder des Bischofs fingen Feuer.

Ich glaube, Mr. Lloyd war als erster dort. Ich sah nie jemanden, der sich so schnell bewegte, obwohl Gil ziemlich dicht folgte. Janey und ich schoben uns durch den Bogen hinterher. Neben uns stampften die Reihen der Büßer, ihre Fackeln tropfend, ihre Spitzen wie die Schnäbel aufgebrachter Pelikane hackend. Ich sah, wie sich Mr. Lloyd einen Weg durch die Hundemeute bahnte und auf die Bahre sprang; gleichzeitig sah ich Derek die hintere Seite nach einem kleinen Trupp von Büßern hochklettern. Die Bahre zitterte unter der zusätzlichen Last. Sie neigte sich gefährlich. Die Hunde kläfften, die Männer unten brüllten; und eben, als ein Kapuzenträger ein Tuch über den brennenden Hubert warf, um den Brand pressend zu ersticken, krachte die Bahre nach unten und brachte jeden auf ihr aus der Balance.

Einen Augenblick war alles ein rauchender Haufen aus Gliedmaßen, Blumen, Kerzen, zerbrochenem Porzellan und Hunden. Mühsam meinen Weg bahnend, von der Menge vorangeschoben, sah ich keine bekannten Gesichter. Dann stand neben der Statue ein Kapuzenträger aufrecht da, immer noch das Ende des Tuchs umklammernd, mit dem das Feuer erstickt worden war. Er ließ das Tuch los und drehte sich um, sicher um herabzusteigen, als sich vom Ende der

Bahre eine weitere Gestalt erhob, auch mit Kapuze, purpurn gewandet und behandschuht. Sie näherte sich der ersten, über kämpfende Körper kletternd und die tropfenden Kerzen nicht beachtend; dann holte sie mit der behandschuhten Faust aus und hieb sie dem ersten Mann sauber ins Gesicht.

Der attackierte Büßer, wer immer es sein mochte, mußte einen Nacken wie ein Stier haben. Er schüttelte kurz den Kopf, taumelte, machte sich frei, fuhr herum und sprang. Nicht auf den Boden, auf dem Reihen hochstarrender Gesichter, entgeistert wie ich, auf ihn warteten: Sondern hinauf, zu dem rostigen Geländer des kleinen Balkons über der Mauerwand mit der Galerie. Einen Augenblick lang hing er dort, von seinen befleckten Gewändern umwirbelt. Dann schwang er sich hoch und hinüber und verschwand durch die grüne, beschädigte Doppeltür. Zwei Sekunden später erschien er auf dem baufälligen Ziegeldach. Er blickte auf uns herab, denke ich, einmal. Dann wandte er sich ab und begann, Hand über Hand, das schäbige Dach hinauf zu den Wällen zu klettern.

Das alles war so unerwartet, daß wir nur dastanden und gafften; während die Hunde schoben und sprangen und bellten und der Menschenhaufen auf der Bahre taumelnd wieder auf die Beine kam – in dem Durcheinander von geknickten Bäumen, geschnitzten Hunden und echten Hunden, die hysterisch bellten. Einsam in ihrer Mitte hob sich die bemalte Hand des heiligen Hubert, unversehrt Segen spendend. Die untere Hälfte seines Gewands war zerstört, die Stickerei geschwärzt, doch das Haupt mit der Mitra war unbeschädigt. Um seinen Hals, schief geschlagen und ganz offenkundig noch nicht wieder ordentlich befestigt, hing die Rubinenkette. Daneben war Mr. Lloyd und betrachtete sie gründlich. Gilmore kniete an seiner Seite.

Mit Janey zu der Bahre drängend, hörte ich deutlich, was ihr Vater sagte: »Das ist nicht die echte Kette! Folgt diesem Mann im Talar!«

Er deutete hoch zu dem Raum mit dem Balkon und der dahinter aufragenden Wand. Der Mann, der den Schlag ins Gesicht bekommen hatte, war mit ungeschmälerter Beweglichkeit oben verschwunden. Doch nun tauchte eine zweite Gestalt am Dach auf. Der Mann, der zugeschlagen hatte, war seinem Opfer dicht auf den Fersen und kletterte wie der Teufel. Mit offenem Mund sahen Janey und ich, wie ihr Vater und ihr Bruder gleichfalls zu dem Geländer sprangen und sich ächzend hochzogen. »Und du?« fragte ich Janey.

»Dort ist Derek«, sagte sie plötzlich. »Da, ganz oben. Komm, Schischi!« Und wir sprangen beide auf die Mauerwand los.

Der eine oder andere der agileren Büßer folgten unserem Beispiel, doch zu wenige konnten Englisch oder waren nahe genug, um Mr. Lloyds Worte gehört zu haben. Die Rubine hingen immer noch da, vor aller Augen, und man mußte eine Menge über Rubine wissen und praktisch die Nase in sie stecken, um zu sehen, daß sie nicht ganz echt waren. Jedenfalls geschahen jetzt recht rasch andere Dinge.

Die Täger, nachdem sie die Bahre krachend abgelassen hatten, als die Hälfte der Bevölkerung Ibizas aufgesprungen war, gaben es auf, ihre Bißwunden und sonstigen Blessuren zu reiben und krochen klagend unter dem Behang hervor.

Niemand konnte später sagen, wer alle Beine der Bahre mit Laufrollen versehen hatte. Wir sahen damals nur, daß die Trage, sobald die Träger sie verlassen hatten, leicht zitternd dastand, ein Gemenge aus rauchendem Wachs, zerdrückten Blumen und Hunden, die stritten, bissen, bellten und sich an die Bäume machten. Dann, ganz langsam, wie ein Schiff, das die Helling hinabgleitet, begann sich die Bahre Zentimeter um Zentimeter den steilen Hang hinunterzubewegen. Schoß wie ein Torpedo durch das Portal de las Tablas und schleuderte nach rechts, um sich die wild gewordenen Hunde, bis sie sich mitten in das Schaufenster des Metzgers am Marktplatz bohrte.

Der heilige Hubert, Patron der Jagd, blieb, wie man sagte, draußen vor der Tür, die segnende Hand sanft schaukelnd, während jeder Hund von Ibiza mit einem Satz ins Paradies gelangte.

Janey und ich versäumten dieses Ereignis. Wir waren das Mauerwerk hinaufgekommen, durch eine Tür und einen Hang hinunter zur Avenida General Franco, und drängten uns hügelaufwärts gegen den Strom von Menschen, von Büßern, Priestern und Trommlern, die nach unten drängten, um die Katastrophe zu besichtigen. Da und dort, in der ungleichmäßigen Dunkelheit, sahen wir weit voraus eine finstere Kapuzenspitze, die wie wir nach oben, in die falsche Richtung, strebte. Gelegentlich sah ich vorne Mr. Lloyds graues Haupt blinken, gefolgt von Gils sandfarbenem Kopf.

Wir erklommen eine weitere Mauer, und während der Lärm der Menge schwächer wurde und das Ende der Prozession unter uns verschwand, liefen wir so schnell wir konnten weiter. Wir schlängelten uns durch die dunklen, holprigen Gassen, nahmen Stufen, stolperten in halbausgehobene Gräben und über Schutt. Unsere Schritte klangen seltsam flach und deutlich abgehoben von dem schwachen Rumoren der Menge, der Musik, der Trommeln weit unten.

Wir waren die letzten in dem Rennen. Manchmal, wenn wir um eine Ecke bogen, sahen wir eine dunkle Gestalt eben noch um die nächste huschen. Einmal erkannte ich deutlich Derek, der mit unverhülltem Gesicht am Ende einer Gasse rannte. Wir folgten rasch, bis wir zu einer Straße kamen, auf der wir keinen Menschen sahen oder hörten. Das Ende war leer, und es gab keine Seitenwege, auf denen sich jemand entfernt haben konnte.

»Wir haben sie verloren«, sagte ich.

»Nein. Nicht all diese Leute. Sie haben aufgehört zu rennen«, sagte Janey und hob ihre Stimme: »Gilmore! Daddy!«

Keine Antwort. Ich drehte mich dauernd hin und her, wie die Bahre. Ich wollte nicht über den Schädel geschlagen werden und mich dann auf dem Markt von Libanon wiederfinden. *Zu verkaufen: Weiße Sklavin, mit Pille, kann kochen.* »Wo sind wir?« fragte ich. Und antwortete gleich selbst: »Warte – ich weiß, wo.«

Janey bemerkte es im gleichen Augenblick. »Ich auch. Ich weiß auch, wo die anderen sind. Ich war noch nie im Dunkeln hier.«

»Ich schon«, sagte ich. »Doch da kamen wir von hinten rein.«

Wir standen wenige Türen entfernt von Austin Mandlebergs Gallery 7, aus der die Repliken der Rubine stammten.

11

Wir blieben einen Augenblick vor der Tür des armen Austin stehen, ehe wir hineingingen. Von der Straße aus war das Haus dunkel und totenstill. Austin befand sich natürlich noch als Patient im Hause der Lloyds und schlummerte jetzt gewiß friedlich. Die Männer, von denen die falsche Kette stammte, Jorge und Gregorio, waren nach Ansicht der Lloyds außer Landes; wie ich wußte, waren sie das nicht, doch immerhin befanden sie sich in der Obhut Johnsons.

In diesem Hause mußte sich deshalb der Mann aufhalten, der heute nacht die Rubine gestohlen hatte: der Kapuzenträger, der Mann, der sich auf dem rauchenden Wrack der Bahre geprügelt hatte und dann geflohen war; der Mann, der auch meinen Vater ermordet hatte. Jemand berührte mich am Rücken, und ich machte ein Geräusch wie zerreißendes Papier; eine große, gepflegte Hand legte sich auf meinen Mund. »Still, alles okay«, sagte Gilmore Lloyd. »Wir sind alle hier, mehr oder weniger, drinnen, und wir glauben, daß der Bursche, den wir suchen, in der Galerie steckt.«

»Du hättest eher herauskommen können«, sagte Janey wütend. Sie schien keine Angst zu haben.

»Wir hofften, ihr würdet gehen«, sagte Gilmore schlicht und schob uns durch die Tür.

Drinnen war es nicht völlig dunkel. Die Lichter für den großen Ausstellungsraum waren aus, ebenso die Lichter im Keller, wo sich Gregorios Zimmer und die unglückselige Werkstatt befanden. Doch in dem Büro, dem Raum oben an der Treppe, den Johnson und ich illegal betreten hatten, schien ein schwaches Licht zu brennen; und um die Ecke kam mehr Licht, von der anderen Tür am Absatz, die zu der Kunstausstellung führte.

Um uns auf dem Marmorboden befand sich eine stattliche, untätige Gruppe von Menschen, die meisten Köpfe bedeckt und maskiert, obwohl ich da und dort ein nacktes, schwitzendes Gesicht entdeckte. Das eine oder andere kannte ich: Mr. Lloyd, Gilmore – und auf einmal Derek. Inmitten dieses Ku-Klux-Klans fühlte ich mich plötzlich ruhig und vertrauensvoll. Natürlich wollten sie alle sicherstellen, daß alle Ausgänge besetzt waren. Ich lächelte Mr. Lloyd zu, der unbewegt durch mich hindurchblickte, als eben ein leiser Pfiff von der Tür des Büros kam. Etwas zögernd scharrte die Versammlung mit den Füßen und setzte sich dann in Bewegung, erst langsam, dann zunehmend rasch, auf das untere Ende der Treppe zu.

Die ersten zwei oder drei, denke ich, hatten ihren Fuß auf sie gesetzt, als sich eine Tür direkt gegenüber des kleinen Absatzes öffnete und ein Rechteck an die Wand warf. In der Mitte dieses Rechtecks sahen Janey und ich jetzt den Schatten eines großen Mannes, der aufrecht und regungslos in der Tür stand, mit einem Revolver in der Hand.

»Dies ist ein privates Anwesen«, sagte Austin Mandlebergs Stimme scharf. »Falls jemand von Ihnen noch einen Schritt ohne meine Erlaubnis macht, schieße ich.«

Austin! Sicher hatte er durchgedreht. Ich begann, mich zur Ecke zu bewegen, aber Janey war noch schneller. »Austin!« rief sie, sprang herum zum Fuß der Treppe und nahm drei Stufen, ehe sie jemand aufhalten konnte. »Seien Sie kein Trottel«, sagte sie, »wir sind's. Vater und Gil und Schischi sind da. Wir haben nur ein paar Freunde mitgebracht.«

»Oh«, machte Austin. Er senkte den Revolver und sagte steif: »Es tut mir leid, Miss Lloyd. Doch da niemand von Ihnen klopfte oder klingelte ... Sie wissen, die Leute sind erregt zu diesen Zeiten, und die

Polizei hat zu tun. Manchmal wird in Häuser eingebrochen.« Er sah grün aus. Seine Rippen schmerzten sicher wild.

»Ich sehe«, sagte Mr. Lloyd trocken, »Sie wollten Ihren Besitz beschützen.«

»Natürlich«, sagte Austin.

Einen Augenblick lang stand er auf dem Absatz und starrte uns nur an; dann wischte er mit seiner freien Hand über seine tolle Cordhose und trat zurück. Dann stopfte er den Revolver in eine Tasche. »Ich bitte Sie, um Verzeihung, Sir. Ich bin vielleicht nicht ganz auf der Höhe. Kommen Sie herein. Bitte. Gott sei Dank, daß Sie gerufen haben, Janey. Wissen Sie, ich habe einfach an so etwas gedacht, als Sie weg waren, und je mehr ich daran dachte, desto mehr machte ich mir Sorgen. Wo Gregorio nicht da ist... Und so – ich hoffe, Sie verzeihen mir – nahm ich den Maserati und fuhr her, um mich zu vergewissern, daß alles in Ordnung war.«

»Sie müssen verdammte Mühe gehabt haben«, sagte Gilmore, »den Wagen durch diese Menge zu bringen.« Er erreichte das Ende der Treppe und ging in die Gallery 7. Wir folgten alle. »Also, das ist Ihre Wanderausstellung?« Sein Blick ging von den gesteppten Gebilden zu dem Perspex, den farbigen Kreisen, den bedruckten Holzstücken und wanderte langsam dorthin, wo die »Kumuluswolke mit Tartankoffer« sanft schaukelte, von einer Spitze nach der anderen angestoßen.

»Das ist sie«, sagte Austin. Er ging hinüber zu der großen Eichenanrichte, die den größten Teil der Wand einnahm, und holte Sherry und Gläser hervor. Er blickte zur Tür zurück, wo sich die meisten Kapuzenträger verwirrt gegenseitig auf den glänzenden schwarzen Stiefeln standen. »Kommen Sie, kommen Sie alle.« Er war zu wohlerzogen, um eine direkte Frage zu stellen; doch seine Stimme hatte einen entschieden fragenden Ton. Da seine eigene Kleidung gelitten hatte, hatte ihm Gilmore ein hochgeschlossenes Körperhemd geliehen, und einen Blazer, etwas eng an den Schultern. Er fügte hinzu: »Lassen Sie mich wenigstens meine unfreundliche Begrüßung wiedergutmachen. War die Prozession eindrucksvoll?«

»Mr. Mandleberg«, sagte Mr. Lloyd. Janey ging durchs Zimmer, schob ihre Hand in Austins Arm und sagte: »Lassen Sie mich die Drinks herumreichen. Oh, Daddy, denk nicht an diese blöden alten Rubine. Trink etwas.«

Austin fuhr herum. »Welche Rubine? Es ist doch nichts passiert?« Er hätte wirklich nicht aufstehen sollen. Sein Gesicht hatte die Farbe eines fahlen Kekses, sein Haar war zerrauft wie der Lieblingssessel einer Katze. Janey zog endlich ihre Hand weg, um den Kapuzen Gläser zu bringen.

»Man hat sie gestohlen«, sagte Mr. Lloyd. Er hörte nicht auf Janey. »Eine andere Kette wurde der Statue umgehängt – eine weitere Kopie, weiß der Teufel woher. Es gab einen Kampf auf der Bahre, und wir alle haben einen Mann hierher verfolgt. Sie haben ihn nicht gesehen?«

»*Hier?*« sagte Austin. Er stellte die Sherryflasche ab. »Wie sieht er aus?«

»Er hatte eine Kapuze«, sagte Mr. Lloyd, auf Austin blickend.»Sie haben niemanden gesehen oder gehört?«

»Nein«, sagte Austin hohl. Er griff sich an die Brust. »Himmel, Sie können hier suchen, wenn Sie wollen – wirklich, das sollten Sie wohl. Wenn jemand in diesem Haus versteckt ist, will ich das verdammt gerne wissen. Glauben Sie, er hat immer noch die Rubine?«

»Das scheint mir wahrscheinlich«, sagte Janeys Vater. »Wir werden auch nach ihnen schauen. Falls Sie keine Einwendungen haben?«

»Mitnichten«, sagte Austin. Er grinste ein blasses Grinsen. »Vielleicht möchten Sie auch mich durchsuchen.« Und ehe ihn jemand aufhalten konnte, riß er sich den Blazer herunter und warf ihn Janeys Vater zu; dann kehrte er jede Tasche nach außen und führte das Futter vor. Er hatte wunderschöne Schweizer Taschentücher, eine Brieftasche aus Krokodilleder, eine Handvoll Pesetas und einen Schlüsselring mit einem sehr echt wirkenden Skarabäus. Nirgendwo sonst hätte er etwas so Großes wie eine Halskette verbergen können.

Mr. Lloyd errötete leicht und sagte: »Das war nicht nötig, Mandleberg, aber sehr anständig von Ihnen. Gil, komm mit.«

Der Raum leerte sich halb. Einer oder zwei begannen, in der Galerie selbst herumzukriechen. Austin begann nach einigem Zögern, sein Zeug in die Taschen zurückzustecken, und zog den Blazer wieder an. Janey sagte: »Nun? Wir warten auf die restlichen Sherrys«, und er lächelte sie an und schenkte wieder ein. Eine Stimme hinter mir sagte sanft: »Schischi«.

Ich hasse diese Kapuzen, und hätte ich nicht gewußt, daß es Johnson war, hätte ich mich nicht sanft nach hinten und halb die Treppe hinunter ziehen lassen. »Es läuft recht gut, finden Sie nicht?« sagte er. Ich sah die Brille hinter den Schlitzen seiner Kapuze blitzen. »Wo ist Ihr Bruder?«

»Ich weiß nicht«, sagte ich. »Janey meinte, sie hätte ihn oben auf der

Mauer gesehen. Nachdem die Rubine gestohlen waren. Die Hunde, wie...«

»Anis«, sagte Johnson schlicht. »Brillant, finden Sie nicht? Wollen Sie etwas für mich tun?«

»Ich glaube nicht«, sagte ich.

»Nichts, was mit Derek zu tun hätte«, sagte er. »Könnten Sie hinuntergehen und nach Ihrer Mutter sehen? Sie sollte ungefähr jetzt hier sein.«

»Mit einer Kapuze?« fragte ich eisig. Ich wußte nicht, was um alles in der Welt Mami mit all dem zu tun hatte. »Waren Sie der Mann, der diesem anderen Burschen diesen Hieb verpaßte? Diesem Burschen, den wir jetzt suchen?«

»Nein«, sagte Johnson. »Das ist der andere Teil des Puzzles. Der Mann, der geschlagen wurde, lief hier herein. Der Mann, der ihn schlug, muß sich in eine Tür gedrückt haben, als er merkte, daß ihm die halbe Stadt dicht auf den Fersen war, und ließ uns vorbeilaufen. Ich schätze, er ist jetzt auch hier.«

Ich sagte es schließlich; aber sicher nicht, weil er und Janey aus dem gleichen Glas tranken. »Austin hat einen rosa Fleck am Kinn.«

Ich weiß«, sagte Johnson. »Sehen Sie – hier ist Lady Forsey.«

Sie trug keine Kapuze, aber eine bombastische Mantilla. Ein Kamm und eine Rose staken in ihrem grauen Igelhaar; ihr Kleid war rot, mit weiß gepunkteten Volants, geschlitzt bis zum Knie. Mami hatte früher grandiose Beine; sie hat sie heute noch. »Hallo, Darling«, sagte sie. »Wo ist was los?«

»Um Himmels willen«, sagte ich. »Du bist doch nicht in diesem Aufzug an der Straße gestanden, um eine Karfreitagsprozession zu sehen?«

»Ich hatte den besten Sitzplatz in der Stadt«, sagte Mami.»Der Chef der Guardia Civil ist ein alter Freund von mir. Das Kleid war ein Geschenk.«

»Du trägst es am *Sonntag*«, sagte ich. »Ich sag's dir. Der arme alte Chef muß sich in Qualen gewunden haben.«

»Ich hoffe es, Darling«, sagte Mami, durch den Schlitz ihre Kniescheibe bewundernd. »Ich habe einen Polizeipaß für den Rest der Ferien, und ich habe die van-Costa-Trophäe für den schmucksten Guardia-Civil-Burschen mit mehr als acht Kindern gestiftet. Ich wittere Sherry.«

»Hier drin«, sagte Johnson. »Sarah, bringen Sie Ihre Mutter hinein?

Sicher hätte sie es gerne, wenn Mandleberg ihr die Ausstellung zeigen würde.«

»Was, *jetzt*?« sagte ich. »So?«

»In einem Garten ist für jede Blume Platz«, sagte Mami und trat hüftenschwingend zur Tür. Ich zwängte mich an den Ellbogen vorbei und sagte: »Austin. Sie erinnern sich an Mrs. van Costa?«

»Selbstverständlich«, sagte Austin. Mit der Leichtigkeit, die all diese College-Jahre den Amerikanern immer geben, näherte er sich, ohne einmal zu blinzeln, und küßte Mamis Hand. Dann sagte er mit einer Stimme, in der nur ein leiser Hauch Entsetzen mitschwang: »Seien Sie willkommen, Madam. Geben Sie mir die Ehre, von mir ein Gläschen Sherry anzunehmen?«

Mami lächelte stumm in seine Augen, den Generationsunterschied überbrückend wie eine Harpune die Distanz zwischen Walfänger und Wal. Ihre Technik hat sich nicht im geringsten geändert; sie schien mir in gewisser Weise zeitlos.

»Wenn es Manzanilla ist«, sagte sie, ihre Augen immer noch weit offen. »Ich hasse klebrige Sherrys.«

Natürlich war es nicht Manzanilla; kaum jemand hat ihn. Doch er resignierte keineswegs. Er fand einen Fino für sie und reichte ihr ein Glas mit vollmundigen Worten über Weine. Zu meiner Überraschung hörte sie bezaubert zu, nippte an dem Fino und sagte »Köstlich« in seine Augen. Er riß sich los, um den zurückgekehrten Gilmore und Mr. Lloyd einen Drink zu geben, ebenso zwei gleichfalls hereingekommenen Kapuzen. Mr. Lloyd gab Janey ein Zeichen – Daumen nach unten. Kein Mann, keine Rubine.

Austin sagte: »Ich weiß nicht, kennen Sie alle Mrs. van Costa? Warum setzen wir uns nicht alle? Ich bin sicher, meine Herren, es wäre Ihnen wesentlich bequemer ohne all das Zeug auf Ihren Köpfen.«

»Aber sie dürfen es nicht abnehmen!« sagte Mami. »Wissen Sie nicht, daß man die Masken nicht abnehmen darf, ehe alle Bahren wieder in der Kirche sind? Mr. Mandleberg, ich wollte Ihnen nur sagen, wie sehr ich Ihre großartige Leistung bewundere, den Kreationen dieser talentierten Jungen und Mädchen hier die verdiente Publizität zu geben. Marshall Cheeseman ist seit langem ein sehr enger Freund von mir, und ich habe sein Werk von bescheidenen Anfängen reifen sehen zu der umhüllten Landschaft mit Hühnern, die hier bei Ihnen hängt. Ich habe ebenfalls die Ehre, Mackenzie Hall-Bassen zu kennen, seit er seine Werkstatt in New Orleans einrichtete; und ich habe miterlebt, wie seine Kunst zu so herrlichen Formen erblühte: so stark, so männlich, so erfrischend unbekümmert um die gegenwärtig gängigen Kunsttheorien. Mr. Mandleberg, Sie erweisen dem Ästheten einen unschätzbaren Dienst.«

Austins Augen leuchteten auf. Ich sah sie leuchten. Er stellte seinen Sherry ab, trat vor und sagte: »Mrs. van Costa, ich habe hier ein paar Dinge, die selbst Sie wohl noch nie gesehen haben. Hier ist ein Beispiel dessen, was ich eine Kondition des dynamischen Equilibrums nennen könnte: ein sensorisches Lichtwellenexperiment mit induziertem emotionalen und intellektuellem Respons, von der organisch erregenden Funktion der größten Entdeckungen. Wenn Sie diese Dinge sehen, erkennen Sie sich selbst, Mrs. van Costa.«

»Ganz gewiß«, sagte Mami, ihre Röcke raffend und in seinem Schlepptau durch die Wogen der Kunstwerke watend. Ihr flacher Hintern wackelte. »Wie der große Paul Klee meinte, gibt Kunst nicht das Sichtbare wieder, sondern macht sichtbar. Wie denken Sie über den Blauen Reiter, Mr. Mandleberg?«

Sie war in ihrem Element. Dieses Getue hatte Daddy zur Flasche greifen lassen. An meinem Ellbogen sagte Johnsons Stimme: »Folgen wir.« Mr. Lloyd hatte sich gesetzt, und Gilmore fingerte mißmutig an einer mit Nägeln bespickten Leinwand. Unter einer Anzahl von Kapuzen hörten wir Sherry gluckern. Ich ging, Johnson an meiner Seite, die Galerie hinunter hinter Mami her. Janey kam mit. »Es ist Johnson«, sagte ich, doch sie antwortete nicht. Sie studierte eben eines der mannshohen runden Bretter mit den schwindelerregend grellen konzentrischen Streifen. Darunter sah man Dereks Schuhe, immer noch mit Wasserflecken vom Salinas-Hafen. Ich stieß Janey an, und sie sagte verspätet: »Oh? Mit Kapuze?« Zum Glück schien Johnson nicht darauf zu achten, und wir alle blieben in Hörweite Mamis stehen.

Sie standen vor dem Brett mit den Reihen runder Holzgebilde und Austin erläuterte die Bedeutung der auf jede schablonierten Worte. Sie schien ihn zu verstehen. Ich meine, sie verstand ihn sehr wahrscheinlich, was ich irgendwie tröstlich finde. Das heißt, es ist für mich schön zu wissen, daß jemand das tut. Er war zu einem anderen Gebilde getreten und sagte eben: »... Aufgabe der figurativen Malerei zugunsten einer leichteren, heiteren Konstruktion, aus Röhren, Netzen ...« Da sagte Mami: »Mr. Mandleberg?«

Er wandte sich zurück, noch immer vorwärts deutend. »Mr. Mandleberg«, wiederholte Mami. »Der Zustand dieses Exponats scheint sich entschieden geändert zu haben, seit ich es zuletzt in Boston sah. Wird diese Galerie von Ihren Leuten ausreichend feucht gehalten?«

»Äh, nein«, sagte Austin. Er kam nicht zurück. »So nahe am Meer, Mrs. van Costa, ist das nicht erforderlich. Sicher, die Sachen reisen von Land zu Land, und man kann nicht immer sicherstellen, daß die Verpackung und die Transportbedingungen genauso sind, wie wenn man alles selbst macht. Sicher, ich inspiziere immer selbst die Galerien, in die sie kommen; viele davon, wie Sie wissen, gehören mir auch. Doch ich betrachte das Risiko einer leichten Beschädigung als einen Teil des Preises, den man zu bezahlen hat, wenn man diese einzigartige und kühne Ausstellung der Welt der Philister präsentieren will. Sie würden doch nicht wünschen, daß ich deshalb darauf verzichten sollte, Mrs. van Costa?«

»Oh, keineswegs«, sagte Mami. »Doch ich glaube, man sollte auf das Holz hier achten.« Sie strich mit dem Finger über eines der bedruckten Holzgebilde. »Sehen Sie, hier ist ein Riß.«

Ich weiß nicht, ob sie einfach darauf drückte oder ihren Fingernagel eingrub. Jedenfalls war da eine kleine Einkerbung. Dann, langsam, vor unseren Augen, öffnete sich das Holz sacht. Im Innern ruhte wie in einem Nest ein kompaktes, nagelneues technisches Gerät, mit dem Aufdruck SCHUYTSTRAAT – AMSTERDAM. »Also das«, sagte Mami, »könnte man als Happening bezeichnen.«

Im ersten Augenblick schien er zu glauben, sie hätte das absichtslos getan. Vielleicht glaubte er sogar, er könnte heil davonkommen, wenn dieses Weib nur dumm genug war. Er kannte Mami eben nicht. Während Austin sagte: »... Affinitäten zu den Arbeiten von Mitchell: Partikel von Boilern, Tanks ...«, drückte sie unentwegt weiter. Drei weitere Abschnitte schwangen auf und enthüllten weitere Maschinenteile. Jetzt sagte Austin nichts mehr, sondern stand am Ende des Raums, mit dem Revolver in der Hand.

Johnson nahm seine Kapuze ab. »Seien Sie nicht dumm«, sagte er mild. Seine Brille hatte sich etwas beschlagen. »Als Sie Ihren Blazer herüberwarfen, nahmen wir die Kugeln aus Ihrem Revolver ... Wir scheinen den Supersensator zu haben, also könnten Sie ebensogut reden. Wo sind die Rubine?«

Austin holte tief Atem und senkte den Revolver. »Ich fürchte ... Als ich dieses Maschinenzeug sah, wußte ich, Sie würden mir die Schuld geben«, sagte er. »Sie müssen mir einfach glauben: Ich wußte nicht, daß dieses Zeug dort war ... Wie zum Teufel hätte ich das wissen können? Ich war im Ausland.«

»Sie waren in Holland«, sagte Johnson. »Eben als man das Gerät gestohlen hatte. Nun ergab es sich, daß auch Lord Forsey dort war:

Deshalb hat Schuytstraat das Falsche gedacht. Wir wissen, daß Sie das Ding nicht gestohlen haben, ebensowenig, wie Sie heute die Rubine anrühren sollten. Jemand anders erledigt das alles für Sie, und Sie agieren nur als Vehikel für jedermann, der Ihre Mühe angemessen entlohnt. Erstens wird ein Gegenstand gestohlen. Zweitens schafft man ihn sofort in Ihre Galerie. Drittens verläßt er zu gegebener Zeit das Land, in einem Ihrer speziellen Kunstwerke versteckt.« Er klopfte mit den Knöcheln lächelnd gegen eine Wand, die mit einem Seil und Metall überzogen war. Sie konnten alles darin befördern, nicht wahr. Haschisch in einem Steppzeug, Chemikalien in den verpackten Landschaften, Mikrofilme oder Dokumente überall.

Austin nahm die Farbe einer Leber an. »Ach ja. Das ist es also«, sagte er und begann sich vorwärts zu bewegen. »Ich weiß nicht, für wen Sie sich halten, Mr. Johnson, doch es ist offensichtlich, daß Sie von mir und meiner Arbeit überhaupt nichts wissen. Haben Sie die leiseste Vorstellung, was es kostet, diese Exponate zu versichern und zu verpacken und von Land zu Land zu verschiffen? Wenn ich dringend Geld benötigte, wie Sie mir unterstellen, Mr. Johnson, wäre ich kaum in der Lage, solche Unternehmungen zu finanzieren. In der Tat...« Er stand Auge in Auge mit Johnson – ein großer, lauterer, entrüsteter Mann, von Brillengläsern reflektiert. Johnson stand unbewegt wie ein walisischer Sopran, die spitze Kapuze unter den Arm gepreßt.

»In der Tat«, sagte Austin, »ist meine Arbeit philanthropischer Natur, Mr. Johnson. Zum Nutzen der gesamten Menschheit. Mrs. van Costa, wer immer sie sein mag, hatte darin recht. Und ich kann nicht zulassen, daß reine, dumme, niedrige Sensationsgier sie oder mich stört.«

»Und Sie versuchten vielleicht deshalb«, knirschte die Stimme von Janeys Vater, »dieses gestohlene Gerät zu einem großen Kunstwerk umzufunktionieren?«

»Nur Ruhe, Mr. Lloyd«, sagte Johnson mild. Er hatte sich nicht bewegt. »Spry hat den Nachmittag damit verbracht, eine Kamera zu installieren. Alles, was Mr. Mandleberg tat, als er heute abend hierherkam, ist vollständig aufgezeichnet.«

»Oh, wirklich«, sagte Austin. »Nun, ich bin kein Schuljunge. Und ich bezweifle stark, ob viele Porträtmaler eine Kamera mit ihren Pinseln herumtragen und einen Techniker dabei haben, der sie installiert. Und überhaupt, wo könnte sie...« Er hielt inne.

»Richtig«, sagte Johnson. Er wandte sich um und schlenderte nach hinten; dann blieb er stehen, griff hinauf zu der »Kumuluswolke mit Tartankoffer« und zog an einem Reißverschluß. Von einem geschickt geknüpften Netz gehalten, blitzten die Linsen einer Kamera auf uns alle herunter. Johnson schloß den Reißverschluß und drehte sich eben um, als Austin, endlich in die Enge getrieben, auf die Tür zurannte.

Es waren nun ziemlich viele Leute in dem Raum, doch er hatte auch viele Deckungsmöglichkeiten. Austin schwenkte, warf eine schwere, farbbedeckte Leinwand um und tauchte in den Schutz einer Batterie erleuchteter, doppelt umhüllter Kästen; große und signifikante Gegenstände staken dort in einer Art Waschmaschinen.

Gilmore war dort. Austin versuchte abzudrehen, schlug nach Gil und bekam einen Tritt, der ihn durch die doppelte Umhüllung schießen ließ. Die Waschmaschinen spuckten wie Spielautomaten, und Austin wirbelte diesmal davon und schlitterte zwischen seinen Exponaten hin und her, mit dem Endziel Tür. Er hatte es fast erreicht, als eine Gruppe von Kapuzenträgern, seitlich hinzuspringend, den Ausgang verbarrikadierte.

Eines dieser Steppgebilde wurde seine Rettung. Von seiner Befestigung gelöst, stürzte es auf die kämpfenden Männer; Federn wirbelten in Überfülle. Blind kämpfte Kapuze gegen Kapuze. Stellwände schaukelten und krachten zu Boden, den Wirbelsturm der Federn verschlimmernd. Auf dem Boden türmte sich ein Männerhaufen. Ich sah, wie sich Mr. Lloyd ihm zugesellte, von Gilmore gefolgt. Der Männerhaufen zuckte kämpfend hin und her, und oben platzte eine verpackte Landschaft. Die anderen Werke, wird bewegt durch kämpfende Kapuzen, widerstanden kaum noch lange. Seufzend, durchstochen wie von Bajonetten, gaben die großen Blasen ihren Geist auf, eine nach der anderen; über die Eingeschlossenen ergoß sich ein trauriger, stetiger Strom von kaltem, farbigem Wasser. Eine Flotte kleiner Plastikschiffe segelte daher, wie ein Heuschreckenschwarm. Eine Gestalt löste sich aus dem Haufen, sprang plötzlich auf die Beine, schüttelte Puppenaugen ab und eilte zur Tür.

Es war Austin. Janey kreischte. Ich raste durch eine schmale Passage mit pendelnden Scheiben in grellen Farben. Aus den Augenwinkeln wurde ich gewahr, daß sich eine von ihnen zu lockern schien. Beim Laufen sah ich, wie sie sich löste: ein mächtiger Zweieinhalbmeterkreis von gelben und rosa Spiralen, der sich polternd in Bewegung setzte. Er rollte direkt zur Tür. Ich sah Austin einmal zurückblicken, seine Augen weiß wie ein Würfel mit einem Punkt, bevor er durch die Tür stob und die Treppe hinuntersprang, vier Stufen auf einmal nehmend.

Ich hätte ihn nicht rechtzeitg erreicht, doch die Scheibe erreichte ihn. Sie donnerte über den Treppenabsatz, hob auf der ersten Stufe ab und segelte seitlich durch die Luft hinunter, von meinem Blick verfolgt. Austin hatte die letzte Stufe erreicht, als sie ihn traf. Er schrie nicht einmal auf: Er grunzte nur, als sie sich wie ein Deckel auf ihn stülpte. Er stand nicht auf.

Derek, der sie geschleudert hatte, stand neben mir und wischte sich die Hände, mit dem Ausdruck mikroelektronischer Befriedigung unter seinem tropfenden Haar. »Wie Paul Klee nicht sagte«, meinte Derek, »die Kunst gibt nicht das Sichtbare wieder, sondern macht unsichtbar. Gehen wir und heben wir ihn auf?«

Es brauchte drei Männer, um die Scheibe anzuheben und Austin in den Raum zurückzuschaffen. Er stöhnte, als wir ihn auf einen Stuhl setzten, und er stöhnte etwas heftiger, als er die Augen aufschlug und die Trümmer seiner Kunstwerke erblickte. Johnson band seine Hände an die Stuhllehne und tätschelte Derek auf die Schulter. »Gut gemacht. ich nehme an, Sie wissen nicht, wo er die Rubine versteckt hat?«

»Ich bin selbst fremd hier«, sagte Derek, der immer noch aussah, als hätte er sehr schnell vier Gins getrunken. Es war der erste Scherz, den ich ihn je machen hörte, was seine Schlichtheit erklärt.

»Hier«, sagte Gilmore. Wir ließen Austin in der Obhut eines Maskierten, der sich als Spry herausstellte, und gingen durch den Raum zu ihm. Er kniete vor einem mit Stacheldraht und Baumwollspulen umspannten Holzblock mit dem Namen »Mutterschaft«. Aus der rechten Hüftgegend drehte er eine Schraube und zog eine kleine, im dicken Holz verborgene Schublade heraus. Neben mir schüttelte Austin den Kopf und setzte sich auf. Alle reckten sich hinüber.

»Wie schade«, sagte Johnson. »Leer.«

Der Schrei Austins lenkte uns von der Bewegung ab, auf die wir hätten achten müssen. Alle blickten zurück auf Mandleberg, der vorgebeugt saß und wild mit den Händen zerrte, wobei er erstaunliche Epitheta der Bronx ausstieß. Ich sah, wie sich Mr. Lloyd und Gilmore anblickten.

Ich glaube nicht, daß jemand tatsächlich erwartete, bereits beim ersten Versuch das Versteck der Rubine zu finden. Vermutlich war die ganze Kollektion von geheimen Hohlräumen durchsetzt, klein, mittelgroß, groß. Vielleicht war es Zufall, vielleicht die Tatsache, daß Austin in der Hast die Schublade nicht völlig einwandfrei verschloß, wodurch Gil aufmerksam wurde. So schien es mir damals. Jedenfalls saß Austin hier am Rande eines Schlaganfalls: Die Adern traten an seiner gepflegten Stirn hervor, während er hemmungslos vor Wut und

Demütigung schäumte. Johnson ging zu ihm und schlug ihm mit der flachen Hand sauber ins Gesicht. »Haben Sie die Kette hier hineingelegt?«

Austin schluchzte und spuckte keuchend ein paar Worte aus. »Ja! Vor ein paar Sekunden war sie noch hier. Dieser verfluchte Bastard! Dieser betrügerische ...«

Das waren seine letzten Worte. Mitten in sein Geschrei zuckte ein kleiner Blitz am Ende des Raums; es gab einen scharfen Knall, es klirrte, eine Kugel zischte, prallte ab. Austin sank in seinem Stuhl zurück. Ein stählerner Schimpanse hatte plötzlich einen Nabel. Und die letzte verpackte Landschaft, sauber in den Bauch geschossen, ließ eine Ladung Bueche-Girod-Uhren herunterregnen.

Austin war tot. Ich blickte ihn dumm an – den netten Mann, der im Flugzeug nach Ibiza meine Hand gehalten hatte – als mich ein talarumhüllter Körper anstieß. Ein Kapuzenträger, den noch rauchenden Revolver in der Hand, warf sich auf mich, drehte meinen Arm grob über meinen Anorak nach hinten, stieß mich seitlich voran und beförderte mich so durch die Tür und weiter die Treppe hinunter.

Ich sah alle in der Galerie plötzlich erstarren; hätten sie das nicht getan, erkannte ich, würde ich erschossen. Falls ich mich wehrte, erkannte ich auch, würde ich sowieso erschossen. Der Mann, der mich hielt, war kräftig genug, um mich bis zur Tür zu schleifen. Dort zischte er »*Geh*!«, und um sicherzustellen, daß ich ging, drückte er seinen Revolver hart in meinen Körper. Ich stolperte neben ihm die Treppe hinunter und merkte, daß ich doch schrie, so laut ich konnte. Oben hörte ich Johnson einen spanischen Befehl rufen.

Vor uns lag die Türöffnung, von einem bewaffneten Polizisten bewacht. Er mußte Johnsons Ruf gehört haben. Als er mich sah, senkte er seine Waffe und trat zurück. Mich mit sich schleppend, sprang der Büßer hinaus auf die Straße. Wie von selbst schrillte ich weiter wie ein Wecker. Mein Angreifer blieb eine Sekunde in der dunklen Straße stehen, durch die mein Schreien hallte, und hieb seinen Revolver kurz über mein Ohr. »Still.« Ich verstummte, und mit einem Ruck, der meine Gelenke fast zerriß, begann er zu rennen.

Ein ganzer Raum voll ausgewachsener, verdammter Männer – und wie großartig hatten sie mich beschützt!

Hinten hörte ich Leute durch Austins ausgelegte Halle eilen. Oben, da und dort, blickten dunkle Gesichter, angezogen durch die Schreie, interessiert von den erleuchteten Balkonen. Auf der Straße drehte sich die eine oder andere Gruppe um.

Das Vertrackte war der Revolver. Ich hätte brüllen können oder der Bestie ein Bein stellen, wenn nicht dieser Revolver gewesen wäre. Ich bin stark wie die meisten Männer, obwohl dieser hier groß war: größer als ein Spanier, würde ich sagen, und er hatte englisch gesprochen. Die geflüsterten Worte verrieten mir gar nichts. Er roch nicht nach Curry.

Das jedenfalls schied die Teilnehmer an meinem Essen aus. Es war nicht Gil oder sein Vater, hastig in Roben geschlüpft. Es war nicht Spry, denn ich hatte ihn noch vor einem Augenblick gesehen. Es war nicht Derek, weil ich seine Bewegung kannte, und überdies hatte er Austin gefangen. Und es war nicht der arme Austin. Es war jemand, der Austin kannte ... ein Verbündeter, ein Partner, der Austin die Rubine stahl, die Austin gestohlen hatte. Und der Austin getötet hatte, damit er nicht seinen Namen nannte.

Wir liefen schnell und wichen Leuten aus; ich dachte nach. Der Büßer neben mir hatte auch Probleme. Er mußte genug Boden gewinnen, um diese Kleidung loszuwerden, ohne erkannt zu werden. So lange brauchte er mich als Geisel. Danach brauchte er mich nicht mehr. Jedenfalls nicht lebend.

Ich keuchte. Der Revolver stak nun in meiner Seite, und er bohrte sich tiefer, wenn ich mich umsah. Ich wußte nicht, ob die anderen folgten. Mein Herz hämmerte: Mir war, als dröhnten mir Hörner in die Ohren, als sei die Musik zurückgekommen, lauter, und die Menge summte dazu. Ich glaube, es wurde mir im gleichen Augenblick wie meinem Entführer klar, daß dies kein Traum war.

Es war halb zwölf, und die Karfreitagsprozession des Schweigens war auf dem Rückweg vom Monument; durch das Portal schleppte sie sich wieder hinauf zum oberen Platz. Im nächsten Moment würde die Straße, auf der wir waren, von Menschen überflutet sein.

Links von uns gab es Stufen, breite gepflasterte Stufen mit behauenen Marmorrändern, die direkt in die Dunkelheit unter Austins schön gepflasterter Calle de San Guillermo stürzten. Der Kapuzenträger neben mir wechselte seinen Griff um meinen Arm, zog mich heftig zu sich herum und trieb mich vor sich die dunklen Stufen hinunter. Ich glaubte, währenddessen schnelle Schritte hinter uns zu hören. Solange ein Verfolger nahe war, dachte ich, würde mich dieser Mann kaum töten. Wenn er ihn abschüttelte, würde er es sehr wahrscheinlich tun.

Wir ratterten die Treppe hinunter wie eine Berg-und-Tal-Bahn, schwenkten um eine kahle Häuserwand und tauchten in eine schmale, ungepflasterte Gasse voll schiefer weißer Häuser mit verfallenen

Treppen und Wäschestangen wie Gespenster über unseren Köpfen. Eine niedrige Mauer links ließ im Vorbeihasten flüchtig auf Ziegeldächer blicken, auf Lichter des Hafens, auf ferne Hügel, schwarz gegen den dunklen Himmel.

Es wirkte friedlich und frei. Ich drehte mich und stolperte und stürzte halb und wurde kurz über den steinigen Boden gezerrt.

Die Gasse war eine Sackgasse. Die Hand um meinen Arm wirbelte mich herum, und wir erreichten wieder die Treppe und hasteten wieder abwärts, ständig schmalen hohen Wänden weichend, bis wir einen weiteren ebenen, steinigen, dunklen Platz erreichten, mit finsteren, abblätternden Häusern, die Läden hochgerollt über rostigen Geländern, die Fenster alle leer – nur vereinzelt flackerndes Licht und die dünne Stimme eines klagenden Kindes. Ein Radio redete, und eine erschrockene Katze schrie schrill. Ich dachte an die tote Ratte in dem Graben – damals, als ich Austin kennenlernte – und erschauerte. Der Mann bei mir ging langsamer und blieb stehen. Dann zog er mich in einen tiefen, verfallenen Torweg.

Es war sehr dunkel. Eine Laterne an einem der Häuser warf schwaches Licht, wie Staub, auf den Boden, und eine enteilende Eidechse raschelte in den Schutt. Plötzlich tönten Hörner irgendwo, nicht allzuweit; es wirkte wie ein ruckartiges Zerren an den Nervenenden. Auch der Mann neben mir zuckte zusammen: Beide atmeten wir heftig, beide wollten wir ruhiger atmen. Durch die Atemstöße drang ein leises Trappeln; Schritte kamen die Treppe herunter, die wir verlassen hatten, und entfernten sich. Sie verschwanden unten in der Dunkelheit, und das Geräusch verschwand mit ihnen.

Wir warteten, und ich dachte: »Das war's. Adieu, Sarah.« Ein Schuß ins Herz – mein Häkelkleid würde mich kaum schützen. Und mein Büßer, wer immer er sein mochte, würde einfach sein Büßergewand abstreifen und sich in seiner gewohnten Kleidung unter die Leute mischen. Ich spürte den Griff um meinen Arm schwächer werden. Seine andere Hand, die Revolverhand, hob sich; der Griff wechselte. Eine Stimme rief vom Fuß der Treppe: »Cassells? Sarah!« Nicht nahe genug, um zurückzukommen und uns zu entdecken. Doch zu nahe für einen Mord.

Der Mann neben mir flüsterte etwas, und die Hand um meinen Arm drückte fester. Die Revolvermündung richtete sich wieder gegen meine Seite. Dann sagte er: »Los!«, in demselben schaurigen, heiseren Flüstern, und lief, mich hinterherziehend, wieder hinauf zu der Hauptstraße.

Bisher hatte ich Glück gehabt. Jetzt war er dran. Mit Fackelglanz und Musikgetöse hatte die Prozession fast, aber nur fast, das Ende der Calle erreicht. Die Trommeln dröhnten, Tuck, Tr-r-uck, tru-uck, truck, tuck; die Geräusche schwirrten wie Federbälle die Doppelreihe stattlicher Häuser entlang, hin und her. Wir warteten nicht auf die Menge. Mein Freund mit der Kapuze rannte vor ihr, weiter die dunkle Straße hinunter, und fand endlich, erkannte ich, die Treppe, die er gesucht haben mußte. Die Hauptstraße wellte sich steil nach links hinauf; eine gepflasterte Gasse mit Stufen führte hinunter, vorbei an hohen Häusern auf verschiedenen Ebenen, mit Doppeltüren und hell erleuchteten Oberlichtern. Vielleicht zögerte ich, als wir entlang liefen. Sicher schmerzte der Revolver an meinen Rippen; er rieb beim Laufen gegen meine Seite, und die Hand an meinem Arm war heiß und troff vor Schweiß.

Die Stufen waren breit; sie senkten sich hinunter zwischen weißen Wänden voller Rosen. Ihr Duft strömte rein wie der Klang der Hörner durch die stille Nachtluft, und durch ein schmiedeeisernes Tor sah man einen Garten, ein zierliches Gitter, das Glitzern von Wasser und das Glimmen zweier Zigaretten, genüßlich geraucht unter Palmen. Unten war ein weiterer schmaler, ungepflasterter Weg, mit einer Reihe niedriger weißer Häuser links und rechts von uns, Blumen auf ihren tiefen Simsen. Eine schwache Laterne beleuchtete einen orangefarbenen, noch immer wehenden Vorhang aus Perlenschnüren, und links eine Bastion der alten Mauer, mit einer gotischen Galerie darauf, mit Bogenfenstern und großen Blumentöpfen. Wir hetzten vorbei, auf einen ungepflasterten Platz mit einer Pumpe in der Mitte. Zwei Männer, leise plaudernd, standen daneben und sahen uns neugierig vorübereilen. Ein Büßer, vielleicht einem Notruf seiner Frau oder seiner Tochter folgend. Schreien war sinnlos. Nicht mit dem Revolver hier.

Es gab die Wahl zwischen zwei Gassen. Er nahm die dunklere, ständig abfallende, die sich rechts über Pflasterstufen duckte; dann wieder die rechte, als sie sich gabelte und fast versickerte zwischen hohen, baufälligen Häusern, mit Netzen an den Türen und darin, gelegentlich, vorüberhuschenden Stühlen und neugierigen Gesichtern. Rechts lag ein Hof: Pflaster, Erde, Zement. Brüchige Ziegel rahmten die hohen Haustreppen; die Türen waren verzogen und blaß silbern verwittert, die Fenster schadhaft, rostig, verriegelt. Ein baufälliges Gebäude, von Pfählen gestützt, lehnte über abgetretenen Stufen, die hinunterführten, vorbei an verschlossenen Türen und Fenstern, netzverhängt. Die Stufen verschwanden in der Dunkelheit: Nur sah ich eine tiefere Dunkelheit, die sich darüberwölbte; und ich vermutete, daß sie in einen Tunnel führten, den zwei sich vereinende Gebäude bildeten. Ein Tunnel ohne offene Türen, keine neugierigen Augen, die hineinspähten. Der Revolver bewegte sich, und ich wurde zu den Stufen und hinunter getrieben, darauf zu.

Ich denke, ich hätte vielleicht versucht, ihn zu Fall zu bringen. Sicher hätte ich geschrien. Ich wußte, daß es mit diesem Zweig der Cassells ziemlich sicher zu Ende ging, aber ich sah nicht ein, warum er so einfach davonkommen sollte. Ich hatte den Mund schon offen, als ich wieder die schnellen Schritte, wie von einem Mann, der zwei, drei oder vier auf einmal nimmt. Schnell genug, um einen anderen Mann zu erreichen, ehe er sein Gewand abgestreift hatte. Der Griff um meinen Arm brachte mich plötzlich wieder in Bewegung, und ich sah, daß der Tunnel nur ein kurzer Bogengang war, der eine steile schwarze Treppe überwölbte, deren unterer Bereich von hellem gelbem Licht überflutet war.

Sie führte direkt auf den Hauptlatz der Dalt Vila, das Ende vom Portal gerahmt. Und um den Bogengang geringelt und das steile Pflaster emporstrebend, auf dem Weg zurück zur Kathedrale, sah ich die Fackeln, die schlurfenden Gestalten, die ruckenden Bahren der Prozession des Schweigens. Der Hauptausgang zur Unterstadt und zur Sicherheit war versperrt.

Der Mann neben mir blickte sich um. Menschen waren auf dem Platz: ziemlich viele. Menschen waren auch auf der steilen Straße links, die, wie ich mich plötzlich erinnerte, zur westlichen Puerta Nueva führte. Ich fragte mich, weshalb wir nicht diese Richtung nahmen; und dann sah ich die Lampen auf den schwarzen Falzhüten der Polizisten blitzen. Mein Entführer bewegte sich und eilte dann ohne Warnung direkt über den erleuchteten Platz und zwischen zwei gegenüberliegenden Häusern hindurch. Es war öde und dunkel. Ich stolperte, versuchte, auf den Beinen zu bleiben, und wurde über Kanten halbverfallener Mauern und Haufen zerbröselnder Erde in eine fast völlige Dunkelheit gescheucht. Hinten, über meine Schulter, sah ich einen Augenblick die Lichter des Platzes und die Lücke, durch die wir gekommen waren – frei von Verfolgern. Vor uns war die große Dunkelheit, begrenzt von einer schwachen, unregelmäßigen Linie – den Konturen der Baluarte de San Juan, die Stadt überblickend. Der Himmel darüber war voller Sterne.

Es war ein Fehler, nach oben zu blicken. Ich verlor diesmal völlig die Balance und stürzte Hals über Kopf einen steilen, erdigen Abhang hinunter. Ich landete in der Dunkelheit, mein Atem stockte.

Feigheit ist der beste Helfer, wenn man blitzschnell reagieren muß. Ich kam auf die Beine, ehe mich mein talarumhüllter Freund erreichte, und lief wie ein Hase.

Ich lief, wie ich merkte, in einem Graben. Er war sehr tief ausgehoben. Die Seiten bestanden aus gesiebter, schwerer, trockener Erde; eine davon war ich eben heruntergestürzt. Ich versuchte, wieder hochzulaufen. Es war, als wollte man in einer Sanduhr nach oben kommen. Ich verschwendete Zeit damit, während sich von hinten dumpfe Tritte näherten. Dann gab ich auf und rannte, so schnell ich mit schmerzenden Gliedern konnte, die Sohle des Grabens weiter.

Es endete an einem versperrten Tunnelende. Einfach so. Warum, weiß ich bis heute nicht. Ich weiß auch bis heute nicht, was sie dort bauten oder sonst machten und weshalb sie dazu einen Tunnel brauchten. Ich weiß nur, daß ich anstieß und herumfuhr. Da stand ich, auswegslos, regungslos, mein angestauter Atem pfeifend entweichend, während er durch die Dunkelheit näher und näher tappte. Schließlich versuchte ich den Durchbruch, wild zu der fahlen Tunnelöffnung rennend – auf dem Weg, auf dem ich gekommen war.

Ich stürzte. Als er sich mit seinem vollen Gewicht auf mich warf, dachte ich, die Tunneldecke wäre eingestürzt. Dann sah ich seinen schwarzen Umhang hochfliegen, und sein Fuß kam heraus und preßte sich auf meinen.

Alle Büßer, die ich gesehen hatte, trugen schwarze Schuhe. Alle Urlauber, die ich getroffen hatte, trugen leichte spanische Schuhe in feinem Leder oder Wildleder. Der Mann, der mich jetzt packte und hochzerrte – schwer atmend, grunzend, den Revolver in der Hand – trug ganz andere Schuhe. Segeltuchschuhe. Weiße Segeltuchschuhe, reichlich grasbefleckt und salzbesprenkelt.

Ich hörte auf zu kämpfen, und er zog mich endgültig nach oben; der Griff um meinen Arm schmerzte stärker. Ich merkte, wie er Atem holte, um mir zu bedeuten: Dies ist das Ende der Straße.

»Clem, sei nicht blöd«, sagte ich.

12

Ich konnte es selbst kaum glauben, bis sich sein Arm senkte. Ich hätte mich übergeben können. Flo hätte sich übergeben.

Ich sagte noch einmal: »Sei nicht blöd. Wir wissen alle, wer du bist.«

»Du lügst«, sagte er. Es war Clems Stimme.

»Ich lüge nicht«, sagte ich. Mein Gehirn dampfte. »Jorge und Gregorio sind in Mamis Haus. Johnson hat sie dorthin gebracht.«

»Du lügst«, sagte er noch mal, seine Stimme jetzt drei Töne höher.

»Ich lüge nicht«, sagte ich. »Was glaubst du, wie wußte Johnson wohl sonst, daß es eine weitere Replik der Kette des heiligen Hubert gibt? Er wollte nur, daß du dich verrätst.«

Selbst jetzt war ich nicht sicher, ob das, was ich sagte, einen Sinn ergab. Ich wußte nur, ich mußte ihn irgendwie glauben machen, daß Johnson ihn durchschaut hatte. Dann war es nicht nötig, mich zu töten. Dann brauchte er mich eine kleine Weile noch als Geisel, denn er konnte nicht einfach zur *Dolly* zurück und so tun, als wäre er dort die ganze Nacht gewesen, von einem Schlag auf den Kopf geschwächt (Wer hatte das getan? Austin?). Irgendwie mußte Clem Sainsbury entkommen sein.

Ich konnte die Gedanken in seinem Kopf kreisen sehen, als er sich automatisch wieder bewegte. Die Hand mit dem Revolver hatte sich gesenkt, doch er ließ mich nicht los. Er hatte nur die Mündung des Revolvers von meinem Kopf zu meinem Rücken bewegt. So standen wir am Tunneleingang und warteten.

Es war fast still. Über der öden Fläche und jenseits der Ränder der Plaza hörte man gelegentliche Prozessionsgeräusche: schwache Hörnerklänge, leises, träges Trommeln. Bald, wenn das Portal frei war, würde Clem versuchen, durchzukommen.

Clem. Er hatte die Kapuze abgenommen; jetzt, seinen Revolver mit Bedacht gegen mich pressend, legte er auch seinen Umhang ab. Er mußte sich nicht mehr verbergen: nicht vor mir. Wenn ich die Wahrheit sagte, galt das auch für Johnson. Und wenn nicht, konnte er bluffen. Vielleicht gelang es ihm sogar, den Revolver in meiner Seite, die Jagd in eine falsche Richtung zu lenken. So dachte er, schien es mir. Er sagte kein Wort. Und in der Dunkelheit sah ich fast nichts. Ich spürte nur die feuchte Hitze seines kräftigen Körpers, gewahrte sein verschwitztes kurzes Haar über dem fahlen Fleck seines Gesichts und hörte das heisere Stoßen seines Atems. Plötzlich sagte er: »Wie schade, daß ich dir nicht trauen kann, Sarah. Verdammt, warum kann ich dir nicht trauen?« Seine Stimme klang zornig wie bei einem kleinen Jungen; und er zog mich mit seiner Revolverhand dicht an sich, dicht an seinen Körper, so daß sein Mund fast an meiner Wange war. Er leckte leicht über mein Ohr.

Ich schrie beinahe auf. Ich zog leise pfeifend meinen Atem ein und unterdrückte das Geräusch, als er wutschnaubend zurückzuckte und das Ende des Revolvers seitlich gegen meinen Kopf stieß. Lichter begannen vor meinen Augen zu tanzen, und ich verlor das Gleichgewicht. Dann lehnte ich an der kalten Wand, den heißen, harten Griff noch immer um den Arm; doch zwischen uns wieder Raum. Die Trommeln waren verstummt.

»Das nächste Mal«, sagte Clem, »blase ich dir die Grütze aus dem Hirn wie Kerne aus einer Melone.« Die Formulierung schien ihm zu gefallen. Dann bewegten wir uns wieder.

Ich hatte wohl vage gehofft, daß er auf den Platz gelangen und die Polizei ihn stellen würde. Wie ich glauben konnte, daß mir dies das Leben rettete, weiß ich nicht mehr. Mich beherrschte fast nur das Verlangen, ihn hinter Schloß und Riegel zu wissen. Aber er blickte nicht einmal zum Platz. Er ging statt dessen den Graben entlang und hinten hoch zu der Mauer der Bastion. Er folgte ihr, vorsichtig gehend, um all ihre Ecken, bis zwei Biegungen nach links kamen. Es endete, unglaublich, oberhalb des dachlosen Vierecks des Raumes, der direkt innerhalb des Portal des las Tablas lag, des Haupteingangs der Dalt Villa.

Keine Bahre war hier mehr. Auch kein Polizist: Sie waren alle auf dem Platz. Ich sah Clems Zähne blitzen, als er breit und herzhaft grinste; und er sagte: »Du bist mir nach oben gefolgt, Darling. Also dürfte es dir auch nicht zu schwer fallen, hinunterzukommen. Nimm einfach meine Hand.« Und im nächsten Moment waren wir durch die tiefe Tür und rankten uns entlang dieser verfluchten Kletterpflanze.

Die Rampe zum Markt hinunter war leer bis auf das eine oder andere Kind, das sich vor dem Schlafengehen drückte, und eine Familiengesellschaft, die sich eben auflöste. Es gab überall Lichter und in der Stadt Menschengruppen, unterwegs, um einen Bus zu erreichen, um ein letztes Glas zu trinken, um mit vorbeikommenden Freunden zu plaudern. Weißgewandete Büßer, die ihre Statue abgeliefert hatten, standen schwatzend vor ihrer Kirche, Blumen gehäuft zu ihren Füßen. In der Kirche war ein Priester bei der Demontage. Lampen waren abgeschraubt, das Gewand der Jungfrau war verschwunden; das rostige Metall der beiden schweren Batterien wurde sichtbar. Ein Mädchen von vielleicht sechs, mit Zöpfen und einer Rüschenbluse und einem runden Habsburgkinn, spielte mit einem Palmblatt herum. Wir hasteten weiter.

Niemand beachtete uns: den muskulösen jungen Mann und das Mädchen, das er so fest hielt. Und doch glaubte ich, daß er die Rubine des heiligen Hubert in der Tasche hatte. Ich fragte: »Wohin?«

Hier konnte er mich nicht töten. Doch in die Enge getrieben, dachte ich, würde er es tun, einfach aus Desperadolust und Wut. Man mußte Menschen hassen, um zu töten, wie er sicher getötet hatte ... Austin. Coco. Vater.

Er antwortete nicht. Doch plötzlich, während die Stille anhielt, während wir auf dem Weg zum Kai waren – plötzlich wußte ich, wohin er wollte. Er mußte Ibiza verlassen. Keiner konnte sich auf einer Insel verbergen. Kein Flugzeug würde ihn aufnehmen. Aber es gab da ein Boot, das ihn gut aufnehmen konnte ...

Die *Dolly*. Die *Dolly* mit all ihrer Kraft, unbewacht an ihrem Liegeplatz nahe des Jachtklubs.

Am Kai fand er Mamis Humber, von Dilling dort mit großzügiger Duldung des Polizeichefs geparkt. Der Schlüssel steckte noch. Clem blieb stehen, holte Atem, warf mich brutal in den Wagen und startete; der Revolver stak schon wieder in meiner Seite, ehe ich richtig bei mir war. Wie ein wildgewordener Leichenwagen donnerte der Humber über den weiten Platz am Kai und weiter, rechts, über die Straße zum Clubhaus. Clem fuhr den ganzen Weg, ohne zurückzuschalten, mit einer Hand am Steuer, und nahm die Wende zum Hof des Jachtklubs mit derselben Geschwindigkeit. Er preßte beide Füße so heftig auf die Pedale, daß es mich fast durch die Windschutzscheibe warf. Danach griff er nach der Handbremse und scheuchte mich hinaus.

Die Tore waren zu. Ich hoffte einen Augenblick, sie wären verschlossen, und sagte mir dann, daß dem nicht so war. Männer, die auf Booten lebten, konnten kaum an eine Polizeistunde gebunden sein. Tatsächlich ließ Clem einen der neuen silbrigen Torflügel aufschwingen und bugsierte mich hinein, den Revolver im Rücken. Mich treibend, hastete er dann die Stufen hinunter und den Kai entlang, der *Dolly* entgegen.

Wir passierten sie eins nach dem andern, die wunderschönen Boote mit den Jachtklub-Hieroglyphen – KYC, NRV, CNI – und den orangefarbenen und blauen Nylonseilen. Boote, deren Besitzer gerne schwammen und den Sonnenschein genossen und keine Stunden zählen mußten. Die ihr Büro, wenn sie ein Büro hatten, verlassen konnten, um ans Mittelmeer zu fliegen und sich dort zu amüsieren – mit einem beliebigen Jungen, dem Sohn eines Freundes, einem Studenten in den Ferien, einem Freundeskreis: Bridge zu viert, Alkohol in Mengen, Sex zu viert mit bereitwilligen Ehefrauen. So ging es von Hafen zu Hafen, von Insel zu Insel, und die Sonne folgte ihrem Treiben. Ich kannte alle Namen. Ich kannte einige der Leute. Daddy hatte sie wohl alle gekannt. Rennend erreichten wir den Poller, an dem die *Dolly* lag – liegen sollte.

Die *Dolly* war nicht da.

Ich hörte Clem pfeifend Atem holen. Er blickte sich schwer schnaubend um, wie ein Stier. Wo war sie? An einem anderen Liegeplatz? Auf dem Meer?

Ich sah ihn an. Das war wichtig. Aufs höchste gereizt, war er unberechenbar. Ich wußte nicht, was er tun könnte. Auch ich sah die *Dolly* nicht, nirgendwo: obwohl wir verzweifelt die Wasserfront entlang zurückliefen und dann wieder umkehrten. Er stand und starrte auf die Stelle, an der sie gelegen hatte, seine Augen schwarz, weit aufgerissen; er schien sich zu fragen, ob er verrückt geworden war. Vielleicht war er das. Sein Gesicht war düster und glatt, ohne wirkliche Spuren des Lebens, wie schon immer. Ich hatte ihn beneidet wegen seiner Unbekümmertheit, wegen des einfachen, freien Lebens, das er gewählt hatte. Ich hatte nicht erkannt, daß sein Gehirn vielleicht keine Alltagssorgen akzeptierte, daß es ganz andere Normen kannte.

Er starrte auf das Wasser, und dann drehte er sich zum letzten Mal um, und ich mit ihm. Wir sahen die *Dolly* beide, glaube ich, im gleichen Augenblick.

Sie war gar nicht im Wasser. Sie war, mit schrägen Masten über uns, auf dem Dock, und sie bewegte sich, von Ketten gezogen, langsam nach oben – nach oben, wo ein Pferd mit Augenklappen im Kreis trottete und eine Winde in Bewegung hielt.

Ich glaube, jetzt wurde Clem tatsächlich verrückt. Er ließ mich stehen. Er ließ sogar seinen Revolver fallen, rannte durch das Tor, schleppte sich an Teerfässern und Holz und Persenningen und Booten vorbei zu dem Dock. Dann packte er das Pferd und lief hinter ihm her, wobei es den Kopf schüttelte und sich losreißen wollte: Er versuchte verzweifelt, es zu zwingen, umzukehren, den Teufelskreis aufzulösen, die Winde zu entwinden, damit sich die Ketten lockerten und die *Dolly* wieder ins Wasser glitt – ins Wasser, das sein Leben bedeutete, seine einzige Hoffnung.

Er hockte auf dem Pferd und kämpfte mit ihm, als der Maserati die

Straße herunterraste. Johnson sprang heraus; bei ihm waren Spry, Dilling und drei spanische Polizeioffiziere. Einen Moment später kam der Buick, von Gilmore gesteuert, mit ihm sein Vater und meine Mutter hinten. Ich verfolgte nicht, was geschah, als sie über Sand und Unkraut und durch das Tor donnerten: Ich sah nicht mehr hin, seit Clem das Pferd erreicht hatte. Ich glaube, ich schluchzte, schrecklich, heftig, krampfhaft, als Mami über den Schotter kam, ihre Volants bis zu den Waden hoch. Sie setzte sich, kramte einen Stumpen hervor und zündete ihn an. Sie sagte: »Diese organisierten Spiele: Ich konnte mich nie mit ihnen befreunden. Ich habe damals nichts gesagt, Schischi, aber ich war echt besorgt, als St. Tizzy's dich zum Kapitän der Kricketmannschaft dachte. Wenn der Körper allzu gesund ist, weicht der Geist ein bißchen auf. Sieh dir Derek an: Er ist ganz anders seit seinem Gesundheitstrip.«

Ich schluckte. Ich weiß nicht, weshalb Mami nicht wie andere Menschen redet. Ich sagte: »Mein Gott – ich denke, du würdest Coco vorziehen.«

»Aber das beweist doch meine These«, sagte Mami, ihren Stumpen aus dem Mund nehmend. »Denk an das Tennis. Daß er bis an die Kiemen vollgepumpt war, macht keinen großen Unterschied.«

Ich sagte behutsam: »Ich bin nicht sicher, aber willst du andeuten, daß Coco nicht ganz richtig im Kopf war?«

»Nun, so muß es wohl gewesen sein, wenn er sich von mir halten ließ, meinst du nicht?« sagte Mami. »Er warf sein ganzes restliches Selbst in seine Poesie, das arme Häschen. Jung zu sterben, ist nicht immer ein Verhängnis. Denk daran, wie fett deine Turnlehrerinnen immer geworden sind.«

»Aber du willst meine Turnlehrerinnen nicht töten?« sagte ich. Das Laufen, das Schlurfen, das gedämpfte Schreien hatte sich in die Richtung des Clubhauses verlagert. »Wo wären wir ohne all dieses Training für die Brust?«

»Man hätte bei der Mode letztes Jahr nicht den Hüfthalter unter den Achselhöhlen tragen müssen«, betonte Mami nicht ohne Berechtigung. »Die Gesündesten sind die, die nie an ihre Gesundheit denken.«

»Mein Gott, das brauchen sie nicht«, sagte ich, »wenn sie gesund sind. Dann können sie in aller Ruhe Unruhe stiften, indem sie ihre Nase in die Angelegenheiten anderer Leute stecken. Du findest keinen Hypochonder bei einem sechsunddreißigstündigen Sitzstreik im Graupelschauer vor der zentralleguanischen Botschaft. Und auch keinen Olympiasieger.«

Mami starrte mich an. »Es gibt keine zentralleguanische Botschaft.«

Plötzlich glühte Johnsons Pfeife in der Dunkelheit neben uns. »Aber es sollte eine geben«, sagte er. »Falls Sie Ihr Streitgespräch beendet haben – Mr. Lloyd hat sich freundlicherweise erboten, uns alle in sein Haus zu einem warmen Mahl zurückzubringen.«

»Er hat *was*?« fragte ich mit zusammenzuckenden Knien.

»Pech für dich, Schischi«, sagte meine Mutter, schüttelte Staub von ihren Volants und erhob sich, die Zigarrenspitze ausgestreckt, um mich beiläufig auf die Wange zu tätscheln. »Ich nehme an, er hat nicht daran gedacht, daß du das Essen kochen mußt. Beachte bitte mein kleines Problem: Meine Diät erlaubt kein Fett.«

»Deine *Diät*, sagte ich. »Sagtest du deine D . . .«

Mamis Blick hätte eine Eidechse durchbohrt. »Schönheit«, sagte sie, »und Symmetrie. Die Beachtung der eigenen Besonderheit ist eine Frage schlichter Ästhetik. Ich denke, man ruft uns.«

Sie stolzierte in die Dunkelheit, auf die Autos zu. Johnson legte seinen Arm um meinen. »Der Motor ist mörderisch«, sagte er. »Kommen Sie und betrinken Sie sich.«

Ich kochte das Dinner. Alle waren hohläugig und wirkten elend, außer Johnson; und sie kamen immer wieder und tätschelten mich und waren sehr lieb. Sie brauchten wirklich ein anständiges Essen. Ich fühlte mich nicht besonders spanisch, also wärmte ich eine dicke Linsensuppe auf und machte Eier mit Speck. Der Speck war nicht allzu appetitlich, und die Eier waren das Übliche, wie von einem Sturmvogel gelegte Pingpongbälle: Doch es war irgendwie wie zuhause. Ich schaltete alle Lichter im Speisezimmer an und zog alle Läden zu, und hätte ich eine LP von Elgar gehabt, hätte ich auch die aufgelegt. Dann schlug ich den Gong.

Wir waren nur sieben: Janey und Gil und ihr Vater und unsere drei Gäste, Derek und Johnson und Mami. Mami hatte sich all ihrer Volants entledigt und trug ein Jean-Harlow-Ding, das Janey einst spottbillig bei Neiman Marcus gekauft hatte: rosarot bis zum Boden, weiß gesäumt. Sie ist so verdammt selbstsicher: Lässig segelte sie herein, Zigarrenrauch ausstoßend, und setzte sich ohne Aufforderung zur Rechten Mr. Lloyds. Janey, um ihr kleines Amüsement gebracht, blickte in Gils Richtung und setzte sich ebenfalls, eine Grimasse schneidend. Sie umhüllte jetzt ein leichter, trenchcoatartiger Hausmantel; Gil und sein Vater trugen beide Kaschmirpullover mit Polokragen und bequeme Hosen. Tröstliche Behaglichkeit war das, was alle brauchten. Ich hatte keinen Augenblick Zeit gehabt, mich außerlich aufzumöbeln. Gil blickte auf mein Häkelkleid, als ich die Suppe brachte, ging hinaus und kam mit einer Strickjacke zurück. Es war Jeneys beste, aus weißem Kaschmir mit Perlen und Nerzkragen, und ich zog sie mit unbewegtem Gesicht an. Johnson, der dasselbe anhatte wie schon den ganzen Tag, steckte seine Pfeife in die Tasche, ging auch zum Tisch und setzte sich.

Mr. Lloyd reichte sehr große Whiskys herum, setzte sich dann schwer ans Kopfende des Tisches und sagte sehr entschieden: »Also, Johnson.« Seit er entdeckt hatte, daß Johnson eine wesentliche Rolle bei der ganzen Sache spielte, war er kaum zu bremsen. Nachdem sich unsere lautstarke Aufregung etwas gelegt hatte, waren wir auf dem Heimweg alle in der Stimmung, Johnson mit Fragen zu löchern, doch er blieb erst völlig unzugänglich. »Das ist eine lange Geschichte, und ich erzähle sie besser auf einmal und für alle zur gleichen Zeit.«

Wir hatten Dilling und Spry in Ibiza zurückgelassen, bei – so schien es – der gesamten Polizeimacht Spaniens. Ich vermutete, sie würden sich alle zu Mamis Villa bewegen, um Jorge und Gregorio in offiziellen Gewahrsam zu nehmen. Clem und die Rubine des heiligen Hubert waren bereits unter sicherem Verschluß. Bis vorhin hatte es mir nicht gedämmert, daß Dilling, ebenso wie Spry, Johnsons Mann war. Selbst dann konnte ich es noch nicht richtig verarbeiten; statt dessen saß ich mit ziemlich klappernden Zähnen, bis die Casa Veñets auftauchte. Wir alle, fand ich, waren allmählich dabei, den Schock zu überwinden.

Johnson saß da und sah starr in die Suppe. Dann sagte er: »Mr. Lloyd, Sie sind hier wohl der einzige, der noch nicht weiß, daß Mrs. van Costa Sarahs Mutter ist. Die Täuschung war völlig unschuldig und hatte viel mit dem zu tun, was heute geschehen ist. Wären die Kinder nicht recht zufällig über die Tatsache gestolpert, hätten sie es auch nicht gewußt. Ich sage Ihnen das, damit Sie sehen, daß heute nacht hier nur zwei Familien sind, abgesehen von mir; und ich möchte von beiden das Versprechen, daß das, was ich Ihnen jetzt erzählen werde, nicht über diese vier Wände hinausgetragen wird.«

Mr. Lloyds abgewandter Blick traf den meiner Mutter. Sie drückte ihren Stumpen aus und tätschelte abwesend seine Hand. »Sie haben mein Wort«, sagte Mr. Lloyd zu Johnson. »Und ich darf Ihnen versichern, daß ich für meine Familie spreche.«

»Jetzt hör dir das an, Schischi«, sagte Mami.

»*Ihre* Familie ist normal«, sagte ich. »Ich werde niemandem etwas sagen, Mr. Johnson.«

»Und ich gewiß nicht«, sagte Derek. »Was sind Sie, Sir? MI 5?«

»Man gab mir nie eine Nummer«, sagte Johnson bedauernd. »Ich treibe mich nur so herum mit einem Boot und ein paar Farben, und sie rufen mich, wenn mit unseren Leuten hier etwas los ist. Wenn sie durchdrehen oder in Schwierigkeiten kommen oder ermordet werden, zum Beispiel.«

Er schwieg kurz, und kein Löffel rührte sich. Mami lächelte auf ihren Teller wie Mia Farrow von Leonardo da Vinci. Ich starrte auf Derek, und er starrte zurück, wobei er sonderbare rote Flecke bekam. Ich sagte: »Daddy?«

»Ja. Schuytstraat verstand die Sache falsch, Derek«, sagte Johnson. »Ihr Vater war, ja, ein Agent. Aber für uns, nicht für die falsche Seite.«

»Du hast das *gewußt?*« fragte ich Mami. Natürlich war das absoluter Unsinn. Daddy war ein charmanter, stets betrunkener Peer gewesen, und aus solchem Stoff macht man einfach keine Geheimagenten. Mir fiel sein Angebot an Derek ein, ihm fünftausend im Jahr zu zahlen, wenn er Schuytstraat verließ. Und ich machte den Mund auf, um weiterzureden; aber Mami kam mir zuvor.

»Ja, ich habe es gewußt«, sagte sie. »Ich erriet es das letzte Mal, als ich ihn sah. Er kam vorbei, weißt du, als er bei diesen Freunden auf den Bermudas war. Er sah eigentlich aus wie sonst, aber irgendwie war er doch anders. Man hätte es nicht bemerkt, wenn man ihn nicht eine ganze Weile ganz gut kannte. Es schien mir halb gespielt.«

»Aber nur halb«, sagte Johnson sanft. »Wir konnten ihn mit keiner ganz großen Sache betrauen. Aber er half mir einmal, ohne recht Bescheid zu wissen, bei einer kleinen, unangenehmen Geschichte. Er war nüchtern zu der Zeit, und er agierte so rasch und einfallsreich, daß mir aufging, aus ihm war etwas zu machen. Entschuldigen Sie, Lady Forsey, wenn ich es so formuliere.«

»Mr. Johnson, Sie können es formulieren, wie Sie wünschen«, sagte meine Mutter. »Wie immer er starb, Eric verdankte praktisch den gesamten letzten Abschnitt seines Lebens euch Leuten. Wir hatten nichts mehr gemeinsam, Lord Forsey und ich, als wir uns trennten. Als wir uns wieder trafen, fand ich die Dinge ziemlich verändert. Nichts wurde darüber gesprochen, anfangs jedenfalls. Doch wir begannen uns zu schreiben, und wir verabredeten uns für das nächste Jahr, kurz, auf der Jacht eines Freundes.

Nachdem wir uns wieder sehr nahe gekommen waren, holte ich aus ihm den Grund der Veränderung heraus. Ich erzähle das Ihnen allen, wie ich es schon Mr. Johnson erzählte, damit Sie verstehen, daß Lord Forsey mich nicht als Außenseiterin betrachtete, als er mir schließlich von seiner neuen Arbeit berichtete. Die ganze Zeit war er natürlich weiter auf Reisen und besuchte Freunde und spielte für die Welt weiter den Vagabunden. Es schmerzte ihn, Schischi und Derek, euch nicht einige der Annehmlichkeiten lassen zu können, die euch, wie er meinte, zustanden; und es schmerzte ihn noch mehr, daß ihr beide nie erfahren würdet, daß er nicht der Mann war, für den ihr ihn hieltet. Ich denke, es hat euch beiden nicht geschadet, kein Geld zu haben, obwohl es wohl hart für dich war, Derek, keinen Vater zu haben, den du respektieren konntest. Du brachtest ihn in eine ziemlich scheußliche Lage, als du ihn beschuldigt hast, Schuytstraats Geheimnisse zu verraten. Er wollte nicht, daß du oder die Firma weiter forschten, und um dich daran zu hindern, fiel ihm nichts anderes ein, als dir diese Zahlungen anzubieten. Ich darf sagen, er war ziemlich stolz, als du abgelehnt hast.«

»Er hätte es mir sagen können«, sagte Derek. Seine Nase war rot geworden.

»Er war ein großer und gütiger Mann«, sagte Mr. Lloyd. Er wirkte sehr ergriffen. »Und deshalb wurde er getötet? Weil er ein Agent war?«

»Er wurde getötet«, sagte Johnson, »weil er das Geheimnis der Galerie Austin Mandlebergs entdeckte. Lady Forsey hatte einige dieser Kunstwerke in Amerika gesehen. Sie interessiert sich für Künstler: Sie wußte, wie diese Werke auszusehen hatten. Als sie die Sachen ein zweites und drittes Mal sah, fiel ihr auf, daß man daran manipuliert hatte. Sie fand neue Einschnitte und Fugen, die zuvor nicht dagewesen waren. Sie erwähnte das in einer Mitteilung an ihren Gatten; und Lord Forsey, in Amsterdam auf einer Handelsmesse, machte sich auf, selbst der Sache nachzugehen. Dann, während er in Holland war, fehlte plötzlich dieses brisante Geheimmaterial des Schuytstraat-Werks.

Es war wie vom Erdboden verschwunden, und man fand nie eine Spur davon. Zweifellos stellte er ungewöhnlich viele Fragen. Jedenfalls, aus völlig falschen Gründen, erregte er den Verdacht der Gesellschaft. Ohne dies zu bemerken, hatte er inzwischen erfahren, daß die Ausstellung als nächstes nach Ibiza kommen würde. Es fiel ihm nicht schwer, Mr. Lloyd, einen guten und großzügigen Freund, dazu zu bringen, ihn für die Dauer dieser Ausstellung nach Ibiza einzuladen. Als er das Lady Forsey schrieb, gelang es auch ihr, rasch entschlossen, ein Haus auf Ibiza zu mieten; mit Coco Fairley als einer Art Strohmann kam sie als Mrs. van Costa auf die Insel. Ihr Gatte war vielleicht etwas verwirrt, sie hier zu finden, doch niemand kannte sie: Als Schauspielerin stand sie schon lange nicht mehr auf der Bühne, und sie hatte die letzten Jahre ausschließlich in Amerika verbracht. Als sie ihn ihre Anwesenheit wissen ließ, stahl er sich recht freudig fort, um sie heimlich in der Villa zu treffen. Unglücklicherweise sah sie Coco.«

»Coco«, sagte Mami, »war tatsächlich uneingeladen hier. Ich hatte nicht den Wunsch nach seiner Gesellschaft. Er kaufte nur eine Flugkarte für sich und für mich, und drohte sich umzubringen, wenn ich ihn nicht mitkommen ließe. Ein dummer Junge«, sagte meine Mutter streng, »aber er war mitten in einem äußerst wichtigen Gedicht. Ich denke, es kann als das beste gelten, das er je gemacht hat. Die Buchstaben stammen alle von neuseeländischen Briefmarken und bilden eine Botschaft über Menschenrechte. Die Wirkung dieser Worte, Hunderte von Malen reproduziert, war eine wahre *Katharsis*. Er beendete das Werk, der arme Junge, eben eine oder zwei Wochen vor seinem Tod.«

»Wo ist es?« fragte Gilmore. Er machte große Augen.

»Oh. Wir haben es mit der Post verschickt», sagte Mami leicht überrascht. »Schischi, ich glaube, wir sind alle mit der Suppe fertig.«

Ich wand mich widerstrebend von meinem Sitz. »Wohin, ums Himmels willen?«

»Lassen Sie mich raten«, sagte Johnson. Er betrachtete durch seine Brille unbewegt das Whiskyglas in seiner Hand. »Vietnam?«

»Richtig«, sagte Mami überrascht. Ich schoß hinaus und kam mit dem Speck zurück. Gilmore stand auf, um mir zu helfen. In der Küche sagte er: »War sie immer schon so?«

»Wer? Mami?«, sagte ich. »Sie war immer schon völlig unmöglich, wenn du das meinst. Stell dir bloß vor, sie kommt stumpenrauchend zum Eton-Harrow-Match.«

»Ich finde sie großartig«, sagte Gilmore.

»Sie fährt nicht Wasserski«, sagte ich spitz. »Wie geht's Louie und Petra?«

»Bestens«, sagte Gilmore. »Was habt ihr beide bloß mit euren Eltern? Sie müssen recht bemerkenswert gewesen sein.«

»Nett, daß du so denkst«, sagte ich und nahm ein Tablett mit den Eiern. »Aber denk mal über deinen Geschmack nach.«

Als wir zurückkamen, erklärte Johnson gerade, wie er beim Tode Daddys mit der *Dolly* im Hafen angelegt hatte. Es war als Selbstmord getarn worden, aber er sah sofort, daß zu wenig Blut da war. Man hatte den Körper dorthin geschafft; zum Tod war es an einer anderen Stelle gekommen. Da Daddy die Kunstausstellung verdächtig schien, war es jedenfalls nicht ausgeschlossen, daß dort etwas Unerfreuliches geschehen war. Johnson zog einige Fäden und sorgte dafür, daß über die spanische Polizei nichts von den Zweifeln an dem Selbstmord bekannt wurde. Dann ging er in Austin Mandlebergs Galerie und begann mit behutsamen Nachforschungen. Austin war noch in Paris, und Jorge und Gregorio zeigten sich sehr entgegenkommend. Sie erinnerten sich an alle, die während des Nachmittags und des Abends in der Galerie gewesen waren, und er konnte alle aufspüren und ausscheiden. Der einzige, dessen Besuch sie nicht erwähnten, war Clem Sainsbury, den ein Nachbar hineingehen sehen hatte.

Das war nur ein vager Hinweis, und es gab keinen echten Grund zu glauben, daß Gregorio absichtlich etwas verschwiegen hatte. Da in jedem Fall eine Befragung ziemlich nutzlos schien und Clem nur von möglichen Plänen abgebracht hätte, heuerte ihn Johnson einfach an, und er lebte und arbeitet nun mit Spry und ihm auf der *Dolly*.

Da hörte Johnson, daß Daddy am Tag seines Todes davon sprach, mir zu schreiben, und daß Janey diesen Brief tatsächlich abgeschickt hatte. Er drahtete nach London, auf diesen Brief ein Auge zu haben. Man sollte auch auf mich und die Wohnung ein Auge haben.

»He!« sagte ich.

»Ihr Vater hatte sich auf ein gefährliches Geschäft eingelassen«, sagte Johnson. »Er hätte Sie vielleicht warnen wollen oder Ihnen etwas von der Sache mitteilen, oder sich gar vor Ihnen rechtfertigen, nach all den Jahren, falls etwas schief gehen sollte. Wir mußten wissen, was er geschrieben hatte. Es hätte uns vielleicht sogar seinen Mörder verraten können.«

»Nun, das tat es doch nicht?« sagte ich. »Ich würde sagen, es war der langweiligste Brief seines Lebens; wahrscheinlich, weil er zu betrunken war, um klar denken zu können. Der mittlere Teil war reines Kauderwelsch. Jedenfalls habe ich nachgedacht. Clem nennt mich nicht Schischi; aber Mami tut das. Daddy konnte das von ihr haben. Es *war* sein Brief, denke ich doch.«

»Es war nicht sein Brief«, sagte Johnson. »*Ich* habe ihn geschrieben.«

Ich starrte auf ihn, Messer und Gabel schlaff in meiner Hand. »Sie schrieben ihn nicht«, sagte Janey, »Er gab mir selbst den Brief, Mr. Johnson. Und ich gab ihn auf.«

»Doch er kam nicht an«, sagte Johnson. »Und wir wollten, daß einer ankommt, denn offensichtlich würden die Mörder Lord Forseys sehr daran interessiert sein, was er seiner Tochter mitzuteilen hatte. Als brauten wir einen zweiten zusammen. Tut mir leid, Sarah, der Fehler mit Ihrem Namen. Es war nicht Teil des Plans, daß Sie nach Ibiza eilen sollten – auch wenn Sie recht damit hatten, wenn auch aus falschen Gründen, daß Ihr Vater sich nicht selbst umbrachte. Ich schrieb ihn, und ich fügte dieses sonderbare Zeug in der Mitte mit einer bestimmten Absicht ein: damit jeder, der Sie davon sprechen hörte, annehmen sollte, daß dies sehr wohl eine Code-Botschaft enthalten könnte, auch wenn Sie selbst sie nicht verstanden. Tatsächlich erwähnten Sie diese zusammenhanglosen Stellen bei dem Telefonat mit Derek in Holland, als Sie ihm von den Mitteilungen Ihres Vaters erzählten.«

»Ich sagte Ihnen nichts von diesem Anruf«, sagte ich.

»Auch Derek erwähnte ihn nicht«, sagte Johnson. »Ihre Leitung war angezapft. Sie wurden sehr gut beschützt, glauben Sie mir, Sarah. Wir beobachteten die Wohnung Tag und Nacht.«

Ich dachte an den einarmigen Banditen und das Geld für die Pizza. »Nein, wie toll«, sagte ich ärgerlich. »Schade, daß Sie nicht verhindern konnten, daß jemand einbrach und Flos Schmuck klaute. Sie wollen behaupten«, sagte ich mit erhobener Stimme, die meine Ungerechtigkeit übertönte, »daß tatsächlich jemand unten stand und *zusah*, wie ein verdammter Verbrecher eindrang und in unseren Schubladen wühlte ...«

»Das ist es ja. Niemand ist eingebrochen«, sagte Johnson.

»Oh doch«, sagte ich eisig. »Entschuldigen Sie schon, aber ich habe die blauen Flecken, die es beweisen.«

»Trotzdem«, beharrte Johnson, »niemand betrat die Wohnung, von dem Augenblick, als Sie ins Kino gingen, bis zu der Zeit, als Sie Ihr Vermögen aus dem Spielsalon anlegten.«

Ich spürte, daß ich scharlachrot wurde. »Also?«

»Also waren zwei Leute den ganzen Abend in dieser Wohnung«, sagte Johnson. »Flo hatte keinen Grund, einen Einbruch zu erfinden. Sie hätte die Wohnung jedesmal durchsuchen können, wenn Sie nicht da waren. So blieb nur George.«

»*George*?«

»Sie sahen den maskierten Mann an der Tür nicht: Er behauptete das. George konnte einen Drink Flos gedopt haben und später mit Äther herumhantieren. Er konnte leicht im Dunkeln an Ihnen vorbeilaufen, die Tür zuschlagen, ohne die Wohnung zu verlassen, und wieder im Wohnzimmer sein, als sie telefonierten, sich um Flo kümmerten und ihn fanden. Tatsächlich«, sagte Johnson, »überprüften wir George und erfuhren eine recht interessante Geschichte. Er war ein alter Bundesgenosse Clems. Er hielt sich aus dem gleichen Grund so eng an Flo, aus dem Clem so locker von Mädchen zu Mädchen in Ihrem Umkreis flatterte: um Tips über die Häuser zu bekommen, in denen Sie arbeiteten.

Ist Ihnen nie aufgefallen, daß Sie und andere solche Mädchen das größte Klatschpotential über die reichen Häuser in England darstellen, das es gegenwärtig gibt? Sie kennen das Personal und die Skandale und die Gewohnheiten in jedem Haus, das Sie von ungefähr für ein Wochenende oder eine Woche betreten. Sie wissen welche Juwelen auf der Bank sind und was in einer alten Socke im Brotkasten steckt. Sie wissen, auf welche Partys die Leute gehen, was sie tragen werden, was die Sachen wert sind. Und Sie reden darüber.

Ich behaupte nicht, daß Flo Clems bereitwillige Partnerin war, doch sie muß sich ihm über die Jahre als recht wertvolle Informationsquelle erwiesen haben – über Geld und Juwelen und andere Arten von Geheimnissen: industrielle, militärische. Das war sein Geschäft. Clem stahl für seinen Lebensunterhalt, und wie sehr viele andere Leute benutzte er Austin Mandlebergs Wanderausstellung, um seine Beute von einem Land ins andere zu bringen. Es war für ihn wie auch für Mandleberg entscheidend, daß niemand das Geheimnis dieser Kunstwerke entdeckte.«

»Als wußten Sie über Clem Bescheid?« fragte Mr. Lloyd.

Johnson schüttelte den Kopf. »Damals noch nicht. Wir wußten, daß man in Sarahs Wohnung Wanzen angebracht hatte: Wir fanden Sie und ließen sie dort. Als sie also den gefälschten Brief bekam, ging die Nachricht davon direkt an George und seine Partner. Wir dachten, sie würden erneut versuchen, einzubrechen und ihn zu lesen; dann hofften wir, sie zu identifizieren. Sarah machte all dem ein Ende, indem sie Ihre völlig unschuldige Einladung nach Ibiza annahm. Es war ziemlich sicher, daß sie den fraglichen Brief mitbrachte. Deshalb war Austin Mandleberg in ihrem Flugzeug, und deshalb brauchte ihr Gepäck so lange auf dem Flugplatz: Es wurde sehr gründlich durchsucht. Als sie den Brief nicht fanden, schien es wahrscheinlich, daß er in der Handtasche war. Daher die ganze Hektik, Sarah, als Sie die Tasche am Straßenrand verloren.«

»Sie folgten uns?« fragte ich. Ich dachte kurz an den Kuß, und dann nicht mehr.

»Ich hob die Tasche auf, als sie weg waren. Mandleberg ließ sie natürlich absichtlich zurück«, sagte Johnson. »Sie hätten sein Gesicht sehen sollen, als er zurückkam und merkte, daß sie verschwunden war. Er suchte fast eine Stunde und fuhr dann die Straße auf und ab, fragte in Häusern, bis er schließlich aufgab und nach Hause fuhr. Sobald er verschwunden war, legte ich den Brief allein in den Graben zurück und brachte Ihnen die Handtasche.«

»Ich weiß«, sagte ich.

»Das dachte ich«, sagte er sanft, zum Teufel mit ihm. »Es war ein recht hübscher Trick. Ehe ich Sie und Janey zum Graben zurückbrachte, rief ich Spry im Jachtklub an und ließ in Clem sagen, was passiert war, und daß ich nicht lange bleiben würde. Spry sagte, Clem brauchte ganze drei Sekunden, ehe er verkündete, er müßte schnell weg und etwas in der Stadt kaufen. Er ließ ihm einen kleinen Vorsprung und folgte ihm dann. Ein Fahrrad ist etwas Wunderbares. Es war Clem, dessen weiße Schuhe Sie in jener Nacht im Gehölz sahen, Sarah. Ich wußte, daß er es sein mußte, aber ich wollte ihn noch nicht demaskieren. Spry war dort und beobachtete ihn. Und ich wußte, daß Clem den Brief Ihres Vaters gefunden und gelesen haben würde. Er würde wissen, daß er harmlos war. Er würde ihn natürlich für echt halten und die ungereimten Stellen nur dem Alkohol zuschreiben, so wie Sie das taten. Und er würde, wie ich hoffte, seine Pläne weiterverfolgen, wie sie auch aussehen mochten.«

Mr. Lloyd sagte mit gedämpfter Stimme: »Clem hat Lord Forsey ermordet? Doch diese makabre Szenerie ...«

»Das war wieder Zufall, denke ich. Ich weiß nicht, weshalb Clem in der Nacht in der Galerie war, in der Forsey dorthin ging. Er mag sogar seinen Verdacht erregt haben. Jedenfalls muß er ihn überrascht haben; vielleicht, als er versuchte, eines dieser Dinge zu öffnen, auf die Lady Forsey heute schon so effektvoll drückte. Es kam zum Kampf, und Lord Forsey wurde getötet.

Was nun? Ich schätze, Clem wollte die Leiche versenken: mit einem Dingi hinausfahren und sie mit einem Stein um den Hals ins Meer werfen. Er brachte sie bis zum Dock, vielleicht in einem Schubkarren: Es geht dauernd bergab, und in der Werkstatt gab es sicher einen. Jedenfalls, als er nach seinem Boot sah, war es verschwunden. Kein Wunder, wenn das, was heute nacht geschah, den Rest seines Verstandes gehörig durcheinanderrüttelte. Genau wie heute nacht muß er verzweifelt nach ihm gesucht haben, mit einer blutverschmierten Leiche im Karren, schlafende Schiffe neben sich und eine Horde von

Nachtschwärmern auf der Straße. Dann sah er es: der klassische Schabernack. Das Boot, das er suchte auf dem Trockenen; und die Winde drehte sich und drehte sich, und es gab keine Hoffnung, das Dingi oder sonst etwas zu bekommen. Und Leute näherten sich. Da tat er einen verzweifelten Schritt: Er hob Forsey aus dem Karren und hievte ihn auf das Pferd. Er war bärenstark. Und er nahm die Klinge aus der Tasche, die ihn getötet hatte, und preßte Forseys Finger um den Griff. Dann floh er zum Schiff seines Freundes, der *Sheila*, und legte sich schlafen. Der Junge auf dem Schiff wachte nicht einmal auf; und er erzählte ihm am nächsten Morgen ein Märchen. Die *Sheila* fuhr dann sehr bald aufs Meer. Tatsächlich haben wir diesen Jungen bis heute nicht aufgespürt. Doch es gab noch immer keine echten Hinweise«, endete Johnson, »bis Sarah erkannte, daß sie eine Replik der Rubine des heiligen Hubert gesehen hatte.«

»Kaffee, Darling? fragte Mami.

Ich stand auf und sammelte die Teller ein. »Das war nach Cocos Tod«, sagte Gilmore nachdenklich. »Ich nehme an, Clem tötete auch ihn? Warum?«

»An dem Abend, als Lord Forsey starb, besuchte er seine Gattin«, sagte Johnson. »Ich vermute, daß Coco ihm folgte und bemerkte, daß er von dort direkt zu Austin Mandlebergs Haus ging. Es wäre fatal für ihn gewesen, es irgend jemandem zu erzählen. Clem wußte nicht, wer Mrs. van Costa war, obwohl Mrs. van Costa« – er lächelte Mami an – »sich sehr freundlicherweise mit mir in Verbindung gesetzt hatte, sobald ich mit der *Dolly* angekommen war; und sie gab sich mir zu erkennen. Er spielte Sarahs Leibwächter; er wollte einschreiten können, falls Coco Lust bekam, irgendwelche Geheimnisse auszuplaudern. Und er schritt ja dann auch ein. Er wartete, bis Dilling weg war, dann setzte er ihn unter Drogen und ertränkte ihn.«

Ich war noch nicht an der Tür. »Aber Sie ließen Clem die Nacht bleiben, um Mami zu bewachen?« sagte ich.

Johnson lächelte wieder, die Brille blitzte. »Ihre Mutter war sicher: Clem hatte mit eigenen Ohren gehört, daß Coco keine Zeit gehabt hatte, ihn zu verraten. Ich wollte ihn aus dem Weg haben. Tatsächlich war dies der Abend, als wir mit Sarahs Hilfe die Replik der Kette fanden und entdeckten, daß Jorge und Gregorio irgendwie wenigstens an diesem Teil der Verschwörung beteiligt sein mußten. Hätte Clem das gewußt, hätte er keine Zeit verloren, die beiden entweder zu töten oder aus dem Land zu schaffen. Mandleberg war wegen seiner Schußwunde für den Augenblick ausgeschaltet.

Ich ließ es so aussehen, als hätten sie das Land selbständig verlassen. Wir entführten beide aus ihren Häusern, dann brachten wir sie zusammen zu den Salzbecken und hinunter zum Ankerplatz. Aber wir schafften sie nicht an Bord des Dampfers; statt dessen empfing Spry sie auf der *Dolly*, die an diesem Abend von ihrem Liegeplatz in Ibiza hergesegelt war. Sie wurden auf dem Vorderdeck gefesselt und nach Ibiza zurückgebracht, während Clem in der Casa Mimosa schlief. Als dann der Tag anbrach und wir Jorge und Gregorio nicht mehr auf der *Dolly* wollten, erfand Lady Forsey einen Grund, um von der Villa wegzufahren, und natürlich mußte Clem als ihr Leibwächter mit.

So trafen beide Sie, Sarah, und verfolgten Derek, der so energisch nach Jorge und Gregorio suchte, daß er die ganze Sache fast zum Scheitern brachte.

Sie fand Derek und Sie, Mr. Lloyd, auf dem Weg zu den Salzbekken; und es gelang ihr, von Clem unterstützt, Sie zu veranlassen, ihre Nachforschungen abzubrechen. Andernfalls hätten Sie von der *Dolly* gehört. Inzwischen waren Jorge und Gregorio natürlich sicher in Lady Forseys Haus geschafft worden, und Clem und Lady Forsey kamen auf Mr. Lloyds Einladung her. Als sich der Besuch nicht mehr ausdehnen ließ, brachte Lady Forsey – nach Absprache – Clem zur *Dolly*, wo er den bedauerlichen Unfall hatte.«

»Wer schlug ihn?« fragte Mr. Lloyd.

»Spry«, sagte Johnson. »In der Tat. Aber als er zu sich kam, brachten wir ihm nahe, daß es Austin war.«

Mami setzte sich gerade. »Sie haben behauptet«, sagte sie, »daß Clem mit mir verwechselt worden wäre.«

»Nun, ich mußte mir etwas ausdenken«, sagte Johnson fröhlich. »Es ging ja nicht an, daß Clem uns für die Delle in seinem Kopf verantwortlich machte. Nun, wir erfuhren sehr bald, daß eine zweite, bessere Kopie der Kette des heiligen Hubert existierte und es deshalb sehr wahrscheinlich war, daß in jener Nacht ein Raubversuch stattfinden sollte. Clem, meinen wir, sollte den Raub tatsächlich inszenieren, Austin stand wohl ein Anteil zu, weil er die Replik besorgt hatte. Ob die gestohlene Halskette dann für das Versteck in der Gallery 7 bestimmt war, weiß ich nicht. Sobald wir uns das jedenfalls zusammengereimt hatten, sorgten wir zunächst dafür, daß Austin glaubte, Clems Verletzung wäre viel schlimmer, als sie tatsächlich war. Ebenso gab sich Austin schrecklich elend, während er tatsächlich fest entschlossen war, sich hinauszustehlen, sobald alle gegangen waren, und den Diebstahl selbst zu begehen.

Stellen Sie sich Clems Verfassung vor, als er auf der *Dolly* erwachte und hörte, Austin wäre gekommen und gegangen und hätte jede Chance gehabt, diesen Schlag zu führen. Er verlor keine Zeit, kann ich Ihnen sagen, nach Ibiza zu kommen.

Er hatte keine Ahnung, daß Spry ihm auf der Spur war. Er ging zu der Stelle, an der nach Plan zwei Büßergewänder bereitlagen: eins für ihn und eins für Austin, der bei der Ablenkung helfen sollte. Eines der Gewänder war verschwunden – der Beweis, daß Austin, weit entfernt von der Schwelle des Todes, die Rubine selbst ergattern wollte.

Genau das hatte Austin vor, wenn auch nicht mit den Motiven, die ihm Clem unterstellte: Er dachte wirklich, Clem läge auf der *Dolly* fest.«

»Daher der Schlag?« fragte Gil.

»Daher der Schlag. Austin, der die Rubine hatte, floh zum Haus, Clem auf seinen Fersen. Unglücklicherweise waren wir alle ziemlich dicht dahinter. Clem fiel dann zurück und ließ Austin selbst zum Haus laufen; er war schließlich sicher, wo Austin die Kette verstecken würde. Dann mischte er sich in seinem Tarngewand unter uns andere, als wir alle vorbeiliefen, und wurde Zeuge all dieses Unsinns in der Galerie.

Über Austins Schicksal machte er sich da keine Sorgen. Er suchte nur eine Chance, diese Geheimschublade zu öffnen und mit den Rubinen zu verschwinden. Er bekam sie auch heraus; er kam nur nicht aus dem Raum, weil ich einen Polizeikordon ums Haus veranlaßt hatte, mit der Anweisung, niemanden durchzulassen. Als also Sie, Gil, durch reinen Zufall die Schublade entdeckten, und Austin sie leer sah und erkannte, daß Clem die Rubine genommen hatte, da wurde Clem klar, daß Austin ihn innerhalb von Sekunden verraten würde. Deshalb erschoß er ihn und versuchte zu entkommen, die Rubine in die Tasche gestopft. Niemand von Ihnen«, sagte Johnson ernsthaft, »hat bis jetzt Sarahs ganzes Genie erkannt. Sarah verdanken wir das Brandzeichen, das Deodorant, das sicherstellte, daß wir jeden von Ihnen finden konnten, wohin er auch ging.«

»Welches Zeichen?« fragte Mr. Lloyd scharf.

»Curry«, sagte Johnson schlicht. »Ich folgte zwei Pakistani, meilenweit. Ansonsten wirkte es. Natürlich wirkte es am Schluß, als wir dadurch Sarah selbst aufspürten. Wir waren bei ihr vom Anfang bis zum Ende, obwohl wir sie das nicht immer wissen ließen.«

Mami sagte: »Nicht schlecht, Schischi.«

»Mein absoluter Höhepunkt«, sagte ich. »Tatsächlich dachte ich, Mr. Lloyd hätte Daddy getötet.«

»*Ich*?« Mr. Lloyd blickte verblüfft und lachte dann. »Welchen Grund hätte ich dazu haben können?«

»Ich weiß nicht. Aber Sie waren in Austin Mandlebergs Werkstatt schrecklich schnell mit der Waffe zur Hand, und Sie hätten auf die Rubine aus sein können. Und dann, in der Nacht von Janeys Party, in der Nacht, als Dady starb ...«

»Ich war nicht einmal ...« sagte Mr. Lloyd und hielt inne.»... hier.«

»Ich weiß. Egal. Himmel«, sagte ich, »der Kaffee.«

Ich ging hinaus und klapperte mächtig mit den Tassen. Ich kam mit sieben zurück und einem Topf und einer großen Dose Pulverkaffee: zum Teufel mit den Bohnen in einer Krise. Ich kam aber nicht so einfach davon. Als ich wieder eintrat, hörte ich Janey in der hellen Stimme sprechen, die sie auch benutzt hatte, als man damals in St. T's endeckte, daß sie nicht in ihrem Bett geschlafen hatte. Sie lud die Sache auf mich ab. »Ich wollte eben sagen, ich wünschte, du hättest mir deinen abscheulichen Verdacht mitgeteilt. Ich hätte deine winzigen grauen Zellen beruhigen können. Das war der Abend, an dem Daddy nach Barcelona flog.«

»Ich weiß«, sagte ich. »Jemand sagte mir das jedenfalls. Ich dachte nur, er wäre vielleicht gar nicht dort geblieben. Eine dumme Idee.«

»Ich denke nicht, daß er dort blieb«, sagte Janey gedehnt.»Aber Mallorca bot ihm sicher ein hervorragendes Alibi. Nicht wahr , Daddy?«

Gilmore wand sich auf seinem Stuhl und sagte: »Oh, hör auf, Janey.« Doch Janey fuhr fort, auf Mr. Lloyd zu starren, und ihr Vater blickte zurück, ohne die Farbe zu wechseln oder sonst nervös zu reagieren: nur ein langer, unbewegter Blick. Dann sagte er fast tonlos: »Ja‹.«

»Sie scheint ganz okay zu sein«, sagte Janey. »Ich verstehe nicht, weshalb du da nichts unternimmst. Ich meine, ich kann nicht ewig hier herumhängen und die Blumen gießen.«

Mr. Lloyd stand sehr rasch auf und sagte zu Janey: »Kommst du bitte einen Augenblick mit raus?«

Janey erhob sich wortlos, und gleichzeitig erhob sich Gil. »Kann ich auch kommen?«

Auf halbem Weg zur Glastür blieb Mr. Lloyd plötzlich stehen und sagte zurückgewandt: »Es tut mir so leid. Würden Sie uns entschuldigen?« Er war jetzt sehr rot geworden. Mami winkte graziös, und Derek sagte: »Aber gewiß.« Johnson zündete seine Pfeife an.

Es gab eine kurze Pause, in der ich den Kaffee einschenkte. Dann sagte Mami: »Du bist eine verdammte Lügnerin, Schischi. Du dachtest, es wäre Derek. Aber ich muß sagen, du hat das recht gut gemacht. Nicht wahr?«

»Sarah hat das entzückendste Unterbewußtsein«, sagte Johnson, »aller jungen Frauen, die ich je getroffen habe. Ihre bewußten Entschlüsse sind lausig.‹

»Mein Gott, wenn Louies Clique von dieser Frau auf Mallorca wußte, mußte Janey wohl auch Bescheid wissen. Es war nicht nötig, daß sie etwas sagte. Doch ich wette, ihr Vater war erleichtert, daß sie es jetzt doch tat.«

Mami setzte ihre Tasse ab. »Falls Tony Lloyd diese Frau in Palma heiratet...«

»Er wird es tun«, sagte Johnson, die Pfeife aus dem Mund nehmend. »Wir haben uns mit der Sache beschäftigt. Die Verbindung besteht seit Jahren; sie haben sogar ein Kind. Lloyd befürchtete, das würde Gil und Janey zurücksetzen, und die Frau fürchtete, sie würde Lloyds Stil einengen. Wenn die Sache jetzt hier draußen gut geht, denke ich, wird er sie und das Kind hierherholen.«

Mamis Blick blieb ausgesprochen liebenswürdig. »Da hast du jetzt Janey, Darling. Keine Wodka-Martinis mehr für Russen.«

»Die Russen«, sagte Derek plötzlich. »Waren sie...«

»Sie waren«, sagte Johnson, »in völlig harmloser Mission in Spanien. Aber natürlich würden sie es sich nicht nehmen lassen, genau hinzusehen, wenn sich etwas Lohnendes bot. Ich bin ziemlich sicher, Austin gewährte ihnen einen guten Blick auf das Maschinenzeug, als sie alle in der Galerie waren, und sie konnten nach Moskau empfehlen, die Ausstellung auf ihrer Europatour auf das freundlichste zu empfangen. Das war alles, was sie wollten: Sie konnten kaum etwas so Klobiges hinausschmuggeln. Und da die wahren Geheimnisse in der Montage und dem Inneren des Materials lagen, entstand kein echter Schaden... Sie schätzen Ihre Arbeit sehr, nicht wahr?«

»Ja«, sagte Derek. »Sie befriedigt mich. Ich bin kein – großer, energiegeladener Charakter. Ich liebe ein ruhiges Leben.«

»In letzter Zeit hatten Sie es nicht besonders ruhig«, sagte Johnson. »Ich sehe nicht, wie es Ihr Vater oder Ihre Mutter irgend besser hätten machen können. Hatten Sie gar keinen Spaß dabei?«

»Gelegentlich schon«, sagte Derek, und sein Mund zuckte. Ich sah nicht nach Mami. Ich fühlte, zu Recht oder Unrecht, daß ein weiteres Problem seiner Lösung zustrebte.

»Und was ist mit Sarah?« sagte Johnson. »Haben Sie das Schicksal befragt? Was werden Sie mit Ihrem Geld tun?«

»Urkomisch«, sagte ich und zog meine Fingernägel aus dem Mund. Ich versuchte, sie wachsen zu lassen, aber Graf Glück hatte nicht geholfen. *Guter Tag für alle finanziellen Transaktionen*, hatte er gemeint. *Doch Sie werden familiären Angelegenheiten etwas ernstere Beachtung schenken müssen.*. Düster sagte ich: »Vier Pfund zehn auf der Bank, und die halbe Wochenmiete Schulden bei Flo.«

»Daddys Geld, Süße«, sagte Mami. »Er hat dir all sein Geld hinterlassen. Er wußte, daß Derek alles verdienen konnte, was er brauchte.«

Ich fixierte meinen Blick auf Janeys Sammlung von Strohschädeln, und sie starrten zurück; lange schwarze und rote Perücken baumelten herunter.

Halt. Natürlich. Agentengeld. Er hatte Derek fünftau ...

Ich fragte: »Genug für eine Wohnung?«

»Mhm.«

»Genau für ein Auto? Vielleicht einen E ...«

»Man hört, der sieht ein bißchen zu gewöhnlich aus, Schischi«, sagte meine Mutter. »Ich denke, frisierte Minis gelten als schick, wenn nichts reißt. Jedenfalls kannst du dir so etwas kaufen. Vielleicht nicht jedes Jahr einen Nerz, und Annabel's kommt auch nicht in Frage, aber ein hübsches, angenehmes Leben ist schon möglich. Du kannst das Kochen aufgeben.«

»Oh.« Ich hatte gedacht, ich könnte nie das Kochen aufgeben, nur nach einer reichen Heirat. All die anderen Dinge, in denen ich gut war, ließen sich kaum vermarkten, es sei denn an einen Ehemann. Und selbst das Kochen, wußte ich, würde mir nie das Einkommen verschaffen, das ich brauchte, um wie meine Freunde zu leben.

Ich dachte darüber nach, und ich machte eine plötzliche, sonderbare Entdeckung. Ich sagte: »Aber ich koche gerne, wißt ihr. Ich habe es gerne, Sachen zu organisieren und Leuten zu helfen und schöne Überraschungen zu machen. Vielleicht mache ich das einfach weiter.«

»Sind Sie sich klar darüber«, sagte Johnson, »daß Sie zu den wenigen konfusen jungen Dingern dieser Welt gehören, deren Moral sich tatsächlich mit einer großen Geldgabe verbessert? Wie steht's mit Gilmore?«

»Ich bin dafür«, sagte Mami, sich erhebend und nach einem Stumpen fingernd, »den jungen Gilmore aus dem Spiel zu lassen. Er ist in meiner Hand.«

Ich stand ebenfalls auf. »Was meinst du, er ist...«

»Ich meine«, sagte Mami kalt, »daß ich die Wahrnehmung meiner geschäftlichen Interessen, wie sie sind, in die Hände dieses jungen Mannes lege, und ich werde darauf achten, daß er entsprechende Arbeit leistet. Er hat das Zeug zu einem erstklassigen Geschäftsführer, wenn er sich nicht von Sex und schnellen Wagen und Tennis ablenken läßt. Ich wünsche nicht, daß man ihn ablenkt.«

Ich stand da und ließ die Arme an den Seiten hängen. »Du bist von den Dichtern abgekommen?«

»Du kannst sie haben«, sagte Mami. »Mit Vergnügen«, fügte sie hinzu.

Ich starrte sie an. »Warum? Ein Lockvogel, um mir das Geschäft schmackhaft zu machen?«

»Welches Geschäft?« fragte Mami.

»Eine Partnerschaft«, sagte Johnson mild. »Schließen Sie sich ihr an, Sarah. Zusammen werden Sie und Ihre Mutter Ihre Männer niedermachen wie eine doppelt scharfe Kettensäge.«